BASTEI
LÜBBE

Vincent Bugliosi

Wen die See verrät

Ins Deutsche übertragen
von Uwe Anton

TRUE CRIME
Der wahre Kriminalfall

BASTEI LÜBBE

BASTEI-LÜBBE-TASCHENBUCH
Band 13409

Erste Auflage:
Oktober 1992

Deutsche Lizenzausgabe 1992
Bastei-Verlag
Gustav H. Lübbe GmbH & Co.,
Bergisch Gladbach
Originaltitel:
And The Sea will tell
Lektorat: Martina Sahler/
Reinhard Rohn
Titelfoto: The Image Bank
Umschlaggestaltung:
Quadro Grafik, Bensberg
Satz: Fotosatz Schell, Bad Iburg
Druck und Verarbeitung:
Brodard & Taupin
La Flèche, Frankreich
Printed in France

ISBN 3-404-13409-5

Der Preis dieses Bandes
versteht sich einschließlich der
gesetzlichen Mehrwertsteuer.

FÜR MEINE MUTTER:
Keine nettere oder wundervollere Frau
hat je gelebt

Mein Dank gilt Frank Cooper, Wayne Alexander, Esq., Charlie Flowers und schließlich Robby Wald, ohne die dieses Buch niemals geschrieben worden wäre.

Ein Meer stellt ewig Fragen
Und schreibt sie laut auf den Strand
– Edwin Arlington Robinson

Nautische Meile
½
1
100 0
500
1000
Yards
Korallenriff
Strawn Island
Knochen-
fund
Zodiac
Nördlicher
Uferweg
Cooper Island
Kühlhaus
Badehaus
Rampe für Wasserflugzeuge
Seawind
Anlegerpfosten
Bucks
Lager
Iola
WESTLICHE LAGUNE
Kanal
Sand Island
Paradise Island
Home Island
Kaula Island

Die Insel Palmyra

Ich hatte ein böses Gefühl, was die Insel betraf. Es war mehr als nur die Tatsache, daß es eine geisterhafte Insel war. Sie kam mir unfreundlich vor. Ich war auf einer ganzen Reihe von Atollen gewesen, doch Palmyra war anders. Ich kann nicht genau den Finger darauf legen. Aber es gefiel mir nicht auf der Insel. Ich glaube, andere Menschen hatten Schwierigkeiten auf dieser Insel.

Ein pazifikerfahrener Segler

Gleichzeitig wunderschön und abstoßend, liegt dieses unbewohnte tropische Atoll abseits vom Weg der Passatwinde, genau in der Mitte des Pazifiks, erst im letzten Jahrhundert rein zufällig entdeckt. Suchte man die hohe See nach einem Schauplatz ab, der von einem undurchdringlichen Geheimnis umgeben ist, böte sich dieser einsame Außenposten geradezu an.

Aus der Ferne wirkt Palmyra verführerisch: hohe

Kokospalmen und Strandstreifen werden von einem Korallenriff und den hellen Untiefen des tropischen Ozeans umschlossen.

Doch an Land findet man schnell heraus, daß die Vegetation, die aus der Ferne so üppig und einladend aussieht, nur mit einer Machete zu durchdringen ist. Scharen von Landkrabben beanspruchen einen Großteil der Insel für sich. Die Strände bestehen nicht aus Sand, sondern aus Felsen, und sie sind von messerscharfen Korallen umgeben, die die Rippen des stabilsten Schiffes aufreißen können. Nur eine schmale Passage im Riff auf der südwestlichen Seite erlaubt die Zufahrt zu einer Lagune mit zahlreichen Schulen bunter Fische, die zwar einladend fett, aber giftig sind. Und schon bald bemerkt man im kristallklaren Wasser die bedrohlichen, grauen Schatten der perfektesten Freßmaschinen, die die Natur hervorgebracht hat: *Haie*. Und schließlich gibt es kein Entkommen vor der brennenden Sonne und der betäubenden Feuchtigkeit.

Nur die abenteuerlustigsten – oder verzweifeltsten – Menschen würden einen längeren Aufenthalt an solch einem Ort wagen. Dies ist die wahre Geschichte zweier Männer und zweier Frauen, die es gewagt haben. Vier Leben haben sich für immer auf einer Insel verändert, die nie Gesellschaft wollte. Jeder der Besucher versuchte, vor der Welt zu fliehen, wenn auch aus sehr verschiedenen Gründen, und ihre Schicksale liefen auf diesem verlassenen Atoll zusammen. Nicht alle haben die Insel lebend verlassen. Das Geheimnis, das ihr Schicksal umgibt, ist so dunkel und kalt wie der Meeresboden tief unter der Insel Palmyra.

ERSTES BUCH
Das Verbrechen

1. KAPITEL

Maui, Hawaii
1. April 1974

Es hatte in der Nacht geregnet, einer dieser warmen, tropischen Schauer, die die Luft schwer und süß machen. Eine stetige Meeresbrise küßte den Strand bei Sonnenaufgang und ließ die Kokospalmen rascheln. Die Wolken zerstreuten sich langsam, als die Sonne sich aus dem Meer hob und den Himmel mit kräftigen Lichtstrahlen erhellte. Dabei legten sie genausowenig Eile zutage wie die Menschen, die in diesen Gefilden leben. Ein Regenbogen zog sich über den Himmel und versprach einen schönen Tag.

Die Einheimischen Hawaiis machen einen klaren Unterschied zwischen sich und den Haoles, den sonnenverbrannten Touristen vom Festland. Der Ausdruck enthält weniger Verachtung als amüsiertes Mitleid. Auf der landschaftlich beeindruckenden Insel Maui nehmen die meisten dieser Besucher ihren Mietwagen am Flughafen Kahului in Empfang und fahren direkt zum Kaanapali-Strand an der Westküste, wo sie in funkelnden, protzigen Hotels wohnen, Mai Tais aus vorbereitetem Konzentrat kippen, die Kellnerinnen in synthetischen Grasröckchen servieren, und mit den Füßen zu Don-Ho-Melodien vom Tonband tippen. Haoles wissen es einfach nicht besser.

Die wirkliche Seele Mauis findet man an der Westküste mit ihren endlosen Stränden aus blendend weißem Sand. Die sonnengebleichten Dünen erstrecken sich bis zu den großen Ananas- und Zuckerrohrfeldern hinauf. Viehherden grasen zufrieden auf den Weiden der Hügel. Der majestätische Haleakala, der höchste Punkt der Insel, ist ein über dreitausend Meter hoher Vulkankrater, eine dramatische Erinnerung daran, daß diese Insel plötzlichen, heftigen Veränderungen unterworfen ist.

Im Hafen der Maalaea-Bucht wurde ein zehn Meter langes, hölzernes Segelboot an einem noch regennassen Kabel vom Stapel gelassen. »Hätte nicht gedacht, daß ich den Tag noch erlebe, an dem dieses alte Mädchen wieder ins Wasser kommt«, sagte Charlie, der Arbeiter an der Winde, zu jedem, der es hören wollte.

Stapelläufe waren hierzulande nicht ungewöhnlich, doch eine kleine Gruppe Einheimischer hatte sich zusammengefunden, um diesen zu beobachten. Diese Leute und ein paar hundert verwandte Seelen lebten auf Booten in der Bucht. Die meisten waren Träumer, die Seekarten, Atlanten und Bücher über ferne Orte sammelten und sich danach sehnten, einfach den Anker einzuholen und davonzusegeln, genau wie das aufgeregte junge Ehepaar, dessen Schiff nun im Mittelpunkt der Aufmerksamkeit stand. Doch nur wenige bekamen wirklich Gelegenheit dazu.

Der große Buck Duane Walker ging mit langen Schritten neben seinem ins Wasser gleitenden Boot her. Mit sechsunddreißig Jahren hatte er noch den protzigen, athletischen Körper eines viel jüngeren Mannes. Gesicht und Oberkörper waren tief gebräunt, das dichte Haar von der Sonne gebleicht. Er hätte einfach ein alternder Surfer sein können, doch der Blick seiner kobaltblauen Augen war sehr unruhig, als befürchte er, entdeckt zu werden.

Eine lächelnde, rotblonde Frau auf dem Deck des Bootes erweckte einen ganz anderen Eindruck. Jennifer Jenkins, die abgeschnittene Jeans und ein pastellfarbenes Top trug, wirkte auch jünger, als sie war – achtundzwanzig. Sie war einssechzig groß und nicht unbedingt der Typ, der einen Schönheitswettbewerb gewonnen hätte. Doch sie strahlte eine anziehende, apfelfrische Natürlichkeit aus. Weder Geziertheit noch Arglist schien zu ihrem Wesen zu gehören. Jennifer hielt eine Magnum-Sektflasche für die traditionelle Schiffstaufe, doch da die Leute barfuß um die Rampe gingen, wollte sie sie nicht gegen den Bug werfen, wie sie es in alten Wochenschauen von Schiffstaufen gesehen hatte. Statt dessen wollte sie die Flasche entkorken, das Deck mit dem herausspritzenden Sekt taufen und den Rest mit Buck trinken.

Als sie dieses Schiff vor vier Monaten gekauft hatten, verfügte es weder über einen Mast noch über Takelage. Seit die *Margaret* Jahre zuvor hier in der Bucht an ihrem Ankerplatz gesunken war, galt sie als Unglücksschiff. Ein Kran hatte bei der Bergung aus den Tiefen des Hafens versehentlich den Mast abgebrochen, und niemand hatte sich die Mühe gemacht, ihn zu reparieren. Nachdem das Boot zwei Jahre lang aufgebockt auf dem Strand gelegen hatte, hatte es ein junges Ehepaar mit ehrgeizigen Restaurierungsplänen für vierhundert Dollar gekauft. Sie hatten die gebrochenen Holzplanken des Rumpfs mit Fiberglas überzogen und dann mühsam die Holzverkleidung der Kabine abgeschält und wieder neu angebracht. Doch schließlich wuchs ihnen die harte Arbeit über den Kopf, und sie hatten das Boot und den Trailer für 2.260 Dollar verkauft – fast das ganze Geld, das Jennifer und Buck zusammenkratzen konnten.

Während Buck sich der Aufgabe gewidmet hatte, ihr elend aussehendes Boot zu reparieren, hatte Jennifer als Assistentin des Geschäftsführers im Club Ginzo gearbeitet, einer Bar am Ufer in Wailuku, die hauptsächlich von Einheimischen besucht wurde, um Geld für Ersatzteile und Vorräte für das Boot zu verdienen. Buck war handwerklich nicht besonders begabt, und die Arbeit fiel ihm schwer. Seine Erfahrung mit Schiffsreparaturen beschränkte sich auf ein paar Handreichungen für seinen Vater, der Hausboote gebaut hatte. Aber er hatte in der Bibliothek Bücher über den Entwurf, die Konstruktion und Reparatur von Yachten gelesen. Nachdem er einen tragbaren Generator installiert hatte, um auch nachts Licht zu haben, arbeitete er rund um die Uhr. Er dichtete Risse im Fiberglas ab und strich die Hülle an. Da fabrikmäßige Masten zu teuer waren, faßte er drei jeweils zwölf Meter hohe Douglastannen zusammen und schraubte sie unter dem Deck im Schiffskörper fest. Nach den genauen Anweisungen eines Buches, wie der Mast über Deck zu sichern war, brachte er einen Fockstag, eine Pardune, zwei Ober- und vier Unterwanten an. Er arbeitete täglich an der *Margaret* und stellte erfreut fest, daß die Schufterei ihn körperlich für das fit machte, was er scherzend das »mühsame Seemannsleben« nannte. Er hatte keine Ahnung, wie mühsam es wirklich werden sollte.

Jennifers Schicht endete um Mitternacht. An heißen, schwülen Abenden pflegte sie Buck ein paar Flaschen Bier aus dem Kühlschrank der Bar mitzubringen. Sie saßen Seite an Seite auf ihrem gestrandeten Boot und planten im Mondschein ihr gemeinsames Leben.

Das Seemannsgarn ignorierend, daß es Unglück brachte, ein Boot umzutaufen, nannten sie ihr kleines Schiff *Iola*, ein Name, den Jennifer vorgeschlagen hatte. »Auf Hawaiianisch heißt *iola* ›Leben‹«, hatte sie Buck erklärt, der den Namen ausgezeichnet fand. Es war Sinn all ihrer Anstrengungen, ein neues Leben zu finden. Er hatte einen Toast ausgesprochen: »Auf die *Iola*. Möge sie auf den sieben Meeren segeln und nie wieder den Meeresboden sehen.«

An diesem Morgen war die *Iola* endlich bereit, vom Stapel gelassen zu werden. Sie würde zwar niemals am America's Cup teilnehmen, erinnerte jedoch kaum noch an das Wrack, das sie vor gar nicht so langer Zeit noch gewesen war. Sie war zehn Meter lang, der Deckbalken war an die drei Meter hoch. Der Rumpf war azurblau gestrichen. Die gebrauchten Segel lagen, an zahlreichen Stellen geflickt, auf dem Vorderdeck und schlugen im Wind, obwohl sie an den schlecht gebauten Stützen befestigt waren. Der tiefe Kiel der Iola bestand aus Gußeisen, um zu verhindern, daß das Schiff selbst unter vollen Segeln und bei starkem Wind eine zu große Schlagseite bekam. Diese Vorrichtung war ideal für Segelneulinge wie Jennifer und Buck. Beide hatten bislang nur tagsüber gesegelt, und Jennifer hatte noch nie selbst ein Boot gesteuert.

»Langsam, Charlie!« rief Buck plötzlich.

Jennifer strahlte auf Deck In vielleicht einer Minute würde sie die letzten Taue lösen, die die *Iola* mit dem Trailer verbanden, wenn das Boot ins Wasser lief – in vielleicht einer Minute. Und dann, in einem oder zwei Tagen, würden sie und Buck unterwegs sein.

Man hätte Jennifer durchaus als Hippie bezeichnen können, und sie hätte keinen Einspruch erhoben. Ein Großteil des Establishments kam ihr heuchlerisch vor und war ihr zuwider. Vor einem halben Jahr war der Vizepräsident der Vereinigten Staaten zurückgetreten, nachdem er wegen Steuerhinterziehung angeklagt worden war. Und in ein paar Wochen würden die Anhörungen zur Anklageerhebung gegen Präsident Nixon beginnen. Jennifer und ihre Generation waren in einer Epoche der politischen Verbrechen auf höchster Ebene und während eines in weiten Kreisen unbeliebten Krieges in Vietnam aufgewachsen, eine Ära der Konflikte, die dem Gemeinsinn der Nation Ohrfeigen versetzte und sie und viele

andere veranlaßte, einige Werte der älteren Generatio
zurückzuweisen. ›Make love, not war‹, war auch ih
Wahlspruch.

Obwohl auch Buck die Regierung, Polizei und prak
tisch alle anderen Machthaber verdammte, wirkte sein
Rhetorik ungeschliffener. Wo sie erkundete, drohte e
Die Tätowierungen seiner Arme deuteten auf mehr hi
als nur auf eine im Trend liegende Verkündung von Lieb
und Frieden. Auf dem linken Arm saß ein von einen
Band umgebenes Herz auf dem Bizeps, und sein Vo
name kräuselte sich in kühnen Buchstaben auf dem mus
kulösen Unterarm. Die Entwürfe wirkten nicht bedroh
lich – kein Piratenschädel mit gekreuzten Knochen –
waren jedoch grobschlächtig ausgeführt, und die Hau
unter der Tinte war vernarbt. Sie waren genau das
wonach sie aussahen: selbstgemachte Tätowierungen
wie sie sich wütende und gelangweilte Männer hinte
Gittern gegenseitig verpassen.

Jennifer und Buck hatten sich vor zwei Jahren in Hil
kennengelernt, der Hauptstadt von Hawaiis Große
Insel. Es war eine rein zufällige Begegnung gewesen, in
Hof eines Apartmenthauses, in dem gerade der Hibisku
blühte. Sie hatten sich zugenickt und freundliche Blick
gewechselt, und Jennifer in ihrem langen, grünen Kleic
warf ihre rotgoldene Haarmähne zurück und ging wei
ter. Buck war ihr nachgelaufen. Später erzählte er ihr, si
habe ihn in dieser Sekunde wegen ihrer großen, ve
träumten Augen und ihres strahlenden Lächelns in de
Bann gezogen. An diesem Nachmittag tranken sie Rot
wein unter einer Palme in einem Park und lauschten de
Volksweisen einer Kapelle, die einen hawaiianischen Fei
ertag zu Ehren eines antiken polynesischen Königs
beging.

Die Sonne ging an diesem Tag früh hinter einer rosa
Wolkenbank unter. Der farbenprächtige Sonnenunter
gang, die pulsierende Musik und ihre Körperchemie
machten, unterstützt von ein paar Zügen an einem Joint

ennifer schwindlig vor sinnlichem Vergnügen. Buck)eugte sich vor und küßte sie auf die Lippen.

»Hast du einen Macker?« fragte er.

Sie lächelte verspielt. »Nee.«

Sie küßten sich erneut, diesmal leidenschaftlicher.

Als sie sich in dieser Nacht in den Armen lagen und sich im gedämpften Tonfall frisch Verliebter unterhielten, anden sie heraus, daß sie aus ganz ähnlichen Gründen auf Hawaii gestrandet waren. Jennifer war vor drei Jahren gekommen, um ihrem Onkel, der sich von einem beinah ödlich verlaufenen Herzanfall erholte, bei der Leitung seiner Ferienanlage in der Kaneohe-Bucht zu helfen, und Buck, um seinen Vater beim Bau einer Hütte auf der Großen Insel zu unterstützen. Ihr ungeplantes Zusammentreffen kam ihnen wie eine Schicksalsfügung vor. Sie wählten Roberta Flacks ›The First Time I Ever Saw Your Face‹ zu ihrem Lied und zogen kurz darauf zusammen in die Ein-Zimmer-Hütte, die Buck und sein Vater in Mountain View gebaut hatten, einer abgelegenen, bergigen Gegend etwa dreißig Kilometer südwestlich von Hilo. Sie war nicht besonders groß – Jennifer kam sie vor wie das Versteck eines flüchtigen Verbrechers – und verfügte weder über Strom noch über fließendes Wasser. Doch sie möblierten sie, Jennifer nähte Vorhänge, und die Hütte wurde zu einem Heim. Ein holzverbrennender Ofen wärmte sie in kalten Morgenstunden. Jennifer genoß es, jeden Morgen, wenn der Sonnenschein durch die Baumwipfel brach, mit einem Becher heißen Kaffees zwischen den wilden Orchideen und den Farnen spazierenzugehen. Ihr gefiel es, ein einfaches Leben zu führen, und sie zog ihren Mann und Freunde allen materiellen Gütern vor. Hier war es möglich, ein friedlicheres und nachdenklicheres Leben zu führen als in den hektischen Häuserschluchten von Los Angeles oder New York. Sie sprachen von Heirat und unterzogen sich sogar Bluttests, doch das Stück Papier, das sie zu einem ›anständigen‹ Paar erklärte, hatte keinen hohen Stellenwert bei ihnen.

Leider mußten sie sich bald von ihren idyllischen Berg versteck verabschieden. Ihnen blieb sogar keine ander Wahl, als Hawaii ganz zu verlassen. Gegen ihren Ra hatte Buck sich mit einem Exsträfling eingelassen, der i Kalifornien ein großer Drogenhändler war. Buck war i Hilo verhaftet worden, als er MDA (eine starke Mischun aus Amphetaminen und einem LSD-Hallozinogen) in Wert von mehreren tausend Dollar an einen verdeck arbeitenden Bundesermittler verkaufen wollte. Auch Jen nifer war verhaftet worden, und beide mußten mit eine Anklage rechnen. Noch schlimmer war, daß Buck bereit zum zweitenmal versuchte hatte, MDA seiner kaliforni schen Connection an einen Undercover-Agenten zu ve kaufen, und noch unter Bewährung stand. In Kalifo nien war er wegen bewaffneten Raubes zu fünf Jahren bi lebenslänglich verurteilt worden, und er befürchtete nun den Rest dieser Strafe in San Quentin, einem der hä testen Gefängnisse des Landes, absitzen zu müssen.

Wenn sie ein gemeinsames Leben führen wollten mußten sie es weit entfernt von der Zivilisation tun – vo Gerichten und Gefängnissen und Behörden. Vor ein paa Wochen waren sie nach Honolulu hinübergeflogen un hatten in der Stadtbibliothek Bücher über Pazifikinseln gewälzt. Buck hielt eine kleine Insel namens Palmyra von der sie beide noch nie gehört hatten, für besonders vielversprechend. Sie kam ihnen vor wie eine Robinson Crusoe-Idylle, komplett mit einer geschützten Lagune einem unbegrenzten Vorrat an Kokosnüssen un Fischen und ganzjährig angenehmem Wetter. Und si war unbesiedelt. Keine Polizei, keine Strafverfolger keine Rauschgiftfahnder, keine Haftbefehle. Natürlich bedeutete dies auch keine Supermärkte, keine Werkstät ten, keine Ärzte – nicht die geringste Hilfe. Sie wären völlig auf sich selbst angewiesen.

Plötzlich glitt ihr Segelboot vom Trailer und legte sich scharf auf die Seite.

»Festhalten, Jen!«

Bucks Warnung kam zu spät. Jennifer verlor den Halt und wäre fast vom Deck auf den Beton darunter gestürzt. Doch Buck war da, um sie festzuhalten.

In seiner Unerfahrenheit hatte Buck Nylontaue benutzt, um das Boot auf dem Trailer festzuzurren. Sie hatten sich natürlich gedehnt, das Boot war ins Rutschen gekommen, und die Stützblöcke darunter waren umgekippt. Das Kabel der Winde hatte nur kurz nachgegeben, doch das Boot hatte augenblicklich einen Satz gemacht. Zu allem Überfluß hatten sich zwei stählerne Stützträger unterhalb der Wasserlinie in die Hülle gebohrt. Die *Iola* lag da wie ein Schwein, das bei einem *Luau* aufgespießt worden war.

Bei dem katastrophalen Anblick ballte Buck die Fäuste zusammen und fuhr wütend zu Charlie herum, der mit weit geöffnetem Mund dastand.

Einen Augenblick lang war Jennifer überzeugt, Buck würde sich auf den fetten, rotgesichtigen Mann stürzen, obwohl alle Anwesenden wußten, daß es nicht seine Schuld gewesen war. Doch Buck verlor die Beherrschung nicht völlig. Er machte zwei oder drei Schritte auf den Mann zu, fluchte dann und stürzte zum Parkplatz, auf dem sein alter Lieferwagen stand, ohne Jennifer noch eines Blickes zu würdigen.

Sie kam sich mit der Sektflasche in der Hand, die irgendwie heil geblieben war, lächerlich vor. »Baby, es ist doch nicht so schlimm«, rief sie dem Mann hinterher, den sie liebte. »Wir können die Löcher flicken …« Ihre Stimme verhallte. Alle starrten sie an.

In diesem Augenblick kam ihr in den Sinn, daß sie – einmal – auf die traditionellen Weisheiten hätten hören sollen. Sie hätten das Boot nicht umtaufen sollen. *Wohin wir auch gehen, das Pech wird uns verfolgen.*

2. KAPITEL

Kalifornien

Im selben Frühling des Jahres 1974 lag ein wunderschö-nes Segelschiff namens *Sea Wind* über dreitausend Kilo-meter entfernt in einem Yachthafen von San Diego. Diese zwölf Meter lange, zweimastige und offensichtlich her-vorragend gepflegte Ketsch war der ganze Stolz von Mal-colm ›Mac‹ Graham III, der mit dreiundvierzig Jahren eher auf einem Schiff als auf irgendeinem Fleckchen Erde, auf dem er jemals gelebt hatte, zu Hause war.

Mac wischte sich die Hände an einem ölverschmierten Lappen ab und drückte auf einen Knopf. Er zog ruckartig an einer Anlasserschnur, und der Motor des Generators sprang beim ersten Versuch an. Nachdem Mac ein Venti ausgewechselt hatte, klang er nun wie neu.

Wie immer an warmen Tagen auf seinem Schiff trug Mac nur eine Badehose. In seinem wettergegerbten, brei-ten Gesicht lagen wachsame, blaugraue Augen. Genau wie sein Boot war auch Mac kräftig gebaut. Er war um die einsachtzig groß, und sein kantiger Körper war von Jah-ren der Arbeit unter freiem Himmel gebräunt. Er hatte die langen, geschickten Finger eines Handwerkers, aber den kurzen Mecki-Haarschnitt eines Schleifers bei der Marine. Doch Mac war keineswegs ein Rauhbein. Er lächelte gern und war im Prinzip ein ewiger Optimist – fröhlich, herzlich, immer hilfsbereit. Macs Philosophie bestand darin, daß jemand, der andere Menschen glück-lich macht, ebenfalls glücklich sein muß. Eine Menge Leute in Yachthäfen auf der ganzen Welt waren froh dar-über, Mac Graham zum Freund zu haben.

In den vierzehn Jahren, die er die *Sea Wind* schon besaß, hatte Mac praktisch jede Planke ihrer Hülle, des Decks und der Kabine abgeschmirgelt und gestrichen.

rst vor kurzem hatte er einen größeren Umbau abgechlossen, bei dem er das Dach und die Seiten der Kabine ntfernt und das Innere ausgeweidet hatte. Dabei hatte r alle Pläne selbst gezeichnet und alle Arbeiten selbst orgenommen – er traute niemandem zu, so gut wie er elbst zu arbeiten. Er hatte nur die besten Materialien verendet, sich Zeit gelassen und sorgsam auf jede Kleinigeit geachtet.

Obwohl er bei der Ausbildung im General Motors Instiut, einer von dem Autokonzern eingerichteten Ingeieursakademie in Flint, Michigan, 84 von 100 möglichen unkten erreicht hatte, stieß Mac der Gedanke an eine ukunft ab, in der er vierzig Stunden die Woche in einem üro über Autoplänen brütete, und er verließ die Akadenie vor dem Abschluß. Im College hatte er den Wunsch efaßt, Seemann zu werden – keiner dieser biertrinkenlen Wochenendsegler, sondern ein echter Schiffer, der es nit den ungezähmten Gewalten der See aufnehmen onnte –, und er zog zur Westküste, um seinem Traum äher zu kommen. Er fand Arbeit in den zahlreichen achthäfen an der kalifornischen Küste. Mac wechselte eine Stellungen häufig, obwohl seine Arbeitgeber mmer sehr schnell seine Fähigkeiten als Handwerker mit ntuitivem Einfühlungsvermögen und einer Faszination ür alles Mechanische zu schätzen lernten. Auf einem oot war Mac niemals hilflos; auf Land jedoch, unter all den ›Landratten‹, wirkte er so fehl am Platz wie ein Gast mit Turnschuhen bei einem Galaempfang.

Die Überholung der *Sea Wind* hatte zwei Jahre in Anspruch genommen. Schließlich war die neue Kabine fast drei Meter länger als die ursprüngliche und verlieh dem Schiff eine einzigartige Silhouette. Mac hatte die neueste Ausrüstung eingebaut, darunter einen starken Kurzwellensender und einen modernen Autopiloten. In der Kombüse fand sich nun ein batteriebetriebener Kühlschrank mit einem kleinen Gefrierfach, ein Luxus, den

man sonst nur in den teuersten Yachten findet. Im Vo
derdeck hatte Mac eine kleine Werkstatt mit einer gut au
gerüsteten Werkbank eingebaut. An Bord befand sic
ebenfalls ein Gummidingi der Marke Zodiac mit einem 9
PS-Evinrude-Motor und ein ›hartes‹ Dingi (aus Holz) mi
einem kleinen Sea Gull-Motor. Die *Sea Wind* war bene
denswert gut ausgestattet, eine einzigartige Yacht mi
hervorragendem Aussehen und ebensolcher Seetaug
lichkeit.

Mac hatte mehrere lebensgefährliche Situationen i
aufgewühlten Gewässern überstanden, die seiner Le
denschaft für das Segeln jedoch keinen Abbruch geta
hatten. Die See hatte eine fast hypnotische Macht übe
ihn. Wie der weise, alte Fischer in *Der alte Mann und da*
Meer hielt Mac die See für eine Frau, die einem ihre Guns
erweisen oder abschlagen konnte, und seine romanti
sche Beziehung zu ihr wurde durch einen kurzfristige
Gunstentzug nicht grundlegend beeinträchtigt. E
konnte hart und gefährlich werden, die Herausforderun
gen der See anzunehmen, doch wenn man den Tes
bestanden hatte, wußte man auch, was man erreich
hatte. Es war die Freude, lebendig zu sein, auch wen
Mac seine innersten Gedanken nicht immer zum Aus
druck bringen konnte.

Mac hatte gewußt, daß er für die See geboren war, sei
er zum erstenmal mit seinem Vater vor der Küste Neueng
lands gesegelt war. Die Erinnerungen an diese frischen
windigen Tage war herzzerreißend klar geblieben. E
konnte sich seinen mittlerweile verstorbenen Vater vo
stellen, wie er groß am Ruder stand, das Patriziergesich
mit der Adlernase in den Wind gerichtet, und sich volle
Stolz daran erinnerte, wie er mit *seinem* Vater gesegel
war. »Vier Generationen von Grahams haben Schiff
besessen, mein Sohn. Du wirst wahrscheinlich auch ma
eins besitzen.« Es kommt nicht oft vor, daß ein zehnjähri
ger Junge sein Schicksal begreift, doch bei dem junge
Mac war es der Fall gewesen.

Als Mac achtundzwanzig Jahre alt war, starb ein Onkel und hinterließ ihm 100.000 Dollar in Aktien und Wertpapieren – und dieselbe Summe seiner einzigen, jüngeren, Schwester. Die Familie hatte Geld; Macs Großvater väterlicherseits hatte erfolgreich an der Wall Street investiert. Mac mußte nicht lange nachdenken. Er hielt von Yachthafen zu Yachthafen nach seinem idealen Boot Ausschau. Er wußte, was er *nicht* wollte. Er verabscheute diese neuen Fiberglaskonstruktionen, die die Schiffsindustrie seit dem Zweiten Weltkrieg massenhaft herstellte. Sicher, sie brauchten weniger Pflege als ein Boot mit hölzerner Hülle. Plastikblumen machen auch weniger Arbeit als echte. In der *Sea Wind* fand er, was er gesucht hatte, eine hervorragend erhaltene Ketsch mit Schonertakelung und, wie das Boot seines Vaters, aus Holz. Erbaut im Jahr 1947, war die *Sea Wind* mit ihrer enggesetzten schweren Eichenverschalung und den extra dicken Planken der Hülle so fachgerecht konstruiert, daß ein Bewunderer einmal bemerkt hatte, sie sähe aus »wie aus einem einzigen Holzklotz geschnitzt«. Von dem Augenblick an, da Mac 1960 im Yachthafen von San Diego das Schild ›Zu verkaufen‹ an ihr sah, hing er am Haken. Die *Sea Wind* war überaus grazil. Ihm gefiel sogar ihr Name, der das Versprechen eines Lebens auf hoher See zu enthalten schien, so frei wie der spielerische Wind. Unter dem Bugspriet saß eine vergoldete Galeonsfigur, ein Schutzengel, der dem Schiff und der Mannschaft den Weg bahnte. Er bezahlte 20.000 Dollar für die *Sea Wind*. Den Rest seiner Erbschaft (und später die Erträge eines Fonds von 120.000 Dollar, den sein verstorbener Großvater für ihn eingerichtet hatte) legte er in konservativen Kapitalanlagen an, die ihm – gemeinsam mit gelegentlichen Jobs, die er übernahm, falls es einmal nötig war – die finanzielle Freiheit verschafften, einfach loszusegeln, wann immer er das Bedürfnis dazu verspürte.

Eine Frau kam aus der Kombüse hinauf. »Das wird dir jetzt schmecken«, sagte sie und gab Mac ein kaltes Bier.

Mac dankte seiner Frau und trank einen großen Schluck.

Vor dreizehn Jahren hatte Mac die *Sea Wind* im Yachthafen Underwood in San Diego vertäut und arbeitete an Umbauten. Er galt damals durchaus als Frauenheld, hatte aber nie geheiratet oder sich auch nur verlobt. Eines Abends kamen er und ein Kumpel nach dem Besuch einer Hafenbar an einem Wagen vorbei, der im Berufsverkehr liegengeblieben war. Die Fahrerin war Eleanor LaVerne Edington, eine alleinstehende Blondine mit Wespentaille, hervorragender Figur und dem Aussehen eines Pinup-Girls. Ganz der Gentleman, brachte Mac ihren Wagen wieder in Schuß und lud sie noch zu einem Drink in der Bar ein. Sie bekam solche Einladungen öfter und lehnte normalerweise ab. Doch dieser wettergegerbte Mann mit den freundlichen Augen gefiel ihr, und so nahm sie an. Sie trafen sich regelmäßig, und Mac nannte sie zuerst Muffin und dann einfach Muff. Ein Jahr später machte er ihr einen Heiratsantrag, und sie akzeptierte erneut.

Doch sie heirateten nicht sofort, weil Mac zuvor noch mit der *Sea Wind* die Welt umsegeln wollte. Er liebte Muff von ganzem Herzen und wollte den Rest seines Lebens mit ihr verbringen, doch im Augenblick galt sein ganzes Interesse der Himmelsnavigation, über die er sich in einem Abendkurs informiert, die er aber noch nie mitten auf dem Ozean angewandt hatte. Sich allein zu verirren war eine Sache, doch er wollte Muff nicht in ein vielleicht gefährliches Abenteuer verwickeln.

Muff widersprach ihm nicht, denn sie hatte nie über größere Entfernungen gesegelt und fühlte sich auf dem Wasser nicht wohl. Mac gab eine Anzeige auf und fand zwei Gefährten, die bereit waren, mitzumachen und einen Teil der Kosten zu übernehmen. Muff sollte später zu ihm stoßen. »Wenn wir es bis nach Tahiti schaffen«, sagte er, »fliegst du dahin, und wir heiraten dort. Der Rest der Fahrt ist dann unsere Hochzeitsreise.« Muff konnte sich zwar nicht vorstellen, was sie dann auf einem Boot, dessen Wohnraum so groß war wie eine durchschnittliche Küche, mit den beiden Mannschaftsmitgliedern anfangen sollten, hatte jedoch schon früh begriffen, daß sie Macs Lebensweise akzeptieren mußte, wollte sie ein Teil seines Lebens sein. Wenn Mac am Ruder der *Sea Wind* stand, das Gesicht in einer reinigenden Brise der hohen See zugewandt, war er so zufrieden wie ein kleiner Junge, der beim Träumen lächelte. Daran versuchte sie sich zu erinnern, als sie, die Augen voller Tränen, auf dem Dock stand und ihm nachsah, wie er zu seiner großen Weltumseglung aufbrach.

Zwei Wochen später rief Mac aus Mexiko an. Sie waren vor Baja in einen schrecklichen Sturm geraten, in dem mehrere Schiffe gesunken waren. Nachdem die *Sea Wind* elf Tage und Nächte lang dem schweren Seegang getrotzt hatte, lief sie beschädigt in den sicheren Hafen ein. Mac konnte hier einige Ersatzteile nicht bekommen, die er für die Reparatur des Bootes benötigte, las Muff eine Liste vor und bat sie, die Teile von San Diego mitzubringen. Als sie dort eintraf, hatte Macs Zwei-Mann-Besatzung abgemustert; nachdem sie dem Sturm knapp entronnen waren, fehlte es ihnen am Mut zur Fortsetzung der Reise. Mac verpflichtete Muff als Mannschaft, und sie heirateten im August 1961 in La Paz am Fuß des Baja California. Mac war dreißig, Muff neunundzwanzig. ›Die kleine Muff und ich sind eins‹, schrieb Mac seinen Eltern. ›Unsere Ehe hat zwei Menschen vereint und sehr glücklich gemacht.‹

Die hellhäutige Muff bekam leicht einen Sonnenbrand und war noch immer bekümmert wegen ihrer zahlreichen Sommersprossen. Sie war knapp über einsfünfzig groß, hatte schmale Knochen und feingeschnittene Gesichtszüge. An Make-up trug sie lediglich Lippenstift regelmäßig auf. Ihre Zähne strahlten weiß. Daß einige etwas schief standen, schadete nicht ihrem bezaubernden Lächeln. In ihren hellbraunen Augen schimmerte mit lebhafter Klarheit Glück, Liebe, Verletzung oder Angst. Als Kind wurde Muff beim Schwindeln stets ertappt – ihre Mutter erkannte die Wahrheit immer an ihren Augen. Zurückhaltender als Mac, vertraute sie Fremden nicht sofort und fühlte sich nur in der Gesellschaft von Menschen wohl, die sie kennen- und denen sie vertrauen gelernt hatte.

Mit jetzt zweiundvierzig Jahren machte sich Muff Sorgen um die zehn, zwölf Pfund Übergewicht, die sie an den Hüften mit sich herumschleppte. Mac hatte ihr immer wieder versichert, es sei völlig überflüssig – »Ich liebe jede Kurve und jedes Gramm!« –, doch sie hielt stets Ausschau nach der neuesten Diät, die ein schlankeres Heck versprach.

Muff sah ihrem Mann gern zu, wenn er auf dem Boot hantierte, wie er es an diesem Samstag morgen schon seit einigen Stunden tat. Diese Aufgaben machten ihn zu einem zufriedenen Menschen. »Klingt schon viel besser«, sagte sie über das Schnurren des Generators hinweg.

»Die Ventile waren vom Kohlenstoff verstopft.« Er schaltete den Motor aus, wischte die Werkzeuge sorgfältig ab und legte sie dann an ihren Platz in der Werkzeugkiste.

»Ich gehe einkaufen«, sagte sie, griff in ihre Handtasche und stöberte darin herum. Sie zog einen Stapel Anzeigen hervor, die sie aus der Zeitung ausgeschnitten hatte. »Ein Supermarkt in Chula Vista bietet grüne Bohnen für fünfundzwanzig Cents die Dose an.«

Muffs Aufgabe war es, die nötigen Vorräte für ihre bevorstehende Reise in die Tropen zu besorgen. Ein Teil davon, den sie bereits gekauft hatte – Dosengemüse, -früchte, -säfte und -fleisch –, hatten sie in der Garage ihrer verwitweten Mutter in einem älteren Stadtteil San Diegos gelagert. Auch in der Garage, aber in einer Tiefkühltruhe, befanden sich gefrorene Steaks, Hühnchen und Schnitzel, die sie unmittelbar vor dem Aufbruch in der Tiefkühltruhe der *Sea Wind* verstauen wollten. Was man zu Hause einfach im nächsten Supermarkt kaufte, gab es in abgelegenen Gegenden der Welt gar nicht oder nur zu exorbitanten Preisen.

Mac trank noch einen Schluck Bier und grinste spöttisch. »Du willst fünfzig Kilometer fahren, um ein paar Mäuse an grünen Bohnen zu sparen? Da ist das Benzin doch bald teurer.«

»Aber wir *haben* den Volkswagen nun mal.« Obwohl sie lächelte, klang ihre Stimme angespannt.

»Alles in Ordnung?«

»Ich glaube schon.« Sie betrachtete ihn traurig.

Er setzte sich neben sie auf die Bank im Cockpit.

»Du willst noch immer nicht fahren.« Es war eine Feststellung, keine Frage.

Muff antwortete nicht. Ihr Schweigen – und dieser enthüllende Blick – verrieten alles.

Er legte tröstend eine Hand auf ihren Schenkel. »Mein Angebot steht. Wirklich.«

»Ich will nicht, daß du ohne mich fährst.« Sie legte die Hand auf seine breite, sonnenwarme Schulter. Sie konnte ihm nicht ins Gesicht sehen.

»Muff, wenn du zu Hause bleiben willst, solltest du es auch.«

Sie lächelte und schüttelte den Kopf. Sie wußte, daß sie nicht zurückbleiben konnte. Ihr Platz war bei ihm.

»Ich fahre besser los, bevor die grünen Bohnen wieder teurer werden.« Sie sah aufmunternd auf und küßte ihn auf die Wange.

Mac ließ sich nicht täuschen. »Kommst du heute abend mit?« fragte er.

»Wohin?«

»Mit Marie und Jamie zu Hal Horton. Das ist der Bursche, der alles über diese Insel im Pazifik weiß.«

Sie versuchte, ihre Enttäuschung zu verbergen. Sie mochte die Jamiesons, zwei wirklich gute Freunde. Sie hatten sich 1966 kennengelernt, als sie im Yachthafen

Underwood nebeneinander angedockt hatten. Sie hatten schon viel Spaß miteinander gehabt, doch im Augenblick stand Muff der Sinn nach etwas anderem, als sich einen Abend lang von einer einsamen Insel erzählen zu lassen, die Mac unbedingt besuchen wollte.

»Wir müssen um sechs los.«

»Okay. Bis dahin bin ich zurück.« Zumindest freute sie sich darauf, Marie und Jamie wiederzusehen.

Muff verließ die *Sea Wind* und ging an Yachten vorbei, die gerade zu einer kleinen Nachmittagsfahrt ausliefen. Wenn solch kleine Fahrten doch nur ihren Mann zufriedenstellen würden ...

Als sie den Parkplatz erreicht hatte, zog sie ein Glas mit gelben Pillen aus der Handtasche. Ihr Doktor hatte versprochen, daß sie helfen würden. Sie schluckte einen Tranquilizer und hoffte, daß die Wirkung schnell einsetzte.

Im Wagen verspürte Muff ein Frösteln, das nichts mit dem Wetter zu tun hatte.

»Ich war zwei Jahre auf Palmyra stationiert«, sagte Hal Horton und nippte an seinem Cocktail. »Januar '42 bis '44.« Er deutete mit einem fleischigen Finger auf die Pazifikkarte, die auf dem Eßzimmertisch ausgebreitet lag. »Es ist dieser kleine Fleck da, tausend Meilen südlich von Hawaii. Ich schwöre euch, es ist eine Insel wie aus einem dieser Südpazifik-Filme. Sie liegt mitten im gottverdammten *Nichts*. Und ist unbewohnt. Na ja, bis auf ein paar Geister vielleicht.«

Der stämmige ehemalige Navy-Offizier fuhr mit demselben Atemzug fort. »Eins unserer Aufklärungsflugzeuge stürzte in der Nähe der Insel ab. Wir haben gesucht und gesucht, fanden aber nicht mal einen Bolzen oder ein Metallstück. Richtig unheimlich. Als wäre es über den Rand der Erde gefallen. Ein anderes Mal hob eine Maschine von der Rollbahn ab, stieg ein paar hundert

Fuß hoch und schlug die völlig falsche Richtung ein. Sie sollte nach Norden fliegen, flog aber nach Süden. Es war hellichter Tag. Wir haben nie rausgefunden, was da passiert ist. Es waren zwei Mann an Bord, und wir haben sie nie wieder gesehen. Wir hatten schon böses Pech auf der Insel. Ein paar alte Seebären sprachen vom Fluch von Palmyra.«

Muff zuckte zusammen.

Hal holte noch eine Runde von der Hausbar.

Fasziniert blätterte Mac eins der alten Fotoalben seines Gastgebers durch. Er erfuhr, daß im Zweiten Weltkrieg fünftausend Mann und ein paar Krankenschwestern auf Palmyra stationiert gewesen waren. Die Insel war ein Marine- und Luftwaffenstützpunkt mit einigen Wasserflugzeugen und vielleicht einem Dutzend Bombern gewesen, von dem aus hauptsächlich Aufklärungsflüge stattgefunden hatten. Die einzige Feindberührung fand keine drei Wochen nach dem Überraschungsangriff auf Pearl Harbor statt, als ein einzelnes japanisches U-Boot dreitausend Meter vor der Insel auftauchte und mit den Deckgeschützen auf einen Bagger feuerte, der in der Lagune der Insel arbeitete. Die Fünf-Zoll-Geschützbatterie auf der Insel verjagte den Angreifer schnell. Danach zeigte das Reich der Aufgehenden Sonne kein Interesse an dem einsamen Atoll mehr.

»Pan Am hat vor dem Krieg dort die Maschinen auf der Strecke nach Samoa aufgetankt«, fuhr Hal fort. »Doch die meisten Gebäude dort entstanden erst nach Pearl Harbor. Wir haben auf einem Ende der Insel sogar ein Krankenhaus gebaut. Es war ein guter Ort für eine Start- und Landebahn, denn von Hawaii aus flogen wahnsinnig viele Maschinen in südlicher Richtung zu anderen Inselketten. Das Problem war nur, daß Palmyra – mit ihren Inselchen, Lagunen und Riffen sieht sie aus wie ein Pferdehuf – nur 229 Morgen groß ist. Wenn es bewölkt ist, fliegt man auf zehntausend Fuß drüber weg und sieht die Insel überhaupt nicht. Einmal haben wir ein Flugzeug am Himmel gehört, das uns suchte, doch es stürzte in den großen Teich, bevor es die Landebahn gefunden hatte. An den armen Piloten kamen wir nicht schnell genug heran. Die Haie haben ihn zuerst gefunden.«

»O mein Gott«, sagte Muff und suchte Blickkontakt zu Marie.

»Dieses Palmyra kommt mir gar nicht so idyllisch vor«, sagte Marie pflichtschuldig.

Mac ignorierte die Frauen. »Wie tief ist der Kanal?« fragte er.

»An die fünf Meter«, erwiderte Hell. »Groß genug für ein Segelschiff. Wir holten damals sogar mittelgroße Frachter in die Lagune. Wir haben ein Entladedock gebaut. Die westliche Lagune, die größte, ist über zwölfhundert Meter lang und über sechshundert Meter breit.«

»Da gibt es sicher jede Menge zu erkunden«, sagte Mac mit jungenhafter Vorfreude.

»Ja, klar«, pflichtete Hal ihm bei. »Maschinengewehrbunker, unterirdische Tunnels und Lagerräume. Die Navy hat 'ne Menge Zeug zurückgelassen, als sie nach dem Krieg die Zelte dort abbrach. Das war billiger, als alles zurückzuschaffen. Da wirst du jede Menge finden.«

»Klingt so, als könnte man dort einige Zeit verbringen.«

»Aber an Anlegestellen oder noch brauchbarer Ausrüstung gibt es wohl nichts mehr«, warnte Hal. »Ihr müßt alles mitnehmen.«

»Unser Boot ist gut ausgerüstet«, sagte Mac.

»Ich habe noch kein besser ausgerüstetes gesehen«, warf Jamie ein.

Mac und Muff gingen an diesem Abend mit einem Stapel Material über Palmyra nach Hause, darunter auch ein Brief von einem Offizier der Army an einen College-Professor, der Palmyra einen Besuch abstatten wollte. ›Ich kann Ihnen versichern, daß Sie sich lange an dieses Erlebnis erinnern werden‹, hatte der Militär 1963 geschrieben. ›Dort gibt es zahlreiche Tiere, Insekten, Fische und

Vögel, und nach einer Weile werden Sie sich mit ihnen angefreundet haben.‹ Als Anlage war dem Brief eine dreiseitige Liste mit Gegenständen angefügt, die man unbedingt nach Palmyra mitnehmen sollte, vom ›gut ausgestatteten Erste-Hilfe-Kasten‹ bis hin zu ›Pistole und Munition‹. Der Brief schloß mit dem Satz: ›An diesem Ort können Sie Abstand von den Problemen der Welt gewinnen.‹

Genau das wollte Mac hören. Obwohl San Diego nicht so verdorben war und mehr Charme hatte als die meisten anderen Großstädte, litt es unter dem zunehmenden Verkehr und Verbrechen. Berichte von Überfällen, Vergewaltigungen und Schießereien häuften sich alarmierend. Smog, der Vorbote der urbanen Gifthauchs, wurde allmählich zum Problem. Mac spürte, daß seine Welt irgendwo *dort draußen* lag, im gewaltigen, winddurchtosten Ozean, und nicht hier in einer Stadt, in der neue Häuser wie Pilze aus dem Boden schossen und eine halbe Million Menschen um Platz kämpften.

Muff hingegen hätte ein großes, ranchähnliches Haus mit Swimming-pool in dieser Küstenstadt mit ihren sauberen Stränden und vor Leben wimmelnden Einkaufszentren bevorzugt. Sie hätte auch gern Kinder gehabt. Doch obwohl Mac in den frühen Jahren ihrer Ehe oft davon gesprochen hatte, hatte das Segeln immer den Vorrang gehabt. Muff hatte sich mit dem Unvermeidlichen versöhnt. War irgendein Leben perfekt?

Sie bezweifelte, daß sie fähig war, einen Mann mehr zu lieben, als sie Mac liebte. Er war forsch und intelligent und schien sie sehr zu lieben. Sie war noch immer der Entscheidung verpflichtet, die sie früh in ihrer Ehe getroffen hatte, als sie Macs Lebensweise akzeptiert hatte. Dieser versunkene, sehnsuchtsvolle Blick erschien nur in seinen Augen, wenn er vom Segeln sprach. Sie hatte ihn nie aufgefordert, sich zwischen ihr und seiner anderen Liebe zu entscheiden. Er hatte beides verdient.

Und außerdem war sie sich keineswegs sicher, wofür er sich entscheiden würde.

Ein paar Wochen nach dem Besuch bei den Hortons hatte Mac die Reiseroute ausgearbeitet. Die *Sea Wind* würde von San Diego nach Hawaii fahren, dort vielleicht einen Monat lang andocken und dann die Segel für Palmyra setzen. Wenn die Insel seinen Vorstellungen entsprach, wollte er ein halbes bis ein ganzes Jahr dort bleiben. Dann würden sie nach Tahiti und anderen bekannten Inseln im Südpazifik weiterfahren.

Mac benachrichtigte seinen Arbeitgeber, Triple A South, eine Schiffswerkstatt im Yachthafen Underwood, von seinen Plänen. Jamie Jamieson hatte ihn für den Job empfohlen, und Mac hatte den Besitzer mit seinen Fähigkeiten als Mechaniker so begeistert, daß er schon nach ein paar Wochen in eine leitende Position befördert worden war. Das war nun schon fast ein Jahr her, und Mac hatte dem vertrauten Drang, den Job und alles andere aufzugeben und Segel zu setzen, nun lange genug standgehalten.

Als das Abreisedatum näher rückte, verspürte Muff immer größere Besorgnis. Sie verinnerlichte ihre Ängste, litt an Schlaflosigkeit, Herzklopfen und Magenschmerzen. Ihr Arzt hielt diese Symptome nicht für gefährlich – lediglich Anzeichen schlechter Nerven.

Sie hatte nicht Macs schöne Erinnerungen an das Meer. Bei ihrer fast sechs Jahre währenden Hochzeitsreise rund um die Erde, die nun schon ein Jahrzehnt zurücklag, waren sie im Südpazifik in einen schrecklichen Taifun gekommen, hatten sie eine gefährliche Fahrt durch das Rote Meer gemacht und waren im Mittelmeer fast Piraten in die Hände gefallen. Sie hatte in ständiger Furcht vor schlechtem Wetter und hohem Seegang gelebt, und natürlich führt es zu Spannungen, wenn man sich in einem sehr kleinen Boot auf einem sehr großen, sehr unvorhersagbaren Ozean befindet. Sie wollte das nicht noch einmal durchmachen. Doch wenn Mac allein segelte und ihm etwas zustieß, würde sie sich nie verzeihen können, nicht an seiner Seite gewesen zu sein.

»Diese Reise wird einfacher als die Weltumseglung«, versicherte Mac ihr. »Wir sind nur zwei Jahre unterwegs. Wir können es langsam und ruhig angehen lassen. Schatz, es wird ganz toll werden.«

»Hoffentlich«, sagte Muff und zwang sich zu einem Lächeln. »Ich weiß nicht, wieso ich bei dieser Reise so ein merkwürdiges Gefühl habe.«

3. KAPITEL

Honolulu

Ein Wagen fuhr langsam über den Parkplatz am Keeha Lagoon-Hafen direkt neben dem Internationalen Flughafen Honolulu. Hunderte kleiner Schiffe schaukelten sanft an langen Dockreihen. Katamarane und Trimarane, Ketschen und Schoner, Kutter und Schaluppen, Spielzeuge von jung und alt, Reich und Nicht-so-reich, von Abenteuerlichen und Faulen. Für einige war ein Schiff eine Lebensart, für andere die Möglichkeit zur kurzen Flucht aus dem Alltag. Die Besitzer eines Schiffes, das zeitweilig hier vertäut lag, Buck und Jennifer, planten jedoch eine andere Art von Flucht.

Der Mietwagen hielt an, und ein Mann von mittlerer Größe und etwa dreißig bis vierzig Jahren sprang heraus. Er trug ein einfarbiges Hemd und unauffällige Hosen. Aus der Brusttasche des Hemdes zog er das zerknitterte Foto eines Segelschiffs. Er warf einen Blick darauf und lief dann auf eine Reihe vertäuter Boote zu. »Bleib hier«, rief er über die Schulter zurück.

Im Wagen wußte die ältere Frau nicht, was ihr Sohn

gesehen hatte. Wahrscheinlich wieder ein Irrtum, wie sie sie so oft in den letzten paar Tagen erlebt hatten. Einige Leute hatten geglaubt, die *Iola* nach dem Schnappschuß zu erkennen, doch niemand hatte gewußt oder verraten, wo sich das Boot oder Jennifer im Augenblick aufhielt. Sarah ›Sunny‹ Jenkins bezweifelte, daß sie und ihr Sohn Ted ihre Tochter noch rechtzeitig finden würden.

Nachdem sie vor vier Tagen aus Kalifornien eingetroffen waren, hatten sie bei Jennifers letzter Adresse mit der Suche nach ihr begonnen, der Hütte im Vulkangebirge vor Hilo. Sie fanden jemanden, der ihnen verriet, Jennifer und ihr Freund seien nach Maui gegangen, um dort ein altes Segelschiff auszubessern, das sie gekauft hatten. Sunny und Ted flogen nach Maui, und nach einer zweitägigen Suche hatten sie von einem langhaarigen Burschen, der in der Maalaea Bay an einem Boot arbeitete, erfahren, daß das Pärchen der *Iola* das Schiff endlich vom Stapel gelassen hatte und nach Oahu gesegelt war. Sunny und Ted hatten sich nicht abschrecken lassen und waren ihnen dorthin gefolgt, doch als ihr Flugzeug über Honolulu kreiste, ließ Sunny beim Anblick der unzähligen kleinen Yachten in den Häfen und auf den Wasserstraßen fast alle Hoffnung fahren. Wie in aller Welt sollten sie hier jemals *ein bestimmtes* Schiff finden? Doch dann nahm sie alle Entschlossenheit zusammen. Sie mußten es versuchen. Nach Jennifers letztem Brief hatte Sunny ihrem Sohn die unerfreulichen Nachrichten mitgeteilt, und sie waren übereingekommen, Jennifer unbedingt davon abzubringen, mit Buck Walker loszusegeln.

Sunny, dessen dichtes, braunes Haar von grauen Streifen durchzogen wurde, war eine stattliche und selbstbewußte Frau. Fast immer zeigte sie – ihrem Spitznamen entsprechend – der Welt eine sonnige Natur. Doch im Augenblick wirkte sie besorgt und niedergeschlagen. Die *Iola* war vielleicht schon vor Tagen aufgebrochen.

Ted kam zum Wagen zurück; das Hemd wies große Schwitzflecke unter den Achseln auf und klebte an seiner Brust. Schweiß rann sein Gesicht hinab.

Sunny drehte die Scheibe hinab, und feuchte, heiße Luft drang in den klimatisierten, angenehm kühlen Innenraum.

»Ich habe sie gefunden, Mom.«

»Oh, Teddy, Gott sei Dank.« Sunny konnte vor Aufregung kaum sprechen.

»Sie kommt gleich. Es war reines Glück. Ich habe zufällig dieses Ding hier gesehen« – Ted deutete auf das Foto vom Boot und den Bugspriet – »und mir fiel ein, daß dieser Bursche auf Maui gesagt hat, nicht viele Schiffe hätten so was.«

»Wie sieht sie aus?«

»Gut. Sie konnte nicht glauben, daß wir hier sind.« Besorgnis spiegelte sich auf seinem Gesicht. »Mom, denk dran, was wir besprochen haben, ja?«

Sunny nickte grimmig. Sie konnte nur beten, daß ihr Plan funktionierte.

Als sich an diesem Abend alle zum Essen in einem Restaurant am Ufer trafen, musterte Sunny verstohlen den Freund ihrer Tochter über den Tisch hinweg. Sein langes, ungepflegtes Haar störte sie. Seine großen, leuchtenden Augen erwiderten offen ihren Blick, und er gab sich selbstsicher und zurückhaltend machohaft. Er war groß und muskulös und strahlte einen natürlichen Elan aus. Sunny konnte verstehen, was Jennifer an ihm fand. Im Augenblick schien er sich damit zu begnügen, Jennifer das Reden für sie beide zu überlassen.

»Und so flickte Buck die Löcher in der Hülle, und wir bekamen sie endlich ins Wasser«, erklärte Jennifer zwischen den Bissen, »vor ... etwa ...« Sie sah Buck an.

»Vor drei, vier Wochen«, sagte er.

»Und ich kündigte, und wir segelten von Maui rüber«, fuhr Jennifer fort. »Mit dem Geld, das du uns geschickt hast, wollten wir zuerst ein Funkgerät kaufen, doch dann haben wir es uns anders überlegt. Wir brauchen Vorräte,

Mehl und Zucker und so. Ich werde viel backen. Und wir werden jede Menge Fische fangen.«

»Ihr habt kein Funkgerät?« fragte Sunny mit trügerischer Ruhe.

Jennifer schüttelte fröhlich den Kopf.

»Funkgeräte sind teuer«, sagte Buck lächelnd. »Außerdem gibt es niemanden, mit dem wir uns so dringend unterhalten wollen.«

Wollte er sie beleidigen, fragte sich Sunny, oder war er einfach gedankenlos?

Ihr dummen, dummen Kinder. Die Worte lagen ihr auf der Zunge. *Wie kann man ohne ein Funkgerät mitten auf den Ozean segeln? Was passiert, wenn ihr mal Hilfe braucht?* Doch sie schwieg; sie und Ted waren übereingekommen, daß Vorwürfe und Anklagen Jennifer nur noch sturer machen würden.

Jennifer war ein pflegeleichtes Kind gewesen. Sie hatten im zweiten Stock eines Hauses im New Yorker Stadtteil Washington Height gewohnt. Die gutmütige und begabte Jennifer schloß schnell Freundschaften. Sunny ließ sich von Jennifers Vater scheiden, als das Mädchen zehn Jahre alt war. Als Ted die Syracuse University in New York besuchte, zogen Mutter und Tochter nach Toronto, und da hatten die Probleme angefangen. Im dritten Jahr auf der High School schwänzte Jennifer den Unterricht, um mit Freunden Billard zu spielen. Mit der Kugel konnte sie immer besser umgehen, ihre Zensuren wurden immer schlechter. Sunny konnte nichts mehr bei ihr erreichen. Schließlich stellte der Schulleiter ein Ultimatum: Jennifer konnte die Schule freiwillig verlassen oder das Stigma mit sich tragen, von ihr verwiesen worden zu sein. »In unserer Familie geht man nicht von der Schule«, sagte ihr Onkel Buddy. »Es wäre die schlimmste Entscheidung deines Lebens, von der Schule zu gehen«, warnte ihr Bruder sie. Doch sie ging ab und versprach allen, im folgenden Herbst weiterzumachen. In diesem Sommer zogen Mutter und Tochter nach Los Angeles, und Jennifer hielt ihr Versprechen und war im September wieder auf der High School.

Bei diesem zweiten Versuch nahm sie die Dinge ernster und bekam Einsen und Zweien, während sie abends in einer Drogerie arbeitete. Nach dem Abschluß im folgenden Juni ging sie aufs College und wählte als Hauptfach Psychologie. Ein Jahr später nahm sie sich eine eigene Wohnung im San Fernando Valley bei Los Angeles, und Sunny besuchte sie dort regelmäßig. 1969, kurz nach ihrem Abschluß, zog Jennifer dann nach Hawaii, um Onkel Buddy bei seiner Ferienanlage Ulu Ma Village auf Oahu zu helfen, einem echten hawaiianischen Dorf aus dem sechzehnten Jahrhundert, das er in Honolulu gekauft, Brett für Brett abgetragen, über die Insel zur Kaneohe-Bucht verfrachtet und dort auf einem Stück Strand, das ihm gehörte, wieder aufgebaut hatte. Er richtete eine Bar und ein Restaurant ein, und nachdem er Absprachen mit Busgesellschaften getroffen hatte, die Touristen über die Insel karrten, ging das Geschäft erst richtig los. Jennifer bediente im Restaurant und kümmerte sich um die Buchhaltung.

Nach all diesen Jahren auf der Insel war Jennifers Sonnenbräune dunkler und ihr Haar kürzer und heller, doch für Sunny schien sie sich sonst kaum verändert zu haben. Aber sie war nicht überzeugt, daß sie ihre Tochter heute wirklich noch kannte. Ein paar über ein halbes Jahrzehnt verstreute Besuche hatten nur wenig von dem enthüllt, was im Leben ihrer Tochter wirklich vor sich ging. Diese Drogensache – nahm Jennifer, wie so viele andere junge Leute, wirklich Drogen? Ihren Marihuanakonsum – sie war 1970 wegen illegalen Besitzes verurteilt worden – hatte sie mit dem eines Geschäftsmannes verglichen, der nach harten acht Stunden im Büro seinen täglichen Martini kippte. In ihrem letzten Brief hatte Jennifer die Drogenanklage gegen Buck und sie als ›Erfindung‹ abgetan.

Nach dem Essen bat Ted um die Rechnung und musterte Buck neugierig. »Jenny hat uns von Ihren Problemen mit der Justiz geschrieben. Können wir Ihnen irgendwie helfen?«

»Das glaube ich nicht«, sagte Buck leise.

Ted wartete auf weitere Ausführungen.

Jennifer brach die Stille. »Buck wurde verhaftet, weil er MDA verkauft hat. Das ist eine Droge, Mom, aber nicht sowas wie Heroin. Eher so was wie Gras. Na ja, ich bin mit Buck in die Stadt gefahren. Er wurde auf dem Parkplatz vor Penney's verhaftet. Ich war ein paar Blocks entfernt, in einer Automatenwäscherei. Trotzdem haben sie mich auch verhaftet und angeklagt. Es ist nicht fair. Wirklich nicht.« (Obwohl Jennifer keine Schwierigkeiten hatte, ihrer Mutter und ihrem Bruder von ihrem Zusammenstoß mit dem Gesetz wegen des Marihuanas zu berichten – sie war eher entrüstet als betroffen –, hatte sie ihnen *nichts* von ihren Verhaftungen auf Hawaii 1969 wegen einfachen Diebstahls und 1973 wegen Ladendiebstahls gesagt. *So etwas* erzählt man seiner Mutter nicht.)

Jennifer glaubte wirklich, daß man Buck hereingelegt hatte, und sagte das ihrer Mutter und ihrem Bruder auch. Aber sie ließ gewisse Tatsachen aus, die andere belastend gefunden hätten. Sie erwähnte nicht, daß Buck bei seiner Verhaftung eine 9-Millimeter-Pistole dabeigehabt hatte – eine notwendige Schutzmaßnahme, wie er Jennifer später erklärt hatte, um von dem anderen Dealer nicht ausgenommen zu werden. Hinzu kamen vor den MDA-Verkäufen Bucks Versuche, Marihuana zu ziehen – Hunderte von Pflanzen hinter ihrer Hütte.

Jennifer hatte Buck damals gesagt, er sei verrückt, so viel Marihuana zu ziehen. Ja, sie *mochte* Gras, mochte die warmen Empfindungen, die kosmische Euphorie. Sie hörte gern die Stones, wenn sie stoned war, und hörte dabei Noten und Harmonien, die ihr noch nie aufgefallen waren. Sie mochte es, mit Buck zu schlafen, während sie in einer absulut sinnlichen Dimension schwebte. Es war ein liebevolles Hoch, keinesfalls destruktiv, niemals ein Horrortrip, und man bekam keinen Kater davon. (Sie nahm auch gern Quaaludes und tauschte, wann immer möglich, das Gras für die Tabletten ein. Wenn sie die ›Ludes‹ nahm, kribbelte ihre ganze Haut, und sie fühlte sich sehr sinnlich.) Sie hätte ihm gern erlaubt, genug Gras für den Eigenbedarf anzubauen, doch Buck wollte auch mit dem Handel seinen Schnitt machen.

Unmittelbar vor der Ernte hatte ihnen irgendwer einen Strich durch die Rechnung gemacht und eines Nachts jede einzelne Pflanze ausgerissen und gestohlen. Unglaublich wütend und hungrig auf Rache hatte Buck neue gepflanzt, Stolperdrähte angelegt (von denen einige an scharfe Waffen angeschlossen waren) und ständig eine geladene Schrotflinte und einen Revolver bereitgehalten. Es hatte um die Waffen einen gewaltigen Streit gegeben. Als Jennifer darauf beharrte, daß er sie nicht mit in die Hütte nahm, hatte er schließlich nachgegeben und sie direkt vor der Tür verstaut.

»Buck hat morgen die Vorverhandlung, aber er geht nicht hin«, fuhr Jennifer fort. »Die Rechtsanwälte meinen, wenn er sich schuldig bekennt, in einem Fall MDA verkauft zu haben, werden sie die andere Anklage gegen ihn und die getürkte gegen mich fallen lassen.«

»Buck will die Kaution verfallen lassen?« fragte Ted.

Jennifer nickte unbekümmert.

Teds Gedanken rasten. »Buck, habe ich das richtig verstanden? Wenn Sie morgen vor Gericht erscheinen und sich in einem Anklagepunkt schuldig bekennen, werden die Anklagen gegen Jennifer fallen gelassen?«

»Das sagen die Anwälte«, gab Buck gleichmütig zurück.

»Werden Sie in Gewahrsam genommen?«

»Nein. Für die Drogenanklage wird ein Verhandlungstermin festgesetzt.« Buck verriet nicht mehr als unbedingt nötig.

»Unsere Anwälte sagen, er kann auf Kaution bis zur Verurteilung draußen bleiben«, fügte Jennifer hinzu. »Aber nachdem er wegen der MDA-Sache gesessen hat, wird er nach Kalifornien ausgeliefert, um dort seine Reststrafe abzusitzen. Ich will nicht, daß er nach San Quentin kommt. Da werden Menschen zu *Tieren*.«

Sie konnte unmöglich alle Horrorgeschichten weitergeben, die Buck ihr über das berüchtigte Gefängnis erzählt hatte. Er hatte gesehen, wie Häftlinge erstochen, verprügelt, totgetreten, erschossen und erwürgt worden waren. Dort konnte man wegen einer Schachtel Zigaretten umgebracht werden. Man mußte vierundzwanzig Stunden am Tag hart und gemein sein, um zu überleben. »Wenn man ihnen nachgibt«, hatte Buck gesagt, »machen sie einen zur Tussi.« Er hatte ihr explizit erklärt, was das bedeutete. Buck sagte, er würde lieber sterben, als nach San Quentin zurückzukehren. Das Entsetzen in seinen Augen, wann immer er sich an seine Haft dort erinnerte, hatte Jennifer schließlich überzeugt, daß ihnen nur die Wahl blieb, von Hawaii und vor der Anklage zu fliehen.

»Buck hat für seinen Fehler bezahlt«, sagte Jennifer zu ihrer Mutter und ihrem Bruder. »Er war nur ein Teenager, und die Pistole war gar nicht geladen, aber trotzdem haben sie es bewaffneten Raubüberfall genannnt und ihn nach San Quentin geschickt.«

Jennifer erinnerte sich noch genau daran, als Buck ihr zum erstenmal von seiner Haftstrafe erzählt hatte – sie wohnten seit kurzem zusammen. Als sie ihn fragte, was er ausgefressen hatte, und er »Bewaffneter Raubüberfall!« sagte, war sie schockiert gewesen. Sie verabscheute Waffen und Gewalt jeder Art, sogar in Filmen oder im Fernsehen. Sie hatte nicht gewußt, was sie sagen sollte. Hatte er eine verborgene Neigung zur Gewalt, obwohl er zu ihr immer zärtlich war? Buck hatte einen Augenblick lang geschwiegen, als habe er ihre Gefühle verstanden. Es hatte schließlich geholfen, daß er hinzufügte, die Waffe sei nicht geladen gewesen. »Ich hing in einem Alter, in dem ich leicht zu beeindrucken war, eben mit den falschen Leuten herum«, erklärte er. Da sie sich bereits in Buck verliebt hatte, tat sie seine etwas dunkle Vergangenheit mit dem Gedanken ab, daß jeder einen oder zwei Fehler machen darf. Sie selbst hatte auch schon einige gemacht.

Ted wollte ruhig und völlig logisch bleiben. »Buck, warum gehen Sie morgen nicht hin, wenn Sie nur vor Gericht erscheinen und sich schuldig bekennen müssen, um Jennifer rauszuhauen? Ich würde mitkommen.«

Walker mußte nicht lange darüber nachdenken. »Na schön. Das ist sowieso mein Problem.«

»Es ist *unser* Problem«, sagte Jennifer fest, als wolle sie klarstellen, wem an diesem Tisch ihre erste Pflicht galt.

Nachdem Sunny und Ted zu ihrem Hotel und Jennifer und Buck zur *Iola* zurückgekehrt waren, gewann Ted allmählich den Eindruck, daß er aus einer üblen Situation das Beste gemacht hatte. Er würde mit Walker zum Gericht gehen, um dafür zu sorgen, daß man die Anklage gegen seine Schwester fallen ließ. Danach würden er und seine Mutter Jennifer allein erwischen und mit aller Macht versuchen, ihr die Flucht mit Buck auszureden.

Ted konnte seine Schwester nicht verstehen. Eigentlich hatten sie so wenig gemeinsam, und so viele Jahre trennten sie, daß jeder praktisch als Einzelkind aufgewachsen war. Er war acht gewesen, als seine kleine Schwester geboren wurde. Die Scheidung seiner Eltern geriet für Jennifer viel traumatischer als für ihn; er hatte sich gefühlsmäßig schon Jahre zuvor von seinem Vater entfernt. Jack Jenkins, dem ein Lagerhaus in der Lower East Side von Manhattan gehörte, schlug seine Kinder zwar nicht, ignorierte sie aber auf grausame Art und Weise. Wenn er nach Hause kam, war er regelmäßig so betrunken, daß er auf seinem Stuhl im Wohnzimmer einschlief. Ted hatte jeden Respekt für seinen Vater verloren und hatte auf dem College den Weg eingeschlagen, für den sich zuvor auch der Bruder seiner Mutter, Onkel Buddy, entschieden hatte; er hatte ein beträchtliches Vermögen im Einzelhandel gemacht, bevor er sich dann auf Hawaii niedergelassen hatte. In dem Monat, da Ted sein Diplom bekam, hatte er seine Collegefreundin Donna geheiratet, und sie waren an die Westküste gezogen. Innerhalb von zehn Jahren führte Ted seinen eigenen erfolgreichen Lehrbuchverlag, und er und seine Frau zogen in ihrem Vorstadthaus fünfzig Kilometer vor San Francisco sechs Kinder groß.

Das letzte Mal hatte er vor ein paar Jahren längere Zeit mit seiner Schwester verbracht, als sie und zwei Freundinnen überraschend bei ihm aufgetaucht waren und einen Monat in Schlafsäcken auf dem Wohnzimmerfußboden gewohnt hatten. Ted ging jeden Morgen früh aus dem Haus und kam erst spät zurück, und Donna, die den ganzen Tag zu Hause war, mußte den größten Teil der Invasion abfangen. »Jennifer und ihre Freundinnen sind Blumenkinder«, flüsterte sie eines Nachts Ted im Bett zu. »Keine BHs und jede Menge Hasch. Ich habe *nichts* mit ihnen gemeinsam. Ich glaube, wir sind schrecklich normal.« Daraufhin hatte Ted gelächelt. »Das sind wir«, sagte er. Eines Sonntags abends, kurz vor dem Aufbruch der drei Besucherinnen, standen er und Jennifer auf einem Hügel über den Wäldern hinter dem Haus und verglichen ihre jeweilige Lebensphilosophie.

»Ich sehe das Leben als eine Art Fluß«, sagte Jennifer. »Ich fließe, wohin die Strömung mich trägt, und genieße das Leben.«

»Angenommen, dir gefällt es dort nicht, wohin die Strömung dich getragen hat?«

»Dann lasse ich mich von ihr woanders hinbringen.«

Ted dachte einen Augenblick darüber nach. Er wünschte, er könnte ihr *in irgendeiner Hinsicht* beipflichten. »Jeder von uns ist Herr über sein Schicksal. Wir können unser Leben verbessern oder verschlechtern.«

Die Sonne war untergegangen, und ihnen fröstelte, doch keiner machte Anstalten, ins Haus zurückzugehen.

Jennifer erklärte, daß sie nicht wie die meisten Leute sein wollte, »eingezwängt in eine Rolle«, die von den

Erwartungen der Familie und dem sozialen Milieu bestimmt wird. »Dann wird das Leben zu einer Bühne, auf der die Menschen einfach die vorbestimmten Rollen spielen.« Sie wollte ihre eigene Rolle, ihren eigenen Text schreiben, unbeeinflußt vom Willen anderer. »Ich will meine eigenen Dimensionen definieren«, sagte sie zu ihrem Bruder.

Natürlich wußte Ted, daß eine Menge junger Leute wie Jennifer ein unkonventionelles Leben führten und es einfach darauf ankommen ließen. Abgesehen vom Konsum zahlreicher Drogen protestierten viele auf den Straßen gegen den unpopulären Krieg oder gingen nach Kanada, um die Einziehung zu vermeiden. Mehr Paare denn je lebten offen zusammen, ohne verheiratet zu sein. Die Werte veränderten sich, und ein großer Teil der Gesellschaft hatte sich in dem Mahlstrom von Experimenten und abweichender Meinung verfangen. Ihm lag nichts dergleichen – er hatte nie einen Joint geraucht, nicht ein einziges Mal. Er hatte zuviel zu tun, um solche Dummheiten zu begehen, mußte den Lebensunterhalt verdienen und sich um die Familie kümmern. Trotzdem kam er sich manchmal unangenehm spießig vor – vor allem in Gegenwart seiner kleinen Schwester. Sie schien felsenfest von ihrer Einstellung zum Leben überzeugt.

Jennifer lächelte fast verzeihend. Sie hatte für Mc Govern gestimmt. Ted hatte für Nixon gestimmt. Welche Worte könnten diesen Abgrund überbrücken?

»Schau, Teddy, ich weiß, daß mein Lebensstil nichts für dich ist. Du mußt sechs Kinder ernähren. Du mußt von einem Punkt zum anderen, ganz gleich, wohin der Fluß strömt. Aber ich mag den Fluß. Ganz gleich, wohin er führt, ich will es erleben.«

Reue, so glaubte Jennifer, war besser als Bedauern.

Jennifer hatte sich ehrlich darüber gefreut, daß ihre Mutter und ihr Bruder nach Hawaii gekommen waren. Obwohl sie dieser Tage kaum ihren Prioritäten oder ihrer politischen Überzeugung beipflichten konnte, liebte sie sie wirklich. Der Sinn ihres Erscheinens war kein Geheimnis. Und so war sie also nicht überrascht, als sie sie am folgenden Nachmittag baten, sie in ihrem Hotel zu besuchen. Allein, ohne Buck.

Als Jennifer dort ankam, mußte sie lächeln. Sowohl Mom als auch Ted wirkten so *vorbereitet*. Sie machten den Eindruck von unerfahrenen Schauspielern, die nervös darauf warteten, daß sich der Vorhang zu ihrem ersten Auftritt hob, und Angst davor hatten, ihren Text zu vergessen.

»Jennifer, ich möchte, daß du mit mir zurückfliegst und meinen Postversand übernimmst«, begann ihre Mutter. »Dann könnte ich dir alles beibringen und in den Ruhestand gehen.«

Jennifer war gerührt. Vor ein paar Jahren hätte sie die Gelegenheit, eine eigene Firma zu leiten, mit beiden Händen gepackt, jetzt aber nicht mehr.

»Mom, das ist ein wunderbares Angebot. Ich weiß es wirklich zu schätzen. Aber ich habe eine gewisse Verpflichtung. Seit Monaten habe ich nur eins im Sinn – unser Schiff fertig zu kriegen, damit wir Hawaii verlassen können. Ich habe ziemlich viel Geld hineingesteckt, Buck jede Menge Arbeit. Wir haben uns dazu entschlossen, und wir werden es auch durchführen. Ich kann nichts daran ändern. Ich kann Buck nicht im Stich lassen. Er würde wohl ohne mich fahren, aber ich glaube nicht, daß er es ohne mich schafft. Er braucht mich.«

Er braucht mich. Sunny wußte, daß sie diese Worte früher oder später hören würde. Schon als kleines Kind hatte Jennifer auf alles und jeden reagiert, der oder das sie brauchte. Ein streunender Hund, ein verletzter Spatz, ein Nachbarskind, das gefallen war und sich das Knie aufgeschlagen hatte. Es war kein Zufall, daß die Jungs, mit denen Jennifer ging, immer Verlierer gewesen waren. Sie stand auf Männer, gegen die alles sprach, und nicht auf jene, denen alles in den Schoß gefallen war, weil sie den überwältigenden Drang hatte, gebraucht zu werden. Vielleicht hatte alles in ihrer Kindheit begonnen, als sie gern etwas getan hätte, um ihrem Vater zu helfen, nüchtern zu bleiben, aber nicht dazu imstande gewesen war. Sunny sagte nichts darüber.

»Jennifer, es gibt da ein paar juristische Probleme«, sagte Ted völlig nüchtern. »Obwohl die Anklage gegen dich fallen gelassen wurde ...«

»Übrigens«, unterbrach Jennifer, »schönen Dank, daß du Buck heute morgen zum Gericht begleitet hast. Es ist eine Erleichterung, daß die Anklage fallen gelassen wurde.« Bucks Prozeß war auf den Sommer anberaumt worden.

»Jennifer, wenn du mit Buck lossegelst, könnte man dich erneut anklagen«, sagte Buck. »Wegen Begünstigung und Fluchthilfe.«

Jennifer dachte nach. »Aber nicht, wenn ich seine Frau wäre, oder?«

Teds Salve zur Eröffnung des Kampfes war nach hinten losgegangen. Er wollte Jennifer keinen Grund geben, Buck Walker zu heiraten. »Da ist noch etwas zu berücksichtigen«, sagte er, schnell das Thema wechselnd. »Selbst wenn man dich nicht anklagt, würdest du das Leben eines flüchtigen Verbrechers führen. Buck kann nie zurückkommen, und du auch nicht. Bist du bereit, deine Familie aufzugeben, mit ihm auf einem Segelschiff dieses Land zu verlassen und nie mehr zurückzukommen?«

»Ich gebe meine Familie *nicht* auf«, sagte Jennifer nachdrücklich. »Es ist ja nicht so, als würde ich vom Antlitz der Erde fallen. Außerdem hat Buck mir versprochen, daß es nicht für ewig sein wird. In ein paar Jahren wird er zurückkommen und sich stellen. Er hofft, daß sie dann nicht so hart mit ihm umspringen werden, wenn er nachweisen kann, daß er seitdem nichts mehr ausgefressen hat.« Doch selbst Jennifer konnte den letzten Teil nicht so ganz glauben. Sie konnte sich nicht vorstellen, daß sich Buck tatsächlich stellen würde, wie er es ihr eines Nachts, als sie eng aneinandergekuschelt in der Koje der *Iola* gelegen hatten, hoch und heilig versprochen hatte. Doch mit diesem Problem konnte man sich später befassen.

»Bist du nicht auf den Gedanken gekommen, daß sie euch *suchen* werden?« Sunny konnte nicht verhindern, daß sich ihre Stimme hob. »Ihr könnt nicht einfach davonlaufen. Die Regierung hat Flugzeuge und Schiffe, um flüchtige Verbrecher aufzuspüren. Das FBI wird euch finden.«

Jennifer blieb ruhig. Sie verstand ja, daß ihre Mutter sich aufregte. »Wir wollen ein abgeschiedenes Fleckchen finden, fern von allen Pfaden, so eine Art Inselparadies«, erklärte Jennifer. Buck hatte sie gewarnt, den Namen der Insel, die sie sich ausgesucht hatten, nicht zu nennen. Sie war ganz seiner Meinung, denn sie war keineswegs überzeugt, daß ihre Mutter oder ihr Bruder schweigen würden, wenn eines Tages das FBI mit einem Haftbefehl gegen Buck vor der Tür stehen würde. »Er wird seinen Namen ändern, und wir fangen ganz von vorn an«, fuhr sie fort. »Es wird alles gut. Wir werden glücklich sein. Ich liebe Buck, und er liebt mich. Ich weiß, ihr glaubt, meine Liebe für ihn sei blind. Aber so ist das nicht. Ich weiß, worauf ich mich einlasse.«

»Es ist nicht so, daß Liebe blind ist, Schatz. Sie weigert sich manchmal nur, zu glauben, was sie sieht. Du bist bestimmt intelligent genug, um zu begreifen, daß es ein großes Risiko ist, mit Buck davonzulaufen. Aber du hast dir eingeredet, es bestehe überhaupt kein Risiko, nur die Aussicht auf Liebe und ein glückliches Leben bis in alle Ewigkeit.«

»Mom, es tut mir leid. Ich gehe mit ihm.«

Sunny saß da, verängstigt und geschlagen, das Kinn

auf der Hand abgestützt, und fragte sich, wieso sich Jennifer einfach vor dem Sinn ihrer Worte verschließen konnte. Das sah ihrer Tochter gar nicht ähnlich. *Habe ich sie verloren? Ist sie Buck Walker hörig?*

Ted begriff, daß es an der Zeit war, sein As auszuspielen. Ein Freund von ihm, der in Kalifornien bei der Staatsanwaltschaft arbeitete, hatte ihm einen Gefallen getan und Buck Walkers Namen durch die Computer laufen lassen. Herausgekommen war ein langes Vorstrafenregister, angefangen mit Bucks erster Verhaftung im Alter von zwölf Jahren, seiner Flucht aus einer Besserungsanstalt ein Jahr später und zwei Autodiebstählen im darauffolgenden Jahr. Das Register schloß als Jugendstrafen zwei weitere Ausbrüche aus Jugendstrafanstalten, einen einfachen und einen schweren Autodiebstahl ein, alles vor seinem sechzehnten Geburtstag. Mit Walker wuchs auch die Schwere der Vergehen: Raub (mit sechzehn Jahren), zwei Einbrüche (mit siebzehn) und der bewaffnete Raubüberfall mit achtzehn Jahren, der ihm die Strafe von fünf Jahren bis lebenslänglich in San Quentin eingebracht hatte. Sieben Monate nach seiner 1961 erfolgten Entlassung aus dem Staatsgefängnis auf Bewährung saß er wegen eines Einbruchs in Los Angeles schon wieder drin. Diese Informationen befanden sich auf den beiden ersten Seiten des Vorstrafenregisters, und es gab noch zwei weitere. Es war keinesfalls so, daß Buck einen törichten Fehler gemacht und seine Schuld an die Gesellschaft bezahlt hatte. Er hatte sein ganzes Leben lang das Gesetz gebrochen. Ted wollte nicht, daß Jennifer erfuhr, daß er Buck nachspioniert hatte, und so erwähnte er das Vorstrafenregister nicht. Doch eins wollte er ihr unbedingt sagen, denn es war so angsteinflößend, daß die meisten Menschen zweimal darüber nachgedacht hätten, bevor sie sich mit Buck einließen, geschweige denn, allein mit ihm aufs Meer hinausfuhren.

»Jen, hat Buck dir gesagt, daß er vor sieben Jahren in

eine Heilanstalt für geisteskranke Kriminelle eingeliefert worden ist?«

Jennifer verschränkte trotzig die Arme vor der Brust, ein unmißverständlicher Ausdruck der Körpersprache, daß sie sich abschirmte. »Klar. Er hat nur so getan, damit er nicht nach San Quentin zurück mußte.«

Die Antwort kam so schnell, so sicher, daß Ted Jenkins in diesem Augenblick begriff, daß nichts, was er oder seine Mutter sagen würden, Jennifer davon abbringen konnte, mit Buck Walker zum Rand der Erde zu segeln. Buck war ihnen zuvorgekommen, indem er ihr seine Version der Vergangenheit erzählt hatte, und Jennifer war eigensinnig. Obwohl sie ahnte, daß Buck die Wahrheit gelegentlich etwas zu schön gefärbt hatte, hielt sie ihn im Prinzip für grundehrlich.

Obwohl Sunny nur wenig sagte, war sie gefühlsmäßig am Ende. Sie seufzte schwer, nahm ihre Brille ab und rieb die von der Erschöpfung geröteten Augen. Wie ihr Sohn hatte sie sich ihr stärkstes Argument bis zum Schluß aufgehoben.

»Jennifer, ich habe diese schrecklichen Alpträume. Es ist immer derselbe. Du bist auf einem Boot, und große Wellen schlagen über dich zusammen. Das Schiff kippt um, und du ertrinkst. Ich kann immer nur denken, *Jennifer ertrinkt, Jennifer ertrinkt*. Wenn ich aufwache, bin ich so aufgeregt, daß ich nicht wieder einschlafen kann. Schatz, ich glaube, wenn du mit diesem kleinen Schiff auf den Ozean fährst, wirst du nie wieder zurückkommen.«

Jennifer beugte sich vor und legte tröstend die Hand auf den Arm ihrer Mutter. »Ich liebe dich, weil du dir solche Sorgen um mich machst, Mom. Aber alles wird gutgehen.« Und sie war wirklich dieser Überzeugung. Sie war mit Buck glücklicher als je zuvor mit einem Mann. Sie würden es schaffen. Es war zwar viel harte Arbeit und etwas Glück dazu nötig, und der richtige Anstoß vom Fluß des Lebens, doch sie hatte sich in der Liebe zu diesem Mann verloren, und nur darauf kam es an.

Am nächsten Tag umarmten und küßten sich Sunny und Ted auf dem Flughafen Honolulu zum Abschied, überzeugt, ihr Bestes gegeben zu haben. Sunny bestieg ein Flugzeug nach Los Angeles, und ihr Sohn ging zu einem anderen Flugsteg weiter, um eine Maschine nach San Francisco zu erwischen.

Nach dem Start sah Sunny auf die gewaltige blaue See hinab, die sich bis zum Horizont erstreckte. Sie konnte den Gedanken nicht ertragen, daß sich Jennifer irgendwo dort unten auf einem winzigen Segelboot befand, nur ein Punkt auf dem endlosen Wasser; sie zog die kleine Jalousie hinunter, um das Meer nicht mehr sehen zu müssen.

Selbst wenn ihr kleines Boot auf der langen Reise nicht sinken sollte, machte sich Sunny über den Exsträfling Buck Walker Sorgen. Sein äußerlicher Charme war wahrscheinlich ein Mittel zum Überleben. Doch wer wußte schon, wozu er imstande war? Wenn Jennifer ihm mitten auf dem Ozean auf die Nerven ging und er die Beherrschung verlor ...

Sunny sprach ein Gebet, das sie noch unzählige Male wiederholen sollte, doch sie vertraute nicht auf göttliche Interventionen. Ihre Alpträume waren so erschreckend real. Sie fühlte den tiefen Schmerz eines Verlusts, als hätte sie ihre Tochter tatsächlich zum letzten Mal lebend gesehen.

Eine Woche später bekam Sunny eine Postkarte. Die Vorderseite zeigte ein Segelschiff, das die Wellen durchschnitt, und die Worte *Die Sorgen von heute können so schnell vergehen* ... Dieser Satz wurde auf der Rückseite fortgesetzt: ... *in der strahlenden Hoffnung der Zukunft.* Der handschriftliche Text lautete:

Liebe Mom,
wie Du mich gebeten hast, habe ich mir alles noch einmal überlegt, doch ich kann meinen Weg nicht ändern.

Die Erfahrungen, die ich machen werde, werden gut für mich sein. Ich werde Dinge tun, die ich schon lange tun wollte, aber nicht getan habe, weil ich bequemerweise genug Ablenkungen fand, die meine Kraft zerstreut haben. Ich habe nichts oder nur wenig erreicht. Jetzt werde ich etwas tun, das ich tun muß, weil es das Leben verlangt – Getreide ziehen, Brot backen, lernen, mit wenig auszukommen.

Ich habe großen Respekt vor Deinen Vorahnungen. Doch wenn man Furcht vor dem großen Unbekannten verspürt, sind Vorahnungen manchmal dramatischer als die Wirklichkeit. Diejenigen, die sich aus der alten Heimat nach Amerika gewagt haben, begaben sich auf der Suche nach etwas Besserem ins Unbekannte. Viele, die aufgebrochen sind, haben ihr Ziel nie erreicht, doch auch von denen, die zu Hause geblieben sind, haben viele nicht überlebt. Und einige, die ihren Himmel fanden, mußten feststellen, daß er auch nur eine Hölle war. Andere haben hingegen ein besseres Leben gefunden.

Ich fühle, daß wir unser Ziel erreichen werden. Es bleibt abzuwarten, ob ich mit meinem Leben völlig zufrieden sein werde, doch ich habe wenig Zweifel daran, daß mich diese Reise zu einem selbstbewußteren, fähigeren Menschen machen wird.

Ich bin froh, daß ihr beide hinübergekommen seid. Ich habe mich gefreut, Euch wiederzusehen. Ich liebe Euch beide.

Mit ganzer Liebe,
Jennifer

4. KAPITEL

San Diego

Marie Jamieson war vom Verhalten ihrer Freundin erstaunt.

Nach einem plötzlichen und etwas verwirrenden Anruf am Vormittag war Muff so nervös und zerfahren wie ein flüchtiger Verbrecher auf der Veranda der Jamiesons erschienen. In den Armen hielt sie einen Karton, den sie fest gegen ihr Kinn drückte. An ihren Handgelenken hingen Einkaufstüten. Wie üblich versuchte sie wieder, zuviel auf einmal zu machen, doch die Anspannung auf ihrem Gesicht ließ sich nach Maries Ansicht nicht allein durch die Last erklären, die sie trug.

Halb amüsiert, halb besorgt half Marie ihrer guten Freundin, den Rest der Sachen ins Haus zu holen, die sie bei der bevorstehenden Reise nicht mit auf See nehmen konnte. Sie war erstaunt, daß sie schließlich den großen Tisch im Wohnzimmer und auch die gefliesten Küchentheken bedeckten.

Dieses Umlagern wurde, wie Muffs Freunde wußten, meistens von Mac verursacht. Er erzählte den Leuten gern, wie er einmal versucht hatte, die Einstellung seiner Frau zu ändern. Da der Bug ihres Segelschiffs tiefer im Wasser lag als das Heck, hatte er ihr *befohlen*, einen Teil der Sachen, die sie gehortet hatte, rauszuwerfen. Als er beim nächsten Mal hinsah, lag das Heck tiefer als der Bug. Muff hatte einfach alles nach hinten geschafft. Mac brüllte vor Gelächter, wenn er die Geschichte erzählte, und Muff lächelte schüchtern. Vielleicht hatte sie sie schon zu oft gehört.

Nachdem Marie Kaffee gekocht hatte, stellte sie verwundert fest, daß Muff einige Kartons noch einmal durchsah, als könne sie es nicht ertragen, sich von allem zu trennen. Einige Kartons enthielten alte Zeitschriften, Zeitungen und anderes Zeug, das keinen offensichtlichen Wert und zu dem sie keine persönliche Beziehung hatte. Andere waren mit Schnickschnack von ihrer Weltumseglung gefüllt. Ein alter Koffer enthielt Muscheln. Muff hatte sie mühsam gesäubert und poliert, und sie alle brachten eine Erinnerung an ihr gemeinsames Leben mit Mac zurück.

Verstreut fanden sich darunter wahre Schätze eines bequemen, stilvollen Lebens – feines Tafelporzellan aus

England, Stielgefäße und Schüsseln aus Bleikristall, ein vollständiges Service aus Sterlingsilber und ein Tiffany-Teller.

Marie konnte nicht widerstehen, sah sich eins der strahlend leuchtenden Messer an und bemerkte auf dem Griff ein ungewöhnliches Muster.

»Das ist Macs Familienwappen«, sagte Muff.

»Schatz, ich weiß nicht, ob ich so wertvolle Sachen aufbewahren soll. Ich meine, das sind doch Familienerbstücke. Sollte sie nicht ein anderer haben?«

Marie und Muff brachten einander gern zum Lachen, und Maries Gelächter – gewaltig und herzhaft für eine so kleine Frau – überraschte manchmal sogar ihre besten Freunde. Doch was hier und jetzt stattfand, war nicht im geringsten lustig.

»Mach dir keine Sorgen«, sagte Muff. »Ich habe für unsere festlichen Essen einmal die Woche genug an Bord behalten. Wir tun dann immer ganz formell, weißt du, mit weißen Leinentischtüchern und silbernen Kerzenleuchtern. Ob du es glaubst oder nicht, ich habe Mac sogar dazu gebracht, dabei ein weißes Hemd anzuziehen.« Ihr Lachen klang spröde. Ihre Gedanken schienen zu schweifen. »Wenn uns wirklich irgend etwas zustoßen sollte, gehen die Sachen natürlich an Macs Familie.« Sie hielt inne. »Ich könnte sie auch bei meiner Mutter lassen, aber die ist schon ziemlich betagt.« Sie versuchte erneut zu lachen, doch es gelang ihr nicht so recht.

Marie wußte, daß sich Muff nicht auf die Reise freute, und sie wollte sie instinktiv umarmen und ihr sagen, sich nicht auf dieses verrückte Abenteuer einzulassen. Sie wollte ihre warmherzige, unaufdringliche, aber im stillen mutige Freundin beschützen. Doch in Wirklichkeit brauchte Muff in mancher Hinsicht weniger Schutz als ihr übermäßig selbstbewußter Macho von Mann. Mac hatte die Neigung, den falschen Menschen zu vertrauen, wie neulich auch bei einem Aktiengeschäft. Muff hatte ihm geraten, die Finger davon zu lassen; sie vertraue diesem Burschen nicht, der Mac dann auch um mehrere tausend Dollar geschädigt hatte.

Marie würde es natürlich nie jemandem sagen, doch sie war überzeugt, daß Muff die ungewöhnliche Fähigkeit hatte, die ›Schwingungen‹ anderer Menschen aufzunehmen und vielleicht sogar zu fühlen, was passieren würde. Es konnte unheimlich sein, als wäre sie mit unsichtbaren Antennen geboren worden, die Ärger aufspüren könnten. Nur zum Spaß hatte Marie gelegentlich Muffs Fähigkeit getestet zu erraten, was jemand dachte oder bei einem Telefongespräch sagen würde. Muff lag dabei so oft richtig, daß Marie geneigt war, bei ihr an übersinnliche Begabungen zu glauben.

Schnell und nervös griff Muff in eine der Kisten auf der Küchentheke und zog eine fein gestaltete italienische Porzellanfigur heraus, anscheinend die Jungfrau Maria mit ihrem charakteristischen blauen Umhang. Ihre Augen waren in Verehrung oder geheimem Schmerz geschlossen. Die Stirn der Figur wies einen häßlichen Sprung auf.

Muff zögerte und hielt ihr dann die Figur vorsichtig hin. »Hier, die ist für dich«, sagte sie und drückte sie Marie in die Hand. »Wir ... haben sie auf unserer Hochzeitsreise in Italien gekauft.«

»Oh, Muff, das kann ich nicht annehmen. Das muß ...«

»Bitte. Bitte!«

»Aber wenn sie dich an Italien erin...«

»Marie«, sagte sie leise, »du verstehst es nicht. Ich will sie nie wieder sehen. Wirf sie einfach weg, wenn du willst. Ich will nichts mehr damit zu tun haben.«

Marie war wie vor den Kopf gestoßen. Muff zitterte und atmete schwer.

»Sieh sie dir an«, sagte Muff schließlich. »Sieh dir an, was mit ihr passiert ist ... Siehst du es nicht? *Das Loch in ihrem Kopf*«, sagte Muff, sich auf den Sprung beziehend. Sie schlug die Hände vors Gesicht und begann unbeherrscht zu weinen.

Marie setzte die Statue ab und faßte ihre Freundin an den Schultern. Die Hysterie war ansteckend. Marie stellte fest, daß auch sie weinte, überwältigt von einem schrecklichen Gefühl des Verlusts.

»Ich ... ich komme nicht zurück«, schluchzte Muff.

»Oh, Muff, du darfst nicht ...«

»Mac und ich ... wir werden dich nie wiedersehen.«

»Schatz, wenn du das glaubst, darfst du nicht segeln! Bleib hier. Mac wird es verstehen. Er würde nicht wollen, daß du so etwas Schreckliches durchmachst.«

Muff versteifte sich augenblicklich und löste sich aus Maries Umarmung. Sie versuchte, ein tapferes Lächeln aufzusetzen, riß ein Papiertuch von der Küchenrolle ab und tupfte unbeholfen ihre Augen ab. Dann lachte sie, und Marie tat es ihr gleich. Plötzlich kam ihnen alles völlig lächerlich vor, und die Spannung löste sich auf.

»Nein«, sagte Muff. »Ich gehöre zu Mac. Er will segeln. Er muß es. Also begleite ich ihn. Klar?«

Marie fröstelte plötzlich.

»Schau, Muff, niemand *muß* etwas tun. Gerade Mac sollte das verstehen.« Muff lächelte ihr zu. »Bleib bei uns, während er weg ist. Soll er sich doch eine Mannschaft suchen, seine dumme Insel erkunden, zurückkommen und alles erzählen. Ich verspreche dir auch, daß wir uns jedes einzelne seiner verdammten Dias ansehen.«

Mit verkniffenen Lippen schüttelte Muff langsam den Kopf. »Nur noch eine Fahrt. Das hat er mir ... haben wir einander versprochen.«

Marie wollte ihr widersprechen, doch Muff küßte sie schnell auf die Wange und umarmte sie flüchtig. »Ich muß los«, sagte sie. »Danke, daß du das Zeug für uns aufbewahrst. Ich hab' dich lieb.«

Als Marie am Abend ihrem Mann davon erzählte, brach sie in Tränen aus.

Es lag in Jamies Natur, alles ganz nüchtern zu sehen. »Sie war nur aufgeregt. Du weißt doch, daß sie lange Kreuzfahrten haßt. Muff ist ein Hausmütterchen.«

»Nein, es war mehr als das.« Marie deutete auf die Taschen und Kisten, die noch unberührt in der Küche standen. »Sie hatte schreckliche Angst.«

»Jetzt übertreibst du aber ...«

»Jamie, ich kenne Muff. Sie hat sich verabschiedet.«

»Ja, klar ...«

»Nein, Jamie«, sagte Marie zögernd. »Muff hat mir ... für immer Lebwohl gesagt.«

Niemand sonst nahm Muffs Vorahnungen so ernst.

Ihre beste Freundin, Billy Bunch, traf sich kurz vor dem Aufbruch mit ihr zu einem letzten Schaufensterbummel in San Diego.

Billy und Muff hatten sich 1952 im Freibad des CVJM kennengelernt. Es stellte sich heraus, daß beide bei General Dynamics arbeiteten, einem der riesigen Flugzeugbauer Südkaliforniens. Sie arbeiteten sogar an demselben Projekt: dem Jet T-29, Muff als technische Zeichnerin, Billy als Elektrikerin. Sie verstanden sich von Anfang an prächtig, obwohl Billy, 28, verheiratet und Muff, 20, noch ledig war. Muff war die Verantwortungsvolle, Ernste und Billy die Unbeschwerte, Fröhliche.

Nachdem sie in den Läden im hell erleuchteten Einkaufszentrum gestöbert und über die Preise gestaunt hatten, tranken sie einen Kaffee. Dabei vertraute Muff der Freundin ihre Ängste an.

»Warst du bei deiner Wahrsagerin?« hänselte Billy freundlich.

Sie wußte, daß Muff gelegentlich zu einer alten Zigeunerin ging und deren Voraussagen ernst nahm. Billy hatte für solche Prophezeiungen nichts übrig, versuchte aber, nicht zu kritisch zu sein. Sie und Muff pflegten jene Art von ehrlicher, offener Freundschaft, bei der jede alles sagen konnte, ohne befürchten zu müssen, der anderen auf den Schlips zu treten.

»Ich ging letzte Woche zu ihr, weil ich dieses komische

Gefühl hatte, und wollte hören, was sie zu sagen hatte. Doch noch bevor ich ihr überhaupt sagen konnte, was ich empfand, setzte sie diese besorgte Miene auf und sagte, etwas Schreckliches werde passieren, wenn wir segeln.«

»Ach was, stecht in See und genießt es. Sie hat sich doch öfter geirrt, oder?«

»Ja. Aber ich will einfach nicht fahren. Wirklich nicht.«

Billy wußte, daß mehr hinter Muffs Wunsch steckte, auf die Reise zu verzichten. Sie hatte schon öfter Unbehagen darüber geäußert, ihre Mutter so lange allein zu lassen.

Die zweimal verwitwete Rose King war Anfang Achtzig und wohnte in San Diego, wie auch Muffs ältere Schwester Peggy Faulkner, ebenfalls verwitwet. Die älteste Schwester, Dorothy Young, war verheiratet und wohnte im benachbarten La Mesa. Ihre Mutter war eigentlich nicht krank, nur ältlich, doch Muff befürchtete, daß ihr etwas zustoßen könnte, bevor sie und Mac zurückkehrten.

Billy wußte, daß Muff sich nie verziehen hatte, mit Mac auf ihrer Weltumseglung gewesen zu sein, als ihr Stiefvater an Krebs starb und ihre Mutter sie so dringend gebraucht hätte. (Muffs Vater, ein Mechaniker, war gestorben, als die Familie noch in Pueblo, Colorado, gewohnt hatte. Muff war damals noch in der Schule, und ihre Mutter zog nach dem Tod ihres Mannes mit den drei Kindern nach San Diego. Ihr Stiefvater, George King, war aufgetaucht, als Muff schon erwachsen war und ein eigenes Leben führte. Für Muff bedeutete das Segeln auf hoher See nicht nur, von zu Hause fort, sondern auch von geliebten Menschen getrennt zu sein, die sie vielleicht brauchten – und die sie brauchte.)

»Ich weiß, daß du dir um deine Mutter Sorgen machst«, sagte Billy in dem Versuch, die Besorgnis ihrer Freundin am Vorabend der Abreise zu zerstreuen. »Aber sie hat Peggy und Dorothy. Und außerdem ist sie verdammt gesund. Mach dir keine Sorgen um sie. Du mußt dein eigenes Leben leben.«

Muff nickte geistesabwesend.

Billy lachte und kniff ihrer Freundin verspielt in den Arm. »He, mach dir lieber um mich Sorgen. Wen, zum Teufel, soll ich beim Tennis schlagen, wenn du weg bist?«

Das heiterte Muff auf.

Da ist das süße Lächeln wieder, dachte Billy zufrieden. Manchmal war ihre Freundin einfach zu nett, als es gut für sie war.

5. KAPITEL

Bei Sonnenaufgang des 1. Juni 1974 verließ die *Iola* Port Allan an der Südküste Kauais, der ersten Insel der Hawaiikette, die sich vor Millionen Jahren aus dem rauchenden Meer erhoben hatte.

Lange bevor Jennifer und Buck den wolkenverhangenen Gipfel des sechzehnhundert Meter hohen Kawaikini aus den Augen verloren, hatte sie der Nordostwind erfaßt, und sie machten gute Fahrt in Richtung Süden.

Das Gefühl, allein mit dem Mann, den sie liebte, auf See zu sein, jung, gesund und frei, die heiße Sonne aufsaugen und sich in der Meeresgischt abkühlen zu können, begeisterte Jennifer geradezu. Die Zukunft lag nun in ihren Händen und nicht in denen des Gesetzes, und sie steuerten einem fernen Abenteuer entgegen, das neue, fesselnde Möglichkeiten in sich barg.

Ihr Hochgefühl endete ein paar Stunden später, als der Wind nachließ und sie tot im Wasser lagen und nur auf den Wellen schaukelten. Sie überlegten, den Außenbordmotor anzuwerfen, den sie am Heck angebracht hatten, entschieden sich aber dagegen, weil sie sparsam mit dem wenigen Treibstoff sein mußten. Sie würden einfach abwarten.

Erfahrene Seeleute wären schockiert gewesen, drei Hunde an Bord der *Iola* zu sehen. Segelschiffe nahmen selten auch nur einen Hund mit. Jennifer gehörte ein kleiner Mischling, Puffer, so genannt, weil er nach dem Spielen immer heftig japste. Daraufhin hatte Buck entgegnet, dann würde auch er seine beiden Hunde mitnehmen, Sistra, eine scheckige Labrador-Mischung, und Popolo (›schwarz‹ auf Hawaiianisch), einen männlichen Pitbull-Terrier. Bucks Hunde waren groß, unbeholfen und hoffnungslos dumm, und Popolo hatte eine gemeine Ader. Jennifer hatte versucht, es Buck auszureden. »Klar, ich lasse sie zurück, wenn du Puffer hier läßt«, hatte er stur gesagt. Doch die kleine Puffer, die sie aufheiterte und der sie sich anvertraute, konnte sie auf keinen Fall zurücklassen, und so gingen alle drei Hunde und 150 Pfund Hundefutter mit auf die Reise. Buck hatte fünfundzwanzig Meter Fischernetz gekauft und damit vom Bug bis zum Heck die Halteleinen gesichert, damit die Hunde nicht über Bord gespült wurden.

Der Wind frischte an diesem ersten Nachmittag wieder auf, und Buck hißte das Großsegel. Doch als er bei Anbruch der Dunkelheit noch stärker wurde, holte er das Großsegel wieder ein und zog den kleineren Klüver hoch, mit dem die *Iola* etwa zwei Knoten machte.

Das langsame Schaukeln des Bootes wurde immer unangenehmer, und Buck wurde seekrank, doch sie wußten nicht, was sie dagegen tun sollten. Beide wußten nicht, daß sie ›unterseglig‹ fuhren, ein weit verbreiteter Fehler bei Neulingen, die dazu neigen, nicht genug Segel zu setzen. Erfahrene Segler hätten mehr Segel gesetzt, um schneller zu fahren, wobei das Schaukeln aufgehört hätte. Buck ging nach unten, um etwas zu schlafen, doch in der Enge der Kabine wurde ihm erst recht schlecht.

Jennifer war nicht so stark davon betroffen und blieb allein am Ruder. Bis auf das unbehagliche Ächzen der

Planken und Gaffeln war alles ruhig. Ihre größte Furcht war es, in der pechschwarzen Dunkelheit mit einem anderen Schiff zu kollidieren. Aber ein großes Schiff würde über Radar verfügen. *Oder etwa nicht?* Angenommen, er war ausgefallen, oder der Mann hinter dem Gerät hielt ein Nickerchen. Sie hielt angestrengt nach Lichtern oder sich in der Nacht aufbäumenden Schatten Ausschau.

Buck kam schließlich auf Deck – es ging ihm kaum besser – und löste sie ein paar Stunden lang ab. Er blieb bis ein Uhr morgens am Ruder und bat Jennifer dann, wieder zu übernehmen. Als sie bei Sonnenaufgang wieder wechselten, fiel sie sofort erschöpft in die Koje. Bevor sie einschlief, fragte sie sich, ob ihr jeder Tag der Reise so lang vorkommen würde wie der erste.

Buck hatte oft davon geträumt, die Welt zu umsegeln. Doch er mußte feststellen, daß die Wirklichkeit anstrengender war als sein Traum. Am zweiten Tag wurde seine Seekrankheit schlimmer, und er verbrachte schließlich fast die gesamte erste Woche im Bett.

Allein am Ruder, entschloß sich Jennifer, sich nicht mit dem Großsegel abzumühen – dazu war mehr Kraft erforderlich, als sie aufbringen konnte –, sondern es bei dem Klüver zu belassen. Daher kamen sie nur langsam voran und schaukelten weiterhin über die Wellen.

Schon vor ihrem Aufbruch war Buck bedrückt gewesen, und nun war er schlechterer Stimmung, als sie es je zuvor bei ihm erlebt hatte. Sie wußte, daß es nicht nur an der Seekrankheit lag oder daran, daß er nun ein flüchtiger Verbrecher war (*das* schien ihn überhaupt nicht zu stören), sondern hauptsächlich daran, daß sein Vater vor kurzen bei einem Arbeitsunfall umgekommen war. Sie versuchte, auf Bucks gefühlsmäßige Bedürfnisse einzugehen. Wenn er über seinen Vater sprechen wollte, unterhielten sie sich. Wenn er allein sein wollte – was größtenteils der Fall war –, respektierte sie sein Schweigen.

Buck vergötterte seinen Vater geradezu, hatte ihn

mehrmals als ›die beherrschendste Person meines Lebens‹ und den ›faszinierendsten Mann, den ich jemals gekannt habe‹ beschrieben. Er sonnte sich im Lob seines Vaters, während er bei einer mißbilligenden Äußerung ›am Boden zerstört‹ war. In Bucks Augen gab es einfach keine positive Charaktereigenschaft, die sein Vater nicht gehabt hatte. Er war ›stattlich, intelligent, hatte einen messerscharfen Verstand, und niemand konnte seinem Charme widerstehen‹.

Jennifer war Wesley Walker mehrmals begegnet. Ihr Eindruck von ihm unterschied sich grundlegend von dem Bucks. Für Jennifer war Bucks Vater ein Streuner, Träumer und Verlierer. (Er war auch übermäßig streng, ganz das Gegenteil von Bucks entgegenkommender, übermäßig beschützender Mutter Ginger.) Er hatte eine gefühllose Ader, die ihr ganz und gar nicht gefiel. Als Buck in der fünften Klasse war, verprügelte ihn ein kräftiger Mitschüler regelmäßig auf dem Nachhauseweg. Buck wandte sich an seinen Vater, doch der meinte nur, er solle einen *körperlichen* Weg finden, selbst mit der Bedrohung fertigzuwerden. Bucks Lösung bestand darin, auf halbem Weg zwischen der Schule und ihrem Haus einen Knüppel im Gebüsch zu verstecken. Als der Rohling ihn auch am nächsten Tag wieder jagte, griff Buck nach dem Knüppel und schlug den überraschten Grobian grün und blau. Als sich die Eltern des anderen Jungen an diesem Abend bei den Walkers wegen der Verletzungen ihres Sohnes beschwerten, verwies Wesley Walker sie seines Grund und Bodens. Dann legte er seinem Sohn den Arm um die Schulter und gratulierte ihm. »Dad hat mir damals zweierlei beigebracht«, erklärte Buck seiner Freundin. »Erstens, für mich selbst zu denken, und zweitens, daß es nie schadet, einen großen Knüppel dabeizuhaben.« Eine andere Regel, die er seinem Sohn beibrachte: »Sei immer ehrlich zu dir selbst, ganz gleich, wie sehr du die Welt bescheißt.«

Buck versuchte, mit Nahrung gegen seine Seekrankheit anzugehen. Ein erfahrener Seemann hatte ihm geraten, immer etwas im Magen zu haben, wenn ihm schlecht wurde, um das trockene Heben des Magens zu verhindern. Also begann er jeden Morgen mit einer Kanne Tee, Zwieback mit Honig und einer großzügigen Portion Dosenfleisch. Doch nach jedem Frühstück mußte er prompt an die Reling und – wie die alten Seebären sagen – die Fische füttern. Danach legte er sich meistens wieder eine Stunde hin und schwankte dann in die Kombüse zurück, um sich von ihren kostbaren Vorräten eine weitere Mahlzeit zuzubereiten.

Jennifer hatte über tausend Dollar – praktisch ihr gesamtes Geld – für diese Vorräte ausgegeben. Sie hatte sich auf Grundnahrungsmittel wie Reis, Sojabohnen, Mehl und Zucker beschränkt, Sonderangebote genutzt oder in so großen Mengen gekauft, daß ein Rabatt heraussprang – etwa bei einem 50-Pfund-Sack roter Bohnen, von denen sie wußte, daß sie sehr proteinhaltig waren. Sie hatte auch zahlreiche Konserven gekauft – Pfirsiche, Apfelsauce, Ananas, Pflaumen, grüne Bohnen, Möhren, Mais und Fleisch. Und Trockenprodukte wie Früchte, Nüsse und Getreide zum Backen, die sie in Plastikbeuteln aufbewahrte, damit sie nicht feucht wurden. Und sechs Dutzend Eier, die sie mit Vaseline bestrichen hatte und regelmäßig drehte, damit sie nicht schlecht wurden. Sie hatten dreißig Gallonen Frischwasser dabei, ein paar Kanister mit Orangengetränkpulver und zwei 2-Liter-Dosen Pflanzenöl zum Braten.

Jeder verfügbare Raum in der engen Kabine der *Iola* war vollgestopft, und sie hatten kaum Bewegungsfreiheit. Wenn Jennifer und Buck gleichzeitig unten waren, mußte sich einer von ihnen seitwärts drehen, um den anderen vorbeizulassen.

Die Kajütstreppe der *Iola* führte genau in die Mitte des Schiffes. Die Kombüse verfügte über einen Herd mit zwei Flammen, der an Kardanringen aufgehängt war (die ihn gerade halten sollten, auch wenn das Schiff schwankte). Auf einem Schrank stand eine verrostete Kaffeekanne, und in der winzige Spüle wurde das Geschirr sparsam mit Wasser aus einer Flasche abgewaschen. Auf der Backbordseite befand sich eine schmale Koje mit einer Schaumstoffmatte. Wenn Jennifer und Buck gleichzeitig dort schliefen, mußten sie dies Seite an Seite tun, da sonst nicht genügend Platz vorhanden war. Ihre Aktivitäten konzentrierten sich hauptsächlich auf den runden Kombüsentisch, der auf beiden Seiten von eingebauten Banken umgeben war. Hier aßen sie nicht nur, sondern verbrachten praktisch ihre gesamte Zeit unter Deck, wenn sie nicht gerade in der Kombüse arbeiteten oder schliefen. Auf dem stämmigen Tisch spielten sie auch Schach oder breiteten ihre Seekarten aus.

Es war zwar eng auf der *Iola*, aber auch gemütlich. Jennifer hatte mit Blumen bedruckte Vorhänge genäht, die die Bullaugen und zahlreiche offenen Lagernischen bedeckten. Auch einige andere Details ließen auf die Hand einer Frau schließen. Zwei kleine Orchideen in Töpfen. Ein Macramé. Eine alte Puppe. Der Geruch von Pfefferminzseife.

Buck und Jennifer hatten vor, sich Ende August auf Palmyra mit ihrem Freund Richard ›Dickie‹ Taylor und dessen Bruder Carlos zu treffen. Sie hatten sich in der Maalaea-Bucht kennengelernt, als Dickie sein Zehn-Meter-Boot neben der auf dem Trockendock liegenden *Iola* ausbesserte.

Bevor sie nach Palmyra aufgebrochen waren, hatte Buck mit den Gebrüdern Taylor einen Plan ausgeheckt, der sie alle reich machen sollte. Aus Saatgut, das sie mitgenommen hatten, wollten Buck und Jennifer auf Palmyra, weitab von Bullen und Dieben, Marihuana ziehen. Dickie und Carlos sollten den Vertrieb übernehmen, den Stoff nach Hawaii schmuggeln und dort mit großem Gewinn verkaufen. Sozusagen als Vorschuß sollten die beiden ihnen Ende August Vorräte nach Palmyra bringen.

Seit dem ersten Nachmittag hatten sie das Großsegel nicht mehr gehißt. Jennifer mußte mit dem Klüver auskommen. Sie hielt das Schiff wachsam auf südlichem Kurs, während Buck unten blieb, Spionageromane las und aß. Sie sagte zu ihm, er würde sich bestimmt besser fühlen, wenn er nach oben an die frische Luft käme, doch er behauptete, zu müde zu sein. Sie fragte sich allmählich, ob seine angebliche Seekrankheit nicht nur seine Faulheit vertuschen sollte. Ja, er war nicht in seinem Element, aber das galt auch für sie. Warum versuchte er nicht wenigstens, ihr zu helfen?

Als Jennifer eines Abends die Augen einfach nicht mehr aufhalten konnte, versuchte sie, das Ruderrad festzubinden, um den Kurs zu halten. Es schien zu funktionieren. Sie sah sich noch einmal in alle Richtungen um. Keine Lichter in Sicht. Sie wußte zwar, daß es riskant war, doch vielleicht konnte sie unter Deck gehen und ein paar Minuten schlafen.

Buck war noch wach, saß auf der Koje, rauchte eine dünne Marihuanazigarette und reinigte seinen Revolver vom Kaliber .22.

Beim Anblick der Waffe wurde ihr immer unbehaglich zumute. Er brachte Erinnerungen an ihren größten Streit in der Hütte zurück. Als sie mit dem Fuß aufgestampft und ihm gesagt hatte, sie wolle keine Waffen in der Hütte haben, hatte er ihr befohlen, die Klappe zu halten. Sie war schließlich hinausgestürzt und in ihren alten Lieferwagen, den mit den rosa Schmetterlingen auf dem Kühler, gesprungen. Als sie davonfuhr, hatte er mit Steinen nach dem Wagen geworfen. Als sie ein paar Tage später wieder zurückkam, hatte Buck ihr versprochen, keine Waffen mehr in die Hütte zu bringen, sich aber nicht entschuldigt. Nicht für das Anschreien, nicht für seine unflätigen Worte, nicht für die Steine. Jennifer hatte bis zu diesem Tag nicht einziges Mal gehört, daß Buck ›Es tut mir leid!‹ gesagt hätte. Nicht zu ihr, nicht zu anderen. Nun ja, manche Menschen waren eben so.

»Mir gefällt es noch immer nicht, daß wir Waffen an Bord haben«, sagte sie resignierend und nahm einen Zug von dem Joint. Auf Hawaii hatte Buck sie überredet, Waffen mitzunehmen, hatte ihr erklärt, sie müßten sich notfalls gegen Piraten und andere üble Typen zur Wehr setzen können, denen sie vielleicht auf hoher See begegneten. Sie hatte zögernd eingewilligt und sogar nachgegeben, als Buck beharrte, daß sie Schießübungen machte. (Sie war selbst überrascht gewesen, daß sie bei beiden Versuchen den Baum getroffen hatte.)

Er lächelte, aber mechanisch, ohne Humor oder Wärme. Der Bart, der ihm gewachsen war, ließ ihn verdrossen aussehen. Er schien das Gewicht der Waffe in seiner Hand zu genießen. »Vergiß nicht, was ich gesagt habe, Jen. Es wäre der reine Wahnsinn, heutzutage ohne Schutz aufs Meer hinauszusegeln.«

Der .22er war sein Knüppel im Gebüsch.

»Ich habe gerade an Jake gedacht«, fuhr Buck fort und goß einen Tropfen Öl auf ein weiches Tuch.

Jennifer ließ sich erschöpft auf die Bank neben dem Tisch fallen. Ärger stieg in ihr hoch. Buck hatte den ganzen Tag unten herumgelungert, gegessen, gelesen, sich ausgeruht. Und nun wollte er ein Schwätzchen halten, während sie todmüde war.

»Erinnerst du dich an Jake?«

»Ja.«

Jake war, wie sie oft gehört hatte, Bucks Lieblingslehrer in San Quentin gewesen.

Obwohl Buck in der siebenten Klasse von der Schule abgegangen war, hatte er im Gefängnis zahlreiche Kurse belegt und eifrig alles gelesen, was er in die Hände bekam, von Krimis bis hin zu anspruchsvolleren Werken wie Will Durants *The World of Philosophy* und Ayn Rands *Atlas Shrugged*, ein Roman, der eine Welt schilderte, in der sein Vater – so war Buck überzeugt – erfolgreich gewesen wäre. Bucks liebstes Buch der Bibel war das Hiobs, mit dem er sich, was die Lebensumstände betraf, stark identifizierte. Im Gefängnis hatte Buck einmal den berüchtigten ›Rotlichtgangster‹ Caryl Chessman kennengelernt, einen verurteilten Kidnapper und Vergewaltiger. Buck, der davon träumte, Schriftsteller zu werden, hatte Chessmans von der Kritik gut aufgenommenes Buch *Cell 2455, Death Row,* gelesen und bewunderte seinen Mithäftling wegen dessen Begabung, eine mitreißende Geschichte zu erzählen. Bei ihrem einzigen Gespräch hatten sich die beiden Knastbrüder über Bücher unterhalten, die sie wichtig und provokativ fanden. Etwa zu der Zeit, als Chessman in der Gaskammer von San Quentin starb, bekam Buck sein High-School-Diplom zugeschickt.

Buck schob den Lappen mit einem Stab in den Lauf des Revolvers. »Im Zweiten Welktkrieg war Jake Major in der Army. Einmal bekam er den Befehl, eine vom Feind gehaltene Pazifikinsel zu erkunden.«

Jennifer war so müde, daß ihr die Augen zufielen, und Buck erzählte ihr irgendeine Geschichte aus dem Krieg.

»Ganz am Anfang nahmen sie einen japanischen Wachtposten gefangen. Sie konnten keinen Mann entbehren, der ihn zu ihren Linien zurückbringen könnte, aber sie konnten den Gefangenen auch nicht mitnehmen.«

Buck wischte nun mit einer sauberen Stelle des Lappens den Abzug ab. »Also befahl Jake seinem Sergeant, den Gefangenen zu erschießen. Der Sergeant weigerte sich. Jake gestand mir ein, daß der Befehl wohl nicht ganz rechtmäßig war. Aber er hätte niemals einen Befehl gegeben, den er nicht auch selbst ausgeführt hätte. Er dachte lange darüber nach. Es war wichtig, die Informationen zu bekommen, die sie einholen sollten. Andererseits roch es nach … na ja, Mord, den Gefangenen zu erschießen.«

Jennifer spitzte die Ohren. »Jake hat die Mission abgebrochen und den Gefangenen zurückgebracht, nicht wahr?« Er war schließlich Bucks Held.

»Nein«, sagte Buck gleichmütig, während er den .22er lud. »Er hat ihn erschossen und die Mission abgeschlossen. Wie Jake sagte, sind im Verlauf von zehntausend Jahren Millionen Worte über die Moral geschrieben worden. Aber letztendlich läuft doch alles auf eine sehr persönliche Entscheidung hinaus.«

Jennifer schwieg lange. Bucks Worten zufolge hatte, einmal abgesehen von seinem Vater, niemand so großen Einfluß auf ihn gehabt wie Jake. Es erstaunte Jennifer, daß Jake vor einer Klasse verurteilter Verbrecher versucht hatte, das Töten des Mannes zu verteidigen, und machte sie besorgt, daß Buck seiner Argumentation so bereitwillig folgte.

Jennifer schlief diese Nacht kaum. Sie huschte jede halbe Stunde ängstlich hinauf, um sich zu überzeugen, daß das Ruderrad noch festgebunden war und ihre Besorgnis zu lindern, vielleicht von einem anderen Schiff gerammt zu werden. Buck schlief wie ein Murmeltier.

Die Fahrt erforderte starkes Durchhaltevermögen. Jennifers Gesicht und die Schultern waren von der Sonne verbrannt. Ihr ehemals leuchtendes Haar war salzverkrustet. Ihre Hände waren von Blasen bedeckt. Ihre Armmuskeln schmerzten vom Bedienen der Segel, und ihre Beine waren steif, weil sie so lange am Ruder sitzen mußte.

Von Tag zu Tag hoffte sie, daß es Buck besser gehen würde, doch das unaufhörliche Schaukeln des Schiffes schien zuviel für ihn zu sein. Ihm war die meiste Zeit über schlecht, und er drückte sich sogar vor der wichtigen Aufgabe, den 20-PS-Mercury-Außenbordmotor unter Deck zu bringen, um ihn vor der ständigen Feuchtigkeit zu schützen.

Man hatte sie gewarnt, daß die meisten Holzschiffe in einem gewissen Ausmaß leckten. Doch die alte und oft reparierte *Iola* leckte verdammt hart. Die Lage war um so schlimmer, da die Vorbesitzer die Hülle mit Fiberglas überzogen hatten, anscheinend in der Hoffnung, damit die Lecks ein für alle Mal abgedichtet zu haben. Wenn man eine Holzhülle anständig reparieren will, muß man die Planken neu kalfatern, aber das macht mehr Arbeit als ein Fiberglasmantel. Solange die Iola im Hafen lag, schien alles in Ordnung, doch auf hoher See arbeiten Holzplanken viel stärker, und dadurch riß das Fiberglas sofort. Damit lagen die alten Lecks wieder frei, und Seewasser drang ein. Auch die vordere Kabinenluke ließ Wasser ein, obwohl sie sie so dicht wie möglich geschlossen hielten. Im Bug blieb alles durchnäßt. Wegen der Lecks mußten sie auch den Generator anwerfen und täglich pumpen, um die Wasserhöhe im Kielraum niedrig zu halten.

Eines Abends bei Einbruch der Dämmerung sah Jennifer, die wie üblich allein am Ruder saß, daß sie auf bedrohlich dunkle Wolken zuhielten, die tief und schwer über dem Wasser lagen. Ohne jede Warnung traf die *Iola* eine Bö von annähernder Sturmstärke. Die Luft und der Regen waren erbärmlich kalt. Nur mit Shorts und T-Shirt bekleidet, zitterte Jennifer unkontrolliert.

Buck stürmte auf Deck und sprang auf das Kabinendach, um den Luftschacht zu schließen, durch den Regenwasser drang. Als er zurück auf das nasse Deck sprang, glitt er aus und stürzte. Er schlug mit dem Kopf auf und prallte mit dem Gesicht gegen eine Metallstütze.

Jennifer hörte den Aufprall und wirbelte herum, um zu sehen, daß Buck halb bewußtlos über das Deck zum brodelnden Ozean rollte. Diese Katastrophe hatte sie von Anfang an befürchtet.

Sie hatte Buck gebeten, sich anzuseilen, wann immer er in unsicherem Wetter auf Deck kam, doch er hatte sich geweigert. »Wenn ich über Bord gehe, wirfst du mir einfach einen Rettungsring zu, und ich schwimme zum Boot zurück.« Aber was, wenn er *bewußtlos* war?

Das Netz für die Hunde rettete ihm das Leben. Jennifer band das Ruderrad schnell fest und lief zu ihm, doch es dauerte eine volle Minute, bis er wieder so weit reagierte, daß sie ihm aus dem Netz und zurück auf Deck helfen konnte. Buck taumelte nach unten, um sich hinzulegen. Ein Auge schwoll bereits zu.

Jennifer tat, was sie bei rauher See immer tat, nur daß sie diesmal von Buck keine Hilfe bekam. Sie reffte den Klüver – rollte etwas Segel auf, um weniger Wind zu fangen – und richtete den Bug in den Wind, damit sich das Boot nicht zu stark neigte.

Dann eilte sie nach unten, zog einen Parka, dicke Hosen und Schuhe mit Gummisohlen an und kehrte zum Ruder zurück, wo sie ein Brustgeschirr anlegte, das mit einer Rettungsleine verbunden war, damit sie nicht abtreiben konnte, falls sie über Bord gehen sollte.

Im nächsten Augenblick schlug ihr der Sturm Gischt ins Gesicht. Während sie würgte und um Atem rang, schob der Wind ihr einen Luftschwall in den Mund. Es war, als steckte sie den Kopf aus dem Fenster eines schnell fahrenden Autos. Sie konnte nicht atmen – sie erstickte! Sie drehte sich aus dem Wind, hustete, spuckte Salzwasser aus. Ihre Augen brannten, ihre Füße und Hände waren naß und eiskalt. *»Buck!«* rief sie. Die rollende See hob sich immer höher und ließ die *Iola* wild im Wind schaukeln. Das Schiff krängte in einem irrsinnigen Winkel. Schrecken und Erstaunen ließ Jennifer erbleichen, als Wasserschwalle über dem kleinen Boot zusammenbrachen. Über den heulenden Wind und das tosende Meer rief sie: *»Buck ... gottverdammt!«*

Buck kämpfte sich auf Deck und griff nach dem Ruder. Verzweifelt kämpfend gelang es ihm, die Iola langsam wieder in den Wind zu drehen und aufzurichten. Minuten später legte sich der Sturm, und der Himmel war wieder klar wie Bakkaratkristall. Der Mond stand am Horizont wie das Licht eines Leuchtturms, und ihr Kurs lag senkrecht zu seinem sich auf dem Wasser kräuselnden Spiegelbild.

Sie umarmten sich lange und innig, und Buck ging wieder nach unten, um sich auszuruhen, während Jennifer das Ruder übernahm. Sie atmete gegen ihre tauben, geröteten Hände und rieb sie kräftig aneinander.

Die Einsamkeit, auf einem lecken Segelschiff mitten auf dem Ozean zu schaukeln, machte ihnen beiden immer stärker zu schaffen. Sie kamen sich unerwartet und bedrückend beengt vor. Die ganze Ausdehnung des größten Meeres der Erde lag vor ihnen, und doch kamen sie sich wie eingeschlossen vor. Die schnurgerade Linie des fernen Horizonts wurde niemals gebrochen, und ganz gleich, wann – gestern, heute, morgen – sie in welche Richtung auch immer sahen, sie konnten nur Wasser ausmachen, den gewaltigen, unzugänglichen Pazifik. Die Enge des Segelbootes war ihre ganze Welt. Ihre gemeinsame Isolation war vollkommen.

Tag für Tag sahen sie weder Land, Schiff noch Flugzeug. Es war, als wären sie von der Erde in eine endlose Wassereinöde gefallen, genau, wie die Karten des mittelalterlichen Europas es vorausgesagt hatten. Die Probleme der Welt kümmerten sie nicht mehr. Sie mußten, völlig auf sich gestellt, die Elemente besiegen oder untergehen.

Endlich wurde sich Jennifer der Endgültigkeit ihrer Entscheidung bewußt, mit Buck auf eine einsame Insel zu segeln. *»Bist du bereit, deine Familie aufzugeben, mit ihm auf einem Segelschiff dieses Land zu verlassen und nie mehr zurückzukommen?«* Die Worte ihres Bruders Ted hallten in ihrem Kopf. Obwohl sie damals abgestritten hatte, jemanden oder etwas aufzugeben, sah sie nun ein, daß sie genau das tat. Sie hatte die Zivilisation hinter sich gelassen. Sie konnte nicht einfach ihre Mutter anrufen und sagen: »Du hast recht, Mom. Ich will nach Hause kommen und deine Firma übernehmen.« Und sie konnte es sich auch nicht anders überlegen und umkehren. Man würde Buck sofort verhaften und ins Gefängnis stecken. Andererseits wußten sie nicht genau, was sie finden würden, wenn – oder *falls* – sie ihr Ziel erreichten. Und doch wollten sie diesen Ort zu ihrer neuen Heimat machen. Sie hatten noch ganze dreißig Dollar. Die Würfel waren unwiderruflich gefallen. Jennifer fragte sich, warum sie die Konsequenzen ihrer Entscheidung nicht vorausgesehen hatte.

Ihre Angst und Besorgnis wurde zusätzlich durch die Tatsache verstärkt, daß sich Buck ohne jede Erklärung in sich zurückgezogen hatte. Sie hatten zum Beispiel nicht mehr miteinander geschlafen, seit sie Hawaii vor einer Woche verlassen hatten, und das war eine ungewöhnlich lange Abstinenz für sie.

Buck war der einfallsreichste Liebhaber, den sie je gehabt hatte. Es war, als habe er während seiner Jahre im Gefängnis Sexszenarios ausgearbeitet, von denen er nun jedes einzelne ausführen wollte. »Dreh dich mal so rum.« – »Versuchen wir das mal.« – »Weißt du, was ich schon immer mal probieren wollte?« Im Beischlaf war er *summa cum laude*.

Wären sie nicht allein auf einem Segelschiff mitten auf dem Ozean gewesen, hätte sein Mangel an Aufmerksamkeit in ihr den Verdacht geweckt, er könne ihr wieder untreu sein. Sie kam sich noch immer schändlich betrogen vor, wenn sie an Gina Allen dachte, die kokette Freundin Mikes, in dessen Dachdeckerei in Hilo Jennifer gearbeitet hatte, als sie Buck kennengelernt hatte. Die Arbeit – das Material zum Dachdecken oder Ausbessern die Leitern hinaufzutragen – war viel zu schwer für Jennifer gewesen, und später hatte Buck für Mike gearbeitet. Die beiden Pärchen kamen oft zusammen, und Jennifer hatte von Anfang an gespürt, daß Gina etwas für Buck übrig hatte. Eines Abends hatten sie bei Mike gefeiert, und nachdem sich der Gastgeber aufgrund von zuviel Schnaps und Gras verabschiedet hatte, schlug Gina vor, die drei Überlebenden könnten doch in den Whirlpool hinter dem Haus steigen. Buck war von der Idee begeistert und zog sich aus. Bevor Jennifer richtig mitbekam, was überhaupt passierte, waren Buck und Gina nackt und befummelten sich. Buck forderte Jennifer auf, doch mitzumachen, und ließ keinen Zweifel an seiner Absicht. Schockiert und wütend stürmte Jennifer hinaus und schlug die Tür hinter sich zu. Als Buck am nächsten Morgen nach Hause kam, stellte sie keine Fragen über die vergangene Nacht, und er bot keine Erklärungen an. Sie hatte weder damals noch später wissen wollen, was Buck trieb, wenn er bis zum frühen Morgen in Hilo blieb. Allerdings hatte er Jennifer auch nie ein monogames gemeinsames Leben versprochen. Ganz im Gegenteil, er beklagte sich, daß ihm hinter Gittern viele Jahre lang so viele Erfahrungen verwehrt geblieben waren. Er erklärte Jennifer, er müsse die Freiheit haben, seine Bedürfnisse auszuleben. Wenigstens war er ehrlich. Jennifer versuchte, Bucks gelegentliche Affären zu übersehen, und hoffte, er würde sich die Hörner bald abgestoßen haben. Doch es tat jedesmal weh, wenn sie spürte, daß eine andere Frau in den Armen ihres Mannes gelegen hatte.

Doch nach einer Woche auf See mußte sich Jennifer mit einem viel schlimmeren Problem auseinandersetzen. *Sie und Buck hatten nicht die geringste Ahnung, wo sie waren.* Monate vor ihrem Aufbruch hatte sich Jennifer bereiterklärt, die Navigation zu übernehmen. Sie wußte, daß es kein Kinderspiel sein würde, eine kleine Insel zu finden, die auf der Karte nicht mehr als ein winziger Punkt mitten im Pazifik war. Sie hatte gehört, daß sogar die erfahrensten Navigatoren so ein kleines Ziel verfehlen konnten. Es war nicht so, als würden sie die Inseln Hawaiis mit ihren hohen Bergen und den vielbefahrenen Schiffslinien anlaufen.

Sie hatte alles gelernt, was man aus Büchern über das komplizierte Thema Himmelsnavigation lernen konnte – zum Beispiel aus einem Taschenbuch mit dem Titel *Ten Easy Steps to Navigation*, das sie mitgenommen hatte. Vor dieser Reise hatte sie niemals ein Sternbild gedeutet oder eine wirkliche Navigationsaufgabe bewältigt, und so wußte sie, daß sie nicht auf ihre Fertigkeiten vertrauen durfte. Die Positionen, die sie auf die Karte eintrug, schwankten wild. An einem Tag waren sie ihren Berechnungen zufolge dreihundert Meilen nach Süden gesegelt. »Mann, wir machen ja eine tolle Fahrt!« hatte Buck gerufen, der nur allzugern bereit war, an einen solchen Erfolg zu glauben. Doch am nächsten Tag hatten sie *siebenhundert Meilen nach Osten* zurückgelegt! Jennifer wußte, daß die *Iola* unter optimalen Bedingungen in vierundzwanzig Stunden nicht mehr als fünfzig oder sechzig Meilen zurücklegen konnte. Ihre Berechnungen waren also völlig falsch – und sie behielten den Kurs einfach bei. Sie fuhren schnurstracks in die Richtung, die der Kompaß als Süden angab.

Trotzdem befolgte Jennifer jeden Morgen starrköpfig dieselbe Prozedur. Sie band das Ruder fest, suchte den Horizont ab, ging nach unten und stellte das Lang- und Kurzwellenkanalradio auf den internationalen Kanal, der auf die Greenwich-Zeit eingestellt ist. Die Sekunden vertickten leise, bis eine melodische Frauenstimme sagte: »Beim Pfeifton ist es einundzwanzig Stunden und zehn Minuten Greenwich-Zeit.« Drei oder vier Sekunden später erklang der Ton dann. In genau diesem Augenblick drückte Jennifer auf die Stoppuhr und lief auf Deck. Genau den Anweisungen des Buchs folgend, das angeblich die Navigation in zehn einfachen Schritten erläuterte, hob sie den Sextanten und sah in das Okular, in dem auf einem kleinen ovalen Spiegel die Linie des Horizonts in Bezug zur Position der Sonne gespiegelt wurde. Nachdem sie diesen Punkt fixiert hatte, sah sie auf der übereinstimmenden Ziffernskala auf dem Sextanten nach und las den Winkel zwischen dem Horizont und der Sonne ab. Dann ging Jennifer wieder nach unten und trug die Zahl in eine Formel aus dem Navigationsbuch ein, die unter anderem die Jahreszeit und die genaue Tageszeit berücksichtigte.

Schließlich zog sie eine ›Positionslinie‹ auf einer Karte des mittleren Pazifiks. ›Natürlich‹, erklärte das Buch hilfreich, ›ist dies weniger eine Positionslinie als eine -kurve.

Sie messen die geographische Position der Sonne zum Zeitpunkt der Sichtung.‹ Genau.

Vier Stunden später wiederholte sie den Prozeß. Sie zog die erste Positionslinie weiter, bis sie auf die zweite traf. Der Schnittpunkt der beiden Linien gab angeblich ihre derzeitige Position an. Doch jedesmal, wenn Jennifer das unglaubliche Ergebnis ihrer Berechnungen sah, hätte sie den Sextanten und das Buch am liebsten über Bord geworfen.

Sie hatten sich völlig verirrt.

Sie versuchte, ihre Verzweiflung zurückzudrängen. Sie *konnte* dieses Problem lösen. Sie *mußte* es lösen. Sie hatte auf dem College Mathe belegt, sie hatte Vertrauen in ihre analytischen Fähigkeiten. Sie war eine fähige Frau und keine hilflose Dame in Not. Sie las das Buch über die Himmelsnavigation immer wieder von vorn, um ihren Fehler zu finden, doch irgendwie kam sie nicht darauf.

Jennifer hatte an ihrem zehnten Morgen auf See kaum die Augen geöffnet – Buck hatte das Ruder übernommen –, als ihr auch schon die Erkenntnis dämmerte. *Norden, nicht Süden!* Sie griff nach ihrem Navigationsbuch. Irgendwie war sie die ganze Zeit davon ausgegangen, den Logarithmus für südliche Längengrade zu benutzen. Sie fuhren ja nach Süden. Doch als sie aufwachte, begriff sie, daß sie sich geirrt hatte. Sie befanden sich *nördlich* des Äquators.

Ihr typischer Anfängerfehler war verständlich. Wie auch das Buch bestätigte, mußten sie überhalb des Äquators, wo sie sich befanden, den *nördlichen* Logarithmus benutzen. Aufgeregt breitete sie die Karte aus und stellte ein paar Berechnungen mit den Werten des Vortags an. Die Position, die sie ermittelte, sah im Gegensatz zu den anderen wahrscheinlich aus, doch sie wollte ganz sicher gehen. Drei Stunden später, nach zwei neuen Sichtungen, deutete Jennifer auf einen Punkt auf der Karte und sagte stolz zu Buck: »Da sind wir – auf halber Strecke nach Palmyra.«

Buck umarmte und küßte sie. Seine Erleichterung war offensichtlich, und Jennifer kam in den Sinn, daß er sich über die Unsicherheit ihrer Position mehr Sorgen gemacht hatte, als er aufgrund seines Machogehabes zeigen durfte. Doch sie hatten es noch nicht geschafft. Aus den Büchern, die Jennifer in der Bibliothek gewälzt hatte, wußte sie, daß eine kleine, flache Insel wie Palmyra höchstens aus acht bis zehn Meilen Entfernung gesehen werden konnte, so daß selbst der erfahrenste Navigator das Atoll völlig verfehlen konnte.

Schon bald entdeckte Jennifer ein neues Problem: mit den Vorräten auszukommen, wenn und falls sie Palmyra fanden. Zum Beispiel der Zucker. Sie wollte ihn nur zum Backen benutzen, da weder sie noch Buck ihn zu Kaffee, Tee oder Cornflakes nahmen. Doch Buck glaubte nun, der Zucker könne ihm seine Energie zurückgeben, und ging sehr großzügig damit um. Und er drängte Jennifer zum Backen, da er Brot und Zwieback leichter im Magen halten konnte. Die Vorräte schwanden mit alarmierendem Tempo. Jennifer selbst trank morgens und nachmittags lediglich schwarzen Kaffee und beschränkte sich auf eine leichte Mahlzeit pro Tag, normalerweise abends. Etwa ein Jahr, bevor sie Buck kennengelernt hatte, hatte sie jede Menge Gewicht zugelegt und war auf 80 Kilo aufgeschwemmt. Um 25 Kilo abzunehmen, aß sie nur einmal am Tag und war Vegetarierin geworden. Sie aß noch immer nur selten Fleisch. Da sie unterwegs ihre Vorräte mit Fisch ergänzen und später auf der Insel hauptsächlich von Fisch leben wollten, hatten sie Angeln, Spulen, Haken, Leinen mit zahlreichen Probegewichten und sogar eine Harpune mitgenommen. Doch abgesehen von einem kleinen, knochigen Ding, das auf Deck gesprungen war, hatten sie noch keinen einzigen Fisch gefangen. Soviel zu ihren Träumen von frischem Mahi-Mahi, Thunfisch oder Makrelen. Jennifer hatte nur ein paar Mal geangelt, aber Buck behauptete, ein erfahrener Angler zu sein. Sie hoffte, daß seine bisherige Unfähigkeit, irgend etwas zu fangen, kein Anzeichen dafür war, wie sich die Dinge auf ihrem ›Inselparadies‹ entwickeln würden.

Am dreizehnten Tag berechnete Jennifer gerade unter Deck ihre Position, als Buck rief, sie solle nach oben kommen. Mittlerweile fühlte er sich endlich besser und half ihr öfter auf Deck.

Er hatte einen Fisch an der Leine. Dem frenetischen Klatschen im Wasser zufolge mußte es sich um einen kapitalen Fang handeln. Der Gedanke an frischen Fisch zum Abendessen machte sie überglücklich, doch dieser Fisch hatte offensichtlich andere Vorstellungen. Plötzlich tauchte er unter dem Boot hinweg, doch Buck beugte sich blitzschnell über das Heck und zerrte an der Leine. Sein starker Arm hob den wild stoßenden, silbernen Körper in die Luft. Mit einem Netz holte er einen Thunfisch von mindestens dreißig Pfund auf Deck. Lachend faßte er ihn am aufklaffenden Maul.

»Gottverdammt!« rief er stolz.

Doch seine Begeisterung war nur kurz. »Scheiße! Der Haken steckt in meinem Daumen.«

Jennifer versteifte sich. »O nein«, keuchte sie.

Irgendwie gelang es Buck, den Thunfisch vom Haken zu lösen. Er fiel auf die Planken und schlug hilflos hin und her.

Völlig ruhig stieß Buck den Haken durch seinen Daumen, bis das geschwungene Ende des Widerhakens auf der anderen Seite herauskam.

Jennifers Knie zitterten.

»Hol die Feile«, sagte er gleichmütig.

»O Gott!«

»Du mußt den Widerhaken abfeilen«, sagte er. Die Schweißbäche, die seine Stirn herabliefen, straften seine ruhige Stimme Lügen.

Ihren Widerwillen tapfer unterdrückend, versuchte Jennifer es, doch jedesmal, wenn sie die Feile über den Widerhaken zog, verkrampfte sich Bucks gesamter Körper. Zuerst biß er auf die Zähne und nahm es ruhig hin, doch bald begann er leise zu stöhnen. Jennifer zitterte, während sie Metall über Metall rieb. Immer mehr Blut floß.

»Versuch es doch mal mit offenen Augen, Jen.« Irgendwie brachte er noch eine dumme Bemerkung zustande.

»Ich kann dir einfach nicht ... so weh tun«, stammelte sie und wandte sich ab.

Wortlos nahm Buck eine Zange und schloß sie um den Haken. Er atmete tief ein und zog ihn heraus.

Eine erleichterte Jennifer säuberte die Wunde und verband sie schnell.

Sie verstand nun die Bemerkung eines alten Seebären, eine Ozeanfahrt auf einem Segelschiff bestünde ›aus Tagen der Langeweile, die von Augenblicken nackten Schreckens durchsetzt sind‹. Sie glaubte auch, etwas über Buck gelernt zu haben. Trotz seines Selbstmitleids und seiner Faulheit auf der bisherigen Reise konnte er im Notfall sehr beherrscht und hart gegen sich selbst sein. Er war der geborene Überlebenstyp.

Am nächsten Tag hatten sie eine denkbare Begegnung ganz anderer Art: Die See um die *Iola* brodelte plötzlich vor Tümmlern.

Wie Eichhörnchen zirpend, verspielt darum wetteifernd, gesehen und gehört zu werden, schossen die lächelnden Meeressäugetiere um den Bug, richteten ihre stumpfen Schnauzen himmelwärts, sprangen meterhoch in die Luft und ließen ihre weißen Unterleiber in einem sorgsam choreographierten Wasserballett aufblitzen.

So wundervoll dieser Besuch auch war, erinnerte die Vorstellung der Delphine Jennifer dennoch daran, daß sie und Buck und die *Iola* Eindringlinge waren. Diese unermeßliche, unvorhersagbare Weite, in der es vor geheimem und gefährlichem Leben wimmelte, war eine andere Welt. Sie würden immer Außenseiter sein.

Beim Anblick der Tümmler drehten Puffer und Bucks Hunde durch. Sie bellten und bellten, doch die Tümmler schienen nur um so höher zu springen. Jennifer und Buck, die an schönen Tagen nur selten angezogen waren, standen nackt und lächelnd im warmen Sonnenschein. Umgeben vom Geruch der See hielten sie liebevoll Händchen.

»Sieh uns an«, sagte Jennifer. »Wir sind braun wie Negerkinder.« Mittlerweile hatten sich auch die letzten Flecken Sonnenbrand gebräunt. Bucks Hals und Schultern waren dunkel wie Mahagoni; ihre hellere Haut schimmerte nußbraun. Der Bart, den Buck sich hatte wachsen lassen, war rotblond, und sie streichelte ihn verspielt, entzückt, wie weich er schon geworden war.

Sie lachten und küßten sich, als hätten sie gerade wieder zueinander gefunden.

Die Luft war mit einem diffusen Gelb gefärbt. An so schönen und friedlichen Tagen genoß Jennifer es geradezu, auf einem Segelboot mitten auf dem Ozean zu sein. Sie hoffte, daß dieser Tag ein gutes Omen für die Zukunft war.

An diesem Abend war der Sonnenuntergang ungewöhnlich strahlend, chromatisch vielfältiger und leuchtender als jedes Feuerwerk.

»Weißt du, was ich sehe?« fragte Buck selbstgefällig, als die Sonne die dunkle Linie des Horizonts berührte.

»Einen Sonnenuntergang, Dummerchen.« Jennifer spürte irgendeine Herausforderung.

»Eigentlich ist es eine Luftspiegelung.«

Sie war skeptisch, und es war ihr eigentlich völlig gleichgültig. Schönheit mußte nicht erklärt werden. Sie war einfach da.

»Na ja, hör zu, und du kannst noch etwas vom alten Buck lernen. Die untergehende Sonne versinkt eigentlich schon ein paar Minuten unter dem Horizont, bevor du sie nicht mehr sehen kannst. Es hat etwas mit gekrümmten Lichtstrahlen zu tun. Ich meine es ernst, Jen.«

Sie zuckte die Achseln. »Die schönste Luftspiegelung, die ich je gesehen habe.«

Das Hellblau des Himmels verschmolz mit satten Gelb- und Violett-Tönen, bis sich schließlich im allerletzten Sonnenlicht die makellos weißen Zirruswolken hoch oben im Himmel rosa färbten.

»Roter Himmel zur Nacht, und der Seemann lacht«, sagte Buck.

Jennifer wußte, wie es weiterging. »Roter Himmel am Morgen bringt Kummer und Sorgen.« Das berühmte alte Sprichwort schien plötzlich nur ihnen zu gelten.

Sie gingen nach unten und liebten sich mit verschwitzter, salziger Haut. Außer ihren drängenden Schreien störten nur wenig Geräusche die Stille des Ozeans. Wasser schlug leise gegen den Bug, die Segel und Wanten flatterten in der leichten Abendbrise, und die kleine Iola fuhr ruhig gen Süden.

Jennifer kam das Leben in diesem Augenblick sehr friedlich und sicher vor.

Als sie am nächsten Morgen erwachten, war der Sonnenaufgang rot wie frisches Blut.

Jennifer hatte die Aufgabe übernommen, das Logbuch zu führen. Ihr gefiel es, ihre Erlebnisse mit eigenen Worten aufzuzeichnen. Für wen? Sie selbst? Die Nachwelt? Darüber hatte sie noch nicht nachgedacht. Sie ging die tägliche Übung einfach mit entschlossener Regelmäßigkeit an, fast so, wie ein junges Mädchen ein Tagebuch führt, das nie jemand sehen würde.

14. Juni. 120 Meilen vom Ziel entfernt. 6 Stunden lang Großsegel gehißt. Gute Fahrt gemacht.

15. Juni. Glaube, wir sind in die Kalmen gekommen. Machen kaum Fahrt. Unter Klüver. Es regnet in Strömen. Konnte durch die ganzen Wolken kaum eine Messung machen.

16. Juni. Noch immer Windstille. Grauer Himmel, keine Sonne für die Positionsbestimmung. Treiben nach Südwesten –

gelegentlicher Regen. Konnte messen, als die Sonne durchkam. Machen noch immer kaum Fahrt.

17. Juni. Bekamen genug Wind, um Großsegel zu hissen – zogen auch größeren Klüver auf. Kommen trotzdem nur sehr langsam voran. Buck hat keinen Tabak mehr und ist mies gelaunt. Habe Maisbrot gebacken.

Am Morgen des 19. Juni machte Jennifer eine aufregende Entdeckung. Als sie sie Buck verkündete, konnte sie ihre Freude kaum verbergen. »Wenn der Wind hält«, sagte sie und legte eine dramatische Pause ein, »müßten wir ... heute nachmittag gegen drei Uhr Palmyra sehen können!«

»Bestimmt?« fragte Buck ungläubig.

»Meinen Berechnungen zufolge.« Sie grinste.

Sie hatte es mit ihrer Navigation weit gebracht. Nachdem sie nun mit dem richtigen Logarithmus arbeitete, war sie überzeugt, ihre Position genau bestimmt zu haben. Die Karte zeigte, daß sie nur noch zwanzig Meilen von Palmyra entfernt waren, und sie war überzeugt, sich nicht geirrt zu haben.

Doch als sie ein paar Stunden später auf dem Bug stand und die Insel tatsächlich ausmachte, erlitt sie fast einen Schock. Ihr ganzer Körper kribbelte, und sie konnte nicht aufhören zu lachen, selbst als sie laut rief: »Land ahoi! Land ahoi!« Sie hatten es tatsächlich geschafft!

Buck sah mit zusammengekniffenen Augen zum Horizont und fiel dann aufgeregt ein. »Du hast es geschafft, Jen! Endlich Samarand!« Er benutzte gern den ursprünglichen Namen der Insel, den er in irgendeinem Buch gelesen hatte.

»Ich fasse es nicht«, wunderte sie sich. Es war der größte Erfolg ihres Lebens. Und sie hatte es ganz allein geschafft.

»Unglaublich!« rief Buck. »Kolumbus hätte dich brauchen können!«

»Ich *habe* doch gesagt, daß es heute soweit ist, oder?« Sie klang so, als könne sie es selbst nicht glauben.

Sie war jetzt eine richtige Navigatorin, die ganz allein ein Ziel im Ozean gefunden hatte. Es war eine erstaunliche Leistung.

Vor neunzehn Tagen hatten sie und Buck Hawaii verlassen. Außer in Jennifers Logbuch hatten sie die Tage in einem Kalender mit dem Bild eines alten Walfängers eingetragen. Sie hatten bestimmt keinen Geschwindigkeitsrekord gebrochen, aber andererseits war die *Iola* auch kein Weltklasse-Schnellboot. Aus reiner Notwendigkeit hatten sie sich – wie geplant – ihrem Ziel langsam und stetig genähert. Aber sie hatten es geschafft, und selbst die Hunde schienen sich zu freuen und bellten fröhlich.

Jennifer lief nach unten und holte zwei Gläser mit dunklem Rum hinauf. Sie saßen zufrieden auf Deck und ließen die Beine über die Seite baumeln. Während eine leichte Brise sie durch das ruhige Meer direkt auf ihr Ziel zutrieb, betrachteten sie verzückt den Landstreifen am Horizont.

»Auf unsere Insel«, sagte Buck pathetisch.

Sie stießen an und tranken auf ihr Glück. Erst jetzt, als das Ende der Fahrt in Sicht war, gestand sich Jennifer ein, wie leicht sie hätten scheitern können.

Als sie nahe genug herangekommen waren, hielten sie auf den Westen der Insel zu, wo auf der Karte ein schmaler Kanal eingezeichnet war. Es war Bucks Faulheit zu verdanken, daß sie jetzt Schwierigkeiten bekamen, die Lagune der Insel zu erreichen. Er hatte den Motor erst so spät ins Schiff geholt, daß er nun aufgrund des Salzwassers und der Feuchtigkeit nicht mehr ansprang. Sie mußten also ohne Motor durch den engen, von trügerischen Riffen umsäumten Kanal segeln.

Doch Jennifer ließ sich nicht entmutigen. Sie griff eifrig nach dem Fernglas und sah, daß die Brandung gegen die verborgenen Riffe und einen blendendweißen Strand am Nordufer schlug. Was ihr aus der Ferne wie Gebüsch vorgekommen war, konnte sie nun als Kokospalmen ausmachen. Zu tausenden bildeten sie einen dunklen Wall, und ihre Wedel schlugen fast hilflos im Wind. Ohne einen Grund dafür nennen zu können, kamen sie Jennifer bedrohlich vor.

19. Juni. LAND AHOI! Um 16 Uhr 15 machten wir Palmyra auf der Backbordseite aus. Wind sehr schwach – können vor Einbruch der Dunkelheit nicht mehr anlegen. Treiben nach Osten. Die ganze Nacht über starker Wind. Dann windstill.

20. Juni. Machten Palmyra heute morgen erneut aus, genau im Westen. Wind sehr schwach. Frustrierend – Regenschauer und genug Wind, um uns in etwa dorthin zu bringen, wo wir gestern schon waren. Aber dann läßt Wind nach. So nah und doch so fern!

Es frustrierte sie nicht nur, der Insel so nahe zu sein und die Lagune trotzdem nicht erreichen zu können, sie hatten auch Angst davor, auf ein Riff zu laufen. Um ganz sicher zu gehen, entfernten sie sich unmittelbar vor Anbruch der Nacht von der Insel und ließen sich wieder etwas auf die See hinaustreiben. Sie hätten es in Gewässer schaffen können, die flach genug waren, um den Anker zu werfen, doch die unsichtbaren Korallenriffe könnten die Schiffshülle aufreißen. Um die Lagune zu erreichen, mußten sie durch den Kanal. Und ohne Außenbordmotor mußten sie warten, bis sich der Wind günstig drehte.

21. Juni. Obwohl der Wind letzte Nacht schwach war und heute aufgefrischt hat, haben wir Schwierigkeiten, unsere Insel zu finden.

22. Juni. Konnten sie nicht finden. Haben gestern abend alle Segel eingeholt – aber heute kein Wind. Lese und mache Positionsbestimmungen.

23. Juni. Kräftiger Passat. Haben alle Segel gehißt und suchten unsere Insel. Erneut LAND AHOI um 12 Uhr 30, womit uns genug Zeit blieb, einen Platz zum Ankern zu suchen. Wir hoffen auf SO-Wind für die Einfahrt. Liegen vor dem SW-Ufer. Sah nachts ein Licht auf der Insel. Vielleicht ein anderes Schiff?

Aus Freundlichkeit oder Vorsicht erwähnte Jennifer das Offensichtliche nicht: Wenn Buck seine Arbeit gemacht hätte, wären sie schon an Land. Und er erwähnte es auch nicht, entschuldigte sich nicht einmal, doch die unterschwellige Spannung wuchs.

24. Juni. So schön, aufzuwachen und die Insel direkt vor uns zu haben.

Schön, aber auch zum Verzweifeln. Palmyra lag vor ihnen, nah genug, um hinüberzuschwimmen, doch der richtige Wind wollte einfach nicht aufkommen. Angenommen, in dieser Gegend blies nur selten ein Südostwind? Was sollten sie dann tun? Die Strömung war keine Hilfe; sie floß stets aus dem Kanal in den Ozean.

25. Juni. Noch einen Tag gelesen. Weiterhin starke NO-Winde.
26. Juni. Buck fing heute morgen zwei Fische. Haben sie in Salzwasser eingelegt und zum Trocknen aufgehängt. Werden sie als Köder benutzen. Sahen Teufelsrochen auf der Suche nach Nahrung. Noch immer NO-Winde. Wir warten und lesen.

Doch als sie am 27. Juni erwachten, wehte ein kräftiger Südostwind. Aufgeregt hißten sie das Segel. Sie hatten dem Segelführer entnommen, daß sie in einer Linie zu den beiden Pfosten an den beiden Kanalenden fahren mußten, um sich genau in der Mitte zu halten. Doch als Buck das Ruder übernahm, legte sich der Wind plötzlich, und die *Iola* war der hinausfließenden Strömung ausgeliefert. Nachdem sie ein paar Minuten lang zurückgetrieben war, gab es plötzlich einen Ruck, gefolgt von einem häßlichen Knirschen unter dem Boot. Die zerbrechliche *Iola* war auf ein Korallenriff gelaufen.

Buck reagierte sofort und holte die Segel ein.

Jennifer versuchte, die Ruhe zu bewahren. Wenn sie zu sinken anfingen, dachte sie, konnten sie wenigstens das Dingi zu Wasser lassen und ans Ufer rudern. Ihr Leben konnten sie retten, doch die meisten Vorräte würden sie verlieren.

Buck, der wie immer am besten war, wenn eine Katastrophe drohte, sprang über Bord und tauchte unter das Boot. Er sah jedoch sofort, daß zum Glück nur der stabile Eisenteil der *Iola* auf den Korallen lag. Die Hülle selbst war anscheinend unbeschädigt. Er schwamm wieder hoch, um Luft zu schnappen, tauchte dann erneut, um die andere Seite zu überprüfen und sah in die kalten, starren Augen eines Hais von wenigstens zwei Metern Länge. Sein Herzschlag donnerte in seinen Ohren. Er schwamm schnell zur Oberfläche und kletterte wieder auf die *Iola*.

Jennifer schaute verwirrt drein.

»Ein freundlicher Hai«, keuchte er, noch immer zitternd.

»Ach du Scheiße. Woher weißt du, daß er freundlich war?«

»Er hat mich zum Essen eingeladen.«

Sie lachte nicht über den Scherz, um ihn nicht zu ermutigen, noch einmal zu tauchen. »Du gehst mir da nicht mehr runter.«

Die Warnung erwies sich als überflüssig. In diesem Augenblick machte sie im Kanal zwei Dingis mit Außenbordmotoren aus. »Wir haben Gesellschaft.«

Die Fremden in den Booten hielten direkt auf die Iola zu, schalteten dann die Motoren ab und trieben in etwa zwanzig Metern Entfernung.

»Ahoi«, rief ein stark gebräunter älterer Mann im vorderen Boot. »Brauchen Sie Hilfe?« In dem anderen sahen ein hagerer Mann mittleren Alters und ein Junge im Teenageralter ausdruckslos zu.

»*Bitte*!« rief Jennifer. Buck hielt sich zurück, verdrossen über die Anwesenheit anderer Menschen auf der Insel.

»Sie haben wohl keinen Motor?«

»Er springt nicht an.«

»Sollen wir Sie von den Korallen ziehen?« Ihr Retter in spe hatte erkannt, daß er mit Jennifer verhandeln mußte.

»Ja. Vielen Dank.«

Die Motorboote fuhren in Position, und die Männer warfen Buck Taue zu. Wortlos befestigte er sie am Bug der Iola. In Null Komma nichts waren sie frei, und die Dingis schleppten sie durch den engen Kanal.

Jennifer stand auf Deck und reckte den Hals, um die Insel besser sehen zu können. Als sie in die Lagune fuhren, war ihr erster lebhafter Eindruck von üppigem, überall wachsendem Grün beherrscht. Das Wasser der Lagune, umgeben von schmalen Sandstrandstreifen und grünlichen Korallenklumpen, funkelte smaragdgrün und blau. In den kristallklaren Untiefen konnte sie deutlich Schulen bunter Fische ausmachen, und in der Ferne hob sich das laute Geplapper von Vögeln. Von hier aus wirkten die zahlreichen Kokospalmen wie gestrenge Wachposten, bereit, jeden sich nähernden Feind abzuwehren.

»Vergiß nicht, mein Name ist Roy Allen«, flüsterte Buck ihr zu. »Verplapper dich ja nicht.«

In Hilo hatte Buck Gina Allen überredet, ihm die Ausweise und die Geburtsurkunde ihres Mannes zu geben. Der echte Roy A. Allen hatte sowieso keine Verwendung mehr dafür. Der berufsmäßige Rodeoreiter hatte vor fünf Jahren einen Tritt von einem Bullen gegen den Kopf bekommen und vegetierte seitdem in einem Hospital in Tennessee dahin. Buck hatte sich mit der Geburtsurkunde einen Paß auf den Namen Roy Allen ausstellen lassen.

Bucks Warnung erinnerte Jennifer daran, daß ihr

Leben hier, ganz gleich, wie friedlich ihre neue Heimat auch wirkte, niemals frei von Sorgen und Argwohn sein würde.

»Na schön, *Roy*«, erwiderte sie resignierend. »Und was willst du mit der großen ›Buck‹-Tätowierung auf dem Arm machen?«

Er funkelte sie an und stapfte davon.

6. KAPITEL

Auf halber Strecke zwischen San Diego und Hawaii war die *Sea Wind* in so rauhe See gekommen, daß Mac und Muff nicht über die Gipfel der Wellen sehen konnten. An diesem Abend hatte Muff gerade einen Eintopf aufgesetzt, als sich das Boot plötzlich schräg legte. Ein Teil war übergeschwappt und hatte ihr die Hand verbrannt. Sie brauchte eine Stunde, um die Schweinerei aufzuputzen, während das Boot weiterhin heftig schlingerte. »Warum haben wir immer, wenn wir auf See sind«, klagte sie, »so lausiges Wetter?«

Doch Mac konnte nichts so schnell aus der Bahn werfen. Er war der Ansicht, daß die Reise bislang ziemlich gut verlaufen war. Aufgrund günstiger Winde kamen sie schnell voran, und es hatte bislang keine Schäden oder Ausfälle gegeben. Selbst bei so schwerem Seegang segelte er schnell und sicher. Ihre Tage waren meistens stahlgrau, doch die Aussicht auf die vor ihnen liegenden Abenteuer war wie ein Silberstreif am Horizont. Er pfiff oft fröhlich eins seiner Lieblingslieder vor sich hin, die Titelmelodie von ›The High and The Mighty‹, einem Film aus den fünfziger Jahren, in dem der Macho John Wayne als Pilot ein Flugzeug tapfer durch alle Schwierigkeiten führte.

Abend für Abend, während der Autopilot die *Sea Wind* auf Kurs hielt (wovon sich Mac durch einen gelegentlichen Blick auf den Kompaß in der Kabine überzeugte), machte er es sich in seiner Koje bequem, schaltete das Licht aus und las im sanften Schein einer Kerosinlampe *An Island to Myself,* die wahre Geschichte eines Mannes, der allein auf einer tropischen Insel gelebt hatte. Wenn nur seine Muff, die unruhig in ihrer Koje neben der seinen schlief, seine Vorfreude teilen würde ...

Am 25. Mai 1974, auf dem Höhepunkt des berühmten idyllischen Frühlings von Hawaii, erreichten sie das Westufer der Großen Insel. Sie waren in nur achtzehn Tagen über zweitausend Meilen gesegelt, eine der besten Fahrten, die die *Sea Wind* je gemacht hatte.

Sie holten die Segel ein und fuhren mit Motorkraft durch den schmalen Kanal der Radar Bay von Hilo, wobei sie die bunten, leuchtenden Blüten sahen, deren Vielzahl der Insel einen ihrer Spitznamen verliehen hatte: die Garteninsel. Am Dock war kaum noch Platz für ein Dutzend Schiffe, doch Mac entdeckte einen passenden Ankerplatz direkt neben dem Betonkai.

Sie legten neben dem Segelboot Curtis Shoemakers an. Shoemaker war ein kleiner, sehniger Mann Mitte Fünfzig mit einem gebräunten, wettergegerbten Gesicht, das aussah, als sei es mit einem stumpfen Werkzeug gemeißelt worden. Shoemaker segelte schon seit den dreißiger Jahren, als er auf Hawaii bei den Sea Scouts gewesen war. Er arbeitete als Mechaniker bei einer Telefongesellschaft, wohnte nun in Waimea, einem Bergdorf etwa siebzig Kilometer nordwestlich von Hilo, und war begeisterter Amateurfunker.

Mac und Muff verstanden sich auf Anhieb prächtig mit Shoemaker und seiner Frau Momi. Sie besuchten einander häufig. Als die Frauen eines Nachmittags einkaufen gingen, sah sich Curt das Funk- und Empfangsgerät der *Sea Wind* an, ein erstklassiges Modell, das ihm gut gefiel.

Er schlug vor, daß sie Funkverbindung miteinander hielten, solange Mac und Muff auf Palmyra waren.

»Ganz allein auf so einer Insel könntet ihr in echte Schwierigkeiten kommen«, warnte Shoemaker. »Es wäre vielleicht keine schlechte Idee, regelmäßig Kontakt mit der Außenwelt zu halten.« Er erklärte, daß er in seinem Haus in den Bergen einen starken Sender hatte, und schlug vor, sich regelmäßig bei ihnen zu melden.

Mac hätte niemals eingestanden, einmal Hilfe gebrauchen zu können, doch ihm gefiel die Idee, daß seine und Muffs Verwandte und Freunde ihnen über Curts Funkgerät in ihrem abgeschiedenen Paradies Nachrichten zukommen lassen konnten.

Solange sie noch vor Anker lagen, konnte Mac einige letzte Einkäufe erledigen. Nach Hilo würden sie lange keinen anderen Hafen mehr anlaufen. Sie mußten mit den Vorräten und Ausrüstungen auskommen, die sie an Bord hatten.

Einige Bekannte hatten Mac und Muff wegen der großen Menge an Arzneimitteln gehänselt, die sie an Bord der *Sea Wind* verstaut hatten. Doch in entlegenen Ecken der Welt konnten sie nicht einfach den Hausarzt anrufen und sich etwas verschreiben lassen, und so führten sie ihre eigene Apotheke und mit der Maschine geschriebene Seiten mit Anweisungen für die jeweiligen Dosierungen mit. Diese Seiten stammten von einem Arzt, der 1961 die Weltumseglung mitmachen wollte und seine schwarze Tasche zurückgelassen hatte, als er und das andere Mannschaftsmitglied Mac in Mexiko im Stich gelassen hatten.

In den Lagerräumen waren genug Werkzeuge und Ersatzteile verstaut, um damit eine eigene Werkstatt aufzumachen. Mac hatte alles dabei, von Rohren über Armaturen bis hin zu Bolzenschneidern und Ersatzplanken. Er hatte nicht nur eine elektrische Bohrmaschine, sondern vier.

Muff war für ihre Aufgaben als Köchin und Schiffsfrau

– die auf einem kleinen Boot, das monatelang auf See war, nicht einfach zu bewältigen waren – ebenfalls hervorragend ausgestattet. Sie hatte ein ganzes Arsenal von Töpfen, Pfannen und Backformen und auch einige Küchengeräte, wie man sie – wegen des hohen Stromverbrauchs – nicht oft auf Segelschiffen findet, zum Beispiel einen elektrischen Mixer.

Es befand sich auch eine Bibliothek von maritimen Nachschlagewerken an Bord. Bücher über Navigation, ein Lexikon tropischer Fische, ein Hausbuch über medizinische Notfälle und das *Jahrbuch der pazifischen Inseln* – das Ehepaar war auf alle Eventualitäten bei dem Leben auf hoher See vorbereitet.

Und sie hatten auch Waffen an Bord. Mac besaß ein Marlin-Gewehr vom Kaliber .30, einen kleinen Derringer und eine durchschlagskräftige Handfeuerwaffe, die er in einem Versteck hinter seiner Koje aufbewahrte. Er mußte nur ein Brett des Wandschranks zurückschieben, um nach dem Colt .357 Magnum greifen zu können, einer der besten Waffen, die jemals gebaut worden waren; mit ihr konnte er einem Eindringling glatt den Arm abschießen. Natürlich kannte sich Mac mit Waffen aus; er hatte während seines Diensts in der Army in den fünfziger Jahren gelernt, mit ihnen umzugehen. Muff hatte nichts für Feuerwaffen übrig, doch nach einem erschreckenden Zwischenfall während ihrer Weltumseglung hatte sie eingesehen, daß man welche an Bord haben sollte.

Es war passiert, nachdem sie die Straße von Gibraltar durchfahren hatten und in der Dunkelheit vor der marokkanischen Küste kreuzten. Mac war in jener Nacht besonders wachsam am Ruder, da man gemeldet hatte, daß Piraten mit Trawlern kleine Segelyachten rammten, sie enterten, alles von Wert stahlen, jeden an Bord umbrachten und die Schiffe dann versenkten. Plötzlich hörte Mac in der Dunkelheit das Geräusch eines großen Schiffsmotors. Zu seinem Schrecken hielt der Umriß eines Trawlers direkt auf sie zu. Als er schnell den Kurs änderte, folgte der Trawler ihnen. Mac sah, daß die beiden Schiffe unweigerlich kollidieren würden. Er lief nach unten, griff sein Gewehr und legte den Schalter für die beiden starken Scheinwerfer um, die auf halber Höhe des Vordermasts montiert waren. Er weckte Muff, lief wieder nach oben und stellte sich direkt unter die weißen Strahlen der Scheinwerfer, während die noch vom Schlaf benommene Muff auf Deck taumelte, sich in den Schatten niederkauerte und das Ruder übernahm. Mac riß das Gewehr hoch und zielte auf eine schattenhafte Gestalt auf der Brücke des geheimnisvollen Trawlers. Er wußte, daß man ihn vom Trawler aus deutlich sehen konnte. Wenn die *Sea Wind* nicht im nächsten Augenblick den Kurs änderte, würde sie gerammt werden und vielleicht sogar sinken. Doch bevor es soweit kam, würde Mac schießen. *Er erwischt uns, aber ich erwische ihn auch*, dachte Mac, während er den Zeigefinger um den Abzug legte. Die Zeit schien stillzustehen, während die beiden Schiffe aufeinander zuglitten. Wie kamen. Wie nah durfte er sie herankommen lassen, bevor er schießen mußte? Würde der andere es darauf ankommen lassen? Dann, im nächsten Augenblick, bog der Trawler scharf ab und verpaßte die *Sea Wind* nur um Haaresbreite. Jemand hatte bei dieser Konfrontation von Angesicht zu Angesicht geblinzelt, aber es war nicht Mac gewesen.

Mac war der Überzeugung, daß sie diese Bedrohung aus zwei Gründen überlebt hatten: Er hatte, wenn es darauf ankam, die richtigen Instinkte, und sie hatten die richtige Ausrüstung an Bord – in diesem Fall Scheinwerfer und ein Gewehr. Dieser Zwischenfall bestärkte Mac in seiner Meinung, daß jeder Mensch seines eigenen Glükkes Schmied war, aber auch, daß das Hochseesegeln nichts für schwache oder schlecht vorbereitete Menschen war. Trotz des knappen Ausgangs dieses und anderer Zwischenfälle, die er und Muff überstanden hatte, stellte Mac seine Fähigkeit nicht in Zweifel, jeder Herausforderung standzuhalten, wie ernst sie auch sein mochte.

4. Juni 1974

Liebste Mutter,
wir bleiben auf Hawaii, bis wir für die Fahrt Vollmond haben. Danach steuern wir direkt Palmyra an. Wir haben zwar viel über die Insel gehört, wissen aber nicht, was uns dort wirklich erwartet. Ich gebe Mac sechs Monate dort (oder vielleicht sogar weniger), und er wird wieder aufbrechen wollen. Du weißt doch, wie wankelmütig er ist. Auf jeden Fall kann ich Dir nach Palmyra schreiben, und Du wirst uns schreiben können, da er danach Häfen anlaufen will, in denen es eine Post gibt. Ich hasse es, unerreichbar zu sein, so daß sich jeder von uns Sorgen machen muß, ob es der anderen gutgeht.

Deine Dich liebende Tochter
Muff

24. Juni 1974

Lieber Jamie, liebe Marie,
Ich war auf der ganzen Fahrt von San Diego nach Hawaii niedergeschlagen, weil wir unsere Freunde zurückgelassen haben. Ich habe noch immer einen Kloß im Hals, wenn ich an Euch alle denke.

Wir haben die letzten Vorräte gekauft und werden bei Vollmond nach Palmyra aufbrechen. Mac hat Angst, daß wir die Insel verpassen könnten – so ein kleiner Fleck in einem so großen Ozean. Ich bete, daß wir eine gute Fahrt haben werden.

Bis später, und paßt auf Euch auf. Ich werde schreiben, sobald ich kann.

Herzliche Grüße
Mac und Muff

24. Juni 1974

Das Ritual des Auslaufens aus dem Hafen hatte sich im Verlauf der Jahre nicht verändert. Muff führte pflichtgetreu die ihr zugewiesene Rolle aus: Mac war der Kapitän, und sie die Crew.

Als an diesem klaren, blauen Morgen die letzten Farbtupfer des Sonnenaufgangs aus dem Himmel verschwanden, vollzogen sie eine Prozedur, die sie schon hundert Mal hinter sich gebracht hatten. Mac hatte bereits jedes Ausrüstungsstück überprüft und war dabei einer geistigen Checkliste gefolgt, die sich mittlerweile fest in sein Gedächtnis geprägt hatte. Ein Flugzeugpilot wäre bei seinen Startvorbereitungen nicht sorgfältiger vorgegangen.

Er wartete – wie immer –, bis alles so war, wie er es haben wollte, sah dann über den Hafen von Hilo aufs Meer hinaus, um sich den Kurs einzuprägen, und lächelte selbstzufrieden. Er nahm eine Pose ein, die Landratten als theatralisch abgetan hätten, und rief über die Schulter: »Also los, Muff.« Vielleicht wollte er auch nur Shoemaker etwas bieten, der auf dem Kai darauf wartete, die Leinen lösen zu können.

Muff stand im Niedergang hinter dem Zündhebel. »In Ordnung, Schatz.«

Im Cockpit drehte Mac den Schlüssel um. »Jetzt.«

Sie legte den Schalter um. Mac drückte auf den Anlasserknopf, und der Motor sprang sofort an. Er legte den Leerlauf ein, damit sich das Öl verdünnte und alle Teile schmierte, und holte den Anker ein. Dann winkte er Shoemaker zu, der alle Leinen bis auf die am Heck löste. Mac holte sie ein und legte sie, perfekt zusammengerollt, auf das Deck.

Als er mit dem Lauf des Motors zufrieden war, löste er die Spannung, indem er laut rief: »Ablegen!«

Shoemaker löste die Heckleine, und Mac rollte sie auf. Die *Sea Wind* hatte abgelegt.

Während unruhige Möwen über das Schiff flogen,

legte Mac den Gang ein, und das Schiff kroch langsam vor. Hinter ihnen wurden die schwachen Geräusche des Morgenverkehrs in Hilo noch leiser, ein stetes Summen der Zivilisation, das sie lange Zeit nicht mehr hören würden. Die blendende Sonne stand tief im Himmel. Ihr Licht fiel über die chinesischen Banyanbäume, die die Uferstraße und den grünen Liliuokalani-Park säumten. Doch diese Landschaftsmerkmale waren schon bald nicht mehr auszumachen.

Muff spürte augenblicklich, daß das Wissen, nun unterwegs zu sein, ihr einen Teil der Angst und Befürchtungen nahm. Sie waren auf vertrautem Terrain, und Mac hatte das Kommando übernommen. Sie hatte ihre Aufgabe erfüllt und würde sie auch weiterhin erfüllen. Sie war entschlossen, keinen Fehltritt zu tun und ihre Pflichten genau wahrzunehmen. Beim Segeln hing viel von dieser Genauigkeit und Ausgeglichenheit ab. Mac brauchte sie, doch er war der Skipper, und sie brauchte ihn noch mehr.

Ihr Mann saß am Ruder, den Rücken gerade wie ein Brett, die gebräunte Hand auf dem Rad. Er spürte, wie die Morgensonne seinen Nacken wärmte und der ablandige Wind sein Gesicht mit erfrischend kühler Gischt benetzte.

Als sie den Radar-Bay-Kanal erreicht hatten, übernahm Muff das Steuer, und Mac setzte die Segel. Jeder Handgriff saß. Zuerst das Besan-, dann das Großsegel und die Klüver. Sie blähten sich im Wind auf, und die Falleinen schlugen rhythmisch gegen die Masten.

Am Ruder sah Mac zu den Segeln hoch, eine so automatische und unbewußte Bewegung wie die eines Autofahrers, der in den Rückspiegel schaut. Der Wind war frisch und stetig, und alle Segel standen straff und voll. Er legte den Gang aus und ließ den Motor noch etwas laufen, doch jetzt trieb sie der Wind voran, und für Mac gab es kein herrlicheres Gefühl auf der Welt.

Nun voll zum Leben erwacht, schoß das schöne Schiff

vor, hielt durch den Kanal auf das offene Meer zu und bemühte sich, über die rollenden Wellen zu fliegen.

Mac und Muff bemühten sich, das Schiff mit Wind und Wasser verschmelzen zu lassen. Brisen kamen auf, schwächten wieder ab und wechselten die Richtung, doch langsam versank auch der Gipfel des mächtigen Mauno Loa, der sich fast dreieinhalbtausend Meter über den Meeresspiegel hob, in der schimmernden See hinter ihnen.

Als Muff mit dampfendheißem, Kaffee kam, setzten sie sich gemeinsam ins Cockpit und genossen den strahlenden Morgen. Der Tag verlief ohne Zwischenfälle. Lange vor Sonnenuntergang waren sie allein auf der Schüssel des sichtbaren Ozeans. Kein anderes Schiff war zu sehen. Die See war völlig ruhig.

Es wurde kühler, und ein starker Nordostwind setzte ein und trieb sie genau in die Richtung, in der die Insel Palmyra lag.

Mac hatte endlich, was er wollte. Sie steuerten ins Unbekannte, und er war ausgelassen vor Freude.

7. KAPITEL

Obwohl Palmyra auf den Pazifikkarten als Insel ausgewiesen ist, handelt es sich eigentlich um ein Atoll, um den Gipfel eines steilen Vulkans in einer riesigen Unterwasserkette, deren Berge, die tief im Ozean verborgen liegen, zu den höchsten der Welt zählen. Im Gegensatz zu echten Inseln sind Atolle praktisch völlig flach und haben keine Hügel oder Berge. Die höchste Stelle Palmyras liegt nur zwei Meter über dem Meeresspiegel.

Ein hufeisenförmiger Kreis aus über einem Dutzend Inseln, die wie Juwelen an einem Halsband aussehen, umgibt eine geschützte Lagune, den alten Vulkankrater. Die Inseln bestehen aus hartem Sand und ständig wachsenden Korallen und sind von dichtem Buschwerk und Kokospalmen bedeckt.

Jahrhundertelang war dieses uralte Atoll unentdeckt geblieben, sechs Grad nördlich vom Äquator, in der Nähe der Zone, in der die Nordost- und Südostpassatwinde aufeinandertreffen.

In der Nacht zum 13. Juni 1798 segelte Edmond Fanning, ein unerschrockener amerikanischer Kapitän, mit seinem Schiff, der *Betsey*, von einer Handelsfahrt in den Orient nach Hause zurück. Fanning, ein bekannter und vermögender Seefahrer, hatte bereits eine Pazifikinsel entdeckt, die nun seinen Namen trug. Plötzlich wurde er in seiner Kabine von einer zwingenden Vorahnung der Gefahr aufgeschreckt, eilte auf Deck und befahl seinem Steuermann, in der Dunkelheit zu stoppen. Erstaunlicherweise enthüllte das erste schwache Licht der Dämmerung unmittelbar vor ihnen ein tiefes Riff. Hätte Fanning nicht seinem sechsten Sinn vertraut, wäre sein Schiff mit Sicherheit gesunken. Erleichtert setzte die Crew der *Betsey* Segel und umrundete das Riff vorsichtig an der Nordflanke. Fanning stieg in den Ausguck auf dem Großmast. Durch das Fernglas machte er auf der anderen Seite des Riffs eine kleine, nicht sehr einladende Insel aus. Das war die erste bezeugte Sichtung Palmyras, und das knappe Entrinnen der *Betsey* wurde zum ersten Omen für die Gefahren, die die Insel barg.

Da Fanning die Sichtung nicht rechtzeitig gemeldet hatte, wurde die Insel offiziell getauft, als sie zufällig von einem anderen Schiff gesichtet wurde, das auch den Ruhm für die eigentliche Entdeckung beanspruchte. Am 6. November 1802 kam ein nach Manila fahrendes amerikanisches Schiff, die *Palmyra*, in schwerer See vom Kurs ab und wurde von den Elementen auf die Insel zugetrieben. Als sich das Wetter aufklärte, ging die Besatzung auf Erkundung an Land und blieb fast eine Woche auf dem

Atoll. Eine Depesche des Skippers der *Palmyra,* Captain Sawle, wurde von einem Schiff ans nächste weitergereicht, und es dauerte fast vier Jahre, bis man in der Heimat erfuhr:

Neue Insel, 05° 52′ Nord, 162° 06′ West, mit zwei Lagunen, von denen die westliche 20 Faden tief ist, liegt außerhalb der meisten Schiffahrtsrouten von Amerika nach Asien oder Asien nach Amerika.

Vierzehn Jahre später hatte ein spanisches Piratenschiff, die *Esperanza,* in den Gewässern vor Palmyra eine grimmige Begegnung mit dem Schicksal. Reich beladen mit Gold- und Silberschmuck, den man in Nordperu aus Inkatempeln gestohlen hatte, wurde sie von einem anderen Schiff angegriffen, und es kam zu einer blutigen Schlacht. Den überlebenden Mannschaftsmitgliedern gelang es, mit der *Esperanza* und dem Schatz davonzusegeln, doch sie liefen kurz darauf auf ein Korallenriff. Während das Schiff sank, gelang es den Piraten, ihren Schatz und den Proviant auf das Atoll zu bringen. Im darauffolgenden Jahr bauten die Gestrandeten Flöße, teilten sich in zwei Gruppen und segelten, nachdem sie den Schatz vergraben hatten, in entgegengesetzte Richtungen los. Es ist bekannt, daß ein Floß sank. Ein amerikanischer Walfänger fand und rett te den einzigen Überlebenden, den Matrosen James Hines, der kurz darauf an Lungenentzündung starb. Von den Mannschaftsmitgliedern auf dem anderen Floß hörte man nie wieder etwas; es wird angenommen, daß sie alle auf See starben. Und da nie vom Fund eines Inkaschatzes auf Palmyra berichtet wurde, ist es möglich, daß er noch dort liegt, eine Sammlung mesoamerikanischer Artefakte, die auf dem heutigen Kunstmarkt den vielfachen Wert des reinen Gold- und Silberpreises hätte.

Doch die Litanei der Katastrophen hatte damit erst begonnen. Ende 1855 wurde auf Tahiti bekannt, daß ein anderes Schiff, ein Walfänger, auf Palmyras trügerischen Riffen gestrandet sei, doch ein Versuch, das vermißte Schiff und die Mannschaft zu finden, blieb erfolglos.

1862 gewährte Kamehameha IV, König von Hawaii, zwei seiner Untertanen, Zenas Bent und J. B. Wilkinson, die Petition, Palmyra unter hawaiianischer Flagge in Besitz nehmen zu dürfen. Bent und Wilkinson benahmen sich, als gehörte die Insel ihnen, erbauten ein Haus, legten einen Gemüsegarten an und ließen ›einen Weißen und vier Hawaiianer‹ zurück, die ›biche de mer sammeln und trocknen‹ sollten, eine eßbare, im Orient sehr geschätzte Meeresschnecke. Noch in diesem Jahr verkaufte Bent seinen Anteil von Palmyra an Wilkinson, der seine Besitzansprüche wiederum seiner hawaiianischen Frau vermachte. Als die Vereinigten Staaten 1898 die hawaiianischen Inseln annektierten, fiel auch Palmyra darunter.

1911 erwarb Richter Henry E. Cooper aus Honolulu Palmyra für 750 Dollar von den Erben von Wilkinsons Witwe. Er behielt Palmyra und die benachbarten Besitztümer bis zum Jahr 1922, in dem er alle Inselchen bis auf eine für 15.000 Dollar verkaufte. Der alte Richter schenkte anscheinend dem Gerücht Glauben, der Schatz der *Esperanza* läge auf diesem Inselchen – Home Island – unter einem Banyanbaum begraben. Der neue Besitzer des Rests von Palmyra, Leslie Fullard-Leo, Besitzer einer südafrikanischen Diamantenmine und später Bauunternehmer, hatte von Palmyra gehört, kurz nachdem er nach Honolulu gezogen war, und hielt das Atoll wahrscheinlich für ein friedliches Refugium fern von allen Unbillen der Zivilisation. Doch Fullard-Leo besuchte seine unbewohnte Insel in siebzehn Jahren nur zweimal. Nach seinem Tod fiel Palmyra seinen drei Söhnen zu, die die Insel auch kaum jemals besuchten. Home Island war Richter Coopers Nachkommen zugefallen.

Die Familie Fullard-Leo mußte einen Prozeß gegen die Regierung der Vereinigten Staaten führen, um Palmyra behalten zu können. In Erwartung eines Kriegs im Pazifik wurde Palmyra am 19. Dezember 1940 zum ›gesperrten Verteidigungsgebiet‹ erklärt und der Jurisdiktion der Marine unterstellt, die dort eine Basis für fünftausend Mann Besatzung erbaute. Die Fullard-Leos zogen viermal vor Gericht, doch erst 1946 erklärte das Neunte Berufungsgericht den Anspruch der Brüder auf die Insel Palmyra für gültig. Der Gerichtshof befand, daß der Anspruch auf den Besitz von Palmyra durch Bent, Wilkinson und deren Erben (der durch die regelmäßige Entrichtung von Grundsteuer unterstützt wurde) lange vor der Annektion Hawaiis durch die Vereinigten Staaten bestanden hatte und von der hawaiianischen Regierung anerkannt worden war. Palmyra befand sich also in Privatbesitz, auch wenn sie eine ›Besitzung‹ der Vereinigten Staaten war. Kurz nach der Urteilsverkündung zog die Marine ab und ließ Gebäude, Geschützstellungen und leere Munitionsdepots zurück.

Da Palmyras Status als Privatbesitz bestätigt worden war, benötigten Besucher wie Mac, Muff, Buck und Jennifer die Erlaubnis der Besitzer, um sich dort aufhalten zu dürfen, doch die Fullard-Leos, die auf Honolulu wohnten, hatten schon lange eingesehen, daß es unmöglich war, ungewünschte Gäste von ihrer Insel fernzuhalten. Da sie auch davon gehört hatten, was Südseefahrer als ›Fluch von Palmyra‹ bezeichneten, hatten die Besitzer eine beträchtliche Haftpflichtversicherung abgeschlossen, um sich gegen mögliche Unglücke abzusichern, die Besucher auf ihrer Insel erleiden mochten, und hofften das Beste.

27. Juni 1974

Als die *Iola* in die Lagune geschleppt wurde, stellte sich bei Jennifer der Eindruck ein, die Zeit habe auf Palmyra stillgestanden. Die Laguna, glatt wie ein Spiegel und so klar, daß man die Korallengebilde auf ihrem Grund ausmachen konnte, wurde auf drei Seiten von kleinen Inseln flankiert, alle bewachsen mit hohen Kokospalmen, die bis ans Ufer vorgedrungen waren. Das Atoll war so unberührt, wie sie es sich erhofft hatte.

Palmyra war zwar unbewohnt, aber nicht, wie sie und Buck gehofft hatten, auch verlassen.

Auf der nördlichen Seite der Lagune vertäuten sie die *Iola* zwischen zwei anderen Schiffen an einer Reihe stahlverstärkter Holzpfosten (insgesamt vier), die Seeleute ›Dalben‹ nennen. Kaum fünfzehn Meter Wasser trennten die *Iola* vom Strand, und die beiden anderen Schiffe waren jeweils etwa zwanzig Meter entfernt. Jennifer und Buck ruderten mit ihren aufgeregten Hunden mit dem Dingi zum Ufer, wo die Tiere vollends durchdrehten, wie verrückt herumsprangen, bellten und kläfften und im Kreis liefen.

Als Jennifer zum erstenmal seit achtundzwanzig Tagen den Fuß auf festen Boden setzte, schien die Erde unter ihr zu schwanken. Sie freute sich unglaublich, vom Schiff zu kommen und eine Seereise von tausend Meilen sicher überstanden zu haben. Sie konnte die Erde, das fruchtbare Grün des Dschungels, buchstäblich *riechen*. Es pulsierte vor verborgenem Leben.

Jennifer weinte fast vor Glück und umarmte Buck. Die warme, helle Sonne schien zu unterstreichen, daß es sich um einen ganz besonderen Augenblick handelte.

Dann machten sie sich mit den anderen Leuten auf der Insel bekannt. Bei dem einen Schiff handelte es sich um die *Poseidon*, eine Ketsch von fünfzehn Metern, die Jack Wheeler gehörte. Er und sein lebhafter Sohn Steve hatten eins der Dingis bemannt, die die *Iola* auf die Lagune geschleppt hatten. An Bord befanden sich auch Wheelers Frau Lee und ihre attraktive Tochter Sharon. Das andere Boot war die Caroline, ein vierzehn Meter langer Motorsegler mit zwei Dieselmotoren, den Larry Briggs, der in dem anderen Dingi gesessen hatte, auf Honolulu gechartert hatte.

»Wie war Ihre Fahrt?« fragte jemand.

»*Lang*«, sagte Jennifer lächelnd. »Wir haben neunzehn Tage von Port Allen gebraucht. Und dann lagen wir über eine Woche vor dem Kanal und warteten darauf, daß der Wind sich drehte, damit wir hineinsegeln konnten.«

»Tut mir leid, das zu hören«, sagte Jack Wheeler. »Trotzdem willkommen auf Palmyra!«

Wheeler, ein ernster Mann um die fünfzig Jahre, war drahtig, hatte lange Koteletten und trug eine Hornbrille, die auf seiner Nasenspitze saß. Er bot sich an, Jennifer und Buck die Insel zu zeigen, da er ja ›so eine Art inoffizieller Bürgermeister‹ war. In diesen Worten lag der Hauch einer unausgesprochenen Herausforderung.

Als sie losgingen, erklärte Wheeler ihnen, daß sie sich auf dem größten Inselchen befanden – Cooper Island.

»Nach einem alten Richter benannt, wie ich mir hab' sagen lassen. Die schweren Pionierbataillone der Marine haben alle Inseln während des Krieges miteinander verbunden, aber die Straßen sind jetzt an vielen Stellen aufgerissen. Auch der Damm durch die Lagune ist ziemlich mitgenommen. Wenn Sie auf die andere Seite der Lagune wollen, setzen Sie am besten mit dem Dingi über.«

Bevor sie in den Dschungel eindrangen, deutete Wheeler auf eine Lichtung neben seinem Boot. »Da haben wir uns ein schönes Lagerfeuer eingerichtet. Sie müssen mal den Räucherfisch meiner Frau probieren.« Er lächelte wissend. »Sie wissen doch, daß die meisten Fische giftig sind?«

»Giftig?« sagte Jennifer stirnrunzelnd. Sie sah Buck an, doch er verbarg seine Überraschung. Sie hatten beide darauf gehofft, hauptsächlich von Fisch leben zu können.

»Ja. Ich spreche von der Ciguatera. Die Fische haben ein Gift aufgenommen, das von bestimmten Algensorten gebildet wird. Man findet das auch auf Hawaii und in der Karibik. Sogar in Florida. Aber hier gibt es einige wenige Fischarten, die eßbar sind und sogar schmackhaft. Der Papio schmeckt ausgezeichnet, und man findet ihn praktisch überall. Die Meerbarbe ist auch in Ordnung, aber rühren Sie den Schnapperfisch nicht an. Zu Hause können Sie ihn essen, aber hier wird Ihnen danach mächtig schlecht. Bei einer Fahrt vor ein paar Jahren hatten wir eine Katze dabei. Wir fütterten sie mit einem Brocken Fisch und warteten dann ab, ob sie sich übergab. Wenn sie ihn unten behielt, war er in Ordnung.«

Jennifer stieß diese anscheinende Gefühllosigkeit ab. »Hatten Sie denn keine Angst, die Katze könnte sterben?«

»Nee. Bei Katzen ist das anders. Wenn Menschen und Hunde etwas Giftiges essen, werden sie krank und können sogar sterben. Aber Katzen würgen es einfach nur aus.«

Was das Meeresleben betraf, mußte Jennifer dem Mann unbedingt von Bucks Begegnung mit dem Hai berichten.

Wheeler nickte weise. »Die findet man hier so zahlreich wie Flöhe auf einem Hund. Die Lagune ist eine Brutstätte von Schwarzpunkthaien. Die gehören zu den aggressivsten Haiarten im Pazifik. Werden bis zu zwei Meter lang. Passen Sie gut auf, wenn Sie schwimmen gehen.«

»Keine Bange«, sagte Jennifer schaudernd. Sie hatte nicht vor, auch nur einen Fuß in die pittoreske Lagune zu setzen. Der friedliche Eindruck, den sie vermittelte, war nur eine Illusion, dachte sie. Teil des Traums, der trübe geworden war.

Wheeler führte sie auf einem schmalen Pfad, den man

offensichtlich mühsam durch das Unterholz geschlagen hatte, landeinwärts. Was vom Meer aus wie fedriges Grün aussah, war in Wirklichkeit eine schier undurchdringliche Hecke. Bald gelangten sie an einen Streifen brodelndheißen, pockennarbigen Asphalt. Jennifer bekam einen Schreck, als sie sah, daß Tausende von Vögeln auf dem heißen Pflaster kauerten. Während Jennifer eine verängstigte Puffer auf den Arm nahm, setzten Bucks Hunde den Tieren nach.

Unter großem Gekreise und Flügelschlagen erhoben sich die schwarzweißen Seeschwalben protestierend und harrten in großen Gruppen in drei Metern Höhe aus. Jennifer sah nun, warum die Vögel nicht einfach fortflogen. Der Asphalt unter ihnen war mit Nestern bedeckt, in denen hilflose Jungvögel saßen.

»Buck!« rief Jennifer.

Bevor Buck reagieren konnte, ließ Popolo, der Pitbull-Terrier, die Kiefer um eine ausgewachsene Schwalbe zuschnappen. Buck gab dem Hund einen Klaps auf den Kopf, und er ließ den Vogel fallen. Die Schwalbe zuckte noch ein- oder zweimal und lag dann still da. Der Biß hatte sie fast durchtrennt.

»Oh, Popolo«, sagte Jennifer tadelnd. »Sieh dir an, was du getan hast.« Puffer winselte.

»Ist Ihr Hund so hungrig?« fragte Wheeler nicht gerade freundlich.

»Nee«, sagte Buck mit zusammengekniffenen Augen. »Nur so unfolgsam.«

Buck legte seine Hunde an ein Stück Seil, das er mitgebracht hatte, und band sie an eine Kokospalme. Dann setzten sie die Besichtigungstour fort.

»Das ist eine alte Start- und Landebahn«, erklärte Wheeler. »Sie wurde Anfang der vierziger Jahre vom Militär angelegt. Das verdammte Ding ist anderthalb Kilometer lang, aber jetzt hat die Vegetation es teilweise überwuchert. Sie finden überall diese Vogelnester darauf.«

Die drei bahnten sich einen Weg über die dicht besiedelte Landebahn weiter und achteten darauf – ganz besonders Jennifer –, nicht auf Nester oder Küken zu treten. Gelegentlich jagte ein wütendes Elterntier auf das Trio herab und schoß ihnen mit Höchstgeschwindigkeit um die Köpfe.

»Wir haben die Eier mal probiert«, sagte Wheeler, dessen Stimme im Lärm der hektischen Vögel fast unterging. »Sie schmecken ziemlich nach Fisch, sind aber nicht übel. Wenn Sie sich vergewissern wollen, daß sie frisch sind, markieren Sie auf der Landebahn ein fünf Mal fünf Meter großes Stück mit Kreide, räumen die Nester mit den Eiern heraus und kommen am nächsten Tag zurück. Dann sind alle Eier in dem markierten Stück ganz frisch.«

Als sie die andere Seite der Landebahn erreicht hatten, ließ der Tumult nach. Wheeler führte sie zu einem anderen Pfad durch den Dschungel.

Jennifer hatte den Eindruck, durch ein riesiges Treibhaus zu gehen. Die Feuchtigkeit und Hitze war erstikkend. Sie atmete schwer vor Aufregung und Erschöpfung, und Buck war schweißnaß.

»Ist es immer so heiß?« fragte er.

»Die Temperatur ändert sich kaum, weder tagsüber noch nachts.« Wheeler lächelte trocken. »Sogar der Regen ist warm.« Er genoß es, die Aufmerksamkeit der Neuankömmlinge zu haben. Es war genau die Art von autoritärem Verhalten, die Buck und Jennifer eigentlich hinter sich zu lassen gehofft hatten.

Sie konnten in jede Richtung nur ein paar Meter weit sehen. Das gelegentliche Pfeifen bunter Vögel, die in dem Baldachin über ihnen von Baum zu Baum sprangen, war das einzige Anzeichen von Leben, doch Jennifer spürte, daß Dutzende Tiere außerhalb ihres Sichtbereichs lauerten und sie leise beobachteten.

Sie kamen zu einer großen Lichtung, die erst vor kurzem aus dem Unterholz geschlagen wrden war. Ein altes Lagerhaus stand am Waldrand. Darin fanden sie eine klapprige Planiermaschine, einen Lastwagen und ein altes Boot mit den Buchstaben ›U.S.A.F.‹ auf beiden Seiten der Hülle. Den Fahrzeugen war anzusehen, daß sie seit über dreißig Jahren in einem tropischen Klima vernachlässigt worden waren.

»In den elf Jahren, seit wir zum letzten Mal hier waren, hat es eine Menge absichtlicher Zerstörungen gegeben«, sagte Wheeler. »Sehen Sie sich die zerstochenen Reifen an. Und die Einschußlöcher.«

Jennifer machten die Löcher in dem Metall Kopfzerbrechen. Wer würde schon Spaß daran haben, auf einen alten Lastwagen zu schießen? Wer auch immer diese schießwütigen Cowboys waren, sie hoffte, daß sie nicht zurückkamen, solange sie und Buck hier lebten.

»Man sollte doch meinen, Segler wären vernünftiger«, sagte Wheeler nachdenklich.

Sie gingen zu dem Rettungsboot hinüber. »Solche Boote ließ die Air Force von einem Flugzeug aus ins Wasser fallen. Sie sollten Überlebende aufnehmen, die auf die Rettung warten mußten, und hatten alles Nötige an Bord. Sie wissen schon, Süßwasser, Dosennahrung, einen Erste-Hilfe-Kasten, Rettungsringe und so weiter. Es war noch völlig in Ordnung, als ich vor Jahren zum erstenmal hier war, und wir sind auf der Lagune damit gefahren. Einmal habe ich es sogar bei einer echten Rettung benutzt. Ein japanischer Trawler gab direkt vor dem Kanal wie verrückt Zeichen mit dem Horn. Ich fuhr mit dem Rettungsboot raus. Einer der Fischer war von einem Schwertfisch durchbohrt worden.«

»Was ist aus ihm geworden?« fragte Jennifer entsetzt.

»Der arme Bursche hat es nicht geschafft.« Er wandte sich ab.

Jennifers Unbehagen verstärkte sich. Die Lagune sah aus wie auf einer Postkarte, doch es wimmelte darin vor Haien. Einen Fisch zu fangen war anscheinend ein Kinderspiel, doch einige davon waren giftig. Obwohl die Insel aus der Ferne ein fruchtbares Südseeparadies zu sein schien, wie es ein Gauguin gemalt haben könnte, verliehen die leeren, verfallenen Gebäude und die verrosteten Fahrzeuge, die das Militär zurückgelassen hatten, ihr einen geisterhaften Eindruck.

»Das ist mein dritter Besuch«, sagte Wheeler. »Zum erstenmal war ich '57 hier.«

Sie waren im Schatten eines Baums stehen geblieben, um Schutz vor der niederbrennenden Sonne zu finden. Jennifer versuchte, mit einem Palmwedel zu fächern, doch die absplitternden Blätter konnten nicht viel Luft fassen und bewegen. Buck war zu mitgenommen, um viel mit den anderen zu sprechen. Wheeler hingegen, der anscheinend auf Palmyra wie zu Hause war, schien die feuchte Hitze nichts auszumachen, obwohl seine braunes Baumwollhemd schweißnaß war und auf seinem Rücken klebte.

»Während des Internationalen Geophysischen Jahres war ich bei Scripps angestellt, dem ozeanographischen Institut«, plauderte Wheeler weiter. »Meine Frau und ich verbrachten fünfzehn Monate hier. Ich machte Wettermessungen, trug die Gezeitenbewegungen ein und so weiter. Uns hat es hier gefallen. Man gewöhnt sich daran. Man kann eine Menge erforschen. Meine Frau, die Kinder und ich haben einmal einen unterirdischen Bunker mit jeder Menge Kriegsmaterial gefunden.«

»Dann kennen Sie sich ja hier aus«, sagte Buck und wischte sich Schweiß aus den Augen. Jennifer spürte, daß er versuchen wollte, den älteren Mann hereinzulegen. Aber wie?

»Ja.« Wheeler grinste breit. »Wie ich schon sagte, ich bezeichne mich als inoffiziellen Bürgermeister von Palmyra. Wir kennen die Fullard-Leos, die Besitzer. Sagen Sie, wie lange wollen Sie bleiben?«

»Eine Weile«, sagte Buck vorsichtig. Er wirkte erschöpft, war aber auf der Hut.

»Na ja ... wie heißen Sie noch gleich?«

»Roy Allen. Und meine Frau ist Jennifer.«

»Wir wollen vielleicht einen Garten anlegen«, warf Jennifer ein.

Wheeler dachte einen Augenblick lang darüber nach. »Wenn Sie länger hierbleiben wollen, sollten Sie vielleicht den Besitzern schreiben und ihre Erlaubnis einholen. Wie gesagt, die Insel ist Privatbesitz. Ich bin auf dieser Reise als ihr Repräsentant hier. Sie haben mich gebeten, die Landebahn freizuräumen, damit Flugzeuge landen können. Na ja, ich weiß nicht so recht. Die Vögel sind ein echtes Problem, wenn Sie mich fragen. Aber mein Sohn und ich tun, was wir können.«

»Ich kann Ihnen ja helfen«, sagte Buck. Er hatte sich entschlossen, das Blatt auszuspielen, das das Schicksal an sie verteilt hatte. Wenn er sich bei diesem aufdringlichen ›alten Langweiler‹, wie er Wheeler später bezeichnen würde, beliebt machte, konnte er ihn irgendwann vielleicht einmal um Hilfe bitten.

Wheeler schien Bucks breite Schultern und muskulöse Oberarme zu betrachten. »Zwei weitere starke Arme wären prima«, stimmte er zu. »Wir fangen bei Sonnenaufgang an und hören auf, bevor es gegen Mittag am heißesten wird.«

»Klingt gut«, sagte Buck.

Ausgeruht setzten sie die Tour fort, doch Wheeler blieb schon kurz darauf unter einer Palme stehen und stöberte auf dem Boden herum. »Hier ist noch etwas, das Sie wissen sollten«, intonierte er pompös. »Sehen Sie diese Kokosnuß? Das ist der Anfang eines neuen Baums. Wenn sie bereit für das Wachstum ist, kommt hier oben eine kleine Sprosse heraus.« Er deutete auf die keimende Wurzel. »Gleichzeitig verändert sich ihr Inneres.« Er zog seine Machete aus der Scheide am Gürtel, hackte die Hülle der Kokosmuß mit parallelen Schlägen auf und entfernte die Schale. Dann öffnete er die innere Nuß mit einem Schlag und enthüllte eine weiße, puddingähnliche Substanz. »Die Milch verfestigt sich. Man nennt das Zeug Fruchtbrei. Er soll dem neuen Baum Nahrung geben.« Er teilte die schwammige Masse in zwei Hälften und gab sie Jennifer und Buck. »Da los«, drängte er. »Probieren Sie.« Das Angebot klang eher nach einer Herausforderung als nach einem Geschenk.

Jennifer biß gehorsam in ihr Stück und wurde mit einer angenehm kühlen Süße belohnt. »O ja. Das ist köstlich«, sagte sie und amüsierte sich innerlich über die Freude, mit der der alte Knacker ihnen die Kunde vom Leben auf einer tropischen Insel näherzubringen versuchte.

Buck grunzte nur.

Wheeler strahlte. »Und man kann es braten oder backen. Ich lasse den Rest der Kokosnuß hier liegen. Wir kommen in ein paar Minuten zurück und sehen mal nach.« Bei dieser Erklärung setzte er eine seltsame Miene auf.

Sie gingen weiter, und Wheeler setzte seine Vorlesung enthusiastisch fort. Er zeigte ihnen, wie man das Herz einer Palme herausschnitt, indem man den Stamm direkt unter dem tiefsten Wedel teilte. Man könne einen hervorragenden Salat daraus machen, erklärte er, als wäre das nicht allgemein bekannt.

»Die Besitzer wollen nicht, daß wir ausgewachsene Bäume aufschneiden«, fuhr er fort. »Also halten wir nach jungen Ausschau, die höchstens einen Meter groß sind. Ich würde sie noch nicht mal Bäume nennen. Die können wir ruhig ausdünnen, denn die meisten davon würden sowieso wieder eingehen, weil sie so dicht stehen.

Wenn Sie später selbst auf Erkundung gehen wollen, finden Sie da unten eine alte Kaserne«, sagte er und blieb stehen, um auf einen Teil des Dschungels zu deuten, der sich in nichts von dem Rest unterschied. »Da finden Sie noch jede Menge Möbel und Material. Und da unten verläuft ein Pfad zwischen den Bäumen, über den Sie zum nördlichen Ufer der Insel kommen. Da finden Sie weitere alte Gebäude, ein Munitionsdepot, Geschützstände und jede Menge Maschinen, die die Navy zurückgelassen hat. Da gibt es auch ein paar Fässer mit altem Benzin. Es ist noch einwandfrei. Bedienen Sie sich.«

Das erregte Bucks Aufmerksamkeit. »Das können wir für unseren kleinen Generator nehmen«, sagte er.

»He, wenn Sie einen tragbaren Generator haben, muß ich Ihnen die Eisdiele zeigen. Sie liegt da vorn.« Wheeler ging weiter und erklärte unterwegs, wie sie aus Kokosnüssen ›Eiscreme‹ machten.

Dann trafen sie auf einen flachen Betonbunker im Unterholz. Neben einer Außenwand stand ein altmodischer Kühlschrank, dessen Verlängerungsschnur sich durch ein vernageltes Fenster in das Gebäude schlängelte. In dem kleinen Gefrierfach des Kühlschranks lag ein Behälter mit Kokosnußeiscreme. »Hat meine Frau erst heute morgen gemacht«, erklärte Wheeler. »Probieren Sie mal.«

Jennifer tauchte einen Finger in die gefrorene, dicke Masse und leckte ihn ab. Es war zwar kein italienisches Eis, aber durchaus gut.

Buck lehnte ab. Er war der Führung allmählich überdrüssig.

»Wir wissen nicht, wofür die Navy dieses Gebäude benutzt hat«, fuhr Wheeler fort, »doch ich habe meinen Generator hineingestellt. Sie dürfen den Kühlschrank ruhig benutzen. Kühlen Sie Ihr Bier, legen Sie Eiscreme oder Fische hinein. Sie können sogar Eiswürfel machen. Sie werden den Kühlschrank wohl erben, wenn wir abfahren. Schließen Sie ihn an Ihren Generator an, und Sie sind im Geschäft. Und jetzt« – er legte eine dramatische Pause ein – »zeige ich Ihnen die Badewanne.«

»Eine *Badewanne*?« rief Jennifer begeistert.

»Und auch noch obendrein mit Süßwasser«, sagte Wheeler triumphierend. »Das Militär hat einen großen Tank zurückgelassen, in dem sich Regenwasser sammelt. Trinken kann man es nicht, wegen der Algen, die im Tank wachsen. Aber baden kann man darin.«

»Ein richtiges Bad wäre himmlisch«, sagte sie.

Auf dem Weg zur Badewanne kamen sie an dem Baum vorbei, unter dem Wheeler die aufgeschlagene Kokosnuß liegen gelassen hatte. Jennifer war überwältigt. In der kurzen Zeit hatte sich die Nuß mit kleinen Krebsen gefüllt, die mit komischer Wildheit um die Überreste des Kokosfleisches kämpften.

»Einsiedlerkrebse«, erklärte Wheeler. »Sie sind die Müllabfuhr der Insel. Sie und die Ratten räumen alles weg.«

»Ich habe noch keine Ratten gesehen«, sagte Jennifer und hegte wider besseres Wissen noch einen letzten Rest Hoffnung. Ihre Liebe für kleine Tiere erstreckte sich nicht auf Schädlinge.

»Legen Sie Nahrung aus, und Sie werden sie sehen«, versprach Wheeler. »Große alte Wanderratten. Mit besten Grüßen der amerikanischen Navy.«

Jennifer bekam eine Gänsehaut, und sie achtete genauer darauf, wohin sie trat.

Als sie zur Lagune zurückkamen, machten sie einen alten Kai und ein scheunenähnliches Lagerhaus aus. Davor lag ein Dock, an dem im Krieg die Nachschubschiffe ihre Fracht entladen hatten. Hinter dem Lagerhaus befand sich ein Wassertank von fünfzigtausend Litern. »Er hat keine Abdeckung mehr«, bemerkte Wheeler. »Bei den zahlreichen Regenschauern hier müssen wir nicht befürchten, daß er leer wird.«

Jemand hatte eine alte, vierbeinige Porzellanwanne danebengestellt. Ein Schlauch mit einem Wasserhahn führte von dem Behälter zur Wanne.

»Ihr wollt euch sicher Handtücher holen«, sagte Wheeler, wie ein Schuljunge grinsend.

»Ich kann es kaum erwarten«, sagte Jennifer. Sie mußte ihm zugestehen, daß er das Beste bis zum Schluß aufgehoben hatte.

Als sie und Buck jedoch zur *Iola* zurückkehrten, mußten sie ihr Bad wegen eines anderen Angebots erst einmal verschieben. Ein Mannschaftsmitglied der *Caroline* lud sie zu einem Drink ein. An Bord tranken sie Rum mit Kokosmilch, akzeptierten (und rauchten) von einem der jüngeren Mannschaftsmitglieder einen Joint und tauschten Erlebnisse mit ihren Gastgebern aus. Briggs und seine Crew fuhren eine Gruppe Amateurfunker herum, die wie besessene Pfadfinder jeden wachen Augenblick mit ihren Sendern und Empfängern beschäftigt waren. Ihr nächstes Ziel war das ganz in der Nähe gelegene Kingman-Riff, von dem sich ein paar schmale Sandstreifen aus dem Wasser erhoben. »Die Jungs wollen mit der entlegensten Funkstation der Welt ins Buch der Rekorde«, erklärte der Charterskipper und verdrehte die Augen, um zu zeigen, was er von der Idee hielt.

Etwa eine Stunde später holte Jennifer Seife und Handtücher, nahm Bucks Hand und führte ihn zur Badewanne. Sie waren leicht angeheitert, und das kühle Badewasser tat das seine hinzu. Zwischen langen Küssen bespritzten sie sich ausgelassen wie kleine Kinder, die im Sommer um einen Gartenschlauch laufen, und als sie zur Yacht zurückkehrten, fühlten sie sich sauber, erfrischt und optimistisch.

Auf der *Iola* beschäftigte sich Buck mit dem Außenbordmotor, während Jennifer einen großen Fisch zubereitete, den Jack Wheeler ihnen gebracht hatte. Sie brieten ihn zum Abendessen. Der frische Fisch war zart und köstlich. Nach einem bezaubernd schönen Sonnenuntergang gingen sie wortlos unter Deck und liebten sich beim Kerzenschein. Das Boot schaukelte sanft in ihrem Rhythmus.

Später las Buck laut aus einem Buch vor, das Jennifer mitgebracht hatte, Euell Gibbons Bericht vom Leben auf einsamen Insel. Er wählte das Kapitel, das sich mit den nützlichen Sachen beschäftigte, die man aus Kokosnüssen gewinnen konnte. Die Zahl der Möglichkeiten schien endlos, doch ganz oben auf Jennifers Liste war und blieb die Eiscreme.

Sie schliefen gut in dieser Nacht. Jennifer mußte nicht

mehr jede Stunde aufspringen, um ihren Kurs zu überwachen. An den Anlegepfählen der ruhigen Lagune kam sie sich endlich sicher vor.

Am nächsten Morgen stand Buck von allein früh auf, um Jack Wheeler zu helfen. Als er mehrere Stunden später zurückkam, war er völlig verschwitzt und ging erst einmal baden. Als er wieder zurückkam, holte Jennifer gerade Kekse aus dem Ofen.

»Wie ging die Arbeit voran?« fragte sie. In Wirklichkeit interessierte sie jedoch, wie er mit Mr. Wheeler ausgekommen war.

»Ganz gut, aber ich glaube, die Natur wird den Kampf gewinnen.«

»Selbst wenn sie die Landebahn leerräumen ... wie kann ein Flugzeug landen, wenn all die Vögel darauf nisten?«

Buck hob gleichgültig die Achseln. »Jack hat heute morgen davon gesprochen, sie zu vergiften.«

»Zu *vergiften*?« wiederholte sie. Die Idee kam ihr undenkbar vor.

»Wheeler meinte, er habe genug Gift in einem der Schuppen, um eine ganze Armee zu töten. Doch sie müßten auch die Nester verbrennen und die Eier kaputtschlagen.«

Bucks Stimme war so ruhig, daß sie nicht sagen konnte, ob er die Idee befürwortete oder ablehnte.

»All die Vögel töten, damit ein verdammtes Flugzeug landen kann?« sagte sie wütend. »Weshalb? Damit sie einen Golfplatz anlegen und ein schmuckes Hotel bauen können?«

»Ja, das ist eine miese Idee.«

»Man hat schon genug auf der Welt getötet und zuschande gerichtet, nur um Geld zu verdienen.«

»Verdammt richtig!« schnaubte Buck. Er schien Jennifers Verärgerung zu genießen.

»Wir können ein Sit-in auf der Landebahn organisieren, damit sie nicht landen können.«

»In der ganzen Vogelscheiße?« sagte er mit einem verkniffenen Lächeln.

»Das ist nicht komisch«, sagte sie. »Lach nicht.« Dann lachte sie.

»Wer lacht denn?« fragte Buck lachend und küßte sie. »Du bist wunderschön, wenn du wütend bist«, flüsterte er und nahm sie in den Arm.

29. Juni. Buck hilft Jack Wheeler und Sohn beim Freiräumen der Landebahn. Wir hoffen, das Verhältnis zu den Wheelers zu verbessern, damit sie uns vielleicht dem Besitzer als Verwalter empfehlen — deshalb habe ich ein Brot für sie gebacken. Habe auch Kokoseis gemacht und im Kühlschrank gefroren. Was für ein Luxus.

Bucks und Jennifers Versuch, sich bei Jack Wheeler einzuschmeicheln, erlitt am nächsten Tag einen herben Rückschlag, als Popolo seinen Sohn biß. Auf Jennifers Vorschlag hatte Buck die Hunde festgebunden, da Wheeler es offensichtlich nicht gern sah, daß sie frei herumliefen. Leider war der junge Wheeler Popolo zu nahe gekommen, und der Hund hatte ihn ins Bein gebissen. Obwohl die Verletzung blutete, stellte Tollwut keine Gefahr dar, da sie auf den pazifischen Inseln (einschließlich Hawaii) nicht vorkam. Dennoch regten sich die Wheelers fürchterlich auf.

Am 30. Juni, ein paar Stunden nach Sonnenaufgang, verließ die *Caroline* mit ihren Funkamateuren die Insel, womit die Bevölkerungszahl auf sieben reduziert wurde. Mittlerweile waren die Auswirkungen des Zwischenfalls mit Popolo abgeklungen, und Buck half Wheeler und seinem Sohn wieder, die Landebahn freizuräumen.

Am folgenden Morgen setzten Jennifer und Buck die Erkundung Palmyras fort und fuhren mit dem Dingi direkt über die Lagune zur Home Island. In der Nähe des Ufers liefen sie in etwa einem halben Meter hohen Wasser auf eine Sandbank.

Buck gab Jennifer die Ruder und stieg aus. Er zog mehrere Male am Boot, bis er es endlich freibekommen hatte.

Jennifer sah die sich schnell im Wasser bewegenden Schatten vor ihm und schrie auf.

Drei Haie, die sich wie Torpedos schnell und geräuschlos durch das Wasser bewegten, näherten sich Buck aus verschiedenen Richtungen.

Sich nun der Gefahr bewußt, fluchte Buck und sprang mit einem so wuchtigen Satz ins Dingi, daß Jennifer glaubte, er würde durch die Planken brechen. Das kleine Boot schaukelte gefährlich. Aus Angst, ins Wasser zu fallen, ließ Jennifer eins der Ruder los, und es trieb außer Reichweite.

Die Haie umkreisten nun das Dingi, als versuchten sie verzweifelt, eine verlorene Fährte aufzunehmen. Jennifers Herz hämmerte in ihrer Brust.

»Bring uns hier weg, Buck, sofort!«

Mit dem verbliebenen Ruder brachte er sie mühsam ans Land.

Jennifer zitterte noch, lange nachdem die Hai verschwunden waren. Sie hatte geglaubt, Haie würden nur angreifen, wenn sie Blut sahen oder rochen. Falsch. Buck hatte kaum den Fuß ins Wasser gesetzt, als die aggressiven Tiere schon herangekommen waren. Und wie sie danach das Dingi umkreist hatten ... Fröstelnd dachte Jennifer, sie mußten wohl gewußt haben, daß sich ihr Mittagessen im Boot befand. Sie nahm sich vor, niemals einen Fuß in die Lagune zu setzen, die zwar pittoresk aussah, aber höchst gefährlich war.

Am nächsten Nachmittag machte Jennifer vom Deck der *Iola* eine zweimastige Segelyacht aus, die direkt vor dem Kanal ankerte. »Sieht so aus, als gäbe es morgen eine Bevölkerungsexplosion«, sagte sie zu Buck.

In der Tat glitten am nächsten Tag, den 2. Juli, zwei Schiffe in die Lagune. Das erste war der Zweimaster, den sie gesehen hatte. Nun konnte sie den Namen, *Sea Wind*, am Heck ausmachen.

Buck ruderte hinaus, um die Neuankömmlinge zu begrüßen und ihre Yacht abzuschätzen. Er erkannte sie als ungewöhnlich schöne Ketsch. Ein Ehepaar in mittlerem Alter brachte sie herein, wobei der Mann am Bug stand und seiner blonden Frau am Ruder Anweisungen gab.

Als sie näherkamen, rief Buck: »Bei uns ist noch ein Platz frei. Kann ich Ihnen hineinhelfen?« Er war plötzlich freundlich und hilfsbereit, als habe man ihn zum Bürgermeister von Palmyra gewählt.

»Vielen Dank, aber wir suchen uns ein ruhigeres Plätzchen«, rief der Mann zurück und setzte gemeinsam mit seiner Frau die Arbeit fort.

Mißmutig ruderte Buck zum Ufer zurück, wo Jennifer und Wheeler warteten.

»Sieht so aus, als wüßte er, was er tut«, sagte Wheeler gleichmütig und spuckte einen Zweig aus, auf dem er gekaut hatte. »Mann, was für ein schönes Schiff. Er legt wahrscheinlich drüben in der kleinen Bucht an. Sie ist tief genug. Das Problem ist nur, ohne die Anlegepfosten müssen sie das Boot stark sichern, damit sie nicht stranden, wenn Wind aufkommt.«

Eine Stunde später kamen die beiden neuesten Besucher der Insel über einen Dschungelpfad zur *Iola*. Sie machten sich freundschaftlich miteinander bekannt. Jennifer hielt Mac mit seinem militärisch kurzen Haarschnitt, der dunklen Fliegerbrille, den Khakishorts und der nackten, gebräunten Brust für einen Abenteurer aus dem Bilderbuch. Er tat ihre Fahrt von Hawaii – nur *sieben* Tage – als Kinderspiel ab.

»Wie viele Leute sind denn hier?« fragte er unglücklich.

»Zu viele«, erwiderte Buck, ihm unterschwellig beipflichtend. »Ein verdammter Auflauf. Wir wollten eigentlich Adam und Eva auf einer verlassenen Insel spielen.«

Mac lachte. »Das war auch unsere Absicht.« Er zog

eine Schachtel Marlboro aus dem Gürtel und bemerkte, daß Buck sie mit der blassen Intensität eines rettungslos Süchtigen anstarrte. »Rauchen Sie?« fragte Mac und hielt ihm die Packung hin.

»Klar«, erwiderte Buck eifrig und nahm direkt zwei Zigaretten auf einmal.

Jennifer lächelte wissend. Das war typisch für Buck. Er hatte das Rauchen aufhören wollen, sobald er keinen Tabak mehr hatte. Auf der Fahrt nach Palmyra hatte er einmal sogar einen Beutel Lipton-Tee aufgeschnitten und sich eine Ersatzzigarette gedreht. Seit sie Palmyra erreicht hatten, hielt er verzweifelt nach einem Raucher Ausschau, bei dem er schnorren konnte.

Bei dieser ersten Begegnung führte Mac einen Großteil der Unterhaltung. Er war so offen und freundlich, daß Jennifer ihn auf Anhieb mochte. Er schien sehr angetan davon, sein Ziel, Palmyra, endlich erreicht zu haben. Sein strahlendes Lächeln, die ausdrucksvollen Augen und sein geistesgegenwärtiger Humor standen in deutlichem Gegensatz zu dem Eindruck, den Jennifer von seiner Frau gewann, die zurückhaltend, schüchtern und vielleicht sogar reserviert zu sein schien. Die Frau stand eindeutig im Schatten ihres Mannes.

Nur ein paar Stunden später legte die *Journeyer,* ein schlanker Kutter von vierzehn Metern, neben der *Iola* an. Das Schiff gehörte Bernard und Evelyn Leonard, die es auch segelten.

»Vier Yachten«, flüsterte Wheeler Jennifer zu. »So viele hab ich hier noch nie gesehen. Muß wohl die beliebteste Urlaubszeit des Jahres sein.«

Unausgesprochen blieb der Ärger, den fast jeder jedem entgegenbrachte. Wheeler, Buck und Mac glaubten, auf irgendeiner unbewußten Ebene, jeder für sich, daß die anderen in sein Territorium eingedrungen waren. Es gab Knies im Paradies.

8. KAPITEL

Wie Wheeler vermutet hatte, hatten Mac und Muff die *Sea Wind* in die kleine Bucht gefahren, wo die Krümmung des Strandes ihnen die Zurückgezogenheit gab, die sie suchten. Mac band das Heck der Yacht an zwei Bäume am Ufer an und warf dann am Bug den Anker. Damit hätten sich die meisten Skipper begnügt, doch Mac war mit seinem geliebten Schiff besonders vorsichtig. Er sicherte auch noch den Bug mit einem Tau und warf einen zweiten Anker in das flache Riff dort. Irgendwann würde wohl ein Sturm, nicht ungewöhnlich für die Äquatorgefilde des Pazifiks, über die Lagune wehen, und er wollte auf jeden Fall vermeiden, daß die *Sea Wind* strandete.

Muff und Mac schrieben ihre ersten Briefe auf Palmyra zwei Tage später und gaben sie Jack Wheeler mit, der sie auf Hawaii aufgeben sollte. Am Morgen des 6. Juli brach er mit seiner Familie dorthin auf. Das waren die ersten von vielen Briefen, die die eifrig zu Hause wartenden Verwandten und Freunde über das Leben auf einer tropischen und ruhigen, wenn auch nicht verlassenen Insel, auf dem laufenden halten sollten.

4. Juli 1974

Liebe Mutter,
es ist jetzt kurz nach Mitternacht, und um acht Uhr habe ich noch das Schiff vertäut und den Anker geworfen. Die Temperatur beträgt 31 Grad, die relative Luftfeuchtigkeit neunzig Prozent. Es weht ein leichter Wind.

Die Insel ist schöner, als ich es mir vorgestellt habe. Alles ist sehr aufregend, und ich kann es kaum abwarten, sie zu erkunden. Ich hoffe, etwas Frieden und Ruhe zu finden.

Palmyra ist alles, was ich mir erhofft habe.

Liebe Grüße, Mac

Muffs erster Brief nach Hause – an ihre Mutter und Schwestern in San Diego – vermittelte einen anderen Eindruck.

4. Juli 1974

Liebe Mutter, Pag und Dot,
Mac mußte mich praktisch aus dem Hafen von Hilo zerren. Ich wollte nicht weg. Wir machten gute Fahrt, bis wir Palmyra fast erreicht hatten. Als wir noch zehn Meilen von der Insel entfernt waren, gerieten wir in einen gewaltigen Sturm. Es war wie in einem dieser Filme, bei denen jemand das Gebläse einschaltet, nur daß er echt war und ich entsetzliche Angst hatte. Wir warteten ab, bis er am nächsten Morgen nachließ.

Hier gibt es viele giftige Fische, zum Beispiel Schnappfische, und Haie und Rochen in der Lagune. Unglaublich viele Vögel nisten hier, die meisten auf einer alten Landebahn, die sie völlig bedecken. Es ist niemals eine Minute lang still, nicht einmal nachts. Man könnte glauben, man wäre im Disneyland auf der Dschungelsafari.

Ein Ehepaar auf einer Yacht hier hat vor fünfzehn Jahren schon mal eine Weile hier gelebt. Damals waren die Gebäude auf der Insel noch intakt. Jetzt verrotten sie, und was noch nicht zusammengebrochen ist, wurde von Vandalen zerstört. Das Militär hat Betten, Matratzen, einen Feuerwehrwagen, Lastwagen und Jeeps zurückgelassen, aber alles sieht aus wie auf einer Müllkippe. Es macht einen krank.

Die anderen Bewohner der Insel sind Landkrebse, Kokoskrebse, Einsiedlerkrebse, Ratten, kleine Echsen, Schaben, von denen einige fliegen können und andere nicht, Moskitos, Fliegen und so weiter. Wenn es irgendwo unheimlich und krabblig ist, dann hier. Die Insel ist wirklich ein Dschungel.

Mac freut sich sehr, endlich hier zu sein. Aber ich vermisse schon jetzt Euch und unsere Freunde.

In Liebe, Muff

Trotzdem traf Muff pflichtgemäß alle Vorkehrungen, sich häuslich niederzulassen. Während sie die Kombüse für das Leben im Hafen umorganisierte, warf Mac den großen Generator der *Sea Wind* an. Um mehr Platz zu haben, holten sie die Segel ein und rollten sie sorgfältig auf. Mac trug sie zu einem Schuppen ganz in der Nähe und bockte sie mit Hilfe eines Flaschenzugs auf, damit keine Nagetiere an sie herankamen.

Er rodete das Unterholz an der Anlegestelle und baute dann mit Treibholz, das er auf der Insel gesammelt hatte, ein behelfsmäßiges Dock. Danach führte er ein Tau vom Dock zur Bootsleiter am Heck der *Sea Wind*. Nun konnten sie ihre beiden Dingis abwechselnd ans Ufer schaffen, ohne immer den Motor anwerfen oder rudern zu müssen.

Muff band Laken zusammen und spannte sie auf Deck auf, damit sie Schutz vor der gleißenden Sonne hatten.

An einem Morgen in dieser ersten Woche kam Mac zum Schluß, daß sie eine Pause verdient hatten. Er überredete sie trotz ihrer Scheu vor dem Urwald und dessen Tieren, ihn auf einem Erkundungsgang zu begleiten, bevor es zu heiß wurde.

Als sie einen gut ausgetretenen, gewundenen Pfad hinaufstiegen, begriff Muff, wie ernst Mac die Erkundung der Insel nahm. »Die meisten Leute bleiben auf den Wegen«, sagte er und zog seine Machete. »Aber ich nicht.« Er hackte auf die schier undurchdringliche Mauer aus Schlingpflanzen, Wurzeln und Palmfächern ein.

Muff sah ihm ein paar Minuten lang zu und ging dann allein den Weg hinauf. Sie kam an einigen alten Gebäuden vorbei, die fast völlig vom Dschungel verschluckt worden waren. Als sie in die verfallenden Gerippe der Gebäude spähte, hatte sie das starke Gefühl, daß seltsame, tragische Dinge auf und vor dieser Insel geschehen waren. War es nur ihre Einbildung?

Sie ging weiter und fand sich bald von bunten Blumen umgeben. Sie erkannte wilde Prunkwinden mit dicken, purpurdunklen und karneolroten Blüten. Weihnachtssterne standen, überreich wachsend und baumhoch, in voller Blüte. Auf ihren scharlachroten Hochblättern wuchsen winzige gelbe Blüten. Hinter dem Schleier des Waldes hallten die Rufe unbekannter und nicht auszumachender Vögel. Aus den Augenwinkeln nahm sie immer wieder plötzliche, huschende Bewegungen wahr.

Kurz darauf wurde sich Muff bewußt, daß sie nicht mehr Macs Hiebe mit der Machete hören konnte. Sie lief schnell zurück, doch als sie an eine scharfe Kurve gelangte, die ihr nicht bekannt vorkam, begriff sie, daß sie irgendwo eine falsche Abzweigung genommen haben mußte. Sie wirbelte herum.

»Mac! Wo bist du?«

Keine Antwort.

»Mac!« Ihr lauter Ruf klang schwach und schien vom gleichgültigen Dschungel verschluckt zu werden.

Sie schien keine Luft mehr zu bekommen. Doch sie versuchte sich mit dem Gedanken zu beruhigen, daß die Lagune und die *Sea Wind* direkt auf der anderen Seite einer Vegetationsmauer vor ihr lagen. Oder doch nicht? Lag die Lagune in der anderen Richtung? Nun sahen die Wege, die Palmen, einfach *alles*, für sie genau gleich aus. Wo war Mac nur? Der Dschungel hatte ihn verschlungen.

Plötzlich hörte sie ein Geräusch in der Nähe. Auf halber Höhe der dreißig Meter hohen Bäume erhaschte sie einen Blick auf mehrere blaufüßige Tölpel, die sich schwerfällig in die Luft erhoben.

Die möwenähnlichen, weißbrüstigen Tölpel mit ihren grauen Flügeln und blauen und gelben Punkten um die Augen kommen auf praktisch allen Pazifikinseln vor. Muff hatte die nistenden Vögel gestört, und sie waren in Panik geraten. Sie flogen direkt auf ein Hindernis aus dichtem Blattwerk zu. Muff konnte sich nicht vorstellen, daß sie hindurchkamen, und es gelang ihnen auch nicht. Doch sie warfen sich ununterbrochen gegen das dichte

Blattwerk und kreischten vor Furcht. *Mein Gott, sie werden sich zu Tode stoßen,* dachte Muff und begriff schokkiert, daß sie die Schuld daran trug.

Muff eilte in der Hoffnung, die Vögel würden sich beruhigen, wenn sie fort war, und ihren selbstmörderischen Fluchtversuch aufgeben, den Weg hinab.

Plötzlich huschte etwas um ihre Füße. Sie sah hinab, und eine fette, braune Ratte starrte zu ihr hoch und schnüffelte mit der winzigen Nase, als versuche sie, ihren Geruch unterzubringen.

Muff schrie und sprang zurück. Die Ratte rührte sich nicht und musterte sie noch immer. Dann fuhr sie damit fort, an einer Kokosnußschale zu knabbern.

In der Ferne hörte sie das Schlagen der Machete.

»Mac!« rief sie verzweifelt.

»Hier drüben«, kam seine Antwort unbekümmert.

Sie fand ihn schließlich auf einem neuen Weg, den er geschlagen hatte. Der Schweiß strömte an seinem Körper hinab, doch er grinste angesichts seiner Leistung.

»Ich hatte Angst. Ich konnte dich nicht mehr finden.« Ihre Worte klangen vorwurfsvoll, doch Mac ging nicht darauf ein.

Er wischte sich mit einem nassen Unterarm den Schweiß von der Stirn. »Schatz, auf einer Insel von zweihundert Morgen kann man sich nicht verirren.«

»*Ich* schon.«

»Dann bleib bei mir.«

»Ich wäre fast auf eine große Ratte getreten.« Muff war der Ansicht, mehr Mitgefühl verdient zu haben.

»Na ja, die tun dir nichts. Das sind keine Kanalratten, wie man sie in der Stadt findet. Das sind Kokosratten. Du weißt schon, Schatz, Pflanzenfresser. Die sind richtig niedlich.«

Am Ende von Macs Weg lag im dichten Unterholz ein Betonbunker verborgen. Offensichtlich war er seit Jahrzehnten nicht mehr betreten worden. Mac war erstaunt und erfreut, vierzig unberührte Fässer mit Flugzeugbenzin darin zu finden, das sie für den Außenbordmotor ihres Zodiac-Dingis gebrauchen konnten.

»Diese Dinger sind schwer«, sagte Muff, anstatt ihn wegen des Fundes zu loben. »Wie willst du sie zum Boot schaffen?«

Mac legte ein Faß auf den Boden und stieß es mit dem Fuß an. »Das schaffe ich schon.« Es war nicht einfach, das Faß den schmalen Trampelpfad bis zur Lagune zu rollen, doch er schaffte es tatsächlich.

Nach einer kurzen Rast sagte er, er wolle ein weiteres Faß holen, doch Muff entschied sich, hier auf ihn zu warten. In diesem Augenblick erspähte er eine fußgroße Landkrabbe, die auf dem Strand herumkroch. Sie aßen Krabben gern. Er warf einen Palmwedel auf die Krabbe und setzte den Fuß darauf.

Muff wandte den Blick ab. Sie wußte, was jetzt kommen würde.

Ohne Zögern griff Mac hinab und brach die große, fleischhaltige Schere ab. Er nahm den Fuß wieder hoch und ließ die amputierte Krabbe frei.

Muff wußte, daß das Abbrechen der großen Schere die Krabbe nicht töten und ihr mit der Zeit sogar eine neue nachwachsen würde. Trotzdem vermutete sie, daß diese Verstümmelung der Krabbe Schmerz bereitete. Sie wäre nie imstande gewesen, es selbst zu tun.

Mac gab ihr die Schere und kehrte zu seinem privaten Treibstofflager zurück.

Um das Fleisch frisch zu halten, legte Muff die Schere in einer großen Muschel ins Wasser der Lagune. Sie kniete daneben nieder, beugte sich vor und benetzte ihr Haar. Erfrischt setzte sie sich dann gegen einen Baumstamm und schloß die Augen. Nun, da sie die *Sea Wind* wieder sah, konnte sie sich entspannen.

Bald erregte ein leises Platschen ihre Aufmerksamkeit, und als sie die Augen öffnete, sah sie, daß ein großer Muränenaal versuchte, das Krabbenbein zu stehlen. Der Aal hatte den Kopf aus dem Wasser gehoben und umkreiste die Muschel. Mit den kleinen gelben Augen musterte er das schmackhafte Fleisch, und Muff konnte eine Reihe winziger, scharfer Zähne in seinem Maul erkennen. Sie stöhnte angewidert und sprang auf, als Mac wieder auftauchte.

»Da!« rief sie. »Ich habe das Krabbenbein ...«

Sie sah sprachlos zu, wie Mac ruhig die Machete aus der Scheide zog, zu dem kämpfenden Aal ging und ihn mit einem sicheren Schlag enthauptete.

»Wollen wir essen?« fragte Mac beiläufig und hielt die Schere hoch.

Am nächsten Tag brach Mac auf eine weitere Mission auf und nahm Muff wieder als zögernde Begleiterin mit. *Wheeler hat es nicht anders gewollt*, sagte Mac sich. Wiederholt hatte der ›Bürgermeister‹ geprahlt, jede Menge ›gute Sachen‹ hier gefunden und sie dann so gut ›in der Nähe der östlichen Lagune‹ versteckt zu haben, daß sie niemand jemals finden würde. Das war genau die Art von Herausforderung, die Mac unwiderstehlich fand. Wenn Wheeler die Sachen wirklich behalten wollte, dachte Mac bei sich, hätte er so schlau sein müssen, sie auch mitzunehmen. »Wer etwas findet, kann es behalten«, hatte er zu Muff gesagt. Und der Sieger bekommt alles.

Palmyra verfügte über zwei natürliche Lagunen. Während des Krieges hatte die Navy einen Betondamm durch die östliche gezogen und damit die mittlere und die östliche Lagune geschaffen. Die *Sea Wind* lag in der westlichen Lagune vor Anker, wie auch die anderen Yachten an den Anlegepfosten. Die östliche Lagune befand sich auf der anderen Seite des Damms, der bei extremer Flut bis zu einem halben Meter unter Wasser lag. Sie waren im Zodiac über die mittlere Lagune zum Damm gefahren, waren in zwei oder drei Fuß tiefem Wasser ausgestiegen und hatten das Dingi über den Damm gehoben. Auf der anderen Seite der östlichen Lagune legten sie auf Papala

Island an, einem schlanken Inselchen von etwa einhundert Metern Länge.

Von den sechzehn kleinen Inseln, die das gebrochene Hufeisen Palmyras bilden, ist Cooper, an der die Yachten vertäut lagen und auf der sich die alte Landebahn befand, bei weitem die größte. Außer Papala und Cooper gibt es noch folgende Inseln: Strawn, Aviation, Quail, Eastern, Pelican, Bird, Holei, Engineer, Tananger, Marine, Kaula, Paradise, Home und Sand. Mit der Ausnahme von Sand, die neben dem Kanal lag, hatte das fleißige Pionierkorps alle Inseln mit einer Straße verbunden. Die Soldaten hatten auch den schmalen Betondamm durch die Lagune errichtet, um die Inselchen auf der anderen Seite der Lagune schneller (zu Fuß) erreichen zu können. Sieben der Inseln umsäumten die östliche Lagune; stellenweise waren sie nicht breiter als die Straße.

Mac und Muff trugen den Zodiac den Strand hinauf und setzten ihn an einer sicheren Stelle ab.

Von Papala aus war es nur ein kurzer Spaziergang zur Leeseite des Atolls. Sie fanden einen Ozeanstrand aus grobem Sand. Die stillstehende Luft schien die Hitze und Feuchtigkeit noch erdrückender zu machen. Muff verspürte eine asthmatische Enge in der Brust und konnte kaum atmen. Nach kurzer Zeit waren sie und Mac in Schweiß gebadet.

Nach einer schnellen und oberflächlichen Suche kam Mac zum Schluß, daß sich Wheelers Schatz hier nicht befand.

Zurück auf der Lagunenseite mit ihrer leichten Brise, fand Muff ein schattiges Plätzchen zum Ausruhen, während Mac in südliche Richtung zur nächsten Insel, Pelican, weiterging. Die Straße war aufgerissen, lag teilweise unter Wasser und war kaum passierbar.

Pelican war dichter bewachsen. Mac nahm die Herausforderung an, hackte mit seiner Machete drauflos und fand bald einen leeren Bunker und einen Geschützstand aus Beton, der wie eine Verteidigungsposition aussah, die man in Erwartung eines Angriffs angelegt hatte. Dieser Fund gab ihm neuen Auftrieb, und er machte sich bei einer neuen Mauer aus dichtem Buschwerk an die Arbeit. Er hackte und schlug und fand schnell seinen Rhythmus. Zwei Schläge mit der Klinge, dann ein kleiner Schritt vorwärts. Hack, hack, Schritt. Hack, hack, Schritt. Wheelers Prahlerei trieb sie an. »Sie werden ihn niemals finden.« *Ha, ha. Niemals!*

Eine halbe Stunde später blieb ein erschöpfter Mac, der mit den Knöcheln in stinkendem Sumpfwasser stand, stehen und sah sich müde um. Vor ihm lag, von Pflanzen überwuchert, ein weiterer Bunker. War es das? Noch ein paar Schläge, und dann hatte er die Türöffnung befreit, warf einen Blick hinein und grinste breit.

Er war überzeugt, den verborgenen Schatz gefunden zu haben, obwohl er keineswegs Jacks Prahlerei entsprach. Das einzige, was Mac an diesem Tag mitnahm, waren ein Ball Kupferdraht, ein altes, aber schön gefertigtes Wasserfäßchen aus Eichenholz und eine japanische Schneekugel für Muff. Doch der Abenteurer Mac Graham hatte gefunden, was er gesucht hatte, und das allein war ihm schon Befriedigung genug.

Palmyra war ein Rätsel, eine willkommene Herausforderung, und er war ihr gewachsen. Hier konnte ein Mann fast alles zustande bringen. Dieser Ort bot endlose Möglichkeiten.

9. KAPITEL

Jennifer kletterte in das Dingi der *Iola,* ruderte die fünfzehn Meter zur *Journeyer* hinüber und rief ein Hallo.

Bernard Leonard sah hochmütig vom Deck seiner Segelyacht zu ihr hinab. Er war ein gertenschlanker Bursche, der gern weiße Bermuda-Shorts und lange Socken trug, die dann auf halber Schienbeinhöhe unter den knochigsten Knien im Pazifikraum hingen. Buck stellte sich immer vor, ein kleiner Propeller säße auf der putzigen Beanie-Kappe, die Leonard meistens trug. Leonard hatte Jennifer erzählt, er sei Mathematiklehrer an einer High School. Schon nach ein paar Gesprächen war sie zu dem Schluß gekommen, daß er einer jener Leute war, die sich gern reden hörten. Sie konnte sich genau vorstellen, wie er in einem Raum voller uninteressierter, schläfriger Schüler vor sich hindröhnte. Seine Frau Evelyn war manchmal freundlich, dann plötzlich wieder abweisend. Sie und Jennifer hatten sich ein paar Mal an Land getroffen, damit ihre gleich großen Schoßhündchen miteinander spielen konnten. Puffer hatte einen Narren an Windy gefressen, dem Hund der Leonards.

»Hier kommt neue Kokosbutter«, rief Jennifer und ergriff die Leiter der *Journeyer*, um zu verhindern, daß das Dingi gegen die Yacht stieß.

»Die letzte hat ganz köstlich geschmeckt«, sagte Bernard Leonard höflich. »Haben Sie zufällig daran gedacht, Euell Gibbons mitzubringen?«

»Ja. Hab' es dabei.« Evelyn hatte gebeten, sich das Buch ausleihen zu dürfen, damit sie sich ein paar Kokosrezepte abschreiben konnte.

Leonard griff hinab und nahm das Buch und den Krug Butter entgegen. »Ich habe auch ein paar Bücher für Sie«, sagte er. »Ich bringe Sie Ihnen morgen vorbei.«

Jennifer las mehr als je zuvor in ihrem Leben. Mindestens ein Buch pro Woche, manchmal sogar zwei. Es war aufregend, so viele neue Titel zu lesen. Alle Yachtbesitzer schienen sich darauf zu freuen, mit anderen Bücher zu tauschen.

Sie stieß sich ab und ruderte zur *Iola* und Buck zurück, der nichts mit Bernard Leonard zu tun haben wollte. »Lord Leonard hat einen Verstand wie ein Spatz und hält sich für unheimlich wichtig«, hatte Buck erklärt.

Jennifer hielt Bucks Urteil für zu hart. »Er ist einer unserer *wenigen* Nachbarn«, erwiderte sie. »Wir sollten uns bemühen, mit ihm zurechtzukommen.«

Außerdem zählte das Ehepaar auf der *Journeyer* zu den wenigen Menschen, mit denen sie vielleicht Lebensmittel tauschen konnten, eine Überlegung, die immer größere Bedeutung für Jennifer gewann, die nervös die schwindenden Vorräte auf der *Iola* betrachtete. Die Lage war um so kritischer, da sich Buck als kein großer Angler erwies und meistens mit leeren Händen zur *Iola* zurückkam.

Buck übernahm das Rudern auf der längeren Fahrt zur *Sea Wind*, die etwa zweihundert Meter höher vor dem westlichen Ufer der Cooper Island lag. Wie üblich trug er kein Hemd, sondern nur Shorts und Sandalen.

Jennifer ermahnte sich daran, ihn vor den Grahams Roy zu nennen. Eine Woche zuvor hatte Buck einen Wutanfall bekommen, als er ihre Einträge im Logbuch gelesen hatte. »Ich habe dir doch gesagt, du sollst nicht ›Buck‹ schreiben! Nimm ›Roy‹!« – »Warum sagst du nicht, ›Buck‹ sei dein Spitzname?« erwiderte sie. »Du verbirgst die Tätowierung ja auch nicht.« Aber Buck wollte nichts davon hören. Um den Frieden zu bewahren, nannte Jennifer ihn in ihren Einträgen nur noch B, aber das gefiel ihm auch nicht besser. Schließlich fand sie einen Kompromiß und schrieb R. Wenn sie sich vorstellte, ein B ohne die untere Schleife zu schreiben, kam ihr das nicht einmal gelogen vor. Sie begriff nicht, wieso Buck wegen seines Namens so empfindlich war. Auf Palmyra suchte doch niemand nach ihm.

Sie hatte die Yacht der Grahams noch nicht aus der Nähe gesehen. Allein in der geschützten Bucht vor Anker liegend, sah die schlanke, stolze *Sea Wind* tatsächlich wie ein Blaublut unter den Schiffen aus. Die stämmige Anlegestelle, die Mac anscheinend über Nacht gebaut hatte, paßte dazu. Diese Yacht hatte es verdient, mit Respekt behandelt zu werden.

Jennifer machte Mac auf Deck aus und winkte ihm zu. »Kokosbutter«, rief sie und hielt ein Gefäß hoch.

Er winkte fröhlich zurück. »Ich habe ein paar Papio für Sie.«

»Prima.«

Es war nicht das erste Mal, daß Mac einen Fang mit Jennifer und Buck teilte. Er war viel erfolgreicher als Buck, da es ihm der Motor in seinem Zodiac ermöglichte, mit der Schleppangel zu fischen. Die schnellen Bewegungen des Köders im Wasser lockten die Fische an. Ein herzhaftes Mahl aus der Lagune war das schönste Geschenk, das man ihnen dieser Tage machen konnte, und Jennifer war dankbar.

»Kommen Sie an Bord«, lud Mac sie ein, während Buck das Dingi mit starken und genauen Streichen ruderte.

Die Grahams waren jetzt seit über einer Woche auf Palmyra. Die beiden Ehepaare waren sich ein paar Mal auf Land begegnet und hatten jedesmal freundlich geplaudert. Mac hatte ihnen ein paar Tage zuvor einen großen Gefallen getan, indem er mit seinem Zodiac herübergekommen war und ihnen geholfen hatte, die *Iola* zu wenden, um das Heck besser vor dem Wind zu schützen, der gelegentlich über die Lagune peitschte. Jennifer und Buck verbrachten den größten Teil ihrer Zeit auf Deck in dem Cockpit auf dem Heck.

Doch Jennifer wußte, daß sich die Grahams und Leonards noch viel öfter getroffen hatten und regelmäßig zum Abendessen zusammenkamen. Sie hatten sich sehr schnell miteinander angefreundet. Das war auch einsichtig. Es lag nicht nur am Altersunterschied zwischen den Grahams und Buck und ihr (Mac und Muff waren dreiundvierzig und zweiundvierzig, Buck und Jennifer sechsunddreißig und achtundzwanzig); die Leonards waren nicht nur fast im selben Alter wie Mac und Muff, sondern teilten auch viele Vorstellungen und Werte mit ihnen, darunter auch einige, die Jennifer und Buck in den letzten Jahren abgelehnt hatten. Und sie vermutete, daß die beiden älteren Ehepaare sie und Buck für die Habenichtse auf Palmyra hielten, die auch gesellschaftlich einfach nicht zu ihnen paßten.

Obwohl der Sonnenuntergang kurz bevorstand und Jennifer und Buck eigentlich noch vor Anbruch der Dunkelheit baden wollten, schlugen sie die Einladung nicht aus. Zum einen hatten sie von anderen, die an Bord gewesen waren, begeisternde Beschreibungen der *Sea Wind* vernommen und waren nun neugierig. Einmal auf Deck, war Jennifer ganz begeistert von der Yacht und sah ein, daß kein Superlativ ihr auch nur einigermaßen gerecht werden konnte.

Mac drängte sie nach unten. Als sie die behagliche, holzgetäfelte Kabine der *Sea Wind* betraten, kamen sie sich vor wie im Himmel. Muff begrüßte sie schüchtern und schenkte gekühlten Weißwein in langstielige Kelche ein, die sie auf einen Tisch mit Intarsien aus ausländischen Münzen stellte, der mit einem spiegelglatten, polierten Lack überzogen war. Als Jennifer diesen Kombüsentisch bewunderte, erklärte Muff, daß sie die Münzen in den Häfen gesammelt hatten, die sie auf ihrer Weltumseglung vor ein paar Jahren angelaufen hatten.

Jennifer war erstaunt, als sie den üppigen Teppich und das reiche Mobiliar sah. Die meisten Segelyachten sind eher zweckmäßig eingerichtet, doch das Innere der *Sea Wind* war elegant, und die zahlreichen Schmuckstücke in der Kabine, unter denen sich viel primitive Kunst befand, die sie auf ihren Reisen erworben hatten, fügten einen Hauch von Welterfahrenheit hinzu.

Jennifer stellte sofort fest, daß sich jeder Gegenstand auf einem angestammten Platz befand. Jeder Topf, jede Pfanne in der Kombüse stand im richtigen Fach. Das Schachbrett und das Funkgerät saßen auf eigens angepaßten Regalen. Kleine, liebevolle Details ließen erkennen, daß das Ehepaar sehr stolz auf sein schwimmendes Heim war.

Mac führte sie herum, und es wurde deutlich, daß er

seine Yacht schon oft bewundernden Besuchern gezeigt hatte. Sie begannen mit der Werkstatt im Bug.

Buck zeigte sich offensichtlich beeindruckt von den Werkzeugen, unter denen sich eine Drehbank befand, auf der er Schrauben und andere Metallteile herstellen konnte. Mac hatte sogar einen Acetylen-Schneidbrenner, mit dem er neue Dichtungen herstellen und die Takelage reparieren konnte.

Vom Bug bis zum Heck dauerte die Besichtigungstour zwanzig Minuten. Sie endete mit einigen technischen Bemerkungen der Hilfsmaschine der *Sea Wind*, einem starken Innenbordmotor, der Bucks Aufmerksamkeit erregte, Jennifer jedoch kaum interessierte. Unterwegs hatte Mac oft auf Arbeiten hingewiesen, die er im Verlauf der Jahre selbst angefertigt hatte, besonders auf handgefertigte Holzarbeiten.

»Das Schiff ist wunderschön«, seufzte Jennifer, als sie wieder in der Kombüse waren. »Und so bequem.«

»Das Leben an Bord eines Schiffes ist hart«, sagte Mac, »aber es besteht kein Grund, ein *zu hartes* Leben zu führen.«

Jennifer bewunderte den Kühlschrank mit dem kleinen Gefrierfach. »Entleeren die Lampen und der Kühlschrank nicht Ihre Batterien?« fragte sie.

Mac erklärte, daß die *Sea Wind* in einem Hafen wie zum Beispiel San Diego alle Geräte – einschließlich der Lampen und der ›Kühltruhe‹ – mit Strom vom Land betrieb. »Wir stöpseln uns einfach ein«, sagte er. Auf See oder in abgelegenen Gefilden wie Palmyra hatten sie vier große Schiffsbatterien angeschlossen, die alle paar Tage mit ihrem modernen, benzinbetriebenen Generator aufgeladen wurden. Manchmal, während langer Strecken auf See, sparten sie Batterieenergie, indem sie Kerosinlampen benutzten.

Jennifer und Buck entspannten sich auf einem kleinen Sofa, während Mac und Muff ihnen gegenüber auf dazu passenden überpolsterten Stühlen saßen. Sie kamen sich fast wieder wie zu Hause vor, fernab der täglichen Unbequemlichkeiten Palmyras und der *Iola*. Mac sprach von den Vorzügen der *Sea Wind* und erinnerte sich an Höhepunkte ihrer Weltumseglung. Jennifer und Buck kamen sich an diesem Abend wie Ehrengäste vor, so herzlich und unterhaltsam waren ihre Gastgeber. Mac, ein begabter Geschichtenerzähler, schlug sie in seinen Bann und unterstrich seine Berichte mit zahlreichen Gesten und Bewegungen. Er öffnete eine Flasche Jamaicarum, Muff holte eine Dose Ananassaft zum Mixen, und die vier tranken gemeinsam wie die besten Freunde. Als es dunkel wurde, schaltete Muff eine Tischlampe ein, als wären sie in ihrem Wohnzimmer in San Diego, und der sanfte Schein des Lichts erfüllte die Kabine. Sie entspannte sich langsam und erzählte nun auch von den Abenteuern ihrer Reisen. Als Mac einmal neben ihr stand, legte er beiläufig den Arm um sie und zog sie an sich heran. Jennifer sah, daß er ein Mann mit gehörigem Selbstvertrauen war, der sich der Liebe seiner Frau sicher sein konnte.

»Wie sehen Ihre Pläne aus?« fragte Mac abrupt.

»Wir wollen hier bleiben«, erwiderte Jennifer unschuldig.

Mac und Muff sagten nichts, doch ihre Meinung dazu war deutlich von ihren Gesichtern abzulesen.

»Wie lange, wissen wir noch nicht«, fügte Buck amüsiert hinzu.

»Zwei Freunde von uns werden Ende August hierher kommen«, fuhr Jennifer fort. »Sie bringen uns Proviant. Bis dahin müssen wir mit dem auskommen, was wir haben. Wir ergänzen unsere Vorräte mit dem, was wir eintauschen und was wir auf Land finden. Ich versuche, einen Gemüsegarten anzulegen. Was ist mit Ihnen? Wie lange wollen Sie bleiben?«

»Mindestens ein Jahr«, sagte Mac wie aus der Pistole geschossen. »Wir haben genug Proviant dabei.«

»Mehr als genug«, dachte Jennifer, als sie sich an die gefüllten Regale erinnerte.

Als Jennifer und Buck schließlich gingen, gab Mac Buck eine Dose Tabak und ein Päckchen Papier zum Drehen mit.

»Mac, Sie wissen nicht, was Sie getan haben«, sagte Jennifer lächelnd. »Sie haben jetzt einen Freund fürs Leben.«

16. Juli 1974

An ihrem achtundzwanzigsten Geburtstag wachte Jennifer allein auf, blieb noch einen Augenblick in der Koje liegen und fragte sich, was ihre Mutter wohl in diesem Moment tun mochte. Wäre sie zu Hause gewesen, würde jetzt ein Schokoladenkuchen im Ofen backen, und ihre Mutter würde den Guß aus Vanillebutter schlagen, den Jennifer besonders gern mochte.

Sie war jetzt allein an Bord, da Buck am Tag zuvor von der *Iola* gezogen war. Es war eine rein praktische Entscheidung gewesen. Er war zu groß, um aufrecht in der Kabine der Iola stehen zu können; auf diese Art hatten sie beide mehr Ellbogenfreiheit. Und sie war froh, daß sie das Schiff nicht mehr mit Bucks großen Hunden teilen mußte, besonders, da sie immer hinter ihnen herputzen mußte. Er hatte sie gebeten, mit ihm auf Land zu ziehen, doch wegen der Landkrebse und Ratten wollte sie nicht auf dem Boden schlafen.

Buck hatte ein kleines Camp aufgeschlagen. Er hatte in einem der verlassenen Gebäude eine alte Pritsche und Matratze für sein Zelt gefunden, und er hatte eine Lampe und einen Campingkocher. Die Vorräte waren jedoch auf der *Iola* geblieben, auf der er und Jennifer die Mahlzeiten zubereiteten und einnahmen. Sie hatte gehofft, eine strengere Kontrolle über die Vorräte ausüben zu können, da Buck nun nicht mehr an Bord war, doch das hatte nicht geklappt. Buck verschlang das Essen auch weiterhin wie ein ausgehungerter Wolf, und ihre Vorwürfe bewirkten nichts. Sie begriff nicht, daß Buck den Ernst ihrer Lage nicht einsehen wollte. Was sollten sie nur machen? Schon als sie auf Palmyra eingetroffen waren, waren ihre Vorräte geringer, als es eigentlich der Fall hätte sein sollen, und mit jedem Tag wurde die Situation schlimmer.

Abgesehen davon war Jennifer jedoch nicht unglücklich mit Buck und hielt seinen Umzug nicht für eine Trennung. Wenn sie die Nacht gemeinsam verbringen wollten, taten sie es auch.

Jennifer hatte sich gerade angezogen, als die Leonards vorbeikamen und erklärten, sie würden an diesem Morgen abreisen. Bernard hatte ihr noch ein paar Bücher mitgebracht, und Evelyn eine kleine Dose Öl, einen Sack Mehl und Reispudding.

Jennifer war gerührt – und überrascht – von Evelyns Großzügigkeit. Noch vor ein paar Tagen hatte sich die ältere Frau glattweg geweigert, Lebensmittel zu tauschen und erklärt, sie hätten nach ihrer langen Fahrt nicht mehr genug Vorräte an Bord, um etwas davon verschenken oder eintauschen zu können.

Evelyn bat, vor ihrer Abreise ein Foto von Jennifer machen zu können. Sie posierte auf dem Bug der *Iola* – ein strahlend lächelndes Geburtstagskind in Shorts und einem Bikinioberteil mit Puffer auf dem Arm. Sie sah glücklich aus.

Kurz darauf brachen die Leonards auf. Als die *Journeyer* mit Motorkraft auf die Lagune fuhr, winkte Bernard fröhlich. »Leben Sie wohl, Jennifer« rief er. »Herzlichen Glückwunsch zum Geburtstag und ein gutes neues Jahr.«

»Danke, Bernie. Eine gute Reise!«

Er war wirklich kein schlechter Kerl, dachte sie. Etwas steif und überheblich, aber nicht der hoffnungslose Trottel, für den Buck ihn hielt.

16. Juli. Die Journeyer *fuhr heute ab. Bernie und Evelyn brachten Bücher, Öl und Reispudding vorbei, den ich allein gegessen habe, obwohl ich mir halbherzig vornahm, 1/2 – dann 1/4 – für R aufzubewahren, aber mein Heißhunger auf Süßes war größer, und ich aß ihn auf. Später kam R vorbei, um meinen Geburtstagskuchen zu backen. Ich ging zu seinem Camp, las und entspannte mich, als Mac mir mein Geschenk brachte – er hatte den Anker geborgen, den wir verloren hatten, als wir am Tag unserer Ankunft auf das Riff liefen. R lud Mac und Muff ein, um sechs Uhr zu Kaffee und Kuchen zu kommen. Sie nahmen dankend an. Ich ging zur Iola zurück, und wir putzten und filetierten Fisch. Zum Mittagessen gab es gegrillte Fischpastetchen. Nach einem Bad trugen wir einen sehr schönen Kuchen zu Rs Camp, und um Punkt sechs Uhr kamen Mac und Muff mit weiteren Geschenken – mit gerösteten Nüssen und einem süß riechenden Duftkissen. Alle sangen »Happy Birthday«, und nachdem ich mir etwas gewünscht hatte, blies ich die große Kerze auf meinem Kuchen aus. Wir unterhielten uns noch eine Weile, dann sagten Mac und Muff gute Nacht. Danach rauchten R und ich etwas Hasch und vögelten dann ganz toll. Alles in allem ein sehr schöner Geburtstag.*

Jennifer mußte nicht zweimal nachdenken, was sie sich wünschen sollte.

Sie hatte es schon oft gedacht. *Bitte laß für Buck und mich alles gut ausgehen.*

Sie verriet ihren Wunsch natürlich niemandem, da sie verzweifelt wollte, daß er in Erfüllung ging.

10. KAPITEL

Muff wollte ihre alte Mutter nicht aufregen, indem sie ihre Probleme und Sorgen erwähnte, als sie am 13. Juli 1974, drei Tage vor dem Aufbruch der Leonards, nach Hause schrieb. Doch trotz aller guten Absichten schimmerte die wachsende Besorgnis über das Leben auf Palmyra in jedem Absatz durch.

Liebste Mutter,
drei Schiffe sind jetzt hier, aber eins, die Journeyer, *wird bald lossegeln und diesen Brief mitnehmen. Dann sind wir mit einem Hippiepärchen allein hier, das hierbleiben und vom Land leben will. Es ist wieder mal typisch für unser Glück, daß sie sich ausgerechnet für Palmyra entschieden haben.*

Mac hat das Land am Ufer gerodet und ein kleines Lager errichtet, das wir sozusagen als Veranda benutzen. Wir haben einen alten Tisch, Stühle, Bänke und Holzplatten gefunden, auf die wir die Möbel gestellt haben. Dieses andere Paar, Roy und Jennifer, haben einen der guten Stühle bekommen. Ich wollte ihn auf unsere Veranda stellen, vergaß es dann aber. Am nächsten Tag sah ich, wie der Mann bei uns herumschlich, und dann war der Stuhl verschwunden. Na ja, wer etwas findet, kann es behalten, wie Mac sagt.

Direkt neben unserem Lager hat Mac eine Werkstatt mit einer Werkbank errichtet, und wir haben tatsächlich angefangen, ein Haus zu bauen. Wir haben ein paar Erkundungsgänge gemacht. Neulich hat Mac auf der anderen Seite der Lagune ein großes Gebäude gefunden. Er hat mich geholt, und wir haben Taschenlampen mitgenommen. Es scheint ein Krankenhaus zu sein, und Mac hält es auch für eine Funkzentrale. Es kam mir sehr unheimlich vor, doch Mac ging einfach hinein, als wäre er schon hundert Mal darin gewesen.

Der größte Teil der Insel besteht aus einem Dschungel, und hier gibt es Vögel, daß man glauben könnte, man wäre im tiefsten, dunkelsten Afrika. Man braucht eine Machete, um sich den Weg zu bahnen und die dicken Spinnennetze wegzuschaffen.

Roy und Jennifer haben keinen Zucker, keine Zigaretten und was weiß ich nicht alles mehr. Sie haben mit anderen Schiffen getauscht. Demnächst werden sie uns bitten. Ich bete darum, daß sie es nicht tun. Roy hat eine Kettensäge, mit der er Bäume fällt, damit sie leichter an die Kokosnüsse herankommen. Das macht Mac fuchsteufelswild.

Zu allem Übermaß haben sie drei Hunde. Diese Insel ist kein Ort für Hunde. Sie hat einen kleinen Schoßhund (sehr süß, namens Puffer), und er einen Labrador und einen abgerichteten Pitbull-Terrier. Sie haben nicht genug Futter für sie. Die beiden großen Hunde jaulen schon vor Hunger und halten nach allem Eßbaren Ausschau. Was für ein Mist. Warum mußten wir nur gleichzeitig mit ihnen hier eintreffen?

So ist das Leben sechs Grad vom Äquator entfernt.

Bitte schreibe an Curt Shoemaker, den Funker auf Hawaii, von dem ich Dir geschrieben habe. Er kann uns mitteilen, wie es Dir geht. (Hoffentlich geht es Deiner Arthritis besser.)

In Liebe, Muff

Mac erkundete während der heißesten Tageszeit das Innere der Insel und bahnte sich mit der Machete den Weg durch das dichte Unterholz, als er einen kräftigen Schlag auf einen Ast völlig falsch einschätzte. Die Klinge trennte den Ast spielend leicht durch und bohrte sich direkt unter dem Knie bis zum Knochen in Macs linkes Bein. Blut floß in seinen Socken und Schuh hinab.

Mac band schnell sein schweißnasses Halstuch um den Schnitt. Er war grimmig ruhig, wußte aber, daß er sehr schnell zur *Sea Wind* zurück mußte.

Der Weg, den er gerade geschlagen hatte, vollzog zu viele Biegungen. Eine gerade Linie durch den Dschungel wäre schneller. Er machte sich in diese Richtung an die Arbeit und behandelte die Machete mit neuem Respekt.

Ein paar Minuten später mußte er stehenbleiben, um das Tuch strammzuziehen. Das Blut floß nicht einmal langsamer. Wann würde ihn der Blutverlust schwächen? In seinen Gliedern breitete sich schon eine durch die heiße Sonne hervorgerufene Müdigkeit aus, und er fühlte, wie er sich traumähnlich und langsam bewegte, erschöpft wie ein Läufer am Ende eines Marathons.

Doch er wagte sich nicht auszuruhen, weil er die ganze Zeit über Blut verlieren würde. Und es nutzte auch nichts, um Hilfe zu rufen, da niemand ihn hören konnte.

Bald geriet er an dickes, wildes Gras, das fast seine Höhe erreichte. Sich dort hindurchzuschlagen erforderte in der lähmenden Hitze und Feuchtigkeit mehr Kraft, als er hatte.

Er wandte sich ab, um nach einem leichteren Weg zu suchen. Ein paar Minuten später geriet er wieder an die Barrikade aus hohem Gras. Er verfluchte sich, keinen Kompaß mitgenommen zu haben. Die Sonne half ihm nicht weiter, da die Nachmittagsbrise hohe Wolken herangetrieben hatte, die den Himmel nun verschleierten. Er versuchte, sich neu zu orientieren, und wollte nicht glauben, daß er so verwirrt war. »Man kann sich auf einer winzigen Insel nicht verirren«, hatte er zu Muff gesagt. Nun hatte er sich verirrt. Als seine Kraft und sein Selbstvertrauen gefährlich abgenommen hatte, stieß er zufällig auf die Startbahn, auf der die Vögel ihn mit einem kakophonischen Kreischen begrüßten, das in seinen Ohren wie wunderbare Musik klang.

Nun war es nicht mehr weit.

Als er mit dem Dingi an der *Sea Wind* anlegte, rief er nach Muff. Sie kam auf Deck, ihr Blick fiel auf sein blutiges Bein, und sie stieß einen Schrei aus.

»Es ist nicht so schlimm, wie es aussieht«, versicherte er ihr und kletterte an Bord. »Ich habe mich mit der verdammten Machete geschnitten. Wir müssen die Wunde säubern.«

Muff, die mehrere Erste-Hilfe-Kurse belegt hatte, konzentrierte sich auf die gebotene Aufgabe. Sie säuberte die tiefe Wunde mit kaltem Süßwasser und ließ dann beißendes Superoxyd in den Schnitt tropfen. Mac zuckte sichtlich zusammen. »Das muß genäht werden«, erklärte sie brüsk. »Ich hole den Verbandskasten.«

»Und bring auch Antibiotika mit.«

Der Kasten mit dem Nähzeug war nicht geöffnet worden, seit Mac ihn vor ihrer Hochzeitsreise in die Bordapotheke gelegt hatte – vor dreizehn Jahren. Die separat in Folie verpackten Fäden waren noch brauchbar, doch die Nadel war zu stumpf geworden. Da Muff die Wunde nicht nähen konnte, betupfte sie sie mit einem Sulfonamidpulver und klammerte sie so gut wie möglich.

»Es ist weit bis zum nächsten Arzt oder Krankenhaus«, sagte Muff und zeigte nun, da die Krise unter Kontrolle war, stärkere Gefühle. »Bitte sei vorsichtiger, Schatz.«

Unverständlich grunzend, schluckte Mac ein Antibiotikum und ging, offensichtlich völlig erschöpft, direkt zu Bett. An diesem Abend stellte Muff den Wecker und verpaßte ihm um zwei Uhr eine zweite Dosis.

Da sie nicht wieder einschlafen konnte, ging sie nach oben. Auf dem vertrauten Deck wäre sie in der Dunkelheit fast gestürzt. Es stand kein Mond am Himmel, und die Sterne waren von der Bewölkung verdeckt.

Unbeholfen ertastete sie sich den Weg zum Heck und setzte sich, um nachzudenken. Sie wußte, daß der Dschungel vor ihr lag, konnte jedoch nicht das Geringste erkennen. Die Dunkelheit war buchstäblich undurchdringlich. Es war, als wäre sie in einen Schrank getreten und hätte hinter sich die Tür zugezogen. Sie konnte sich nicht erinnern, jemals an einem so dunklen Ort gewesen zu sein.

Auf Palmyra gab es keine pastellfarbene Dämmerung. Die Nacht senkte sich so schnell, als habe jemand einen Vorhang fallen lassen. Mac sagte, das plötzliche Eintreten der Dunkelheit wäre durch die Nähe zum Äquator zu erklären. Muff fand es unheimlich.

Mac verbrachte den Großteil des nächsten Tages im Bett und las und schlief abwechselnd. Das war das erstemal seit ihrer Ankunft auf Palmyra, daß er es ruhig angehen ließ. Eine Wunde – und vielleicht auch verletzter Stolz – war nötig, damit er sich etwas ausruhte.

Am Abend bereitete Muff eine ganz besondere Mahlzeit zu. Sie taute zwei Steaks auf und bereitete Bratkartoffeln zu, auf die sie etwas von Jennifers Kokosbutter gab. Dann öffneten sie eine Flasche Sekt, die sie seit San Diego aufbewahrt hatten, und speisten.

Am nächsen Tag fühlte sich Mac schon viel besser, obwohl er die Antibiotika noch eine Woche lang nehmen mußte.

Nach dieser kurzen Ruhepause machte sich Muff wieder Sorgen, denn sie wußte, daß er schon bald die Insel weiter erkunden würde, die er als sein Reich ansah.

Wann wird er dieser gottverlassenen Insel endlich überdrüssig sein? Sie wollte ihrem Mann unbedingt helfen, seinen Traum zu verwirklichen, wußte aber nicht, wie lange sie es hier noch aushalten konnte.

11. KAPITEL

Den sanften Regen ignorierend, hob Jennifer mehr Erdreich auf die Schaufel und warf es in eine selbstgemachte Schubkarre.

Der Regen hier ließ sich nicht mit den grauen, häßlichen Sturzfluten vergleichen, die sie aus New York kannten, oder mit den winterlichen Wolkenbrüchen in Kalifornien. Auf Palmyra waren die Schauer keineswegs deprimierend. Sie waren warm und erfrischend, das reinste Vergnügen, auf das man sich sogar freute. Sie bedeuteten auch eine Auffüllung der lebenswichtigen Süßwasservorräte. Normalerweise, wie auch jetzt, schien während der Schauer auch weiterhin die Sonne.

Das Graben nach seltener Erde war zu einer regelmäßigen Aufgabe geworden. Jennifer hätte niemals geahnt, wie schwierig es sein würde, auf einem Korallenatoll Mutterboden zu sammeln. Man fand ihn nur unter Bäumen und Büschen, doch selbst dort lag er nur ein paar

Zentimeter hoch. Die natürliche Fauna gedieh trotz des Mangels an Erde, zweifellos wegen der reichen Nährstoffe im Vogelguano und der verfaulten Vegetation.

Sie rollte ihre Fracht zu dem Betongebilde, das sie nun das ›Kühlhaus‹ nannten. Den alten Kühlschrank betrieben sie mittlerweile mit ihrem tragbaren Generator. Als sie die etwa fünfzig Meter zurückgelegt hatte, hatte es aufgehört zu regnen.

Buck, der nur Shorts und eine Sonnenbrille trug, breitete auf dem Dach des Gebäudes den Inhalt der vorherigen Schubkarre aus. Seine sehnigen Muskeln schimmerten vom warmen Regen, und Jennifer bedachte ihn mit einem langen Blick. Sie bewunderte ihn.

So seltsam es schien, war es doch überaus sinnvoll, einen Dachgarten anzulegen, wie sie – aus Schaden wird man klug – erfahren hatten, nachdem sie die ersten Gemüse- und Marihuana-Setzlinge an Land gebracht hatten. Sie hatten die empfindlichen kleinen Pflanzen in mit Erde gefüllten Pappbechern auf einem Picknicktisch stehen lassen. Während der Nacht waren zahlreiche Sprößlinge gefressen worden, wahrscheinlich von Krebsen und Ratten. Nachdem sie die restlichen Pflanzen aufs Boot zurückgebracht hatten, suchten sie nach einem Ort, der sich außerhalb der Reichweite der Schädlinge befand. Schließlich hatten sie sich entschlossen, das Dach des Kühlhauses zu bepflanzen.

Buck hatte eine Leiter gebaut und einen Eimer an einem Seil befestigt, um die gesammelte Erde hinaufziehen zu können.

»Wir haben jetzt genug, um ein paar Reihen zu pflanzen«, sagte er.

Jennifer riß sich aus ihren Gedanken. Sie wußte, was er im Sinn hatte. »Zuerst das Gemüse. Dope können wir nicht essen.«

Er lächelte gutmütig. »Wie du meinst.«

Jennifer hoffte, daß sich mit dem Anbau von Tomaten, Gurken, Erbsen, Möhren und Rettich ihre Vorratslage langfristig verbessern würde. Aber damit war ihr kurzfristiges Problem nicht gelöst. Die Pflanzen würden erst in ein paar Monaten Erträge abwerfen, und wie es jetzt aussah, hatten sie kaum noch für einen Monat Vorräte auf der *Iola*.

»Wieviel Erde brauchen wir wohl noch?« fragte sie.

»Vielleicht achtzig, neunzig Schubkarren voll.«

Sie stöhnte. Ihr Rücken brachte sie schon um, und sie wußte, wie schwer auf diesem Korallenriff an Erde heranzukommen war. »Wenn wir fünf oder sechs Stunden am Tag arbeiten, wird es noch mindestens eine Woche dauern.« Und sie hatte nicht die geringste Hoffnung, daß Buck so fleißig sein würde.

Sie und Buck hatten schon besprochen, was sie tun würden, falls Dickie und Carlos nächsten Monat nicht wie vereinbart mit dem Proviant kommen würden. Bevor Jack Wheeler die Insel verlassen hatte, hatte sie ihn gefragt, ob auf der nächsten Insel auf der Karte, Washington Island, etwa 120 Meilen südöstlich, Nahrungsmittel zu kaufen seien. Ja, hatte Wheeler gesagt, dort würden ein paar Eingeborene leben, aber Washington sei eine ›Riffinsel‹, was bedeutete, daß es dort keinen Kanal gab, und um an Land zu kommen, mußte man sowohl die starke Brandung wie auch die gefährlichen Korallenriffe überwinden, die die Insel umgaben. Die nächste Insel, auf der es Vorräte zu kaufen gab, war Fanning, 175 Meilen im Südosten. Auf Fanning, so hatte er ihr erklärt, gäbe es eine permanente Niederlassung, einen Laden und, wie auf Palmyra, eine geschützte Lagune. Aber Wheeler hatte sie gewarnt, Fanning sei für ein Segelschiff ohne Motor zu schwer zu erreichen, da sie praktisch nur gegen den Wind segeln mußten. Statt dessen hatte er ihr das amerikanische Samoa vorgeschlagen, eine viel einfachere Fahrt wegen der viel günstigeren Winde und der Strömung bis zur Insel. »*Samoa*«, hatte Jennifer ungläubig gesagt, »das liegt doch weit im Süden, nicht wahr?« Wheeler bestätigte, daß die Insel über tausend Meilen südlich von Palmyra lag, empfahl sie aber trotzdem. Jennifer konnte sich nicht vorstellen, zweitausend Meilen zu segeln, nur um ein paar Vorräte zu kaufen.

Sie würden es mit Fanning versuchen, obwohl sie mit ihren beschränkten Mitteln sowieso nicht viel kaufen konnten. Doch Mac hatte Interesse bekundet, ihren tragbaren Generator zu kaufen, dasselbe Modell, das er eigentlich vor seiner Abreise hatte erstehen wollen. Sie wußte, daß er ihnen einen fairen Preis bieten würde. Und Jennifer hoffte, daß sie und Buck auf Fanning eine Gelegenheitsarbeit finden konnten, um etwas Geld nebenbei zu verdienen. Sie wollte die Grundnahrungsmittel aufstocken – Mehl, Zucker, Reis und Bohnen. Und sie wollte einen Außenbordmotor kaufen, den sie sowohl auf der *Iola* als auch auf dem Dingi benutzen konnten, damit sie auf der Lagune mit der Schleppangel fischen konnten. Mit den Vorräten würden sie dann bis zum nächsten Frühjahr auskommen, wenn der Gemüsegarten erste Erträge warf. Das war zumindest ihr Plan, während Buck sich eher den Kopf über das Marihuana zerbrach. Er wollte bis zum Frühling die Schmuggeloperation mit den Gebrüdern Taylor, die sie reich machen sollte, aufgenommen haben.

Während Buck große Pläne schmiedete, richtete sich Jennifers Aufmerksamkeit hauptsächlich auf das tägliche Überleben. Sie verbrachte den Großteil ihrer Zeit damit, Nahrung zu sammeln und zuzubereiten, wie eine Frau in einem Dorf in der dritten Welt. Die Herstellung von Kokosbutter zum Beispiel dauerte Stunden – angefangen mit dem Sammeln reifer Kokosnüsse (die meisten auf dem Boden waren verfault) und dem nachfolgenden Schälen, Ausnehmen und Kochen. Sie und Buck hatten auf einem Inselchen auf der anderen Seite der Lagune einen einzigen Bananenbaum gefunden und ruderten den ganzen Weg hinüber, um zwei oder drei Bananen zu bekommen. Das Waschen und Trocknen von Kleidung in der feuchten Luft dauerte einen halben Tag. Die Hunde füttern – Jennifer gab ihnen Fisch und Kokosnußfleisch, um den schwindenden Vorrat an Hundefutter zu strekken –, das Boot sauberhalten, im Garten arbeiten ... die Arbeit schien nie ein Ende zu finden. »Das Paradies ist ziemlich anstrengend«, sagte sie stöhnend zu Buck. »Wir sind praktisch allein auf einer tropischen Insel mitten im Nichts, und ich habe mehr zu tun als 'ne Nutte, wenn die Flotte im Hafen liegt.«

»Dann tun wir einfach so, als wäre ich ein geiler Seemann, was?«

22. Juli. Habe heute vormittag jede Menge Erde herangeschafft – nach fünf Fuhren wäre ich bald ohnmächtig geworden. Ein weiteres Schiff kam an, die Shearwater *aus Portland, Oregon. Zwei Burschen – Don Stevens und Bill Larson – an Bord. Haben im Südpazifik gekreuzt und wollen über Hawaii wieder nach Hause. R ruderte hinaus und half ihnen, ihre Yacht zu vertäuen, wo die* Journeyer *lag. Wieder Fisch zum Essen.*

23. Juli. Regentag. Habe Sauerteig gemacht und ein paar M-Samen gepflanzt. R kam rüber, und wir blieben an Bord und haben gelesen. Mac hat ein paar gute Bücher gebracht – 1984, einen Harold Robbins, ein paar Zane Gray und einen Agatha Christie. Wir gaben ihnen ein paar Bücher, die wir schon gelesen haben.

Wieder ein altes Lieblingsessen – Papio und Kokosnußkuchen, ein paar in der Schale gebacken, ein paar gebraten. Am Abend luden die beiden Burschen von der Shearwater *uns auf ihr Schiff ein. Es gab Rum und Cokes und gesalzene Erdnüsse. Wollen morgen ein paar Zeitschriften und Bücher tauschen. Sie gaben R zwei Päckchen Südsee-Zigaretten. Don zeigte mir sein Logbuch mit Fotos von Tonga, Fidschi und so weiter. Ein sehr vergnüglicher Abend.*

Am Abend des 25. Juli waren alle auf der Insel zu einem Essen in Bucks Camp eingeladen.

Jennifer hatte fast alles zubereitet, Knoblauchbrot, ein Aprikosen-Nuß-Brot und Kokosnußpudding mit Mehl und Zucker, das die *Shearwater* gespendet hatte. Mac und Muff brachten Salzkartoffeln und Möhren mit, die letzten Produkte, die sie auf Hawaii gekauft hatten.

Mac war beeindruckt, wie ordentlich das Camp seit ihrem Besuch auf Jennifers Geburtstag aufgebaut und ausgestattet worden war.

Muff stellte fest, daß Roy endlich seinen wilden Bart und die langen Haare geschnitten hatte. »Er sah kräftig aus«, schrieb sie später an Bernard und Evelyn Leonard. »Ich stelle mir vor, daß Jack London so ähnlich ausgesehen hat.« Doch sein gepflegteres Aussehen genügte nicht, um etwas an ihrer wachsenden Verachtung für den großen Mann mit den häßlichen Tätowierungen zu ändern. »Ich kann sein Schnorren nicht ausstehen«, schrieb Muff im selben Brief. »Roy kam neulich vorbei, um sich wieder Tabak und Zigarettenpapier zu besorgen. Sie brauchen soviel. Na ja, ich muß es wohl so sehen – wenn wir ihnen nichts mehr abgeben können, müssen wir Palmyra wohl oder übel verlassen. Ich habe nichts dagegen.«

Muff bemerkte ein paar junge Pflanzen in Pappbechern und fragte, was sie da zogen. Ohne Zögern erwiderte Buck: »Marihuana.« Sie merkte, daß er voller Freude auf ihre Reaktion wartete.

»Und Gemüse«, fügte Jennifer schnell hinzu.

Bill Larson kam allein von der *Shearwater* und brachte eine Flasche Rum und Dosenschinken mit. Sein Freund Don Stevens war mit einer schmerzhaften Ohrenentzündung im Bett geblieben. Mac fragte besorgt, ob sie Penizilin an Bord hätten, und kehrte, als Larson verneinte, zur *Sea Wind* zurück, um etwas von der Wundermedizin für Stevens zu holen.

Buck hatte einen Schallplattenspieler in seinem Zelt aufgebaut, und während sie draußen am Lagerfeuer aßen, hörten sie sich ein Album mit Liebesliedern ausgewählter Pop-Interpreten der sechziger Jahre an. Larson ging früh und nahm einen Teller mit Essen und Macs Pillen für seinen kranken Freund mit. Mac und Buck spielten im Zelt eine Partie Schach.

Jennifer spielte auch Schach, und zwar ziemlich gut. An diesem Morgen war Mac auf der Suche nach einem Schachpartner zur *Iola* gekommen und hatte Jennifer auf die *Sea Wind* mitgenommen. Sie hatte ihn im ersten Spiel geschlagen, was anscheinend beide Grahams überrascht hatte. Mac hatte um Revanche gebeten und zu seiner Erleichterung die beiden nächsten Spiele überzeugend gewonnen. Er war, so glaubte Jennifer, ein Spieler von Meisterschafts-Kaliber. Doch heute abend blieb sie am Lagerfeuer, um sich mit der bedrückt wirkenden Muff zu unterhalten, anstatt den beiden Männern beim Spiel zuzusehen, wie sie es eigentlich lieber getan hätte.

Schon seit ihrer ersten Begegnung war Muff Jennifer gehemmt vorgekommen. Daher überraschte sie das Gespräch, das sie am Lagerfeuer führten.

»Ich wollte niemals hierher kommen«, sagte Muff mit leiser, fast verschwörerischer Stimme, die nicht bis zum Zelt dringen würde. »Ich begreife nicht, warum Mac unbedingt seine Sachen packen und lossegeln mußte.«

Muff starrte abwesend ins Feuer, dessen Glut noch Wärme ausstrahlte. »Wir hatten ein wunderbares Leben in San Diego. Eine Menge Freunde, wirklich gute Menschen. Alles war so nett.«

Jennifer sagte nichts, nickte nur. Sie war sehr überrascht, daß Muff sich ihr so anvertraute.

»Meine Mutter und meine beiden Schwestern wohnen in San Diego. Es ist wichtig für mich, bei meiner Mutter zu sein.«

Jennifer legte einen dicken Ast aufs Feuer.

Muff fragte sich, ob sie pathetisch oder dumm klang. Warum vertraute sie diesem ziellosen Hippiemädchen ihre innersten Gedanken an? Sie mochte Jennifer nicht besonders und respektierte sie bestimmt nicht. Es lag nicht an ihrem Urteil, auch nicht an ihrer Lebensweise oder politischen Meinung, ganz bestimmt nicht an dem

Mann, für den sie sich entschieden hatte. Aber ... sie war die einzige andere Frau auf Palmyra.

Muff entschloß sich, weiterzusprechen. »Ich versuche immer wieder, ihn zu überreden, die Insel zu verlassen. Er sagt mir, ich solle mich entspannen und mein Leben genießen. Aber das kann ich nicht. Er meint, er sei hier, um irgend etwas zu entdecken, wisse aber noch nicht, was. Und ich weiß es auch nicht.« Es lag keine Verbitterung in ihrer Stimme, nur Unglück und Verwirrung.

»Mac ist ein Abenteurer«, sagte Jennifer. Sie hatte den Eindruck, Muff irgendwie trösten zu müssen.

»Ja, das ist er. Er liebt so ein Leben. Er wollte unbedingt aus der großen Stadt heraus. Es wurde so schlimm, daß er es schon gehaßt hat, morgens die Zeitung zu lesen. All die Geschichten über die steigenden Verbrechensraten haben ihn überzeugt, daß es nicht mehr sicher ist, am hellichten Tag über die Straße zu gehen. Und er war der Abgase und Autos überdrüssig und wollte wollte weg. Aber ob Sie es glauben oder nicht« – sie lachte – »ich wünschte, ich wäre wieder zu Hause in der Tretmühle.«

»Na ja«, sagte Jennifer, »ich bin ziemlich froh, aus der Tretmühle heraus zu sein, aber dieser Ort hat auch seine Nachteile.«

Nachteile, dachte Muff verächtlich. »Manchmal frage ich mich, was aus uns werden wird«, seufzte sie.

Das kam Jennifer bekannt vor, doch sie war nicht imstande, sich Muff anzuvertrauen. Sie konnte nicht darüber sprechen, daß nach Buck gefahndet wurde oder wie unsicher ihre Zukunft war. Sie und Muff waren aus demselben Grund auf diesem unwirtlichen Atoll. Beide waren sie aus Liebe zu ihren Männern hier. Doch da Jennifer nichts verlauten lassen durfte, ging diese flüchtige Gelegenheit, einander besser verstehen zu lernen, verloren.

»Ich weiß, was Sie meinen«, sagte Jennifer lahm. »Ich weiß es wirklich, Muff.«

Da die *Shearwater* bald aufbrechen würde, wurde am 30. Juli fleißig Briefe geschrieben. Larson und Stevens würden sie in Hawaii aufgeben.

Mac schrieb an seine Schwester in Seattle.

Liebe Kit,
seit unserer Ankunft auf Palmyra hatten wir viel zu tun. Ich habe gerade Fliegengitter für die drei Luken gebastelt, um das Ungeziefer draußen zu halten.

Ich habe Dir von dem anderen Pärchen geschrieben, Roy und Jennifer, die eine Woche vor uns auf ›ihrer‹ verlassenen Insel angekommen sind, um hier ›vom Land‹ zu leben. Ich bin eigentlich nicht sauer, daß andere Leute auf der Insel sind, aber Muff ist es. Roy und Jennifer passen wirklich nicht zu uns, aber sie zu beschreiben würde einen ganzen Brief beanspruchen.

Die große Enttäuschung sind die Haie. Bei Flut kann ich mit dem Zodiac überall hin, aber ich muß ständig im flachen Wasser aussteigen, um ihn an Land zu ziehen. Das mache ich mit der Machete in der Hand, um die unvermeidlichen, feisten Schwarzpunkthaie abzuwehren. Es gibt sie in allen Größen. Sechzig bis hundertzwanzig Zentimeter im knietiefen Wasser – und in den tieferen Teilen der Lagune bis zu zwei Metern lang. Ich werde wohl lernen müssen, wie man mit ihnen umgeht. Im Augenblick weigert sich Muff jedenfalls, auch nur einen Fuß ins Wasser zu setzen.

Es ist jetzt drei Uhr morgens, und Muff schläft. Ein paar Regentropfen klatschen durch das Moskitonetz, und ich kann den Sternenhimmel sehen. Mir gefällt es hier sehr gut. Es ist nicht San Diego. Es ist nicht Seattle. Es ist nicht die Zivilisation. Wir werden hier bleiben, bis wir der Insel überdrüssig sind oder uns die Vorräte ausgehen.

Beste Grüße, Mac und Muff

Jennifer schrieb ihrer Mutter, enthüllte aber noch immer nicht, wo sie war.

Liebe Mutter,
weil ich nie genau weiß, ob meine Briefe auch zu Dir finden werden, schreibe ich, wann immer sich die Gelegenheit bietet. Nur, damit Du es weißt, Dir habe ich bislang zwei und Teddy einen Brief geschrieben, die auf Yachten herausgingen, die hier abgefahren sind. Und ich kann noch nicht einmal eine Antwort von Dir bekommen! Na ja, niemand hat gesagt, das Paradies wäre ein Kinderspiel.

Für den Fall, daß Du meine anderen Briefe nicht bekommen hast, möchte ich wiederholen, daß wir es zu unserem Ziel geschafft haben. Es war eine nasse, lange Reise, aber jetzt sind wir sicher eingetroffen. Wir sind auf einem schönen Atoll mit einer Lagune und so weiter. Wir essen viel Kokosnüsse und Fisch und arbeiten an einem Gemüsegarten. Das Leben hier ist hart, aber ich werde es schon schaffen.

Ich denke oft an Dich und frage mich, wann wir uns wiedersehen werden. Ich habe an meinem Geburtstag an Dich gedacht und meinen Schokoladenkuchen mit dem Butterguß vermißt. Buck hat einen Kuchen für mich gebacken – ein wirklich kühner Versuch.

Hoffentlich geht es Dir gut. Grüße Teddy und den Rest der Familie von mir. Bis zum nächsten Mal.

Mit aller Liebe, Jennifer

Muff schrieb den Jamiesons.

Liebe Marie, lieber Jamie,
das Hippiepärchen, Jennifer und Roy, arbeitet schwer an ihrem Garten. Aber ein Teil von dem, was sie dort ziehen, wollen sie rauchen und nicht essen. Sie wollen so lange hier bleiben, wie es ihnen möglich ist. Ich wünschte nur, wir wären nicht zur gleichen Zeit wie sie hier. Oder besser, ich wünschte, sie wären nicht hier. Angeblich kommen zwei Freunde von ihnen (zwei Männer) vorbei, um ihnen Vorräte zu bringen, denn die ihren sind bald erschöpft. Jennifer war auf den Yachten, die hereinkommen, um sich etwas zu essen zu besorgen. Ihr Schnorren macht mich wirklich wütend. Sie sind hergekommen, um vom

Land zu leben – warum tun sie es also nicht und hören auf zu betteln?

Na ja, ich wünschte, Ihr könntet nach Palmyra fliegen und uns besuchen. Ihr wißt nicht, wie sehr ich Euch vermissen.

Bis später, Muff

1. August 1974

Als Larson und Stevens davonsegelten, taten ihnen die beiden Frauen leid, die sie auf Palmyra kennengelernt hatten. Auf unterschiedliche Weise wirkten beide unglücklich, ja sogar elendig.

Die Segler hatten Macs Gesellschaft genossen. Er war ein fähiger, freundlicher Bursche, den man einfach gernhaben und bewundern mußte.

Aber keiner von ihnen hatte viel von Jennifers Macker gehalten – wie auch immer er hieß. Larson hatte ihn einmal auf die Tätowierung auf dem Arm angesprochen. »Heißen Sie nun Roy oder Buck?« Als Jennifers Freund ihm nur einen wütenden Blick zugeworfen hatte, hatte Larson es für ratsam befunden, die Sache auf sich beruhen zu lassen.

Als Palmyra hinter dem Horizont versank, sagte Larson zu seinem Freund: »Ich glaube, dieser Bursche – Roy oder Buck oder wie immer zum Teufel er heißt – ist auf der Flucht. *Wirklich* auf der Flucht.«

12. KAPITEL

Donnerstag, 7. August 1974

Das Funkgerät der *Sea Wind* rauschte vor Interferenzen. Mac war bei 14285 Kilohertz auf dem 20-Meter-Band. Der vereinbarte Kontakt mit Curt Shoemaker um 19.00 Uhr war schon fast fünfzehn Minuten überfällig, doch Mac konnte nur ein statisches Rauschen im Lautsprecher vernehmen, laut wie ein Artilleriefeuer.

Er drehte den Knopf für die Frequenzeinstellung.

»So schlimm war es noch nie«, sagte Muff, die neben ihm stand. »Bist du sicher, daß es auch der richtige Tag ist?«

»Wir haben Donnerstag abend.«

»Vielleicht stimmt was nicht mit dem Funkgerät.«

»Ich glaube, es sind atmosphärische Störungen.«

Dann, als habe ein Befehlshaber eine Feuerpause im Himmel angeordnet, wurde der Empfang plötzlich klar, und sie hörten eine vertraute Stimme im kleinen Metallautsprecher. »... VXV. Wiederhole, KH61HG ruft W7VXV.«

»Das ist *Curt*«, sagte Muff erleichtert. Ihr war gerade wieder deutlich bewußt geworden, wie sehr Palmyra vom Rest der Welt abgeschnitten war.

Mac drückte auf den Sendeknopf. »Hier ist W7VXV«, sagte er gelassen ins Mikrofon. »Wir hören dich laut und deutlich, Curt. Over.«

Mac sendete illegal und benutzte die Kennbuchstaben eines nicht mehr aktiven Hobbyfunkers, den Curt auf Hawaii kannte. Hätte Mac vorher gewußt, daß sie regelmäßigen Funkkontakt mit jemandem halten würden, hätte er in San Diego eine Lizenz beantragt. Doch nun mußte dies genügen. Curt hatte ihn gewarnt, niemals die Position der *Sea Wind* zu erwähnen. Vielleicht hörten

Bundesaufsichtsbehörden zufällig mit, und das Senden ohne Lizenz war ein Verbrechen.

»Aloha«, sagte Shoemaker. »Wir haben ein paar Nachrichten für euch.«

Briefe von zu Hause!

»Momi wird sie vorlesen.«

Aus dem Empfänger klang die samtweiche Stimme von Curts Frau. »Wir wollen hören, wie es euch geht«, sagte Momi, »aber Curt meint, ich soll zuerst die Nachrichten vorlesen.«

Die erste war eine Karte von Muffs Mutter, die schrieb, wie sehr sie sich gefreut hatte, die Briefe zu bekommen, die Mac und Muff den Wheelers und den Leonards mitgegeben hatten. Sie ließ ihrer Tochter ausrichten, sie solle sich keine Sorgen machen, es ginge ihr gut.

Dann kam ein kurzer Brief von Macs Schwester. Kit plauderte über ihre Mutter, sich selbst und ihre drei Söhne.

»Danke für die Nachrichten von zu Hause«, sagte Mac. »Sie bedeuten uns beiden wirklich viel.« Er sah, daß Muff die Tränen zurückhielt. »Übrigens, hast du irgendeine Nachricht für das andere Pärchen hier? Du weißt schon, Roy und Jennifer. Sie warten noch immer auf Bescheid von ihrer Nachschubmission.«

Als Mac erfuhr, daß Jennifer und Buck gern das genaue Ankunftsdatum ihrer Freunde mit den Vorräten erfahren hätten, hatte er ihnen sofort angeboten, ihnen über die Shoemakers eine Nachricht zu übermitteln und sie gedrängt, den Taylors zu schreiben. Die Leonards hatten den Brief vor drei Wochen mitgenommen.

»Negativ«, sagte Curt. »Kein Wort in dieser Hinsicht.«

In den nächsten fünfzehn Minuten plauderten Mac und Muff abwechselnd über ihr Leben auf der Insel. Schließlich verabschiedeten sie sich. »Ach ja«, sagte Shoemaker, bevor er die Verbindung unterbrach, und fuhr fort, daß Präsident Nixon wohl jeden Tag seinen Rücktritt erklären würde.

Diese Nachricht erfüllte Mac und Muff mit Betroffenheit.

Muff und Mac waren auf halbem Weg zum Badehaus, als sie merkten, daß sie das Shampoo vergessen hatten. Mac drehte um, um es zu holen, und Muff ging allein weiter.

Kurz darauf stand sie Bucks wütend funkelndem Pitbull-Terrier gegenüber.

Der Hund knurrte aus tiefer Kehle und sprang dann plötzlich auf sie zu. Muff schrie auf und sprang gleichzeitig zurück. Der Hund landete steifbeinig vor ihr, entblößte scharfe, gelbe Zähne und setzte zu einem weiteren Sprung an.

Vielleicht bildete sie es sich nur ein, doch der Hund schien mehr als nur sinnlos wütend zu sein. Er wirkte *hungrig*.

Der andere große Hund, der Labrador, kam bellend aus den Büschen gelaufen. Und dann erschien kläffend der kleine, Puffer, der sonst immer so freundlich gewesen war.

Doch Muff hielt aufmerksam den nun stillen Pitbull im Auge. Sie erinnerte sich, irgendwo gelesen zu haben, daß ein aufgeregter Hund, der keinen Laut von sich gab, wahrscheinlich angreifen würde. Ihre Blicke schossen hin und her, und sie bemerkte ganz in der Nähe ein verrostetes Stück Rohr. Während der schwer atmende Pitbull keine Anstalten machte zurückzuweichen, ging sie langsam auf die mögliche Waffe zu.

Sie ergriff das Rohr, bereit, sich zu verteidigen, als Buck und Jennifer vom Badehaus aus zu rufen anfingen. Sie benutzten eine Sprache, die Muff nicht kannte oder verstand. Doch der Pitbull-Terrier trat einen Meter zurück.

Als Muff die Gelegenheit nutzte, um sich weiter zurückzuziehen, sprang der Pitbull angriffslustig vor.

Muff schrie auf und schwang das Rohr in weitem Bogen.

»*Kapu*!« rief Buck erneut.

Der Hund blieb stehen und wich zurück.

Als Jennifer und Buck den Weg vom Badehaus hinabgelaufen kamen, war Mac schon wieder bei Muff. »Sie müssen wegen dieser Hunde was unternehmen«, fauchte er wütend. »Sie sind eine Bedrohung.«

»Rufen Sie *kapu*«, erklärte Jennifer. »Buck hat sie auf Hawaiianisch ausgebildet. Das heißt ›nein‹.«

»Und wenn man kein Hawaiianisch spricht, hat man Pech gehabt?« schoß Muff wütend zurück.

Jennifer fuhr zusammen. Buck hatte keinen Ton gesagt. Er ging stumm an Mac und Muff vorbei und, gefolgt von seinen Tieren, den Pfad hinab.

»Wenn einer dieser verdammten Hunde jemals einen von uns beißt«, murmelte Mac zwischen zusammengepreßten Zähnen, »erschieße ich ihn.«

»Ganz meine Meinung«, sagte die noch immer zitternde Muff.

Jennifer lief Buck hinterher, während Mac und Muff zum Badehaus gingen.

»Entschuldige dich bei ihnen«, sagte Jennifer.

Buck tat so, als habe er sie nicht gehört. Er sagte, er wolle ein paar Bäume fällen, um an die Kokosnüsse heranzukommen. Mac hatte Buck schon ein paar Mal wissen lassen, daß er es nicht für richtig hielt, die Bäume mit der Kettensäge zu fällen.

»Willst du sie extra wütend machen?«

»Ihnen gehört diese gottverdammte Insel nicht!« rief Buck.

Jennifer wußte, daß es keinen Sinn hatte, jetzt zu versuchen, Buck zur Vernunft zu bringen. Man konnte einfach nicht mit ihm reden, wenn er so war. Normalerweise war er ruhig und beherrscht, doch wenn man ihn herausforderte, konnte er ganz schnell fuchsteufelswild werden.

Am Vortag hatte sie ihn zum Beispiel gefragt, warum er seine Zahnbrücke nicht mehr einsetzte. Die Lücke – zwei Schneidezähne fehlten – ließ ihn wie einen versoffenen Penner aussehen. Er war aufgebraust: »Ich muß niemanden beeindrucken!« Manchmal war er einfach *gern* gemein. Sie nahm an, daß er diese Taktik im Gefängnis gelernt hatte, als Warnung, ihn nicht zu reizen. »Wenn du gefährlich wirkst, läßt man dich in Ruhe«, hatte er ihr einmal gesagt.

Obwohl Buck sie nie geschlagen hatte, hatte er ihr gestanden, seine Exfrau während ihrer Ehe geschlagen zu haben. Sie hatte ihn angeschrien und beschimpft, hatte er erklärt, und da hatte er ihr eine Ohrfeige gegeben. Jennifer hatte ihre Reaktion auf diese Therapie von Anfang an klargestellt: »Ein Mann bekommt einmal die Gelegenheit, mich zu schlagen. Dann bin ich weg. Wenn du mich schlägst, hast du mich verloren.« Buck hatte sie niemals geschlagen, aber Jennifer hatte es auch nie darauf ankommen lassen. Sie spürte, daß Buck unbeherrscht gewalttätig werden konnte, wenn jemand seinen Zorn anfachte.

Das Leben auf Palmyra – fernab vom Zugriff der Behörden – hatte nicht dazu beigetragen, daß er ruhiger wurde. Ganz im Gegenteil, seine Frustrationen und unterdrückten Feindseligkeiten hatten sich noch gesteigert, vielleicht durch das Mühsal ihres Alltags. Jennifer versuchte, tolerant und verständnisvoll zu bleiben, merkte jedoch, daß sie selbst ebenfalls zunehmend gereizter wurde. Aber sie gab nicht auf.

Das Problem mit den Vorräten gab weiterhin Anlaß zur Sorge, doch es war nicht so, als würden sie verhungern müssen. Sie hatten noch einige Lebensmittel übrig, und es gab immer Fisch, Kokosnüsse und Krabben. Sie hatte einen Salat aus Pflanzen mit großen Blättern kreiert, die auf der Landebahn im Überfluß wuchsen. Mit einem Dressing aus Kokosmilch schmeckte ihr ›Landebahn-Salat‹ wirklich köstlich – eine Art äquatoriale *novelle cui-*

sine. Aufgrund der Beschränkungen war der Speiseplan eintönig, doch sie *hatten* zu essen. Und wenn sie nicht bald von den Taylors hörten, konnten sie nach Fanning segeln, um Vorräte zu kaufen.

Körperlich fühlte sich Jennifer gesund und aufgrund der vielen Arbeit in guter Verfassung, und sie sah sogar mit einigem Optimismus in die Zukunft.

Schließlich hatten sie ihr vordringliches Ziel ja erreicht: Buck war noch immer ein freier Mann.

13. August 1974

Muff fühlte sich wie so oft dieser Tage. Die ungebrochene Hitze des Sommers in den Tiefen der Tropen nahm ihr schnell die letzte Kraft. Ein Faultier hätte sie spielend leicht abgehängt.

Sie versuchte abzunehmen, in der Hoffnung, dadurch mehr Energie zu bekommen und attraktiver zu wirken. Ihr neuester Diätversuch bestand darin, jeden Morgen ein Glas Apfelessig zu trinken. In einigen schicken Frauenzeitschriften, die sie mitgenommen hatte, hatte sie gelesen, das würde den Appetit zügeln und die Pölsterchen wegschmelzen lassen. Muff hatte sechzehn Liter Apfelessig mitgenommen und trank mit fast religiösem Eifer jeden Morgen die empfohlene Dosis, doch bislang hatte sie kein Pfund abgenommen. Um ihr Ziel nicht aus den Augen zu verlieren, hatte sie in der Kombüse eine Kalorientabelle aufgehangen. Doch gerade, wenn sie sich bedrückt fühlte, naschte sie heimlich, wenn Mac nicht da war. Und dieser Tage kam es immer häufiger dazu.

Sie konnte es nicht mehr ertragen, sich im Spiegel zu betrachten. Als sie jünger war, war sie mit gutem Grund stolz auf ihre Figur gewesen.

Sie hatte am Mittag fast eine Stunde lang in der Koje gelegen, erschöpft, ohne jedoch einschlafen zu können.

Zuerst hatte sie das Jaulen einer Kettensäge wachgehalten. Da die einzige auf der Insel Roy gehörte, war sie nicht überrascht gewesen, als sie auf Deck gegangen war und ihn westlich ihres Ankerplatzes entdeckt hatte, wo er in der Nähe einer alten Rampe für Wasserflugzeuge eine große Kokospalme fällte.

Mac war an Land – wie üblich. Muff hoffte, er würde einer Konfrontation mit Roy aus dem Weg gehen. Sollte er doch die verdammten Bäume fällen. Wen kümmerte das schon? Sie spürte, daß sich Roy von Mac bedroht fühlte, dem Mann, der er niemals sein konnte. Ihr Gatte war ehrlich, fähig und energisch, während Roy seine eigenen verschlagenen Methoden hatte, das zu bekommen, was er wollte. Wie damals, als er den Stuhl gestohlen hatte, den sie beiseite gestellt hatte ... Und nun zerstörte er lieber eine Kokospalme, anstatt sie hinaufzuklettern. Doch Roy bat Mac oft um Hilfe, und Mac gewährte sie ihm bereitwillig.

Als das Sägen aufhörte, versuchte sie erneut, etwas zu schlafen. Vergeblich.

Sie begriff wirklich nicht, wo Mac all diese Kraft hernahm. Seit sie Palmyra erreicht hatten, war er vor Sonnenaufgang, seiner liebsten Tageszeit, aufgestanden. In all den Jahren ihrer Ehe hatte sie ihn niemals so eifrig gesehen, den Tag zu beginnen – normalerweise schlief er lange.

Nun blieb sie länger in der Koje als Mac, hielt tagsüber, wenn er arbeitete oder auf Erkundung war, ein oder zwei Nickerchen und war trotzdem die erste, die jeden Abend ins Bett fiel. Das Inselleben, das ihm Kraft gab, schien sie ihr zu rauben. Es war nicht fair.

Sie schloß die Augen, öffnete sie jedoch wieder, als sie das Geräusch eines Motors hörte, bei dem es sich nicht um den des Zodiac handelte. Und sie vernahm auch neue Stimmen. Als sie aufstand, kam ihr in den Sinn, daß Jennifers und Roys Freunde mit den Vorräten eingetroffen sein mußten.

Sie ging auf Deck. Eine unbekannte Segelyacht fuhr mit Motorkraft auf die Lagune und hielt auf die Anlegepfosten zu. Auf dem Bug machte sie einen bärtigen, langhaarigen jungen Mann aus.

Toll, dachte Muff. *Genau das, was uns auf dieser Insel noch gefehlt hat. Weitere nutzlose Hippies, die sich selbst versorgen wollen und uns bitten, sie zu ernähren.*

13. KAPITEL

Die *Toloa,* das Schiff, das am 13. August auf die Lagune fuhr, als Muff gerade ein Nickerchen halten wollte, war eine gepflegte Schaluppe von zehn Metern mit zwei Männern an Bord. Sie waren eindeutig keine Hippies und kannten weder Jennifer noch Buck.

Der langhaarige Bursche war Thomas Wolfe, ein ruhiger, sechsundzwanzig Jahre alter Chemiker aus San Diego. Er hatte drei Jahre lang auf einem Segelschiff gewohnt, das im Yachthafen Underwood lag, wo auch Mac die *Sea Wind* untergebracht hatte, doch die Grahams nie kennengelernt. Er hatte ein Jahr Urlaub von einer Firma genommen, die Schädlingsbekämpfungsmittel herstellte, um durch den Pazifik zu kreuzen und nach Neuseeland segeln zu können, wohin es ihn schon immer gezogen hatte. Für einen Yachtbesitzer aus San Diego, der sein Schiff auf Hawaii verkauft hatte, hatte er es dorthin überführt, und dann hatte er an Bord der *Toloa,* neben der er in Hilo zufällig angelegt hatte, eine Passage in die Südsee gefunden.

Norman Sanders, der Eigner der *Toloa,* war bis vor kurzem Professor für Geologie an der Universität von Santa Barbara gewesen. Ein stämmiger Mann mit ergrauenden Koteletten und einem mächtigen Bart, zeigte Sanders mehr Kraft und Energie als viele seiner Studenten. Er war bei der Verwaltung der Universität in Ungnade gefallen, als er zu einem Kreuzzug gegen das unmoralische Verhalten der Großindustrie aufrief. Eine seiner Kampagnen hatte sich gegen Ölbohrungen vor der Küste gerichtet. Um seinen Widerstand zu verdeutlichen, hatte er einmal vier Tage lang in einem strategisch klug im Santa Barbara-Kanal vor Anker liegenden Ruderboot das Auslaufen einer Ölbohrplattform verhindert. Sein im Selbstverlag erschienenes Buch *Stop It!* enthielt genaue Anweisungen, wie man seine Regierungsvertreter dazu bringen konnte, Entwicklungsprojekte aufzuhalten. Nach sieben Jahren der Anstellung ohne eine einzige Belobigung hatte die Universität seinen Vertrag nicht verlängert. Angewidert erklärte er sich zum Staatenlosen und beschloß, nach Australien zu segeln. Seine Frau Jill und ihre kleine Tochter hatten ihn von San Diego bis nach Hawaii begleitet, doch in Hilo erklärte die unter Seekrankheit leidende Frau, sie würde keine nautische Meile mehr weitersegeln. Mit der Tochter an der Hand war sie ins nächste Flugzeug nach Sydney gestiegen. Und so hatte der ehemalige Professor nach einem Besatzungsmitglied Ausschau halten müssen, das ihm half, die restliche Strecke nach Australien zurückzulegen.

Für Sanders und Wolfe war die Fahrt nach Palmyra ereignislos verlaufen. Die See war gesegnet ruhig gewesen, der Wind stetig. Die größte Aufregung war ihren regelmäßigen Streitigkeiten über Umweltprobleme entsprungen. Sanders warf Wolfe vor, Hand in Hand mit den »feindlichen Umweltverpestern« zu arbeiten. Wolfe hielt normalerweise dagegen, daß Pestizide nötig waren, um die Menschen zu ernähren, und daß Sanders in einer Phantasiewelt lebte. Beleidigt sprachen sie ein paar Stunden lang nicht mehr miteinander, um die Diskussion dann am nächsten Tag zufrieden fortzusetzen.

Sie waren jedoch problemlos übereingekommen, einen Zwischenhalt auf Palmyra einzulegen. Als ehemaliger Fulbright-Absolvent hatte sich Sanders auf Küstengeomorphologie spezialisiert, das Studium der Küstenregionen und der Naturgewalten, die sie beeinflußten. Die Aussicht, eine kaum von der Zivilisation berührte Insel zu besuchen, war für ihn faszinierend.

»Ich kann mir nicht vorstellen, daß nicht zumindest ein paar Hippies dort leben«, hatte Wolfe gescherzt.

»Nein, sie ist verlassen«, beharrte Sanders. »Das steht in allen Büchern.«

Als sie mit Motorkraft auf die spiegelglatte Lagune fuhren, sahen sie ein Schiff auf der anderen Seite vertäut und ein zweites – eine Ketsch – in einer Bucht ein paar hundert Meter westlich vor Anker liegen. Sie hielten auf einen behelfsmäßigen Kai zu, als sie einen zerlumpt wirkenden Mann in einem Dingi bemerkten, das er in ihre Richtung ruderte.

»Da drüben werden Sie nicht anlegen wollen«, rief er. »Zu viele Ratten um das Dock. Die beste Stelle ist neben meinem Schiff. Ich helfe ihnen.«

Als sie die *Toloa* an einem Anlegepfosten gesichert hatten, kam der Mann aus dem Dingi an Bord. Er war barfuß, hatte schulterlanges Haar, einen Vollbart und trug nur schmutzige Shorts. Er stellte sich als Roy vor und fragte dann: »Habt ihr Dope dabei?«

Sanders schüttelte den Kopf, und Wolfe sagte: »Tut mir leid.«

»Macht nichts«, sagte der Besucher. »Ich habe selbst welches. Aber es wird langsam knapp.« Er holte einen kleinen Plastikbeutel aus seiner Tasche und drehte sich einen Joint aus Samen und Stengeln.

Wolfe ließ ihn stehen, um die Segel zu verstauen. Als er an Sanders vorbeiging, der innerhalb von Bucks Hörweite stand, flüsterte er ihm laut zu: »Soviel zu deiner verlassenen Insel, Norm.«

In der Luft hing bald der durchdringende Geruch von Marihuana.

Am nächsten Morgen holten die Neuankömmlinge ihr Angelzeug und gingen an Land, um ›Roy‹ zu begrüßen.

Er hatte sie vor giftigen Fischen in der Lagune gewarnt und ihnen angeboten, ihnen die besten Stellen zum Angeln zu zeigen und zu erklären, welche Fischsorten man ungefährdet essen konnte.

Als Wolfe und Sanders zu der Lichtung gingen, auf denen Roy sie treffen wollte, sahen sie Jennifer, die sie ebenfalls am Vortag kennengelernt hatten, wie sie mit einer Schaufel grub, während ihr Freund in der Nähe arbeitete.

Der New Yorker Akzent der jungen Frau hatte Wolfe überrascht, der während seiner Zeit auf dem Pazifik nur wenigen New Yorkern begegnet war. Gerade als er sie fragen wollte, was sie nach Palmyra verschlagen hatte, kam ein Pitbull-Terrier aus dem Nichts gestürmt und raste wütend auf sie zu.

Die beiden Männer blieben in der Erwartung stehen, daß der Hund anhalten und eine Verteidigungsposition einnehmen würde. Als das Tier jedoch in Reichweite kam, überlegte Wolfe, ob er es gegen den Kopf treten sollte, entschied sich angesichts der Anwesenheit der Besitzer jedoch gegen eine so drastische Maßnahme. Sicher würde der Hund stehenbleiben, entweder von sich aus oder aufgrund eines Befehls. Jennifer rief etwas, doch es war zu spät. Der Hund riß Wolfe um und biß ihn in die Seite.

»Popolo, *kapu*!« schrie Jennifer. *»Kapu!«*

Der Pitbull wich mit einem Fetzen Hemd im Maul zurück und kaute so gierig darauf wie eine Hyäne auf Gedärmen.

Als Wolfe aufstand, sah er, daß der Biß tief war. »Verdammter Köter!« schrie er. »Wenn das Vieh noch mal in meine Nähe kommt, bringe ich es um!«

»Gut«, sagte Buck und sah unbeteiligt von seiner Arbeit auf. »Dann hätten wir wenigstens etwas Frischfleisch.«

Nicht nur die Hunde haben einen elenden Hunger, dachte Wolfe, sondern auch die Menschen. War diesem Roy mit der ›Buck‹-Tätowierung sein Hund wirklich völlig gleichgültig, oder weigerte er sich einfach, die Verantwortung für dessen aggressives Verhalten zu übernehmen? Wie dem auch sein mochte, er schwor sich, bei der nächsten Begegnung mit dem Pitbull vorbereitet zu sein.

Wolfe kehrte zur *Toloa* zurück, um die Wunde zu säubern und verbinden, und kam dann wieder zu ihrer verspäteten Angelexpedition zurück.

Wolfe und Sanders folgten Buck zur Strawn Island, wo sie ohne Erfolg etwa eine Stunde lang fischten. Sanders gab auf und ging los, um ein paar Korallenformationen zu studieren. Er hörte nicht, wie ihr seltsamer Führer sagte, er würde versuchen, einen Fisch zu erschießen. Sanders wußte nicht einmal, daß der Mann eine Waffe lud.

Bei den scharfen Knallen – *päng, päng, päng!* – warf sich Sanders instinktiv hinter einen Baumstamm in Dekkung. Er dachte augenblicklich: *Will diese unheimlich aussehende Hascher uns umbringen?*

Zu seiner gewaltigen Erleichterung hörte er, wie Wolfe aufgeregt rief: »Sie haben einen erwischt!«

Wolfe hatte nicht geglaubt, daß ihr Führer einen Fisch mit einer Kugel treffen konnte, doch Roy konnte mit seinem Revolver vom Kaliber .22 umgehen. Mit seinem logischen Denkvermögen haperte es allerdings etwas. Nicht einmal ein schwer verwundeter Fisch wartet darauf, zum Mittagessen aufgespießt zu werden. Die Seebarbe trieb ein paar Sekunden lang klatschend an der Oberfläche, tauchte dann unter und verschwand.

Sanders wartete, bis sein Atem wieder etwas ruhiger ging, bevor er hinter dem Baum hervortrat. Er wollte nicht, daß die Männer erfuhren, daß die unerwarteten Schüsse ihm solch einen Schrecken eingejagt hatten.

Nach dem Angelversuch kehrten Wolfe und Sanders zum Mittagessen auf die *Toloa* zurück. Danach ging Wolfe an Land zurück, um zu baden, und nahm seine Machete mit.

Als er den Pfad zum Badehaus entlangtrottete, hörte er einen Hund bellen. Eine häßliche schwarze Schnauze stöberte in einem Busch in der Nähe, als wolle sie seine Fährte aufnehmen. Er zog die Machete aus der Scheide an seinem Gürtel.

Der Pitbull trottete auf den Weg und entblößte die Zähne zu einem schrecklichen Grinsen.

Wolfe wich nicht zurück. »Jetzt bin ich an der Reihe, Dreckskerl«, sagte er mit zusammengebissenen Zähnen, während er die Machete fester faßte. Diesmal würde er Gleiches mit Gleichem vergelten.

Doch der Pitbull fiel ihn nicht an. Er schien genau zu wissen, was ihn erwartete. Nonchalant hob er ein Bein gegen einen Baum, drehte sich dann um und schlenderte davon.

Etwas enttäuscht steckte Wolfe die Machete wieder zurück und ging weiter. Er kam an Jennifer vorbei, die noch immer grub, diesmal neben einem Betongebäude.

»Auf Erkundung?« fragte sie und lehnte sich auf den Griff der Schaufel. »Sie werden bald merken, daß Sie immer und immer wieder nur dasselbe sehen.«

»Sie meinen, den Dschungel und mehr Dschungel?«

Jennifer lächelte. »Und Vögel und mehr Vögel.«

»Wonach graben Sie?«

»Nach Erde.« Als sie seinen Gesichtsausdruck sah, kicherte sie. »Wirklich. Hier gibt es kaum Mutterboden. Wir wollen einen Garten anlegen. Die Krabben sind auch nicht gerade hilfreich. Sie fressen alles, was sie erreichen können, und so versuchen wir es auf einem Dach.«

»Ein Dachgarten – genau wie in New York. Sie kommen von dort, oder? Manhattan vielleicht?«

»Ursprünglich ja«, erwiderte sie, »aber ich wohne seit Jahren nicht mehr da. Jetzt ist dieses Paradies mein Zuhause.« Der letzte Satz war offensichtlich sarkastisch gemeint.

»Sie und Ihr Freund haben wohl gedacht, Sie wären allein hier.«

»Genau wie Tarzan und Jane. Natürlich haben Mac und Muff auch gedacht, sie wären allein hier.« Sie wischte sich eine nasse Haarsträhne aus der Stirn und sah dabei weniger wie Jane denn wie die Insassin eines Zwangsarbeitslagers aus.

Als Wolfe mit Jennifer über die Grahams sprach, bekam er den Eindruck, daß es Spannungen zwischen den beiden Paaren gab, ging aber nicht weiter darauf ein.

»Sagen Sie, wie sieht es mit Ihren Mehl- und Zuckervorräten aus?« fragte Jennifer.

»Wir haben noch jede Menge. Wir backen nicht viel.«

»*Buck* und ich haben fast keins mehr. Wenn Sie mir Mehl geben, backe ich Brot für Sie und behalte einen Laib für mich.«

»Heißt er Roy oder Buck?«

»Na ja ... Buck ist ein Spitzname.«

Wolfe begriff, daß sie und ihr Freund jämmerlich schlecht ausgerüstet und vorbereitet waren und ein schweres Leben hatten. Er willigte ein, ihr etwas Mehl und Zucker zu geben, obwohl er und Sanders auf ihre Brote verzichten konnten, da sie noch mehrere Laibe hatten, die sie auf Hawaii gekauft hatten.

»Wir überlegen, ob wir nach Fanning segeln sollen, um Vorräte zu kaufen«, sagte Jennifer.

»*Segeln?* Da haben Sie die ganze Strecke Gegenwind. Verlassen Sie sich lieber auf Ihren Motor.«

»Geht nicht. Er ist kaputt.«

»Da werden Sie aber verdammt gegen den Wind ankämpfen müssen.«

Wolfe sagte es Jennifer nicht, aber er wäre auf der abgerissen aussehenden *Iola* gar nicht mehr gesegelt. Die Takelage bestand, wie er gesehen hatte, aus verrosteten Telefonkabeln. Der Mast war schlecht und selbstgebaut und würde bei einem schlimmen Sturm brechen. Die Spiere waren spindeldürr. Und das Schiff leckte offensichtlich, denn immer wieder war der laute Lärm der Pumpe zu hören. Was würde, wenn es schon leckte, während es in der ruhigen Lagune vertäut lag, mit ihm passieren, wenn sie versuchten, gegen den Passat zu segeln? Wenn bei rauher See der Mast brach, würde der Fallwind sie abtreiben, und sie hätten kaum eine Aussicht auf Rettung, da kein Handelsschiff diese Route nahm. Sie könnten wochen-, vielleicht sogar monatelang hilflos treiben, bis sie dann unter der brennenden Sonne verhungerten oder verdursteten.

»Vielleicht müssen wir ja nicht fahren«, sagte Jennifer. »In ein paar Wochen kommen Freunde mit einem Islander 32.«

»Ein Islander ist ein gutes Schiff.« Es freute Wolfe, das zu hören. Es handelte sich um ein neues, hochseetaugliches Fiberglasschiff. Sobald die Hippies ihre Vorräte aufgestockt hatten, würden sie schon klarkommen.

Später an diesem Nachmittag besuchten Wolfe und Sander die *Sea Wind*. Besonders Wolfe war von Mac und Muff begeistert. Er erkannte sofort, daß die Grahams ein gut vorbereitetes, erfahrenes Paar mit einer absolut großartigen Yacht waren, einer Königin der Meere im Vergleich mit Bucks und Jennifers Schrotthaufen.

Seine Bewunderung wurde noch größer, als Mac ihm das Schiff zeigte. *Mein Gott, das ist kein Schiff, das ist ein Museum,* dachte Wolfe, während Mac ihn auf verschiedene Ausrüstungs- und Einrichtungsgegenstände hinwies. Er hatte so etwas noch nie gesehen, höchstens auf Bildern von großen Yachten im Besitz von Multimillionären, deren feste Mannschaften alles in Ordnung hielten.

Mac führte Wolfe dann an Land zu seiner ordentlichen Werkstatt. Auf einer Bank lag der alte, verrostete Außenbordmotor der *Iola*. »Ich versuche, ihn zu reparieren«, erklärte Mac, »aber es ist wohl hoffnungslos.« In der Garage neben seiner Werkstatt bewunderte Wolfe ein Feuerwehrauto aus den vierziger Jahren, dem alle Reifen fehlten. Dahinter standen zahlreiche Kisten mit Rattengift an der Wand.

»Würden Sie gern Fischen gehen?« fragte Mac.

»Klar. Haben noch nichts gefangen, seitdem wir hier sind.«

»Darum kümmern wir uns.«

Die zwei fuhren im Zodiac los. Sie jagten über die Lagune zu Macs Lieblingsstelle in der Nähe des Kanaleingangs. Wolf sah, daß sich seine Leine verknotet hatte, und warf den Haken und das Gewicht ins Wasser. Er hatte die Leine noch nicht entwirrt, als schon der erste Fisch anbiß. Es erstaunte ihn, einen Fisch an einem Haken ohne Köder zu fangen. Nach dem glücklosen Versuch mit Roy heute morgen hatte Wolfe angenommen, Palmyra verfüge über keine guten Fischgründe. Statt dessen standen die Flossengeschöpfe geradezu Schlange, sich fangen zu lassen.

Erst kurz vor Sonnenuntergang fuhren sie wieder zur *Sea Wind* zurück, beladen mit vielleicht fünfzig Pfund eßbarem Fisch. Mac pfiff den Großteil des Weges in der sich senkenden Dunkelheit vor sich hin. Er bot, so dachte Wolfe, das Bild völliger Zufriedenheit, ein selbstbewußtes männliches Tier, das sein Revier völlig beherrscht.

Auf der *Sea Wind* lud Muff Wolfe und Sanders zum Essen ein. Sie kochte einen Teil des Fangs vom Nachmittag, setzte Reis auf und bereitete aus einer kleinen Palme, die Mac an diesem Nachmittag gefällt hatte, einen Salat.

Als Wolfe erzählte, daß der Hund ihn gebissen hatte, waren die Grahams entsetzt. Dem Gespräch war zu entnehmen, daß Muff es haßte, die Insel mit dem anderen Paar teilen zu müssen. Und sowohl sie als auch ihr Gatte waren besonders schlecht auf Roy zu sprechen.

»Er spricht überhaupt nicht mehr mit mir«, sagte Muff, »nicht einmal, wenn ich ihn grüße.«

»Er spricht überhaupt nicht viel«, pflichtete Wolfe ihr bei.

»Und diese fehlenden Schneidezähne«, fuhr sie fort. »Er sieht ... unheimlich aus.«

Wolfe sah, daß Muff leicht erschauderte.

6. August 1974

An ihrem vierten und letzten vollen Tag auf dem Atoll begleiteten Wolfe und Sanders die Grahams auf einer faszinierenden Erkundung der äußeren Inselchen. Sie staunten über die vielfältigen Korallenformationen, plauderten fröhlich und fingen Dutzende kleiner Krabben, ein prächtiger Vorwand, um an diesem Abend auf der *Sea Wind* ein Festmahl abzuhalten.

Als sie nach Anbruch der Dunkelheit zurückkamen, gingen Wolfe und Sanders zuerst zu ihrem Boot, um sich zu waschen und umzuziehen. Sie trödelten, blieben an ein paar alten Gebäuden stehen und suchten mit Taschenlampen nach Erinnerungsstücken an ihren Aufenthalt. Als Wolfe in den Schuppen trat, in dem der alte Feuerwehrwagen stand, bemerkte er sofort, daß das Rattengift verschwunden war. Jeder einzelne Karton.

Normalerweise hätte Wolfe nicht zweimal darüber nachgedacht. Es gab auf Palmyra genug ungewollte Schädlinge, um es auszustreuen. Doch nachdem er gehört hatte, wie Muff am Vorabend über Roy geschimpft hatte – nun, ihre Paranoia war ansteckend. Die Grahams hatten so viel an Bord der *Sea Wind*, woran es Roy und Jennifer mangelte – in erster Linie natürlich viele und gute Lebensmittel.

Aufgrund seiner gelegentlichen Arbeit mit Pestiziden wußte Wolfe, daß dieses spezielle Gift, ›Warfarin‹, für Menschen tödlich war. Man hatte es mit Maismehl vermischt und zu Würfeln gepreßt. Man würde nicht merken, daß man etwas aß, in das einige dieser Würfel zerbröckelt worden waren; das Gift war geruchs- und geschmacklos und schon in einer geringen Dosis hochwirksam. Es würde allerdings niemanden sofort töten. Der Tod würde unter extremen Schmerzen erst etwa eine Woche später eintreten, während der das Opfer innerliche Blutungen erlitt und sich häufig übergeben mußte.

Wolfe sagte nichts zu Sanders. Während sie zur *Toloa* zurückkehrten, zwang er sich, nach einer logischen Erklärung für das Verschwinden des Gifts zu suchen. Vielleicht hatte Mac es, nachdem er gestern abend Wolfes Geschichte gehört hatte, auf der Insel verteilt, um einen gewissen Pitbull-Terrier aus dem Weg zu räumen. Dieser Gedanke war beruhigend.

Eine Stunde später nahm Wolfe Mac am Ankerplatz der *Sea Wind* beiseite. Er wollte nicht, daß Muff etwas mitbekam, weil sie sowieso schon große Angst hatte. »Wissen Sie, das Rattengift ist fort.«

Mac blinzelte, aber das war alles.

Wolfe wurde nicht aus ihm schlau. Ein verrückter Gedanke durchzuckte ihn: *Sind es wirklich Jennifer und Roy, die auf der Hut sein müssen?* Trotzdem fügte er hinzu: »Seien Sie vorsichtig.«

»Ich werde daran denken«, sagte Mac ruhig und gleichmütig.

An Bord der *Sea Wind* hatte Muff bereits das Abendessen zubereitet. Sie hatte alle Krabben geknackt, eine mühselige Arbeit.

Mac gab Wolfe und Sanders Kristallgläser, in denen Bourbon über Eis schimmerte. »Es hat den Anschein, als wären Sie gerade erst gekommen«, sagte er freundlich. »Was ist Ihr nächstes Ziel?«

»Apia«, erwiderte Sanders.

»Westsamoa, was? Muff und mir gefiel es besonders gut auf Pago Pago in Amerikanisch Samoa. Wann legen Sie morgen ab?«

»Am späten Vormittag.«

»Wir helfen Ihnen mit den Tauen.«

»Das wäre prima«, sagte Sanders.

Muff setzte sich; sie trank einen Cocktail. Sie hatte die

Krabben in den Topf mit dem Reis gegeben und ließ sie köcheln. Im Ofen garte ein Schinken. »Ich wünschte, Sie würden noch bleiben«, sagte sie sehnsüchtig.

Sie hatte den Tisch mit Bestecken aus Sterlingsilber gedeckt und servierte das Essen auf handbemaltem Chinaporzellan – auf jedem Teller war ein anderer Meeresfisch abgebildet. Nach der köstlichen Mahlzeit wollte niemand gute Nacht sagen. Mac reichte Cognac in großen Schwenkern.

»Haben Sie eine Waffe an Bord?« fragte Wolfe abrupt, ohne nachzudenken. Er war sich nicht sicher, warum er gefragt hatte, weil er wußte, daß sich auf fast jeder Yacht eine Waffe befand.

»Oh, ja«, erwiderte Mac. Er ging zum vorderen Teil der Kabine, öffnete eine Schranktür über einer Koje und kam mit seinen beiden Faustfeuerwaffen zurück. Er legte den .357 Magnum vor Wolfe auf den Tisch und daneben einen kleinen zweiläufigen .38er Derringer.

Wolfe griff nach dem Derringer, da er noch nie einen gesehen hatte. Die Waffe paßte gut in seine Hand. Er hielt sie ein paar Sekunden lang, legte sie dann wieder auf den Tisch und sah Mac an. »Man könnte ganz leicht hier einfach verschwinden. Passen Sie auf sich auf.«

Wolfe wußte, daß nicht nur Mac und Muff Risiken eingingen. Bevor er und Sanders sich wirklich entspannen konnten, mußten sie noch tausende Meilen unvorhersagbaren Ozean überqueren. Hochseesegeln war eine gefährliche Sache. Die Grahams mußten mit einem anderen Risiko leben – allein auf einer fast verlassenen Insel, auf der sie keine Hilfe erwarten konnten. Jennifer und Roy lebten auch unsicher. Was würde geschehen, wenn sie keine Vorräte mehr hatten und merkten, daß ihr Schiff es nicht mehr auf eine andere Insel schaffte?

»Ich bin härter als er«, platzte es aus Mac heraus. Er kippte den Rest des Cognacs.

Jeder in der Kabine wußte, was er meinte.

»Wenn er versucht, mich zu erwischen«, sagte Mac

und schwang die große Waffe wie ein Revolverheld aus Dodge City, »erwische ich ihn zuerst.«

Es klang nach mehr als nur einem Versprechen. Es klang nach einer Aufforderung.

17. August 1974

Gegen neun Uhr am folgenden Morgen kehrte Sanders mit einem Hirschfänger der Marke Buck vom Ufer zurück. »Ich habe es von Roy eingetauscht«, erklärte er, zog das Messer aus einer Lederschiene und enthüllte eine gebrochene Klinge. »Diese Messer haben eine lebenslange Garantie. Ich muß es nur einschicken, und sie schicken mir ein neues.«

»Was hast du ihm dafür gegeben?« fragte Wolfe.

»Nur eine große Dose Chili. Er hat gesagt, er sei wild auf Fleisch.«

»Jennifer hat einen Laib Brot gebracht«, sagte Wolfe. »Ich wollte ihn nicht nehmen, aber sie hat darauf bestanden. Er sah ziemlich armselig aus. Ich habe ihn weggeworfen.«

Wolfe erzählte seinem Schiffsgenossen nicht, daß er an das verschwundene Rattengift gedacht hatte, als Jennifer ihm den kleinen, harten Brotlaib gezeigt hatte, obwohl er sich nicht vorstellen konnte, daß die freundliche Frau solch ein Hexengebräu anrühren könnte.

So oder so, es war an der Zeit, hier zu verschwinden. Obwohl Palmyra über hervorragende Attraktionen verfügte, wollte sich Wolfe nicht länger in einer so gefährlich gespannten Atmosphäre aufhalten.

Gegen Mittag – der Geruch von Regen lag in der Luft – kamen Mac und Muff in ihrem Zodiac längsseits, und Muff gab Wolfe ein Bündel Briefe, die er in Samoa aufgeben sollte. Mit Macs Hilfe löste Wolfe die Taue von den Anlegepfosten.

Sanders legte den Rückwärtsgang des Hilfsmotors ein,

und die *Toloa* fuhr auf die Lagune hinaus. Dann legte er den Vorwärtsgang ein, und die Yacht wendete und hielt auf den Kanal zu.

Wolfe winkte Jennifer zu, und sie erwiderte die Geste vom Deck der *Iola* aus. Sie wirkte teilnahmslos. Roy war nirgends zu sehen.

Mac und Muff geleiteten die *Toloa* durch den Kanal, als sei sie ein abfahrender Ozeandampfer. Als Wolfe das Rollen der offenen See spürte, hißte er das Großsegel und den Klüver.

An einem Riff in der Nähe des Kanaleingangs hielten Mac und Muff an. Sie kletterten einen großen Felsen hinauf und winkten. Wolfe und Sanders erwiderten den Abschiedsgruß. Bald füllte der Wind die Segel, und die *Toloa* fuhr südwärts.

Mac, Muff, Jennifer und Buck waren nun allein auf Palmyra.

14. KAPITEL

Am späten Nachmittag des 17. August, lange, nachdem sie Palmyra außer Sicht verloren hatten, ging Tom Wolfe nach unten, um einem Freund in Kalifornien zu schreiben. Er würde den Brief erst in ein paar Tagen aufgeben können – erst, sobald sie Samoa erreicht hatten –, doch Wolfe wollte seine Eindrücke in Worte fassen, solange sie noch frisch waren.

»Wir sind tausend Meilen zu einer tropischen Insel namens Palmyra gesegelt«, begann er. »Dort gibt es jede Menge Platz, Wasser und Kokosnüsse im Überfluß und zahlreiche Fische. Es ist wirklich ein schönes Atoll, wie aus einem Film, mit einer Lagune, Palmen, Stränden, Korallenriffen. Doch dort leben zwei Ehepaare, die kurz vor einem Krieg stehen. Es ist erstaunlich. Ich meine, wir kamen ins Paradies und fanden Groll und Mißtrauen. Ist das nicht ein trauriger Kommentar über die Welt, in der wir leben?«

Einer der Briefe, die Muff der *Toloa* mitgegeben hatte, war an die Leonards auf Kauai adressiert.

16. August 1974

Liebe Evelyn, lieber Bernard,
am 13. August traf eine andere Yacht mit Ziel Samoa ein. Die Hunde griffen einen der Burschen vom Boot an und bissen ihn in den Bauch. Wir wollten losgehen und die Hunde erschießen oder vergiften, taten es dann aber doch nicht.

Diese Burschen, die morgen weiterfahren und den Brief mitnehmen, sagten, sie hätten von der Minute an, da sie die Insel betreten hatten, Spannungen gespürt. Ich glaube, dieser Ort ist böse. Mac hat sich wieder mit der Machete am Bein verletzt, diesmal, während er einen verdammten Sandhai umbrachte, der an seinen Zehen knabbern wollte. Ich kann einfach nicht glauben, daß er sich hier so viele Verletzungen zugezogen hat und auf den sechs Jahren unserer Weltumseglung fast gar keine.

Hoffentlich sehen wir uns bald wieder.

Beste Grüße, Mac und Muff

Einen weiteren Brief schickte Muff an Macs Mutter (und einen Durchschlag davon an seine Schwester).

16. August 1974

Liebe Mutter und Kit,
nun ja, das Leben auf dieser praktisch verlassenen Insel ist auch weiterhin voller Aufregungen. Ich will Euch ins Bild setzen.

10. August: Am Morgen bewölkt, dann aber ein prächtiger Tag. Mac auf Erkundung. Ich mache Hausputz. Die Bücher und alles andere setzen aufgrund der Feuchtigkeit Schimmel an.

11. August: Ich konnte den Generator nicht anwerfen. Mac

muß ihn sich ansehen. Ich habe das Kabinendach und Deck geputzt und eine ganze Menagerie von Echsen entdeckt, die vom Ufer zum Boot geschwommen sind. Ich fürchte, sie werden in die Kabine kommen. Ich bin so nervös, weil ich so viele Echsen gesehen habe, daß ich jetzt nichts mehr anfasse, bevor ich dagegengestoßen habe, um festzustellen, ob etwas heraus- oder darunter hervorläuft.

Mac hat endlich den Generator ans Laufen gekriegt. Es scheint die Benzinpumpe gewesen zu sein. Ich bete darum, daß sie nicht kaputtgeht, denn wir brauchen sie für alle elektrischen Geräte einschließlich des Funkgeräts. Ohne den Generator könnten wir nicht mit Curt und Momi sprechen, da die Batterien nicht lange halten würden.

Das Hippiepärchen hat ein paar Barben vorbeigebracht. Barben sind köstlich — schmecken wie Forellen. Barben sind Pflanzenfresser, so daß sie bei einem Haken oder Köder nicht anbeißen. Man muß sie in einem Netz fangen.

12. August: Wurde heute morgen mit den Schränken fertig und habe ein paar köstliche Pfannkuchen gebacken, mit Sojamehl, das meine Mutter mir gab (und drei Eiern), und Mann!, sie waren köstlich. Mac sagte, es wären die besten, die ich jemals gebacken habe. Die Vorräte im Cockpit habe ich mittlerweile durch die aus den Vorratsräumen unten aufstocken müssen. Wir ergänzen unsere Mahlzeiten mit Fisch, Kokosnüssen und Palmenherzen, die sehr gut sind, entweder roh oder gebraten.

Roy kam vorbei, um Mac zu bitten, ihm mit seinem Generator zu helfen. Sie haben ihn an einen Kühlschrank angeschlossen, den jemand hier stehengelassen hat, und das alte Ding mit Fisch und Kokosnußeiscreme gefüllt. Die beiden haben auch Gemüsesamen mitgebracht, den sie in dem Garten pflanzen wollen, den sie auf dem Dach eines Betonhauses anlegen. Ich frage mich, ob es ihnen glücken wird. Sie wollen hier bleiben und vom Land leben. Ich wünschte, sie würden lossegeln, aber das tun sie nicht. Sie erwarten Freunde mit Vorräten.

Wind sehr stark aus Südost, bis zu 20 Knoten in unserer kleinen Bucht. Auf See muß also Sturm herrschen. Mac liest und erholt sich. Er ruht sich nur aus, wenn er sich von seinen Verlet-

zungen erholt. Er kam heute nachmittag mit der zweiten Machetenwunde innerhalb von drei Wochen zurück. Er war wütend auf sich selbst, weil es ihm schon wieder passiert ist.

Unter Kits Kopie setzte Muff noch einen handschriftlichen Zusatz:

Ich wünschte nur, daß das Ehepaar mit ihren verdammten Hunden verschwindet. Sie haben zwei Personen angefallen. Jetzt gehe ich nicht mehr ohne einen großen Stock von Bord. Aber ich weiß einfach, daß das Hippiepärchen niemals verschwinden wird.

Alles Liebe, M und M

Nachdem die *Toloa* abgefahren war, wurde das Wetter schlechter. Es regnete zwei Tage lang.

Jennifer stellte Eimer heraus, um Trinkwasser zu sammeln, und verschanzte sich dann in der engen Kabine der Iola, schlief und las James Micheners *Drifters*. Während des Wolkenbruchs verließ sie das Schiff nur einmal, um Kokosnüsse für Puffers Mahlzeiten zu sammeln. Sie wollte den letzten Sack Hundefutter so lange wie möglich strecken.

In der Nacht zum 19. August wurde das Wetter sogar noch schlechter. Irgendwann nach Mitternacht fuhr Jennifer hoch. Das Schiff schaukelte im heulenden Wind. Als sie in der Dunkelheit erwacht war, hatte sie geglaubt, wieder auf See zu sein. Die Lagune war noch nie so unruhig gewesen. Die Taue mußten gerissen sein, und die *Iola* mußte durch den Kanal auf den Ozean getrieben sein!

Jennifer sprang aus der Koje und stolperte durch die völlig dunkle Kabine. Sie stieß irgendwo schmerzhaft mit dem Knie an, bevor sie die Treppe erreichte, die auf das Deck führte. Oben stellte sie erleichtert fest, daß das Schiff noch sicher an dem Anlegepfosten vertäut war. Sie blieb einen Augenblick lang im tosenden Wind stehen, erstaunt über die Stärke des Sturms. Die Palmen rauschten wie verrückt, und Jennifer eilte wieder hinab.

Am Morgen – sie hatte nur wenige Schlaf gefunden – stellte sie erleichtert fest, daß der Sturm vorbeigezogen war und die Sonne in einem klaren, blauen Himmel schien.

Am Nachmittag kam Buck vorbei. Er ging direkt in die Kombüse, ohne etwas zu sagen.

»Was hast du vor?« fragte sie ihn.

»Kekse backen.«

»Wir haben nur noch so wenig Mehl übrig. Warum ißt du statt dessen nicht eine Kokosnuß?«

»Weil ich die Kokosnüsse leid bin, Jen. Und ich habe Hunger.«

20. August. Erde auf Dach geschleppt. R die Haare geschnitten. Sojabohnen zum Essen. Und ein wunderschöner Sonnenuntergang.

21. August. Sehr ruhiger Tag – kein Wind. 5 Schubkarren Erde ausgehoben. Schrieb noch einen Brief an Dickie. Werde Mac bitten, ihn via Curt Shoemaker abzuschicken, wenn wir nicht bald etwas hören. Bin zum Fischen zum Kanal gerudert. Nicht das geringste Glück. Lud ein paar heruntergefallene Kokosnüsse ein.

22. August. Heute gute und schlechte Nachrichten. Die gute Nachricht war, daß Dickie und Carlos endlich über Mac Nachricht geschickt haben, daß sie kommen werden. Die schlechte war, daß sie es nicht vor Ende Oktober schaffen werden.

Mac hatte Curt Shoemakers Nachricht vollständig niedergeschrieben: ›Verzögerung durch unvorhergesehene Umstände, hoffen aber, im Oktober zu kommen. Vielen Dank für eure Briefe. Von Interesse ist die Tatsache, daß in vielen europäischen Ländern Vögeleier viel beliebter sind als Hühnereier. Wir werden euch hoffentlich alles mitbringen können, was ihr braucht. Versprechen jedenfalls, zum Erntedankfest einen großen Truthahn mitzubringen. Bis dann. Richard Taylor.‹

Angesichts ihrer geringen Vorräte war der Oktober noch sehr weit entfernt. So hart es auch werden mochte, die Fahrt nach Fanning war ihre einzige Möglichkeit, und Jennifer und Buck schickten sich augenblicklich an, alle Vorkehrungen für ihren Aufbruch zu treffen.

Zuerst jedoch erinnerte Jennifer Mac an sein Angebot, ihren tragbaren Generator zu kaufen.

23. August. Mac gab uns 50 Dollar für Generator. Habe damit angefangen, Sachen, die wir nicht brauchen, auszuräumen und an Land zu bringen. R nahm Motor von Kompostzerkleinerer und schloß ihn an Kielraumpumpe an, für den Fall, daß Handpumpe kaputtgeht.

24. August. Versuche weiterhin, Schiff seetauglich zu machen, obwohl es auf flüchtigen Blick kaum danach aussieht. R fing mit Vorderluke an – überzieht sie mit Fiberglas, um sie wasserdicht zu machen. Mac hat Todesurteil über unseren armen alten Außenbordmotor gesprochen. So enden unsere Tage – nur noch Kokosmilchshakes zu essen.

25. August. Kein besonders energischer Tag – aber wir haben in letzter Zeit auch kein besonders energiehaltiges Essen mehr gehabt. Sammelte 19 Kokosnüsse, und R hat einige für die Fahrt enthülst. Versuchte, das Boot in Ordnung zu bringen, brauche aber noch einen Tag dafür. Zum ersten Mal seit drei Tagen haben wir etwas anderes als Kokosnüsse gegessen – Bohnen. Vielleicht haben wir morgen mehr Energie.

26. August. Haben heute einiges geschafft. R und ich haben über 20 Kokosnüsse gesammelt. Fingen an, Batterien aufzuladen. Mac brachte Karte von Fanning, die ich kopiert habe. R zog wegen Leck Fiberglas über Bugluke.

27. August. Regentag. Sammelte 16 weitere Kokosnüsse. Wieder mehrere Stunden Batterien aufgeladen. Bei diesem Tempo sind wir in einer Woche noch hier.

28. August. Kokosnüsse enthülst. R reparierte Bugluke und arbeitete an Kielraumpumpe. Die ganze Zeit über kündet Sum-

men des Generators vom Aufladen der Batterien – vom Morgen bis in die Nacht. Heute ist Donnerstag. Wenn der Wind mitspielt, werden wir Samstag fertig sein.

29. August. Restliche Kokosnüsse enthülst – wir können 30 mitnehmen. Laden noch immer Batterien auf. Haben Deck leergeräumt und sind bereit fürs Putzen – Cockpit geputzt.

Kamuela, Hawaii
4. September 1974

»KH61HG ruft W7VXV, over.«

In seinem einsam gelegenen Haus am gebirgigen Nordhang der Großen Insel nahm Shoemaker den Finger vom Sprechknopf und wartete auf Antwort. Es kam keine.

»Bitte melden, W7VXV«, wiederholte er. »Hier ist KH61HG.«

Es war Donnerstag abend, und Shoemaker rief Mac schon seit zwanzig Minuten. Der erfahrene Amateurfunker hatte mehrmals sein Gerät überprüft. Alles war in Ordnung, und er war auf derselben Frequenz, die er und Mac in den letzten Monaten immer benutzt hatten. Der zuverlässige Mac würde ihren Donnerstag-Abend-Termin niemals vergessen; dazu war er zu gewissenhaft. Shoemaker ging eher davon aus, daß sein Freund auf der *Sea Wind* Probleme mit seinem Funkgerät, der Antenne oder sogar dem Generator hatte. Es war auch möglich, daß Mac an Land aufgehalten worden und nicht mehr rechtzeitig zu ihrem wöchentlichen Schwatz zum Schiff zurückgekommen war. Schade, dachte Shoemaker, denn er hatte neue Briefe für die Grahams, und er wußte, wie sehr sie sich über Nachrichten von zu Hause freuten.

»Mac, ich weiß nicht, ob du mich hören kannst«, sagte Shoemaker schließlich. »Aber ich werde es nächsten

Donnerstag abend wieder versuchen. Dieselbe Zeit wie immer. Paß auf dich auf, Kumpel.«

Am folgenden Donnerstag abend genau um sieben Uhr versuchte es ein gespannter Shoemaker mit Momi an seiner Seite erneut.

Doch wieder kam keine Antwort von der *Sea Wind*. Über dreißig Minuten lang vernahm er nur das gedämpfte Rauschen eines nicht benutzten Funkkanals. Es gab keine verstümmelten oder unterbrochenen Mitteilungen – nichts, was darauf hinwies, daß Mac versuchte, Kontakt mit ihm aufzunehmen. Nur entnervendes Zischen und Knallen.

»Nichts«, sagte Shoemaker resignierend zu Momi. »Ich befürchte, da ist etwas passiert.«

Als Shoemaker schließlich sein Gerät ausschaltete, war sein Hemd schweißnaß. Er machte sich Sorgen um seine Freunde auf Palmyra. Große Sorgen.

Es bestand zwar die Möglichkeit, daß auf der *Sea Wind* ein Gerät ausgefallen war, doch Mac hatte bei ihrem letzten Funkkontakt am 28. August nichts von technischen Schwierigkeiten gesagt. Und selbst wenn ein Schaden vorläge, hätte Mac ihn mit seiner vollständig eingerichteten Werkstatt reparieren können. Shoemaker konnte sich einfach nicht vorstellen, daß der technisch begabte Mac hilflos vor einem schadhaften Funkgerät oder einem ausgefallenen Generator saß.

Wo waren Mac und Muff also? Curt mußte unweigerlich an das Hippiepärchen auf dem lecken Boot denken, dem die Vorräte fast ausgegangen waren. Hatten sie die Sea Wind gestohlen und die Grahams auf der Insel zurückgelassen?

Ganz früh am nächsten Morgen rief Shoemaker bei der Küstenwache der Vereinigten Staaten an und berichtete dem wachhabenden Offizier von seinen vergeblichen Versuchen, die *Sea Wind* zu erreichen.

»Wir können nichts unternehmen, bis wir wissen, daß ein Schiff vermißt wird«, erwiderte der Offizier.

»Ich melde Ihnen ja, daß es vermißt wird.«

»Nur, weil Sie sie nicht über Funk erreichen konnten, heißt das noch lange nicht, daß sie in Schwierigkeiten stecken«, erklärte der Offizier geduldig. »Yachten segeln immer wieder die verschiedensten Häfen an.«

»Aber meine Freunde hätten Palmyra nicht verlassen, ohne mich zu benachrichtigen«, beharrte Shoemaker. »Irgend etwas ist ihnen zugestoßen.«

»Sir, verstehen Sie bitte, daß wir konkretere Hinweise brauchen als die, die Sie uns geben. Wir haben einfach nicht genug Personal, um uns um jede Segelyacht im Pazifik zu kümmern, von der man seit einer Woche nichts mehr gehört hat. Es tut mir leid.«

»Mir auch«, sagte Shoemaker und knallte den Hörer auf.

An einem wunderschönen Tag mit klarer Sicht senkte sich eine zweimotorige Maschine aus dem hellblauen Himmel und ging wie ein Albatros auf Beutesuche tief über Palmyra herunter.

Der Pilot, Martin Vitousek, Meteorologe an der Universität von Hawaii, war ein Freund Curt Shoemakers. Vor einer Woche, bevor er Hawaii verlassen hatte, hatte Shoemaker ihn gebeten, Palmyra aus der Luft abzusuchen.

Von oben war die Lagune wie üblich smaragdblau. Vitousek zog die Maschine achthundert Fuß über den höchsten Bäumen nach links. Der Pilot ging nicht tiefer, da er die sehr reale Gefahr kannte, mit einem der Vogelschwärme zusammenzustoßen, wobei die Windschutzscheibe zerbrechen oder sogar ein Motor ausfallen konnte.

Er zog über den Kai und dann über die Anlegepfosten, an der die Schiffe normalerweise vertäut waren. Dann zog er die Maschine nach rechts und flog über die Stelle, an der Curts Freund angeblich geankert hatte. Er suchte das klare Wasser nach der Silhouette eines gesunkenen

Schiffes ab. Dann kreiste er mehrmals über die Insel, um jedwedem unten die Gelegenheit zu geben, auf den Sandstrand zu laufen und um Hilfe zu winken. Schließlich flog er noch die äußeren Uferlinien des Archipels ab.

Nach einer halbstündigen intensiven, vorschriftsmäßigen Suche zog er die Maschine wieder hoch und flog weiter.

Vitousek griff nach dem Mikrofon seines Funkgeräts und nahm Verbindung mit der Funkstation der Universität von Hawaii auf, die sich auf einem Gipfel auf Oahu befand. Er gab eine kurze Meldung durch, die der Funker an Shoemaker weitergeben sollte. Vitousek wußte, daß Curt ängstlich auf das Ergebnis der Suche wartete. Es tat ihm nur leid, daß er keine gute Nachrichten hatte.

Denn es lagen keine Schiffe in der Lagune, und abgesehen von den allgegenwärtigen Vögeln gab es keine Spur von Leben. Palmyra war verlassen.

15. KAPITEL

Mitte September 1974

Die Takelage des Segelschiffs ächzte im Einklang mit dem Wellengang des Ozeans. Die Geschwindigkeit des Schiffes war unberechenbar. Ein Windstoß konnte eine Beschleunigung verursachen, doch ohne eine korrigierende Hand an der Ruderpinne ging der Großteil der Brise verloren, und das Schiff wurde wieder langsamer.

Ein Gurgeln erklang unter Deck. Die Kabine füllte sich stetig mit Salzwasser, das durch mehrere Löcher in der Hülle eindrang.

Etwa eine Meile vor Palmyra und ohne eine lebendige Seele an Bord trieb die verlorene *Iola* dahin.

Anfang Oktober 1974

Sunny Jenkins lebte mit ihrem zweiten Mann, Tom Nichols, in einem Wohnwagenpark an der südkalifornischen Küste, direkt nördlich von Los Angeles. Sie war völlig überrascht, als sie eines Nachmittags einen Anruf von einem Mann namens Shoemaker erhielt, der sich erkundigte, ob sie von ihrer Tochter gehört hatte.

»Nun ja ... seit ... einer Weile nicht mehr«, stammelte sie. Da es ihr unangenehm war, mit einem Mann, den sie nicht kannte, über ihre Tochter zu sprechen, fragte sie: »Wer sind Sie überhaupt?«

»Ich wohne auf Hawaii. Ein paar Freunde von mir waren auf Palmyra. Wir hielten über Funk Kontakt miteinander, doch ich habe seit über einem Monat nichts mehr von ihnen gehört. Meine Frau und ich machen uns Sorgen um sie. Ich weiß, daß Ihre Tochter und deren Freund zur selben Zeit dort waren.«

»Wie heißt diese Insel?«

»Palmyra.«

»Und wo ist das?«

»Tausend Meilen südlich von Hawaii.«

»Tausend Meilen?« sagte Sunny ungläubig. Das klang wie die Entfernung zwischen New York und Südflorida. Jennifer war mit diesem kleinen Boot *so weit* gesegelt?

»Also haben Sie von ihr gehört?« fragte Shoemaker ungeduldig.

»Ja, zwei Briefe. Sie hat mir nie geschrieben, wo sie war. Nur, daß ... alles in Ordnung ist.«

»Wann kam ihr letzter Brief?«

»Vor etwas über zwei Monaten, glaube ich. Sagen Sie mal, wie haben Sie mich überhaupt gefunden?«

»Jennifer gab den Leonards, die auch auf Palmyra waren, einen Brief mit, den ich an Sie abgeschickt habe. Sie haben Ihren Namen und die Adresse abgeschrieben. Ich würde es zu schätzen wissen, wenn Sie mich anrufen, falls Sie von ihr hören.«

Sunny notierte Shoemakers Nummer und bat ihn dann, den Namen der Insel zu buchstabieren. »Ich bin froh, daß ich weiß, wo Jennifer ist. Ich habe mir solche Sorgen gemacht.«

Mehrere Sekunden lang herrschte Schweigen in der Leitung. »Nun ja«, sagte Shoemaker schließlich, »sie ist nicht mehr dort.«

»Was? Woher wissen Sie das?«

»Ein Freund von mir flog über die Insel. Er hat keine Schiffe gesehen.«

Nachdem Sunny aufgelegt hatte, ging sie zu einem Regal und zog einen Weltatlas heraus. Sie hatte ihn seit Jahren nicht mehr aufgeschlagen. Im Index fand sie Kleinstädte namens Palmyra in den Bundesstaaten Illinois, Missouri, New Jersey, Pennsylvania, Wisconsin und New York. Aber keine Insel. Hatte sie den Namen richtig aufgeschrieben? Sie schlug die Seite auf, die den Pazifik zeigte, legte den Finger auf Hawaii und zog ihn nach unten. Da war sie – ein abgelegener, winziger Punkt, umgeben von Blau. So abgelegen die Insel auch sein mochte, Sunny hätte endlich gewußt, wo sich Jennifer aufhielt, doch anscheinend war sie ja schon weitergezogen.

Sunny blieb lange dort sitzen und betrachtete die Karte des Pazifiks. Es war solch eine Erleichterung gewesen, Jennifers Briefe zu erhalten und zu wissen, daß sie ihr geheimnisvolles Ziel sicher erreicht hatte. Doch nun stiegen wieder vertraute Ängste in ihr hoch, schmerzhafter als je zuvor. Ihre Tochter konnte in diesem Augenblick in ernsthafter Gefahr sein. Wo in diesem gewaltigen Blau war sie nur?

Was auch immer mit Mac und Muff passiert war, Shoemaker war davon überzeugt, daß es ihnen gegen ihren Willen zugestoßen sein mußte. Jede andere Erklärung entbehrte völlig jeder Logik. Sie hatten lange Zeit auf Palmyra bleiben wollen, vielleicht ein ganzes Jahr, und wenn sie es sich anders überlegt hätten, hätten sie es ihm über Funk mitgeteilt. Sie waren ja nur mit ihm in Verbindung geblieben, damit er wußte, daß alles in Ordnung war.

Genauso sicher wußte Shoemaker, daß das Schicksal der Grahams irgendwie mit dem dieser Hippies zusammenhing. Deshalb hatte er die Leonards angerufen, um zu fragen, ob sie wußten, wie er Jennifers Familie erreichen konnte. Shoemaker hatte mit diesem Ehepaar seit ihrer Rückkehr von Palmyra mehrmals Kontakt aufgenommen. Als Shoemaker sagte, er habe die Funkverbindung mit der *Sea Wind* verloren, bestärkten die Leonards seine Befürchtungen, indem sie erklärten, sie hätten gespürt, daß sich auf Palmyra Ärger anbahnte.

Doch Shoemaker konnte die Behörden nicht dazu bewegen, irgend etwas zu unternehmen. Schließlich bat er seine Amateurfunkkollegen um Hilfe. Damals gab es noch das Mickey-Mouse-Network, eine umfangreiche Kette von Amateurfunkern im Pazifikraum. Viele der Mitglieder wohnten auf kleinen Yachten. Das Netz wurde von einem geschwätzigen Neuseeländer namens Robby geleitet. Shoemaker funkte Robby in New Caledonia an und erzählte ihm die Geschichte. Am folgenden Morgen um sechs Uhr – als alle Amateurfunker des Netzwerks ihre spezielle Frequenz eingeschaltet hatten – gab Robby einen dringenden Aufruf zur Suche nach der Sea Wind heraus. »Wir glauben, eine Yacht wird vermißt«, begann die Nachricht. »Haltet Ausschau nach einer weißblauen Ketsch namens *Sea Wind.*« Robby gab eine vollständige Beschreibung des Segelschiffs und seiner Besitzer durch. Alle Sichtungen sollten ihm augenblicklich gefunkt werden. Es war nun die vordringlichste Aufgabe des Mickey-Mouse-Network, das Schiff zu finden, nach dem die Küstenwache nicht suchen wollte.

Eine wunderschöne, zwölf Meter lange Segelyacht glitt am Nachmittag des 28. Oktobers 1974 mit gleichmäßig schnurrendem Hilfsmotor in den Ala-Wai-Yachthafen auf Honolulu.

Die funkelnde weiß-grüne Ketsch war frisch gestrichen. Sie steuerte nicht die vielen Dutzend dicht belegten Docks mit den Hunderten von Schiffen an, sondern ankerte vor dem Yachtbecken.

Einem Schiffsliebhaber wäre augenblicklich etwas aufgefallen. Am Heck der Yacht war weder ein Name noch ein Heimathafen zu lesen.

Später an diesem Tag, gegen siebzehn Uhr, erhielt Calvin Shishido, einundvierzig Jahre alt, ein auf Hawaii geborener Nisei und Special Agent beim FBI, in seinem Haus in Honolulu einen Anruf aus dem FBI-Büro. Die Küstenwache hatte berichtet, ein vermißtes Segelschiff sei gerade in Ala Wai ausfindig gemacht worden.

»Warum rufen die uns denn an?« knurrte Shishido, der an diesem Tag frei hatte. »Sie haben also eine vermißte Yacht gefunden. Toll.«

Ein paar Minuten später klingelte das Telefon erneut.

Diesmal war Lieutenant Bruce Wallisch von der U.S. Coast Guard Intelligence, dem Aufklärungsdienst der Küstenwache, am anderen Apparat. »Cal, wir haben hier eine Segelyacht, die seit über einem Monat vermißt gemeldet ist. Ein eingetragenes Schiff, Nummer 282330, registriert auf Mister und Mrs. Malcolm Graham. Wir glauben, die Yacht liegt im Augenblick vor Ala Wai, aber die Besitzer scheinen nicht an Bord zu sein.«

»Vielleicht sind sie einkaufen gegangen.«

»Das Schiff scheint neu angestrichen worden zu sein.«

Shishido, ein freundlicher Mann mit energischem Gesichtsausdruck, zeigte stärkeres Interesse dafür, seinen kleinen Sohn daran zu hindern, ein Glas Milch vom

Küchentisch zu stoßen. »Vielleicht waren sie die alte Farbe leid, Bruce. Was soll ich denn machen?«

Es fiel nicht in den Zuständigkeitsbereich des FBI, die unzähligen privaten Schiffe auf Hawaii zu überwachen. Vermißte Schiffe waren normalerweise eine Sache der Küstenwache, doch da Wallisch darauf beharrte, die Besitzer könnten einem Verbrechen zum Opfer gefallen sein, erklärte sich Shishido zögernd bereit, zum Hafen zu kommen.

Nach seiner Dienstzeit bei der U.S. Air Force und dem Collegestudium aufgrund der G.I.-Verordnung hatte Shishido 1962 beim Finanzamt angefangen. Ein paar Jahre später war er in Washington gelandet und hatte im Bobby-Baker-Skandal der Regierung Johnson ermittelt. Er arbeitete beim Fall Baker eng mit FBI-Agenten zusammen, und ihm gefielen diese professionellen, gut ausgebildeten Ermittler. Er bewarb sich beim FBI und wurde 1965 als Special Agent eingestellt. Seit 1971 arbeitete er im Büro Honolulu.

Im Hawaii Yacht Club in der Ala-Wai-Bucht traf sich Shishido mit Wallisch und einem furchtbar aufgeregten Bernard Leonard, der zwei Stunden zuvor die Ankunft der *Sea Wind* gemeldet hatte.

Er und Evelyn waren für ein paar Tage von Kauai herübergesegelt. Als langjährige Mitglieder des Clubs hatten sie die *Journeyer* an einem der clubeigenen Docks im Ala Wai angelegt und den Nachmittag mit einem Picknick am Strand verbracht. Als sie zum Yachtclub zurückkehrten, hatte Leonard augenblicklich die einzigartige und elegante Silhouette der *Sea Wind* erkannt.

Er hatte beobachtet, wie ein Mann die Ketsch mit einem Dingi verlassen hatte. Leonard zufolge hatte es sich dabei eindeutig nicht um den Besitzer, Mac Graham, sondern um jemanden namens Roy Allen gehandelt.

Der Schullehrer war, was ihm ganz und gar nicht ähnlich sah, ins Stottern geraten, als er die komplizierte Geschichte erzählte: seine vermißten Freunde, das geheimnisvolle Palmyra, der unheimliche Roy und die verzweifelte Jennifer, die Unterschiede zwischen der *Sea Wind* und der *Iola*.

Shishido war noch nicht überzeugt, daß ein Bundesverbrechen begangen worden war. Er war noch nicht einmal überzeugt, daß *überhaupt* ein Verbrechen begangen worden war. Trotz Leonards Annahmen konnten die Besitzer auf einem Einkaufsbummel an Land sein. Vielleicht hatten sie diesen Roy von Palmyra mitgenommen. Shishido fielen alle möglichen Erklärungen ein, die nichts mit Schiffsdiebstahl und Mord zu tun hatten.

Dennoch entschloß er sich, sich das namenlose Schiff genauer anzusehen. Die drei Männer stiegen in ein Boot und ruderten hinüber. Da niemand an Bord zu sein schien, umkreisten sie die Yacht langsam und hielten nach Spuren Ausschau.

Leonard deutete auf einige blaue Stellen unter dem frischen grünen Anstrich.

Obwohl Shishido auf Hawaii aufgewachsen war, wußte er nur wenig über Yachten oder das Segeln, doch ihn beeindruckten die zahlreichen Einzelheiten, auf die Leonard ihn hinwies. Am Bugspriet fehlte eine vergoldete Galeonsfigur. Viele von Mac Grahams Umbauten waren noch zu sehen. »Ich bin mir ganz sicher, daß das die *Sea Wind* ist«, sagte Leonard fest. »Sie haben das Schiff gestohlen und neu angestrichen.«

Er richtete Shishidos Aufmerksamkeit auf einige Netze, die um das Deck gespannt waren. »Die waren auch auf der *Iola*, Roys und Jennifers Schiff. Sie sollten verhindern, daß ihre drei Hunde über Bord gingen.«

Sie fuhren zum Steg des Yachtclubs zurück.

»Vielleicht haben die Grahams sie nach Honolulu mitgenommen«, sagte Shishido, der sich noch immer weigerte, die schlimmste Schlußfolgerung zu ziehen.

»Wenn die Grahams auf Hawaii wären«, beharrte Leonard, »hätten sie sich gemeldet. Sie haben jede Woche über Funk mit einem Burschen auf der Großen Insel gesprochen. Er hat auch gemeldet, daß sie verschwunden sind. Sie hätten ihn *angerufen*.«

»Woher wissen Sie, daß sie das nicht schon getan haben?« Shishido versuchte nicht einmal, den harten Ermittler zu spielen. »Sie waren doch ein paar Tage auf Ihrer Yacht draußen.«

Leonard kochte fast vor Wut. »Das ist doch lächerlich! Die Grahams hätten Roy und Jennifer *niemals* mitgenommen. Ich sage Ihnen, Mac und Muff ist etwas Schreckliches passiert. Sie müssen Roy und Jennifer verhaften und herausfinden, was sie mit Mac und Muff gemacht haben.«

»Ich habe noch nicht den geringsten Grund, irgendwen zu verhaften«, erwiderte Shishido leise.

»Was wollen Sie also unternehmen?« fragte Leonard. »*Nichts?*«

Shishido sah Wallisch wissend an.

Der Beamte der Küstenwache hatte Shishidos Bitte um Amtshilfe erfüllt und einen Mann in der Nähe der Yacht postiert. »Wenn er zurückkommt«, sagte Wallisch, »fahren wir wieder hinüber und stellen ihm ein paar Fragen.«

»Großer Gott«, stöhnte Leonard, »Mac und Muff sind entweder irgendwo gestrandet ... oder tot. Begreifen Sie denn nicht?«

Wallisch versprach Shishido, ihn sofort anzurufen, wenn jemand die *Sea Wind* betrat.

Da Shishido hier und jetzt nichts mehr tun konnte, kehrte er nach Hause zurück, wo man schon den Grill aufgeheizt hatte. Shishido war ein erfahrener Agent und kein junger Heißsporn. Er mußte nach den Regeln spielen, die ihn und das FBI schützten. Er würde abwarten, bis die Küstenwache ihre Ermittlung durchgeführt hatte. Da sie die Gerichtsbarkeit über alle Schiffe in US-amerikanischen Gewässern hatte, konnte sie jederzeit ein Schiff betreten, die Papiere überprüfen und den Besatzungsmitgliedern Fragen stellen.

Hätte Shishido sich schon jetzt in den Fall vertieft,

hätte er natürlich festgestellt, daß Palmyra ein Besitztum der USA war. Da die ferne Insel außerhalb der Jurisdiktion eines Bundesstaates lag, hatte das FBI die Ermittlungspflicht für jedes Verbrechen, das dort begangen worden war, sei es nun Schiffsdiebstahl oder Mord. Doch selbst wenn der schlimmste Fall eingetreten sein sollte und die Grahams einem Verbrechen zum Opfer gefallen waren, mußte nicht unbedingt das FBI dafür zuständig sein. Wenn die Grahams zum Beispiel auf ihrer Yacht nach Hawaii zurückgekehrt und nach ihrer Ankunft dort umgebracht worden waren, fiel der Fall in die Zuständigkeit der örtlichen Behörden und nicht des FBI. Eins wußte Shishido jedoch mit Sicherheit. Seine Niederlassung würde Schwierigkeiten bekommen, wenn sie jede Meldung eines Verbrechens durch einen besorgten Bürger zu ernst nahm. Shishido hatte schon mit Dutzenden Bernard Leonards zu tun gehabt, von denen sich jeder für Sherlock Holmes gehalten hatte. Er kam zu dem Schluß, daß für ihn noch kein Grund vorlag, etwas zu unternehmen.

Am nächsten Morgen verbreitete sich unter den Frühaufstehern im Hawaii Yacht Club wie ein Lauffeuer, daß eine große Sache bevorstand. Niemand wußte etwas Genaues, doch da es im Hafen plötzlich vor bewaffneten Beamten der Küstenwache nur so wimmelte, war zu vermuten, daß ein Ring von Drogenschmugglern ausgehoben werden sollte.

Der Hafen lag wie üblich voller Privatschiffe aller Größen, Formen und Farben, von denen die meisten an den Docks vertäut waren, ein paar Dutzend aber in ordentlichen Reihen im Wasser ankerten. Ala Wai war der größte und geschäftigste Yachthafen von ganz Hawaii. Oftmals, wie auch an diesem Morgen, lagen über fünfhundert Schiffe dort vertäut. Selbst vom Fenster des Clubhauses aus, von dem man den Hafen überblicken konnte, war es neugierigen Clubmitgliedern nicht möglich, in dem Durcheinander das wahrscheinliche Ziel auszumachen.

Bernard Leonard war, nachdem er mit dem FBI-Agenten gesprochen hatte, bis spät in den Abend im Clubhaus geblieben und hatte darauf gewartet, daß etwas passierte. Beamte der Küstenwache hatten versucht, diskret mit mehreren Leuten auf Yachten in der Nähe der *Sea Wind* zu sprechen. Leonard hielt dieses Vorgehen für einen Fehler, da es Roy und Jennifer darauf aufmerksam machen konnte, daß sie gesucht wurden. Als um Mitternacht noch niemand die *Sea Wind* bestiegen hatte, war Leonard zu seinem Schiff zurückgekehrt. Es war ein langer, anstrengender Tag gewesen.

Da man ihm versprochen hatte, die Küstenwache würde am nächsten Morgen mit ihrem Kutter in den Hafen laufen, um die *Sea Wind* zu betreten, stieg Leonard bei Anbruch der Dämmerung auf und ging zum Hauptquartier der Küstenwache am Pier 4, das etwa anderthalb Kilometer entfernt lag. Seine selbsternannte Rolle bestand daran, die Personen zu identifizieren, die man vielleicht an Bord finden würde.

Ein paar Minuten, nachdem Cal Shishido an diesem Morgen um acht Uhr in seinem Büro eingetroffen war, erhielt er einen dringenden Anruf von der Küstenwache. Der beim Yachtclub postierte Beamte hatte gerade gemeldet, daß sich ein Mann und eine Frau anschickten, die *Sea Wind* mit einem Dingi zu verlassen. Da der Posten anscheinend während der Nacht ihre Rückkehr zur Segelyacht übersehen hatte, wurde die Crew des Kutters von dieser Entwicklung völlig überrascht. Es würde noch ein paar Minuten dauern, bis sie die Verfolgung aufnehmen konnte, und wenn Shishido sofort zum Pier 4 kam, könnte er noch mit an Bord.

Shishido traf, von einem anderen Agenten gefahren, drei Minuten später dort ein. Wie üblich trug er ein bunt bedrucktes Aloha-Hemd, mit dem er unter den blauen Uniformen der Küstenwache deutlich auffiel. (Das FBI hatte die Bekleidungsvorschriften – dunkle Anzüge – auf Hawaii aufgehoben, nachdem immer mehr Agenten aufgrund ihrer konservativen Aufmachung unter den bunt gekleideten Touristen und Einheimischen aufgefallen waren.)

Der Motor des Küstenwachenkutters lief schon, als Shishido an Bord trat. Er nickte Wallisch und Leonard zu. Der Beamte der Küstenwache wollte etwas sagen, doch der Posten gab über Funk eine Meldung durch: »Die Frau hat den Mann an einem Dock im Hafen abgesetzt und ist zur Segelyacht zurückgekehrt.« Die Dinge wurden kompliziert. Nun mußten sie zwei verschiedene Ziele verfolgen.

Der Zwölf-Meter-Kutter legte ab und hielt auf den Hafeneingang zu. Dann kam eine zweite Meldung: der Mann auf dem Dock hatte sich, anscheinend um den Beamten der Küstenwache im Hafen auszuweichen, ausgezogen und war ins Wasser gesprungen.

Der schnelle Kutter brauchte nur ein paar Minuten bis zum Yachthafen. Vom Deck aus machten Shishido und die anderen das Dingi – mit der Frau darin – aus, das nun aufs Ufer zuhielt.

»Das ist sie!« rief Leonard. »Das ist Jennifer!«

Als Jennifer den sich ihr nähernden Kutter entdeckte, ruderte sie noch schneller. Sie hatte das Land fast erreicht.

Sie legte an ein paar Felsen an, sprang vom Dingi und huschte wie eine kleine Echse über eine Kaimauer. Vom Kutter aus sahen Leonard und Shishido, wie sie kurz stehenblieb und einen kleinen Hund aufhob. Sie drückte ihn mütterlich gegen die Brust und lief auf das in der Nähe gelegene Ilakai Marina Hotel zu.

Nachdem Buck Walker ins Wasser gesprungen war, machte er unter Wasser einige kräftige Schwimmzüge, umkreiste den Kiel eines Schiffes, kam an die Oberfläche, um Luft zu schnappen, und tauchte dann wieder und schwamm unter den Schiffen auf das Ufer zu.

Als ihm die Lungen zu platzen drohten, tauchte er zwischen zwei Yachten auf. Er hörte einige hektische Schrei: *»Ich habe ihn verloren! Sieht ihn jemand?«* Buck holte tief Luft und tauchte wieder. Das nächste Mal tauchte er in einem kleinen Hohlraum unter einem Dock auf. Über sich hörte er laute Schritte und aufgeregte Stimmen.

Er fluchte leise. *Die gottverdammten Hunde! Sie hätte sie zurücklassen sollen!* Vor nicht ganz zwanzig Minuten hatte ein Mann auf einem Schiff neben ihnen Jennifer, die mit dem Dingi zu den öffentlichen Waschräumen am Ufer fahren wollte, zugerufen, die Küstenwache sei gestern abend dagewesen und habe ihm Fragen über sie gestellt. Sie war sofort zur Yacht zurückgekehrt und hatte es Buck erzählt. Er hatte gewußt, daß es nun an der Zeit war, die *Sea Wind* aufzugeben, was sie dann auch schnellstens getan hatten. Als sie verdrossen zum Ufer ruderten, hatten Bucks Hunde – die sie auf Deck zurückgelassen hatten – laut zu bellen angefangen. Jennifer befürchtete, daß sie die Nachbarn stören würden, und wollte zurück, um sie unter Deck zu bringen. Buck hielt diese Idee für Wahnsinn. Doch als sie darauf bestand, verlangte er, daß er sie zuerst am nächsten Dock absetzte. Danach wollten sie sich am Waschraum treffen. Doch als er das Dock zum Ufer entlangging, bemerkte er einen bewaffneten Beamten der Küstenwache, der auf ihn zukam. Buck bog langsam, um keinen Verdacht zu erregen, auf einen kleinen Steg, tat so, als würde er sich die Boote ansehen, die auf beiden Seiten von ihm vertäut lagen, und beobachtete den Beamten aus den Augenwinkeln. Der Umweg hatte zwar eine direkte Begegnung verhindert, Buck aber auch vom Ufer abgeschnitten. Er saß in der Falle. Als der Beamte kurz darauf wieder näher kam, zögerte Buck nicht, zog sich bis auf die Badehose aus und sprang ins Wasser.

Nun, unter einem Dock, bewegte Buck keinen Muskel. Er blieb, wo er war, bis aufgrund des kalten Wassers seine Zähne zu klappern anfingen.

Bei der Verfolgung Jennifers waren Bernard Leonard und Lieutenant Wallisch an Land gegangen, während Shishido, der noch immer lediglich Beobachter einer Küstenwacheoperation war, an Bord des Kutters blieb.

Leonard und der Lieutenant liefen an dem Dingi der *Sea Wind* vorbei zum Hotel. In der Lobby bogen sie um eine Säule und entdeckten sofort eine Frau, die neben den Fahrstühlen in einem lächerlichen Versuch, sich zu verstecken, hinter einem Blumentopf kauerte. Sie hielt einen kleinen Hund im Arm.

Leonard, dessen Herz hämmerte, nickte dem Beamten zu.

»Miss«, sagte der Mann von der Küstenwache, »Sie müssen uns begleiten.«

Jennifer stand auf. Sie hielt Puffer im Arm. »Hallo, Bernie«, sagte sie mit einem dümmlichen Grinsen.

»Hallo, Jennifer«, erwiderte er streng.

»Ich will Ihnen erzählen, was passiert ist. Wirklich. Aber kann ich nicht zuerst auf die Toilette?«

Der Beamte erwiderte, daß sie sofort zum Schiff zurückkehren müßten. Er legte die Hand unter ihren Ellbogen und führte sie hinaus. Er entschloß sich, das Dingi der *Sea Wind* mit dem Beiboot des Kutters zur Yacht zu schleppen, und bat Leonard, während der kurzen Fahrt bei Jennifer zu bleiben.

Sie hatten kaum vom Ufer abgelegt, als Leonard Jennifer ernst ansah und fragte: »Leben Mac und Muff noch?«

»Sie werden nie glauben, was passiert ist. Sie haben uns zum Abendessen eingeladen. Sie wollten Fische dafür fangen, wußten, daß es spät werden würde, und baten uns, uns auf ihrer Yacht wie zu Hause zu fühlen. Nach Anbruch der Dunkelheit haben wir das Licht am

Masttopp angemacht. Wir haben die ganze Nacht auf sie gewartet, aber sie kamen nicht zurück. Am nächsten Morgen suchten wir nach ihnen und fanden den Zodiac gekentert. Wir haben tagelang nach ihnen gesucht, fanden aber keine Spur von ihnen. Ein paar Tage später brachen wir mit der *Iola* auf, aber sie lief auf das Riff, und als wir sie nicht herunterbekamen, gingen wir zurück und nahmen die *Sea Wind*.«

»Sie wären niemals mit der *Iola* losgefahren«, sagte Leonard in einem Tonfall, der verriet, daß er ihr keine Silbe der Geschichte glaubte. »Nicht, wenn die *Sea Wind* dort lag.«

Sie sah ihn an, sagte aber nichts.

Sie zogen neben den Kutter, der mittlerweile auf das Hotel zuhielt, gingen an Bord und unter Deck. Dort wartete Cal Shishido mit mehreren Ermittlern der Küstenwache auf Sie.

»Sind Sie Jennifer Allen?« fragte Wallisch.

»Ja ... äh ... na ja, Jenkins«, stammelte sie nervös. »Ich heiße Jennifer Jenkins.«

»Wie heißt das Schiff, auf dem Sie hierher gekommen sind?«

»*Sea Wind*.«

»Wem gehört es?«

»Mac und Muff Graham.«

»Was ist mit ihnen passiert?« fragte der Beamte.

»Sie sind beim Fischen ertrunken«, sagte Jennifer ohne Zögern. »Es war ein Unfall.«

Shishido griff ein und erklärte Jennifer ihre verfassungsmäßigen Rechte. Die Yachteigner waren unter verdächtigen Umständen verschwunden, und diese Frau war mit ihrem Schiff nach Hawaii gesegelt. Zumindest lag nun der Verdacht eines Bundesverbrechens vor – Transport gestohlener Güter (ein Tatbestand, der nicht nur erfüllt wird, wenn das Diebesgut von einem Staat in einen anderen, sondern auch, wenn es von einem Besitztum wie Palmyra in einen Staat gebracht wird). Natürlich machte sich der Agent weit größere Sorgen um das Schicksal der Grahams. Warum hatten Allen und die Jenkins den Vorfall nicht sofort nach ihrer Rückkehr nach Hawaii den Behörden gemeldet, wenn es sich tatsächlich um einen Unfall handelte?

In der nächsten Stunde berichtete Jennifer, wie sie und ihr Freund nach Palmyra gesegelt waren, sich dort mit den Grahams angefreundet und sich nach ihrem merkwürdigen Verschwinden Sorgen gemacht hatten. Sie unterbrach ihre Schilderung nur zweimal – einmal, als sie endlich auf die Toilette gehen durfte, und dann, als sie auf die *Sea Wind* gebracht wurde, um Bucks Hunde festzubinden, damit die Beamten das Schiff durchsuchen konnten. Auf der Rückfahrt zum Kutter setzte sie Puffer auf einem Nachbarschiff ab, dessen Besitzer sich einverstanden erklärte, sich um das Tier zu kümmern.

Shishido wurde über alle Entwicklungen der Fahndung nach Roy Allen auf dem laufenden gehalten. Jennifers Freund war nicht mehr gesehen worden, seit er ins Wasser gesprungen war. Die Hosen und das Hemd, die er auf dem Dock ausgezogen hatte, wurden auf den Kutter gebracht, und Shishido durchsuchte sie.

In einer Geldbörse fand er einen auf Hawaii ausgestellten Führerschein und einen Ausweis auf den Namen Roy Allen. Ein weiteres kleines Foto zeigte denselben Mann wie auf dem Ausweis, aber in einem Priestergewand.

Shishido hielt den Führerschein hoch und fragte Jennifer, ob das ihr Begleiter sein, den sie als Roy Allen identifiziert habe.

»Ja.«

»Ist er Priester?« fragte der Agent.

Jennifer lächelte. »Bei der Universal Life Church. Sie wissen schon, diese Kirche in Kalifornien, die einen per Brief zum Priester weiht, wenn man zehn Dollar einschickt.«

»Ich verstehe.« Er legte die Geldbörse wieder auf den Tisch. »Sagen Sie ... warum haben Sie versucht zu fliehen, wenn Sie nichts getan haben und die Grahams bei einem Unfall umkamen?«

»Wir kamen auf einem Schiff her, das uns nicht gehört.« Es hatte den Anschein, als wolle sie noch etwas sagen.

»Ist das alles?«

Sie nickte einfach.

Shishido schrieb später einen Bericht über Jennifers Aussage. Hier einige Auszüge:

Jennifer Jenkins gab mir die folgenden Informationen: Am letzten Freitag im August 1974 trafen sie und Roy Allen Anstalten, Palmyra am nächsten Tag zu verlassen. Sie war an Bord der Iola, während ALLEN an Land war. Er kehrte zurück und sagte ihr, die GRAHAMS hätten sie auf der Sea Wind *zum Essen eingeladen. ALLEN behauptete, baden zu wollen, und verließ die Iola wieder. Er kehrte kurz darauf zurück und teilte ihr mit, die GRAHAMS hätten ihm gesagt, sie wollten Fische fürs Abendessen fangen und würden etwas später kommen, aber sie sollten ruhig auf sie warten. Die Einladung galt für 18 Uhr 30 an diesem Abend. Gegen 18 Uhr 30 betraten sie und ALLEN die* Sea Wind, *um auf die Rückkehr der GRAHAMS zu warten. Die GRAHAMS kehrten an diesem Abend nicht zurück, und sie und ALLEN verbrachten die Nacht an Bord der* Sea Wind.

Am nächsten Morgen suchten sie und ALLEN nach den GRAHAMS und fanden in der Lagune vor der Cooper Island, einem Teil von Palmyra, ein gekentertes Dingi. Es handelte sich dabei um den Zodiac, mit dem die GRAHAMS am Tag zuvor losgefahren waren. Der Außenbordmotor schwamm auch verkehrt herum auf dem Wasser, und der Benzintank trieb ganz in der Nähe. Sie richteten das Dingi auf, brachten den Benzintank wieder an und setzten die Suche in dem Zodiac fort. Sie suchten bis zum 11. September 1974 nach den GRAHAMS und kamen dann zu dem Schluß, daß die GRAHAMS tot waren. Da sie nicht wußten, wie man das Funkgerät bedient, konnten sie weder um Hilfe rufen noch den Vorfall melden.

Sie faßten die letzte Aussage der GRAHAMS, sie sollten sich auf der Sea Wind *wie zu Hause fühlen, so auf, daß sie und ROY ALLEN das Schiff behalten könnten, sollte den GRAHAMS etwas zustoßen. Daher vertäuten sie die Iola mit einem fünfzehn Meter langen Seil an der* Sea Wind *und versuchten, sie zurück nach Honolulu zu schleppen. Sie steuerte die* Iola, *ROY ALLEN war auf der* Sea Wind. *Am 11. September fuhr die Iola auf ein Riff, während sie aus der Lagune geschleppt wurde, und die JENKINS und ROY ALLEN haben sie dort liegen lassen.*

Am 12. Oktober 1974 trafen sie mit der Sea Wind *in Nawiliwili, Kauai, ein. Sie blieben über Nacht dort und segelten dann zur Pokai-Bucht auf Oahu, wo sie am 15. Oktober 1974 eintrafen. Sie blieben etwa eine Woche dort, segelten dann weiter und erreichten am 21. Oktober 1974 die Keehi-Lagune. Am nächsten Tag dockten sie im Hafenbecken von Kewalo an und legten die* Sea Wind *aufs Trockendock. Dort strichen sie und ALLEN das Schiff neu an. Es lag eine Woche auf dem Trockendock und wurde am 28. Oktober wieder zu Wasser gelassen. Sie fuhren zum Yachthafen Ala Wai, den sie am Spätnachmittag erreichten.*

Sie und ALLEN fanden 400 Dollar Bargeld auf der Sea Wind, *alles 20-Dollar-Scheine – 300 Dollar in einem Buch und 100 in MALCOLM GRAHAMS Brieftasche unter einem Bodenbrett der* Sea Wind.

Sie erklärte, daß die Sea Wind *ihnen nicht gehört, sie aber das Schiff nicht weniger lieben als die GRAHAMS und die GRAHAMS gewollt hätten, daß sie es bekommen. Sie erklärte desweiteren, sie hätte den Vorfall auf Palmyra nach ihrer Ankunft auf Hawaii nicht gemeldet, weil sie wüßte, daß man ihnen das Schiff wegnehmen würde.*

Bernard Leonard, der während Shishidos Gespräch mit Jennifer genau zugehört hatte, konnte kaum die Ruhe bewahren. Er war der Ansicht, Mac und Muff hätten niemandem gesagt, sich während ihrer Abwesenheit auf der *Sea Wind* »wie zu Hause zu fühlen«. Und die Vorstellung, daß die Grahams das ausgerechnet zu Roy und Jennifer gesagt haben sollten, war einfach absurd.

Außerdem hatte Leonard im stillen gekocht, als Jennifer nun behauptete, die *Iola* wäre auf ein Riff gelaufen, während sie sie mit der *Sea Wind* hinausschleppten – ein direkter Widerspruch zu der Geschichte, die sie ihm vor wenigen Minuten erzählt hatte (nach der die *Iola* aufgelaufen sei, während sie versucht hatten, mit ihr Palmyra zu verlassen). Offensichtlich hatte sie die Geschichte abgeändert, weil er sie ihr nicht abgekauft hatte. *Sie ist eine Lügnerin*, dachte er. *Und zweifellos auch eine Mörderin*.

Shishido legte Jennifer Handschellen an und brachte sie vom Kutter.

Mittlerweile hatten die Medien Wind von der Aktion in Ala Wai bekommen, und Zeitungsfotografen und Fernseh-Kamerateams fotografierten und filmten Jennifer eifrig, während sie zu weiteren Verhören zum FBI-Hauptquartier gebracht wurde. Ihre Verhaftung – der Eröffnungszug von einer sicherlich großen Geschichte – machte in den Abendnachrichten und den Morgenzeitungen des nächsten Tages Schlagzeilen.

Am Spätnachmittag wurde Jennifer ins Gefängnis von Honolulu eingeliefert. Die Anklage lautete auf Diebstahl der *Sea Wind* und vierhundert Dollar Bargeld von Mac und Muff Graham. Die Kaution wurde auf zwanzigtausend Dollar festgesetzt.

Nachdem Buck sich etwa eine Stunde unter dem Dock versteckt hatte, hörte er, wie sich gemächlichere Schritte und ruhigere Stimmen näherten. »Was, zum Teufel, war hier los?« sagte eine Frau, die über das Dock ging.

»Sie sollen angeblich nach einem Mörder suchen«, erwiderte ein Mann.

Doch niemand sah Buck Walker, als er gegen Mittag endlich aus dem Wasser kam – bis auf die Knochen durchgefroren, erschöpft, verzweifelt und verängstigt.

Am nächsten Tag begab sich Cal Shishido zum Büro der Drug Enforcement Administration – der Drogenfahndung – im Bundesgebäude in Honolulu. Er ging einem bloßen Einfall nach. Die Jenkins und Allen waren keine normalen Segler. Sie waren Aussteiger, Hippies, was immer das bedeuten mochte. Man hatte auf der *Sea Wind* zwar keine harten Drogen gefunden, nur ein paar Marihuana-Schößlinge und Stielc in einem kleinen Plastikbeutel, doch das Pärchen war immerhin auf einem Schiff, das ihm nicht gehörte, auf Hawaii angekommen, und Drogenschmuggler benutzen oft gestohlene Schiffe, um ihre Spuren zu verwischen, wenn sie ihre Ware auf die Inseln bringen. Shishido vermutete, daß der Fall vielleicht mit Drogen zu tun hatte, und konnte jeden Hinweis brauchen, der ihn zu dem geheimnisvollen Roy Allen führte.

Bei der DEA zeigte Shishido dem ersten Agenten, dem er begegnete, Roy Allens Führerschein.

»He, das ist Buck Walker«, sagte der überraschte DEA-Mann. »Wo haben Sie das Foto her?«

»Kennen Sie ihn?«

»Ja, er steht auf der Fahndungsliste.«

Shishido konnte sein Glück nicht fassen. Daß schon der erste DEA-Agent die Identität des Flüchtigen kannte, war mehr, als er jemals gehofft hatte. Manche Decknamen hielten wochen-, ja sogar monatelang stand.

Der Agent ging zu einem Kollegen, der ein paar Schreibtische weiter saß, und zeigte ihm den Führerschein. »Sag Shishido mal, wer das ist.«

»Buck Walker«, sagte der Agent am Schreibtisch ohne das geringste Zögern. »Er wollte an einen Undercover-Agenten verkaufen, kam auf Kaution raus und ist vor der Verhandlung untergetaucht.«

»Wann?« fragte Shishido.

»Vor vielleicht sechs Monaten. Haben Sie eine Spur von ihm?«

»Er ist vor zwei Tagen in Ala Wai von einem Dock gesprungen und davongeschwommen, als er uns kommen sah«, sagte Shishido.

»Sieh mal an. Buck Walker ist wieder da.«

16. KAPITEL

Sunny hatte sich so konzentriert um die Rosen gekümmert, daß sie fast das Telefon überhörte. »Hallo«, keuchte sie atemlos, nachdem sie ins Haus gelaufen war.

»Hallo, Mom.«

»Jennifer – Gott sei Dank!« rief Sunny. »Wo bist du?«

»Auf Hawaii.«

»Bist du in Ordnung?«

»Ja und nein. Mir ist nichts passiert oder so, aber ich bin im Gefängnis.«

»Im *Gefängnis*? Aber Jennifer, weshalb?«

»Diebstahl eines Schiffes«, sagte sie. »Nur, daß wir es nicht wirklich gestohlen haben. Verstehst du, Mac und Muff, dieses nette Ehepaar bei uns auf der Insel, sind bei einem Bootsunfall gestorben. Wir haben ihr Schiff nach Hawaii gesegelt, und die Bullen haben mich wegen Diebstahl eines Schiffes verhaftet. Wirst du die Kaution für mich stellen?«

»Wo ist Buck?« fragte Sunny vorsichtig.

»Keine Ahnung. Er ist abgehauen.«

Sunny dachte schnell nach. Wenn Jennifer auf Kaution freigelassen wurde, konnte sie sich wieder mit Walker zusammentun und mit ihm verschwinden.

»Ich werde die Kaution nicht stellen, Schatz. Noch nicht.«

»Mom …«

»Nein«, sagte Sunny fest. »Du bist wohlauf und in

Sicherheit. Und ich weiß wenigstens, wo du bist. So soll es erst einmal bleiben.«

Am Morgen des 30. Oktober fuhren die FBI-Agenten Darwin Wisdom und Earl Harris aus dem Büro San Diego zu Muffs Mutter, Rose King, die in einem bescheidenen Bungalow an der Meade Avenue in San Diego wohnte.

Die Besucher nahmen auf dem Sofa des geschmackvoll eingerichteten Wohnzimmers Platz. Die weißhaarige, zerbrechliche Mrs. King saß ihnen gegenüber und hatte die Hände auf dem Schoß verschränkt. Sie wußte, daß ihre Tochter und ihr Schwiegersohn vermißt wurden und deren Freunde auf Hawaii sich große Sorgen machten. Wie jede besorgte Mutter versuchte sie, nicht das Schlimmste zu denken. Sie würden bestimmt wieder auftauchen. Sie waren doch so gut auf alles vorbereitet.

Ebenfalls anwesend war Muffs Schwester Peggy Faulkner, eine ernste Frau Mitte Vierzig, die schlanker und größer als ihre Schwester war.

Beide Frauen hörten genau zu, während die Agenten ihnen schilderten, was am Vortag auf Hawaii geschehen war. Es hörte sich an wie ein Fernsehkrimi und nicht wie etwas, das Mitglieder der eigenen Familie betraf.

Mrs. King machte am meisten die Tatsache angst, daß sich die *Sea Wind* in der Hand Fremder befunden hatte. Sie würden ihre Yacht niemals aufgeben. »Wo sind sie?« fragte sie leise.

»Das wissen wir nicht«, erwiderte Wisdom. »Wir wissen nur, daß Ihre Tochter und Ihr Schwiegersohn vermißt werden. Die Küstenwache sucht natürlich nach ihnen. Mittlerweile wäre es hilfreich, wenn Sie uns ein paar Informationen geben könnten.«

Nachdem Mrs. King den Agenten eine Beschreibung LaVernes gegeben hatte, wie sie Muff nannten (»geboren am 18. Dezember 1932 in Pueblo, Colorado, blond, blaue Augen, einssiebenundfünfzig, 135 Pfund, eine Blinddarmnarbe« etc.), gab sie ihnen mehrere Briefe, die Muff von Palmyra geschickt hatte. Die Agenten borgten sich auch ein neues Foto von Mac und Muff aus, das zeigte, wie sie an Bord der *Sea Wind* lächelnd Händchen hielten.

»Nur noch ein paar Fragen«, sagte Wisdom, der den Kummer der besorgten Mutter spürte.

Mrs. King nickte.

»Wissen Sie, wieviel Bargeld sie dabei hatten, als sie nach Palmyra aufbrachen?« fragte Wisdom.

»Sie haben vielleicht vier- oder fünftausend Dollar nach Hawaii mitgenommen«, antwortete Muffs Schwester für ihre Mutter. »Ich weiß nicht, ob sie so viel nach Palmyra mitnehmen wollten. Sie hatten genug Vorräte für zwei Jahre an Bord.«

»Haben Mister oder Mrs. Graham getrunken?«

»Kaum.« Peggy Faulkner schien auf der Hut zu sein. »Beide haben nie viel getrunken.«

»Da war dieser Strafzettel, Schatz«, sagte Mrs. King leise und musterte ihre Tochter über den Rand ihrer Zweistärkenbrille.

»Kurz vor ihrer Abreise wurde meine Schwester wegen Trunkenheit am Steuer verhaftet.«

Der Agent schrieb etwas in sein Notizbuch.

»Aber das sah ihr gar nicht ähnlich«, fügte Peggy überzeugt hinzu. »Wirklich nicht.«

Als Muff Ende Zwanzig war, erklärte Mrs. King, hatte sie eine schlimme Hepatitis gehabt, und die Ärzte hatten ihr geraten, Alkohol zu meiden.

»Wissen Sie, ob sie irgendwelche Sorgen hatte, als sie betrunken gefahren ist?« fragte Wisdom, dessen Neugier geweckt worden war.

Mutter und Tochter schüttelten gleichzeitig die Köpfe. Muff hatte ihnen niemals von ihren Ängsten erzählt.

Um 16 Uhr 30 am 1. November, etwa vierzig Stunden nach Jennifers Verhaftung im Hafen Ala Wai, tuckerte die

Tattarax, ein hochseetauglicher Schlepper, mit Martin Vitousek am Ruder auf die Lagune von Palmyra zu, die er zuvor auf Curt Shoemakers Bitte überflogen hatte.

An Bord des schmutzigen, rostfleckigen, fünfunddreißig Meter langen Schleppers befand sich ein zehnköpfiges Ermittlungsteam, darunter Shishido und Tom Bridges vom FBI, William Eggers, Stellvertretender Staatsanwalt von Honolulu, mehrere Taucher der Küstenwache und Jack Wheeler, der sich auf der Insel auskannte.

Die Reise von Honolulu hierher war nicht einfach gewesen. Sie waren um sieben Uhr morgens am 31. Oktober an Bord einer C-130 der Küstenwache gestiegen und vom Marineflughafen Barber's Point auf Oahu in eine tiefliegende Bewölkung gestartet, die die Berge wie ein dunkles, schweres Tuch bedeckte. Viereinhalb Stunden später waren sie auf der Insel Fanning gelandet, wo sie den Schlepper bestiegen hatten. Die Fahrt von 175 Meilen dauerte zweiundzwanzig Stunden. Auf halber Strecke fiel die Pumpe und damit auch die Toilettenspülung aus. Eine Kabine unter Deck bot sechs Kojen, doch niemand hatte viel geschlafen, während der alte Schlepper durch rauhe See seinem Ziel entgegen schaukelte.

Als sie den Schlepper an den Anlegepfosten der Lagune vertäuten, waren keine andere Schiffe zu sehen, und der Ankläger Bill Eggers, der auf Deck stand, konnte auch keine Spur von Menschen auf der Insel ausmachen. Als sie durch den Kanal gefahren waren, hatte er auf dem Riff vergeblich nach der *Iola* Ausschau gehalten, obwohl Jennifer Jenkins ja behauptet hatte, daß sie dort aufgelaufen sei. Mit großer Wahrscheinlichkeit hatte sie gelogen, und er glaubte auch den Grund dafür zu kennen.

Eggers, der Leiter der Mission, schlug vor, daß sie sofort mit der Suche anfingen, obwohl sich einige andere erst von der Überfahrt erholen wollten. Sie suchten die Insel in Zweiergruppen ab. Ihre Aufgabenstellung war eindeutig. Zuerst galt es, die Grahams zu finden – lebendig oder tot. Und an zweiter Stelle kam, Beweise für ein Verbrechen zu sammeln.

Der Dschungel erhob sich nur ein paar Meter entfernt, und doch schien keiner bereit, als erster den Fuß in ihn zu setzen. Niemand war begierig darauf zu erfahren, was sie in dem dichten Unterholz erwartete. Und das heisere Schreien der Vögel kam ihnen irgendwie seltsam entmutigend vor.

Eggers selbst, ein kantiger, erfahrener Strafverfolger, der in glücklicheren Zeiten ein jungenhaftes Lächeln zeigte, hatte ein unheilvolles Gefühl, was diese Insel mit ihrer erdückenden Hitze betraf. Er hoffte, daß er sich irrte, war jedoch überzeugt, wie mittlerweile auch Shishido, daß sich hier ein ungeheuerliches Verbrechen zugetragen hatte. Man gab ein Schiff wie die *Sea Wind* an einem abgelegenen Ort wie Palmyra nicht einfach kampflos auf. Was immer mit Mac und Muff Graham geschehen war, es mußte Gewalt im Spiel gewesen sein.

Eggers nahm zusammen mit Wheeler die Suche auf. Sie gingen am Strand der westlichen Lagune zum ehemaligen Ankerplatz der *Sea Wind*. Als sie an einem alten Lagerfeuer vorbeikamen, suchte Eggers einen Stock und stocherte in den verkohlten Überresten herum. Zuerst grub er ein paar leere, unbeschriftete Arzneiflaschen aus.

Wheeler wischte sich mit einem hochgerollten, bereits schweißgetränken Ärmel die Stirn ab und sah dem Ermittler zu.

»Mein Gott ...« murmelte Eggers.

Schockiert starrten sie auf etwas in der Asche, das wie Haare aussah.

Eggers griff vorsichtig nach dem Büschel. Es war pechschwarz.

Als er die Haare von der Asche trennte, stellte er erleichtert fest, daß es sich in Wirklichkeit um eine Perücke handelte – eine ›Monstermaske‹, wie man sie zu Halloween trägt.

Als Eggers tiefer grub, fand er mehrere Baumwollfetzen – vielleicht von einem Hemd, das hier verbrannt worden war – und zwei Brillengläser, eins von einer Sonnenbrille und eins von einer verschreibungspflichtigen. Er legte die geborgenen Gegenstände in einen Plastikbeutel, den er mitgenommen hatte.

Wheeler führte ihn zu Roy Allens Camp; das Zelt stand noch. Darin fanden sie eine Pritsche, einen Armsessel und einen Stuhl, auf dem der Anfang eines geflochtenen Gürtels und ein Zeichenblock mit Entwürfen von Segelschiffen lagen. In einer Ecke stand ein kleines Regal mit verschiedenen Büchern und Zeitschriften.

Draußen standen auf einer Bank zahlreiche Blechdosen und Pappbecher, alle zur Hälfte mit Erde gefüllt. Nebenan, auf dem Dach des Kühlhauses, wuchsen fußhohe Marihuanapflanzen.

Am Nachmittag trafen sich alle Mitglieder der Expedition zu Käse- und Schinkenbroten und kaltem Bier beim Schlepper. Eggers bat die Taucher, ihre Ausrüstungen anzulegen und in der Nähe der Pfosten den Grund der Lagune abzusuchen. Er mußte ihnen nicht sagen, wonach sie Ausschau halten sollten. Zwei Beamte der Küstenwache sprangen mit ihren Sauerstofftanks, Gesichtsmasken und Flossen vom Deck, während ein anderer mit einem Automatikgewehr Wache hielt. In der blauen Lagune Palmyras konnte man die Haie kreisen sehen.

Als die Taucher in der Nähe der Anlegepfosten nichts fanden, fuhren sie mit einem Dingi zu der kleinen Bucht, in der die *Sea Wind* geankert hatte, und suchten dort den Grund ab. Aufgrund des aggressiven Verhaltens der Haie mußten sie den Versuch jedoch bald abbrechen.

Eggers teilte jedem Team neue Quadranten zum Absuchen zu. Er und Wheeler setzten mit einem Dingi über die Lagune, zogen es auf den Strand und wateten dann ein Stück durch knietiefes Wasser – zu flach für Haie, wie sie glaubten.

Wheeler bemerkte den schlanken, grauen Hai von mindestens zwei Metern Länge, der gemächlich durch das kristallklare Blau der Lagune kreiste, zuerst. »Ich glaube nicht, daß er angreifen wird«, sagte er mit deutlicher Anspannung in der Stimme.

Plötzlich bewegte sich der Hai, als habe er ihn gehört und wolle ihn eines Besseren belehren, geräuschlos auf sie zu. Seine Rückenflosse durchbrach das Wasser wie das Periskop eines U-Boots. Die breite Schnauze ließ keinen Zweifel daran, daß das Maul des Tieres groß genug war, um mit einem einzigen schnellen Biß ein Bein abzutrennen.

Sie konnten das Ufer nicht vor ihm erreichen!

Wheeler deutete auf einen Korallenhügel vor ihnen, und sie liefen unbeholfen darauf zu und spritzten und strampelten wie verletzte Wasservogel, die sich verzweifelt in die Luft erheben wollten. Ihr Verfolger streifte dicht hinter ihnen den Korallenkopf. Eggers sah zwei Knopfaugen unter der Wasseroberfläche, in denen sich ein unheimliches goldenes Licht spiegelte. Konnte der Hai sie noch immer sehen, nachdem sie das Wasser nun verlassen hatten?

Anscheinend nicht. Und für diesen großen Burschen galt: aus den Augen, aus dem Sinn, denn er schwamm weiter und war bald nicht mehr zu sehen.

Als sie ihre Fassung zurückgewonnen hatten, wateten Wheeler und Eggers schnell zu ihrem Dingi zurück. An diesem Tag würde es keine Tauchversuche in der Lagune mehr geben.

Bei Anbruch der Dämmerung hatten sich die Ermittler wieder auf dem Schiff eingefunden, völlig erschöpft von der heißen Sonne, der Feuchtigkeit und dem Dschungel. Wheeler und Eggers fesselten die anderer mit der Geschichte von ihrer Begegnung mit dem ›Menschenfresser‹.

Während der Sonnenuntergang auf dem Wasser schimmerte, diskutierten sie auf Deck darüber, was sie herausgefunden hatten und was nicht. Es gab nicht den geringsten Hinweis darauf, daß sich die Grahams noch – lebendig oder tot – auf der Insel befanden, noch hatte irgend jemand irgendein Indiz gefunden, das auch nur entfernt auf ein Verbrechen hindeutete. Eggers und Wheeler hatten einen Lukendeckel am Strand in der Nähe der Anlegepfosten gefunden und fotografiert, und Wheeler war sicher, daß er zur *Iola* gehörte. Aber das war kaum ein hilfreicher Hinweis.

Am nächsten Morgen verließ die *Tattarax* Palmyra bei Sonnenaufgang. Auf dem Weg nach Fanning nahm der Schlepper Verbindung mit einem Amateurfunker in Honolulu auf, bei dem Mac Grahams Schwester auf Nachricht vom Suchtrupp wartete. Calvin Shishido identifizierte sich.

»Hier ist Mary Muncey«, erwiderte die besorgte Stimme einer Frau. »Leben mein Bruder und meine Schwägerin noch ... oder sind sie tot?«

»Wir können weder das eine noch das andere bestätigen, Mrs. Muncey«, sagte Shishido, ohne Macs Schwester natürlich zu verraten, daß die Suchmannschaft zwei Leichensäcke mitgenommen hatte. »Ich kann Ihnen zu diesem Zeitpunkt nur sagen, daß wir nicht die geringste Spur von ihnen gefunden haben.«

Mac und Muff Graham waren verschwunden, ohne auch nur einen Fußabdruck auf Palmyra hinterlassen zu haben.

Die dunkelhaarige, attraktive Mary ›Kit‹ Graham Muncey war am Tag nach Jennifers Verhaftung nach Honolulu geflogen. Keiner ihrer Nachbarn in der Maschine hätte vermuten können, daß diese beherrschte Frau eine Familientragödie durchlebte. Sie war seit 1969 geschieden und wohnte nun in Seattle; zuvor war sie mit Bill Muncey verheiratet gewesen, einem damals weltberühmten Bootsrennfahrer. Nachdem sie jahrelang zugesehen hatte, wie ihr Mann – der Vater ihrer drei Söhne – mit über dreihundert Stundenkilometern über das Wasser raste, hatte sie gelernt, ihre tiefsten Ängste hinter einem ruhigen Äußeren zu verbergen.

Während sie in Honolulu auf Nachricht von der Suchmannschaft wartete, hatte sich Kit nostalgischen Erinnerungen an ihr Leben mit Mac hingegeben. Als kleiner Bruder war er eine Plage gewesen. Sie waren in Connecticut aufgewachsen und hatten sich oft gegenseitig übertreffen wollen und gestritten. Doch niemand bemerkte, daß Mac und Kit – die Abkürzung von ›Kitten‹, Kätzchen, dem Spitznamen ihres Vaters für sie –, wenn sie einmal nicht zankten, wie die besten Freunde miteinander spielten. Sie hatten oft die Nachbarschaft erkundet und sich in einsamen Gegenden herumgetrieben. Als sie einmal auf einer Weide auf ein Pferd gestoßen waren, hatten sie es ohne Sattel oder Zaumzeug geritten. »Oh, Mac, wir hatten soviel Spaß«, hätte sie ihn jetzt gern erinnert. Auch als Erwachsene standen sich Bruder und Schwester nahe. Kit war sehr glücklich gewesen, als Mac mit Muff eine liebevolle Frau gefunden hatte, mit der er sein Leben verbringen wollte. Und Mac hatte auch für sie Verständnis gehabt. Bill Muncey war ein ganzer Kerl gewesen – wie es Mac gefiel –, und es hatte ihn geschmerzt, daß sie sich von ihm scheiden ließ, doch er hatte sie wissen lassen, daß ihr eigenes Glück an erster Stelle stand.

Sie hatte ihren Bruder und ihre Schwägerin zum letzten Mal vor einem halben Jahr gesehen, im April. Da sie wußte, daß sie eine lange Pazifikfahrt vorbereiteten, war sie nach San Diego geflogen, um ein paar Tage mit ihnen zu verbringen. Mac hatte sich fieberhaft auf dieses neue Abenteuer gefreut, doch Muff hatte Kit in einem Gespräch von Frau zu Frau anvertraut, daß sie wirklich nicht fahren wollte. Als sie einmal allein mit Mac gewesen war, hatte sie ihn sanft gescholten, daß er nicht mehr Rücksicht auf die Wünsche seiner Frau nahm. Diese

Reise sei sehr wichtig für ihn, hatte er erwidert, und er sei überzeugt, daß sie auch Muff gefallen würde, sobald sie ihr Inselparadies erst einmal erreicht hatten.

Seit Wochen hatte Kit nun laut und angestrengt gebetet, man möge Mac und Muff auf Palmyra finden – gestrandet, fuchsteufelswild über den Verlust ihrer Yacht, vielleicht etwas hungrig und mitgenommen, aber am Leben. Nachdem sie nun die entmutigenden Nachrichten des Suchtrupps gehört hatte, befürchtete sie jedoch, ihren Bruder und Muff nie wiederzusehen.

Begierig auf jede Information darüber, was auf Palmyra geschehen sein mochte, hatte sich Kit verzweifelt gefragt, ob es ratsam sein, mit der im Gefängnis sitzenden Jennifer Jenkins Kontakt aufzunehmen. Schließlich war sie zu dem Schluß gekommen, daß sie gar keine andere Wahl hatte. Sie würde keine Ruhe finden, bevor sie nicht mit der einen Person gesprochen hatte, die vielleicht wußte, was Mac und Muff zugestoßen war.

Selbst wenn diese Person bei dem schrecklichen Schicksal, das sie vielleicht erlitten hatten, die Hand im Spiel gehabt hatte.

7. November 1974

Kit war unbehaglich zumute, als sie Jennifer im Besuchsraum des Gefängnisses von Honolulu gegenübersaß und direkt in die weit geöffneten Augen eines Menschen sah, der wahrscheinlich alles wußte, aber nichts eingestehen würde. Doch sie war entschlossen, diesen Argwohn, falls möglich, zu verbergen.

»Hat Ihnen jemand von den Haien erzählt?« fragte Jennifer.

Kit nickte. »Ja, Mac und Muff haben mir über sie geschrieben.«

»Es ist wirklich schlimm mit ihnen in der Lagune. Ich glaube ... nun ja ... so wird es wohl passiert sein. Nachdem ihr Dingi kenterte und sie ins Wasser fielen ... nun ja, die Haie ...«

Kit verkrampfte sich sichtlich und umklammerte ihre Handtasche.

Jennifer wechselte das Thema. »Wie ich schon sagte, wir fanden den gekenterten Zodiac. Er war umgekippt. Es tut mir leid.« Sie senkte den Kopf. »Es tut mir wirklich leid. Es war eine Tragödie. Mac und Muff waren wundervolle Menschen. Sie waren gut zu uns.«

Kit spürte, daß Jennifer eine ungekünstelte Freundlichkeit ausstrahlte. Sie kam mit anderen Menschen offensichtlich gut zurecht – sogar die Aufseherin, die sie hereingeführt hatte, schien sie zu mögen. Kit konnte sich nicht vorstellen, daß Jennifer einen Mord begangen hatte. Andererseits, mahnte sie sich, konnte es sich auch um eine geschickte Verstellung handeln, um den Schachzug einer kleinen Hexe, die schon immer gewußt hatte, wie sie andere Menschen um den Finger wickeln konnte. Jennifer hatte etwas Schlüpfriges, Ausweichendes an sich, glaubte Kit zumindest.

Macs Schwester verließ das Gefängnis verwirrter denn je. Jennifers Geschichte ging einfach nicht auf. Kit wußte genau, daß der Zodiac, den der berühmte französische Ozeanograph Jacques Cousteau entworfen hatte, als das stabilste Dingi der Welt galt. Sie hatte noch nie gehört, daß ein Zodiac gekentert war, auch nicht, wenn Kinder oder blutige Amateure an Bord gewesen waren. Und wenn Mac und Muff wirklich bei einem seltsamen Unfall verschwunden waren – weshalb hatten Jennifer und ihr Freund den Zwischenfall dann nicht gemeldet, als sie wieder auf Hawaii waren?

Kit war fest davon überzeugt, daß Jennifer irgend etwas zurückhielt.

8. November 1974
Hawi, Hawaii

Gegen Mittag setzte sich Buck Walker an einen Picknicktisch unter dem Schatten eines Banyanbaums und breitete den *Honolulu Advertiser* dieses Tages aus. Ihn interessierte nur eine Story – und der gehörte ein Großteil der Titelseite, einschließlich einiger Porträtfotos von ihm und Jennifer. Selbst seine Hunde waren Berühmtheiten geworden, nachdem das Veterinäramt sie unter Quarantäne gestellt hatte. Dutzende von Leuten hatten angerufen und gefragt, ob sie sie adoptieren könnten. Nun, da das FBI seinen echten Namen kannte, war eine ausführliche Fahndungsmeldung nach ihm herausgegangen. Die formelle Anklage: Schiffsdiebstahl. Doch der Zeitungsbericht konzentrierte sich auf das unerklärte Verschwinden von zwei Menschen, Gerüchte über einen Streit und einen möglichen Doppelmord auf einer obskuren, exotischen Insel.

Seit zehn Tagen war er auf der Flucht. Niemand hatte ihn bemerkt, als er im Hafen von Ala Wai an Land geklettert war. Zum Glück hatte er etwas Geld in der Badehose gehabt, die nun sein einziges Kleidungsstück darstellte. Er war tropfnaß in ein Geschäft gegangen, hatte ein Aloha-Hemd, Shorts, einen Strohhut und eine Sonnenbrille gekauft. Als Tourist getarnt, mischte er sich in die große Menge der Urlauber und warf gelegentlich einen Blick zurück, um festzustellen, ob ihn jemand erkannt hatte. In dieser Nacht hatte er in der Wohnung eines Freundes geschlafen.

Am nächsten Tag hatte er einen Bus zum Flughafen bestiegen, unter dem Namen J. Evans ein Flugticket gekauft und war dann direkt vor der Nase eines Polizisten aus Honolulu, der sein Foto hochhielt, durch das Gate gegangen und hatte eine Maschine der Aloha Airlines bestiegen, die ihn das kurze Stück nach Hilo hinüberbrachte. Dort war er von dem kleinen Flughafen zu

Fuß zum nächsten, etwa zwei Kilometer entfernten Hotel gegangen – er wußte, daß die Polizei zuerst einmal mit Taxifahrern sprach, wenn sie jemanden suchte. Am nächsten Tag hatte er Gina Allen in ihrem kleinen Holzhaus in einem heruntergekommenen Stadtteil Hilos besucht. Sie hatte sich gerade von ihrem Freund getrennt und schien sich zu freuen, ihn zu sehen. Sie verbrachten die Nacht zusammen. Am nächsten Morgen lieh sie ihm eine Campingausrüstung und kaufte ihm noch einige Dinge, die er dringend brauchte, wollte er irgendwo untertauchen – Vorräte, Streichhölzer, Zigaretten, ein Jagdmesser, ein Eßbesteck, Stiefel, Jeans, Hemden und verschiedene Toilettenartikel. Dann fuhr sie ihn über die Saddle Road fünfzig Kilometer ins Landesinnere hinauf und setzte ihn in den Kohala Mountains ab.

Buck zeltete eine Woche in dem abgelegenen vulkanischen Gebiet, dessen Gipfel sich auf fast fünftausend Meter erheben, las Carlos Castaneda und rauchte Marihuana. Einmal zog er sich, bis zu den Ohren vollgedröhnt, splitternackt aus und lief während eines leichten, warmen Regens durch den Kohala-Wald, tanzte zu seinem inneren Rhythmus und kam sich genauso wild und frei wie das weißschwänzige Rotwild vor, das er gelegentlich erspähte. Er konnte auf glatte, schwarze Lavafelder hinabsehen oder sich vorstellen, daß ein paar Steine ein Heiau waren, ein verlassener polynesischer Tempel. Doch bald bekam seine körperliche Bequemlichkeit wieder die erste Priorität, wie auch schon auf Palmyra. Er entschloß sich, das Risiko einzugehen, in eine Stadt zu gehen, um sich dort eine warme Mahlzeit und eine Nacht Schlaf in einem echten Bett zu gönnen, und entschied sich für Hawi, die nördlichste Ansiedlung auf der Großen Insel, relativ abgeschieden in der Nähe von Upolu Point gelegen. Zwei Straßen führten zum Dorf – 797 Einwohner –, beide ungepflastert und bei schlechtem Wetter oft unpassierbar. Die Bürgersteige dort waren hölzern und erinnerten an eine Stadt direkt aus dem Wilden

Westen. Nachdem ihn jemand auf der Kohala Mountain Road mitgenommen hatte, trug sich Buck unter dem Namen Joe Evans im St. Luke's Hotel ein und bekam das Zimmer 19. Die schlichte Unterkunft kostete 7 Dollar 28 die Nacht, und er bezahlte für drei Tage im voraus. Am Freitag, dem 8. November, blätterte er an einem Picknicktisch die Morgenzeitung durch.

In genau diesem Augenblick aßen mehrere Fremde im St. Luke's zu Mittag. Als sie fertig waren, zeigten sie der Kellnerin das Bild eines Mannes in einem Priesterkragen.

»Der wohnt hier«, sagte sie aufgeregt. »Gerade, bevor Sie reinkamen, hat er hier eine Zeitung gekauft.« Sie zeigte aus dem Fenster und fügte hinzu: »Das da drüben ist er. Er sitzt unter dem Baum.«

Als Buck aufschaute und sie kommen sah, war es zu spät.

»FBI! Keine Bewegung!«

Mehrere Revolver waren auf seine Brust gerichtet.

»Sind Sie Bob Walker?« fragte ein Agent.

»Buck«, berichtigte er und schloß die Zeitung. »Ja, ich bin Buck Walker.«

»Sie sind verhaftet«, sagte FBI Special Agent Henry Burns.

»Was Sie nicht sagen.«

Buck wurde mit auf dem Rücken gefesselten Händen auf den Rücksitz eines Wagens gesetzt.

Burns, untersetzt, vielleicht vierzig Jahre alt, nahm neben Buck Platz und las ihm seine Rechte vor. Nachdem diese Formalität erledigt war, setzte sich der Agent zurück. »Haben Sie etwas dagegen, ein paar Fragen zu beantworten?«

Für Burns folgte ein langer Augenblick voller Ungewißheit. Eisernes Schweigen ist die beste Verteidigung eines Verhafteten.

Doch Walker zuckte schnoddrig, mit einem Hauch Arroganz, die Achseln. »Kommt auf die Fragen an.«

»Wo wohnen Sie?«

»Im St. Luke's.«

»Dürfen wir Ihr Zimmer durchsuchen?«

»Hab' nichts dagegen.«

Burns befahl zwei seiner Männer, das Hotelzimmer zu durchsuchen.

»Sie haben vergessen, mir zu sagen, warum ich verhaftet bin«, sagte Buck sarkastisch. »Das würde J. Edgar Hoover nicht gefallen.«

»Diebstahl eines Schiffes. Und wir haben einen Haftbefehl gegen Sie, weil Sie Ihre Kaution verfallen ließen und nicht zu einem Verhandlungstermin erschienen sind.«

Die alte Anklage wegen Drogenhandels, mit der alles angefangen hatte.

»Ich möchte Ihnen ein paar Fragen über die Grahams stellen«, sagte der Agent und holte ein kleines, eselsohriges Notizbuch hervor. »Wir ermitteln über ihr Verschwinden.«

»Wer sagt denn, daß sie verschwunden sind?« fragte Buck listig.

»Jennifer Jenkins hat eine Aussage gemacht.«

»Dann fragen Sie sie.«

»Wann haben Sie Jennifer kennengelernt?«

»Ende '72, glaube ich.« Buck sah in die Ferne. »Sind seitdem zusammen gewesen.«

»Sie haben zusammen gewohnt?«

»Genau.«

»Wie sind Sie nach Palmyra Island gekommen?«

»Mit dem Schiff«, sagte Buck grinsend. »Gibt es eine andere Möglichkeit?«

»Mit Ihrem eigenen Schiff?«

Buck nickte. »Wir haben sie vor ein paar Jahren auf Maui gekauft und ausgebessert. Nannten sie *Iola*.«

»Wann haben sie die Grahams zum letzten Mal gesehen?«

»Am dreißigsten August.«

»Was ist an diesem Tag passiert?«

»Ich traf Mac am Strand, und er lud uns zum Abendessen auf die *Sea Wind* ein. Wir vier waren allein auf der Insel. Jen und ich gingen gegen sechs Uhr abends hinüber. Die Grahams waren nicht da. Wir warteten etwa eine halbe Stunde und gingen dann an Bord der *Sea Wind*. Mir fiel ein, daß Mac gesagt hat, sie wollten Fische fürs Abendessen fangen, und da dachten wir, sie kämen etwas später zurück.«

»Haben Sie gesehen, wie sie zum Fischen fuhren?«

»Ja. Sie fuhren in ihrem Zodiac.«

»Was hatten sie an?«

»Mac trug ein T-Shirt und Shorts. Mrs. Graham einen Badeanzug und irgendeinen Hut.«

»Sie haben sie danach nicht mehr gesehen?«

»Nein. Wir verbrachten die Nacht auf der *Sea Wind*. Am Morgen gingen wir los und suchten nach ihnen. Wir fanden den Zodiac gekentert etwa hundert Meter westlich der *Sea Wind*.«

»Wenn das gekenterte Dingi nur hundert Meter entfernt war, müssen Sie es doch gesehen haben, ohne danach suchen zu müssen«, sagte der Agent wie aus der Pistole geschossen.

»Dann muß es weiter weg gewesen sein. Vielleicht tausend Meter.«

»Was haben Sie danach getan?«

»Wir gingen zum Dingi und richteten es auf. Es schien nicht beschädigt zu sein. Ich zog ein paarmal am Motor, und er sprang an. Die nächsten drei Tage haben wir nach den Grahams gesucht. Wir haben keine Spur von ihnen gefunden.«

»Haben Sie versucht, Hilfe zu rufen?«

»Wir hatten kein Funkgerät. Es war eins an Bord der *Sea Wind*, aber wir konnten nicht damit umgehen.«

»Also haben Sie Palmyra mit der *Sea Wind* verlassen?«

»Wir wollten die *Iola* nach Fanning schleppen. Wir fuhren mit dem Hilfsmotor durch den Kanal, mit der *Iola* im Schlepptau, als die *Iola* auf das Riff lief. Wir bekamen sie nicht mehr frei, und ich schnitt die Leine durch, und wir fuhren weiter. Wir ankerten mit der *Sea Wind* vor dem Riff, und ich fuhr mit dem Dingi zurück, um die *Iola* zu befreien. Ich hißte die Segel und versuchte, sie mit Hilfe des Windes vom Riff zu bekommen, aber es hat nicht geklappt. Wir nahmen all unsere Sachen und brachten sie auf die *Sea Wind*.«

»Sie ließen die *Iola* einfach auf dem Riff liegen?«

»Ja.«

»Und segelten mit der *Sea Wind* los?«

»Genau.«

»Sie segelten mit der *Sea Wind* direkt nach Hawaii?«

Buck nickte. Er war offensichtlich der Meinung, den schweren Teil hinter sich gebracht zu haben. »Genauer gesagt nach Kauai. Wir verbrachten die Nacht da und segelten am nächsten Tag nach Oahu.«

Die anderen Agenten kehrten zum Wagen zurück. Sie hatten im Hotelzimmer keine Beweismittel gefunden.

»Haben Sie mit der *Sea Wind* etwas gemacht, nachdem Sie Hawaii erreicht hatten?« fragte Burns, als der Wagen vom Bordstein zog.

»Ja. Wir haben sie gestrichen.«

»Warum?«

»Weil sie gestrichen werden mußte.«

»Warum haben Sie den Namen vom Boot entfernt?«

Buck hob nonchalant die Achseln, als verlöre er das Interesse an dem Gespräch.

»Sie sagen, die *Sea Wind* hätte gestrichen werden müssen«, fuhr Burns fort.

»Auf dem Weg nach Hawaii hat uns ein Schwertfisch gerammt. Das Schwert ging glatt durch die Hülle. Ich mußte mich über die Seite hinablassen, um das Loch zu stopfen, damit nicht so viel Wasser eindrang.«

»Und deshalb mußte das Schiff neu gestrichen werden?« fragte Burns ungläubig.

»Genau.«

»Wann haben Sie die Große Insel erreicht?«

»Vor etwa einer Woche.«

»Warum?«

Buck sah den Agenten an, als habe er den Verstand verloren. »Weil ich nicht geschnappt werden wollte, Sie Dummkopf.«

Der Agent sah von seinem Notizbuch auf. »Wie haben Sie ihre Leichen beseitigt?« fragte er abrupt.

»Verpissen Sie sich.«

So endete das erste und, wie sich herausstellen würde, auch letzte Verhör Buck Walkers durch das FBI.

17. KAPITEL

Sonntag, 10. November 1974

Etwa ein Dutzend Personen, alle tief gebräunt und sportlich gekleidet, hatten sich auf der *Journeyer* zu einem kurzen Abstecher auf die unruhige See versammelt. Ihre Stimmung war ernst, aber nicht traurig. Sie waren übereingekommen, daß es sich nicht um einen Trauergottesdienst, sondern um einen zwanglosen hawaiianischen ›Aloha-Dienst‹ handelte. Obwohl Mac und Muff offiziell noch immer lediglich als vermißt und nicht als tot galten, hatten sich die Anwesenden andererseits mit der ernüchternden Tatsache abgefunden, daß es an der Zeit war, endgültig von ihnen Abschied zu nehmen.

Bernard Leonard, der Bermudashorts und ein buntes Hemd trug, schaltete den Motor aus, als sie sich ein paar Meilen von dem weltberühmten Diamond Head entfernt hatten. Das Schiff schaukelte auf und ab, und einen langen Augenblick war nur das Geräusch des Wassers zu vernehmen, das gegen die Hülle schlug. Dann trat ein großer, schon ergrauender Mann mit einer Sonnenbrille vor. Er war nicht nur ein erfahrener Yachtbesitzer und Trainer der Segelmannschaft der Universität von Hawaii, sondern auch Priester.

»Im Namen der Familien von Malcolm und Eleanor Graham«, begann er, »möchte ich Ihnen allen danken, daß Sie an diesem Aloha-Dienst teilnehmen.«

Kit, die eine moderne Sonnenbrille trug, war dankbar, daß beide Mütter davon abgesehen hatten, nach Hawaii zu kommen. Alt und zerbrechlich, sowohl einem tragischen Verlust als auch der Anspannung unterworfen, nicht zu wissen, was passiert war – die Reise wäre für sie wohl unerträglich gewesen. *Ja, Gott sei Dank sind sie nicht gekommen.*

»Mac und Muff und die *Sea Wind* segelten viele Jahre gemeinsam auf den Weltmeeren«, fuhr der Priester fort. »Mac war ein äußerst fähiger Seefahrer. Ein Mann, der allen Situationen und Jahreszeiten gewachsen war. Ein Mann, der mit seinem Leben glücklich, aber trotzdem nicht völlig zufrieden war. Es gab noch immer neue Horizonte, und neue Landgänge lockten ihn.

Muff fühlte sich, wie ich erfahren habe, auf See nie ganz wohl. Sie fand die Kraft, die Furcht vor der großen Weite des Meeres zu besiegen, in dem Vertrauen in den Mann, den sie liebte. Sie wäre mit Mac überall hin gesegelt.«

Kit konnte die Tränen nicht mehr zurückhalten.

»Ihr Traum, ihre Suche, wurde auf Palmyra so grausam beendet. Doch Gott hat Mac und Muff nicht im Stich gelassen.

Wir können die traurigen Ereignisse nicht begreifen, wegen denen wir uns hier versammelt haben. Wir wissen nicht genau, was sich auf Palmyra zugetragen hat, noch wissen wir, ob sie wirklich tot sind oder – gegen alle Hoffnung – irgendwie überlebt haben. Doch wir können überzeugt sein, daß, ganz gleich, wo Mac und Muff sind, Gott über sie wacht.«

Der Priester sprach ein Gebet, und die Anwesenden neigten die Köpfe und hielten sich an den Händen fest.

»O Gott, wir bitten dich, deine Hände allen zu reichen, die Mac und Muff Graham gekannt und geliebt haben. Wir beten, daß Gerechtigkeit geschehen möge, bitten dich aber auch, daß du unsere Herzen von der Rachsucht reinigst, die unsere Seelen vergiften würde, und daß du auch den Eingekerkerten deine Gnade schenkst.«

Leonard zuckte bei diesen Worten zusammen. Sie entsprachen zu sehr Gandhis Aufforderung, die Sünde zu hassen, aber die Sünder zu lieben. Leonard fühlte sich zu solch einer noblen Vergebung nicht imstande. Man hatte seine Freunde Muff und Mac offensichtlich ermordet und ihre geliebte *Sea Wind* gestohlen. Leonard wollte Gerechtigkeit, keine Gnade.

Kit war nicht weniger rachsüchtig. Vor ein paar Tagen hatte eine Zeitung in Honolulu ein Foto veröffentlicht, auf dem Jennifer in Handschellen zu einem Verhör durch U.S. Marshals geführt wurde. Etwas an dem Bild störte Kit, aber sie konnte nicht sofort den Grund dafür benennen. Mit einem entsetzten Keuchen begriff sie plötzlich, daß es die kurzärmelige Bluse mit Schulterpolstern war, die die Verdächtige trug. Es war eine von Muffs Lieblingsblusen gewesen. Von diesem Augenblick an verachtete Kit Jennifer Jenkins.

»Wir wollen für Mac und Muff beten«, fuhr der Geistliche fort. »Wenn sie, wie wir annehmen müssen, wirklich aus diesem Leben geschieden sind, empfehlen wir ihre Seelen deinen sicheren Händen. Führe sie zu ihrer hohen Insel. Amen.«

Leonard warf den Motor der *Journeyer* an, und das Schiff drehte eine langsame Runde. Alle standen schweigend an der Reling und warfen, einer nach dem anderen, purpurne und weiße Orchideen und rote und weiße Gartennelken über die Seite.

Die Blumen trieben auf der windbewegten Wasseroberfläche davon, genauso, dachte Kit, wie ihr Bruder und Muff auf ihrer letzten Reise von der Strömung und den Winden über den Horizont zu einer Insel namens Palmyra gebracht worden waren.

Seattle, Washington

An ihrem ersten Abend nach ihrer Rückkehr sah Kit einen Karton mit Briefen von Mac und Muff durch. Die von Palmyra hatte sie schon aussortiert und beiseite gelegt. Die Behörden von Hawaii hatten sie gebeten, Fotokopien davon anzufertigen, damit sie die Schilderungen der Grahams von ihrem Verhältnis zu dem Pärchen von der *Iola* selbst lesen konnten.

Kit hatte sämtliche Briefe aufbewahrt, die Mac und Muff ihr aus den zahlreichen Häfen geschickt hatten, die sie während ihrer Weltumseglung angelaufen hatten. Briefe aus fast sechs Jahren. Sie nahm einen Stapel davon und setzte sich auf die Wohnzimmercouch.

An der Wand hingen eine mit Naturfarben bemalte Maske und ein geschnitzter Holzspeer, Trophäen, die Mac aus einer entlegenen Ecke der Welt mitgebracht hatte. Kit lächelte. Eine Erinnerung würde ihr für immer bleiben: Mac, wie er die Maske vor sein Gesicht hielt und fröhlich durch das Zimmer sprang, hoch und heilig schwörend, einen echten Stammestanz aufzuführen.

Sie begann zu lesen. In einem Brief vom 16. Juli 1962 hatte Mac geschrieben: ›Ich liebe das Leben so sehr, daß die Erkenntnis schmerzt, daß es vergänglich ist.‹

Sie griff nach einem anderen Brief, den Mac ihr im Herbst 1966 geschrieben hatte, als er auf der letzten Etappe ihrer Weltumseglung die Westküste Mexikos entlangfuhr. Damals hatte Mac sie gebeten, ihren Eltern diese Geschichte nicht zu erzählen. Sie verschlug ihr noch immer den Atem.

Oktober 1966

Liebe Kit,
der Golf von Tehuantepec, der von allen Schiffen wegen seiner Winde von über 100 Meilen gefürchtet wird, lag vor uns. Er ist 200 Meilen breit. Wir hatten 100 Meilen geschafft, als der Motor ausfiel. Dann traf uns Chubascos, *der Großvater aller Wirbelstürme. Sollten wir 300 Meilen zum kaum genehmen Hafen Acajutla zurücksegeln oder versuchen, ohne Maschine die Häfen am anderen Ende des Golfs zu erreichen? Wir kehrten um. Ich ließ das Dingi zu Wasser und versuchte, uns mit dem Außenbordmotor zu schleppen. Wir machten kaum einen Knoten. Wir stießen auf ein paar Krabbenfischer. Sie trieben jemanden auf, der sich auf Englisch über Funk mit mir verständigen konnte, und wir vereinbarten, daß sie uns schleppten. Es waren 200 Meilen nach Salina Cruz. Der Himmel verdunkelte sich, und der* Chubascos *kam. Wir wurden durch hohe Wellen geschleppt, und der Wind machte ein Steuern praktisch unmöglich. Dreißig Stunden lang dachten wir fast jeden Augenblick daran, was geschehen würde, wenn das Seil reißen sollte. Wir würden sinken.*

Muff hat entsetzliche Angst und will doch trotzdem jeden Augenblick helfen. Sie sitzt links von mir, als vor uns ein mächtiger Blitz die Welt zerreißt und es so laut donnert, daß wir wissen, dies IST die Hölle. Der Schlag hallt noch in unseren Ohren, während die grelle Lichtexplosion unsere Welt in ein unheimliches Blauweiß taucht. Das verrückte Steuern geht weiter. Ich gehe nach vorn, um das Schleppseil zu überprüfen, während Muff das Ruder übernimmt.

›Die Brecher!‹ ruft Muff. ›Wir sind in den Brechern!‹

Der erste donnernde Brecher scheint sich über uns aufzutürmen. Das Schiff legt sich in einem unglaublichen Winkel auf die Seite. Die Welle kam runter. ›Das war's, Muff!‹ rief ich. Ich wollte ihr sagen, daß es mir leid tut, tat es aber nicht. Ich wollte nicht, daß sie wußte, daß ich die Hoffnung aufgegeben hatte. Die Welle brach zusammen und traf unsere Hülle. Nur die Gischt schoß über uns hinweg. Dann sah ich, daß der Brecher den Krabbenfischer erfaßt hatte. Wie durch ein Wunder hielt er seine Position. Ich sah, wie sich das Schleppseil hob. Das Fischerboot stand im rechten Winkel zu uns. Unser Bug schoß praktisch auf den Krabbenfischer zu, und die Sea Wind *kletterte den Wellenkamm hinauf. ›Hart nach links, verdammt!‹ rief ich Muff zu. Dann: ›Ihm nach!‹ Muff hielt sich am Ruder ganz hervorragend, und es tat mir schrecklich leid, daß ich sie angeschrien hatte. Mit dem sicheren Wissen, daß kein Tau diese Beanspruchung aushalten konnte, bereitete ich mich darauf vor, den Anker zu werfen, wenn wir uns losrissen. Doch dann stiegen wir über den letzten Wellenkamm in Sicherheit, und ich muß sagen, das war bestimmt der glücklichste Augenblick in unserem Leben.*

Jetzt liegen wir sicher in einem mexikanischen Hafen, und unsere Maschine wird repariert. Wir werden bald zu Hause sein.

Herzliche Grüße, Mac

Kit ließ den Brief auf ihren Schoß fallen. Sie hatten es damals geschafft, teilweise deshalb, weil sie ein gutes Team waren. Kit wußte, daß die beiden auch einen Taifun im Südpazifik, eine gefährliche Fahrt durch das Rote Meer und den Beinahe-Zusammenstoß mit dem Piratenschiff im Mittelmeer überstanden hatten. Wie konnten sie nun einfach verschwunden sein, nicht in einem Sturm auf See, sondern auf einer idyllischen Insel?

Kit fand einen anderen Brief, den Mac an sich selbst geschrieben hatte. Er nannte ihn »Unzusammenhängende Fragmente«, und es war einer ihrer Lieblingsbriefe. Er enthüllte eine Empfindsamkeit in Mac, die nicht jedem offensichtlich war. Er hatte ihn kurz nach dem Tod ihres Vaters im Jahr 1973 geschrieben:

Tage und Stunden der Arbeit auf der Yacht, ständig mit dem Gedanken, daß ich Dad zeigen werden kann, wie gut jedes Stück zusammenpaßt – eines Tages. *Alle Maschinen für seine kritische Inspektion vorbereitet. Ich wollte ihm so sehr gefallen. Ich hätte ihm so gern eine glückliche Familie mit Enkelkindern gezeigt – die schmerzliche Liste ist endlos. Doch am schrecklichsten bedauere ich, daß ich ihm nicht für alles danken konnte, was er mir gab. Es gibt einen freundlichen, rücksichtsvollen, ruhigen Menschen weniger auf der Welt. Was mich betrifft, habe ich solche Angst vor der Zukunft, daß ich die Gegenwart nicht genießen kann. Ich will mein Leben leben und glücklich sein, aber ich weiß nicht, wie. Ich glaube, das ›wie‹ besteht darin, sich keine Sorgen über die Zukunft zu machen.*

Kit fand Trost in der Tatsache, daß ihr Bruder – mehr als jeder andere Mensch, den sie kannte – ein Leben geführt hatte, wie er es führen wollte. Sie ging zu einem Bücherregal und kehrte mit einem abgegriffenen Fotoalbum zum Sofa zurück. Sie setzte sich und schlug eine Seite auf, die ein Schwarzweiß-Foto ihrer Eltern an ihrem Hochzeitstag enthielt. Sie sahen so jung aus, schienen auf eine sehr schöne Zukunft zu hoffen. Daddy hatte Maschinenbau an der MIT studiert, und Mutter war auf Miss Windsor's, einem exklusiven Mädchenpensionat in Boston. Auf derselben Seite war ein Foto, das das geräumige Haus der Familie zeigte, in dem der Stammhalter geboren war. Das meiste Geld in der Familie stammte vom Großvater (Malcolm) Graham, dem einmal Remington Rand gehört hatte. Doch er hatte die Firma schnell und mit Profit wieder verkauft und an der Wall Street investiert. Großvater hatte ein Vermögen verloren, als der Börsenmarkt 1929 zusammengebrochen war, doch als er Mitte der vierziger Jahre starb, hatte er Treuhandfonds für Mac und Kit hinterlassen. Auf seine Anweisung wurden ihnen die Fonds erst Mitte der sechziger Jahre überschrieben. Die Höhe der Erbschaftssteuer in jener Zeit hatte Großvater dazu bewogen, eine Generation zu überspringen, und so hatte ihr Vater nichts bekommen. (Als sie und Mac schließlich den Fonds ausbezahlt bekamen – jeder 120.000 Dollar – hatten sie ihrem Vater eine Segelyacht kaufen wollen. »Ich bin zu alt zum Segeln«, hatte er protestiert. »Besorgt mir etwas mit einem Motor.« Das hatten sie dann auch getan. Doch damals hatte Mac bereits von der Erbschaft seines Onkels die *Sea Wind* erstanden. Auch Kit hatte ein Segelschiff gekauft, aber ein bescheideneres für Tagesausflüge.)

Auf der nächsten Seite war ein Schnappschuß von Kit im Alter von zwei Jahren, aufgenommen am 25. Dezember 1930. Sie spielte mit einer Eisenbahn. Es war ihr letztes Weihnachtsfest als Einzelkind gewesen. Mac war am 13. April 1931 geboren wurden, und ein weiteres Foto zeigte ihn am folgenden Weihnachtsfest mit Mutter. »Und dann kam mein Bruder zu uns«, hatte Kit mit ungelenker Hand unter das Bild geschrieben.

Fotos, auf denen Kit und Mac gemeinsam zu sehen waren, füllten den Rest des Albums. Dieses hier mochte sie besonders – sie beide im Alter von neun und elf Jahren im Hochsommer am Strand. Sie lagen in altmodischer, hochgeschlossener Badekleidung auf den Bäuchen und grinsten beide in die Linse. Mac hatte eine Vergrößerung des Fotos machen lassen, die er in einem Album an Bord der *Sea Wind* aufbewahrte. Kits Original war verblichen, doch sie fuhr vorsichtig mit dem Finger über das alte Foto, als wolle sie Braille lesen, als könne die Berührung diesen verlorenen Augenblick ihres Lebens wiederherstellen. »Oh, Mac, wir hatten so viel Spaß.«

Kit schaute auf. Ihr Blick streifte die afrikanische Maske an der Wand, ohne sie wahrzunehmen. »Mac, Mac«, flüsterte sie und schloß das Album sanft.

18. KAPITEL

Honolulu

Zwei Wochen vor Weihnachten 1974 erschien Buck Walker vor Gericht, um das Urteil in der Anklage wegen Drogenhandels zu vernehmen, die ihn sieben Monate zuvor veranlaßt hatte, mit Jennifer nach Palmyra zu fliehen. Bezirksrichter Samuel P. King stellte die Urteilsverkündung jedoch zurück, als der vom Gericht ernannte Pflichtverteidiger Jon T. Miho eine überraschende Ankündigung machte.

»Mister Walker ist bereit, sich hinsichtlich des Verschwindens von Mister und Mrs. Graham einem Lügendetektortest zu unterziehen«, erklärte der Anwalt dem Richter. »Wir gehen davon aus, daß die Ergebnisse bei unseren Gesprächen mit der Anklage nützlich sein werden.«

Der stellvertretende Staatsanwalt William Eggers erklärte sich mit der Verschiebung einverstanden.

Nachdem sein Klient von bewaffneten Beamten aus dem Gerichtssaal geführt worden war, wurde Miho auf dem Gang von Reportern abgefangen. »Ein Lügendetektortest ist vor Gericht zwar nicht zulässig«, erklärte er, »doch günstige Ergebnisse könnten Einfluß auf das Strafmaß haben.«

Es dauerte nicht lange, bis auch Jennifers Anwalt, Mark Casden, öffentlich erklärte, auch seine Klientin sei bereit, sich solch einem Test zu unterziehen.

Jennifer war am 13. November auf Kaution entlassen worden. Ihre verwitwete Tante (Onkel Buddy war zwei Jahre zuvor gestorben) hatte ihr Anwesen auf Oahu als Sicherheit gestellt. Seitdem wohnte Jennifer bei Freunden auf der Großen Insel, doch Buck war seit seiner Verhaftung in Gewahrsam geblieben.

In der Weihnachtswoche beriet sich die Anklage mit einem Lügendetektor-Experten des FBI und arbeitete eine Liste von Fragen aus, die beiden Klienten gestellt werden sollte. Wie zuvor vereinbart, wurde diese Liste den Verteidigern der Beklagten vorgelegt.

Kurz darauf zog Buck Walker das Angebot zurück, sich einem Lügendetektortest zu stellen. Später würde ein Streit darüber entbrennen, ob Jennifer ihr Angebot ebenfalls zurückzog oder die Regierung entschied, den Test nur durchzuführen, wenn ihm sich beide Beklagte unterzogen.

Während die rechtlichen Scharmützel fortgesetzt wurden, ging die Presse dem Fall Palmyra so hartnäckig nach wie Ameisen einer Wassermelone, die sie bei einem Picknick entdeckt hatten. Natürlich waren die nackten Fakten zwingend – ein geheimnisvolles Verschwinden und ein möglicher Doppelmord auf dem verlockenden Schauplatz einer unbewohnten tropischen Insel, eine Ozeanfahrt auf einer gestohlenen Yacht und die spannende Verhaftung eines Liebespaars, bei dem es sich um die Hauptverdächtigen handelte.

Der Fall wurde weiterhin regelmäßig in den Abendnachrichten auf Hawaii ausgeschlachtet und machte immer wieder fette Schlagzeilen auf den Titelseiten der Zeitungen, oftmals begleitet von Fotos der Verdächtigen und der Opfer und provokanten Kommentaren. ›Frau wegen Yachtdiebstahl festgenommen‹, lautete die erste Schlagzeile des *Honolulu Advertiser* über diesen Fall am 30. Oktober. ›Ist mein Bruder tot? fragt Mac Grahams Schwester das FBI‹ war die Schlagzeile des Advertiser vom 4. November. ›Palmyra-Suchmannschaft kehrt zurück, spricht aber nicht über Ergebnisse‹, meldete der *Star-Bulletin* am selben Tag.

Auch in San Diego kam der Fall auf die Titelseiten. ›Südsee-Traumfahrt endet in Katastrophe‹, meldete der *San Diego Union* am 30. Oktober. ›Frau des Yachtbesitzers hatte Vorahnungen‹ wußte die *Tribune* am 1. November zu berichten. Die Zeitschrift *People* brachte in der November-Ausgabe mit ›Ehepaar, das die See liebte, verschwand darin‹ eine mehrseitige, illustrierte Story, in der Jennifer als ›schmutzige, ungewaschene Aussteigerin‹ und Buck als ›tätowierter Penner‹ bezeichnet wurden.

Zumindest auf Oahu hatten sich die Namen und Gesichter von Mac und Muff Graham, Jennifer Jenkins und Buck Walker der Öffentlichkeit eingeprägt. Als Jennifer schließlich Mitte 1975 der Prozeß gemacht wurde, mußte jeder der acht weiblichen und vier männlichen Geschworenen eingestehen, im Radio, Fernsehen oder den Zeitungen etwas über den Fall gehört, gesehen oder gelesen zu haben.

Am 7. Januar 1975, eine Woche, bevor Jennifer und Buck gemeinsam wegen des Diebstahls der *Sea Wind* angeklagt werden sollten, stimmte Richter King einem Antrag von Jennifers Verteidiger zu, die Fälle zu trennen. Sie würden gesondert verhandelt werden.

An diesem Tag waren beide vor Gericht anwesend. Jennifer saß neben Buck, und sie unterhielten sich eindringlich mit den gedämpften Stimmen Liebender, die einander vermissen und sich große Sorgen um ihre gemeinsame Zukunft machen.

Irgendwann beugte sich Jennifer zu ihrem Anwalt vor und sagte: »Buck hat mich gebeten, zuerst zu gehen.«

»Was meinen Sie damit?« fragte ihr Anwalt.

»Er will, daß mein Prozeß zuerst stattfindet. Ich bin damit einverstanden. Sagen Sie es dem Richter.«

Ihr kam nicht in den Sinn, daß Buck ihren Prozeß als Probelauf für seinen eigenen auswerten wollte.

Am 13. Januar stand Walker wegen der Drogenanklage vor Richter King. Er bekam die Höchststrafe von fünf Jahren in einem Bundesgefängnis.

Seattle, März 1975

Kit hätte nie, niemals, damit gerechnet, von Buck Walker zu hören. Sein Brief traf mit der Plötzlichkeit eines Blitzschlags ein. Sie saß nun in der Küche, hielt die acht handgeschriebenen Seiten in den Händen und war gefühlsmäßig in keiner Hinsicht auf das vorbereitet, was sie wohl zu sagen hatten.

Der Umschlag war am 11. März 1975 auf Hawaii abgestempelt worden. Es lag eine kurze Mitteilung Jennifers bei: ›Buck hat Ihnen vor einiger Zeit geschrieben, als wir auf dem Trockendock lagen‹, doch der Brief sei ›in dem ganzen Durcheinander verloren und vergessen‹ worden.

In der oberen rechten Ecke des Briefes hatte Buck mit seiner sauberen Handschrift notiert: ›Oktober – Hawaii‹.

Liebe Kit,
es fällt mir schwer, Ihnen zu schreiben, da die Nachricht, die wir überbringen müssen, uns sehr traurig gemacht hat und wir wissen, daß es Ihnen nicht anders ergehen wird. Ich habe diesbezüglich zahlreiche Versuche unternommen, und jeder hat sich als unzulänglich erwiesen. Selbst jetzt finde ich keine den Umständen angemessene Worte. Wir sind in dieser Hinsicht hin und her gerissen, fühlen uns aber doch verpflichtet, uns mit Ihnen in Verbindung zu setzen.

Mein Name ist Roy Allen, und meine Frau heißt Jennifer. Wir sind kürzlich von Palmyra nach Hawaii zurückgekehrt. Auf dem fernen Atoll haben wir Mac und Muff kennengelernt, und obwohl wir nur ein paar Monate gemeinsam dort waren, sind die beiden uns sehr ans Herz gewachsen.

Bitte bereiten Sie sich auf das Schlimmste vor.

Mac und Muff sind am 30. August verschwunden, und wir haben sie seitdem nicht mehr gesehen. Wir glauben, daß sie bei einem Bootsunfall gestorben sind. Sie sind am Nachmittag zum Fischen gefahren und nicht mehr zurückgekommen. Am nächsten Tag fanden wir ihr gekentertes Dingi auf dem Strand.

Ich kann Ihnen nur die Umstände beschreiben, und unsere Gedanken und Gefühle. Hoffentlich können Sie die Unbeholfenheit meiner Worte ertragen.

Ich sehe Mac noch vor mir, als er auf die Lagune fuhr. Er dirigierte Muff am Ruder und winkte und lächelte ...

Kit fühlte, wie ihr die Galle hochstieg. Wie konnte Macs und Muffs Mörder die Unverschämtheit besitzen, ihr überhaupt zu schreiben, geschweige denn solch einen Brief? Allein der Gedanke machte sie schummrig im Kopf und rief Schweißausbrüche hervor. Sie mußte einen Augenblick lang innehalten, bevor sie weiterlesen konnte.

... und ich ruderte hinüber. Ich bot ihm meine Hilfe beim Vertäuen der Sea Wind *an, und er erwiderte: ›Danke, ich komme schon klar.‹ Mit dieser einfachen Ablehnung schien er viel mehr auszudrücken: daß er das Angebot zwar schätzte, aber nicht auf die Freude verzichten wollte, es allein zu tun!*

Walker berichtete von seiner Bewunderung für Macs ›Unabhängigkeit‹ und von Macs ›völliger Liebe und Achtung‹ für Muff. Die beiden Paare hatten ein ›freundschaftliches und nachbarschaftliches‹ Verhältnis und teilten den Fisch ihrer täglichen Fänge. Er schilderte Jennifers schöne Geburtstagsfeier, ›auf der wir ihr ein Ständchen brachten und uns dann bis spät in die Nacht unterhielten.›

Kits Blick kehrte zu den Worten ›freundschaftlich‹ und ›nachbarschaftlich‹ zurück. Ihre Hände zitterten.

Es mag Ihnen ein wenig seltsam vorkommen, wieso wir so einfachen Vergnügungen eine so große Freude entnehmen konnten. Natürlich ist der Schauplatz wichtig. Palmyra ist bezaubernd und geheimnisvoll. Dort gibt es eine natürliche Schönheit, die die Sinne betäubt, aber Hand in Hand mit der harten Wirklichkeit geht: giftige Fische, Haie, Skorpione, Spinnen,

Ratten, Moskitos und so weiter. Man fürchtet sich vor ernsthaften Verletzungen, weil die nächste Hilfe von außen Tage entfernt ist, und ist trotzdem versessen darauf, sich den Herausforderungen zu stellen.

Die Feuchtigkeit ist normalerweile unangenehm und macht ein kühles Bad in abgestandenem Regenwasser zum Vergnügen. Die Tage kommen einem alle gleich vor, ein Schweigen, das nur aus den Geräuschen der Natur besteht: das Rauschen der Brandung, der Wind in den Kokospalmen, die nistenden Vögel, die sich erheben; das akute Gefühl, allein zu sein. Eine gemeinsame Mahlzeit, ein Drink, eine Zigarette, ein Gespräch, eine Schachpartie, Grüße, wenn man in entgegengesetzte Richtungen aneinander vorbeigeht, das alles bekommt eine ganz besondere Bedeutung.

Die Schachpartien waren ein ganz besonderes Vergnügen, bis auf die Tatsache, daß Muff nicht spielte. Mac und ich waren etwa gleich stark, während Jennifer uns beide ein paar Mal schlug.

Walker erwähnte die geplante Fahrt nach Fanning. Er schrieb, Mac habe ihn und Jennifer am Abend vor ihrer geplanten Abreise zu einem ›Abschiedsmahl‹ eingeladen. Sie seien gegen sechs Uhr am Ankerplatz der *Sea Wind* eingetroffen und hätten Mac und Muff dort nicht gefunden. ›Muff hatte vorher erwähnt, sie wollten am Nachmittag Fischen gehen‹, und so hätten er und Jennifer sich anfangs keine Sorgen gemacht. Doch ›je später es wurde, desto besorgter wurden wir‹.

Buck fuhr mit der Beschreibung ihrer Suche nach Mac und Muff am nächsten Morgen fort. Sie fanden den gekenterten Zodiac ganz in der Nähe, ›auf den Strand gespült‹. Sie hätten drei Tage gesucht, fuhr er fort, aber keine weiteren Spuren von Mac und Muff gefunden.

Kit versuchte verzweifelt, sich auf die Einzelheiten von Bucks Schilderung zu konzentrieren, anstatt ihrem wachsenden Drang nachzugeben, den Brief zusammenzuknüllen und in den Mülleimer zu werfen.

Jennifer und ich sprachen kaum ein Wort, riefen nur nach Mac und Muff, und wir bekamen nicht viel Schlaf. Im Rückblick glaube ich, daß wir einen leichten Schock erlitten haben. Dieser Verlust war unvorstellbar. Ich kann gar nicht sagen, wie wir sie vermißt haben!

Sie blieben noch eine Woche bis zehn Tage auf der Insel, fuhr Walker fort, und faßten dann den Entschluß, mit der *Sea Wind* – die *Iola* im Schlepptau – nach Fanning zu segeln und den ›Vorfall dort zu melden‹. Doch in dem schmalen Kanal, der aus der Lagune führte, ›lief die *Iola* auf einen Korallenkopf auf‹. Als sie die beschädigte *Iola* nicht befreien konnten, segelten sie mit der *Sea Wind* nach Hawaii.

Nach einer Weile kamen wir zum Schluß, daß Fanning kein so guter Ort war, weil wir dort unter eine ausländische Gerichtsbarkeit fielen und es möglich war, daß die Sea Wind *beschlagnahmt werden würde, womit wir dort gestrandet wären. Wir waren für die* Sea Wind *verantwortlich. Sie ist eine wunderbare Yacht, und wir lieben sie geradezu.*

Ich möchte Ihnen noch sagen, daß Jennifer und ich Romantiker sind, die oft über das Leben nachdenken. Daher kommt wohl auch dieser übermäßige Drang nach etwas Besserem, und wir neigen dazu, die Wirklichkeit mit unseren Träumen zu färben. Ich erwähne dies, weil ich in jeder Hinsicht aufrichtig sein möchte und ich hoffe, daß Sie uns dann besser verstehen werden.

Hier auf Hawaii mußten wir die Sea Wind *für Reparaturen aufs Trockendeck legen. (Diesen Brief schreibe ich im Hafen.) Und schließlich möchte ich noch erwähnen, daß Jennifer und ich heiraten wollen …*

Hatte er vor ein paar Seiten nicht geschrieben, Jennifer sei seine Frau? Doch Kit war sicher, daß es sich im Vergleich zum Rest des Briefes dabei nur um eine kleine Lüge handelte.

... obwohl wir es bislang nicht für nötig befunden haben. Doch wir sprechen nun darüber, Kinder zu bekommen, und es ist genau die richtige Zeit für eine Heirat.

Ich weiß, daß dies vielleicht nicht die richtige Gelegenheit ist, um darüber zu sprechen, doch wir wollen einen Bergungsanspruch auf die Sea Wind *erheben. Ich hoffe, ich kann Ihnen begreiflich machen, was wir damit meinen, denn es haben zahlreiche Faktoren damit zu tun. Wir haben unser Schiff verloren, das einen Marktwert von etwa* 10.000 *Dollar hatte, obwohl Preisschilder nichts damit zu tun haben, wie sehr ein Seemann sein Schiff schätzt, ob es sich nun um einen alten Dampfer oder eine Luxusyacht handelt. Wir lieben die* Sea Wind *und wollen mit ihr vielleicht die Welt umsegeln. Und ich habe die* Sea Wind *ins Register eingetragen und sie in* Lokahi *umbenannt, was ›in einem Sinne‹ bedeutet, womit wir unsere Gefühle wohl treffend zusammengefaßt haben. Wir haben noch niemanden über die wahren Umstände informiert. Wir sind der Ansicht, daß Sie es als erste erfahren sollen.*

Wie es auch kommen mag, es gibt sicher einige Dinge an Bord, die Sie gern hätten, und wir werden Sie Ihnen so schnell wie möglich zuschicken. Wir würden gern hören, was Sie von alledem halten. Wir möchten Sie auf dem laufenden halten und haben vor, bald wieder zu schreiben.

Ich weiß, daß dieser Brief ein schwerer Schlag für Sie sein muß und daß ich einiges schlecht ausgedrückt habe. Ich scheine große Schwierigkeiten zu haben, ein Ende und einen Anfang und dazwischen die richtigen Worte zu finden. Ich entschuldige mich für meine Unfähigkeit, aber wir brauchen Ihr Verständnis und hätten es gern.

Danke, daß Sie uns zugehört haben, und lassen Sie uns bitte wissen, ob wir irgend etwas für Sie tun können. Wir schicken Ihnen und anderen, die unter dem Verlust leiden, unser tiefstes Mitgefühl.

Mit aufrichtigen Grüßen, Roy und Jennifer

P.S.: Wir haben etwa 400 *Dollar an Bord gefunden und das Geld für Reparaturen der* Sea Wind *und einen neuen Anstrich benutzt. Doch wenn Sie es für richtig halten, werden wir Ihnen diesen Betrag zurückgeben.*

Kit war überzeugt, daß dieser Brief zum größten Teil aus einem Haufen Lügen bestand – und sie glaubte keinen Augenblick lang, daß Buck Walker ihn im Oktober 1974 in einer Werft auf Oahu geschrieben hatte. Sie konnte sich bildlich vorstellen, wie dieser schleimige, gerissene Mörder in seiner heißen Zelle auf Hawaii auf der Pritsche hockte und sich diese ausgeklügelten Erklärungen im verzweifelten Versuch, seine Haut zu retten, aus den Fingern sog.

Kit rief augenblicklich Calvin Shishido vom FBI an, erzählte ihm von dem Brief und verschaffte ihrer Wut Luft, indem sie ihm einige der unglaubwürdigsten Stellen vorlas.

»Das ist nur ein Haufen Unsinn von einem pathologischen Lügner«, erwiderte er. »Schenken Sie dem Brief keine Beachtung.«

»Das werde ich nicht.« Sie atmete tief durch. »Ich hoffe nur, daß Walker und dieses Mädchen kriegen, was sie verdient haben.«

»Schicken Sie mir eine Kopie dieses Briefes. Vielleicht können wir ihn eines Tages gegen sie verwenden.«

Die Vereinigten Staaten gegen Jennifer Jenkins, Strafprozeß 74-160, begann am 19. Juni 1975 in Richter Kings Gerichtssaal im Bundesgebäude Honolulu in der King Street. Die Straße war nicht, wie einige Bewohner Hawaiis glaubten, nach dem bekannten Richter oder seinem verstorbenen Vater benannt, der von 1934 bis 1942 Hawaiis Territorialdelegierter im Kongreß war, sondern nach dem hawaiianischen König, der ehemals im Iolani-Palast auf der anderen Straßenseite residiert hatte.

Der für die Jahreszeit viel zu kalte Morgen hielt die Neugierigen nicht davon ab, sich um die noch freien

Plätze im Saal zu streiten, nachdem man den Zeitungs- und Fernsehreportern Sitze in den ersten Reihen zugeteilt hatte.

Um fünf Minuten nach neun erhob sich Ankläger Bill Eggers, knöpfte seine Jacke zu, trat vor die Geschworenen und hielt sein Eröffnungsplädoyer über die drei Anklagepunkte: Diebstahl der *Sea Wind*; illegaler Transport über Staatsgrenzen eines gestohlenen Fahrzeugs, nämlich der *Sea Wind*, und ihres Inhalts; und Diebstahl von vierhundert Dollar im Besitz der Grahams.

Mord gehörte nicht dazu, obwohl die Behörden überzeugt waren, daß Mac und Muff Graham ermordet worden waren und daß Buck Walker und Jennifer Jenkins die Mörder waren.

Obwohl allgemein die Auffassung herrscht, das Wort ›corpus‹ in *corpus delicti* beziehe sich auf die Leiche des Opfers in einem Mordfall, und ohne Leiche könne es keine Strafverfolgung geben, bedeutet *corpus delicti* in Wirklicheit ›der Gehalt oder die Elemente des Verbrechens‹. Diese Elemente müssen vorliegen, gemeinsam mit dem Beweis, daß der Beklagte das Verbrechen begangen hat, bevor eine erfolgreiche Strafverfolgung beginnen kann. Eins der Elemente eines Mordfalls ist natürlich die Leiche. (Andere sind bewußte Planung, Vorbedacht und Absicht.) Doch die Anklagevertretung hat nur zu beweisen, daß eine ungesetzliche Tötung stattfand, und muß nicht die Leiche präsentieren.

Trotzdem trifft es zu, daß eine Anklage meistens auf schwachen Füßen steht, wenn die Leiche nicht gefunden wurde. Ganz automatisch besteht die erste Verteidigung des Beklagten in der Behauptung, das angebliche Opfer würde noch leben. Und wenn der Verdächtige eines Mordes angeklagt und für nicht schuldig befunden wird, kann er aufgrund verfassungsgemäßer Vorschriften nie wieder wegen desselben Verbrechens angeklagt werden, auch falls später die Leiche des Opfers und weitere, noch so belastende Beweise gefunden werden. Aus diesem Grund warten Anklagevertreter bei Mordprozessen häufig lange ab, in der Hoffnung, die Leiche würde noch auftauchen.

Die Anklagevertreter im Fall Palmyra waren übereingekommen, Buck Walker und Jennifer Jenkins früher oder später auf jeden Fall wegen Mordes anzuklagen, egal, ob die Leichen der Grahams jemals gefunden würden oder nicht. Sie sahen diese Diebstahlsfälle nur als Vorübungen der Mordanklagen, bei denen sie dieselben Zeugen aufrufen und dieselben Indizien vorlegen würden.

Die erste Zeugin der Anklage war Kit Muncey, die mit bleichem Gesicht und gram vor Trauer in den Zeugenstand trat. Offensichtlich ging es ihr sehr schlecht. Doch obwohl sie noch nie vor Gericht ausgesagt hatte und so nervös war, wie sie aussah, *wollte* Kit hier erscheinen. Sie wollte an der Verurteilung Jennifer Jenkins' mitwirken und bedauerte lediglich, daß die Anklage nicht auf Mord lautete.

Sie sagte aus, die *Sea Wind* und das Segeln wären ›das ganze Leben‹ ihres Bruders gewesen, und fügte hinzu, daß ihr Bruder und ihre Schwägerin erfahrene Hochseesegler wären, die sich auf die Fahrt nach Palmyra sorgsam vorbereitet hätten. Des weiteren erläuterte sie die charakteristische Stabilität des Zodiac und Macs Erfahrung im Umgang mit dem Dingi.

In den nachfolgenden Verhandlungstagen sagten vier Zeugen der Anklage – Larry Briggs, Jack Wheeler, Tom Wolfe und Bernard Leonard – über die Ereignisse aus, die sich im Sommer 1974 auf Palmyra abgespielt hatten. Alle betonten, daß die *Iola* in einem fürchterlichen Zustand gewesen war und Jennifer und Roy Allen kaum noch etwas zu Essen gehabt hatten. Leonard sagte auch über Jennifers Flucht vor den Behörden am Morgen ihrer Verhaftung aus.

Lorraine Wollen, die mit ihrem Mann auf ihrem Segelschiff in der Pokai-Bucht wohnte, sagte aus, sie hätten Jennifer Jenkins und Roy Allen im Oktober 1974 kennengelernt, als die beiden ihre Yacht in der benachbarten Anliegestelle vertäut hatten.

»Hat Miss Jenkins mit Ihnen darüber gesprochen, wie sie dieses Schiff erworben hat?« fragte Eggers.

Am Morgen, als die *Sea Wind* wieder abfahren wollte, erklärte die Wollen, habe Jennifer sie zu einem Kaffee eingeladen. Ihr sei ein Foto an der Kabinenwand aufgefallen. »Ich habe Jennifer gefragt, ob es ein Bild der Vorbesitzer sei, und sie sagte, ja, dem Mann habe das Schiff vierzehn Jahre lang gehört, bis es ihm dann einfach zuviel Arbeit machte und er es verkaufen wollte. Ich hatte den Eindruck, daß Jennifer und Roy ein sehr gutes Schnäppchen gemacht hatten.«

Später war die Wollen nach einigen Besorgungen zu ihrem Schiff zurückgekehrt und hatte dort einen Zettel von Jennifer mit der Nachricht gefunden, sie habe keine Zeit mehr gehabt, im Waianae-Drugstore einen entwikkelten Film abzuholen. Sie bat Lorraine, die Bilder zu holen und sie an eine Adresse auf Maui zu schicken. In dem Zettel waren eine Fünf-Dollar-Note und der Abschnitt der Filmtüte zusammengefaltet.

Einige Tage später holte die Wollen die Bilder ab, doch bevor sie sie auf die Post bringen konnte, hörte sie die Nachricht von Jennifers Verhaftung. In der Annahme, es könne sich um wichtige Beweismittel handeln, brachte sie sie zur Polizei von Waianae.

»Der diensthabende Polizist legte die Bilder auf dem Schalter aus, sagte, er hielte sie nicht für Beweismittel, und gab sie mir zurück. Am nächsten Tag schickte ich sie an die Adresse, die Jennifer mir gegeben hatte.« (Eine Freundin Jennifers brachte sie ihr ins Gefängnis, wo sie beschlagnahmt und dem FBI übergeben wurden.)

Eggers zeigte der Zeugin fünf Fotos, die sie als zu dem Film gehörig identifizierte, den sie für Jennifer abgeholt hatte. Die fünf Fotos wurden als Beweismittel zugelassen; sie zeigten die *Iola* unter vollen Segeln neben der *Sea Wind*. Im Hintergrund war Palmyra zu sehen.

(Es waren weitere Bilder auf dem Film, doch diese Geschworenen bekamen sie nicht zu sehen. Cal Shishido hatte sie natürlich alle gesehen, darunter mehrere Nacktfotos von Jennifer und Buck in verschiedenen Posen auf der *Sea Wind*. Shishido mußte sich mit einem besonders hartnäckigen Gerücht auseinandersetzen: Einige Fotos sollten pornographisch sein. FBI-Agenten und Anwälte hatten ihn immer wieder zur Seite genommen und gebeten, die Bilder sehen zu dürfen, auf denen Jennifer mit einem Hund Geschlechtsverkehr hatte. Solch ein Bild gab es nicht. Es *gab* Bilder, auf denen eine nackte Jennifer mit den Hunden auf Deck lag und Puffer streichelte. Das einzige pornographische Bild auf dem Film zeigte Buck, wie er nackt in einer der Kojen der *Sea Wind* lag und sich eine nackte Jennifer über ihn beugte und Fellatio bei ihm vollzog. In einem Spiegel im Hintergrund war Mac Grahams Kamera zu sehen, die offensichtlich mit einem Fernauslöser verbunden war.)

Die Bilder der *Iola* – ihr Lukendeckel fehlte – waren vom Deck der *Sea Wind* aus gemacht; ein Teil der Takelage der *Sea Wind* war auf ihnen zu sehen. Diese Bilder standen im Gegensatz zu Jennifers Aussage, die *Iola* sei im Kanal auf ein Riff gelaufen. Das kleinere Schiff hatte es offensichtlich unbeschadet aufs Meer geschafft. Der fehlende Lukendeckel deutete darauf hin, daß Buck und Jennifer von Anfang an vorgehabt hatten, die *Iola* aufzugeben.

Kenneth White, ein Experte für kleine Boote, brachte Jennifers Aussage in Mißkredit, sie hätten den Zodiac gekentert vorgefunden. White sagte aus, die Untersuchung des Außenbordmotors des Zodiac habe keine Anzeichen dafür ergeben, er sei in Salzwasser untergetaucht, wie es der Fall gewesen wäre, wenn das Dingi in der Lagune von Palmyra untergegangen wäre. Desweiteren bezeichnete White den Zodiac als ›das stabilste Wasserfahrzeug, das es gibt‹. Er hatte persöhnlich die Stabilität von Macs Zodiac getestet. »Wir haben *vier* Männer hineingesetzt und versucht, ihn kentern zu lassen. Wenn sich alle vier auf eine Seite legten, schwappte nur etwas Wasser hinein, mehr nicht.«

Als Eggers seine Beweisführung abschloß, hatten insgesamt sechzehn Zeugen für die Anklage ausgesagt. Die einzige Zeugin für die Verteidigung war Jennifer. Sie blieb störrisch bei der Geschichte, die sie dem FBI-Agenten erzählt hatte, einschließlich der Behauptung, die Iola auf dem Riff im Kanal zurückgelassen zu haben.

Beim Kreuzverhör zeigte Eggers ihr die Fotos von der *Iola* und der *Sea Wind*, wie sie gemeinsam in den Gewässern von Palmyra segelten. »Würden Sie uns dann bitte erklären, wann Sie und Mister Walker während Ihres Aufenthalts auf Palmyra die *Sea Wind* und die Iola gleichzeitig unter vollen Segeln im Meer vor Palmyra hatten?«

»Niemals.«

Shishido senkte den Kopf, damit die Geschworenen sein Lächeln nicht sehen konnten. So unglaublich es war – Jennifer Jenkins hatte gerade etwas abgestritten, wofür die Anklage einen eindeutigen Beweis vorlegen konnte.

Im Schlußplädoyer fragte Eggers rhetorisch: »Was hat das alles zu bedeuten? Nun, wir haben bewiesen, daß Jennifer Jenkins verzweifelt war. Sie hatte ein leckendes Schiff und war ohne Nahrung auf einer abgelegenen Insel gestrandet. Nur einen Steinwurf entfernt lag die Lösung für diese beiden Probleme: ein Transportmittel und Vorräte. Nach ihrer Rückkehr nach Hawaii hat sie sich mehrfach widersprochen, und welchen Grund gibt es, eine widersprüchliche und unzusammenhängende Geschichte zu erzählen, wenn sie die *Sea Wind* tatsächlich nach einem unerklärlichen Unfall der Grahams an sich genommen hätte? Sie ist des Diebstahls der *Sea Wind* schuldig, sie ist des Diebstahls der vierhundert Dollar an Bord schuldig, und sie ist des Transports dieser gestohlenen Güter über Staatsgrenzen hinweg schuldig. Ich bitte Sie, sie im Sinn der Anklage für schuldig zu befinden.«

Die Geschworenen kamen schnell zu einem Spruch.

Als er vorgelesen wurde, sank eine kreidebleiche Jennifer auf den Stuhl hinter dem Tisch der Verteidigung. Sie war *in allen Anklagepunkten für schuldig* befunden worden.

Am 18. August verurteilte Richter King sie zu zwei Jahren Bundesgefängnis wegen des Diebstahls der *Sea Wind* und zu fünf Jahren auf Bewährung wegen der anderen Anklagepunkte.

Buck Walker hatte sich in seiner Zelle über Jennifers Prozeß auf dem laufenden gehalten und paßte bei seiner Verhandlung im Dezember seine Geschichte den Tatsachen an. Als Walker zu seiner Verteidigung aussagte, widersprach er nicht den fotografischen Beweisen und erzählte, die Iola sei im Kanal tatsächlich aufgelaufen, doch er habe sie befreien können. Auf dem freien Meer habe er dann festgestellt, daß sie schwer beschädigt sei und heftig leckte, so daß er und Jennifer ihr Schiff aufgegeben hätten und auf der *Sea Wind* weitergefahren seien.

Special Agent Henry Burns trat in den Zeugenstand und sagte aus, Walker habe ursprünglich behauptet, nicht imstande gewesen zu sein, die Iola von dem Riff zu befreien.

Walker wurde ebenfalls in allen Anklagepunkten schuldig befunden und zu zehn Jahren Haft verurteilt, die jedoch erst anzutreten war, nachdem er seine Haft von fünf Jahren aufgrund der Drogenanklage abgesessen hatte.

Walkers Verteidiger erklärte den Medien gegenüber, sein Klient sei ›wegen der öffentlichen Meinung und Spekulationen‹, die Grahams wären wegen ihrer Yacht und ihrer Vorräte ermordet worden, zu Unrecht wegen Diebstahls verurteilt worden.

Trotz der beiden Verurteilungen wegen Diebstahl eines Schiffes war die Frage, was wirklich mit Mac und Muff Graham geschehen war, noch nicht beantwortet worden.

Das Geheimnis von Palmyra war keineswegs geklärt. Und viele glaubten, daß es nie geklärt werden würde.

19. KAPITEL

Palmyra
Sechs Jahre später

Der Dschungel hatte sich zurückgeholt, was ihm gehörte. Die Lichtung, die Mac neben dem Ankerplatz der *Sea Wind* geschlagen hatte, war wieder ein Gewirr aus Schlingpflanzen und Bäumen. Das Grün hatte auch Bucks Lager überwuchert, in dem sich Muff eines Sommerabends Jennifer anvertraut hatte. Das Gebäude, das Mac als Werkstatt benutzt hatte, stand noch. Auf der Werkbank darin lagen ein paar verrostete Muttern und Schrauben, eingehüllt vom Gespinst eines Spinnennetzes.

Sharon Jordan und ihr Mann Robert waren in der ersten Novemberwoche des Jahres 1980 auf Palmyra eingetroffen. Sie hatten von anderen Skippern im gesamten Pazifikraum Geschichten über das Verschwinden eines Ehepaars in dieser Gegend gehört, den Zwischenfall aber nicht mit dieser Insel in Zusammenhang gebracht, bis sie in einem Gebäude im Dschungel ein paar vergilbte Zeitungsausschnitte über den Fall fanden, anscheinend von Besuchern zurückgelassen, die die Insel *wegen* dieser berüchtigten Angelegenheit angelaufen hatten.

Die Jordans verschlangen jedes Wort und stellten Spekulationen darüber an, was hier wohl geschehen sein mochte.

»Die Grahams haben die Welt umsegelt und sind hier verschwunden«, grübelte Sharon eines Abends, als sie an Bord ihres Schiffes einen Sherry tranken.

»Es klingt ganz danach, als wären sie ermordet worden.«

»Wie schrecklich.«

In diesem Augenblick war Sherry froh, daß sie sich

allein auf der Insel befanden. »Weißt du, das hätte genausogut ... uns passieren können.«

Sie schworen, sich von dem Zwischenfall nicht das Vergnügen an ihrem geplanten Aufenthalt von ein paar Monaten nehmen zu lassen. Sie befanden sich auf ihrer Segelyacht, der *Moya*, die Robert selbst gebaut hatte, auf einer Weltumseglung.

Die folgenden Wochen vergingen schnell für das junge, attraktive Pärchen aus Johannesburg. Sharon, ein Fitneß-Fan mit schlankem, straffem Körper, ging jeden Tag mehrere Kilometer barfuß – und in der feuchten Hitze oft auch splitternackt – am Strand der Lagune entlang. Ihre gebräunte, knabenhafte Figur, das pechschwarze Haar und die dunkelbraunen Augen ließen sie wie eine polynesische Prinzessin aussehen, die ihr privates tropisches Reich erkundete. Robert fischte vormittags zumeist, arbeitete jeden Tag am Schiff und hielt nachmittags in einer Hängematte im Schatten zwischen zwei stämmigen Bäumen ein Nickerchen.

Am 4. Januar 1981 ging die Sonne in einem wolkenlosen Himmel auf. Nach einem leichten Frühstück aus Haferflocken in frischer Kokosmilch stiegen Sharon und Robert in ihr Dingi, um Fischen zu fahren. Eigentlich hatte Sharon es jedoch weniger darauf abgesehen, tatsächlich etwas zu fangen, als die Schulen der prächtigen, bunten Riffische zu beobachten, die hier und da in der Lagune herumflitzten.

Als sie an einer alten Rampe für Wasserflugzeuge am südlichen Ufer der Cooper Island vorbeifuhren, beobachtete Sharon einen wunderschönen, scharlachroten Fisch, der im Zickzack unter ihnen schwamm.

»Warte«, sagte sie, »ich glaube, ich sehe etwas.«

Robert hörte zu rudern auf und sah ebenfalls über die Seite.

»Was ist das?« fragte sie.

»Ein Boot.«

Sharon fragte sich laut, ob das Schiff etwas mit dem vermißten Pärchen aus Kalifornien zu tun hatte.

Am nächsten Tag begangen die Jordans mit einer ehrgeizigen Bergungsmission, um das versunkene Boot hochzuholen. Sie sammelten zahlreiche leere Benzinfässer, füllten sie mit Wasser aus der Lagune und versenkten sie neben dem Wrack. Lediglich mit Sichtmasken bekleidet, tauchten sie die sechs Meter zum Grund hinab und banden die Fässer an dem Boot fest. Dabei mußten sie ununterbrochen auf sich nähernde Haie achten.

Sie brauchten über eine Stunde, um die Fässer zu sichern. Ohne Sauerstofftanks mußten sie oft auftauchen, um Luft zu schnappen. Und es gab auch einige Unterbrechungen, während derer sie aus dem Wasser und warten mußten, bis neugierige Haie weitergezogen waren. Als sie die Metallfässer schließlich angebracht hatten – ein jedes mit etwa zwei Metern schwerem Tau mit dem gesunkenen Boot verbunden – ging Robert mit einer Handpumpe hinab, und Sharon nahm eine Winde mit. Sie bohrten ein Faß nach dem anderen auf, steckten ein Stück Schlauch durch die Öffnung und pumpten Luft hinein, das das Wasser verdrängte. Nachdem das zehnte oder elfte Faß Auftrieb gab, erhob sich das Boot vielleicht einen halben Meter vom Grund, hielt dann jedoch inne.

Sharon tauchte auf, um Luft zu schnappen. Als Robert ebenfalls heraufkam, beschlossen sie, noch ein paar Fässer zu holen. Sie versenkten noch vier Stück und pumpten Luft hinein. Eine halbe Stunde später brach das Boot mit einem lauten Knall durch die Wasseroberfläche der Lagune.

Die Metallhülle war mit gelben Rankenfußkrebsen bedeckt, doch die Aufschrift ›U.S.A.F.‹ war deutlich zu lesen. Die Jordans schöpften das Wasser aus dem Boot und zogen es zum Strand, um es dort genauer zu untersuchen. Zigarrenförmig und mit tiefen Seiten, handelte es sich offensichtlich nicht um ein hochseetaugliches

Schiff. Robert hielt es für ein Rettungsboot. Am Heck waren vier Lagerräume von jeweils etwa einem Meter Tiefe in das Deck eingelassen. Leere Aluminiumbehälter füllten zwei der Fächer aus.

Die Behälter für die beiden anderen Vorratsfächer waren nirgendwo zu sehen.

25. Januar 1981

Sharon Jordan brach zu ihrem täglichen Spaziergang am Weststrand der Lagune auf. Als sie losging, lag ihr Mann in der Hängematte und las ein Buch.

Es war ein wunderschöner, aber – wie üblich – heißer Nachmittag.

Sharon folgte der Hochwassermarke über den Sand und die Korallen. Sie ging lieber am Strand entlang als ins Landesinnere, weil sie neugierig darauf war, was während der Nacht angespült worden war. Auf Palmyra war sie bislang nur selten enttäuscht worden.

Als sie eine besonders schöne und unbeschädigte Muschel sah, kniete sie nieder und entfernte den Sand von ihr. Ja, dachte sie, ein schönes Teil für ihre Sammlung.

Als sie an der alten Rampe für Wasserflugzeuge vorbeikam, wurde sie an die Bergung des Rettungsboots erinnert. So ein Spaß! Hier gab es jede Menge zu erleben. Vielleicht handelte es sich wirklich um das Paradies. Sie waren allein – und glücklich –, das Wetter war beständig schön, die Umgebung exotisch und wundervoll ... sie hatte Robert gesagt, daß sie es nicht eilig hatte, von hier fortzukommen, nein danke.

Etwa einen Kilometer weiter am Ufer der Strawn Island bemerkte sie, wie zehn Meter vor ihr etwas im Sonnenlicht funkelte. Der Fund weckte ihr Interesse, und sie ging näher heran, machte dann einen Satz zurück und schrie. Vor ihr lag ein menschlicher Schädel im Sand; das

Funkeln stammte von einer Goldkrone. Weitere Knochenteile lagen in der Nähe.

Sharon ließ ihre Muscheln fallen und kniete nieder. *Das ist einer von ihnen. Einer von dem vermißten Ehepaar.* Aber sie wußte, daß die Gebeine nicht die ganzen Jahre auf dem Strand gelegen haben konnten.

In der Nähe fand sie einen Aluminiumbehälter. Daneben lag ein Deckel und ein Stück Draht, der wahrscheinlich Deckel und Behälter zusammengehalten hatte. Anhand der Position der Knochen erkannte sie augenblicklich, daß sie aus dem Behälter gefallen sein mußten. Unter dem Deckel lag ein kleiner Knochen und eine Armbanduhr, die sie aufhob. Trotz der Korrosion sah sie, daß es sich um eine Damenuhr handelte. Der Behälter war wahrscheinlich vom letzten Sturm an Land gespült worden, der sich erst diese Nacht gelegt hatte. In dem Behälter machte Sharon ein kleines Stoffstück aus. Sie stellte auch fest, daß das Innere des Behälters geschwärzt war.

Ihr Blick fiel wieder auf den Totenschädel. *Das muß die Frau sein.* Auch eine Seite des Schädels war geschwärzt, wie verkohlt. Sie wollte den grinsenden Schädel nicht berühren, wußte aber, daß sie keine Wahl hatte. Wenn sie ihn hier liegen ließ, wurde er vielleicht weggespült.

Vorsichtig hob sie ihn auf und drehte ihn um. In der Schläfenregion war ein kleines rundes Loch.

Ihre Gedanken rasten. Die arme Frau war offensichtlich erschossen worden. Danach hatte man sie in den Behälter gelegt und ihn dann ... angezündet! »O Gott, o Gott.«

Sie betrachtete den Aluminiumbehälter genauer und stellte fest, daß er identisch mit den beiden waren, die sie in den Lagernischen des versunkenen Rettungsboots gefunden hatten. Aber dort waren zwei Nischen leer gewesen. *Zwei.* Das hier war ein Behälter. Der andere war und blieb verschwunden. Der Mann, begriff sie fröstelnd. *Der fehlende Behälter muß seine Leiche enthalten*!

Zögernd schaute sie den Strand entlang. Nichts. Der

zweite Behälter, der mit … ihm … mußte noch in den Tiefen der Lagune liegen. Sie holte lieber sofort ihren Mann, damit er ihr half, den Rest der Knochen einzusammeln, bevor die Flut kam und sie wegspülte.

Den Schädel mit weit ausgestreckten Armen haltend, lief Sharon Jordan zur *Moya* zurück, eine Godiva mit rabenschwarzem Haar, die einen Totenkopf durch das Paradies trug.

20. KAPITEL

Ende Januar 1981
FBI-Hauptquartier in Honolulu

Cal Shishido arbeitete an seinem Schreibtisch im Mannschaftsraum, in dem Agenten an langen Tischen saßen, Berichte schrieben, telefonierten und so viel Zigarettenrauch produzierten, daß man sich an den Smog erinnert fühlte, der nach einem Vulkanausbruch in der Luft über Hawaii lag.

Shishido war jetzt seit zehn Jahren in Honolulu, länger als jeder andere in der Niederlassung. Es war ziemlich ungewöhnlich für einen Agenten, so lange an einem Ort zu bleiben, doch er hatte bislang alle Versetzungsangebote – selbst die, die mit einer vielversprechenden Beförderung verbunden waren – zurückgewiesen, weil es ihm auf Hawaii gefiel. Seine Söhne gingen auf seine alte High School, seine Eltern lebten ganz in der Nähe im Ruhestand, und die meisten seiner Verwandten und viele seiner besten Freunde wohnten noch auf den Inseln. Und da waren natürlich noch die Golfplätze, von denen einige zu den gepflegtesten und am schönsten gelegenen auf der ganzen Welt gehörten. Wenn Cal Shishido den Ball am dreizehnten Loch des majestätischen, an der Küste liegenden Klipper-Marine-Golfplatzes in Oahu auf die Abschlagstelle setzte, während die Brandung neben ihm rauschte und er zu den fruchtbaren grünen Hügeln des Naturschutzgebietes Waiahole Forest sah, konnte er sich einfach nicht vorstellen, nach Cleveland, Pittsburg oder Washington zu ziehen. Er war hier zu Hause.

Es war an diesem Nachmittag im Mannschaftsraum ungewöhnlich ruhig. Wenn alle Agenten anwesend waren, konnte man bei dem Lärm kaum sein eigenes Wort verstehen, geschweige denn ein Telefongespräch führen. Doch nun konnte Shishido problemlos den neuen Burschen verstehen, der sechs Meter entfernt am ›Beschwerde-Pult‹ saß, an dem Anrufe von örtlichen Behörden und der Öffentlichkeit entgegengenommen wurden.

»Sie haben Knochen gefunden?« sagte der Agent.

In diesem Augenblick klingelte Shishidos Apparat. Ein Staatsanwalt erwiderte seinen Anruf bezüglich eines Bankraubs. Als er vielleicht eine Minute später auflegte, hörte Shishido, daß der Agent am Beschwerde-Pult noch immer mit demselben Anruf beschäftigt war.

»Vielleicht Kannibalen?« kicherte der junge Mann.

Shishido machte einen Eintrag in die Akte über den Bankraub und stellte sie in den Schrank zurück.

»Wiederholen Sie den Namen dieses Ortes. Und buchstabieren Sie ihn bitte.«

Cal sah auf seine Uhr. Vielleicht würde er heute früher nach Hause gehen. Er hatte an den Wochenenden genug Überstunden angesammelt.

»P ... A ... L ... M ... Y ...«

Shishido sprang von seinem Stuhl auf und lief zum Beschwerdepult.

»Ja, Y wie Yankee, R... A ...«

»Geben Sie mir das Gespräch!« Unhöflich griff Cal nach dem Hörer.

Der junge Beamte war gerade frisch von der Akademie

in Quantico gekommen. Er war seit kaum einem halben Jahr auf Hawaii. Mein Gott, er war noch auf dem College gewesen, als die Grahams verschwanden. Er konnte einfach nichts davon wissen.

»Hier spricht Special Agent Shishido.«

Der Küstenwache-Beamte am anderen Ende der Leitung wiederholte die Funknachricht, die die Yacht *Moya* durchgegeben hatte. Der Beamte, der auch neu auf den Inseln war, kannte den Fall Palmyra ebenfalls nicht.

Shishido machte sich ein paar Notizen.

Nachdem er aufgelegt hatte, zog er die Akte Walker/Jenkins hervor.

Eine der ersten Personen, mit denen Shishido danach sprach, war Bill Eggers. Beide hatten immer befürchtet, die Leichen von Malcolm und Eleanor Graham würden nie wieder auftauchen. Als sie erfahren hatten, daß Muff Graham eine Brille getragen hatte, hatten sie die flüchtige Hoffnung gehabt, das teilweise verbrannte Brillenglas, das Eggers im November 1974 in dem Lagerfeuer gefunden hatte, hätte vielleicht ihr gehört. Doch Muffs Augenarzt hatte festgestellt, daß die Dioptrien nicht übereinstimmten.

Eggers war sehr aufgeregt, als er von der Entdeckung der Knochen hörte, und wünschte seinem alten Freund viel Glück auf seiner nächsten Reise nach Palmyra. Eggers würde diesmal nicht mitkommen. Er hatte die Staatsanwaltschaft vor einem Jahr verlassen und praktizierte nun als Anwalt in Honolulu.

»Mein Gott, ich kann es nicht glauben!« rief er. »Das müssen die Gebeine der Grahams sein.«

Shishido pflichtete ihm bei. »Ich würde mein linkes Ei dafür geben, wenn ich die Gesichter von Walker und der Jenkins sehen könnte, wenn sie es erfahren. Die dachten, sie würden ungeschoren davonkommen.«

Die Nachricht der scheußlichen Entdeckung auf Palmyra hallte laut über die hawaiianischen Inseln. ›Menschliche Knochen auf Palmyra gefunden‹, ›Mord auf Palmyra‹, ›Zeugin beschreibt, wie sie Knochen auf Palmyra fand‹ lauteten die grellen Schlagzeilen.

Am 4. Februar brach ein von Cal Shishido geleitetes FBI-Team nach Palmyra auf. Die Männer waren sechs Tage unterwegs. Am Abend ihrer Rückkehr warteten Mitarbeiter des Privatsenders KGMB-TV am Flughafen, um Shishido und die anderen FBI-Agenten zu filmen, als sie mit dem korrodierten Metallbehälter, den Sharon Jordan am Strand gefunden hatte, aus dem Flugzeug stiegen. Aus der Nähe konnte man die Knochen in dem Behälter klappern hören.

Die Zehn-Uhr-Nachrichten brachten die folgende Story:

FBI-Agenten kehrten heute mit einem Schädel und Knochen zurück, die ein Skipperehepaar aus Südafrika vor zwei Wochen auf der Insel Palmyra gefunden hat. Die skelettierten Überreste waren in einen Metallbehälter gelegt worden, der anscheinend in Brand gesteckt und dann mit Gewichten beschwert und in einer Lagune versenkt wurde. Offensichtlich löste sich der Behälter, und die Strömung spülte alles an einen korallenübersäten Strand, auf dem die Gebeine dann entdeckt wurden. Die brennende Frage lautet nun: »Sind das die Überreste von Malcolm und Eleanor Graham?« Das Ehepaar aus San Diego ist vor sieben Jahren auf mysteriöse Art auf Palmyra verschwunden, einer idyllischen Insel etwa eintausend Meilen südlich von Hawaii. Buck Walker und Jennifer Jenkins wurden später wegen des Diebstahls ihrer Yacht verurteilt. Die FBI-Agenten sagten, es handele sich um ein unglaubliches Glück, daß die Gebeine und der Behälter überhaupt entdeckt wurden.

Damit bezogen sich die Nachrichten auf die Tatsache, daß die nächste Flut die Gebeine wahrscheinlich zurück in die Lagune gespült hätte, wo sie dann auf den Grund gesunken oder durch den Kanal ins Meer getragen worden wären. Der Bericht stellte fest, daß die Knochen ›vielleicht nur für ein paar Stunden sichtbar waren und dann vielleicht für immer verschwunden wären. Wenn es sich um die Überreste der Grahams handelt, könnte dieser Glücksfall vielleicht helfen, ein sieben Jahre altes Geheimnis aufzuklären.‹

Die Spekulationen fanden am 17. Februar ein Ende, als Special Agent William C. Ervin, der Leiter des FBI-Büros Honolulu, erklärte, die auf Palmyra gefundenen Gebeine seien eindeutig als die von Eleanor ›Muff‹ Graham identifiziert worden. Ein forensischer Odontologe hatte die Identifizierung vornehmen können, indem er die Unterlagen und Röntgenbilder von Muffs Zahnarzt in San Diego mit den Zähnen und Füllungen im Schädel verglich.

Am 20. Februar erhob ein Bundesgeschworenengericht in Honolulu Anklage gegen Buck Walker und Jennifer Jenkins wegen Mordes ersten Grades an Muff Graham. (Walker und die Jenkins wurden nicht wegen Mordes an Mac Graham angeklagt.) Das Gericht war zum Schluß gekommen, daß ›irgendwann zwischen, am oder um den 28. August 1974 und dem 4. September 1974 Buck Duane Walker, auch bekannt als Roy A. Allen, und Jennifer Lynn Jenkins, auch bekannt als Jennifer Allen, auf der Insel Palmyra im Bezirk Hawaii und der maritimen und territorialen Jurisdiktion der Vereinigten Staaten mit böswilliger Berechnung Mrs. Eleanor Graham während der Durchführung oder Vorbereitung eines Diebstahls ermordet und damit das Verbrechen des Mordes ersten Grades begangen‹ hätten.

Scheußliche Einzelheiten kamen an die Öffentlichkeit. ›Der Aluminiumbehälter, neben dem die Knochen gefunden wurden, war zu klein, um eine vollständige Leiche aufzunehmen‹, berichtete ein Ankläger der Presse. ›Die Leiche muß zerstückelt worden sein. In der linken Schläfe des Schädels ist ein Loch, und die Knochen und der Behälter sind angesengt. Diese Leiche ist großer Hitze ausgesetzt gewesen.‹

Praktisch jeder Zeitungsartikel brachte Buck und Jennifer und die Vorgänge des Jahres 1974 in Verbindung mit dem Leichenfund – der Diebstahl der *Sea Wind*, Jennifers Flucht im Hafen und so weiter. Die Medien erhoben offene Beschuldigungen: ›Freunde der Grahams behaupten, das Ehepaar sei von Walker und Jennifer Jenkins ermordet worden.‹ Auch wenn die Artikel keine direkten Beschuldigungen enthielten, wurde klar, wer die Mörder sein mußten: ›Die Grahams haben das Pärchen als Ärgernis beschrieben, was sie loswerden wollten.‹ – ›Die Grahams gaben über Funk durch, daß ihnen Walker und die Jenkins nicht gefielen, *die einzigen anderen Menschen auf dem Atoll*, deren Yacht in schlechtem Zustand war und die fast keine Vorräte mehr hatten.‹ – ›Bei ihrem letzten Funkspruch teilten die Grahams mit, Walker und die Jenkins hätten keine Vorräte mehr, würden Kokospalmen fällen und mit Handfeuerwaffen auf Fische schießen.‹ – ›Die Grahams erzählten Curt Shoemaker, Walker und die Jenkins seien verzweifelt und hätten nichts mehr zu essen.‹ – ›Ihr Verhältnis war nicht freundlich.‹ Selbst die Schlagzeilen fällten schon Vorverurteilungen: ›Walker und die Jennifer haben mit Mord an Paar auf Kreuzfahrt zu tun.‹

Am 5. März stellte sich Jennifer Jenkins, nun vierunddreißig Jahre alt, in Los Angeles einem U.S. Marshal. Am nächsten Tag kam sie gegen 100 000 Dollar Kaution frei und versprach, am 2. April vor einem Bundesgericht auf Hawaii zu erscheinen und eine Erklärung abzugeben, ob sie sich schuldig oder unschuldig bekenne.

Im Gegensatz zu seiner ehemaligen Freundin hatte Buck Walker nicht die Absicht, sich den Behörden auszuliefern. Um Walkers Aufenthaltsort ausfindig zu machen, rief Cal Shishido beim FBI in Seattle an. Seinen letzten Informationen zufolge saß Walker seine Strafe in der Bundesanstalt McNeil Island im Staat Washington ab.

Zwanzig Minuten später rief der Agent, mit dem er gesprochen hatte, zurück. »Walker ist entflohen.«

»Entflohen? Sie machen Witze! Wann?«

»Vor anderthalb Jahren.«

»Irgendwelche Spuren?«

»Nein. Niemand weiß, wo er ist.«

Das Büro des U.S. Marshal
Seattle, Washington

Als Deputy Marshal Richard ›Ted‹ Kringle, Jr., Nachricht von der Mordanklage auf Hawaii bekam, gab er alle Informationen über Buck Walker und die Entdeckung menschlicher Gebeine auf einer Insel namens Palmyra an das Hauptquartier in Washington, D.C., weiter.

Buck Duane Walkers Fall war einer von achtzig, die der Marshal von Seattle im Oktober 1979 vom FBI übernommen hatte, als die Bundesbehörde erklärte, nicht mehr für Ausbrecher aus Bundesgefängnissen zuständig zu sein. Der vierundvierzigjährige Kringle verfügte über eine bulldoggenhafte Hartnäckigkeit, die ihm bei seiner Arbeit zugute kam.

Walker war am 10. Juli 1979 aus einem Lager mit minimalen Sicherheitsvorkehrungen ausgebrochen, das direkt neben dem Bundesgefängnis auf der Insel McNeil im Puget-Sund lag, südwestlich von Tacoma. Er war entweder die drei Kilometer ans Ufer geschwommen oder – einem Gerücht zufolge, daß Kringle mit äußerster Vorsicht zur Kenntnis genommen hatte – von einem einmotorigen Wasserflugzeug aufgenommen worden. Kringle erfuhr, daß die Bewährungskommission beabsichtigt hatte, Walker auf Bewährung freizulassen, nachdem er sieben Jahre abgesessen hatte. Er war nach knapp fünf Jahren ausgebrochen.

Als Kringle den Fall Ende 1979 auf seinen Schreibtisch bekommen hatte, fragte er sich, warum Walker überhaupt ausgebrochen war, nachdem der schwierigste Teil seiner Haft doch schon hinter ihm lag. Aber angesichts der Mordanklage ergab der Ausbruch Sinn. Der Deputy konnte sich vorstellen, wie Walker ununterbrochen schwitzte und befürchtete, man könne die Leichen seiner Opfer eines Tages finden.

Kringle erfuhr, daß Walker vor seiner Flucht ein hartes Fitneß-Training betrieben hatte und noch muskulöser geworden war. Desweiteren erfuhr der Deputy, daß Walker mit einem Quotienten von 130 bis 140 sehr intelligent war, viel gelesen hatte und so etwas wie ein Gefängnisanwalt geworden war und anderen Verurteilten im Austausch gegen die wertvollste Gefängniswährung überhaupt – Zigaretten – bei ihren Gerichtseingaben und Bewährungsanträgen geholfen hatte. Er hatte auch eine umfangreiche Korrespondenz geführt und mitunter bis zu einem halben Dutzend Briefe pro Tag abgeschickt. Beim Studium von Kopien der überraschend gut artikulierten und fast rechtschreibfehlerfreien Schriftstücke – die routinemäßig aufbewahrt wurden – stellte Kringle fest, daß Walkers Tonfall so gut wie nie variierte: Das ganze System war gegen ihn, er war hereingelegt worden. Gefängniswächter verrieten Kringle, daß Walker sich auch für Okkultismus interessiert hatte.

Walkers Akte entnahm der Marshal, daß der Flüchtige zweimal verheiratet gewesen war. 1955 hatte er in Mexiko die damals sechzehnjährige Tanya Logan geheiratet; die Ehe war 1958 annuliert worden, als Walker wegen bewaffneten Raubes in San Quentin saß. 1966 hatte er eine gewisse Patricia McKay geheiratet. Eine Tochter, Noel, war ein Jahr später geboren und die Ehe dann 1972 wieder geschieden worden. Patricia McKay, die das Sorgerecht für Noel bekommen hatte, lebte noch immer in Furcht vor ihrem Exmann. »Ich will nicht, daß er weiß, wo ich wohne«, sagte sie zu FBI-Agenten. »Buck ist ein klassischer Psychopath. Und er ist nicht mal wegen eines Bruchteils der bewaffneten Raubüberfälle verhört worden, die er begangen hat.«

Kringle stellte ein gewisses Muster bei den Adressaten von Walkers Korrespondenz fest. Hauptsächlich handelte es sich um Kapitalverbrecher in anderen Anstalten. Kringle wußte, wie diese amoralische Bruderschaft arbeitete. Ihre Mitglieder nannten sich bei Prozessen gegenseitig als Zeugen; es war einfacher, während des Transports zu einer Gerichtsverhandlung zu fliehen, als aus einem Gefängnis auszubrechen. Wenn jemand wie Walker wieder draußen war, wurde er von Freunden, die schon länger draußen waren, wieder in kriminelle Unternehmungen eingeführt. Kringle wußte, daß Walker bei solchen Verbindungen nicht vorhatte, sich zu bessern. Aber das war ihm nur recht. Flüchtige Verbrecher, die ehrlich bleiben wollten, waren am schwierigsten ausfindig zu machen.

Kringle wußte auch von Jennifer Jenkins. Ihr Name stand auf Walkers Korrespondenzliste. Etwa anderthalb Jahre vor seinem Ausbruch hatte er ihr geschrieben, aber keine Antwort bekommen.

18. Januar 1978

Aloha Kekepania,

Hau'oli Makahiki Hou. Ich wünsche Dir neue Anfänge. Wie, zum Teufel, geht's Dir, Baby?

Ich schreibe, weil ich in letzter Zeit viel an Dich gedacht habe und einen bitteren Schmerz in meinem Herzen spüre. Ich lege ein Geschenk bei, nicht viel, aber mehr kann ich an diesem Ort nicht auftreiben. Es handelt sich um verrücktes Gekritzel, das ich als Anführungszeichen Dichtkunst Abführungszeichen betrachte.

Wir haben im Lauf der letzten paar Jahre nicht mehr viel voneinander gehört, und Du bist mir fremd geworden. Meistens sind die Gedanken, die ich Dir heutzutage entgegen bringe, freundlich, manche sind bitter vor Enttäuschung, und manchmal kann ich einfach nicht mehr an mich halten. Ich rege mich an, indem ich mich an wunderschöne und wichtige Dinge erinnere, die zwischen uns passiert sind. Manchmal kann ich mich sogar daran erinnern, wie Du schmeckst.

Neulich ging ich abends auf den Hof, um etwas frische Luft zu schnappen, und betrachtete die Berge, das Wasser des Sunds, sah zu anderen Inseln hinüber, und die untergehende Sonne sah durch den rotgoldenen Dunst der Wolken einfach prachtvoll aus. Es ist immer eine fürchterliche Qual, im Gefängnis so etwas Schönes erleben zu müssen, da Schönheit hier immer so verführerisch ist und es nie irgendeine Erfüllung zu geben scheint. Einige der häßlichsten Gedanken auf der Welt müssen von Menschen in Gefängnissen gedacht werden, doch ich glaube, auch einige der schönsten Gedanken kommen uns in den Sinn, weil wir einfach solch ein Bedürfnis nach ihnen haben.

Nun ja, Jen, Liebste (ich hoffe, Du hast um der alten Zeiten willen nichts dagegen, daß ich Dich so nenne), die Welt ist doch nicht so wunderbar, nicht wahr? Zuviel Elend für arme Seelen wie uns. Wenn es Götter gäbe und ich einen Draht zu ihnen hätte, würde ich sie bitten, daß sie auf Dich achten und Dich mit allem segnen, was Du verdienst, und das wäre bestimmt viel mehr an Liebe und Verständnis.

Schluß jetzt. Ich muß wieder an die Arbeit. Ich wollte mich nur einmal melden. Zum Teufel! Um auszudrücken, was ich wirklich will, wären eine Million Worte nötig, und so kreativ fühle ich mich nicht. Paß auf Dich auf und sei gut zu Dir.

Aloha, Baby.

Dem Brief beigefügt war Jennifers ›Geschenk‹, vierundzwanzig Seiten mit Gedichten. Bei den meisten handelte es sich um Liebesgedichte, mehr als nur ein paar waren mit erotischen Bildern gewürzt. Zeilen aus einem Gedicht namens ›Soll ich beginnen?‹ fielen Kringle besonders auf, und der Deputy Marshal lächelte. Walker hatte geschrieben:

Kein Kerker wird mich lange halten,
keine Ketten werden mich fesseln.
Soll ich beginnen,
indem ich über Wasser gehe
oder Berge versetze?

Obwohl eine ehemalige Geliebte oder Komplizin oftmals bei der Ergreifung eines Flüchtigen helfen konnte, kam dies Kringle in diesem Fall eher unwahrscheinlich vor, da Jennifer schon lange vor Walkers Flucht anscheinend jeden Kontakt mit ihm abgebrochen hatte. Doch Kringle vermutete, daß er nur die *neue* Frau in Walkers Leben ausfindig machen mußte, um auch ihn selbst zu fassen.

Ruth Claire Thomas, neununddreißig Jahre alt, klein, Brillenträgerin, Hausfrau, führte ein eintöniges Leben mit ihrem Mann, einem Börsenmakler, und zwei Kindern in einem Komplex mit Eigentumswohnungen in Olympia, Washington. Das heißt, sie führte dieses Leben, bis sie dem Aloha-Club beitrat und auf einen Besuch des Gefängnisses McNeil Island mitkam, um dort Insassen aus Hawaii aufzuheitern. Während der Veranstaltung in dem Gemeinschaftraum verteilte sie gemeinsam mit den anderen Clubmitgliedern frische Blumen, während im Hintergrund hawaiianische Musik vom Band spielte. Auf ihrem ersten Besuch lernte Ruth Buck Walker kennen. Bald fuhr sie zum Gefängnis, um allein ihn zu besuchen. Am Tag nach seiner Flucht verließ Miss Thomas ihre Familie und verschwand, aber nicht, bevor sie die Sparbücher der Familie bis auf den letzten Penny leergeräumt hatte.

31. Juli 1981

Ein verstaubter Pickup bog in Yuma, Arizona, von der Interstate 8 ab und hielt an einer Tankstelle. Zwei Männer stiegen aus dem Wagen. Sie trugen Jeans und Cowboyhemden mit Schnallen und aufgesetzten Taschen. Genauso gekleidet wie die Einheimischen, erinnerten die Deputy Marshals Ted Kringle und Don Baker kaum an Polizisten, die einem gefährlichen, flüchtigen Verbrecher auf den Fersen waren.

Kringle hatte Seattle vor einer Woche verlassen und zuerst eine Adresse in Lake Tahoe überprüft, die Ruth Thomas kürzlich angegeben hatte, als sie in Kalifornien einen neuen Führerschein beantragte. Nachdem er die Bewohner auf die Strafen hingewiesen hatte, die auf die Begünstigung eines flüchtigen Verbrechers standen, hatten sie bestätigt, daß Buck Walker und Ruth Thomas im letzten Sommer gelegentlich hier gewohnt hatten, und Kringle eine Adresse in Las Vegas gegeben, die sich als privates Postfach herausgestellt hatte. Ein paar Tage später hatte Walker bei der Firma in Las Vegas angerufen und gebeten, ihm seine Post an eine Adresse in Yuma nachzusenden, die sich ebenfalls als privates Postfach (in einem Pornoladen) erwies. Noch in derselben Stunde brach Kringle nach Arizona auf, wo er sich mit Baker getroffen hatte.

Im Büro des Sheriffs von Yuma arbeitete auch eine Task Force der Drogenfahndung, und Kringle zeigte den Undercover-Beamten Walkers Verbrecherfoto.

»Das ist Sean O'Dougal«, sagte Art Cash von der Drug Enforcement Agency. »Wir haben ihn aber seit ein paar Tagen nicht mehr gesehen. Er ist mit einem Burschen namens Terry Conner befreundet. Conner gehört ein Haus in einer der besten Gegenden Yumas und fährt einen dicken Lincoln Continental. Er will den Leuten weismachen, daß er in seiner Hamburgerbude genug fetttriefende Bratklöpse verkauft, um sich so ein aufwendiges Leben leisten zu können.«

»Ist diese Hamburgerbude hier in der Stadt?«

»Nein, etwa fünfzig Kilometer östlich von hier, ein Fernfahrerschuppen in Wellton.«

»Wo hängt Walker herum?« fragte Kringle.

»Wir wissen, wo er seinen Hut aufhängt, wenn er in der Stadt ist. Ich werd's Ihnen zeigen.«

»Übrigens ... was haben Sie über diesen Conner?«

»Schmuggeln. Dealen. Er importiert thailändisches Heroin in großen Mengen. Ihr O'Dougal – oder Walker – schafft Drogen aus Mexiko für ihn heran.«

Kringle lächelte verkniffen. »Das klingt ganz nach Bucky.«

Yuma
4. August 1981

Buck Walker war noch immer nicht aufgetaucht.

Kringle entschied sich dagegen, das Haus an der Elmwood Avenue überwachen zu lassen, in dem den Berichten der Task Force zufolge Walker mit einer Frau von etwa vierzig Jahren namens Luanne zusammenwohnte. »Walker hat so ein feines Näschen für Bullen, daß er uns sehen könnte, bevor wir ihn sehen«, sagte er zu Baker. »Ich will, daß er glaubt, er sei zu Hause sicher.«

Doch Kringle und sein Partner fuhren mehrmals täglich an dem Haus vorbei. Sie hielten nach einem kakaobraunen Oldsmobile, Baujahr 1976, mit dem in Arizona ausgegebenen Nummernschild ALF 752 Ausschau, bei dem es sich angeblich um Bucks neuesten fahrbaren Untersatz handelte.

Als sie an ihrem fünften Tag in der Stadt morgens um neun Uhr zum x-ten Mal an dem Haus vorbeifuhren, sahen sie eine Frau in einem verblichenen purpurnen Bademantel, die den Mülleimer hinausstellte. Sie trug

Lockenwickler und sah unglaublich schlecht aus, doch Kringle erkannte sie augenblicklich.

»Ruth Thomas«, sagte er zu Baker.

Nun als Luanne Simmons bekannt, hatte die Thomas, das älteste Gangsterliebchen der Conner-Walker-Bande, von der Task Force den Spitznamen Mutterglucke bekommen. Von ihrem ›Mann‹, Walker, war bekannt, daß er mit dem jüngsten Mädchen der Gruppe reiste – der gutaussehenden, neunzehnjährigen Tochter eines Exknackis aus McNeil Island. Ob nun freiwillig oder nicht, schien Ruth Thomas diese Beziehung anscheinend zu tolerieren, denn alle erweckten den Eindruck einer großen, glücklichen Familie von Schurken.

»Noch immer kein braunes Olds«, sagte Kringle, als sie um den Block fuhren. »Noch immer kein Bucky.«

Als ein paar Tage später sein Boß anrief, mußte Kringle eingestehen, nicht einmal vermuten zu können, wann Walker nach Yuma zurückkehrte. »Es könnte morgen sein, oder nächsten Monat.«

Am nächsten Tag bestieg Kringle ein Flugzeug nach Seattle und überließ Art Cash die Sache.

Nach Mitternacht,
12. August 1981

Ein braunes Oldsmobile mit einem Nummernschild von Arizona fuhr südlich von Yuma durch den amerikanischen Zoll. Der große, muskulöse Fahrer und seine viel jüngere Beifahrerin wurden nach einem flüchtigen Blick in den Kofferraum durchgewunken. Der Zollbeamte bemerkte nicht, daß dieser Wagen auf der Fahndungsliste stand.

Um zwei Uhr morgens entdeckte ein Polizist von Yuma City das Olds auf dem Parkplatz vor dem Torch Light Motel am Rand der Stadt und gab über Funk eine Meldung durch.

Art Cash und seine Leute rasten zum Motel. Alle bis auf Cash stellten ihre Fahrzeuge auf der Straße ab. Der Einsatzleiter stellte seinen Lieferwagen in der Parklücke neben dem Oldsmobile ab. Er und der Agent bei ihm im Wagen gingen nach hinten, um den Parkplatz durch die Einsichtscheiben des Lieferwagens zu beobachten.

Zehn Minuten später kamen Conner und Walker aus Zimmer 16. Beide wirkten angespannt. Walker setzte sich hinter das Lenkrad des Olds, griff unter den Sitz und zog einen großen Umschlag hervor. Conner öffnete die Beifahrertür und stieg ein. Er sah in den Umschlag, zog dann einen anderen, kleineren, aus seiner Hosentasche und gab ihn Walker.

In diesem Augenblick schlugen die Agenten der Drogenfahndung zu. Walker und Conner wurden aus dem Wagen gezerrt, mußten sich mit gespreizten Beinen über die Motorhaube beugen, wurden nach Waffen abgetastet, und man legte ihnen Handschellen an.

Cash beugte sich in das Olds und holte die Umschläge heraus. Im kleinen befand sich Bargeld – mindestens mehrere tausend Dollar. Der große enthielt Hunderte bunter Kapseln. Cash brach eine auf und probierte das Pulver darin. Barbiturate. Frisch aus Mexiko importiert, wie Cash vermutete.

Er sah dem großen Mann ins Gesicht. »Buck Duane Walker«, sagte er, »Sie sind verhaftet. Sie auch, Conner.«

»Da liegt ein Irrtum vor«, sagte Walker. »Ich heiße Frank Wolf.«

»Na schön, Frank Wolf. Sie sind verhaftet.«

ZWEITES BUCH

Gerechtigkeit

21. KAPITEL

Los Angeles
8. März 1982

»Vince«, sagte meine Sekretärin über die Gegensprechanlage, »Miss Jenkins ist da.«

Ich begrüßte meine Besucherin im Empfangsraum und war überrascht, einen kleinen, zottigen Hund mit allmählich grau werdender Schnauze bei ihr zu sehen.

»Mister Bugliosi, ich möchte Ihnen Puffer vorstellen«, sagte Jennifer und kraulte den Kleinen hinter einem Ohr. »Sie ist mein Liebling.«

Das entsprach nicht dem üblichen Verhalten einer Mordverdächtigen.

Ich bat die beiden Besucher in mein Büro. Umgeben von Regalen mit Gesetzesbüchern nahmen wir an einem langen Mahagonitisch Platz. Puffer wedelte mit dem Schwanz und rollte sich neben Jennifers Füßen zusammen.

»Puffer begleitet mich überall hin. Sie war auch auf Palmyra.«

»Dann sollte ich vielleicht auch mit ihr sprechen.«

Jennifer lachte höflich, und in den Winkeln ihrer großen, braunen Augen erschienen kleine Fältchen. Die angebliche Mörderin aus den Zeitungsschlagzeilen wirkte entwaffnend wie ein kleines Mädchen.

Ich hatte erst vor ein paar Wochen von der Insel Palmyra gehört. Ein Freund hatte mir die Kopie des dreiteiligen Artikels ›Mord auf Palmyra‹ gegeben, der ein Jahr zuvor im Honolulu Star-Bulletin erschienen war. Mein Freund kannte Ted Jenkins – »er schwört, daß seine Schwester unschuldig ist« – und hatte mich gebeten, mich mit Jennifer zu treffen und zu besprechen, ob ich sie vielleicht vertreten könnte.

Obwohl man mich wohl immer für einen Vertreter der Anklage halten wird, war ich seit 1972, als ich bei der Staatsanwaltschaft des Bezirks Los Angeles gekündigt hatte, als Strafverteidiger tätig. Allerdings zögerte ich, nachdem ich die Artikelserie über die Morde auf Palmyra gelesen hatte, Jennifer Jenkins zu verteidigen, da ich nicht von ihrer Unschuld überzeugt war. Wie ich es sah, waren vier Menschen allein auf einer unbewohnten Insel gewesen, und zwei davon waren ermordet worden. Wie groß mochte die Wahrscheinlichkeit sein, daß die beiden anderen unschuldig waren, besonders, nachdem diese beiden mit dem Schiff der Opfer nach Hawaii gesegelt waren und sich sehr verdächtig benommen hatten? Sowohl das FBI als auch die Staatsanwaltschaft von Hawaii und ein Bundesgeschworenengericht hatten die Beweise begutachtet und waren zu dem Schluß gekommen, daß Buck Walker und Jennifer Jenkins die Morde gemeinsam begangen hatten. Und zwei Geschworenengerichte hatten die beiden bereits des Diebstahls der Yacht für schuldig befunden. Bevor ich zustimmte, sie zu verteidigen, mußte ich sicher sein, daß sie keine Mörderin war, und nach dem üblichen Austausch von Freundlichkeiten sprach ich Jennifer darauf an.

Sie seufzte. »Ich habe in meinem Leben einige Fehler gemacht, aber ich habe Mac und Muff nicht getötet.«

Ich musterte sie einen Augenblick lang. »Dann sind Sie bereit, sich einem Lügendetektor-Test zu unterziehen?«

»Ja«, erwiderte sie ohne Zögern. »Ich unterziehe mich jedem Test, ob nun Lügendetektor, Sodium-Pentothal oder was auch immer. Und die Geschworenen können die Ergebnisse erfahren.«

»Egal, wie sie aussehen?«

»Ja.«

Was Jennifer gerade gesagt hatte, war sehr wichtig für mich. Die meisten Schuldigen wollen sich keinem solchen Test unterziehen. Selbst die, die dazu bereit sind, haben von ihren Anwälten erfahren, daß das Ergebnis ohne ihre Zustimmung nicht beim Prozeß verwendet werden kann, falls sie den Test nicht bestanden haben sollten. Jennifer hingegen bot an, sich nicht nur diesem Test zu unterziehen, sondern ihn auch den Geschworenen vorzulegen, ganz gleich, wie er ausfallen sollte. Wie konnte sie dazu bereit sein, wenn sie tatsächlich schuldig war?

Jennifer hatte einen bedeutenden Schritt getan, mich von ihrer Unschuld zu überzeugen.

»Außerdem«, fügte sie hinzu, »hat Barry Tarlow mich letztes Jahr, direkt nach der Anklageerhebung, aufgefordert, mich einem Lügendetektor-Test zu unterziehen. Ich habe ihn bestanden.«

Barry Tarlow, ein prominenter Strafverteidiger aus Los Angeles, war von Jennifers Familie engagiert, aber kurz darauf durch die Strafverteidiger Brian J. O'Neill und Leonard Weinglass ersetzt worden. O'Neill hatte sich mittlerweile von dem Fall zurückgezogen, doch Weinglass würde weiterhin als Berater fungieren, falls ich Jennifers Verteidigung übernehmen sollte. Obwohl ich Weinglass nicht persönlich kannte, wußte ich, daß er der vielleicht respektierteste Anwalt der politischen Linken der USA war.

Ich beschloß, mir das Testergebnis zu besorgen, und kam zur Sache. »Erzählen Sie mir alles, was passiert ist. Beginnen Sie ganz am Anfang, als Sie Buck kennengelernt haben, und lassen Sie sich Zeit.«

Als ich das nächste Mal auf meine Uhr sah, war es kurz vor zehn am Abend, und Jennifer war mit ihrer Geschichte noch lange nicht fertig. Allerdings hatte ich sie mit zahlreichen Zwischenfragen und Bitten um Klärung einzelner Punkte aufgehalten.

»Es ist spät«, sagte sie und versuchte, ein Gähnen zu unterdrücken.

»Allerdings. Jennifer, ich wiederhole, daß ich Sie nicht vertreten kann, falls ich den Eindruck bekommen sollte, daß Sie irgend etwas mit diesen beiden Morden zu tun haben.«

»Da ich unschuldig bin«, sagte sie zuversichtlich, »habe ich nichts dagegen.«

Ich gab Jennifer einen Notizblock. »Wenn Ihnen irgend etwas einfällt, das zu Ihren Gunsten spricht, schreiben Sie es auf. Machen Sie eine weitere Liste über alle Punkte, die gegen Sie sprechen, und fügen Sie Erklärungen hinzu, wenn Sie welche haben. Wenn Sie das nächste Mal kommen, werden wir Ihre Notizen durchgehen.«

Sie griff nur zögernd nach dem Block.

»Stimmt was nicht?«

»Ich muß mich den ganzen Tag auf die Arbeit konzentrieren.«

»Machen Sie es nach Feierabend.«

»Dann muß ich mich entspannen.« Jetzt sprach wieder das kleine Mädchen, das ich seit einigen Stunden nicht mehr gesehen hatte.

»Jennifer, die Anklage gegen Sie könnte nicht ernster sein. Sie wurden bereits wegen des Diebstahls der Yacht verurteilt. Wenn Sie nicht auch noch des Mordes verurteilt werden wollen, müssen Sie hart, sehr hart arbeiten.«

»Ich weiß«, sagte sie, doch in ihrer Stimme lag keine echte Besorgnis. Sie griff beiläufig nach dem Block und stand auf.

Etwas entnervt brachte ich sie zum Fahrstuhl. Dann kehrte ich in die Bibliothek zurück und setzte mich. Alle anderen Mitarbeiter unserer Kanzlei waren schon längst gegangen. Das einzige Geräusch war das leise Klopfen meines Radiergummis auf dem Schreibtisch, als ich über Jennifer Jenkins exotische Geschichte nachdachte.

Abgesehen von dem Geheimnis hinter dem Fall fiel mir sofort die schreckliche Ironie von Mac Grahams Schicksal auf. Er hatte dem zunehmend unsicherer werdenden Großstadtleben entfliehen und sich auf eine friedliche, idyllische Südseeinsel zurückziehen wollen, wo er dann brutal ermordet und auf den Grund einer Lagune geworfen worden war, ein schlimmeres Ende, als er es in San Diego hätte finden können.

Welch unvorstellbare Hölle gab es doch hier auf Erden! War die Frau, mit der ich gerade gesprochen hatte, gemeinsam mit ihrem Freund für die Schrecken verantwortlich, die den Grahams im Sommer 1974 zugestoßen waren?

Obwohl ich mich nicht für einen besonders guten Menschenkenner halte, war mir Jennifer nicht wie eine Schuldige vorgekommen. Ich hatte mit vielen Menschen gesprochen (oder sie ins Kreuzverhör genommen), die sich ernster Verbrechen schuldig gemacht hatten, und keiner davon war so nüchtern oder entrückt gewesen wie sie. Bei Schuldigen drangen normalerweise Ängste und Argwohn an die Oberfläche, doch Jennifer war nur beiläufig und offen gewesen. Andererseits verhielt sie sich auch nicht wie eine Unschuldige, der man das schrecklichste aller Verbrechen vorwarf. Diese Angeklagten können es normalerweise gar nicht erwarten, der Welt ihre Unschuld zu beweisen. Da Jennifer sich weder wie eine Schuldige noch wie eine Unschuldige benahm, hatte ich nach unserem ersten Gespräch einfach den Eindruck, daß sie mit den Morden nichts zu tun hatte. Doch einige Zweifel waren geblieben. Diese mußten in weiteren Gesprächen ausgeräumt werden; erst dann konnte ich mich entscheiden, ob ich sie vertreten wollte. Mir fiel auch ein altes französisches Sprichwort ein, das ich von einem erfahrenen Staatsanwalt gehört hatte: Eine Frau enthüllt ihre Schuld nicht so schnell wie ein Mann.

Noch etwas störte mich. Ich merkte erst, was es war, als ich am nächsten Morgen bei einer Tasse Kaffee in unserer sonnigen Küche zu Hause die Aufzeichnungen durchsah.

Obwohl Jennifer wiederholt ihre Trauer über den Tod von Mac und Muff Graham ausgedrückt hatte, hatte sie nicht so gesprochen, als habe auf Palmyra ein *Mord* stattgefunden, sondern nur zwei schreckliche Unfälle, für die *niemand* verantwortlich war. Ich sprach sie darauf an, als sie, die treue Puffer und ich uns das nächste Mal wieder in der Bibliothek zusammensetzten.

»Jennifer, es ist klar, daß Muff ermordet wurde. Und Mac zweifellos auch.«

Sie runzelte überrascht die Stirn und sah mich an, als hätte ich ihr den Inhalt eines Romans erzählt. »Wie ich sagte, sie fuhren zum Fischen und kamen nicht mehr zurück. Wir fanden ihr gekentertes Dingi. Ich habe immer gedacht, daß sie ertrunken oder von Haien angefallen worden wären.«

»Die Gebeine von Ertrunkenen oder von Menschen, die von Haien gefressen wurden, tauchen nicht sieben Jahre später in einer Metallkiste auf.«

Sie zuckte die Achseln. »Len Weinglass meint, es sei nicht *sicher*, daß Muff in der Kiste war.«

»Jennifer, bitte. Offensichtlich wurden Mac und Muff ermordet, und zwar nicht von den Heinzelmännchen. Wir kommen nicht weiter, wenn wir mit der Wirklichkeit Schattenboxen betreiben. Nur vier Personen waren auf der Insel. Entweder waren Sie und Buck es gemeinsam, oder Buck war es allein. Die Umstände lassen einfach keinen anderen vernünftigen Schluß zu. Ich bin bereit zu glauben, daß Sie nichts damit zu tun hatten. Womit Buck der alleinige Täter wäre.«

»Ich kann mir nicht vorstellen, daß Buck die beiden getötet hat. Sie waren so nett zu uns – besonders Mac. Er gab Buck Zigaretten. Wir haben Schach gespielt.« Ihre Argumente schienen lebhafte Erinnerungen heraufzubeschwören. »Sie waren *gute Menschen*, Vince.«

»Das will ich gern glauben.«

»Buck hätte doch nicht ...« Ihre Stimme zitterte. Es war ihre erste Gefühlsregung.

Sie erhob sich und schritt nervös um den Tisch. »Letzten Sommer saß ich bei einer Anhörung in Honolulu neben Buck«, begann sie nachdenklich. »Ich hatte ihn seit Jahren nicht mehr gesehen.« (Während unseres ersten Gesprächs hatte Jennifer mir erzählt, daß sie von Buck nichts mehr gehört hatte, seit er ihr vor mehreren Jahren aus dem Gefängnis geschrieben hatte. Sie sagte, sie habe seinen Brief nicht beantwortet und sei auch gefühlsmäßig nicht mehr mit ihm verbunden.) »Bevor die Verhandlung anfing, konnten wir uns kurz unterhalten. Ich habe ihm gesagt, ich hätte immer geglaubt, Mac und Muff hätten beim Fischen einen Unfall gehabt. Buck sagte, er sei auch immer dieser Ansicht gewesen.«

Sie kraulte Puffer hinter dem Ohr und setzte sich wieder. »Ich fragte Buck, ob er mir erklären könne, wie Muffs Leiche *anscheinend* in eine Metallkiste gekommen war. Er sagte: ›Vielleicht ist Mac es gewesen.‹«

Sie schaute erwartungsvoll auf, vielleicht um zu sehen, wie mir diese Idee gefiel. Aber Mac hatte nach allen Zeugenaussagen seine Frau wirklich geliebt, und er hätte auch keinen finanziellen Vorteil aus dieser Tat ziehen können. Diese Erklärung kam für mich nicht in Betracht, und ich schwieg.

Nach einer kleinen Pause fuhr sie fort. »Ich erwiderte, das gäbe doch keinen Sinn. Wenn Mac seine Frau umbringen wollte, hätte er warten können, bis wir am nächsten Tag aufgebrochen waren. Dann wären sie allein auf der Insel gewesen, und es hätte keine Zeugen gegeben. Er hätte den Behörden melden können, Muff sei auf dem Meer über Bord gegangen. Er hätte den Rest seines Lebens allein auf der *Sea Wind* segeln können.«

»Was entgegnete Buck darauf?«

Sie schüttelte den Kopf. »Nichts. Er ... zuckte einfach die Achseln.«

»Haben Sie noch über etwas anderes gesprochen?«

»Nun ja ...« Sie wirkte etwas verlegen. »Ich habe ihn gefragt, ob er sich diesmal zuerst dem Prozeß unterziehen würde. Ich meine, er hatte mich ja bei der Diebstahlsverhandlung darum gebeten, und ich war einverstanden gewesen. Ich dachte, er wolle mir nun auch einen Gefallen tun.«

»Was hat er sagt?«

»Seine genauen Worte: ›Ich stecke meinen Kopf in keine Schlinge.‹ Dann kam der Richter, und wir mußten still sein. Seitdem habe ich nicht mehr mit Buck gesprochen.«

»Dann kam Ihnen also der Gedanke, Buck könne Mac und Muff ermordet haben, als Sie hörten, daß Muffs Gebeine in einer Kiste gefunden worden waren?«

»Nein, eigentlich nicht. Das hat mich nur ... verwirrt. Ich glaubte noch immer nicht, daß Buck sie ermordet hatte. Verstehen Sie mich doch, Vince. Ich habe Buck sehr geliebt. Mehr als irgendeinen anderen Mann in meinem Leben, zuvor oder danach. Und ich kannte den wahren Buck, den verborgenen Buck, besser als sonst jemand. Außerdem war ich jeden Tag auf Palmyra mit ihm zusammen. Ich begriff einfach nicht, wie er so etwas Schreckliches direkt vor meiner Nase tun konnte, ohne daß ich etwas davon mitbekam.«

Ich lehnte mich in meinem harten Sessel zurück und musterte Jennifer genau. Schuldige Verdächtige versuchen normalerweise, einem anderen die Schuld in die Schuhe zu schieben, um den Verdacht von sich abzulenken. Doch Jennifer war nicht dazu bereit, obwohl ich ihr die Möglichkeit geboten hatte. Und irgendwie spürte ich, daß sie es ehrlich meinte und es sich dabei nicht um einen cleveren psychologischen Schachzug handelte.

»Welche Notizen haben Sie seit unserem letzten Gespräch gemacht?«

»Keine.« Jetzt war sie wieder unbeschwert.

Etwas verdrossen schlug ich vor, daß sie den Notizblock behielt und sich demnächst an die Arbeit machte. Dann bat ich sie, mit ihrer Geschichte dort fortzufahren, wo sie bei unserem letzten Treffen aufgehört hatte.

Insgesamt brauchte Jennifer drei Sitzungen, um mir alles zu erzählen, was von dem Augenblick, da sie Buck kennengelernt hatte, bis zu den Ereignissen auf Palmyra und darüber hinaus passiert war. Mittlerweile hatte ich mir von Len Weinglass bestätigen lassen, daß sich Jennifer tatsächlich einem Lügendetektor-Test unterzogen hatte. Es waren sogar zwei gewesen. Der erste war vom Testleiter als ›unschlüssig‹ bezeichnet worden, doch alle stimmten überein, daß einige der Schlüsselfragen zweideutig gestellt worden waren. Wie Len mir versicherte, hatte sie den zweiten Test eindeutig ›bestanden‹.

Obwohl Jennifer bislang alles mögliche getan hatte, um der Welt zu beweisen, daß sie schuldig war, war ich mittlerweile zu dem Eindruck gelangt, daß sie keinen Mord begangen hatte. Sie hatte sich sicherlich schuldig gemacht, den falschen Mann geliebt zu haben, und sie hatte in einer Vielzahl anderer Punkte falsche Entscheidungen getroffen. Ich war aber zu dem Schluß gekommen, daß sie eine der wenigen Angeklagten war, die im Sinne der Anklage unschuldig sind. Es waren jedoch die ungewöhnlichsten Umstände, die ich bei einem Mordfall je gesehen oder von denen ich je gehört hatte, und ich wußte, daß ich mich sehr anstrengen mußte, wenn ich sie vor einem Schuldspruch bewahren wollte.

19. März 1982

Da Leonard Weinglass im Besitz aller Unterlagen über den Fall war, fand unsere erste Begegnung in seinem Büro im Old Bradbury Building statt, einem historischen Gebäude aus dem Jahr 1893 in der Nähe des Bezirksgerichts von Los Angeles. Da Weinglass gerade telefonierte, als ich dort eintraf, setzte ich mich noch einen Augenblick ins Wartezimmer. Auf einem Beistelltisch lag die neueste Ausgabe von *Mother Jones*, der Zeitschrift ›für den Rest von uns‹, ein liberales Magazin, das keinen Gewinn anstrebte. Ich lächelte. Natürlich ...

Weinglass hatte nicht nur bei den Fällen um die ›Chicago Seven‹ und die Pentagon-Papiere mitgearbeitet, sondern auch die Mitglieder der ›Symbionese Liberation Army‹ Bill und Emily Harris verteidigt und bei der Verteidigung gegen die Besetzer von Wounded Knee mitgewirkt, einem *cause célèbre* der amerikanischen Indianer.

In einem langen Artikel, den die *Los Angeles Times* vor zwei Jahren über ihn gebracht hatte, hatte man Weinglass ›Mitgefühl für die sozial Benachteiligten‹, aber auch ›die absolute Gewißheit, daß der Kapitalismus im Sterben liegt‹ bescheinigt. Der achtundvierzigjährige Anwalt war angeblich gegen die Atomkraft eingestellt, gegen Fernlenkraketen, gegen die großen Ölkonzerne, gegen die amerikanische Einmischung in die Politik anderer Länder und gegen die Todesstrafe.

Ich konnte mir nicht vorstellen, was Weinglass von meiner Vergangenheit als Staatsanwalt hielt, zumal ich bei einigen Fällen die Todesstrafe beantragt hatte. Wahrscheinlich konnte er nicht so recht glauben, daß wir nun vor einem Gericht auf derselben Seite standen.

Als Weinglass kam, begrüßte er mich mit dem Vornamen, bat mich, ihn Len zu nennen, und reichte mir freundlich die Hand. Er trug keine Krawatte, hatte einen Bart, langes Haar mit den ersten grauen Strähnen und einer großen kahlen Stelle am Hinterkopf, ein freundliches Lächeln und eine angenehme Stimme.

Obwohl wir grundverschieden waren, versuchte ich vorsichtig, das Bild zu korrigieren, das er von mir haben mochte. Ich erklärte ihm, als Staatsanwalt hätte ich immer den 5. Kanon der ethischen Vorschriften der amerikanischen Anwaltsschaftsvereinigung befolgt, der besagte, das erste Ziel eines öffentlichen Anklägers sei es, der Gerechtigkeit zu dienen und nicht, eine Verurteilung zu erzielen. Ich sei stolz darauf, sagte ich, daß mich einige führende Underground-Zeitungen einen ›Staatsanwalt mit Herz‹ genannt hätten.

Len sagte lächelnd, er wisse das zu schätzen. Es beeindruckte mich, daß er nicht versuchte, irgendeinem Bild zu entsprechen, das ich von ihm haben mochte. Dann kamen wir zur Sache und besprachen den Fall Jennifer Jenkins.

Im April 1982 traf ich – nach mehreren weiteren Sitzungen mit Jennifer – die Entscheidung, sie gegen die Anklage des Mordes ersten Grades zu verteidigen. Und ich traf eine weitere Entscheidung: Da Buck und Jennifer gemeinsam auf Palmyra gewesen und anscheinend auch danach gemeinsam vorgegangen waren, mußte ich die Vergangenheit aufrollen und versuchen, die Fälle zu trennen. Eine Möglichkeit dazu wäre gewesen, wieder den Umhang des Staatsanwalts anzulegen und bei Jennifers Prozeß Buck Walker anzuklagen. Trotz Jennifers Proteste war ich überzeugt, daß Walker das Ehepaar Graham brutal ermordet hatte.

Weinglass jedoch hielt nicht viel von diesem Versuch. »Ich befürchte, wenn Buck Walker untergeht«, sagte er mit ernster Stimme, »wird Jennifer ebenfalls untergehen.«

Von dem Augenblick an, da ich einen Fall übernehme, bin ich bis zum Spruch der Geschworenen immer überwältigend zuversichtlich, daß ich gewinnen werde. Aus irgendeinem Grund stellt sich nie das Gefühl ein, daß ich verlieren könnte. Dieser Prozeß würde meine Zuversicht jedoch stärker erschüttern als jeder andere, den ich je hinter mich gebracht habe.

5. Mai 1982

Es war nicht leicht, mir das Protokoll von Jennifers Prozeß wegen des Diebstahls der *Sea Wind* zu besorgen, doch ich mußte es unbedingt haben. Die Staatsanwaltschaft würde das Protokoll zweifellos benutzen, um Jennifers Glaubwürdigkeit zu erschüttern, wann immer ihre Aussage nun davon abwich. Doch Weinglass hatte keine Kopie. Einer von Jennifers damaligen Anwälte sollte eine haben, doch als ich ihn anrief, konnte er es nicht finden. Schließlich erfuhr ich, daß er es mit anderen Unterlagen alter Fälle in einem Lagerhaus in Los Angeles deponiert hatte.

Als ich das 749 Seiten umfassende Protokoll schließlich bekam, entdeckte ich eine Reihe wichtiger Widersprüche zwischen dem, was Jennifer mir gesagt hatte, und ihrer Aussage im Jahr 1975.

So hatte sie mir zum Beispiel gesagt, sie und Buck hätten auf der *Sea Wind* ein von Mac unterzeichnetes Testament aus dem Jahr 1961 gefunden. Es besagte, daß sich im Falle seines Todes auf See der in einem anderen Dokument benannte Erbe (Jennifer hatte nie ein anderes Dokument gesehen) bis zu zwei Jahren Zeit lassen konnte, die Yacht zu seiner Schwester Mary ›Kit‹ Muncey zu bringen. Obwohl sie und Buck in diesem anderen Dokument offensichtlich nicht aufgeführt waren, sah Jennifer in dieser Verfügung eine Rechtfertigung ihres Plans, die *Sea Wind* noch zwei Jahre lang zu segeln, bevor sie sie dann der Muncey zurückgaben. Bei dem Diebstahl-Prozeß hatte Jennifer zwar ausgesagt, sie hätten Macs Testament gefunden, in dem er seine Schwester Mary Muncey als Nachlaßverwalterin einsetzte, doch diese zweijährige

Gnadenfrist hatte sie *kein einziges Mal* erwähnt. Im Gegenteil, bei ihrer Verhaftung in Honolulu hatte sie ausgesagt, sie und Buck wären auf dem Weg nach Seattle, um die *Sea Wind* sofort bei Kit Muncey abzuliefern.

In bezug auf den wichtigsten fraglichen Tag – den 30. August 1974, an dem Mac und Muff angeblich verschwunden waren – fand ich zwei bedeutende Diskrepanzen. Bei einem unserer ersten Gespräche hatte Jennifer mir gesagt, Buck habe am 30. August das Dingi der *Iola den ganzen Tag über* gehabt; mit anderen Worten, sie hätte gar nicht an Land gehen können, wenn er sie nicht abgeholt hätte. Damals war mir in den Sinn gekommen, daß Buck sich keine Sorgen machen mußte, Jennifer könne an Land kommen, während er die Morde beging; schließlich hatte er ja das Dingi. Doch wenn *sie* an diesem Tag das Dingi gehabt hätte, hätte Buck befürchten müssen, überrascht zu werden, entweder, während er Mac und Muff tötete, oder während er die Leichen beseitigte. Daß Buck das Dingi gehabt hatte, nahm eine zentrale Bedeutung in meiner Beweisführung ein, daß *Buck allein* Mac und Muff ermordet hatte. Doch wenn Jennifer das Dingi gehabt hatte …

Nun erfuhr ich, daß sie im Widerspruch zu dem, was sie mir gesagt hatte, bei dem Prozeß ausgesagt hatte, am 30. August habe sie und nicht Buck das Dingi gehabt.

Der zweite Widerspruch war genauso beunruhigend. Sie hatte mir erzählt, am Morgen des betreffenden Tages sei Buck zwischen seinem Lager und der Iola hin und her gefahren, um in Vorbereitung ihres Aufbruchs den Campingofen, die Lampe und Kleidung an Bord zu bringen. Doch bei ihrem Prozeß hatte sie darüber nichts gesagt und sich auf die Aussage beschränkt, sie sei den ganzen Tag auf der *Iola* geblieben.

Natürlich sprach ich Jennifer bei unserer nächsten Begegnung auf diese Ungereimtheiten an. Sie war nicht überrascht und antwortete ganz ruhig. In bezug auf das Testament erklärte sie, ihre Anwälte hätten ihr geraten, darüber nichts auszusagen. »Sie sagten, es klänge unglaubwürdig, daß wir die *Sea Wind* nach zwei Jahren zurückgeben wollten«, erklärte sie.

Als ich entgegnete, sie habe auch nichts von dem Testament gesagt, als der FBI-Agent Cal Shishido sie verhört hatte, erwiderte sie, sie sei einfach zu verängstigt und durcheinander gewesen, um ihm die ganze Geschichte zu erzählen, und sie habe auch gewußt, daß sie keinen rechtlichen Anspruch auf die *Sea Wind* gehabt habe, da sie ja in dem Testament nicht erwähnt sei.

Doch die dritte Version, die sie Shishido schließlich erzählt hatte, war noch schlimmer: Sie hätten die Behörden nicht über Macs und Muffs Schicksal informiert, da sie befürchtet hätten, man würde ihnen die *Sea Wind* abnehmen. Das war gleichbedeutend mit dem Geständnis, daß sie gar nicht vorgehabt hatten, die Yacht zurückzugeben. Wütend fragte ich sie, warum sie Shishido diese lächerliche wie auch belastende Geschichte erzählt habe. Sie erwiderte, sie hätte nicht den *wirklichen* Grund eingestehen können, weshalb sie den Behörden nicht das Verschwinden der Grahams gemeldet hatten. Buck habe darauf bestanden, jeden Kontakt mit allen Behörden zu meiden, da nach ihm gefahndet werde. Und als sie mit Shishido sprach, habe sie noch immer versucht, Bucks Identität zu schützen.

»Sie haben mir gesagt, Sie hätten die *Iola* am Morgen mehrmals verlassen.«

»Das stimmt.«

»Bei dem Prozeß haben Sie nichts davon gesagt.«

Sie zuckte die Achseln. »Es hat mich wohl niemand gefragt.«

»Jennifer, das ist wichtig. Sehr wichtig. Ich frage Sie erneut – *wer* hatte an jenem Tag das Dingi? Sie oder Buck?«

»Wenn ich mich recht entsinne, hatte Buck an jenem Tag das Dingi«, antwortete sie ohne Zögern.

Unwillkürlich fragte ich mich, ob Jennifer in den Jahren

seit dem Diebstahlsprozeß die Bedeutung der Frage, wer an jenem Tag das Dingi gehabt hatte, herausgefunden und ihre Geschichte dementsprechend abgeändert hatte. Es war ein Gedanke mit bedeutungsschweren Konsequenzen, der mich frösteln ließ.

»Warum haben Sie 1975 dann ausgesagt, daß *Sie* das Dingi hatten?«

Sie schüttelte den Kopf. »Ich weiß es ehrlich nicht. Ich habe im Verlauf der Jahre mit so vielen Leuten über den Fall gesprochen. Manchmal fällt es mir schwer, mich daran zu erinnern, was an jenem Tag wirklich passiert ist. Aber ich glaube, Buck hatte das Dingi.«

Später wurde mir klar, daß Jennifer das Dingi zumindest am Nachmittag gehabt haben *mußte*, da sie ja gegen halb sechs an Land gerudert war, um ein Bad zu nehmen, und sich danach mit Buck bei der *Sea Wind* getroffen hatte. Genauso wußte ich, daß Zeugen durch die zahlreichen Fragen der Polizei, Anklagevertreter und Verteidiger hochgradig verwirrt werden konnten und vielleicht etwas als gegeben hinnahmen, das irgend jemand gesagt oder behauptet hatte, zumal in diesem Fall schon acht Jahre seit der Tat vergangen waren. Doch die Anklage würde nicht so freundlich über diese Diskrepanzen hinwegsehen, sondern sie benutzen, um Jennifer bei den Geschworenen in Mißkredit zu bringen.

Bei Jennifers Mordprozeß mußte ich mich auch mit einem weiteren, noch ernsteren Problem befassen. Sie gestand mir ein, daß sie bei dem Diebstahlsprozeß Meineide geleistet hatte.

Das schockierte mich weder, noch überraschte es mich. Bei fast jedem Prozeß werden Meineide geleistet. Sie sind so üblich, daß man fast damit rechnet. Obwohl Jennifer im Zeugenstand mehrere Lügen von sich gegeben hatte, betraf die wichtigste das wahre Schicksal der *Iola*.

Sie hatte mir erzählt, Buck habe vorgehabt, Palmyra auf der *Sea Wind* zu verlassen, und sie sei strikt dagegen gewesen und habe erst nachgegeben, als er erklärte, wenn man die *Sea Wind* ohne Aufsicht auf der Lagune zurückließe, würde sie mit Sicherheit beschädigt oder zerstört werden. Da Mac die *Sea Wind* so sehr geliebt hatte, mußten sie sie schützen. Das klang logisch, und schließlich hatte Jennifer zugestimmt. Doch bei dem ersten Prozeß war sie bei der Geschichte geblieben (die sie auch Shishido erzählt hatte), sie hätten versucht, mit der *Iola* loszusegeln, die dann auf das Riff gelaufen sei, und hatte törichterweise auch noch darauf beharrt, nachdem durch die Fotos das Gegenteil bewiesen worden war. Jennifer erklärte mir nun, kurz nachdem diese Fotos von der *Iola* und der *Sea Wind* geknipst worden wären, habe Buck die Iola versenkt, indem er sämtliche Rumpfarmaturen geöffnet habe.

»Als ich unser Schiff zum letzten Mal sah«, sagte Jennifer, »segelte es dem Horizont entgegen und sank langsam. Das machte mich sehr traurig.« Sie erklärte, daß Buck sich noch vor ihrem Aufbruch von Palmyra die Geschichte ausgedacht hatte, die *Iola* sei auf Grund gelaufen, um rechtfertigen zu können, wieso sie die *Sea Wind* genommen hatten. Er hatte zu ihr gesagt, die Behörden würden ihnen die Wahrheit niemals abkaufen – daß sie aus Besorgnis um Macs Wünsche so gehandelt hatten.

Bei einem Strafprozeß gibt es zwei Arten von Meineid. Bei der ersten streitet ein schuldiger Angeklagter unter Eid ab, das Verbrechen begangen zu haben. Der Staatsanwalt drückt bei solch einem Meineid einfach ein Auge zu und schaut in die andere Richtung, denn er weiß, daß es unausweichlich zu dieser Form der Selbstverteidigung kommen wird. Wollte der Beklagte seine Schuld eingestehen, hätte er sich schuldig bekannt, und es wäre gar nicht erst zu solch einem Prozeß gekommen. Der zweiten Art von Meineid liegt kein Selbstschutz zugrunde. Das krasseste Beispiel wäre ein Zeuge, der wissentlich einen Unschuldigen eines Verbrechens beschuldigt. Wenn man solch einen Meineid nachweisen kann, zieht er eine strafrechtliche Verfolgung nach.

Jennifers Lügen lag ein Selbstschutz zugrunde; sie waren, relativ gesehen, also verständlicher als die zweite Art. Doch ich hatte noch immer Grund zu ernsthafter Besorgnis. Ihre Lügen unter Eid bei dem ersten Prozeß konnten ihrer Glaubwürdigkeit beim Mordprozeß schweren Schaden zufügen.

Es war geradezu unausweichlich, daß der Staatsanwalt in seinem Abschlußplädoyer etwa so argumentieren würde: *»Miss Jenkins hat eingestanden, bei einem anderen Prozeß gelogen zu haben. Nun behauptet sie, die Wahrheit zu sagen. Doch warum sollten wir ihr jetzt glauben, wissen wir doch, daß sie schon einmal unter Eid gelogen hat?«*

»Nun«, sagte Jennifer, »habe ich es Ihnen jetzt erst recht schwer gemacht?« Sie hatte ein Lächeln auf dem Gesicht, doch es war nicht echt.

»Ich habe nichts gegen schwere Fälle, Jennifer. An Ihnen verabscheue ich jedoch«, entgegnete ich geradeheraus, »daß Sie, obwohl Sie behaupten, unschuldig zu sein – und ich glaube Ihnen –, so getan haben, als wären Sie schuldig. Das ist Heuchelei.«

Jennifer kicherte, und ein echtes Lächeln ersetzte das falsche.

»Ich will Ihnen erklären, worum es bei dem Prozeß gehen wird«, fuhr ich fort. »Die einzigartigen Umstände dieses Falles laufen auf einfache Mathematik hinaus. Wenn sich vier Menschen auf einer einsamen Insel befinden, zwei davon werden ermordet, und die beiden anderen fahren mit dem Schiff der Opfer davon und benehmen sich auch ansonsten sehr verdächtig, wie Sie und Buck es getan haben, gehen die meisten vernünftigen Menschen davon aus, daß diese beiden schuldig sind. Also wird die Anklage wohl darauf abzielen, daß vier weniger zwei zwei ist. Und ich werde die Geschworenen davon überzeugen müssen, daß vier weniger zwei nur eins ist. Und daß Buck dieser eine Mörder ist.«

Jennifer lächelte erneut. »Viel Glück«, sagte sie.

Ihr Tonfall deutete an, ich sei derjenige, der dieses Problem habe. Erneut stellte ich fest, daß Jennifer wirklich erstaunlich war.

Ich hatte mehr Schwierigkeiten, Jennifer auf den Prozeß vorzubereiten, als es bei irgendeinem anderen Beklagten jemals der Fall gewesen war. Wenn ich normalerweise einen Beklagten befrage, schreibe ich alles, was er erzählt, wie eine Tatsachenschilderung auf. Später arbeite ich dieses Material zu Fragen und Antworten um. Natürlich wird es immer zahlreiche Modifikationen meines ursprünglichen Schemas geben, doch hier waren die Veränderungen endlos. Oft wurden ganze Seiten voller Fragen nutzlos, weil sie ein Ereignis, das wir bereits in allen Einzelheiten geklärt hatten, plötzlich etwas anders schilderte. Noch schlimmer war, daß ich meine Unterlagen ständig erweitern mußte, weil Jennifer immer wieder etwas ganz Neues einfiel, das erklärt oder abgedeckt werden mußte. Wie schwierig es war, sie auf den Prozeß vorzubereiten, zeigt sich allein schon an der Art, wie ich meine Seiten mit den Fragen numerieren mußte. Irgendwann war es ganz einfach nicht mehr sinnvoll, eine Seite an die andere zu Reihen. Zum Beispiel tauchten zwischen den Seiten 43 und 44 plötzlich die Seiten 43 (a), 43 (b), 43 (c) und so weiter auf. Als es dann später zu weiteren Ergänzungen zwischen den Seiten 43 (b) und 43 (c) kam, mußte ich die Seiten 43 (b) 1, 43 (b) 2, 43 (b) 3 etc. hinzufügen.

Woran lag es, daß eine Schicht der Wahrheit nach der anderen enthüllt wurde? Daß ein Schatten nach dem anderen in diesem Spiegelsaal erschien? Nach einer besonders frustrierenden Sitzung mit Jennifer gestand ich meiner Frau beim Abendessen ein, daß ich vielleicht solche Probleme hatte, weil ich versuchte, ›einen eckigen Dübel in ein rundes Loch zu bekommen‹.

Gails offene Erwiderung war beunruhigend. »Ich bin nicht sicher, ob ich ihr vertraue.«

»Warum nicht?«

»Als du uns miteinander bekanntgemacht hast, hat sie mir nicht in die Augen gesehen.«

»Deshalb muß sie noch keine Mörderin sein, Schatz.«

»Ich weiß. Aber da ist noch mehr. Ich frage mich, wie jemand auf dieser winzigen Insel sein konnte, während Buck die Grahams umgebracht hat, ohne davon etwas mitbekommen zu haben. Wo war sie?«

»Auf der *Iola*.«

»Was hat sie da gemacht, Vince? Brot gebacken?«

»In der Tat« – es war mir peinlich, es zu sagen – »hat sie am Tag, als Mac und Muff verschwanden, unter anderem genau das getan.«

Gail sagte nichts mehr. Es war auch nicht nötig. Ihr Ausdruck des völligen Unglaubens sagte genug aus.

Gail war bei weitem nicht die einzige, die Jennifers Unschuld bezweifelte. Bei einer Meinungsumfrage auf Hawaii im Juli 1981 erklärten 91 Prozent der Befragten, von dem Fall gelesen oder gehört zu haben. Der Mord auf Palmyra war (nach dem Mordfall Massey noch vor dem Zweiten Weltkrieg) die sensationellste Mordgeschichte auf Hawaii geworden. Was die Schuldfrage betraf, wies die Meinungsumfrage ein noch eindeutigeres Ergebnis auf: 95.8 Prozent aller Personen, die sich eine Meinung gebildet hatten, glaubten, daß *sowohl* Buck *als auch* Jennifer schuldig waren.

Die Berichterstattung der Medien verschärfte das Problem nur noch. Hitler hatte in London keine viel schlechtere Presse bekommen als die beiden auf Honolulu.

Jennifers bisherige Anwälte hatten beantragt, den Gerichtsstand auf das Festland zu verlegen, um ihrer Klientin einen fairen Prozeß zu ermöglichen. Bei einer dreitägigen Anhörung im Juli 1981 vor dem Bezirksrichter Ernest M. Heen rief Len Weinglass den anerkannten Meinungsforscher Dr. Jay Schulman von der Columbia

University als Sachverständigen auf. Dr. Schulman erklärte, eine Vorverurteilung von 95.8 Prozent sei die höchste, von der er jemals gehört habe. Sie sei sogar im Vergleich zu anderen Fällen, die in der Öffentlichkeit ein hohes Interesse gefunden hatten, ›astronomisch hoch‹. Er zitierte den Fall Patty Hearst, von deren Schuld nur fünfzehn Prozent der Bevölkerung überzeugt gewesen waren. Schulman führte aus, daß bei diesem einzigartigen Fall die Anklage nicht die Schuld der Beklagten beweisen müsse, wie das Gesetz es verlangt. »Ich glaube, sie [Jennifer] wird ihre Unschuld beweisen müssen, bevor die Geschworenen sie freisprechen.«

Aufgrund der Hunderte von Artikeln in den Zeitungen Hawaiis und der Transkripte Dutzender Fernseh- und Radiobeiträge über den Fall, die Schulman vorlegte, kam er zu dem Schluß: »Meines Erachtens hat dieser Fall solch eine Publicity bekommen, daß fast jeder wählbare Geschworene auf Hawaii schon davon gehört hat. [...] Es ist eine makabre, eine bizarre Geschichte, die alle Bestandteile einer fantastischen Seifenoper aufweist.«

Beim Kreuzverhör fragte der Stellvertretende Staatsanwalt Elliot Enoki, der Einspruch gegen die Verlegung des Gerichtsstandes erhoben hatte, den Sachverständigen, ob nicht die »Mehrheit« der Publicity Buck Walker gelte – »seinen vorherigen Verurteilungen wegen Drogen und anderer Dinge, seinem Ausbruch?«

»Nein«, erwiderte Schulman. »Buck Walker und Jennifer Jenkins werden in einen Topf geworfen. *Das muß zur unausweichlichen Schlußfolgerung führen, daß beide von ihnen in das Verbrechen verwickelt sind.*« Schulmans Meinung war unumstößlich: Man konnte Jennifer auf Hawaii keinen fairen Prozeß gewährleisten.

Richter Heen war anderer Meinung. Am 12. August 1981 lehnte Heen, ein ehemaliger Staatswanwalt, mit mündlicher Begründung den Antrag auf Verlegung des Verhandlungsortes ab.

Am 12. März 1982 reichte Heens Nachfolger, Bezirksrichter James M. Burns, eine schriftliche Begründung der Ablehnung nach. Doch in derselben Sitzung am 12. März – vier Tage, nachdem ich zum ersten Mal mit Jennifer gesprochen, und noch bevor ich mich entschieden hatte, sie zu vertreten – kam Richter Burns (wie Richter King es 1975 bei der Diebstahlsanklage ebenfalls getan hatte) Leo Weinglass' Antrag nach, Jennifers Fall von dem Bucks zu trennen. Es würde für Buck und Jennifer zwei verschiedene Prozesse geben.

22. KAPITEL

Ein Jahr der legalen Verzögerungen begann am 7. September 1982, als Richter Burns Leonard Weinglass' Antrag zurückwies, das Verfahren mit der Begründung einzustellen, daß nach amerikanischem Recht ein und dieselbe Person nicht zweimal desselben Verbrechens angeklagt werden kann. Er hatte diesen Antrag gestellt, bevor ich zu dem Fall hinzugezogen wurde, und obwohl ich wenig Aussicht auf Erfolg sah, stimmte ich zu, in die Berufung zu gehen.

Lens hauptsächlicher Einwand lag darin, daß Jennifer bereits 1975 wegen des Diebstahls der *Sea Wind* verurteilt worden war. Da Diebstahl ein notwendiger Bestandteil des Verbrechens Raub ist, würde eine Anklage wegen Raubmord nun eine *zweite* Strafverfolgung des Diebstahls darstellen. Solch eine Strafverfolgung war, so Len, aufgrund des (bereits erwähnten) fünften Zusatzes der amerikanischen Verfassung nicht zulässig.

Ankläger Elliot Enoki hingegen führte aus, eine Anklage sei zulässig, da zum Zeitpunkt des ersten Prozesses keine Beweise für das Hauptvergehen (Mord) vorgelegen hätten. Er stellte fest, daß die Behörden die

Jenkins und Walker zwar seit langem an der Schuld des Verschwindens der Grahams *verdächtigt* hätten, Muffs Überreste – und damit der Beweis, daß ein Verbrechen geschehen war – jedoch erst sieben Jahre nach Jennifers erstem Prozeß gefunden worden waren. Daher beruhe die Mordanklage auf neuen Beweisen und stelle keine zweite Anklage wegen ein und desselben Tatbestands dar.

Am 31. Mai 1983 wies das Neunte Berufungsgericht Lens Berufungsantrag zurück, und ein halbes Jahr später verweigerte der Oberste Gerichtshof die Annahme des Falles und gab damit der Staatsanwaltschaft endgültig Recht.

Aufgrund des Berufungsantrages waren schon mehrere Prozeßtermine verschoben worden. Am 19. Januar 1984 sollte ein neuer Prozeßbeginn festgelegt werden, doch alle Parteien baten um Aufschub: Ankläger Enoki behauptete, noch ein halbes Jahr für die Vorbereitung des Prozesses zu brauchen; Partington, Walkers Anwalt, sollte im Mai zu einer fünfmonatigen Wehrübung eingezogen werden, und Len hatte an der Ostküste eine Verteidigung übernommen. Daraufhin wurde als Termin für Walkers Prozeß der 15. Januar 1985 festgesetzt, und die Verhandlung gegen Jennifer sollte unmittelbar nach dessen Abschluß erfolgen. Wir wurden darauf hingewiesen, daß die Staatsanwaltschaft lebenslange Haftstrafen gegen die Beklagten beantragen würde.

Die meisten Menschen, denen eine Anklage wegen des schlimmsten aller Verbrechen, Mord, bevorstand, hätten Schwierigkeiten gehabt, eine Anstellung am Busbahnhof als Schuhputzer zu bekommen. Doch Jennifer war es in dieser Hinsicht sehr gut ergangen. Sie war vor kurzem zur Filialleiterin einer in Los Angeles ansässigen Firma für Telekommunikation befördert worden und hatte nun sechs Angestellte unter sich.

Von ihrer Strafe wegen Diebstahls hatte sie sieben Monate (vom April bis zum November 1977) in der Bundesstrafanstalt Terminal Island in der Nähe von Long Beach, Kalifornien, verbüßt und war danach in eine Offene Anstalt in Santa Barbara überstellt worden. Dort hatte sie tagsüber als kaufmännische Angestellte arbeiten können. Sie begann auch ein Studium an der University of California in Santa Barbara und nahm im Januar 1978 als Praktikum eine Teilzeitanstellung im Zentrum für das Studium Demokratischer Institutionen an. Als sie im Februar aus der Offenen Anstalt entlassen wurde, gab sie ihr Universitätsstudium auf und nahm einen Job als Sekretärin im Zentrum an. Sie kündigte dort im Januar 1979, fing aber sofort bei der Firma John Lawrence & Co. in Van Nuys an. (Ein Onkel war Teilhaber der Firma.) Im Oktober 1980 kaufte sie für 100.000 Dollar eine zweistökkige Eigentumswohnung im landschaftlich reizvollen Simi Valley. Nachdem sie nach einem Job mit besseren Aufstiegschancen Ausschau gehalten hatte, fing Jennifer im September 1982 bei der Telekommunikations-Firma an; sie verkaufte dort teure Firmentelefonanlagen. Sie hatte eine Hypothek, einen neuen Wagen und eine gutbezahlte Anstellung. Ich zog folgende Argumentation in Betracht: Hätte Jennifer die körperliche, geistige und gefühlsmäßige Energie aufbringen können, die nötig war, um solch eine Karriere zu machen, wenn sie gewußt hätte, daß sie des Mordes schuldig war und aller Wahrscheinlichkeit nach eines Tages verurteilt werden würde und den Rest ihres Lebens hinter Gittern verbringen mußte? Doch sehr schnell begriff ich, daß auch eine andere Interpretation möglich war.

Die Staatsanwaltschaft könnte dagegenhalten, daß Jennifer die beiden Morde hinter sich lassen und ihren Weg in der Geschäftswelt machen konnte, weil sie äußerst kaltblütig war, vielleicht sogar eine Soziopathin, die nicht davon ausging, Unrecht getan zu haben und daher auch keine Schuldgefühle hatte. (Von Soziopathen nimmt man auch häufig an, daß sie Lügendetektor-Tests ›bestehen‹, obwohl sie schuldig sind.)

Während der Verzögerung durch den Berufungsantrag hatte ich Jennifer weiterhin auf den Prozeß vorbereitet und dabei die einmal angewandte Routine kaum abgeändert. Da sie nun in ziemlicher Entfernung von meiner Kanzlei arbeitete, sprach ich ein- oder zweimal nach Geschäftsschluß in ihrem Büro mit ihr. Diese Termine konnten wir jedoch nie lange im voraus festlegen. Fast jedes zweite Mal rief sie noch am selben Nachmittag in meiner Kanzlei an, um den Termin abzusagen. Einmal ließ sich meine Sekretärin – die schon mit ihrem Anruf gerechnet hatte – zu der schriftlichen Kurzmitteilung hinreißen: ›Die Prinzessin hat letzte Nacht auf einer Erbse geschlafen. Mußte absagen.‹ Diese Absagen führten oft zu Gesprächen wie dem folgenden: »Wie wäre es dann mit Montag abend?« – »Tut mir leid, Vince. Montag kommt Football im Fernsehen.« Sportsendungen, besonders solche mit ihren geliebten Mannschaften, den Rams und den Raiders, waren ihre Leidenschaft. »Dienstag?« – »Da bin ich bei meiner Mutter zum Abendessen.« – »Jennifer, der Prozeß steht bevor, und wir haben noch viel zu tun. Sie benehmen sich, als wären Sie wegen Trunkenheit am Steuer angeklagt worden.« – »Na ja, gut, wie wäre es denn mit *nächstem* Freitag?«

Manchmal hatte ich das Gefühl, daß Jennifer glaubte, mir einen Gefallen zu tun, wenn sie sich mit mir traf, um ihre Verteidigung vorzubereiten, obwohl ihr ja eine lebenslange Haftstrafe drohte. War die Wirklichkeit zu schrecklich, um sich bewußt mit ihr zu befassen? Oder hatte Jennifer, insbesondere angesichts ihrer ersten Verurteilung, die Hoffnung schon aufgegeben?

Jennifer suchte ständig neue Entschuldigungen. »Vince«, sagte sie einmal zu mir, »ich komme gut in meinem Beruf voran und kann das Leben nun genießen. Ich wüßte eine Menge bessere Dinge, als nach Honolulu zu fliegen und mich einem Mordprozeß zu stellen.« Wie, fragte ich mich, konnte jemand, den eine Anklage wegen Mordes ersten Grades erwartete, das ›Leben genießen‹? Ich bekam den entschiedenen Eindruck, daß Jennifer bei all den Verzögerungen den Eindruck gewonnen haben mußte, der Fall würde eines Tages an Altersschwäche sterben.

»Jennifer, das ist ein *Mord*fall«, warnte ich sie. »Er wird sich nicht in Luft auflösen. Eines Tages beginnt die Verhandlung, und Sie müssen auf die Anklagebank. Und auf diesen Tag müssen wir vorbereitet sein.«

Mein Stapel mit Fragen und Antworten für Jennifer wuchs schnell, doch sie hatte noch kein Wort auf den Notizblock geschrieben, den ich ihr an dem Abend gegeben hatte, als sie zum ersten Mal bei mir gewesen war. Auch deswegen fand sie ständig neue Entschuldigungen, deren Beiläufigkeit mich immer wieder erstaunten.

Ein Anwalt profitiert von den Einfällen und einsichtsvollen Gedanken seines Klienten. Jennifer hatte nichts davon zu bieten gehabt. In zwei Jahren hatte sie kein einziges Mal gesagt: »Vince, ich möchte, daß Sie das überprüfen!« oder »Ich habe darüber nachgedacht, was wir gestern besprochen haben, und mir ist noch etwas eingefallen.«

Doch trotz der frustrierenden Aufgabe, Jennifer auf den Prozeß vorzubereiten, fand ich sie auf persönlicher Ebene sehr nett, und wir kamen gut miteinander zurecht.

Nichts deutete auf den Ärger hin, den ich mit ihr noch haben würde.

Ein Hauptproblem waren und blieben Jennifers verschwommene Erinnerungen an gewisse Ereignisse, die sie immer wieder zu abweichenden Aussagen und – was noch gefährlicher war – glatten Widersprüchen führten, die die Verteidigung zweifellos im Kreuzverhör ausnutzen würde. Einige widersprüchliche Zusammenhänge waren so fein, daß ich sie nur bemerkte, wenn ich zufällig entdeckte, daß mich die Fragen, die ich für mein Kreuzverhör bei ihr vorbereitete, in entgegengesetzte Richtungen führten.

In mehreren Punkten blieb Jennifer jedoch bei ihrer einmal gemachten Aussage. Zum Beispiel, was Bucks Verhalten nach dem Verschwinden der Grahams betraf.

»Buck hat mir drei Möglichkeiten gegeben«, sagte sie immer und immer wieder. »Ich konnte mit ihm auf der *Sea Wind* davonsegeln. Ich konnte allein auf der *Iola* fahren. Oder ich konnte allein auf Palmyra zurückbleiben.«

Sie war der Ansicht, daß Buck ihr keine andere Wahl gelassen hatte, als ihn auf einem Schiff zu begleiten, das ihnen nicht gehörte. »Ich wollte nicht allein auf dieser Insel bleiben«, sagte sie, »und ich hatte Angst, allein auf der *Iola* zu fahren.«

Seit meinem ersten Gespräch mit Jennifer Anfang 1982 wußte ich, daß es eine zentrale Sache gab, daß ich noch klären mußte. Buck schien mir der dominante Teil ihrer Beziehung gewesen zu sein, ein Tatbestand, der uns sogar zugute kam, solange sie ihm nicht hörig gewesen war, was sie bestritt. Schließlich wollte ich beweisen, daß Buck die Grahams allein ermordet und nicht etwa in ihrem Auftrag gehandelt hatte. Doch wenn wir nicht beweisen konnten, daß sich Jennifer Buck gegenüber durchsetzen konnte, würden die Geschworenen vielleicht zu dem Schluß kommen, daß er sie überredet hatte, bei den Morden mitzumachen. Ich machte ihr klar, wie wichtig es war aufzuzeigen, daß sie Buck gegenüber gewisse Grenzen gezogen hatte, und bat um Beispiele. »Irgend etwas«, sagte ich. »Auch, wenn es nur Kleinigkeiten sind.«

Sie dachte einen Augenblick lang nach. »Na ja, als wir auf der Großen Insel in dieser Hütte gewohnt haben«, sagte sie, »haben wir einmal Streit bekommen, und er hat einen Teller mit Spaghetti nach mir geworfen und ist hinausgestürmt. Als er ein paar Stunden später zurückkam, klebten die Spaghetti noch immer an der Wand. Ich hatte sie nicht angerührt. Er befahl mir sauberzumachen, doch ich habe ihm gesagt, er müßte seinen Mist schon selbst wegmachen. Das hat er dann auch getan. Buck wußte genau, wo seine Grenzen waren.«

Es war nicht viel, aber wir hatten einen Anfang gefunden.

Anfang Februar 1984 traf ich mich mit Len Weinglass, um die Prozeßtaktik zu besprechen. Es war zwar ein Vergnügen, mit ihm zu arbeiten, doch bereits bei unserer ersten Besprechung wurde mir klar, daß wir in einem Punkt grundlegend anderer Meinung waren.

»Ich glaube nicht, daß wir eingestehen sollten, daß es überhaupt einen Mord gegeben hat«, sagte Len.

Plötzlich klaffte ein Abgrund zwischen uns auf.

»Wenn wir abstreiten, daß es einen Mord gegeben hat, werden wir bei den Geschworenen an Glaubwürdigkeit verlieren, Len. Und beim Schlußplädoyer kommt es hauptsächlich auf die Glaubwürdigkeit an. Die Geschworenen werden wissen – wie alle anderen auch –, daß Muff ermordet worden ist.«

Lens Position war nicht unverständlich. Es ging diesem alten, erfahrenen Strafverteidiger gegen den Strich, ein Verbrechen zuzugeben, wenn man darüber streiten konnte, daß die Anklage es nicht über jeden begründeten Zweifel hinaus bewiesen hatte – auf wie schwachen Füßen man dabei auch stehen mochte. Es ist geradezu ein Dogma der Strafverteidiger, die Anklage in jedem wichtigen Punkt in Zweifel zu ziehen. Doch vom taktischen Standpunkt aus hielt ich es für besser, der Welt zu sagen, daß auf Palmyra zweifellos ein grausames Verbrechen begangen worden war, und uns dann an den Beweis machen, daß unsere Klientin nichts damit zu tun hatte.

Obwohl Len und ich gleichberechtigte Partner waren, ergab es sich, daß sich Len bei fast allen Meinungsverschiedenheiten schließlich meiner Ansicht fügte. Nicht, weil er es mußte, sondern weil er vielleicht umgänglicher ist als ich. Außerhalb eines Gerichtssaals kommt man relativ gut mit mir aus. Doch wenn ich mich in einen Fall verbissen habe, stehe ich häufig nicht nur mit der anderen Partei (was ganz normal ist), sondern auch mit dem Richter, meinem Mitarbeiter (falls es einen gibt) und manchmal sogar mit meinem eigenen Klienten auf dem Kriegsfuß. Ein Prozeß entspricht für mich einem offenen Krieg, und ich versuche jeden niederzuwalzen, der anderer Meinung ist als ich. Das ist vielleicht nicht die netteste Art, aber eine ehrliche.

Honolulu

Die Justizmaschinerie Hawaiis kam voll in Schwung, als die beiden Palmyra-Mordfälle Richter Samuel P. King zugeteilt wurden. King hatte auch schon bei den Verhandlungen wegen Schiffsdiebstahl den Vorsitz geführt und nach dem Urteilsspruch das Strafmaß für die beiden Angeklagten festgesetzt.

Bei Jennifers Verurteilung hatte er erklärt: »Ich bin überzeugt davon, daß einige Ihrer Erklärungen darüber, was dort geschehen ist, vielleicht nicht unbedingt Lügen waren, aber auch nicht der vollen Wahrheit entsprochen haben. Obwohl Sie nicht wegen Mordes angeklagt sind, bleibt die Frage bestehen, was mit den Grahams passiert ist.«

Angesichts eines so negativen Kommentars fragte ich mich, wie King Jennifer bei dem neuen Prozeß behandeln würde.

King war von hawaiianischer Abstammung, 1917 in Hankau in China geboren worden und aufgrund sowohl politischer als auch familiärer Beziehungen auf die Richterbank gekommen. Sein Vater war 1953 von Präsident

Eisenhower zum Gouverneur der Hawaiianischen Territorien ernannt worden.

Die Familie King stand seit jeher den Republikanern nahe, und King, ein Absolvent der juristischen Fakultät von Yale, der als Kommunistenfresser galt, war 1961 zum ordentlichen Richter ernannt worden. 1970 war er zurückgetreten, um für das Amt des Gouverneurs zu kandidieren. Er hatte die republikanischen Ausscheidungswahlen zwar für sich entschieden, war jedoch von John Burns, dem Kandidaten der Demokraten, geschlagen worden. Danach hatte er zwei Jahre als Anwalt praktiziert, bis Präsident Nixon ihn dann als Lohn für treue Dienste zum Bundesrichter ernannt hatte.

Schon Anfang 1982 hatte Peter Wolff, ein Anwalt aus Honolulu, der Jennifer damals ebenfalls vertrat, vermutet, daß King den Mordfall Palmyra übernehmen würde. Er hatte in einem Brief an Len geschrieben: »Richter King ist schon zu einer Entscheidung gelangt. Er hat deutlich durchblicken lassen, daß er beide Angeklagte für schuldig hält.« Dennoch fand die Verteidigung in ihm endlich einen Richter, der der Meinung war, der Mordfall Palmyra solle nicht auf Hawaii verhandelt werden. Die Verteidigung stellte am 8. Juni 1984 einen weiteren Antrag auf Verlagerung des Verhandlungsortes. Dieser Antrag, der sich praktisch in nichts von den beiden unterschied, die bereits abgelehnt worden waren, wurde am 8. August 1984 von Richter King angenommen.

»Die Angeklagten wurden im Bezirk Hawaii bereits wegen eines Diebstahls vor Gericht gestellt und verurteilt, der mit denselben Ereignissen in Beziehung steht, aus denen die derzeitige Mordanklage hervorgegangen ist«, führte Richter King aus. »Dieser Prozeß hat – wie auch die Umstände, die zu ihm führten – bei den Medien große Aufmerksamkeit gefunden. Daher sind die hiesigen Bürger mit dem Geschehen auf Palmyra zu sehr vertraut. Die Möglichkeit, daß den Beklagten im Bezirk Hawaii aufgrund vorgefaßter Meinungen ein fairer Prozeß verweigert wird, wiegt schwerer als alle Unannehmlichkeiten, die ein Wechsel des Gerichtsstandes für die Anklage mit sich bringen könnte. Daher wird dem Antrag der Verteidigung, den Gerichtsstand nach Nordkalifornien zu verlegen, hiermit entsprochen.«

Im Gespräch mit den Vertretern der Anklage und der Verteidigung gab King jedoch eine wesentlich weniger formelle Erklärung ab als in seiner offiziellen Entscheidung. »Ich wäre während der Opernsaison gern in San Francisco«, sagte er lächelnd.

23. KAPITEL

Seattle
22. Februar 1984

Der typisch nasse, scheußliche Winter der nördlichen Westküste hielt weiter an. Deputy Marshal Ted Kringle war froh, genug Papierkram zu haben, um ein paar Tage im Büro bleiben zu können und nicht hinaus zu müssen.

Kurz nach zehn Uhr an diesem grauen Morgen klingelte das Telefon auf seinem Schreibtisch. Ein Deputy Marshal aus Los Angeles war am anderen Ende der Leitung.

»Ted, wir glauben, daß Dougherty in L. A. ist«, informierte der Marshal Kringle.

Joseph William Dougherty, fünfundvierzig Jahre alt, ein rücksichtsloser Gewaltverbrecher, hatte einmal in McNeil Island gesessen, wo er sich mit Buck Walker und Terry Conner angefreundet hatte. Man vermutete, daß Dougherty nun Kalifornien als Bankräuber unsicher machte.

»Wir haben Doughertys Briefkasten überwacht und

Post von Buck Walker aus Marion gefunden«, fuhr der Marshal aus Los Angeles fort. »Diese Burschen sind wohl ganz dicke miteinander.«

»Ja«, schnaubte Kringle, »sie gehören alle zum Pfadfinderklub von McNeil.«

»Ich rufe an, weil ich gehört habe, daß Buck Walker auf Bewährung rauskommen soll. Was hielten Sie davon, wenn wir ihn beschatten, um an Dougherty heranzukommen? Würde das funktionieren?«

»Was soll das heißen, *Bewährung*? Walker erwartet einen Mordprozeß, und er kommt nicht auf Bewährung raus. Da müssen Sie was falsch verstanden haben.«

»Ted, Walker *hat* einen Haftüberprüfungstermin. Ich habe in Marion angerufen, und sie haben mir gesagt, daß sie ihn am 7. März rauslassen. In zwei Wochen.«

Kringle war wie vor den Kopf gestoßen. »Da hat jemand Mist gebaut«, knurrte er. So unglaublich es klang, wußte er jedoch, daß solch ein Alptraum durchaus möglich war und er schnell handeln mußte.

Kringle hatte in den letzten paar Jahren nicht oft an Buck Walker gedacht. Walker saß in der Bundesstrafanstalt in Marion, Illinois, eine ganze Reihe von Haftstrafen ab. Marion, das moderne Alcatraz, wurde von den Knakkis ›das Ende des Weges‹ genannt. Es hatte die höchsten Sicherheitsvorkehrungen aller Bundesgefängnisse. Nur die ›schlimmsten der schlimmen‹ Häftlinge wurden dorthin geschickt. In den ersten vier Jahren ihrer Haftstrafen saßen die Neuankömmlinge dreiundzwanzig Stunden am Tag in Einzelzellen und wurden sogar in Hand- und Fußschellen zur Dusche geführt.

Kringle legte auf, rief sofort in Marion an und bekam die Bestätigung, daß Walker in der Tat am 7. März einen Haftüberprüfungstermin hatte. Der Deputy berichtete seinem Gesprächspartner von der Mordanklage auf Hawaii.

»In seiner Akte steht nichts von einer Mordanklage«,

erwiderte der Gefängnisbeamte. »Wir haben keine Anweisung bekommen, ihn in Haft zu halten.«

Kringle mußte noch einige andere Anrufe tätigen, bevor er herausbekam, was passiert war. Nachdem Walker in Seattle wegen Ausbruchs von der McNeil Island verurteilt worden war, wurde er in die Strafanstalt Lompoc in der Nähe von Santa Barbara, Kalifornien, eingeliefert. Es dauerte nicht lange, bis irgendein kluger Kopf im Strafsystem auf den Gedanken kam, daß Walker wegen seines Ausbruchs nach Marion gehörte, und er wurde im Juli 1982 dorthin überstellt. Walkers Akte war in Lompoc in den Verwaltungsbüros aufbewahrt worden, in denen auch Insassen arbeiteten. Als die Akte in Marion eintraf, waren alle Verweise auf die Mordanklage daraus verschwunden. Kringle hatte gehört, daß so etwas öfter passierte; man mußte nur einen Häftling, der im Büro arbeitete, bestechen, bedrohen oder ihm etwas versprechen, und Walker war zu allen drei Vorgehensweisen fähig.

Kringle setzte ›Gott und die Welt in Bewegung‹, wie er sich später ausdrückte, um zu verhindern, daß Buck Walker auf Bewährung entlassen wurde. Innerhalb von achtundvierzig Stunden wurde der Haftüberprüfungstermin abgesetzt. Vierzehn Tage hatten Walker an seiner Freilassung gefehlt.

Irgendwo in Virginia
5. Oktober 1984

Noel Allen Ingman, der unter dem Zeugenschutzprogramm umgesiedelt worden war, saß dem FBI-Agenten J. Harold ›Hal‹ Marshall aus Honolulu gegenüber, der nach Calvin Shishidos Pensionierung vom FBI im Jahr 1982 den Fall Palmyra betreute.

»Das wollen wir mal klarstellen«, sagte Marshall. Sein dünnes Haar, der Bierbauch, die bleiche Hautfarbe und die runden Schultern ließen ihn eher wie einen Busfahrer als einen FBI-Agenten aussehen. »Sie haben Buck Walker auf McNeil Island kennengelernt?« Sein Südstaatenakzent wirkte fast einschläfernd.

»Genau«, sagte Al Ingman. »Ich hatte schon drei Jahre im Hochsicherheitstrakt abgesessen und war dann in das Arbeitslager neben dem Gefängnis überstellt worden. Ich arbeitete im Kraftwerk, dem dann auch Buck zugeteilt wurde.«

»Wann war das?«

»Ende 1977 oder Anfang 1978.«

»Wer hat sonst noch im Kraftwerk gearbeitet?«

»Terry Conner und J. W. Williams.«

Ingman, ein ehemaliger Lehrer mit Abschluß von der University of Alaska, sah älter aus als dreiundfünfzig. Es lag nicht so sehr an seinem ergrauenden Haar oder den dicken Brillengläsern als an seinem bleichen, hageren Gesicht. Als langjähriger Heroinabhängiger hatte er einige Mitglieder seiner Familie zu Junkies gemacht.

Mit den Behörden zu sprechen war zu einer anderen Art von Gewohnheit für ihn geworden. Ingman stand seit 1982 unter dem Zeugenschutzprogramm und hatte bereits gegen eine ganze Reihe seiner ehemaligen Komplizen ausgesagt, darunter auch Terry Conner und Ruth Thomas. Im Zeugenstand hatte er seine Mitwirkung bei Conners Drogenschmuggelring zugegeben und Angaben über dessen inneren Aufbau gemacht. Conner hatte die Deals finanziert, indem er Banken ausraubte, Walker hatte die Drogen von Mexiko in die Vereinigten Staaten transportiert, und Ingman selbst hatte sie als Pusher unter die Leute gebracht.

Dann hatte Ingman sie ›verpfiffen‹. Dafür hielt die Regierung seinen Aufenthaltsort geheim; er wurde nicht einmal in offiziellen Berichten oder internen Dokumenten genannt. Ingman war zum Abschuß freigegeben worden, und die Bundesregierung zeichnete nun dafür verantwortlich, ihn am Leben zu halten.

Marshall hatte Ingman aufgesucht, weil der hatte

durchsickern lassen, daß er vielleicht wichtige Informationen über Buck Walker hatte.

»Was für Aufgaben hatten Sie im Kraftwerk?« fragte Marshall und zückte ein Notizbuch.

»Die Kessel waren computergesteuert. Wir saßen vor den Computern und mußten die Werte überwachen. Wir hatten Acht-Stunden-Schichten. Ein ziemlich ruhiger Job. Wir haben jede Menge Dope geraucht.«

»Marihuana?«

»Ja, und Thaistäbchen. Mit den richtigen Verbindungen bekam man alles, was man haben wollte. Wir saßen die ganze Nacht herum, wurden high und haben uns Geschichten erzählt.«

»Wahre Geschichten?«

»Ich hatte nicht den Eindruck, daß jemand das Blaue vom Himmel log. Wir hatten ... na ja, im Lauf der Jahre viel erlebt. Mit diesen Geschichten« – Ingman zuckte die Achseln – »vertrieben wir uns die Zeit.«

»Was hat Walker über den Palmyra-Fall gesagt?«

»Eine Menge«, erwiderte Ingman. »Er erzählte uns, wie er ins Wasser sprang, nachdem seine Freundin im Hafen von Honolulu verhaftet worden war. Nachdem man dann auch ihn erwischt hatte, gelang es ihm, eine Pistole ins Gefängnis zu schmuggeln, die aber entdeckt wurde, bevor er ausbrechen konnte.«

»Sie erzählen mir nicht gerade viel, Ingman.« Trotz seiner umgänglichen Manieren und seines unscheinbaren Aussehens konnte Marshall notfalls hart und direkt sein.

Ingman kam zur Sache. »Buck hat mal eine Geschichte über Palmyra erzählt«, fuhr er fort. »Da war dieses andere Schiff mit einem Ehepaar darauf. Ich glaube, er hatte sich mit ihnen irgendwie in die Wolle gekriegt. Na ja, er ließ das Ehepaar über die Planke gehen.«

»Wie bitte?«

»Na ja, Sie wissen schon, wie in den Piratenfilmen. Walker will rohes Fleisch ins Wasser geworfen haben, um Haie anzulocken.«

»Hat er sie gezwungen, über Bord zu gehen?« fragte Maeshall.

Ingman zündete sich gemächlich eine Zigarette an. »Der Mann trat auf die Planke, aber ich weiß nicht, ob er zu den Haien ins Wasser sprang.«

»Hat Walker gesagt, ob seine Freundin, Jennifer Jenkins, bei den Morden dabei war?«

Ingman überlegte einen Augenblick lang. »Ich erinnere mich nicht«, sagte er schließlich. »Aber ich habe ihn einmal gefragt, ob er ihr vertraute.«

Marshall sah von seinem Notizbuch auf. »Und?«

»Er bezeichnete Jennifer als ›zuverlässige Schnecke‹. Er sagte, sie würde nie reden.«

Huntsville, Texas
9. Oktober 1984

Marshall fand J. W. Williams in einem Staatsgefängnis in Texas. Der viermal verurteilte Bankräuber, der zweimal aus dem Bundesgefängnis ausgebrochen war, war vor kurzem schuldig gesprochen worden, eine Frau vergewaltigt und in der Annahme, sie sei tot, liegen gelassen zu haben. Er saß eine Mindeststrafe von vierzig Jahren wegen Vergewaltigung und versuchten Mordes ab.

Al Ingman zufolge war Williams dabei gewesen, als Walker von den Morden auf Palmyra erzählt hatte, und hatte sich später auch an dem Drogenring beteiligt.

Williams, ein großer Mann von etwa vierzig Jahren, hatte kurzgeschorenes braunes Haar und trübe dunkle Augen. Marshall vermutete, daß seine Intelligenz beträchtlich unter dem Durchschnitt lag. Da er eine lange Haftstrafe absitzen mußte und noch weitere Anklagen auf ihn warteten, hatte er seine Bereitschaft zu einem Handel verkündet. Doch Marshall wollte ihm kein Angebot machen, bevor er nicht wußte, was Williams ihm sagen konnte.

»Sie haben 1977 in McNeil im Kraftwerk gearbeitet?« begann Marshall.

»Genau.«

»Wer war sonst noch dabei?«

»Walker, Al Ingman und Terry Conner.«

»Waren Wachen im Kraftwerk?«

»Nee. Es gab für dreihundertfünfzig Häftlinge im ganzen Lager nur zwei Wachen. 'ne ziemlich lockere Sache. Wir waren ziemlich auf uns gestellt. Wir hatten 'ne Stereoanlage, 'n Fernseher und sogar 'ne Sauna.«

»Habt ihr euch über frühere Aktivitäten unterhalten?«

»Oh, ja. Wir haben die ganze Zeit über geplaudert.«

»Wußten Sie, weshalb Walker saß?«

»Weil er MDA verkauft hat, glaub' ich.«

»Hat er je über eine Pazifikinsel gesprochen?«

Williams nickte. »Er hat uns 'ne Menge über Palmyra erzählt.«

»Hat er über das vermißte Ehepaar gesprochen?«

»Einmal hat er uns gesagt, er habe sie auf 'n Gummifloß gesetzt und sie ohne Wasser oder Nahrung aufs Meer treiben lassen.«

»Glauben Sie ihm?«

»Ich nehme an, er hat sie wahrscheinlich erledigt, auf die eine oder andere Art, damit es keine Zeugen gab, wenn er ihr Schiff klaute. Ein anderes Mal hat er uns erzählt, er habe sie über die Planke gehen lassen.«

Marshall verzog keine Miene. »Weiter.«

»Na ja, Buck sagte, sie hätten dem Ehepaar die Hände auf den Rücken gefesselt und sie über die Planke gehen lassen.«

»Sie?«

»Buck und seine Freundin. Er sagte, sie hätten Dope geraucht und sich wie Piraten angezogen. Dann haben sie ein paar Hähnchen oder so aus der Tiefkühltruhe auf dem Schiff des Ehepaars genommen, ausgeweidet und ins Wasser geworfen, um die Haie anzulocken. Ich glaube, er hat gesagt, daß sie dem Paar irgendwann die Augen verbunden haben.« Williams fügte hastig weitere Einzelheiten hinzu, als wären sie ihm gerade eingefallen – oder als hätte er sie sich gerade ausgedacht –, doch der Agent machte weiterhin Notizen.

»War Walker high, als er Ihnen das erzählt hat?«

»Ja, wir waren alle gut drauf.«

»Was meinen Sie?«

»Wir haben Marihuana geraucht.«

»War Walker klar, als er davon erzählte? Hat er gewußt, was er sagte?«

»Oh, ja.« Williams grinste.

»Waren Sie noch in McNeil, als Walker im Juli '79 ausbrach?«

»Ja. Ich hab' ihm geholfen.«

»Wie das?«

»Wir haben mit dem Luftschlauch eines Traktorreifens und einem Stück Zelttuch ein Floß gebaut. Wir haben es in der Nähe einer kleinen Bucht im Wald versteckt.«

»Das konnten Sie, ohne von den Wachen überrascht zu werden?«

»Die haben sich keinen abgerissen. Die glaubten doch, wir wären auf einer Insel, von der keiner runterkam.«

»Warum sind Sie nicht mit ihm geflohen?«

»Ich wollte meine Entlassung auf Bewährung abwarten. Buck nicht. Er machte sich Sorgen.«

»Worüber?«

»Er hatte immer Angst, daß sie auf Palmyra was finden würden. Er wollte weg sein, wenn das passierte.«

»Nachdem Sie auf Bewährung entlassen wurden, taten Sie sich unten in Arizona mit Walker und Conner zusammen?«

»Genau. Ich war mit Buck in Mexiko, als wir hörten, daß auf der Insel Knochen gefunden worden waren.«

»Was hat er dazu gesagt?«

»Buck sagte, das FBI habe Beweise gefälscht, weil es so nicht abgelaufen ist.«

»Wieso?«

»Er hat gesagt, sie hätten die Leichen nie in Metallkisten getan.«

Aus einer Vielzahl von Gründen hat ein Strafverteidiger das Recht zur Einsichtnahme in die Beweise, die die Anklage beim Prozeß vorlegen will. In den meisten Staaten darf der Verteidiger zum Beispiel die Aussagen von Zeugen der Anklage *vor dem Prozeß* lesen. Bei einem Prozeß vor einem Bundesgerichtshof, wie er Jennifer nun bevorstand, bestand dieses Recht nicht. Die Verteidigung bekommt die Niederschrift der Zeugenaussage erst, nachdem sie während des Prozesses geleistet wurde, und hat dann nur wenig Gelegenheit, sie genau zu analysieren, bevor sie den Zeugen ins Kreuzverhör nimmt. In der Praxis jedoch berufen sich nur wenige, knallharte Staatswanwälte auf diese Vorschrift. Zu unserem Glück gehörte Enoki nicht dazu, und wir bekamen die Zeugenvernehmungen des FBI lange vor Buck Walkers Prozeß.

Bei den Aussagen Ingmans und Williams' machte Enoki jedoch eine Ausnahme. Die Verteidigung bekam sie erst kurz vor Beginn von Walkers Prozeß zu sehen. Natürlich bestand die Möglichkeit, daß Ingman und Williams die Wahrheit gesagt hatten. Doch Gefängnisinformanten sind notorisch unzuverlässig; ihnen liegt naturgemäß daran, das Beste für sich herauszuholen, was ein starkes Motiv ist, einfach etwas zu erfinden. Überdies ergab die Geschichte, die Buck angeblich Ingman und Williams im Kraftwerk erzählt hatte, keinen allzu großen Sinn. Ich hatte von keiner ›Planke‹ auf Palmyra gehört (wenngleich natürlich jedes Brett als ›Planke‹ dienen konnte), es gab keine Beweise dafür, daß Buck und Jennifer ›Piratenkleidung‹ gehabt hatten, und die Sache mit den Hähncheneingeweiden klang weit hergeholt. Und wie war Muff in den Aluminiumbehälter gekommen, wenn Walker sie den Haien zum Fraß vorgeworfen hatte? Darüber hinaus hatte ich allmählich den sicheren Eindruck gewonnen, daß Jennifer nicht zu einem brutalen Mord fähig war. Und die Geschichte, sie habe Walker geholfen, die Grahams den Haien vorzuwerfen, klang völlig unglaublich. Außerdem beinhalteten diese beiden Aussagen reines Hörensagen, und Williams zufolge hatte Walker zwei völlig verschiedene Versionen über den Tod der Grahams erzählt.

Doch obwohl ich an Jennifers Unschuld glaubte, konnte ich mir natürlich nicht ganz sicher sein. Das konnte niemand, der nicht dabei gewesen war. Mehr als einmal kam mir bei der intensiven Vorbereitung des Falles der Gedanke, Jennifer *sei* schuldig, doch ich verwarf ihn jedesmal wieder. Bei den zahlreichen, langen Gesprächen mit Jennifer deutete einfach nichts an ihrem Verhalten oder ihrer Körpersprache darauf hin, ich würde mit einer Mörderin sprechen. Für ihre widersprüchlichen Aussagen und ihre Auslassungen schien es immer eine vernünftige oder zumindest glaubwürdige Erklärung zu geben.

Meine Überzeugung schwand lediglich in den seltenen Augenblicken, in denen sich Jennifers Persönlichkeit auf fast unheimliche Art und Weise vor meinen Augen zu wandeln schien. Dann wurde aus einer normalerweise passiven, verletzlichen und reagierenden Frau eine bejahende, zuversichtliche, ja fast mechanische. Plötzlich sprach ich mit einer ganz anderen Person. In diesen beunruhigenden Augenblicken konnte ich mir durchaus vorstellen, daß Jennifer vor den Morden ganz nüchtern zu Buck gesagt hatte: »Du tust das, und ich sorge dafür, daß ...« Diese Gedanken waren natürlich sehr störend, stellten sich aber nicht häufig ein, und ich ging davon aus, daß sie unter den gegebenen Umständen ganz normal waren.

Ich mußte auch in Betracht ziehen, daß ein starkes Vertrauen in die Unschuld eines Menschen, wie ich es bei Jennifer hatte, nicht ausreichte; wenn ich mir der Unschuld eines Menschen hundertprozentig sicher sein mußte, bevor ich seine Verteidigung übernahm, hätte ich meinen Beruf als Anwalt gleich an den Nagel hängen können.

Wenn es also nicht noch zu überraschenden Entwicklungen kommen sollte, waren die Würfel gefallen. Jennifer und ich würden gemeinsam untergehen oder schwimmen.

24. KAPITEL

San Francisco
26. Oktober 1984

Richter Samuel King und die zahlreichen Anwälte, die am Fall Palmyra arbeiteten, flogen zum Verhandlungsort, um den bevorstehenden Mordprozeß vorzubereiten.

Ich kannte den Richter noch nicht persönlich, auch nicht die beiden Bundesankläger Elliot Enoki und Ernest E. Schroeder.

In der informellen Umgebung seines Privatzimmers wirkte Richter King großväterlich mit seinem dünnen, grauen Haar, den wachsamen Augen hinter der starken Brille und dem Doppelkinn, das beim Lachen schwabbelte. Er hatte immer, sogar auf der Richterbank, die eine oder andere geistreiche Bemerkung parat und schien seine Freude daran zu haben, die Leute zum Lachen zu bringen. Ich mochte Sam King augenblicklich, weil es ihm an der lächerlichen Schwülstigkeit fehlte, die so vielen Richtern zu eigen ist.

Enoki, sechsunddreißig, ein Amerikaner japanischer Abstammung mit kompaktem Körperbau, hatte ein eigentümliches, listiges Lächeln, das anzudeuten schien, daß er etwas wußte, was sonst keiner wußte. Er trug sein glattes, schwarzes Haar an die Stirn geklatscht, als sei er gerade aus der Dusche gekommen. Enoki galt als der beste Prozeßankläger der Staatsanwaltschaft von Honolulu. Mit der Ermittlungskraft des FBI im Rücken wäre schon er allein im Gerichtssaal ein furchtbarer Gegner gewesen. Doch man hatte ihm noch Walter Schroeder an die Seite gestellt, einen Ankläger des Justizministeriums in Washington.

Da es sehr ungewöhnlich war, daß ein Staatsanwalt des Ministeriums zur Unterstützung eines Anklägers aus Honolulu nach San Francisco geschickt wurde (normalerweise wäre Enokis Co-Ankläger aus seinem Amt oder von der Staatsanwaltschaft San Francisco gekommen), ging ich davon aus, daß die Regierung alles daransetzte, den Fall Palmyra zu gewinnen. Ich wußte nichts über den unauffälligen, bebrillten Schroeder, nahm jedoch an, daß es sich um einen erstklassigen Mann handelte. Leider sollte sich diese frühe Vermutung als richtig erweisen. Schroeder würde neue und, wenn die Geschworenen sie ihm abkaufen würden, sehr nachteilige Beweise gegen Jennifer ausfindig machen.

Bei dieser kurzen Sitzung ging es King hauptsächlich darum, ein Datum für den Prozeßbeginn festzusetzen. Beide Parteien kamen überein, daß der ursprüngliche Termin für Walkers Prozeß, der 15. Januar 1985, zu kurzfristig war. Man einigte sich auf den 28. Mai 1985, und Jennifers Prozeß sollte unmittelbar nach dem Abschluß der Verhandlung gegen Walker beginnen.

Desweiteren kam man überein, neben den eigentlichen zwölf Geschworenen zwei Ersatzleute zu wählen. Die Befragung eines jeden Geschworenen vor dessen Annahme oder Ablehnung wurde auf eine Stunde pro Partei begrenzt. Nach der Besprechung weiterer Einzelheiten – etwa der täglichen Verhandlungsdauer – beendete King die Sitzung mit der Erklärung, er würde über alle weiteren Anträge am 11. Januar entscheiden.

Damit blieb mir nicht mehr viel Zeit, die Überraschungen vorzubereiten, die ich im Sinn hatte.

Los Angeles

Von dem Augenblick an, da ich den Fall übernommen hatte, hatte ich mir buchstäblich die Hacken abgelaufen, um *irgendeinen* Beweis für Jennifers Unschuld (abgesehen von ihrer Aussage) zu finden. Und wenn ich in der Vergangenheit keinen gefunden hatte, mußte ich eben jetzt mehr Erfolg haben.

Ich schrieb Elliot Enoki und erinnerte ihn daran, daß Len Weinglass vor ein paar Jahren angeboten hatte, Jennifer würde sich eines Lügendetektor-Tests unterziehen – ein Angebot, das Enoki abgelehnt hatte. ›Ich bin mir bewußt‹, schrieb ich, ›daß Sie den Antrag abgelehnt haben, da sie wirklich nichts zu verlieren hatte. Wenn sie den Test nicht bestanden hätte, wäre das Ergebnis nicht vor Gericht zu verwerten gewesen.‹

Ich fuhr mit dem Angebot fort, diesmal einen Schritt weiter zu gehen. Jennifer Jenkins war nicht nur bereit, sich dem Test zu unterziehen, sondern auch, das Ergebnis bei dem Prozeß vorzulegen, *ganz gleich, wie es ausfallen würde.*

Das war keine Verzweiflungstat. Ich hatte Jennifers bisherige Lügendetektor-Tests genau untersucht. Dem erstem, der von ihrem damaligen Anwalt Barry Tarlow arrangiert worden war, hatte sie sich am 28. Februar 1981 unterzogen, fünf Tage, bevor sie sich den Bundesbehörden gestellt hatte. Der Test war von David Raskin durchgeführt worden, einem bekannten Fachmann und Professor der Psychologie an der Universität Utah.

Dieser erste Test wies drei Schlüsselfragen auf:

Frage 5: Haben Sie an dem Verschwinden von Muff oder Mac Graham in irgendeiner Hinsicht mitgewirkt?

Frage 7: Waren Sie anwesend, als Muff Graham getötet wurde?

Frage 10: Haben Sie an irgendeinem Plan mitgewirkt, Muff oder Mac Graham Schaden zuzufügen?

Jennifer hatte alle drei Fragen fest mit »Nein!« beantwortet.

Auf einer Skala, auf der Ergebnisse von +6 oder höher (bis +30) die Wahrheit anzeigten, Ergebnisse von −6 oder tiefer die Unwahrheit, während der Bereich von +6 bis −6 als unschlüssig gilt, hatte Jennifer das Gesamtergebnis +3 erlangt, also ›unschlüssig‹. Nachdem Raskin Jennifer das Ergebnis mitgeteilt hatte, erklärte sie, mit Frage 7 Probleme gehabt zu haben. Raskin zitierte sie in seinem Bericht über den Test: ›Offensichtlich *war* ich auf Palmyra, als Mac und Muff starben. Ich weiß nicht, ob sie ermordet wurden oder nicht, aber sie sind eindeutig gestorben. Ich bin immer davon ausgegangen, daß ihr Dingi gekentert ist und sie ertrunken sind oder von Haien gefressen wurden. Diese Frage hat mich verwirrt. Ich habe nein gesagt, dachte aber ja. Ich würde gern einen anderen Test absolvieren.‹

Raskin schlug vor, daß sie sich diesem Test in seinem Labor in Salt Lake City unterzog, in dem ihm empfindlichere Instrumente zur Verfügung standen. Der zweite Test fand dort am 3. März statt. Raskin hatte die Schlüsselfragen umformuliert.

Frage 5: Haben Sie geplant, Mac und Muff Graham verschwinden zu lassen?

Frage 7: Haben Sie am Verschwinden von Mac oder Muff Graham wissentlich mitgewirkt?

Frage 10: Wußten Sie vor diesem Jahr eindeutig, daß einer der beiden Grahams ermordet worden war?

Erneut beantwortete sie alle drei Fragen mit nein. Diesmal bekam sie ein Ergebnis von +7. ›Laut den üblichen Maßstäben bei einem Lügendetektor-Test‹ schrieb Rankin an Len Weinglass, ›läßt ein Ergebnis von +7 eindeutig darauf schließen, daß sie die Wahrheit gesagt hat.‹

Ich vermutete, daß Enoki mein Angebot ablehnen würde. Es lag nicht nur daran, daß die Anklage nur selten mit der Verteidigung vereinbart, das Ergebnis eines Lügendetektor-Tests als Beweismittel zuzulassen; ich wußte auch, daß Enoki glaubte, einen leichten Sieg erringen zu können, und daher nicht bereit war, sich auf irgendwelche neuen Streitfragen einzulassen, die einen schlechten Ausgang für ihn nehmen konnten. Doch für den unwahrscheinlichen Fall, daß er zustimmte, war Jennifer bereit, sich einem neuen Test zu unterziehen. Ich vermutete, daß bei einem neutralen Testleiter das Ergebnis schlimmstenfalls ›unschlüssig‹ ausfallen würde. Doch ein Risiko bestand (eigentlich ein größeres für Enoki als für mich, da er den stärkeren Fall und daher auch mehr zu verlieren hatte), eins, das ich zu umgehen hoffte. Am 6. Dezember überraschte mich Enoki mit einem Anruf. Er sei bereit, mein Angebot zu akzeptieren – jedoch nur unter der Bedingung, daß ein Experte vom FBI den Test vornahm.

Ich rief David Raskin in Salt Lake City an.

»Ich habe kein Vertrauen in die FBI-Experten«, schnappte er. »Der Secret Service hat bessere Fachleute. Das weiß ich, weil ich eine Menge davon ausgebildet habe.«

Raskin warnte mich, Jennifers bisherige Testergebnisse deuteten an, daß sie niemals ein überwältigend hohes ›Wahrheitsergebnis‹ erzielen würde. »Verstehen Sie mich nicht falsch«, sagte er. »Das Ergebnis deutet an, daß sie unschuldig ist. Doch wenn der Wahrheitsfaktor bis +30 geht, grenzt sie bei +7 nur an die Wahrheit, ohne einen dramatischen Eindruck zu erzielen.«

Weinglass wollte die Bedingung, das FBI müsse den Test vornehmen, auf keinen Fall akzeptieren. »Ich vertraue dem FBI nicht«, grollte er. Ich war zwar anderer

Ansicht, wollte jedoch nicht ohne seine Zustimmung handeln.

Dementsprechend schlug ich vor, der Secret Service solle die Untersuchung vornehmen, doch Enoki stellte sich quer. Der Staatsanwalt bestand auf dem FBI. Wir waren an einem toten Punkt angelangt, den ich jedoch willkommen hieß, da er mir einen Schachzug ermöglichte, den ich schon seit geraumer Weile im Sinn hatte. Wichtig war mir nur eins: Wenn die Geschworenen hören durften, daß Jennifer angeboten hatte, sich einem Lügendetektor-Test zu unterziehen und ihnen das Ergebnis vorzulegen, würden sie sich unausweichlich fragen, warum sie zugestimmt hatte, wenn sie schuldig war.

Wenn nicht beide Parteien zu einer Übereinkunft gekommen sind, weisen Richter den Antrag, einen Lügendetektor-Test vorzulegen, normalerweise mit der Begründung zurück, die Zuverlässigkeit eines solchen Test sei wissenschaftlich nicht bewiesen. Ich vermutete, daß Richter King instinktiv begreifen würde, was ich vorhatte, und meinen Antrag mit der obigen Begründung ablehnte. Wollte ich bei ihm einen Chance haben, mußte ich einen Fall ausfindig machen, bei dem zu meinen Gunsten entschieden worden war.

Ich verbrachte anderthalb Tage in der Gerichtsbibliothek von Los Angeles und las praktisch jeden Fall nach, bei dem ein Lügendetektor-Test als Beweismittel zugelassen worden war, nur um festzustellen, daß sich kein einziger mit der Taktik beschäftigte, die ich im Sinn hatte.

Schließlich fand ich einen – und nur einen – Fall mit einer ähnlichen Entscheidung, *Commonwealth gegen einen Jugendlichen (Nr. 1)* mit dem Aktenzeichen 365 Mass. 421 (1974). Wie Jennifer hatte der Beklagte angeboten, sich einem Lügendetektor-Test zu unterziehen und den Geschworenen das Ergebnis vorzulegen. Der Richter hatte das Angebot abgelehnt, doch die Berufungsinstanz hatte die danach erfolgte Verurteilung mit der Begründung aufgehoben, ›die möglicherweise nachteiligen Folgen eines noch durchzuführenden Tests‹ reichten aus, um das Ergebnis als Beweismittel anzuerkennen.

Natürlich unterschied sich Jennifers Fall dahingehend, daß ich gar nicht beabsichtigte – wie in Massachusetts –, das Ergebnis des Tests als Beweismittel vorzulegen; ich wollte nur, daß die Geschworenen erfuhren, daß Jennifer *angeboten* hatte, das Ergebnis vorzulegen. Doch das Gericht in Massachusetts hatte entschieden, daß man dort, wo der Beklagte etwas zu verlieren hatte, durchaus von der allgemeinen Regel abweichen konnte, und diese Entscheidung unterstützte meine Position zumindest ansatzweise.

Am 19. Dezember stellte ich den Antrag. Enoki beantragte, ihn abzuweisen, und führte ohne Angabe eines Grundsatzurteils (was meine Auffassung bestätigte, daß sich noch kein Gericht mit dieser Frage befaßt hatte) aus, das Gericht solle nicht ›von der allgemein akzeptierten Auffassung abweichen, einen Lügendetektor-Test nicht als Beweismittel anzuerkennen, wenn sich nicht beide Parteien darauf geeinigt haben‹.

Ich wußte, daß ich noch einen schweren Weg vor mir hatte.

Honolulu
8. Januar 1985

Um 16.00 Uhr gab ein Bundesschwurgericht aufgrund von Informationen, die an diesem Nachmittag Bucks Mithäftlinge Williams und Ingman gegeben hatten, einem Antrag auf Anklageerweiterung gegen Jennifer Jenkins und Buck Walker statt. Zusätzlich zu der bereits ergangenen Raubmordklage wurden sie nun eines zweiten vorsätzlichen Mordes beschuldigt.

Die Anklage hatte die neuen Informationen der beiden

Mithäftlinge als großen Durchbruch bezeichnet. Sie ging davon aus, daß Buck Walker – wie viele inhaftierte Straftäter – unter der pathetischen Illusion einer Gefängniskameraderie ein Geständnis abgelegt hatte.

Die Anklage glaubte auch Williams' Geschichte, Walker habe angedeutet, daß Jennifer Jenkins bei den Morden mitgewirkt hatte. Sie ging sogar so weit, daß sie nun Jennifer und nicht Walker als Planerin des Verbrechens und Buck als eher ausführenden Partner sah.

Würden die Geschworenen zweifelhaften Gestalten wie Williams und Ingman glauben, wenn sie in den Zeugenstand traten?

Anscheinend war die Anklage mehr als bereit, dieses Risiko einzugehen.

25. KAPITEL

Bezirksgericht San Francisco
11. Januar 1985

Nachdem Richter King Platz genommen hatte, um die letzten mündlichen Anträge vor der Verhandlung entgegenzunehmen, fragte er, welcher Beklagter zuerst gehört werden wollte. Ich überließ Walkers Anwalt Earle Partington den Vortritt.

Partington, der mit seinem schütteren, schwarzen Haar und den tiefen Linien im Gesicht älter als seine dreiundvierzig Jahre aussah, war eingefleischter Junggeselle, Antialkoholiker und Nichtraucher. Er hatte in San Francisco als Strafverteidiger und in Südafrika und auf Hawaii als Vertreter der Anklage gearbeitet. Seine leicht winselnde Stimme und sein aufdringliches Gehabe konnte an den Nerven des Richters wie auch an denen der Geschworenen zerren, doch der drahtige Partington galt als einer der gerissensten Anwälte Hawaiis.

Partington stellte zuerst den Antrag, Walkers Aussagen bei dem vorherigen Diebstahlsprozeß bei dem bevorstehenden Mordprozeß nicht zuzulassen, ein eindeutiges Indiz darauf, daß Walker bei seinem Prozeß nicht aussagen würde. Der Antrag wurde abgelehnt.

Die Regierung hatte Schwierigkeiten, für den bevorstehenden Prozeß einen Experten für Yachten ausfindig zu machen, und hatte beantragt, die Sachverständigenaussagen aus dem Diebstahlsprozeß zuzulassen. Partington hatte Einspruch dagegen erhoben, doch auch der wurde abgewiesen.

Dann war ich an der Reihe. Ich begann mit meinem Antrag bezüglich des Lügendetektor-Tests und gestand direkt ein, daß es sich um ein ›neues Vorgehen‹ handelte. Ich fügte hinzu, es handele sich um eine gewisse Herausforderung, doch »zu jeder Pionierleistung sei Mut erforderlich. Dabei werden Sie, Herr Richter, ausschließlich von Ihrem Menschenverstand und dem allgemeinen Prinzip geführt, relevante Beweismittel zulassen zu müssen.« Ich erläuterte meinen schriftlichen Antrag sorgfältig und verwies auch auf die Entscheidung aus Massachusetts. »Die Regierung hat in keinem einzigen Fall eine gegenteilige Entscheidung gefällt.«

Richter King entgegnete, ihm gefiele meine Argumentation; doch da die Regierung – also die Anklage – unser ursprüngliches Angebot akzeptiert habe, wir es jedoch zurückgezogen und ein Gegenangebot gemacht hätten, das wiederum die Anklage abgelehnt hatte, sei die Situation zu kompliziert geworden, und er wolle nicht, daß sich die Geschworenen in Nebensächlichkeiten verzettelten. Er lehnte meinen Antrag zwar ab, doch ich hatte noch nicht alle Hoffnung verloren, daß er es sich noch anders überlegen würde.

Bislang hatte die Verteidigung drei Anträge gestellt, und alle drei waren abgelehnt worden. Ich konnte nur hoffen, daß diese eindeutige Haltung kein Omen für den zukünftigen Verlauf des Prozesses darstellte.

Mein nächster Antrag war der wichtigste, den ich während des gesamten Prozesses stellen würde. Hauptsächlich wegen dieses Antrags war ich an diesem Morgen nach San Francisco geflogen. Wenn die Verteidigung ihn nicht durchsetzen konnte, war zu befürchten, daß sie von Anfang an auf verlorenem Fuß stand.

Die Anwälte der Regierung waren mit dem starken Fall, den sie gegen Jennifer hatten, noch nicht zufrieden und versuchten einen Schachzug, demzufolge sie schuldig war, noch bevor die Anklage den ersten Zeugen aufgerufen hatte. Ich war entschlossen, dies unter allen Umständen zu verhinden.

Dazu sind einige Erläuterungen nötig.

Nach dem Fund von Muff Grahams Überresten hatte der Staat Anklage wegen Mord im Zusammenhang mit einem Gewaltverbrechen erhoben.

Um es einfach auszudrücken: Unter Mord im Zusammenhang mit einem Gewaltverbrechen fällt zum Beispiel ein Tötungsdelikt, das während eines geplanten Schwerverbrechens wie zum Beispiel Raub (was man Jennifer vorwarf), Einbruch, Vergewaltigung, Brandstiftung etc. begangen wird. Liegt solch ein Tatbestand vor, handelt es sich nach amerikanischem Recht automatisch um Mord ersten Grades, selbst wenn die Tötung nicht geplant war. Diebstahl – einfach die Entwendung des persönlichen Eigentums einer anderen Person, und Jennifer war wegen *Diebstahls* der *Sea Wind* verurteilt worden – fällt nicht darunter, im Gegensatz zum *Raub*, bei dem das Opfer durch Furcht oder Gewalt – zum Beispiel mit einer vorgehaltenen Pistole – dazu gezwungen wird, etwa seine Brieftasche herauszugeben.

Die Regierung ließ sich mit Len auf eine Schlacht nach der anderen ein, um zu verhindern, daß aufgrund des Verfassungszusatzes, nach dem niemand zweimal desselben Verbrechens angeklagt werden kann, die Anklage wegen Mordes im Zusammenhang mit einem Gewaltverbrechen abgewiesen wurde. Es verwirrte mich beträchtlich, daß sie das Problem nicht einfach umging, indem sie statt dessen Klage wegen vorsätzlichen Mordes erhob. Ich kam schließlich zu dem Schluß, daß sie einzig und allein aus dem Grund die Klage wegen Mordes im Zusammenhang mit einem Gewaltverbrechen durchsetzen wollte, um irgendwie an die Geschworenen durchsickern zu lassen, daß Jennifer bereits wegen des Diebstahls der *Sea Wind* verurteilt worden war. (So etwas kann auf vielerlei Weisen bei einem Prozeß erwähnt werden; es ist auch nicht ausgeschlossen, daß die Geschworenen durch die Medien davon erfahren.) Da es sich bei den Geschworenen um Laien handelte, konnten sie sehr schnell den Tatbestand des *Diebstahls* (für den Jennifer bereits verurteilt worden war) und des *Raubes* der *Sea Wind* (der nun zur Verhandlung stand) verwechseln. Diese Verwirrung konnte nur zu Jennifers Schaden sein. Die Anklage hoffte darauf, eine Verurteilung wegen Mordes im Zusammenhang mit einem Gewaltverbrechen noch leichter erreichen zu können als wegen vorsätzlichen Mordes.

Am 12. Dezember hatte ich meiner diesbezüglichen Besorgnis schriftlich Ausdruck verliehen und Richter King gebeten – so ungewöhnlich dies auch sein mochte –, die Staatsanwaltschaft anzuweisen, Anklage wegen vorsätzlichen Mordes und nicht wegen Mordes im Zusammenhang mit einem Gewaltverbrechen zu erheben. (Obwohl es keinen Paragraphen gibt, der den Richter dazu ermächtigt, hatte ich einige allgemeine Vorschriften über die Verantwortung des Richters zitiert, dafür Sorge zu tragen, daß der Angeklagte einen fairen Prozeß bekommt.) Nicht viele Verteidiger haben jemals energisch darauf gedrängt, daß ihr Klient wegen vorsätzlichen Mordes angeklagt wird, doch ich hielt diese Strategie für unumgänglich, um den Mord im Zusammenhang mit einem Gewaltverbrechen vom Tisch zu bekommen.

Ich führte aus, daß in diesem Fall vorsätzlicher Mord die einzig richtige Anklage sei, da ›die eindeutige Schlußfolgerung vorliegt, daß derjenige, der Mrs. Graham ermordet hat, mit Vorsatz gehandelt haben muß. Angesichts der Fakten dieses Falles ist die Anklage wegen Mordes im Zusammenhang mit einem Gewaltverbrechen unangemessen und ungebräuchlich. Sie kommt traditionell zur Anwendung, wenn die Fakten größtenteils unzweifelhaft sind, etwa bei der Tötung eines Schnapsladenbesitzers während des gleichzeitigen Raubüberfalls auf sein Geschäft. Dabei steht nur die Identität des Täters zur Debatte. Bei dem vorliegenden Fall kann davon ausgegangen werden, daß, sollte der Täter den Mord an Mrs. Graham nicht gestehen, die Fakten niemals bekannt werden‹.

Richter King hatte meinen Antrag abgewiesen, doch in der schriftlichen Erwiderung der Regierung vom 7. Januar hatte Enoki endlich die wirkliche Absicht enthüllt, die er mit der Anklage wegen Mordes im Zusammenhang mit einem Gewaltverbrechen hegte ... und es war viel schlimmer, als ich vermutet hatte. Enoki wollte Jennifers Verurteilung wegen Diebstahls der *Sea Wind* bei ihrem Mordprozeß ›*als grundsätzlichen Bestandteil der Anklage wegen Mordes im Zusammenhang mit einem Gewaltverbrechen*‹ durchsetzen. Mit anderen Worten – er wollte Jennifers vorherige Verurteilung wegen Diebstahls der *Sea Wind* bei dem Mordprozeß als *schlüssigen und unwiderlegbaren* Beweis von Schlüsselelementen des *Raubes* bei der Anklage wegen Mordes im Zusammenhang mit einem Gewaltverbrechen vorlegen!

Sowohl mein Co-Verteidiger Len Weinglass als auch Buck Walkers Verteidiger Earle Partington sahen die Rechtsgrundlage dafür als gegeben. Ich war völlig anderer Meinung.

Die Strategie der Staatsanwaltschaft, Jennifer wegen Mordes im Zusammenhang mit einem Gewaltverbrechen zu verurteilen, indem sie auf ihre Verurteilung wegen Diebstahls als Beweis zurückgriff, bedurfte zwar mehrerer aufeinanderfolgender Schritte, doch für sich war jeder einzelne Schritt ganz einfach und leitete ganz selbstverständlich zu dem nächsten über. Wenn die Geschworenen bei Jennifers Mordprozeß davon ausgingen, daß jemand einen Raub der *Sea Wind* begangen hatte (was sie zweifellos glauben würden), und wenn sie ebenfalls davon ausgingen, daß der Räuber auch Muff Graham getötet hatte (was ebenfalls offensichtlich der Fall sein würde), *und wenn der Richter die Geschworenen darauf hinwies, daß der Diebstahl der* Sea Wind *ein integraler Bestandteil dieses Raubes war,* dann würden die Geschworenen sicher folgendermaßen argumentieren: Da Jennifer *einige* Bestandteile des Raubes begangen hatte – sie hatte sich 1. des Diebstahls der *Sea Wind* schuldig gemacht und 2. die Absicht gehabt, das Schiff zu stehlen – mußte sie auch gemeinsam mit Buck (denn wen sonst gab es noch?) die verbleibenden Tatbestände begangen haben, nämlich 3. die Ansichnahme der *Sea Wind* mittels ›Furcht oder Gewalt‹ und 4. dies in ›unmittelbarer Gegenwart‹ von Muff Graham (was, großzügig interpretiert, jeden Ort innerhalb der Sicht- und Hörweite einschließt). Und da das Tötungsdelikt offensichtlich mit großer Wahrscheinlichkeit *während* des Raubes erfolgte, hatte sie sich damit des Mordes ersten Grades im Zusammenhang mit einem Gewaltverbrechen schuldig gemacht.

Anders ausgedrückt: Wenn ich eingestehen mußte, daß meine Klientin *einige* Bestandteile des Raubes begangen hatte, der zu Muff Grahams Tod geführt hatte – wie konnte ich dann behaupten, sie sei der anderen Bestandteile unschuldig? Jeder vernünftige Geschworene würde davon ausgehen, daß sie die anderen Bestandteile entweder allein begangen oder Buck Walker dabei Beihilfe geleistet hatte. Meines Erachtens versuchte die Anklage nicht nur, Jennifer einen fairen Prozeß zu verweigern, sie war auch entschlossen, ihr – punktum – einen *Mordprozeß* vorzuenthalten. Sie wollte ihr nur ein Prozeß wegen *Rau-*

bes zugestehen. Wenn sie beweisen konnte, daß Jennifer dieses Verbrechen begangen hatte, würden die Geschworenen sie auch wegen Mordes schuldig befinden.

Ich verwahrte mich energisch gegen dieses Vorhaben. »Man kann den Geschworenen bei einem Prozeß nicht erzählen«, sagte ich zu Richter King, »daß die Hälfte des Verbrechens, das man der Beklagten vorwirft, bereits bewiesen ist. Und das« – ich drehte mich zu den Anklägern um – »versuchen Sie doch, nicht wahr, Mister Enoki?«

Enoki war anscheinend von einer abgenutzten Stelle auf seinem Tisch fasziniert, die er eindringlich musterte, und antwortete nicht.

»Indem Sie die Verurteilung wegen Diebstahl vorlegen«, erklärte ich, »um damit zu beweisen, daß einige der Bestandteile des angeblichen Raubes dieses Falles bewiesen sind ...«

»Genau«, unterbrach Richter King. »Einige. Nicht alle.«

» ...sagen Sie den Geschworenen damit«, fuhr ich fort, »daß der Diebstahl ein Teil des Raubes war und genau *zur gleichen Zeit* wie der Raub stattfand.«

»Wenn jemand eines Verbrechens schuldig befunden wurde«, hielt der Richter dagegen, »kann dieses Urteil, falls es relevant ist, bei einem späteren Prozeß verwendet werden.«

Ich spürte, daß Richter King nicht begriff, was die Anklage beabsichtigte. Obwohl man keinen Raub begehen kann, ohne damit auch einen Diebstahl zu begehen, ist es doch offensichtlich, daß ein Diebstahl, der zu einer anderen Zeit als ein gegebener Raub begangen wird, nicht Bestandteil *dieses Raubes* ist.

Nun, da der Richter anscheinend seine Position bezogen hatte, legte Enoki scharfen Widerspruch ein. »Wenn ein Beklagter«, führte der Ankläger aus, »bei einem vorherigen Prozeß rechtmäßig verurteilt wurde, kann sein Verteidiger bei einem nachfolgenden Prozeß keine Tatsachen mehr anzweifeln, die bei diesem Prozeß festgestellt wurden.« Er fuhr damit fort, daß er, um einen Raub zu beweisen, wie dieser Prozeß wegen Mordes im Zusammenhang mit einem Gewaltverbrechen es von ihm verlangte, er vier Bestandteile beweisen müsse: 1. die Aneignung der *Sea Wind*, 2. in unmittelbarer Gegenwart Mrs. Grahams, 3. mittels Gewalt oder Furcht und 4. mit der Absicht zu stehlen. Der Staatsanwalt behauptete, das erste und vierte Bestandteil sei bereits bei Jennifers Diebstahlsprozeß bewiesen worden.

»Diese Bestandteile werde ich den Geschworenen mitteilen«, mischte sich der Richter ins Gespräch ein. »*Sie müssen sie nicht beweisen.*«

»Genau«, sagte Enoki. »Zwei der Bestandteile der Verurteilung wegen Diebstahls sind notwendige Bestandteile meiner Beweisführung in *diesem* Fall.«

Richter King sah mich an und fragte ungläubig: »Behaupten Sie *noch immer*, er dürfe das nicht?«

Meine Antwort lautete, daß die Staatsanwaltschaft es eindeutig *nicht* dürfe, weil es »gleichbedeutend damit ist, den Geschworenen zu sagen, daß der Diebstahl, für den Miss Jenkins verurteilt wurde, Teil des Raubes war und *zu genau der gleichen Zeit* wie der Raub stattgefunden hat. Das *können* wir den Geschworenen nicht sagen«, beharrte ich, »weil wir es nicht *wissen*. Selbst unter der Voraussetzung, daß sich Miss Jenkins des Diebstahls des Schiffes schuldig gemacht hat, muß dieser Diebstahl offensichtlich nicht im geringsten Zusammenhang mit dem Raub und dem Mord stehen. Ich möchte zwei sehr einsichtige Möglichkeiten aufführen, und es gibt noch mehr.

Falls Buck Walker die Grahams in Tateinheit mit Raub ermordet hat, ohne daß Miss Jenkins davon wußte oder ihm geholfen hat, und Miss Jenkins *danach* – nachdem sie von dem Raubmord erfahren hat – die *Sea Wind* stiehlt, ist sie des Diebstahls schuldig. Doch offensichtlich hat sie nichts mit dem Raubmord zu tun. Oder eine andere Möglichkeit: Falls Buck Walker die Grahams ohne Miss Jenkins' Wissen oder Unterstützung getötet hat und Miss Jenkins glaubte, die Grahams hätten einen Unfalltod erlitten, und sie danach die *Sea Wind* stiehlt, hat sie sich erneut des Diebstahls, aber nicht des Raubmords schuldig gemacht. Da diese Möglichkeiten denkbar sind, Euer Ehren, kann man den Geschworenen nicht sagen, daß sie undenkbar sind.

Die Anklage versucht, die Elemente eines Verbrechens, des Diebstahls, zu nehmen und sie auf ein anderes Verbrechen, den Raub, zu übertragen. Das ist nicht zulässig. Und ich weiß nicht, warum sie es überhaupt versucht, da damit automatisch ein Verfahrensfehler vorliegt.«

Enoki nahm diesen Hieb unbeeindruckt hin.

Richter King hörte mir genau zu.

»In dem Diebstahlprozeß des Jahres 1975 hatten die Geschworenen nicht über einen Raub zu urteilen. Miss Jenkins wurde nicht des Raubes angeklagt. Also haben die Geschworenen, die Miss Jenkins damals des Diebstahls für schuldig befunden haben, keineswegs zum Ausdruck gebracht, der Diebstahl sei Teil des Raubes der *Sea Wind* gewesen. Wie können wir das also heute behaupten?«

Der Richter erwiderte, auch unter diesen Umständen sei eine Erwähnung von Jennifers erster Verurteilung statthaft.

Ich fragte Richter King, in welchem Zusammenhang er Jennifers erste Verurteilung erwähnen wolle. Der Richter schien allmählich die Geduld zu verlieren und fragte mich, ob ich bei dem Mordprozeß tatsächlich ausführen wollte, daß meine Klientin die *Sea Wind gar nicht gestohlen habe*.

»Natürlich werden wir so argumentieren.«

Das Gericht: »Sie hat sie *nicht* gestohlen?«

»Ja, natürlich.«

Das Gericht: »Würden Sie mir das bitte erklären.«

»Herr Richter, warum sollte ich mich erheben und den Geschworenen sagen, daß das Urteil des anderen Geschworenengerichts automatisch richtig ist, daß sich Schwurgerichte niemals irren?«

Das Gericht: »Genau darüber streiten wir ja gerade. Daß Sie nicht etwas anzweifeln können, was bereits rechtsgültig ist.«

»Mit anderen Worten ... ich kann sie also nicht in den Zeugenstand rufen und fragen, was sie im Sinn hatte, als sie Palmyra mit Mister Walker auf der *Sea Wind* verließ. Man will ihr also verbieten zu sagen: ›Ich hatte nicht vor, die *Sea Wind* zu stehlen‹, weil ja rechtskräftig feststeht, daß sie die *Sea Wind* gestohlen *hat*.«

Das Gericht: »Ich nehme an, sie kann sagen, was sie will.«

»Wie kann sie das, wenn das Gericht den Geschworenen sagt, daß rechtskräftig entschieden wurde, daß sie die *Sea Wind* gestohlen *hat*, und die Geschworenen daher anweist, ihre Aussage in diesem Punkt nicht zu beachten?«

Das Gericht: »Genau.«

»Und daß Sie einen Meineid begeht, wenn sie aussagt, sie habe niemals vorgehabt, die *Sea Wind* zu stehlen.«

Das Gericht: »Ein Meineid steht hier nicht zur Debatte. Angeklagte haben ein sehr elastisches Gedächtnis.«

»Ich werde vor den Geschworenen nicht die Vereinbarung treffen, daß sie eine Diebin ist. Und wenn das Gericht die Geschworenen darüber unterrichten will ...«

Das Gericht: »Ich will überhaupt nichts, verdammt noch mal! Ich sitze hier, damit die Anklage mir erklären kann, warum sie das sagen will, und damit Sie mir erklären können, warum ich es nicht zulassen sollte.«

Wir waren vom Thema abgekommen, und ich kehrte zum eigentlichen Problem zurück: ob die Anklagevertretung Jennifers Verurteilung wegen Diebstahls als Teil des hier zur Verhandlung stehenden Raubes aufführen durfte.

»Wenn das Gericht mir eine Begründung nennen kann, unter welchen Umständen dies zulässig ist, kann ich darauf antworten. Die *einzige* Begründung, die die Staatsanwaltschaft bislang aufgeführt hat, ist die, daß die Verurteilung wegen Diebstahls rechtskräftig ist, doch es ist einfach nicht erwiesen, daß dieser Diebstahl auch Teil eines Raubes ist.«

Das Gericht: »Ich verstehe, worauf Sie hinauswollen.« Er hatte nicht gesagt, daß er mir beipflichtete, nur, daß er endlich verstanden hatte.

Richter King beraumte eine kurze Pause ein.

Als ich den Gerichtssaal verließ, war ich keineswegs überzeugt, daß der Richter – selbst wenn er meine Argumentation tatsächlich verstanden haben sollte – meinem Antrag zustimmte und damit verhinderte, daß die Anklagevertretung einen der glattesten, hinterlistigsten Tricks durchzog, die mir je in einem Gerichtssaal untergekommen waren. Angesichts der schwankenden Kommentare des Richters war ich sehr besorgt.

Als der Richter die Verhandlung fortsetzte, wandte er sich sofort an Enoki. »Mister Bugliosis Antrag hat etwas für sich. Sie wollen tatsächlich behaupten, daß die beiden Bestandteile des Raubes, der hier verhandelt wird, bereits bei der Diebstahlsverhandlung bewiesen wurden, obwohl die Möglichkeit besteht, daß wir hier von einem *anderen* Diebstahl sprechen.«

Richter King *hatte* mich verstanden.

»Mister Bugliosi hat recht«, fuhr der Richter fort. »Ich gebe seinem Antrag statt. Die Vorlage der Verurteilung wegen Diebstahls ist unzulässig.«

Am Tisch der Verteidigung beugte sich Len zu mir und flüsterte: »Herzlichen Glückwunsch. Sie haben den Richter umgedreht.«

Partington schüttelte verwundert den Kopf, als wir den Gerichtssaal verließen. »Gute Arbeit, Vince, aber ich bin trotzdem noch der Ansicht, daß die Anklage das Recht dazu hat.«

Es galt jedoch, noch eine Schlacht bezüglich Jennifers Verurteilung wegen Diebstahls zu schlagen. Durfte die Anklage ihr beim Kreuzverhör des Mordprozesses die Frage stellen, warum sie wegen Diebstahls der *Sea Wind* (und des Geldes an Bord) verurteilt worden war? Normalerweise durfte sie es durchaus. In diesem besonderen Fall war ich jedoch der Ansicht, daß sie es nicht durfte, und hatte in einem Antrag von zehn Seiten meine diesbezügliche Argumentation aufgeführt.

Richter King sagte, er würde über diesen Antrag beim Prozeß entscheiden. Falls wir verlieren sollten, war das zwar schlimm, aber es würde keineswegs die Konsequenzen haben, die eine Zurückweisung des Antrags gehabt hätte, den wir gerade durchgebracht hatten.

Es war ein anstrengender Morgen gewesen, und ich freute mich, die anderen Anwälte zum Mittagessen in ein Restaurant auf der anderen Straßenseite begleiten zu können.

»Buck sieht wie ein Buchhalter aus«, sagte Len, als das Gespräch darauf kam, wie sich Buck und Jennifer seit 1974 verändert hatten.

Partington lächelte, offensichtlich erfreut über Lens Bemerkung.

»Aber andererseits«, fügte mein Kollege mit einem Blinzeln und einem teuflischen Grinsen hinzu, »würde jemand der Anwesenden auf eine Segeltour zu ihm an Bord gehen?«

Los Angeles

Ich setzte meine Prozeßvorbereitungen mit Jennifer fort, und mit jedem Gespräch wuchs meine Verbitterung über ihre Weigerung zu glauben, daß Buck Walker Mac und Muff Graham ermordet hatte. Sie behielt ihrer Skepsis auch angesichts meiner Versuche bei, Beweise für seine Schuld zu finden.

Zum Beispiel die Lampe am Mast der *Sea Wind*, ein einfaches, signalfeuerähnliches Licht ganz oben auf dem vorderen Mast. Als ich das Protokoll von Jennifers Diebstahlsprozeß las, fiel mir auf, daß Tom Wolfe ausgesagt hatte, die Grahams auf eine Erkundungstour auf Palmyra begleitet zu haben, von der sie erst nach Anbruch der Dunkelheit zurückzukehren erwarteten. Eingedenk dieser Tatsache, so führte Wolfe aus, habe Mac die Mastlampe eingeschaltet, bevor sie die *Sea Wind* verließen, damit sie das Schiff in der völligen Dunkelheit nicht erst lange suchen mußten. Das Einschalten der Lampe mitten am Nachmittag zeugte davon, daß Mac ein erfahrener und vorsichtiger Skipper war, eine Beschreibung, die jeder Zeuge von Mac Graham gegeben hatte.

Doch Jennifer hatte ausgesagt, daß diese Lampe nicht brannte, als sie und Buck am 30. August gegen 18 Uhr 30 zu ihrem Abschiedsessen zur *Sea Wind* gingen, als Mac und Muff angeblich noch beim Fischen waren, und Buck die Lampe daraufhin eingeschaltet habe, um den Grahams zu helfen, in der Dunkelheit den Weg zu finden.

Ich zeigte Jennifer Wolfes Aussage und fragte sie: »Kam es Ihnen nicht seltsam vor, daß Mac die Lampe am Mast nicht eingeschaltet hat, bevor er und Muff aufbrachen, obwohl er Buck doch angeblich gesagt hat, daß sie erst spät zurückkommen würden?«

»Damals nicht«, erwiderte sie.

»Und heute?«

»Ich glaube schon«, sagte sie. Ihr Gesicht blieb jedoch völlig ausdruckslos.

Und dann die Sache mit dem Apricot-Brandy. Ich bat Jennifer, genau zu wiederholen, was sie und Buck an Bord der *Sea Wind* getan hatten, während sie auf die Grahams warteten. Sie sagte, als sie unter Deck gegangen seien, hätten sie ›einige Sachen‹ auf einem Tisch gefunden.

»Was für Sachen?« fragte ich. »Bitte erinnern Sie sich ganz genau.«

»Apricot-Brandy und Wodka. Geröstete Erdnüsse. Ach ja, und eine Schachtel Kekse. Buck sagte, Mac habe ihm gesagt, sie würden uns etwas zu essen auf den Tisch stellen, für den Fall, daß sie zu spät kommen würden.«

»Und was haben Sie dann gemacht?«

»Ich habe mir ein Glas Apricot-Brandy eingeschenkt, und Buck hat einen Wodka getrunken. Buck nahm die Dose mit den Keksen, und wir gingen wieder auf Deck zurück.«

Nach unserer Sitzung an diesem Abend blieb ich bis fast zwei Uhr morgens mit meinem Notizblock im Wohnzimmer sitzen. Ich verglich meine Notizen mit Jennifers Aussage bei ihrem ersten Prozeß und las mir immer und immer wieder die Beschreibung durch, was an dem wichtigen Abend des 30. August an Bord der *Sea Wind* geschehen war. Falls Buck schon einmal an diesem Tag an Bord gewesen war, wie ich es vermutete, entweder bei der Ermordung der Grahams oder danach, war es vorstellbar, daß irgendein winziges Indiz seine erste Anwesenheit verriet. Selbst der intelligenteste, vorsichtigste Schurke kann einen Fehler machen. Unter den Notizen, die ich dahinkritzelte, bevor ich zu Bett ging, befand sich auch diese: »Jennifer fragen, was ihr Lieblingsgetränk ist.«

Bei unserem nächsten Gespräch antwortete sie ohne das geringste Zögern: »Apricot-Brandy.«

»Haben Mac und Muff das gewußt?«

Sie überlegte. »Nein«, sagte sie dann. Obwohl sie ein- oder zweimal an Bord der *Sea Wind* Cocktails getrunken hatten, hatten die Grahams nie Apricot-Brandy serviert. »Also kam das Thema niemals zur Sprache.«

»Buck hat gewußt, daß Apricot-Brandy Ihr Lieblingsgetränk war?«

»Klar«, sagte sie achselzuckend. Offensichtlich begriff sie nicht, worauf ich hinauswollte.

»Ist Ihnen nicht in den Sinn gekommen, daß Buck die Flasche Apricot-Brandy auf den Tisch gestellt haben muß?«

Sie sah mich fragend an, sagte aber einen langen Augenblick nichts. Ich schwieg ebenfalls und wartete, bis sie von selbst darauf kam.

»Ich verstehe, was Sie meinen«, sagte sie schließlich fast unhörbar.

Die Mastlampe und der Apricot-Brandy waren zwei Indizien, die zum erstenmal Jennifers Auffassung zu erschüttern schienen, Buck Walker sei unschuldig. Doch sie schwankte nur kurz. Bis zu ihrem Prozeß blieb ihre Einstellung unverändert. Jennifer konnte sich einfach nicht vorstellen, daß Buck die Grahams ermordet hatte.

26. KAPITEL

PIRATENTUM IM PARADIES:
SEGELTOUR ENDET MIT MORDPROZESS
– *San Francisco* Chronicle

PROZESS WEGEN PIRATEN-MORD
IN SAN FRANCISCO BEGONNEN
– *San Jose* Mercury News

San Francisco
28. Mai 1985

Es war ein heller, windiger Morgen in dieser wunderschönen Stadt in der Bucht. Die Luft war natürlich frisch, fast wie elektrisch geladen. Cable-Cars ratterten steile Hügel hinauf und hinab, an eleganten Hotels und erstklassigen Restaurants vorbei. Zehntausende Autos von Pendlern zwängten sich über die Brücken auf die Stadtautobahnen, die um und in die Innenstadt mit ihren Geschäftshochhäusern führten. Der Himmel über den in völlig unterschiedlichen Stilen gehaltenen Häusern war strahlend blau und schien gar nicht zu dem Melodram zu passen, das die Zeitungen versprachen.

Nach einem frühen Frühstück im Gefängnis wurde Buck Walker in einen nicht gekennzeichneten Lieferwagen mit vergitterten Fenstern gebracht und unter scharfer Bewachung vom Bezirksgefängnis in die Tiefgarage des Gerichts gebracht, in der es vor bewaffneten Marshals nur so wimmelte. Bei einem Film von Sam Packinpaugh wäre auf solch eine Szene nach einem scharfen Schnitt ein Gemetzel gefolgt.

Um 9 Uhr 30 betrat Richter King den Gerichtssaal. An einem langen Tisch zur Rechten saßen Elliot Enoki und Walter Schroeder, die in ihren dunkelblauen, dreiteiligen Anzügen düster wirkten. An einem identischen Tisch gegenüber saßen die Anwälte der Verteidigung, Earle Partington, bekleidet mit einem grauen Wollanzug, rosafarbenem Hemd und brauner Krawatte, und Ray Findlay, ein jüngerer Mann mit vollem Haar und einer Brille mit getönten Gläsern. Findlers Taktik bestand darin, mit dem Gerichtssaal zu verschmelzen, anstatt das Rampenlicht zu suchen – ein genauer Gegensatz zu seinem Co-Verteidiger. Zwischen den beiden Anwälten der Verteidigung saß der große, ruhige, unergründlich wirkende Mann, der beschuldigt wurde, Muff Graham ermordet zu haben.

Walker, mittlerweile siebenundvierzig Jahre alt, war in den elf Jahren seit Palmyra beträchtlich gealtert. Sein gepflegtes Haar wurde allmählich schütter, und mit dreißig zusätzlichen Pfunden und einem Doppelkinn wirkte er fast schon weich. Die Geschworenen würden Schwierigkeiten bekommen, ihn sich als den prahlerischen, starken, brutal-stattlichen Mann vorzustellen, den die 1974 aufgenommenen Fotos zeigten. Seine Augen sahen kalt unter den Zweistärkengläsern einer schwarz umrandeten Hornbrille hervor, die er häufig mit dem rechten Zeigefinger die Nase hochschob. Er trug ein blumenbedrucktes Hawaii-Hemd, eine Kordsamtjacke und colabraune Polyesterhosen – diese Kleidung würde er den ganzen Prozeß über tragen. Seine Haut war kreidebleich, doch damit war zu rechnen gewesen, bedachte man, daß er die letzten drei Jahre und neun Monate seit seiner Verhaftung in Yuma hinter Gittern verbracht hatte. Wenn er mit seinen Anwälten sprach, flüsterte er immer hinter der Hand; er ließ sich auch nicht zu der kleinsten Ruhestörung hinreißen. Doch hinter seinem gleichmütigen Verhalten lag eine unmißverständliche Boshaftigkeit, die dic meisten Menschen, die in seine Nähe kamen, bis in die Knochen spürten.

Richter King stellte sich den sechzig Geschworenenkandidaten vor. (»Ich bin neunundsechzig Jahre alt und seit vierzig Jahren mit derselben Frau verheiratet«, sagte er lächelnd. »Ich habe vierdreiviertel Enkelkinder.«) Er stellte jedem Kandidaten ein paar Fragen und überließ sie dann Enoki und Partington.

Gegen Mittag hatten sich die Staatsanwaltschaft und die Verteidigung auf die Jury und zwei Ersatzpersonen geeinigt, und die Geschworenen wurden vereidigt.

Am Nachmittag hielt Enoki das Eröffnungsplädoyer der Anklage. »Ich glaube, Sie werden keine Schwierigkeiten haben, diesem Fall Ihre ungeteilte Aufmerksamkeit zu schenken, da es sich um einen Fall mit einem wirklich einzigartigen Schauplatz handelt«, begann er und faßte dann die Vorwürfe gegen den Angeklagten zusammen. Danach berichtete er den Geschworenen von Mac und Muff Graham und ihrer *Sea Wind*, beschrieb Palmyra, gab einen Ausblick auf die Beweise, die die Anklage vorlegen würde, und nannte als Mordmotiv den Umstand, daß

Walker und seine Freundin auf der Insel gestrandet waren und praktisch keine Vorräte mehr hatten.

In der ersten der für die Öffentlichkeit bestimmten Reihen saß eine zerbrechlich wirkende, aber aufmerksame Frau von etwa fünfzig Jahren, die in einer Hand ein Taschentuch hielt und den Ankläger mit leerem Blick musterte. In den letzten zehn Jahren hatte sich Kit Graham McIntosh mehreren schweren Krebsoperationen unterziehen müssen. Neben ihr saß, ihre Hand haltend, ihr zweiter Mann, Wally McIntosh. »Mac war mein einziger Bruder, und ich habe ihn sehr geliebt«, hatte sie vor dem Prozeß zu einem Reporter gesagt. »Alle sollen wissen, daß Mac und Muff wirklich gelebt haben. Ich werde hier sitzen und sie daran erinnern.«

Nachdem Enoki wieder Platz genommen hatte, hielt Ray Findlay das Eröffnungsplädoyer der Verteidigung. Mit seiner Singsang-Stimme beschrieb er die Insel und betonte den Überfluß von Kokosnüssen, eßbaren Fischen und Krabben. »Niemand würde auf dieser Insel verhungern«, sagte er. »Es gab genug zu essen. Sie hatten Nahrung, und sie tauschten Nahrung ein.«

An dieser Stelle unterbrach Richter King scharf. »Sie können das Für und Wider später erörtern«, bellte er. Seine Wangen hatten sich erstaunlich schnell rot gefärbt, und seine Worte hatten einen Biß, der am Ende des Prozesses der Verteidigung nur allzu vertraut sein würde.

»Jawohl, Euer Ehren«, sagte Findlay respektvoll.

Während des gesamten Prozesses machte Richter King seinen mangelnden Respekt für die Argumentation der Verteidigung nicht nur mit Worten, sondern auch mit seinem Tonfall und theatralischen Gesten deutlich. Wenn er wütend war, schlug er mit den Faust auf den Tisch, wenn er ungeduldig war oder sich langweilte, trommelte er mit dem Bleistift gegen den Fuß des vor ihm aufgebauten Mikrofons. Das *Tap-tap-tap* hallte durch den gesamten Gerichtssaal und warnte die Verteidigung, daß eine weitere Explosion kurz bevorstand.

Findlay wurde während seines Plädoyers noch zweimal barsch unterbrochen. »Wir bestreiten nicht, daß Mister Walker die *Sea Wind* gestohlen hat«, sagte der Verteidiger, nervös auf den Fußballen wippend. Aber dieser Diebstahl sei erst nach dem Verschwinden der Grahams erfolgt, behauptete Findlay.

Findlay endete mit der Behauptung, er würde beweisen, daß sich auf Palmyra kein Mord ereignet habe, nur ein Unfalltod. »Die Grahams fuhren mit ihrem kleinen, aufblasbaren Dingi zum Fischen. Wir wissen nicht, ob dieser Zodiac vielleicht von einem Hai angegriffen wurde oder durch einen Windstoß kenterte.

Die Beweislage wird ergeben, daß niemand weiß, wann oder wie Muff Graham starb, und daß niemand über jeden berechtigten Zweifel hinaus beweisen kann, daß der Angeklagte, Buck Walker, *den Mord beging*.«

Der Verteidiger hatte sich gerade, ohne es zu merken, widersprochen, und die Tatsache eingestanden, daß es einen Mord gegeben hatte – vielleicht der Kernpunkt von Walkers Prozeß.

Len Weinglass und ich – und übrigens auch Ted Jenkins – wohnten Walkers Prozeß bei. Wir hörten uns die Aussage eines jeden Zeugen genau an. Wenn jemand den Zeugenstand verließ, blieb Len sitzen, um den Anfang der nächsten Zeugenaussage zu verfolgen, während ich aus dem Saal stürmte, um den Zeugen abzufangen und zu befragen, der gerade entlassen worden war. Ich war besonders an jenen Zeugen interessiert, von denen ich vermutete, daß sie bei Jennifers Prozeß zu ihrem Nachteil aussagen würden.

Der erste Zeuge der Anklage, Larry Briggs, wurde am 29. Mai von Walt Schroeder befragt. Der Charterkapitän der *Caroline* berichtete, wie er geholfen hatte, die *Iola* am 27. Juni auf die Lagune zu schleppen. »Die *Iola* kam mir nicht seetauglich vor. Sie war sehr mitgenommen.« Er führte aus, daß die Strecke von Hawaai nach Palmyra leicht zu bewältigen ist. Doch was war mit dem Rückweg? »Der ist viel schwieriger, weil man gegen den Wind und das Meer segeln muß. Es wäre auf *jedem* Schiff eine harte Fahrt.«

Hätte er solch eine Fahrt mit einem Schiff wie der *Iola* versucht? fragte Schroeder.

»Nein, hätte ich nicht. Außer, ich hätte keine andere Wahl gehabt.«

Die Bedeutung war klar: Die Iola würde es nicht nach Hawaii zurück schaffen, doch Buck und Jennifer hatten eine Wahl. Die *Sea Wind*.

Beim Kreuzverhör durch Findlay bestätigte Briggs, daß es jede Menge Haie in der Lagune gab. Dann versuchte Findlay aufzuzeigen, daß nicht jeder auf der Insel Buck Walker gefürchtet hatte, und stellte dem Zeugen die Frage, ob es zutreffe, daß einer der Amateurfunker an Bord der *Caroline* mit dem Angeklagten prächtig ausgekommen sei.

Richter King: »Ich werde den Einspruch annehmen.«

Doch es hatte niemand Einspruch erhoben.

Schroeder begriff endlich, sprang auf und erhob Einspruch gegen die Frage.

»Einspruch angenommen«, entschied Richter King.

Findlay wirkte wie vor den Kopf geschlagen. »Aber Euer Ehren, das Verhältnis ...«

»Angenommen«, bellte der Richter.

»Der Zeuge soll doch nur seine Beobachtungen mitteilen ...«

»Abgelehnt! Abgelehnt!« schrie Richter King. »Die Frage ist unzulässig!«

Der Verteidiger brauchte einen Augenblick, um sich von der Gewalt des richterlichen Ausbruchs zu erholen. Schließlich fragte er den Zeugen, ob er den betreffenden Hobbyfunker jemals in der Gesellschaft des Angeklagten gesehen habe.

»Wenn, kann ich mich nicht mehr daran erinnern«, erwiderte Briggs.

»Erinnern Sie sich, dem FBI gegenüber eine Aussage gemacht zu haben ...«

King erhob sich halb von der Bank. Sein Gesicht war rot angelaufen. »Sie bekommen gleich *echte* Schwierigkeiten«, brüllte er, »wenn Sie versuchen, meine Entscheidung zu umgehen.«

»Aber Euer Ehren ...« sagte Findlay schwach.

Der Richter wies die Geschworenen an, den Saal zu verlassen. Doch das Kind war natürlich schon längst in den Brunnen gefallen. Die Geschworenen hatten gesehen, wie der Richter den Verteidiger erniedrigt und ihm damit einen Großteil seiner Glaubwürdigkeit genommen hatte. Die Geschworenen wußten allerdings nicht – und konnten es auch gar nicht wissen –, daß der Tadel zu Unrecht ergangen war. Findlay hatte natürlich das Recht, Briggs nach sozialen Beziehungen zu fragen, die er auf Palmyra erlebt hatte, und sich auf eine frühere Aussage zu beziehen, die Briggs dem FBI gegenüber gemacht hatte, um das Gedächtnis des Zeugen aufzufrischen.

Nachdem die Geschworenen den Saal verlassen hatten, tobte der Richter weiterhin gegen Findlays Bemühungen, seine Entscheidung zu umgehen. Ich verspürte ein unangenehmes Gefühl in meiner Magengrube. War dies ein Ausblick auf Jennifers Prozeß? Was würde bei der unkonventionellen Verteidigung, die ich im Sinn hatte, und bei meinem aggressiven Stil geschehen, wenn schon ein ganz normales Vorgehen den Richter an den Rand eines Schlaganfalls trieb?

Insgesamt rief die Anklage sechs Zeugen der Ereignisse des Mittsommers 1974 auf Palmyra auf: Briggs, Jack Wheeler, Bernard und Evelyn Leonard, Donald Stevens und Thomas Wolfe. Ihre Aussagen liefen alle auf dasselbe hinaus: Buck und Jennifer hatten keine Vorräte mehr; ihr Schiff war nicht seetauglich; und da nie jemand Buck und Jennifer auf der *Sea Wind* gesehen – obwohl sie selbst alle dort eingeladen gewesen waren – und auch ansonsten nie einen engeren Kontakt zwischen den beiden und den Grahams beobachtet hatte, ging man davon aus, daß es zwischen den beiden Paaren Spannungen gegeben hatte.

Nachdem sich ein FBI-Bericht auf die Briefe bezogen hatte, die die Grahams Macs Schwester geschickt hatten, hatte ich Kopien der Briefe verlangt und sie kürzlich von Enoki erhalten. Diese Korrespondenz galt technisch zwar als Hörensagen, bewies mir aber, daß die beiden Paare Umgang gepflegt und sich zumindest äußerlich höflich verhalten hatten, obwohl jedes natürlich gehofft hatte, auf Palmyra allein zu sein.

Findlay schloß ein harmloses Kreuzverhör Wheelers ab und sagte: »Euer Ehren, ich habe keine weiteren Fragen.«

Es war unglaublich, doch Richter King tadelte Findlay vor den Geschworenen: »Bevor Sie *jemals* ›keine weiteren Fragen‹ sagen, sollten Sie sich mit Mister Partington beraten.«

»Ich glaube nicht ...« stammelte Findlay erstaunt.

Der Richter setzte die strenge Ermahnung fort: »Sagen Sie immer zu mir: ›Einen Augenblick, bitte!‹ Dann drehen Sie sich um und sehen Mister Partington an.«

King belehrte Findlay wie ein Kind über eine Absprache, die allein in den Bereich der Verteidigung und nicht in den des Richters fiel. Kings Verhalten war unerhört.

Nach Wheeler wurden – nacheinander – die beiden Zeugen aufgerufen, die mir die größten Kopfzerbrechen bereiteten. Bernard und Evelyn Leonard waren Mitglieder eines Klubs, den ich humorvoll ›Die Hawaii-Connection‹ getauft hatte. Diese Gruppe, zu der auch Curt Shoemaker gehörte, stimmte mit den Gesetzeshütern überein, die davon ausgingen, daß Jennifer die treibende

Kraft und das Gehirn hinter den Morden auf Palmyra war.

Beim Kreuzverhör Bernard Leonards legte der Richter ein ähnliches Verhalten zutage wie bei dem von Briggs, doch diesmal war – erneut direkt vor den Augen der Geschworenen – Partington sein Opfer. Findlay stellte beim Kreuzverhör gerade Fragen über die Geographie Palmyras, als sich Partington erhob und eine ganz normale Bitte äußerte. »Dürfte ich kurz mit Mister Findlay sprechen, Euer Ehren?« fragte Partington. »Er war nicht auf Palmyra, ich schon.«

»Er scheint ganz gut allein zurechtzukommen. Wenn er Hilfe braucht, wird er sich umdrehen und Sie *fragen*«, sagte Richter King scharf.

Partington schaute verletzt drein. »Ich möchte etwas erklären ...«

»Machen Sie schnell! Wir wollen keine Zeit vertrödeln.«

Die beiden Anwälte der Verteidigung hatten natürlich das Recht, sich miteinander zu beraten – was sie schließlich auch taten –, doch zuvor mußte der Richter den Geschworenen erneut klarmachen, daß die Verteidigung nicht den geringsten Respekt verdiente. (In Abwesenheit der Geschworenen machte Richter King die Verteidigung weiterhin mit Bemerkungen wie »Haben Sie schon mal einen Strafprozeß geführt?« oder »Ich habe Ihre Argumente verstanden!« nieder.)

Als ich Bernard Leonard nach seiner Aussage auf dem Gang ansprach, verhielt er sich, wie ich es erwartet hatte: sehr kühl. Um ehrlich zu sein – er zuckte vor mir zurück, als sei ich unter einem Stein hervorgekrochen.

Es heißt, der ehemalige CBS-Nachrichtenpräsentator Walter Cronkite könne Millionen von Amerikanern beeinflussen, indem er beim Verlesen einer Nachricht einfach die Stirn runzelte. Ich befürchtete, daß Leonard einen ähnlichen Einfluß auf die Geschworenen haben könnte. Seit den Ereignissen auf Palmyra waren nun zwölf Jahre vergangen, und wir waren in San Francisco, weit von dem unbewohnten Atoll entfernt. In einem Dutzend Jahren kann sich vieles ändern, auch das Aussehen und Verhalten eines Menschen (Buck Walker war ein perfektes Beispiel dafür). Ich wußte, daß die Geschworenen den Aussagen der Menschen, die im Sommer 1974 auf Palmyra gewesen waren, ein beachtliches Gewicht zuerkennen würden. Diese Menschen hatten Jennifer gesehen, wie sie *damals* war, und mit eigenen Augen miterlebt, was sich zwischen Buck und Jennifer und den Grahams abgespielt hatte. Bei Jennifers Prozeß konnten die Leonards im Zeugenstand allein durch Körpersprache und Tonfall ausdrücken, daß sie Jennifer eindeutig für schuldig hielten. Ich wußte, daß ich Leonards persönliche Überzeugung von Jennifers Schuld wohl nicht erschüttern konnte, hoffte jedoch, ihn dazu bringen zu können, auf unangemessene Übertreibungen in Wort und Gesten zu verzichten.

Len Weinglass hatte im März 1982 mit dem Mann telefoniert und mir gesagt, daß dies schwierig werden würde, wenn nicht sogar unmöglich war. Leonard hielt Jennifer für ›zu allem fähig‹, sogar dazu, einen Lügendetektor-Test zu bestehen. Buck war einfach ›ein Schurke‹, aber Jennifer sei ›clever, aggressiv und gerissen‹. Sie sei die ›Anstifterin‹ gewesen und habe Buck zu der Tat verleitet. ›Er hat es getan. Jennifer hat es geplant.‹ Leonard sagte schließlich zu Weinglass, er habe kein Interesse, sich mit der Verteidigung zu unterhalten, da ›alles, was ich Ihnen sagen werde, Ihnen hilft, und ich Jennifer nicht helfen will.‹

Am 3. Januar 1984 hatte ich Leonard trotzdem einen Brief geschrieben, doch er hatte ihn nicht beantwortet.

Nachdem ich mich vorgestellt hatte, versicherte ich Leonard schnell, daß ich Jennifer nicht verteidigen würde, wenn ich sie des Mordes für schuldig hielte. »Rechtsanwälten ist es egal, ob ihre Klienten schuldig oder unschuldig sind«, fauchte er daraufhin.

»Mir nicht.«

Einen winzigen Augenblick lang schien er diese Möglichkeit in Betracht zu ziehen. »Ich konnte elf Jahre lang darüber nachdenken«, sagte er. »Glauben Sie mir, wenn ich Ihnen versichere, daß Jennifer Expertin darin ist, andere Leute von ihrer Unschuld zu überzeugen. Sie kann jeden von allem überzeugen. Sie ist eine pathologische Lügnerin.«

Wir gingen weiter, während wir miteinander sprachen, und ich führte ihn zu einem kleinen, leeren Raum, in dem ich schon mit mehreren Zeugen gesprochen hatte.

»Mac und Muff hätten die beiden niemals zum Essen auf die *Sea Wind* eingeladen oder ihnen gesagt, sie sollten es sich bis zu ihrer Rückkehr auf der Yacht bequem machen«, erklärte Leonard fest.

Ich stimmte ihm augenblicklich zu, daß sowohl die Einladung als auch die Aufforderung frei erfunden waren.

Leonard dachte ernsthaft über mein Eingeständnis nach. Offensichtlich überrascht und beeindruckt, folgte er mir in das Zimmer.

»Die Einladung zum Essen ist Bucks Geschichte«, erklärte ich ihm, als wir uns setzten, »nicht Jennifers. Buck hat ihr erzählt, sie wären zum Abendessen auf der *Sea Wind* eingeladen. Jennifer hat nie behauptet, sie habe es direkt von Mac oder Muff gehört. Ganz im Gegenteil, sie behauptet sogar, die Grahams am 30. August gar nicht gesehen zu haben.«

»Am Tag ihrer Verhaftung in Ala Wai«, sagte Leonard trotzig, »hat Jennifer mir gesagt, und ich zitiere: ›Mac und Muff haben uns zum Essen eingeladen.‹«

»Als Lehrer, Mister Leonard, sind Sie mit der Umgangssprache sicher mehr als vertraut. ›Uns‹ war nur eine Abkürzung. Das bedeutet nicht, daß Mac oder Muff sie persönlich eingeladen haben. Wie Buck ihr gesagt hat, waren sie zum Essen eingeladen.«

»Ich verstehe, was Sie meinen.« Was bedeutete: ein Punkt für Sie, machen Sie weiter.

Wir sprachen darüber, daß die *Sea Wind* nicht abgeschlossen war, als Jennifer und Buck sie am Abend des 30. August betraten. »Mac hat seine Yacht immer abgeschlossen«, beharrte Leonard, »selbst, wenn er nur für kurze Zeit weg war.«

»Glauben Sie, daß Jennifer das gewußt haben konnte?«

Leonard überlegte. »Wahrscheinlich nicht.«

Als wir uns verabschiedeten, hoffte ich, Bernard Leonards hartes Urteil über Jennifer abgemildert oder zumindest seinen Sinn für Fairneß geweckt zu haben. Bis zu seiner Aussage bei ihrem Prozeß konnte ich mir dessen aber nicht sicher sein.

Im Gerichtssaal war Evelyn Leonard, eine Frau Ende Fünfzig mit hohen Wangenknochen, schlankem Körperbau und federkurzem, braunem Haar, ihren Mann in den Zeugenstand gefolgt.

Als sie ihre letzte Begegnung mit Muff beschrieb, sagte sie: »Muff hat heftig geweint und gesagt, sie wisse, sie würde die Insel nie wieder verlassen.«

Auf Mister Leonards Bitte verzichtete ich darauf, nach ihrer Aussage auch mit seiner Frau zu sprechen.

Tom Wolfe, der an Bord der *Toloa* nach Palmyra gekommen war, sagte danach aus, daß Walkers Hund ihn angefallen und gebissen hatte, Buck kein besonders guter Fischer gewesen war, die Vorräte an Bord der *Iola* dramatisch knapp gewesen waren und die Spannungen zwischen den Ehepaaren auf der *Sea Wind* und der *Iola* immer größer geworden waren.

Danach fragte der Ankläger nach dem Rattengift. Der Zeuge erinnerte sich sofort, daß er am Tag vor seiner Abreise bemerkt hatte, daß die Kisten mit dem Rattengift verschwunden waren, und daß er Mac gewarnt hatte.

Der nächste Zeuge war Curt Shoemaker. Seine rötliche

Hautfarbe, das sonnengebleichtes Haar und der schwankende Gang verliehen seiner prahlerischen Behauptung Glaubwürdigkeit, in seinem Leben schon 90.000 Meilen auf hoher See gesegelt zu sein.

Walt Schroeder, der auch weiterhin die Zeugen der Anklage betreute, befragte ihn ausführlich über den Funkkontakt, den Shoemaker regelmäßig mit den Grahams gehabt hatte. Die Schilderung ihres letzten Kontakts schlug wie eine Bombe ein, besonders angesichts der Aussage bezüglich des Rattengifts, die die Geschworenen gerade gehört hatten.

»Erinnern Sie sich, was gerade geschah, als Sie am 28. August Ihr letztes Gesprächs mit Mac führten?«

»Tja, gegen Ende dieses Kontakts konnte ich eine Stimme in der Ferne hören. Dann sagte Mac: ›Augenblick mal. Da geht irgendwas vor.‹ Er ging also hinauf, kam wieder zurück und sagte: ›Ein Dingi kommt zum Schiff.‹ Und: ›Ich glaube, sie wollen ein Friedensangebot machen‹, oder so etwas in der Art. Dann bat er mich, dranzubleiben, während er noch einmal auf Deck ging.«

»Kam er zum Funkgerät zurück?«

»Ja, allerdings«, sagte Shoemaker. »Er meldete sich vielleicht zehn oder fünfzehn Sekunden später wieder und sagte etwas darüber, *daß sie einen Kuchen gebracht hätten.* Und er sagte: ›Ich sehe lieber mal nach, was da los ist.‹ Dann beendete Mac das Gespräch.«

»Haben Sie etwas im Hintergrund gehört, während Mac Ihnen darüber berichtete?«

»Ja. Ich hörte eine Frauenstimme, dann Gelächter, und ich glaube, Muff hat auch etwas gesagt. Es klang nach zwei weiblichen Stimmen.«

Da ich die Protokolle der beiden Diebstahlsprozesse gelesen hatte, wußte ich, daß Shoemaker bei seiner damaligen Aussage – obwohl sich ihm die Gelegenheit dazu geboten hatte – nie etwas von einem Kuchen oder einem Friedensangebot erwähnt hatte. Unglaublicherweise ging Findlay in seinem kurzen Kreuzverhör nicht darauf ein. Hatten Walkers Anwälte die Protokolle der Diebstahlsprozesse *nicht gelesen*? Unsere Ausgabe war in irgendeinem Lagerhaus gelandet; vielleicht war das bei ihrer auch der Fall gewesen.

Als die Verhandlung kurz nach Shoemakers Aussage für diesen Tag beendet wurde, verließ ich den Saal und hörte, wie sich draußen auf dem Gang ein paar Zuschauer über die Geschichte des Seemanns unterhielten. »Jetzt wissen wir also, wie sie es gemacht haben«, sagte eine Frau. »Ja«, stimmte ihre Gesprächspartnerin zu, »sie haben Rattengift in den Kuchen getan. Mann, was für ein elender Tod!«

Diese schnoddrige Analyse war für Jennifer verheerend. Welche Wahrscheinlichkeit bestand schon, daß Buck allein einen Kuchen gebacken und mit Rattengift gespickt hatte? Jennifer hatte stets hinter dem Ofen gestanden. Wenn das Publikum davon ausging, daß die Grahams vergiftet worden waren, würde es bei den Geschworenen nicht anders sein. Ich wußte nur wenig über die Wirkung von Rattengift auf Menschen, doch wenn es tatsächlich zum Tode führen konnte, würde das Ende wohl nicht schnell eintreten. Die Grahams hätten zweifellos unter den Auswirkungen gelitten, aber jede Menge Zeit gehabt, Shoemaker oder sonst jemanden um Hilfe anzufunken. Die Tatsache, daß sie es nicht getan hatten, schien einen Tod durch Vergiftung auszuschließen. (Tom Wolfe hatte mir auch gesagt, er hielte es für möglich, daß Mac das Rattengift an sich genommen hatte, um damit ›Bucks Pitbull-Terrier zu erledigen‹. Doch ich konnte mich natürlich nicht darauf verlassen, daß die Geschworenen sich meiner Meinung anschließen würden.)

Ich fuhr augenblicklich zum Büro der Staatsanwaltschaft im 16. Stock hinauf und sprach Schroeder darauf an. »Die Aussage über das Rattengift könnte nicht nachteiliger sein und hat nicht die geringste Beweiskraft«, führte ich aus. »Sie versuchen damit, Walt, den Geschworenen die Möglichkeit einzureden, Buck und Jennifer hätten die Grahams vergiftet, obwohl Sie nicht den geringsten Beweis für diese Theorie haben.« Natürlich war ich in erster Linie besorgt, die Staatsanwaltschaft würde versuchen, Shoemakers Rattengift-Aussage auch bei Jennifers Prozeß einzusetzen.

Schroeder tat meinen Einwand ab. »Vince, wir wollten nur aufzeigen, daß die Grahams wußten, daß das Gift vermißt wurde, und es aufgrund des daraus resultierenden Argwohns noch unwahrscheinlicher ist, daß die Grahams Buck und Jennifer zum Abendessen eingeladen haben.«

Trotz Schroeders Protest war ich von seiner Darstellung nicht überzeugt. Allerdings führte Elliot Enoki in seinem Schlußplädoyer *nicht* aus, aufgrund des fehlenden Rattengifts sei es noch unwahrscheinlicher, daß die Grahams die beiden zum Essen eingeladen hätten.

Ich wußte, daß ich Shoemaker bei Jennifers Prozeß heftig ins Kreuzfeuer nehmen mußte, sollte er, wie ich es vermutete, die Aussage über den Kuchen wiederholen. Und was Tom Wolfes Aussage über das Rattengift selbst betraf, war ich entschlossen, dieses Thema bei Jennifers Prozeß gar nicht erst zur Sprache kommen zu lassen. Schon die bloße Erwähnung wäre reines Gift für meine Klientin.

Prozesse kommen, abgesehen von Romanen oder Filmen, niemals schnell voran, und in den nachfolgenden Tagen traten eine Reihe von Zeugen der Anklage pflichtschuldig in den Stand. Bei dem Kreuzverhör dieser Zeugen bot die Verteidigung eine überaus mäßige Leistung, und Richter King setzte seine unbotmäßigen Angriffe auf Findlay und Partington ständig fort. Die beiden unternahmen jedoch nichts dagegen und erinnerten mich an Stiere, die zum Schlachthaus geführt wurden. Ich wußte noch nicht, wie, doch ich würde mich dagegen zu verwahren wissen, daß King bei Jennifers Prozeß ein ähnliches Verhalten an den Tag legte. Ich würde nicht einen *einzigen* solchen ungerechtfertigten Ausbruch hinnehmen, geschweige denn die ganze Tirade, die Walkers Anwälte über sich ergehen ließen.

Frank Mehaffy, ein Lehrer aus Sacramento, Kalifornien, sagte recht nüchtern aus, daß er mit seiner Yacht am 12. Oktober 1974 auf Kauai im Hafen Nawiliwili lag, als eine Ketsch, die er als die *Sea Wind* identifizierte, am Pier anlegte. Am nächsten Tag lernte er das Paar auf der unbekannten Yacht kennen – Roy Allen und Jennifer Jenkins.

Mehaffy war der erste Zeuge der Anklage, der ein geheimnisvolles Loch in der Hülle der *Sea Wind* erwähnte. Seiner Aussage zufolge hatte Roy Allen behauptet, auf der Rückfahrt von Palmyra habe ein Schwertfisch sein Schiff knapp unter der Wasserlinie durchbohrt.

Kit, die bei Mehaffys Aussage ein oder zwei Mal ungläubig den Kopf schüttelte, war überzeugt, daß das Loch von einer Kugel stammte, die sich während der brutalen Ermordung ihres Bruder und ihrer Schwägerin verirrt hatte. Die Anklage war offensichtlich zur selben Ansicht gelangt und wollte beweisen, daß auf der Yacht Schüsse gefallen waren.

Während einer Verhandlungspause drehte sich ein langer, schlanker Bursche, der in der Reihe vor mir saß, um und begann ein Gespräch mit mir. Er machte den Eindruck, viel Zeit unter freiem Himmel zu verbringen, und stellte sich als Bauunternehmer aus Los Angeles vor.

»Und wieso verfolgen Sie den Prozeß?« fragte ich aus Höflichkeit.

»Ich werde aussagen.«

Als ich ihm sagte, wer ich war, erwiderte er, er sei Joel Peters. »Doch nicht *der* Joel Peters vom Hafen Ala Wai?« fragte ich schnell.

»Ja«, sagte er achselzuckend.

»Ich suche seit langem nach Ihnen, Joel. Um genau zu sein, seit vier Jahren.«

»Sie machen Witze.«

Machte ich nicht. Ich bat ihn, mich auf den Gang zu begleiten, wo ich Len in ein Gespräch mit Ted Jenkins vertieft fand. Ich stellte Peters vor.

»Dieser Bursche hier, Joel – ich kannte bislang seinen Nachnamen nicht – ist einer der Schlüsselzeugen für Jennifers Verteidigung«, sagte ich begeistert und hielt den überraschten Bauunternehmer am Arm fest. »Ich suche nach ihm, seitdem Jennifer mir von ihm erzählt hat. Ich habe mich bei Enoki nach jemandem namens Joel erkundigt, und er hat gesagt, er habe nie von ihm gehört. Ich habe Gott weiß wo herumtelefoniert, um ihn ausfindig zu machen.«

»Das FBI hat mich vor etwa einem Monat angerufen und gebeten, hier auszusagen«, erklärte Peters. »Ich glaube, die haben auch lange nach mir gesucht. Ich habe Hawaii vor Jahren verlassen und bin nach Los Angeles gezogen.«

Len und Ted wirkten verwirrt.

»Erinnert ihr euch nicht, wer Joel ist?« fragte ich. »Er ist der Bursche, dem Jennifer am Morgen ihrer Verhaftung ihre *Wäsche* gebracht hat, obwohl sie von der Küstenwache und dem FBI gesucht wurde. Das ist ein toller Beweis.«

Len und Ted nickten geistesabwesend; sie teilten meine Begeisterung offensichtlich nicht.

Beim Prozeß sagte Peters aus, er habe Jennifer und Buck im Herbst 1973 auf der Großen Insel kennengelernt und sei ihnen dann Anfang des folgenden Jahres auf Maui wieder begegnet, als sie dort versuchten, die *Iola* flottzumachen. Im Oktober 1974 sah er Buck im Hafen Ala Wai in einem Ruderboot und begrüßte ihn. »Buck zeigte mir eine Yacht und behauptete, die gehöre ihm«, sagte Peters aus und fügte hinzu, das Schiff habe nicht wie das ausgesehen, das Buck und Jennifer in der Maalaea-Bucht repariert hatten. Anhand eines Fotos identifizierte er das Schiff als die *Sea Wind*.

Die nächste Zeugin, Katherine Ono, war Angestellte des Wasser- und Schiffahrtsamtes von Hawaii. Mit Hilfe von Unterlagen der Behörde, mit denen sie ihre Erinnerung auffrischte, sagte die Ono aus, daß am 18. Oktober 1974 ein Mann namens Roy Allen, »ein sehr schmutziger Mensch, der Shorts trug«, bei ihr das Registrierungsformular für ein »selbstgebautes Segelschiff mit dem Namen *Lokahi*« ausfüllte, das er in diesem Jahr fertiggestellt haben wollte. Das Schiff sei »eine zwölf Meter lange und vier Meter breite hölzerne Ketsch mit zwei Metern Tiefgang von der Brücke zum Bug, betrieben durch Segel und einen Innenbordmotor« (eine genaue Beschreibung der *Sea Wind*), »weiß und violett« gestrichen. Die Ono teilte dem Schiff die Registriernummer HA25946C0672 zu.

In ihrem enganliegenden schwarzen Rock und der scharlachroten Seidenbluse schien Sharon Jordan, als sie den Zeugenstand betrat, mit ihrem polynesischen Aussehen, der tiefen Bräune und dem hüftlangen Haar direkt der *Meuterei auf der Bounty* entsprungen zu sein. Mit ihrem scharfen Oberklasse-Akzent beschrieb sie, wie sie im Januar 1981 an der Nordküste der Lagune von Palmyra neben einem Metallbehälter die Skelettüberreste gefunden hatte.

Bislang war das entsetzliche Geschehen auf Palmyra nur von Zeugenaussagen widergespiegelt worden, die sich auf die Schuldfrage bezogen, aber die eigentlichen Greueltaten, die dort stattgefunden hatten, nicht schilderten. Wie mit einem plötzlichen kalten Windstoß veränderte sich die Atmosphäre im Gerichtssaal, als der vierundachtzig Zentimeter breite, neunundfünfzig Zentimeter hohe und sechsundvierzig Zentimeter tiefe Aluminiumbehälter von einem FBI-Agenten langsam in den Gerichtssaal geschoben wurde. Abrupt herrschte Stille.

Der rostbefleckte Behälter war an mehreren Stellen durchlöchert; einige Löcher waren aufgrund der Korrosion während des Aufenthalts in der Lagune entstanden, andere bei den Untersuchungen der Labortechniker. Zum ersten Mal bekamen die Geschworenen den Behälter und den Deckel zu sehen, Beweisstücke der Anklage 28 und 29.

Alle Aufmerksamkeit richtete sich auf den Kasten, der aller Wahrscheinlichkeit nach sieben Jahre lang Muff Grahams Sarg auf dem Grund der Lagune von Palmyra gewesen war.

Während des Kreuzverhörs zielte Partington auf die Möglichkeit ab, daß die Knochen und der Behälter voneinander getrennt an Land gespült worden sein konnten – womit er andeuten wollte, daß sich Muff Grahams Gebeine niemals in dem Behälter befunden hatten. Die Jordan widersetzte sich allen Versuchen, die Knochen von dem Behälter zu trennen, eine Trennung, die lebenswichtig für Partington war, wollte er in seinem Schlußplädoyer zumindest mit einem Anflug von Glaubwürdigkeit behaupten können, Muff Graham sei gar nicht ermordet worden.

Partington hielt die Jordan für eine so wichtige Zeugin, daß er sogar nach Johannesburg geflogen war, um mit ihr zu sprechen. Doch selbst bei dieser Vorbereitung war es ihm nicht möglich, die Bedeutung mehrerer wichtiger Beobachtungen zu vermindern. Sharon Jordans Schilderung der Knochen, die aus dem umgestürzten Behälter herausgerollt waren, war zu lebhaft.

Sharon Jordan: »Ich fand eine Armbanduhr und einen kleinen Knochen im Deckel des Behälters. Die anderen Knochen erweckten den Eindruck, aus dem Behälter gefallen zu sein, und lagen in einem Halbkreis in unmittelbarer Nähe des Behälters. Ich fand auch ein Stück Draht in der Nähe, der zu der Form des Behälters verbogen war und offensichtlich um den Behälter gezogen worden war, um zu verhindern, daß der Deckel abging.«

Bei der Uhr handelte es sich um eine Westclox mit siebzehn Juwelen, die um 12 Uhr 15 stehengeblieben war. Es ließ sich natürlich weder feststellen, ob es sich um 12 Uhr 15 mittags oder nachts handelte, noch, ob die Uhr zu Muffs Todeszeit stehengeblieben war.

Nachdem Harry Conklin, ehemaliger Beamter der Küstenwache, die Umstände von Bucks Flucht im Hafen Ala Wai geschildert hatte, beschrieb der FBI-Agent Henry Burns, der Walker im November 1974 auf der Großen Insel verhaftet hatte, sein Gespräch mit dem Gefangenen während der Fahrt nach Hilo, bei dem Walker ihn von einer Einladung zum Abendessen und der Entdeckung des gekenterten Dingis erzählt hatte.

Ken White, der Schiffsexperte, den die Anklage lange gesucht und endlich in Texas ausfindig gemacht hatte, sagte aus, er habe im Motor des Zodiac kein Salzwasser gefunden. Damit hörte nun die dritte Jury, daß es nicht das geringste Anzeichen dafür gab, daß Macs und Muffs Dingi auf der Lagune gekentert war, und die Theorie der Verteidigung von einem Unfalltod verlor allmählich jede Grundlage.

Der Sachverständige Frank Ballantine beschrieb den Zodiac als das »wahrscheinlich stabilste Boot, das es gibt«. Er hatte in achtzehn Jahren nur einmal gehört, daß ein Zodiac gekentert war, und dieser Unfall hatte sich vierzig Meilen auf See während eines Wellengangs von zehn Metern Höhe ereignet.

Danach sagte der nun pensionierte Cal Shishido über seine Reisen nach Palmyra in den Jahren 1974 und 1981 aus.

Enoki bat den ehemaligen Chefermittler des FBI-Büros Hawaii, den Inhalt eines großen Kartons zu identifizieren. Die Geschworenen sahen nun zum ersten Mal die unvollständigen Überreste Muff Grahams. Die Knochen befanden sich in sechs Plastikbeuteln. Im Karton lag der Schädel. Shishido identifizierte alles als die Überreste, die er von den Jordans entgegengenommen und danach zur Identifikation und Untersuchung ins FBI-Labor in Washington geschickt hatte.

Shishido identifizierte auch die Uhr und Bucks Revolver vom Kaliber .22, einen Ruger Bearcat, den er an Bord der *Sea Wind* gefunden hatte.

Danach rief die Anklage Joseph Stuart auf, der Buck (als Roy Allen) im Oktober 1974 bei einer Party in Honolulu kennengelernt hatte.

Stuart: »Er hat mir erzählt, er habe mit diesem Paar auf Palmyra Schach gespielt. Dieses Paar hatte kein Geld mehr gehabt und das Boot eingesetzt. Der Sieger der Partie bekam das Schiff des Verlierers.«

Enoki: »Was ist laut Walker passiert?«

»Er hat gesagt, er habe das Spiel gewonnen und ihr schönes Schiff bekommen. Sie hätten sein altes Boot bekommen.«

»In welchem Zusammenhang erzählte er dies? Sollte es ein Witz sein, oder was?«

»Er hat es völlig ernst gemeint, Sir.«

Der bebrillte Al Ingman, der nächste Zeuge der Anklage, wirkte so nervös und unbehaglich wie ein Priester in einem Bordell. Er sah seinen alten Zellengenossen Buck Walker kein einziges Mal an. (Enoki verzichtete darauf, auch J. W. Williams als Zeuge aufzurufen, und hat bis heute keine Gründe dafür genannt.)

Schroeder befragte Ingman zu Walkers angeblichem Geständnis im Gefängnis McNeil Island im Frühjahr 1979: »Er hat erwähnt, den Mann gezwungen zu haben, über die Planke zu gehen.«

»Hat er gesagt, was er mit ›über die Planke‹ meinte?«

»Ja, über Bord des Schiffes zu gehen.«

»Hat er gesagt, wessen Schiff er benutzte, als sie diesen Mann zwangen, über die Planke zu gehen?«

»Wie ich es verstanden habe, war es das Schiff dieses Mannes. Ich glaube, Buck und seine Freundin waren von diesem Ehepaar zum Abendessen eingeladen worden.«

»Hat Mister Walker Ihnen erzählt, ob dieser Mann irgend etwas gesagt hat, als er über die Planke gehen mußte?«

»Er hat erwähnt, daß der Mann sich vollgeschissen hat und heulte, als er über die Planke gehen mußte.«

»Wie hat Mister Walker sich verhalten, als er Ihnen erzählte, daß der Mann geweint und die Kontrolle über seinen Darm verloren hat?«

»Er hat gelacht.«

»Hat Mister Walker jemals gesagt, daß er dieses Ehepaar tatsächlich ermordet hat?«

»Er hat einmal irgendeinen Gefängnisausdruck benutzt – weggepustet, in die Kiste gelegt oder so etwas. Ich erinnere mich nicht mehr an die genaue Formulierung.«

»Hat er diesen Ausdruck nur in bezug auf den Mann oder in bezug auf sie beide benutzt?«

»Ich glaube, auf beide, bin mir aber nicht ganz sicher.«

Falls die Geschworenen Ingmans Aussage Glauben schenkten, war das natürlich Bucks Todesurteil.

Ingman sagte aus, später habe er Walker in einem Motel in Tijuana, Mexiko, gefragt, ob er sich keine Sorgen über die Gerüchte mache, seine Freundin könne mit den Behörden zusammenarbeiten und gegen ihn aussagen, und Walker »schien betroffen darüber, glaubte aber nicht, daß sie das tun würde«.

Ingman fuhr fort, kurz, nachdem die Presse über die Entdeckung von »Knochen in einer Kiste auf Palmyra« berichtet hatte, habe er Walker in dessen Haus in Puerto Escondido besucht, einem kleinen Fischerdorf auf der Südspitze Mexikos, in dem Walker mit einem ›jüngerer Mädchen‹ zusammenlebte, und ihm »über eine Kiste mit den Überresten einer Frau« erzählt, »die an die Oberfläche getrieben ist. Ich meinte, es sei doch seltsam oder fantastisch, daß noch nach so langer Zeit eine Kiste an die Oberfläche getrieben wurde.«

»Und was hat Mister Walker gesagt?« fragte Schroeder.

»Er hat gesagt, das sei alles Quatsch, er habe sie nicht in eine Kiste gesteckt.«

»Hat er gesagt, was er mit ihrer Leiche gemacht hat?«

»Nein.«

Beim Kreuzverhör holte Partington aus Ingman heraus, daß er Gras geraucht hatte und stoned war, als Walker ihm im Gefängnis die blutige Geschichte erzählt hatte, und entlockte ihm auch eine Tatsache über das Gefängnisleben: »Man erzählt sich im Knast viele Geschichten, Sachen, die nicht wahr sind.«

Ingman gestand auch ein, seine Sucht – er hatte damals Drogen im Wert von vierhundert Dollar pro Tag gebraucht – durch Drogenhandel finanziert und seine beiden Söhne heroinsüchtig gemacht zu haben, von denen einer daraufhin an einer Überdosis gestorben war.

Partington tat Ingman als ›berufsmäßigen Zeugen‹ ab, indem er aufdeckte, wieviel Geld er im Lauf der Jahre von der Regierung bekommen hatte, um gegen verschiedene Angeklagte auszusagen – 7.800 Dollar, noch bevor er die Hilfe des Zeugenschutzprogramms in Anspruch genommen hatte, und 28.000 Dollar danach. »Wenn die Regierung nicht davon ausginge, daß Sie mit ihr zusammenarbeiten, hätten Sie dieses Geld doch wohl nicht bekommen, oder?«

»Nehme ich an.«

Richard Taylor, der mit seinem Bruder Carlos im Herbst 1974 nach Palmyra hatte segeln wollen, um Buck und Jennifer neue Vorräte zu bringen, trat als Zeuge der Anklage in den Stand, doch sein verdrossenes Gesicht ließ wenig Zweifel daran, daß er nur widerwillig gegen seinen alten Kumpel aussagte.

Er bestätigte, den Brief erhalten zu haben, den Buck und Jennifer auf Palmyra geschrieben hatten, und daß sie ihn um Material zur Ausbesserung des Schiffes und Vorräte, ›hauptsächlich Mehl und Zucker‹, gebeten hatten.

Warum war er mit seinem Bruder nicht nach Palmyra gefahren? Laut Taylor hatten sie bei einem Unwetter auf einer Kreuzfahrt zwischen den hawaiianischen Inseln ihr Sturmklüver verloren.

Er sagte aus, er habe erst wieder von Buck und Jennifer gehört, als sie auf Oahu aufgetaucht wären. Er habe sie sogar in Ala Wai besucht – zwei Tage vor der Aktion der Küstenwache.

»Was hat Buck Ihnen über ihr neues Schiff erzählt?« fragte Schroeder.

Taylor verzog das Gesicht, als habe er gerade Essig getrunken. »Buck sagte, er hätte auf Palmyra mit dem Mann von dem anderen Schiff oft Schach gespielt. Nach einer Weile hätte der Mann ihm so viel Geld geschuldet, daß sie ... die Schiffe getauscht haben.«

Beim Kreuzverhör erwähnte Findlay, daß Taylor im Jahr 1977 drei Wochen auf Palmyra verbracht hatte. Als er sagte, er habe ein »schlechtes Gefühl« dort gehabt, erkundigte sich Findlay nach dem Grund.

»Es war mehr als nur der Umstand, daß es so eine Art Geisterinsel war«, sagte Taylor. »Viel mehr. Die Insel kam mir sehr ungastlich vor. Ich bin auf einer ganzen Reihe von Atollen gewesen, aber Palmyra war anders. Den genauen Grund dafür kann ich nicht sagen. Aber es hat mir auf der Insel nicht gefallen. Ich glaube, andere Leute haben beträchtliche Schwierigkeiten auf der Insel gehabt.« Im Klartext: Vielleicht hatte die Insel selbst, und nicht Buck Walker, Mac und Muff das Leben genommen.

Nachdem Findlay bewiesen hatte, daß sich Taylor mit Zodiac-Dingis auskannte, stellte er die Frage: »Können Sie uns sagen, ob es möglich ist, daß jemand von einem Zodiac fällt, zum Beispiel bei einer scharfen Wende?«

»Auf jeden Fall.« Taylors Gesicht hellte sich auf, als habe er auf solch eine Frage nur gewartet. »Wir mußten sogar Taue um unseren Zodiac ziehen. Man kann sich wirklich nirgendwo festhalten.«

Buck Walker hatte doch noch einige Freunde auf der Welt.

27. KAPITEL

Nun trat der Prozeß in eine wichtige Phase. Um zu beweisen, daß Muff Graham ermordet worden war, und damit die Theorie der Verteidigung zu widerlegen, sie sei bei einem Unfall umgekommen, als der Zodiac auf der Lagune kenterte, rief die Anklage ein Heer von medizinischen und wissenschaftlichen Sachverständigen auf. Deren oft komplizierte und abstruse Aussagen beanspruchten Protokolle von mehreren hundert Seiten.

Dr. Oliver Harris, ein forensischer Odontologe (ein Spezialist für Zähne und umliegendes Gewebe) mit schütterem Haar und einer Lesebrille, die er immer wieder abnahm und aufsetzte, sagte über seine Untersuchung des Schädels und des Unterkiefers aus, den man auf Palmyra vom Schädel abgetrennt (›mit einem Schlag mit einem stumpfen Gegenstand herausgebrochen‹) gefunden hatte. Er gab weitere Beispiele für Schläge mit einem stumpfen Gegenstand an: Brüche eines Backenzahns oben links und eines unten rechts im Kiefer wie auch einer Krone des Zahns Nummer 13 und der Wurzelspitze des Zahns Nummer 30. Er hatte auch ›Bruchlinien‹ im Unterkiefer festgestellt und versicherte, daß diese Brüche aller Wahrscheinlichkeit nach pari mortem (bei Eintritt des Todes) oder post mortem (nach dem Tod) entstanden waren.

»Könnten diese Brüche auch ante mortem entstanden sein – vor dem Tod?« fragte Enoki. Mit anderen Worten: Konnte sie sich das Trauma in anderem Zusammenhang zugezogen haben, etwa bei einem Sturz oder einem anderen Unfall?

»Meines Erachtens nicht. Der Schmerz der gebrochenen Wurzelspitzen der Backenzähne wäre so heftig gewesen, daß die betreffende Person augenblicklich die Dienste eines Zahnarzts in Anspruch hätte nehmen wollen.

Und der Bruch des Unterkiefers hätte schließlich zum Tode geführt, hätte die betreffende Person sich nicht fachkundig behandeln lassen.«

Die Geschworenen wußten, daß Mac mit seinem Funkgerät jederzeit ärztliche oder zahnärztliche Hilfe hätte anfordern oder mit der *Sea Wind* nach Fanning oder einer anderen nahen Insel segeln können.

Enoki fragte den Experten, welche Kraft nötig war, um jemandem Verletzungen dieser Art zuzufügen. Um den Unterkiefer von Schädel zu trennen und die Zahnwurzeln zu brechen, die »tief im Knochen liegen«, so der Experte, sei »extreme Gewalt nötig. Das sind nicht etwa Verletzungen, wie man sie sich bei einem Autounfall zuzieht. Man kann sie jemandem nur mit einem Hammer oder einem anderen schweren, abgerundeten Gegenstand zufügen.« Dr. Harris fügte hinzu, daß der Schädel die Spuren mehrerer Schläge aufwies.

Eine Geschworene senkte den Kopf ... ein anderer sah direkt Buck Walker an. Die anderen schienen sich weiterhin auf den Experten zu konzentrieren, der mit dem nüchternen Tonfall eines gefühllosen Beobachters fortfuhr, der es gewohnt war, über solche Dinge auszusagen.

Beim Kreuzverhör fragte Partington, ob irgend etwas auf der Insel oder ein anderes natürliches Phänomen diese Verletzungen bewirkt haben könnten.

»Ich weiß von nichts auf der Insel, das solche Brüche verursachen könnte.«

Danach wurde der Kurator der Anthropologischen Abteilung der Smithsonian Institution in Washington in den Zeugenstand gerufen. Douglas Uberlaker war der einzige Konsultant des FBI für forensische Anthropologie seit 1977.

Der große professorhafte Uberlaker, der mit seiner Tweedjacke und den Wollhosen wie ein Fakultätsmitglied von Princeton aussah, hatte auf Bitten der Regierung den Schädel, den Unterkiefer und die anderen Überreste untersucht. »Das Skelett war nicht vollständig, es fehlen einige Teile«, erklärte er. »Daher war es auch nicht möglich, es wieder vollständig zusammenzusetzen.« Doch die Überreste reichten aus, um die sichere Schlußfolgerung zuzulassen, daß es sich um das Skelett »einer weißen Frau von etwa einem Meter und fünfundfünfzig Größe handelt«.

Enoki stellte fest, daß es sich um die Überreste Eleanor Grahams handelte. »Auf dem oberen Teil des Schädels ist eine weiße Stelle«, sagte er. »Sehen Sie sie?«

Uberlaker beäugte wie eine Eule den Schädel, den er in den Händen hielt. »Ja. Wir nennen so etwas Kalzinierung.«

»Sind Sie zu einer Schlußfolgerung gelangt, weshalb diese Stelle weiß ist?«

»Ja. Der extremen Färbung zufolge können wir davon ausgehen, daß diese begrenzte Stelle einer extremen Hitzeentwicklung ausgesetzt war.«

»Könnte es sich dabei um Sonnenlicht handeln?«

»Wohl kaum. Dann müßte der Schädel Jahre in der Sonne gelegen haben, doch das hätte auch eine Erosion zur Folge, die wir hier nicht feststellen können. Dieser Umstand weist darauf hin, daß die Hitzequelle wärmer als Sonnenlicht gewesen sein muß.«

»Auch heißer als Feuer?« fragte Enoki.

»Ein Lagerfeuer oder irgendein Holzfeuer ist ausgeschlossen. Es muß sich um eine Wärmequelle gehandelt haben, die extreme Temperaturen erzeugen kann.«

»Zum Beispiel um einen Schneidbrenner?«

»Ja.«

Ein weiterer entsetzlicher Umstand.

Partington erhob Einspruch. Enoki würde dem Sachverständigen die Worte in den Mund legen. Achselzuckend erteilte der Richter dem Staatsanwalt einen Verweis. Doch das Bild hatte sich unauslöschlich eingeprägt: ein Schneidbrenner. Nun deutete ein wissenschaftlicher Beweis darauf hin, daß Muff mit einem Werkzeug ihres eigenen, geliebten Mannes in Berührung gekommen war. Das Entsetzen wurde genauer bestimmt.

Und es stand den Geschworenen, die nun fast alle den stoischen, ungerührten Buck am Tisch der Verteidigung musterten, ins Gesicht geschrieben. War dieser eigentlich ganz normal aussehende Mann imstande, Muff so etwas anzutun? Und hatte er dasselbe mit Mac gemacht?

Enokis Verhör des Sachverständigen vollzog sich langsam und genau geplant. Der Experte ignorierte die sensationelle Natur seiner Aussage und sprach, als hielte er eine Vorlesung in Anatomie, anstatt bei einem bedeutenden Mordprozeß explosive Beweise zu enthüllen.

»Konnten Sie feststellen, wann in bezug auf den Eintritt des Todes der Schädel dieser Hitze ausgesetzt war?«

»Das ist schwierig zu sagen«, antwortete Uberlaker vorsichtig. »Die enge räumliche Begrenzung der Kalzination deutet darauf hin, daß etwas den nicht betroffenen Teil des Schädels vor dieser extremen Hitze geschützt hat. Bei anderen, vergleichbaren Fällen, die ich untersucht hatte, hat es sich dabei *immer* um Fleisch gehandelt.«

Könnte die weiße Stelle durch Versteinerung entstanden sein, fragte Enoki, der alle möglichen natürlichen Ursachen ausschließen wollte. Uberlaker verneinte. »Versteinerung«, erklärte er, »ist ein sehr langfristiger Prozeß.«

»Sind Ihnen andere Spuren von Abnutzung oder Erosion an dem Schädel aufgefallen?«

»Ja. Auf der vorderen linken Seite des Schädels, auf dem Gesicht, gibt es fünf sehr leicht abgeflachte Stellen, die wir ›Sargspuren‹ nennen. Es scheint auch mehrere kleinere Stellen auf der rechten Gesichtsseite zu geben. Wenn ein Skelett viele Jahre in einem Sarg liegt, können die langsamen Bewegungen, die durch die Erddrehung verursacht werden, solch einen Abrieb der Knochenoberfläche verursachen.«

Man mußte den Geschworenen nicht eigens sagen, daß die ›Sargspuren‹ von dem Behälter stammten.

Noch immer bestrebt, jede Argumentation der Verteidigung für eine natürliche Todesursache zu untergraben, fragte Enoki: »Und haben Sie an den Überresten Anzeichen für den Angriff oder Biß eines Hais festgestellt?«

»Nein.«

»Wären Spuren eines solchen Angriffs zu sehen, wenn ein Hai diese Person angefallen hätte?«

»Ja. Haie greifen mit beträchtlicher Wucht an. Sie reißen große Fleisch- und sogar Knochenteile heraus, und ihre Zähne hinterlassen meißelähnliche Abdrücke.«

Zum Abschluß fragte Enoki den Anthropologen, ob er sagen könne, was das Loch in Muffs linker Schläfe verursacht hatte.

»Nein. Es befindet sich in einem Teil des Schädels, der sehr dünn und sehr leicht zu beschädigen ist.«

Bei dem Kreuzverhör durch Partington gestand Uberlaker ein, keineswegs überrascht gewesen zu sein, ein Loch im Schädel oder Brüche einiger anderer Knochen vorzufinden – der *langen* Knochen des Skelettes. »Es gibt natürliche Phänomene wie Abrieb, die solch ein Loch im Schädel hervorrufen können, und [...] ich kann mir zahlreiche natürliche Umstände vorstellen, die zum Bruch eines Knochens führen, ohne daß ein Verbrechen vorliegen muß.«

Bei dem Kreuzverhör kam ohne Vorwarnung ein neues Geheimnis zum Vorschein. Uberlaker sagte aus, er habe »mehrere schwärzliche Ablagerungen auf der Schädeldecke« gefunden, bei denen es sich um »Überreste verbrannten Materials« zu handeln schien.

»Als ich mit Ihnen im Smithsonian sprach«, sagte Partington eifrig, »haben Sie mir doch Ihre Meinung zum Ausdruck gebracht, daß die Verbrennung, bei der die schwarzen Ablagerungen entstanden, im Gegensatz zu den weißen Stellen *Jahre nach dem Tod* eingetreten sind.«

»Ja«, antwortete der Anthropologe beiläufig und verließ den Zeugenstand.

Doch die Implikationen waren alles andere als beiläufig. War es möglich, daß jemand Muffs Überreste Jahre nach ihrem Tod in Brand gesetzt hatte? Und wenn ja, wer? Und warum?

Von Dr. Boyd Stephens, dem Leiter der Gerichtsmedizin der Stadt und des Bezirks San Francisco, erwartete man genaue wissenschaftliche Aussagen darüber, wie das Opfer zu Tode gekommen war. Doch er konnte lediglich erklären, bei der Untersuchung der Überreste am 16. April 1985 ›keine erkennbare Todesursache‹ festgestellt zu haben.

Enoki fragte den Sachverständigen, ob er irgendwelche ›Funde‹ in bezug auf die Beschädigung der Überreste mitteilen konnte.

»Ja. Die linken Unterarmknochen weisen querlaufende Frakturen auf, das heißt, sie wurden schräg durchgebrochen. Sowohl das linke als auch das rechte Schienbein weisen Rotationsbrüche auf.«

»Was für eine Kraft ist erforderlich, um solch einen Bruch herbeizuführen?«

»Bei einem lebenden Menschen eine ganz beachtliche Kraft. Normalerweise – zum Beispiel bei einem Skiunfall – wird ein Bruch durch eine Drehkraft hervorgerufen. Darunter ist zu verstehen, daß ein Teil des Gliedmaßes eingeklemmt ist oder festgehalten wird, während sich der Körper um ihn dreht, oder daß sich der Körper nicht bewegt, während das Gliedmaß gedreht wird.«

Als dieser neueste Experte fortfuhr, merkte ich, daß wir alle – die Geschworenen, die Anwälte, der Richter, die Zuschauer – aufmerksam an seinen Lippen hingen. Ich musterte eindringlich Buck Walker. Die ganze Zeit über hatte er schweigend und ungerührt dort gesessen, obwohl er wahrscheinlich der einzige Mensch auf Erden war, der genau wußte, was geschehen war. Und doch saß er wie alle anderen auch da und erweckte den Eindruck, wie alle anderen auch voller Betroffenheit zu lauschen oder Neues zu erfahren. Ich fragte mich, ob er vielleicht dachte: *Was sind das doch für Trottel. So habe ich es gar nicht gemacht.* Oder dachte er darüber nach, was für ein Glück er doch hatte, in den Vereinigten Staaten von Amerika zu leben, wo die Behörden zwar *wußten*, daß er den Mord begangen hatte, aber Hunderttausende Dollar ausgeben und jahrelang ermitteln mußten, um den Geschworenen seine Schuld beweisen zu können? (Natürlich waren dieselben Behörden gleichermaßen davon überzeugt, daß meine Klientin ebenfalls in den Mord verwickelt war.)

Des weiteren sagte Dr. Stephens aus, daß die fünf abgeflachten Stellen am Schädel (neben dem linken Auge und am linken Wangenknochen) so tief waren, daß man ›ein Lineal auf sie legen kann‹. Auf Enokis Frage fuhr er fort, daß das Innere des Aluminiumbehälters mit den Abflachungen ›übereinstimmte‹.

Dr. Stephens bestätigte, daß der Schädel einer hohen Temperatur ausgesetzt worden war. »Das ist nicht die Art von Hitze, die wir von der Sonneneinstrahlung her kennen. Wir haben es mit einem brennenden Gas oder Treibmittel zu tun. Um solche Verbrennungen zu erzielen, sind 600 Grad Celsius oder mehr nötig.« Beim nächsten wichtigen Punkt war Stephens eindeutiger als Uberlaker vor ihm: *»Diese Verbrennung fand statt, als noch Gewebe auf dem Schädel haftete. Das Gewebe und Schutz vor Feuchtigkeit sind die Erklärung für die unregelmäßigen Ränder.* Ich vermute, daß es beim Tod der Person oder kurz davor oder danach zu den Verbrennungen gekommen ist.«

Enoki: »Entsteht beim Verfall einer menschlichen Leiche genug Gas, um einen Behälter von der Größe des Beweisstücks 28 an die Oberfläche treiben zu lassen?«

»Ja«, erwiderte Stephens. Er erklärte, daß beim Zerfall einer menschlichen Leiche hauptsächlich Methan, Schwefelwasserstoff und Kohlendioxyd entstehen. Während die Gase das Wasser in dem Behälter verdrängten, entwickelten sie einen beträchtlichen Auftrieb. Wir haben in der Bucht von San Francisco schon Fälle gehabt, bei denen menschliche Leichen an die Oberfläche trieben, obwohl bis zu zweihundert Pfund an Gewichten an ihnen befestigt waren.

»Das waren aber keine Zementstiefel, oder?« fragte Richter King.

Leises Kichern erfüllte den Gerichtssaal.

»Die verschiedensten Gewichte waren an den Leichen befestigt«, erwiderte Dr. Stephens mit einem Lächeln, »und sie waren nicht der Gesundheit zuträglich. Normalerweise treibt eine Leiche nach etwa zehn Tagen an die Oberfläche. Wenn sie an einem Gewicht befestigt ist, dauert es dementsprechend länger.«

Enoki erkundigte sich nach Erkenntnissen bezüglich des Lochs im Schädel. »Ich glaube nicht, daß es sich um Abrieb handelt«, erwiderte Dr. Stephens.

»Halten Sie es für ausgeschlossen, daß es sich dabei um eine Schußverletzung handelt?«

»Nein, keineswegs.«

Um Schadensbegrenzung bemüht, erkundigte sich Partington beim Kreuzverhör danach, ob der Gerichtsmediziner mit Röntgenaufnahmen versucht habe, ›fremdes Material‹ in der Nähe des Loches zu finden. »Wenn Bleikugeln einen Knochen durchdringen, lagert sich doch Blei ab, nicht wahr?« fragte er.

»Das stimmt.«

»Aber Sie haben keine Bleispuren gefunden?«

»Nein, Herr Anwalt.« Die Antwort war nüchtern, der Tonfall jedoch giftig.

Danach erkundigte sich der Verteidiger, ob er nicht nur am Schädel, sondern auch an den anderen Knochen, die sich ja ebenfalls in dem Aluminiumbehälter befunden haben sollten, Anzeichen von Abreibung gefunden habe.

»Nein«, erwiderte Dr. Stephens. Aber es müsse »ein anderes Element in dem Behälter gegeben haben, das den Schädel fester hielt«, oder er hätte die Abreibungen

)ie *Sea Wind* unter Segeln vor San Diego. Aus der Sammlung von Kit Graham McIntosh

Muff Graham 1962 auf Tahiti. Aus der Sammlung von Kit Graham McIntosh

Mac und Muff Graham 1964 an Bord der *Sea Wind* vor Aden. Aus der Sammlung von Kit Graham McIntosh

Buck Walker bei der Ausbesserung der *Iola*

Die Gesichter des Buck Walker. *Fotos: David Shapiro*

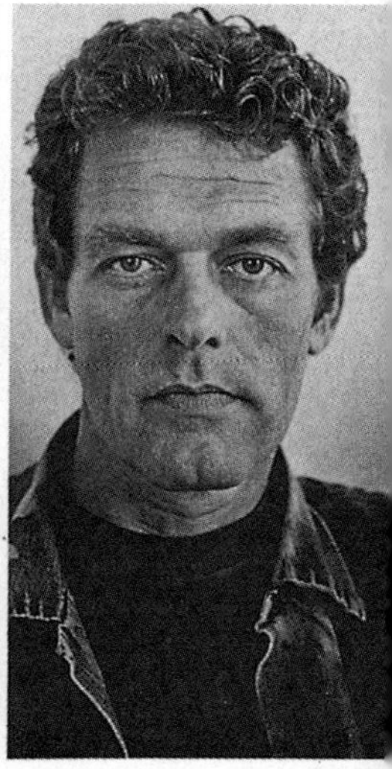

Ankerstelle der Sea Wind mit Blick nach Südosten

Einsiedlerkrabben auf einem toten Fisch

Die Anlegepfosten in der Lagune, in denen die *Iola* vertäut war

Die *Sea Wind* auf Palmyra, mit Muff auf Deck und Mac im Zodiac

Jennifer Jenkins mit Puffer an Bord der *Iola. Beweisstück der Verteidigung*

Bucks Zelt

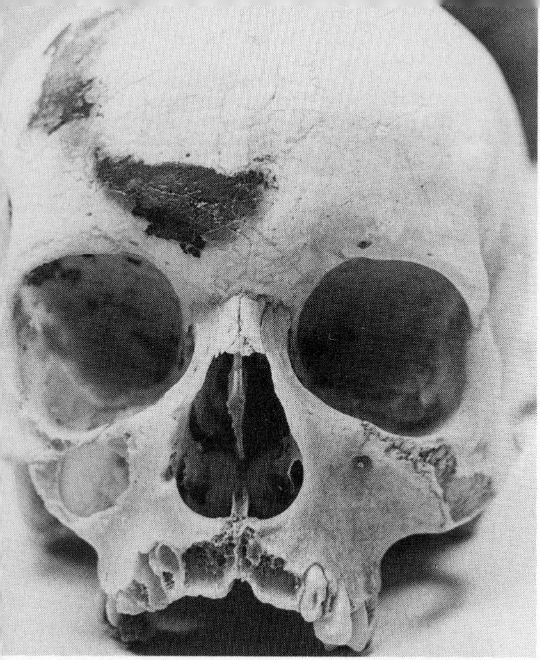

Der Schädel

Der Sarg

nicht nur an diesen fünf Stellen gefunden. Dabei muß es sich, so Dr. Stephens, wahrscheinlich um Sand gehandelt haben (was mit Sharon Jordans Aussage übereinstimmte, der Boden des Behälters sei von mehreren Zentimetern hochliegendem Sand bedeckt gewesen, als sie ihn gefunden hatte).

Damit hatte Partington nicht gerechnet. »Sie können nicht ausschließen, daß es zu diesen Abreibungen gekommen sein könnte, wenn der Schädel *außerhalb* des Behälters zwischen Korallen im Sand gelegen hat?« fragte er nun.

»Ausschließen kann ich das nicht. Dazu ist nur Bewegung erforderlich, eine glatte Oberfläche, ein Reiben des Schädels an dieser Oberfläche und ein fünfmaliger Positionswechsel.« Mit dieser Antwort hatte Partington die theoretische Möglichkeit geschaffen, daß sich Muffs Leiche nie in dem Behälter gefunden hatte – erneut die *Schlüsselfrage,* da Walkers Verteidigung ja auf einen Unfalltod abzielte. Denn wenn Muff in den Behälter gelegt worden war, war damit ein Unfalltod ausgeschlossen. Die Stimmung am Tisch der Verteidigung hellte sich auf.

Die nächsten vier Zeugen waren FBI-Techniker aus dem Labor des Bureaus in Washington. Ihre Aufgabe war es, Muff wieder in den Behälter zurückzubefördern.

Ein Metallurge, William Tobin, sagte aus, er habe den Container mehrfach untersucht und festgestellt, daß in seinem *Inneren* eine hohe Temperatur geherrscht haben mußte, die anscheinend mit Hilfe eines Kohlenwasserstoffbeschleunigers erzeugt worden war – »so etwas wie Benzin, Kerosin oder ein anderer derartiger Treibstoff«. Zu diesem Schluß sei er gekommen, weil er Spuren von Schwefel und Kohlenstoff im Behälter gefunden hatte. »Das sind Nebenprodukte eines Feuers auf Kohlenwasserstoffbasis.«

Darüber hinaus hatte der Experte einen Teil des Behälters herausgeschnitten, unter einem starken Mikroskop untersucht und dabei eine ›sehr abnormale Variation der Körnergröße‹ zwischen dem Metall an der Innen- und der Außenfläche festgestellt. Die größeren Körner der Innenfläche bewiesen, daß die Oberfläche ›erhöhten Temperaturen‹ ausgesetzt gewesen war.

Danach berichtete der Chemiker Roger Martz über eine Reihe von Tests – unter anderem eine Infrarotuntersuchung und Gaschromatographien und -thermotographien –, die er an dem Behälter vorgenommen hatte. Dabei hatte er auf der inneren Oberfläche eine ›wachsähnliche Substanz mit Fettsäuren und den Kalziumsalzen dieser Fettsäuren‹ festgestellt. »Diese Substanz, Leichenwachs genannt, ist das Produkt der natürlichen Fette im Körper, die bei der Zersetzung chemisch verändert werden. Leichenwachs bildet sich nach Eintritt des Todes, wenn die Leiche nicht mit Luft in Berührung kommt, wie es unter Wasser der Fall ist. Es bildet sich hauptsächlich bei Leichen, die in stehenden Gewässern liegen, etwa in einem See oder einer Lagune. In einem Fluß könnte es sich nur schwer bilden.«

Er fuhr mit der Bemerkung fort, daß Kalziumsalze oder Fettsäuren nicht nur bei Menschen vorkommen, sondern auch bei Tieren. Beim Kreuzverhör sprach Partington die Möglichkeit an, daß die Kalziumsalze und Fettsäuren Rückstände von pflanzlichem Zerfall sein könnten. Der Chemiker bezweifelte zwar, daß Pflanzen über genug Fettgewebe verfügten, um die Menge der Ablagerungen zu bilden, die er gefunden hatte, gestand aber ein, daß er kein Experte für Pflanzen war.

Agent Chester Blythe, der Mikroskopexperte, sagte aus, eine mikroskopische Untersuchung des kleinen, verblichenen, grünlichen Baumwollstücks vorgenommen zu haben, das man auf dem Boden des Aluminiumbehälters gefunden hatte. »Ich bin zu dem Schluß gekommen, daß diese Fasern verbrannt worden sind.«

Agent Roy Tubergen, der Serologe – ein Experte für Blut –, sagte aus, Rückstände vom Boden des Behälters einem Phenolphthalein-Test unterzogen zu haben. Mit diesem Test, so erklärte er, ließ sich sogar ein einziger Blutstropfen in zehntausend Teilen Wasser feststellen. »Ich habe ein positives Ergebnis bekommen.«

Der Serologe hatte diesen Test auch bei einem anscheinend blutbefleckten Teil des im Behälter gefundenen Stoffes durchgeführt. Das Ergebnis? Erneut positiv. Doch ein Phenolphthalein-Test klärt nur die Anwesenheit von Blut und nicht, ob es sich um menschliches oder tierisches handelt. Der nächste Test traf diese Unterscheidung allerdings. Tubergen hatte das Blut mit einer Salzlösung aus dem Stoff entfernt und unter dem Mikroskop mit verschiedenen Agenzien zusammengebracht, deren Reaktion unzweifelhaft auf die Anwesenheit *menschlichen* Proteins schließen ließ.

Soviel zu der Pflanzentheorie.

Die Anklage hatte ihre Hausaufgaben gemacht. Schritt für Schritt hatte sie wissenschaftlich bewiesen, daß sich eine menschliche Leiche – offensichtlich die Muff Grahams – in dem Behälter befunden haben mußte. Partingtons Theorie von einem Unfall starb zwar einen langsameren Tod als die arme Muff, doch der *rigor mortis* schien nicht mehr fern.

Aber noch mußte die Verteidigung ihre Zeugen aufrufen.

Die Geschworenen hatten sich zwei Tage lang komplizierte medizinische und wissenschaftliche Aussagen angehört. Es war eine Erleichterung für alle, als Enoki nun wieder Zeugen aufrief, deren Lebenslauf keine zehn Seiten umfaßte.

Am 5. Juni rief die Anklage den letzten Zeugen auf. Bevor Richter King die Geschworenen an diesem Tag nach Hause schickte, ermahnte er sie, wie es seine tägliche Gewohnheit war, nicht über den Fall zu sprechen, keine Zeitungsartikel darüber zu lesen oder Berichte im Fernsehen zu verfolgen.

Nachdem die Zeugen gegangen waren, stellte Partington den Antrag bezüglich der Zurückweisung einer Klage wegen Mordes im Zusammenhang mit einem Gewaltverbrechen, den auch ich bereits gestellt und den Richter King abgewiesen hatte.

Doch nun sah Richter King, zweifellos zu Enokis Überraschung, zum Tisch der Anklage hinüber und fragte: »Wie *wollen* Sie ihren Tod in einen Zusammenhang mit dem Raub bringen?« Die Frage des Richters implizierte, daß die Anklage noch keine Beweise vorgelegt hatte, daß der Mord ›*während* der Durchführung‹ des Raubes stattgefunden hatte, ein Umstand, der bewiesen werden mußte, bevor dieser Anklage stattgegeben werden konnte.

Enoki: »Nun ja, wenn bei einem Bankraub der Angeklagte einen Kassierer mitnimmt und ihn später tötet – ich meine nicht drei Wochen später, sondern während er sich mit ihm entfernt –, besteht ein Zusammenhang mit dem Raub.«

Richter King zeigte sich von diesem Argument nicht beeindruckt und gab dem Antrag statt. Natürlich war diese Anklage nur eine von mehreren, und nun trat die wegen vorsätzlichen Mordes in einem Fall in Kraft.

Als Walker aus dem Gerichtssaal geführt wurde, grinste er seinen Anwälten zu und schlug Partington kumpelhaft auf den Rücken. Vielleicht hielt er die Stattgabe des Antrags für einen bedeutenden Sieg; ich jedoch ging eher davon aus, daß der Richter damit einen Berufungsprozeß wegen ungerechtfertigter Anklage verhindert hatte.

6. Juni 1985

Der erste Zeuge der Verteidigung war Charles Morton, ein Kriminologe, der Direktor des privaten Instituts für forensische Wissenschaften in Oakland war. Morton sagte aus, bei seiner Untersuchung des Metallbehälters keine »direkten Beweise« für die Anwesenheit einer Leiche gefunden zu haben. Enoki stellte im Kreuzverhör klar, daß er auch nichts gefunden hatte, was »diese Möglichkeit ausschließt«.

Dr. Spencer, ein Serologe desselben Instituts, hatte bei seiner Untersuchung des grünen Stoffes im Behälter kein menschliches Protein im Blut gefunden. Partington schien nun darauf hinauszuwollen, daß sich ein blutendes Tier – und kein Mensch – in dem Behälter befunden hatte. Enoki machte ihm einen Strich durch die Rechnung. Da der Serologe der Anklage bereits ausgesagt hatte, daß er das von ihm untersuchte Stück Stoff (durch die Salzlösung) zerstört hatte, ließ sich keine Gegenprobe des betreffenden Stücks mehr durchführen, und das Testergebnis ließ sich nicht anzweifeln.

Der Dentalexperte der Verteidigung sagte aus, daß seine Untersuchung von Muffs Zähnen keinen Beweis einer Verbrennung ergeben hatte. Und er bot eine neue Erklärung für den Abrieb des Schädels: »Wenn eine Leiche im Wasser treibt, liegt sie normalerweise flach auf dem Bauch. Dabei könnte sich das Gesicht an Sand oder Felsen gerieben haben.«

Enoki wies bei seinem Kreuzverhör darauf hin, daß Dr. Spencer noch nie vor Gericht als Gutachter über mögliche Ursachen von Verletzungen einer menschlichen Leiche ausgesagt hatte.

Ungerührt zog Dr. Spencer die Meinung des Gutachters der Anklage in Zweifel, wären die Zahnverletzungen vor dem Tod eingetreten, hätte die betreffende Person augenblicklich zahnärztlichen Beistand gesucht. »Die Menschen haben unterschiedliches Schmerzempfinden«, führte er aus.

Um die Theorie eines Unfalltods zu unterstützen, rief die Verteidigung einen Meteorologen der U.S. Air Force auf, der Satellitenfotos des Gebiets um Palmyra vorlegte und aussagte, am 27. August 1974 sei es dort zu ›schweren Gewittern‹ gekommen, die am 28. nachgelassen hätten. Am 29. und dem kritischen 30. August sei das Gewitter etwa hundert Meilen von der Insel entfernt gewesen. Es sei durchaus möglich, daß es aufgrund dieser Wetterlage auf Palmyra zu Windstößen von bis zu sechzig Stundenkilometern gekommen sei. (Hingegen hatte der von der Anklage aufgebotene Meteorologe von »schönem Wetter« an diesem Tag auf Palmyra gesprochen. Es ist ja bekannt, daß die Meteorologen über das Wetter von morgen unterschiedlicher Meinung sein können, doch wer hätte gedacht, daß dies auch auf die Vergangenheit zutrifft?)

Ein Experte für Zodiacs sagte aus, es sei durchaus möglich, daß solch ein Dingi bei Winden über zwanzig Knoten (etwa fünfunddreißig Stundenkilometern) kentern könnte. Doch dabei mußte er auf eine Menge *falls* zurückgreifen: *falls* es Windstöße gegeben hatte; *falls* die Lagune, die sonst auch bei aufgewühlter See ruhig war, ungewöhnlich turbulent gewesen wäre; *falls* sich Mac und Muff während einer Bö auf der Lagune befunden hatten; *falls* der Zodiac doch kentern konnte, was der Gutachter der Anklage für fast unmöglich befunden hatte; und *falls* es Mac und Muff nicht geschafft haben sollten, wieder ins Dingi oder zum Ufer zu gelangen. Doch Partington und Findlay bemühten sich nach Kräften, die Geschworenen zu überzeugen, daß diese *Falls* einen begründeten Zweifel an Buck Walkers Schuld darstellten.

Danach sagte Meeresbiologe Richard Grigg von der Universität Hawaii über einen Aufenthalt auf Palmyra auf, den er im August 1984 im Auftrag der Verteidigung angetreten hatte. Er und seine Leute waren nach dem zweiten fehlenden Behälter aus dem Rettungsboot getaucht und hatten ihn trotz insgesamt 16 Stunden unter Wasser nicht gefunden. Sie hatten jedoch jede Menge Haie gesehen. Ob sie Angst gehabt hätten? »Eigentlich nicht«, sagte Grigg achselzuckend. »Wenn Haie in der Nähe sind, muß man einfach unten bleiben, anstatt an die Oberfläche zu schwimmen. Die meisten Unfälle mit Haien ereignen sich an der Oberfläche; sie werden durch das Spritzen oder die Schwimmbewegungen angezogen.« Die Geschworenen erfuhren auch, daß Haie ›sehr, sehr schlecht sehen‹ können und daher bei einem Angriff die Augen schlossen. Ein grauer Riffhai könne mit einem Biß ›problemlos ein paar Pfund Fleisch herausreißen‹. Grigg sagte aus, außerhalb der Lagune zahlreiche graue Riffhaie gesehen zu haben (›Sie sind nur etwa einen Meter und achtzig lang, aber vielleicht die aggressivste Haiart, die es im Pazifik gibt.‹), in der Lagune selbst aber nur einen. Die Schwarzpunkthaie in der Lagune seien nicht so gefährlich, da die meisten kleiner sind. Griggs lakonische Aussage kam Partington nicht sehr gelegen.

Grigg und seine Kollegen hatten auch den gesamten Strand zwischen den Inselchen Strawn und Cooper nach Treibgut abgesucht und beschrieben die Stelle, an der der Behälter und die Knochen gefunden worden waren, als ›Sackgasse‹.

»Haben Sie an dieser Stelle mehr Treibgut als sonstwo gefunden?« fragte Partington.

»Ja. Dort kommt es zu einem Zusammenfluß verschiedener Strömungen. Deshalb findet man dort mehr Treibgut als sonstwo.«

Im Klartext: daß man die Knochen in der Nähe des Behälters gefunden hatte, bedeutete nicht unbedingt, daß sie einmal in dem Behälter gewesen waren.

Partington hatte mit Grigg, einem glaubwürdigen Zeugen, Boden gutgemacht. Danach rief er – obwohl sein Gefährte auf der *Toloa*, Thomas Wolfe, als Zeuge der Anklage aufgetreten war – den mittlerweile in Australien lebenden Norman Sanders auf. Sanders hatte im August 1984 im Auftrag der Verteidigung geologische Experimente auf Palmyra vorgenommen. Er äußerte sich melodramatisch über die Insel als ›feindseligen Ort‹, sprach von gefährlichen Korallen in der Lagune, an denen man kentern konnte, berichtete von starken Strandfluktuationen, die die Abreibungen am Schädel hätten hervorrufen können, wenn er eine Weile im Sand begraben gelegen hatte, engagierte sich jedoch so auffällig für die Verteidung, daß Richter King ihn mehrfach ermahnte: »Bitte warten Sie erst die Frage ab!«

Im von Schroeder durchgeführten Kreuzverhör mußte Sanders widerwillig eingestehen, daß er ›zwischen Mac und Muff und Roy und Jennifer beträchtliche Spannungen festgestellt‹ hatte und die beiden Paare nicht zueinander gepaßt hatten.

Alle Augen richteten sich auf die nächste Zeugin, eine atemberaubend aussehende Brünette Ende Zwanzig, die in ihrem hellen Kleid mit Blumenmuster und ihrem strahlenden Lächeln wie eine frische Brise durch den Gerichtssaal glitt. Galatea Eatinger sagte aus, befragt von Findlay, sie habe im Juli 1980 auf der *Aquaholics* Palmyra besucht. Auf drei anderen Schiffen – der *Kiave*, der *Luty* und der *Hawaiian Moon* – hatten Freunde sie begleitet.

»Haben Sie bei dieser Gelegenheit, im Sommer 1980, einen Knochen gefunden?« fragte Findlay.

»Ja.«

Einen Knochen? Sieben Monate *vor* Sharon Jordans Entdeckung? Ich mußte über diese *Perry Mason*-Theatralik den Kopf schütteln. Sollte die wunderschöne, geheimnisvolle Zeugin tatsächlich neue Beweise enthüllen, die den Prozeß kippen ließen?

Findlay ließ Galatea Eatinger auf einer Karte die genaue Stelle zeigen, wo sie den Knochen gefunden hatte. Etwa auf der Mitte zwischen den Inselchen Strawn und Cooper zog sie einen Kreis um das Ufer der Lagune – ein paar hundert Meter östlich von Sharon Jordans Fundstelle.

Sie hatte den Knochen ›weit auf dem Strand, in der Nähe der Büsche‹ gefunden, als sie nach Krabben gesucht hatte. Er war ›sehr sauber, doch es waren ein paar grüne Algen daran festgewachsen‹. Sie habe augenblicklich an den ›Fall des vermißten Ehepaars‹ gedacht.

Sie habe den Knochen ihren Freunden gezeigt und etwa drei Wochen aufbewahrt, bevor sie ihn dann in die Lagune warf.

Findlay ließ eine Zeichnung des Knochens, die sie für die Verteidigung angefertigt hatte, als Beweisstück aufnehmen. Dann ließ er sie in einem Anatomiebuch einen Knochen suchen, der ihrer Zeichnung entsprach.

»Es war der hier«, sagte sie und zeigte auf das Bild eines *humerus*, des Oberarmknochens zwischen Schulter und Ellbogen.

Beim Kreuzverhör erschütterte Schroeder die Glaubwürdigkeit der Zeugin, indem er sie zu dem Eingeständnis brachte, den Knochen zuerst für einen Schenkelknochen gehalten zu haben. Dann fragte er sie, wieso sie den Knochen weggeworfen habe, da sie doch – ihrer Aussage zufolge – über das verschwundene Ehepaar informiert gewesen sei.

»Er war ziemlich scheußlich, und er war mir ständig im Weg«, erklärte sie lahm. »Wohin ich auch griff, ständig war der Knochen da.« Sie erschauderte seufzend.

Die Eatinger fuhr fort, sie habe zwar niemals die Behörden von ihrem Fund unterrichtet, aber einem Freund davon erzählt, dem Zeugen der Verteidigung Richard Grigg, und er habe sie sofort für die Verteidigung in die Pflicht genommen.

Danach wurden zahlreiche Zeugen aufgerufen, die Al Ingmans Glaubwürdigkeit erschüttern sollten. Zwei Halbschwestern sagten aus, Ingman habe ihnen schon in jungen Jahren Heroin gegeben, und bezeichneten ihn als »verlogen«. Eine mittlerweile zweiundzwanzig Jahre alte Nichte behauptete, Ingman habe sie, als sie sechzehn gewesen sei, mit Terry Conner verkuppelt, und sie habe ein Kind von ihm bekommen. Ingmans Stiefmutter äußerte sich überaus verächtlich über den Mann (»Al hat noch nie die Wahrheit gesagt!«).

Buck Walkers Exfreundin Ruth Thomas, die nach ihren Jahren auf der Flucht vor dem Gesetz und einer Gefängnisstrafe verhärmt aussah, behauptete, nur verurteilt worden zu sein, weil Al Ingman gegen sie ausgesagt hatte. »Er ist ein Lügner«, sagte sie leise. Beim Kreuzverhör stritt sie allerdings ab, daß Walker jemals Drogen oder Waffen geschmuggelt habe.

Dann rief die Verteidigung sogar Terry Conner auf, der zur Zeit mehrere Verurteilungen wegen mehrerer Bankraube und Drogenhandels absaß, die sich auf insgesamt siebzig Jahre beliefen. Conner behauptete, daß Walker Al Ingman nie vertraut und ihm nie Geschichten über Palmyra erzählt habe. »Ganz im Gegenteil«, sagte Conner aus. »Buck hat mir erzählt, daß er diese Leute auf Palmyra respektiert und bewundert hat. Ich kenne Buck schon lange. Ich halte ihn für einen Mann, der zu seinem Wort steht. Für einen Mann von hoher persönlicher Integrität«, sagte Conner schamlos über Walker mit seinem Vorstrafenregister von fünf Seiten.

Beim Kreuzverhör brachte Enoki den Zeugen zu dem Eingeständnis, bei seinen zahlreichen Bankrauben immer eine Waffe benutzt zu haben. Natürlich ließ er sich die Gelegenheit nicht entgehen, Conners Vorstrafenregister zu zitieren, und zum Abschluß stellte er ihm die Frage: »Mister Conner, stimmt es, daß Sie den Beklagten, Mister Walker, gebeten haben, hier für ihn aussagen zu dürfen?«

»Ja.«

»Stimmt es ebenfalls, daß Sie diese Gelegenheit zu einem Ausbruch benutzen wollen?«

Conner sah zu den Geschworenen, breitete die Arme aus und lächelte. »Wenn sich die Gelegenheit bietet«, sagte er achselzuckend.

Die Zuschauer und auch die Geschworenen lachten.

Es überraschte niemanden, daß die Verteidigung ihre Beweisführung abschloß, ohne Buck Walker in den Zeugenstand gerufen zu haben.

11. Juni 1985

Die Schlußplädoyers im Fall Walker wurden vierzehn Tage nach der Vereidigung der Geschworenen gehalten. Zweiundfünfzig Zeugen waren aufgerufen worden – vierunddreißig von der Anklage, achtzehn von der Verteidigung.

Enoki ging hauptsächlich auf die beiden großen Themen der Anklage ein: Die *Iola* war nicht mehr seetauglich, und Buck und Jennifer hatten keine Vorräte mehr. »Wollten Sie weiterhin Fisch, Kokosnüsse, Krabben und Rollbahnsalat essen, während die Grahams auf der *Sea Wind* die herrlichsten Gerichte hatten?«

Enoki führte aus, daß Walker das Motiv, die Mittel (»Er hatte eine Pistole, und er hat auf Palmyra nicht gezögert, die Waffe auch zu benutzen!«) und die Gelegenheit hatte, einen Mord zu begehen.

Er führte aus, daß Muff Graham nicht durch einen Unfall ums Leben gekommen sein konnte: Die Leiche hatte sich zweifelsfrei in dem Aluminiumbehälter befunden, der Schädel war verbrannt worden, als noch Fleisch an ihm haftete, Hammerschläge hatten zu mehreren Knochenbrüchen geführt, etc.

Er erläuterte die Zuverlässigkeit des Zodiac, erwähnte Buck Walkers langen Brief an Kit Muncey, der erst *nach* seiner Verhaftung abgeschickt worden war, und kam zu dem Schluß, »daß Unschuldige keine Beweise fälschen müssen, indem sie eine Yacht neu anstreichen oder unter falschem Namen registrieren lassen, und auch nicht vor den Behörden fliehen müssen, indem sie ins Wasser springen und davonschwimmen. Diese Umstände können, wie das Gericht Ihnen erklären wird, als Schuldanerkenntnis angesehen werden. Ich bitte Sie, ein Urteil zu fällen, das den tatsächlichen Umständen dieses Falls entspricht. Dieses Urteil kann nur lauten, daß der Angeklagte, Buck Walker, Eleanor Graham ermordet hat.«

Nach einer Unterbrechung von fünfzehn Minuten hielt Partington das Schlußplädoyer der Verteidigung.

Der Verteidiger begann defensiv und gestand ein, daß Buck Walker die *Sea Wind* gestohlen hatte. »Doch das bedeutet nicht, daß er auch ein Mörder ist. Von einem Dieb zu einem Mörder ist es ein gewaltiger Schritt.«

Partington fuhr, wie ich es vorausgesehen hatte, damit fort, daß die *Iola* seetauglich war und Buck und Jennifer trotz ihres Mangels an Vorräten von Fischen, Krabben und Kokosnüssen leben konnten. Er zog den Vergleich zu einem armen Menschen, der auf den Tod der reichen Erbtante wartete. »Wenn Tante Minna unerwartet stirbt und Ihnen ihr Vermögen hinterläßt, ist das noch lange kein Beweis, daß Sie sie ermordet haben.« Obwohl kein einziger Geschworenen nickte oder gar lächelte, warnte Partington davor, jemanden allein aufgrund eines Motivs zu verurteilen.

Er fuhr damit fort, daß sich sein Klient wegen der Anklage wegen Drogenhandels der Verhaftung entzogen habe, und faßte die Aussagen seiner Gutachter zusammen: »Es ist nicht ungewöhnlich, daß Knochen, die einige Jahre der Witterung ausgesetzt sind, Brüche aufweisen. Und was die Verbrennungen betrifft, haben wir nachgewiesen, daß sie Jahre nach dem Eintritt des Todes erfolgt sind. Das bedeutet, daß sich jemand unbefugt an diesen Knochen zu schaffen gemacht hat, und wenn dies der Fall ist, sind alle wissenschaftlichen Gutachten der Anklage wertlos.«

Was Galatea Eatingers Aussage betraf, »wissen wir aufgrund der von Sharon Jordan gefundenen Überreste, daß der von Miss Eatinger gefundene Knochen nicht von Mrs. Graham stammen kann; jeder Mensch hat schließlich nur zwei Oberarmknochen. Daher muß dieser Knochen von Mac Graham stammen. Und was sagt uns das? Mac Graham liegt nicht in dem zweiten fehlenden Behälter auf dem Grund der Lagune. Mac Graham ist auf dem Grund der Lagune verstreut – zumindest das, was die Haie von ihm übriggelassen haben.«

Dann wechselte Partington das Thema und kam darauf zu sprechen, daß, *falls* ein Mord geschehen sei, Jennifer Jenkins auch der alleinige Täter sein könne. »Sie war der Navigator. Sie floh bei der Verhaftung ebenfalls, obwohl gegen sie keine Anklage vorlag. Warum? Mister Shoemaker hat ausgesagt, über Funk *weibliche* Stimmen gehört zu haben. Anscheinend war Miss Jenkins an Bord der *Sea Wind*. Damit hatte sie als einzige Gelegenheit zu einem Mord, denn den Aussagen der Zeugen der Anklage zufolge hätten die Grahams niemals Buck Walker an Bord geduldet.«

Zum ›bezahlten Judas‹ Al Ingman wußte Partington zu sagen, daß »die Anklage wie ein Kartenhaus zusammenbricht, wenn Sie seine Aussage bezweifeln. Wenn die Anklage einen Mord beweisen will, muß sie sich mehr anstrengen, als es bei diesem Prozeß der Fall gewesen ist. Danke.«

Es war kein sehr überzeugendes Plädoyer gewesen.

Nach einer Mittagspause bekam Enoki das letzte Wort. In einer kurzen Zusammenfassung erinnerte der Staatsanwalt die Geschworenen daran, daß die Anklage keineswegs alle Rätsel des Geheimnisses geklärt hatte. »Wir müssen auch nicht genau beweisen, wie Mrs. Graham ermordet wurde oder was nach ihrem Tod mit ihren Überresten geschah. Wir müssen nur beweisen, daß Mister Walker sie vorsätzlich getötet hat.« Er führte aus, daß die Knochen in dem Behälter gewesen *waren*, und kam zum Schluß auf die Uhr zu sprechen. »Es ist nicht bewiesen, daß sie Muff Graham gehört hat. Doch wenn Sie sich das Beweisstück 8A ansehen, ein Foto, das die Grahams auf Palmyra auf der *Sea Wind* zeigt, sehen Sie an ihrem linken Handgelenk eine Uhr, die genauso aussieht wie die, die wir verrostet im Behälter gefunden haben.« Enoki führte aus, daß »die Beweise eindeutig [sind] und nicht davon abhängen, daß sich Muff Grahams Überreste in dem Behälter befanden. Sie ist verbrannt worden, als sich noch Fleisch an ihrem Körper befand. Reicht das nicht – gemeinsam mit allen anderen Beweisen – zu dem Schluß aus, daß Muff ermordet worden ist?«

Bevor Richter King die Geschworenen zur Beratung entließ, las er die gesetzlichen Vorschriften vor. Fast eine halbe Stunden zitierte er mit dröhnender Stimme. Während seiner Ausführungen nahm Buck Walker einmal die Brille ab, rieb sich wie ein gelangweilter Student bei einer Vorlesung die Augen und fuhr dann fort, seine Kopie der Belehrungsvorschriften zu verfolgen.

Um 14 Uhr 57 wies der Richter die Geschworenen an, sich zur Beratung zurückzuziehen. Um 16 Uhr 40 informierte der Sprecher der Geschworenen den Gerichtsdiener, daß sie zu einem Urteil gekommen seinen. Die Geschworenen hatten für die Urteilsfindung die unglaublich kurze Zeit von einer Stunde und dreiundzwanzig Minuten benötigt. (Die Sitzung war zwanzig Minuten unterbrochen worden, da einer der Geschworenen eine Pause beantragt hatte, um seinen Wagen vor einer diensteifrigen Politesse in Sicherheit zu bringen.) Die Geschworenen hatten nicht einmal die Gelegenheit benutzt, sich auf Kosten der Regierung ein Abendessen servieren zu lassen.

Es dauerte eine halbe Stunde, bis alle Anwälte zusammengetrommelt worden waren und Buck Walker in den Gerichtssaal zurückgeführt worden war. Alle waren davon ausgegangen, daß sich die Geschworenen wenigstens ein paar Stunden beraten würden.

Als das Urteil vom Gerichtsdiener verlesen wurde, blieben alle vier Anwälte, die den Fall bearbeitet hatten, ausdruckslos sitzen, genau wie Macs Schwester Kit.

Aber nicht der Angeklagte.

Er verzog das Gesicht, schob das Kinn vor und starrte zu Boden. Dann hob er langsam das Gesicht und sah Robyn Schaffer an, mit zweiundzwanzig Jahren die jüngste der Geschworenen. Die Schaffer schwor später, niemals, und sollte sie hundert Jahre alt werden, den Ausdruck des eiskalten Zorns auf dem Gesicht des verurteilten Mörders vergessen zu können.

Acht Tage später gelang dem unbelehrbaren Terry Conner während des Transports zu einem Gericht in Oklahoma die Flucht. Conner hatte plötzlich einen scharfen Gegenstand in der Hand, den er einem seiner Bewacher an die Kehle hielt. Es gelang ihm, seine Bewacher zu entwaffnen und zu fesseln.

Am 10. Oktober 1986 wurde er in der Nähe von Chicago vom FBI in einem Motel gestellt. Er wurde angeklagt, während seiner kurzen Freiheit mehrere Banken überfallen zu haben. Bei einem Überfall hatte er die Familie des Bankpräsidenten als Geiseln gehalten, während der Safe leergeräumt wurde. Die Beute betrug 700.000 Dollar.

San Francisco
28. Juni 1985

Ein hagerer, verhärmt aussehender Buck Walker blieb stumm, als Richter King ihn fragte, ob er vor der Verkündung des Strafmaßes noch etwas zu sagen habe.

Richter King nannte den Mord an Muff Graham ›ein besonders abscheuliches Verbrechen‹ und verurteilte Walker zu lebenslanger Haft. Er wies jedoch darauf hin, daß bei einer lebenslangen Haftstrafe nach Verbüßung von zehn Jahren automatisch ein Überprüfungstermin anberaumt wird, ob die Strafe zur Bewährung ausgesetzt werden kann. Daher ordnete der Richter an, daß die lebenslange Haftstrafe erst nach Verbüßung von Walkers vorherigen Reststrafen anzutreten war.

An diesem Nachmittag stand ein stoischer Walker vor Gericht, der wegen seiner zahlreichen Verurteilungen wegen Drogenbesitzes, Ausbruch aus dem Gefängnis und Transports gestohlener Güter über Staatsgrenzen noch elf Jahre abzusitzen hatte.

28. KAPITEL

Los Angeles

Einer der ersten Anrufe, die ich nach Walkers Schuldspruch erhielt, kam von einem Reporter der *Los Angeles Times*, der über Walkers Prozeß berichtet hatte. »Die schnelle Urteilsfindung verheißt nichts Gutes für Jennifer«, sagte er.

Es ist in der Tat äußerst ungewöhnlich, daß die Geschworenen eines Mordprozesses so schnell zu einem Urteil kommen. Um so mehr, wenn es sich um einen harten Indizienbeweis mit komplizierten wissenschaftlichen und medizinischen Gutachten handelte. Jeder, auch der Richter und die Anwälte, hatte erwartet, daß sich die Geschworenen mindestens einen oder zwei Tage beraten würden. Es hatte sich erwiesen, daß die Vorschrift, ausreichende Beweise vorlegen zu müssen, um eine Verurteilung zu erzielen, hier nicht zutraf. *Die einzigartigen Umstände des Falles stellten einen Ersatz für Beweise dar.* In einem normalen Fall hätte ein Verbrechen, wenn der Angeklagte es nicht begangen hatte, zumindest theoretisch von Millionen beliebiger anderer Menschen begangen werden können. Doch beim Fall Palmyra gab es außer Buck und Jennifer niemanden. Die Anklage brauchte bei so einem Fall gar keine Beweise.

Jennifer wurde von Bucks Verurteilung aufgerüttelt. »Ich kann noch immer kaum glauben, daß jemand, den ich so sehr geliebt habe, so unehrlich zu mir war«, sagte sie leise. »Ich glaube, ich habe immer gehofft, ihn aus Schwierigkeiten heraushalten zu können. Ich dachte, sobald wir Hawaii erst einmal verlassen hatten, wäre die Versuchung für ihn nicht mehr so groß. Ich meine, was für Schwierigkeiten konnte man denn schon auf einer einsamen Insel bekommen?«

Auch Len war erschüttert, da er die Position von Walkers Verteidigung bezogen hatte, durch wissenschaftliche Gutachten Zweifel daran zu wecken, daß ein Mord stattgefunden hatte. Nun überdachte Len seine Auffassung und kam zu dem Ergebnis, daß er sich meinem Ansatz zu Jennifers Verteidigung anschließen wollte.

Ich rief Enoki an und sagte ihm, daß ich in meinem Plädoyer den Mord an Muff Graham eingestehen würde, aber nur, wenn er Beweise dafür vorlegte. »Sie müssen nicht so sehr in die Tiefe gehen wie bei Walkers Prozeß«, sagte ich, »doch bevor ich ihn eingestehe, erwarte ich, daß Sie wissenschaftliche und medizinische Beweise vorlegen, daß ein Mord begangen wurde.« Enoki hatte natürlich keine Wahl. Als Ankläger *mußte* er den Mord beweisen.

Bald wurde offensichtlich, daß sich wegen anderer Termine Richter Kings Jennifers Prozeß verzögern würde. Meine träumerische Klientin zeigte sich weiterhin über diese und andere Aufschübe erfreut.

Mir jedoch bereiteten sie Sorgen. Bislang hatte sich die Anklage hauptsächlich auf Buck konzentriert. Nun, da er verurteilt worden war, würde sie all ihre Energie dafür aufwenden, den Fall gegen Jennifer durchzubringen. »Wir haben durch solche Verzögerungen nichts zu gewinnen und viel zu verlieren«, versuchte ich Jennifer klarzumachen. »Unsere Verteidigung steht bereits, und sie kann nicht mehr stärker werden. Und in diesem Augenblick sitzen die Ankläger und die FBI-Agenten in Honolulu an einem Tisch und besprechen, wie sie ihren Fall gegen Sie noch stärker machen können.«

In erster Linie befürchtete ich, daß Bundesagenten mit allen ehemaligen Zellengefährtinnen Jennifers sprechen – wie sie es auch bei Buck getan hatten – und eine finden würden, die bereit war, gegen sie auszusagen. Ich fragte sie, ob sie in Terminal Island mit jemandem über den Fall gesprochen und belastende Aussagen gemacht hatte. Ihr fiel niemand ein. Und außerhalb des Gefängnisses? Auch nicht. Sie hatte Vertrauen in die Welt.

Ende August 1985 wurde der Verhandlungsbeginn auf den 3. Februar 1986 festgesetzt, womit wir und die Anklage ein weiteres halbes Jahr hatten, um uns auf den Fall vorzubereiten.

Kurz darauf erhielt Jennifer einen Brief von einem Mann, den sie 1975 auf Hawaii kennengelernt hatte. Diesem Freund zufolge, Joe Buffalo (›Ein Halbindianer mit langem, dickem Haar und einem mächtigen Bart‹), hatten sich FBI-Agenten an ihn gewandt und versucht, etwas auszugraben, was sie gegen Jennifer einsetzen konnten. Eine grob aus ihren Träumereien gerissene Jennifer rief mich verängstigt an. »Sie hatten recht«, sagte sie ernst.

Wie die Dinge nun standen, lagen gegen Jennifer nun mehr belastende Beweise vor als gegen Buck Walker (Informant Al Ingman würde nicht in den Zeugenstand treten, doch wir wußten mittlerweile, daß die Geschworenen seiner Aussage sowieso keinen Glauben geschenkt hatten), und er war fast in Rekordzeit verurteilt worden. Außerdem würde Jennifer den Geschworenen dieselbe Geschichte mit der Einladung, dem gekenterten Dingi und so weiter erzählen, und Bucks Jury hatte sie nicht geglaubt.

Mit nur wenigen Ausnahmen würden alle Beweise, die seine Verurteilung erzielt hatten, auch gegen Jennifer vorgelegt werden. Doch zusätzlich waren da noch die lächerlichen Lügen, die sie Clavin Shishido, Bernard Leonard und Lorraine Wollen erzählt, sowie der nachweisbare Meineid, den sie bei ihrem ersten Prozeß geleistet hatte – alles ein eindeutiger Ausdruck ihres Schuldbewußtseins, wie die Anklage anführen würde. Desweiteren war Walkers Verurteilung wegen Diebstahls der *Sea Wind* aufgrund einer unzutreffenden Unterweisung der Geschworenen durch den Richter in der Berufung aufgehoben worden, doch Jennifers Verurteilung war bestätigt worden. Auch das würde vielleicht in diesen Prozeß einfließen.

Bei Jennifers Mordprozeß würde die Anklage weitgehend auf dieselben Zeugen und Beweise wie bei dem Schiffsdiebstahl zurückgreifen. Der einzige echte Unterschied bestand darin, daß es nun eine Leiche gab. Aber eine Leiche war kein Beweis gegen Jennifer. Sie veränderte nur die Anklage von Diebstahl auf Mord. Doch da die Jury, die Jennifer damals verurteilt hatte, im Prinzip dieselben Beweise vorgelegt bekommen hatte, die man nun bei dem Mordprozeß vorlegen würde, hatte sie Jennifer implizit des Mordes schuldig gesprochen. Die Schlußfolgerung, daß Muffs Tod in irgendeinem Zusammenhang mit dem Diebstahl der *Sea Wind* stand, war eben nicht zu widerlegen. Ich hoffte nur, daß keine neuen Beweise gegen Jennifer auftauchen würden, ganz gleich, wie winzig sie auch sein mochten.

Es gibt kaum etwas Winzigeres als die Außenhülle einer Ameise, doch unglaublicherweise nahm dieses Thema plötzlich eine beachtliche Bedeutung ein.

Beim zweiten Studium des Berichts des Gerichtsmediziners über die Untersuchung von Muff Grahams Überresten im April 1985 bemerkte ich eine möglicherweise sensationelle Feststellung, die die Anklage beim Prozeß gegen Walker nicht erwähnt hatte. ›Im Mark der langen

Knochen haben sich Korallen und sandähnliches Material festgesetzt. Die Ablagerungen deuten darauf hin, daß der Knochen dem Wasser ausgesetzt war‹, schrieb der Gerichtsmediziner. ›*Aus diesen Ablagerungen haben wir erkennbare Teile von Insekten-Exoskeletten [Außenhüllen] entfernt. Dabei handelt es sich um Teile von Ameisen.* Die Ameisen weisen Merkmale einer kleinen, dunkel gefärbten Gattung von etwa 4 – 5 Millimetern Länge auf.‹ Wann genau, fragte ich mich, waren die Ameisen in das Knochenmark gekrochen?

Ein paar Monate, nachdem ich den Fall 1982 übernommen hatte, waren Len und ich übereingekommen, daß er alle medizinischen und wissenschaftlichen Gutachter übernehmen würde, da er das Thema zur Sprache bringen wollte, ob Muff ermordet worden war. Da der Gerichtsmediziner, Dr. Boyd Stephens, daher in Lens Zuständigkeitsbereich fiel, rief ich Len an und fragte ihn nach den Ameisen-Exoskeletten. Len sagte, Dr. Stephens habe ihm erklärt, die Ameisen wären nur in das Mark gekrochen, solange sich noch Fleisch am Körper befand und das Opfer erst vor kurzem verstorben war, *und nicht*, nachdem das Öl der Knochen ausgetrocknet war, was wohl der Fall gewesen war, als sie 1981 in dem Behälter an Land gespült worden waren. Ich begriff, daß die Ameisen-Exoskelette direkt mit dem Thema zu tun haben konnten, das mich am meisten beschäftigte: ob Jennifer etwas mit den Morden zu tun gehabt hatte oder nicht.

Ich mußte den Geschworenen beweisen, daß Buck Mac und Muff ermordet hatte, ohne daß Jennifer etwas davon gewußt hatte. Also hatte er ihre Leichen *unmittelbar* nach der Ermordung in die Behälter stecken müssen, um sie vor ihr zu verbergen. Doch wenn zutraf, was der Gerichtsmediziner Len gesagt hatte, mußten die Leichen so lange auf dem Erdboden gelegen haben, daß die Ameisen in das Knochenmark eindringen konnten. Wenn sich Buck nicht beeilt hatte, hatte er die Leichen auch nicht vor

Jennifer verborgen – ein starkes Indiz dafür, daß sie an den Morden beteiligt gewesen war.

Da die Ameisenhüllen nur Bedeutung für Jennifers und nicht für Bucks Schuldfrage hatten, war verständlich, daß die Anklage bei Bucks Prozeß nicht darauf zu sprechen gekommen war. Doch wenn sie ihre Hausaufgaben gemacht hatte, würde sie sie zweifellos bei Jennifers Prozeß benutzen. Dieser schwer zu widerlegende Beweis konnte Licht in einen kritischen Teil der Dunkelheit bringen, die über den Morden auf Palmyra lag. Wir mußten uns mit dem Studium von Ameisen und ihrer Gewohnheiten befassen, um zu erfahren, was wirklich geschehen war.

Nachdem ich darüber nachgedacht hatte, rief ich Len an und fragte ihn, ob er etwas dagegen hätte, mir die Sache mit den Ameisen zu überlassen. Er hatte nichts dagegen.

Meine Nachforschungen ergaben, daß Ameisen strikte Landgeschöpfe sind – sie gehen niemals ins Wasser. Daher mußten die Ameisen in Muffs Knochenmark eingedrungen sein, bevor ihre Leiche in den Behälter gepackt und in der Lagune versenkt worden war, oder nachdem die Überreste ans Land gespült worden waren. Das letztere war laut Dr. Stephens nicht möglich, da die Knochen 1981 schon ausgetrocknet gewesen waren. Doch irrte sich der Gerichtsmediziner auch nicht? Würden Ameisen in das pulvrige Mark trockener Knochen eindringen? Ich mußte es herausfinden, selbst wenn mir die Antwort nicht gefallen sollte.

Ich erfuhr bald, daß die Lehre von den Ameisen Myrmekologie genannt wurde. Mehrere Telefonate führten mich schließlich zu Roy Snelling, seit fünfundzwanzig Jahren Entomologe beim Naturgeschichtlichen Museum von Los Angeles, der sich zufällig aus Myrmekologie spezialisiert hatte. Snelling und ein Professor in Harvard galten als die beiden bedeutendsten Ameisenexperten der USA.

Am nächsten Tag fuhr ich zum Naturgeschichtlichen Museum, einem monolithischen Steingebäude gegenüber der Universität von Südkalifornien. Das Museum enthielt, wie Snelling mich voller Stolz belehrt hatte, die größte Sammlung von Ameisen (vermutlich toter) in Nordamerika.

Schließlich fand ich Snellings Büro, das mit Büchern, Fachzeitschriften und Papierstapeln vollgestopft war. Snelling war etwa fünfzig Jahre alt, hager und umgänglich. Sein Gesicht war tief zerfurcht, und sein langes Haar war in der Mitte gescheitelt und wurde von einem Stirnband gehalten, was seine Abstammung von den Cherokee-Indianern betonte. Er trug verblichene Jeans und ein einfaches Hemd, hatte an der Universität von Südkalifornien Entomologie – Insektenkunde – gelehrt und zahlreiche Artikel über Ameisen veröffentlicht.

Zu meiner Erleichterung verriet mir Snelling, daß Ameisen eindeutig in das Mark von Knochen eindringen würden, an denen kein Gewebe mehr haftete. »Selbst wenn kein Fleisch mehr auf den Knochen sitzt, wäre noch immer Knochenöl vorhanden, und das würde die Ameisen anlocken.«

»Wenn die Knochen also 1981 an Land gespült wurden, sieben Jahre nach den Morden, enthielten sie also noch immer genug Öl, um Ameisen anzuziehen?«

»O ja. Das Knochenöl, bei dem es sich in Wirklichkeit um verflüssigtes Fett handelt, verdunstet nur sehr langsam. Selbst ein zwanzig bis dreißig Jahre alter und allem Anschein nach völlig trockener Knochen enthält noch genug Öl, um Ameisen anzulocken.«

Doch in diesem Fall waren die Knochen Wasser ausgesetzt gewesen. Würde Wasser nicht den Verdunstungsprozeß beschleunigen?

»Ja. Wasser löst das Öl schneller aus den Knochen, als es der Fall wäre, wenn sie sich in einen trockenen Umgebung befunden hätten. Doch der Prozeß würde trotzdem noch sehr lange dauern, besonders, da sich die Knochen in einem Behälter befunden haben, der die Einwirkung des Wassers auf die Knochen verringert hat.«

»Was meinen Sie mit ›sehr lange‹?«

»Mindestens zehn oder mehr Jahre«, sagte Snelling.

Die Beschreibung der Ameisen im Bericht des Gerichtsmediziners, fuhr der Insektenkundler fort, entsprach der Gattung *Solenopsis*, die man in vielen Teilen der Welt fand, einschließlich im Pazifikraum. »Sie sind auch als Fettameisen bekannt«, sagte Snelling, »da sie von Ölen und Fetten jeder Art besonders angezogen werden.« Er erklärte mir, daß die Ameisen Knochenmark jedem Muskelgewebe vorziehen würden, da es eine ›fetthaltige Substanz‹ ist.

Was Snelling bislang gesagt hatte, half uns nur, wenn die Ameisen 1981 in das Mark gelangt waren. Doch was, wenn es 1974 geschehen war, als noch viel mehr Öl in den Knochen gewesen sein mußte? Ich stellte die Schlüsselfrage: Wie lange würden die Ameisen brauchen, um in Muffs Knochenmark zu gelangen, wenn ihre Leiche 1974 auf dem Erdboden gelegen hatten?

»Nun, zuerst einmal«, sagte er, unbewußt am Ende eines seiner Zöpfe spielend, »können Ameisen keine Knochen durchdringen, so daß der Knochen gebrochen sein mußte, damit sie in das Mark gelangen konnten.«

»Die Knochen mit den Ameisenhüllen im Mark *wiesen* Brüche auf.«

»Selbst dann hätten die Ameisen *Tage* gebraucht, um das Gewebe zu durchdringen und ins Mark zu gelangen.«

Ich verkrampfte mich. Die Wahrscheinlichkeit, daß Muffs Leiche *tagelang* auf Palmyra gelegen hatte, war fast katastrophal für unseren Fall. Buck hatte die Leiche nicht vor Jennifer versteckt. Ergo ...

Snelling bemerkte meine Betroffenheit.

»Gibt es *überhaupt keine* Möglichkeit, daß die Ameisen schneller in das Mark gelangt sind?« bedrängte ich ihn.

»Wenn ich von Tagen spreche, meine ich damit, daß es

sich um innere Brüche handelt. Doch wenn die gebrochenen Knochen die Haut durchdrungen haben, hätten die Ameisen *augenblicklichen* Zugang zum Mark gehabt.«

Ich entspannte mich sichtlich. Muffs schrecklich gebrochene Arm- und Beinknochen konnten durchaus die Hautoberfläche durchdrungen haben. Die Ameisen konnten in der kurzen Zeit in das freiliegende Mark eingedrungen sein, die Buck benötigt hatte, um den Behälter zu holen und Muffs Leiche vor Jennifer zu verstecken.

Auf der Nachhausefahrt dachte ich darüber nach, was ich soeben erfahren hatte. Die Ameisen konnten bei drei verschiedenen Gelegenheiten in das Knochenmark eingedrungen sein. Zwei davon wiesen *nicht* auf Jennifers Schuld hin: 1. zur Mordzeit, wenn die gebrochenen Knochen aus der Haut hervorgeragt hatten, oder 2. 1981, als die trockenen Knochen, die jedoch noch über genug Öl verfügten, um Ameisen anzulocken, an Land gespült worden waren.

Ich konnte nicht beweisen, was wirklich geschehen war, doch die Anklage auch nicht. Snelling hatte sich bereiterklärt, als Experte für die Verteidigung auszusagen. Mit seiner Aussage konnten die Geschworenen nicht den Schluß ziehen, daß das Vorhandensein von Ameisen-Exoskeletten in Muffs Knochenmark unbedingt ein Indiz für Jennifers Schuld war. Ich hoffte, daß das Thema gar nicht zur Sprache kommen würde, aber falls doch, waren wir vorbereitet.

Die Sache mit den Ameisenüberresten hatte erneut aufgezeigt, wie vergeblich die Suche nach der Wahrheit war, wie sie sich im Spätsommer 1974 auf der abgelegenen Insel Palmyra zugetragen hatte. Nur zwei Menschen hatten überlebt. Ich glaubte nicht, daß Jennifer die Wahrheit kannte, und Buck Walker, der sie mit Sicherheit kannte, würde mit ebensolcher Sicherheit nicht reden. Welche anderen Lebewesen kannten sie? Wenn Hunde doch nur sprechen könnten, dachte ich.

Eine Woche vor Thanksgiving 1985

Ohne mich darüber zu informieren, hatte Len Jennifer geraten, angesichts der Beweismittel der Anklage ›mit der Regierung den bestmöglichen Handel‹ abzuschließen. Als Jennifer ihrem Bruder davon erzählte, bat er um ein Gespräch bei mir in Los Angeles, an dem dann wir beide, Jennifer und Len teilnahmen.

Len kam direkt zur Sache. »Wir sollten uns überlegen, uns schuldig zu bekennen und Elliot Enoki einen Handel vorzuschlagen. Wir wissen nicht, ob er mitmacht, aber falls doch, können wir vielleicht einen Mord zweiten Grades oder sogar Totschlag herausholen. Enoki wird wahrscheinlich auf einer Mindesthaftstrafe von zwei Jahren bestehen.«

Ted und Jennifer sahen sich an, sagten aber nichts.

»Die Anklage hat einen sehr starken Fall«, fuhr Len fort. »Er ist in gewisser Hinsicht stärker als der gegen Buck, und wir haben, von Jennifers Aussage abgesehen, praktisch keine Verteidigung. Ich erinnere jeden daran, wie schnell die Geschworenen Buck verurteilt haben.«

Ted runzelte die Stirn. »Vince?«

»Ich bin gegen jeden Handel«, erwiderte ich ohne Zögern. »Ich bestreite nicht, daß sie einen starken Fall haben, bin aber trotzdem der Ansicht, daß wir gewinnen können.« Ich kam auf die starken Punkte unseres Falls zu sprechen, wies darauf hin, daß Jennifers Aussage ›sehr wichtig‹ sein würde und wir ein starkes ›Persönlichkeitsgutachten‹ vorlegen würden, das Jennifers Ekel vor Gewalt aufzeigen würde. Ich betonte, daß wir endlich einen Zeugen gefunden hatten (Bill Larson, Don Stevens Mitfahrer auf der *Shearwater*), der aussagen würde, daß zwischen den Grahams und Jennifer und Buck ein freundschaftliches Verhältnis geherrscht hatte, wodurch es wahrscheinlicher war, daß Jennifer Bucks Geschichte von der Einladung zum Abendessen geglaubt hatte. »Und ... mit aller Bescheidenheit ... ich werde ein starkes Schlußplädoyer halten.« Ich wandte mich an Jennifer. »Doch es hängt natürlich ganz von Ihnen ab, Jenny.«

Endlich äußerte sich meine Klientin, doch wie üblich kam sie nicht zu einem eindeutigen Schluß. Ja, sie hatte etwas gegen einen Schuldspruch, doch *falls* wir einen Handel herausholen könnten, würde sie nicht mehr als ein halbes Jahr im Gefängnis verbringen wollen.

»Darauf wird sich Enoki niemals einlassen«, sagte Len.

Mir gefiel Jennifers Antwort nicht. »Jennifer, wenn Sie unschuldig sind, wie ich es glaube – wie wir alle in diesem Raum es glauben«, sagte ich, »wie können Sie sich da *schuldig* bekennen? Ich meine, wie können Sie nur vor den Richter treten und sagen, Sie hätten mit dem Mord an Muff zu schaffen, wenn das doch nicht der Fall ist? Für den Rest des Lebens werden Sie als verurteilte Mörderin gebrandmarkt sein. Darüber müssen Sie nachdenken.«

Sie pflichtete mir bei.

»Ich bitte Sie nur um eins, Jennifer«, sagte ich. »Wie immer Ihre Entscheidung ausfällt, treffen Sie sie bald, nicht erst unmittelbar vor dem Prozeß. Ich möchte bei den Vorbereitungen keinen Tag mehr verschwenden.«

Sie sagte, sie würde uns ihre Entscheidung in ein paar Tagen wissen lassen. Bis dahin stellte ich alle Arbeit an dem Fall ein. Ja, das war eine Verschwendung kostbarer Zeit, die ich für die Prozeßvorbereitung benötigte, doch ich würde den ungezählten Stunden, die ich bereits in den Fall gesteckt hatte, keine Sekunde mehr folgen lassen, wenn sie sich für einen Kuhhandel entschied.

Eine lange Woche später rief Jennifer an und sagte, sie würde sich nicht schuldig bekennen.

»Das ist ja ausgezeichnet! Wir werden es schaffen, Jen.«

Sie lachte nervös. »Jetzt liegt mein Leben wohl in Ihren Händen, Vince.«

24. Dezember 1985

Staatsanwalt Enoki teilte uns telefonisch mit, daß FBI-Agenten vor kurzem im Gefängnis mit Buck Walker gesprochen hatten. Es konnte nur einen Grund für solch einen Besuch geben.

»Ich wette, sie haben Buck ein Angebot auf Haftermäßigung gemacht, wenn er gegen Jennifer aussagt«, sagte ich zu Len.

Er fragte sich laut, was Buck ihnen erzählt haben könnte.

Doch als wir schließlich die endgültige Liste der Zeugen der Anklage bekamen, stand Buck Walker nicht darauf.

Anscheinend hatte er seine ehemalige Geliebte nicht belastet.

29. KAPITEL

Vielleicht erläutert kein anderer Aspekt des Falles so eindringlich meine Entschlossenheit, eine Angeklagte, die ich des Mordes für schuldig hielt, nicht zu verteidigen, wie die Untersuchung der Gezeitenaktivität auf Palmyra am 30. und 31. August.

Jennifer hatte bei ihrem Diebstahlprozeß ausgesagt, sie habe ›zwischen 16 und 17 Uhr‹ auf der *Iola* gehört, wie in der Ferne der Motor des Zodiac ausging. Als ich sie danach fragte, legte sie die Zeit auf ›irgendwann gegen 16 Uhr 30‹ fest. Ich wollte bei dem Mordprozeß natürlich ausführen, daß Jennifer gehört hatte, wie Buck das Dingi mit Macs und Muffs Leichen darin fuhr und, nachdem er die Leichen in der Lagune versenkt hatte, das Dingi auf dem Strand umgekippt hatte, um Jennifer zu der Annahme zu verleiten, es sei auf der Lagune gekentert. Angenommen, Buck brauchte etwa zehn Minuten, um die Leichen in die Lagune zu werfen und wieder zum Strand zurückzukehren, hatte er das Dingi dort gegen 16 Uhr 40 umgedreht.

Am nächsten Morgen hatten sie ›kurz nach Eintritt der Dämmerung‹ das Dingi etwa ›einen halben Meter über der Wasserlinie‹ auf dem Strand gefunden, das Heck – an dem sich der Motor befand – zum Wasser gerichtet. Sie erinnerte sich, daß *keine* Flut geherrscht hatte. Daher war davon auszugehen, daß bei einer Flut zwischen 16 Uhr 40 am 30. August und der Morgendämmerung des 31. Augusts das Wasser mit Leichtigkeit um über einen halben Meter gestiegen und somit der Motor des Zodiac mit Salzwasser in Berührung gekommen wäre. Doch die Anklage hatte nachgewiesen, daß der Motor absolut sauber war und sich keine Spur von Salzwasser darin feststellen ließ.

Da ich davon ausging, daß die Anklage diesen Tatbestand als Indiz dafür angeben würde, daß sich Jennifer die Geschichte mit dem umgekippten Dingi auf dem Strand aus den Fingern gesogen hatte, hätte ich eigentlich sofort überprüfen müssen, ob zwischen diesen beiden Zeitpunkten Flut geherrscht hatte. Doch meine Kenntnisse über alles, was das Meer betraf, waren so gering, daß es mir anfangs gar nicht in den Sinn kam, die Gezeitenaktivität auf Palmyra könne irgendwo aufgezeichnet worden sein. Ich wußte natürlich, daß Jennifer, falls es solche Unterlagen gab und sie beweisen sollten, daß zwischen 16 Uhr 40 am 30. und der Morgendämmerung des 31. August Flut geherrscht hatte, die ganze Geschichte mit dem umgekippten Dingi frei erfunden hatte und sie ergo des Mordes schuldig sein mußte.

Es dauerte fast ein Jahr, bis mich jemand an die Abteilung für Gezeitenmessung des National Ocean Service (NOS) in Rockville, Maryland, verwies. Dort erfuhr ich, daß Palmyra auf ihren Karten die Gezeitenstation 2721 war. Aufgrund früherer Versuche mit einem Gezeitenmesser (mit einem Drucksensor) in den Jahren 1947, 1948 und 1967 in der Lagune Palmyras konnte der NOS anhand der Vergleichswerte von Honolulu die genau Gezeitenhöhe auf der Insel bestimmen.

Doch so einfach sollte es dann doch nicht werden. Zuerst einmal mußte festgestellt werden, wann am 31. August die Dämmerung angebrochen war. Dazu mußte ich mich an das Marineobservatorium in Washington wenden.

Dort erfuhr ich, daß die Astronomen den Begriff Dämmerung gar nicht benutzen, sondern nur von ›Zwielicht‹ sprechen. Und es gibt drei Arten von Zwielicht: staatlich eingeführtes, nautisches und astronomisches. ›Staatlich eingeführtes‹ Zwielicht beginnt, wenn der Mittelpunkt der Sonne sechs Grad unter dem Horizont steht, nautisches bei zwölf und astronomisches bei achtzehn Grad unter dem Horizont.

Nachdem ich dem Astronomen erklärt hatte, daß er es mit einem Laien zu tun hatte, gab er mir mit Hilfe seiner Tabellen die Zeiten durch, wann am Morgen des 31. August 1974 in der Pazifikregion, in der Palmyra lag, die drei verschiedenen Zwielicht-Arten eingesetzt hatten: das astronomische um 4 Uhr 32, das nautische um 4 Uhr 56 und das ›staatlich eingeführte‹ um 5 Uhr 21.

Jetzt hatte ich immerhin ein paar konkrete Angaben. Nun mußte ich herausfinden, was Jennifer mit ›Dämmerung‹ meinte.

»Nun ja«, erwiderte sie, »wenn es morgens anfängt, hell zu werden.«

»Also nicht, wenn es schon hell genug ist, um alles ohne künstliches Licht zu sehen?«

Nein, sagte sie, *vorher*.

Wie der Astronom es angedeutet hatte, meinen die meisten Menschen – wie auch Jennifer – mit dem Begriff ›Dämmerung‹ etwa einen Zeitpunkt zwischen dem nautischen und dem staatlich eingeführten Zwielicht – was auf am 31. August 1974 auf Palmyra etwa 5 Uhr 08 entsprochen hatte.

Etwa fünf Minuten später wären sie aufgebrochen – 5 Uhr 13. Etwa zehn Minuten später hätten sie das Dingi gefunden, es aufgesetzt und den Motor wieder befestigt – 5 Uhr 23. Das waren natürlich Schätzungen, die sich aber kaum wesentlich von den tatsächlichen Zeitpunkten unterscheiden dürften.

Eine Woche später erhielt ich vom NOS die Gezeitentabellen für den ›mittleren und westlichen pazifischen und indischen Ozean‹ des Jahres 1974. Unter Anrechnung der einen Stunde Sommerzeit, die in den Tabellen nicht berücksichtigt ist, stellte ich fest, daß am 30. August 1974 auf Honolulu um 15 Uhr 07 die höchste Flut geherrscht hatte, also etwa anderthalb Stunden, *bevor* Jennifer den Motor des Zodiac gehört hatte. Doch das waren die Werte von Honolulu, und die Gezeitenmessungen des NOS hatten ergeben, daß ich für Palmyra genau eine Stunde und neunzehn Minuten hinzurechnen mußte. Damit hatte auf Palmyra um 16 Uhr 26 die höchste Flut geherrscht, genau vier Minuten vor dem Zeitpunkt, an dem Jennifer zum letzten Mal das Dingi gehört hatte.

Faktisch war das in Ordnung, doch vom Prozeß her ein Problem. Es würde den Geschworenen sehr ›passend‹ vorkommen, daß die Flut nur vierzehn Minuten vor der kritischen Zeit ihren Höhepunkt gehabt hatte.

Auf ähnliche Art errechnete ich die nächste Flut und ermittelte mit 5 Uhr 35 am 31. August eine Zeit, die lediglich zwölf Minuten hinter dem Zeitpunkt lag, an dem Jennifer und Buck den Zodiac gefunden und aufgerichtet hatten. Doch das gesamte Szenario würde den Geschworenen zu flach vorkommen. Jennifer wurde einmal durch vierzehn und einmal durch zwölf Minuten gerettet. Jennifer hatte diese Zeiten natürlich schon bei ihrem Diebstahlprozeß genannt, und vor allem mir, bevor ich die Möglichkeit gehabt hatte, ihre Angaben auch zu überprüfen, doch die Geschworenen würden vielleicht davon ausgehen, daß Jennifer sie sich schon vorweg beschafft hatte. Diese Angaben waren einfach zu glatt und passend, und ich entschied mich dafür, die Gezeitentabelle nicht als Beweismittel einzubringen.

Doch ich wollte noch nicht aufgeben. Es würde schon anders aussehen, wenn *die Anklage* die Gezeitentabelle ins Spiel brachte.

»Was, zum Teufel, ist das?« fragte Enoki, als ich sie ihm in seinem Büro vorlegte.

Ich teilte ihm etwas von meinem neuen Wissen über die Gezeiten mit, gestand ihm mein Problem ein und deutete an, dieses Beweismittel könne sowohl der Verteidigung als auch der Anklage gleichermaßen schaden oder nützen. Doch im Interesse der Gerechtigkeit sollten die Geschworenen alle zur Verfügung stehenden Informationen erhalten. Ganz aufrichtig war ich dabei nicht. Ich ging davon aus, daß die Geschworenen die Angaben für zutreffend halten würden, wenn die Anklage sie einbrachte, und die Verteidigung einen Nutzen daraus ziehen konnte.

Enoki dachte einen Tag lang darüber nach und lehnte dann ab. Während des Prozesses stellte ich den Antrag, Richter King solle Kenntnis von der Gezeitentabelle nehmen und die Geschworenen darüber informieren (womit man der Verteidigung nicht vorwerfen konnte, Beweise ›fabriziert‹ zu haben), doch er lehnte ab.

Vor Gericht konnte ich die Früchte meiner Detektivarbeit also nicht ernten, doch da Jennifers Angaben zugetroffen hatten, war ich nun stärker denn je davon überzeugt, eine ehrliche Klientin zu repräsentieren, die sich in einem ungewöhnlichen Netz belastender Umstände gefangen und keinen Mord begangen hatte.

30. KAPITEL

Los Angeles
29. Januar 1986

Eine Woche vor Prozeßbeginn rief Len an. Er hatte sich ein Zimmer in einem Hotel ein paar Blocks vom Bundesgerichtshof entfernt genommen und bereitete seine Akten für den Prozeß vor. Meine Frau und ich hatten im gleichen Hotel reserviert und wollten am nächsten Morgen ebenfalls nach San Francisco fahren.

»Vince, nachdem ich mir alle Beweise noch einmal angesehen habe«, sagte Len düster, »bin ich überzeugt, daß wir nur eine Chance haben, wenn Jennifer nicht in den Zeugenstand tritt. Ich glaube, sie ist der schwächste Teil unseres Falles.«

Ich war überaus überrascht. »Len, Jennifer ist nicht nur keineswegs der schwächste Punkt unseres Falles, sie ist unser *gesamter* Fall. Wir haben keine anderen Zeugen, die für ihre Unschuld aussagen können. Wir haben nur Jennifer. Ohne sie müßte ich achtzig Prozent meines Schlußplädoyers aus dem Fenster werfen.«

»Aber sie muß nicht aussagen, damit du« – wir verstanden uns mittlerweile ansonsten prächtig – »auf begründete Zweifel plädieren kannst.«

»Natürlich werde ich auf begründete Zweifel plädieren. Doch ich muß auch auf ihre *Unschuld* plädieren.«

»Abgesehen von ihrem Wort gibt es keinen Beweis für ihre Unschuld, auch wenn wir sie in den Zeugenstand rufen«, konterte er. »Wenn du bei den Geschworenen auf nicht schuldig plädierst, wirst du wichtige Punkte verlieren. Bleib bei dem begründeten Zweifel. Wir werden natürlich nicht sagen, daß sie schuldig ist. Du wirst argumentieren, daß hier ein begründeter Zweifel besteht, und dort, und so weiter ...«

Len spielte nicht nur des Teufels Advokaten, wie es Kollegen mitunter tun, um die Schwachpunkte eines Falles aufzudecken. Er war der ehrlichen Annahme, daß sie beim Kreuzverhör so schlecht abschneiden würde, daß sie mehr Schaden als Nutzen anrichten würde. Doch ich hatte zahlreiche Stunden damit verbracht, Jennifer auf das Kreuzverhör vorzubereiten, und war überzeugt, daß sie es durchstehen würde.

»Sie muß aussagen«, hielt ich dagegen, »weil ihr Verhalten und ihre Lügen sie ohne jede Erklärung ihrerseits schuldig erscheinen lassen. Doch Jennifer hat eine Erklärung für alles, was sie getan hat, und offensichtlich kann nur sie diese Erklärungen geben. Sie müssen von ihren Lippen kommen.«

Len meinte, man könne aus den Beweisen wichtige Schlüsse auf ihr Verhalten ziehen.

»Len, ich muß dir doch nicht sagen, daß das Schlußplädoyer auch Jennifers Aussage einbezieht. Ohne Jennifers Erklärungen könnte ich nicht genau erläutern, warum sie dieses gesagt oder jenes getan hat. Ich könnte nur über ihre Motive *spekulieren*. Ich weiß dein Urteil zu schätzen, und mir ist klar, daß die Besorgnis aus dir spricht, aber entweder, sie sagt aus, oder du mußt den Fall allein übernehmen.«

»Vielleicht hast du recht«, sagte er zögernd. Am Ende unserer Gesprächs schien sich Len damit abgefunden zu haben – auch wenn er nicht begeistert darüber war –, daß Jennifer in den Zeugenstand treten würde.

Als ich die Koffer packte, hielt ich dieses Thema für abgeschlossen. Wie sich herausstellen sollte, hatte ich mich geirrt, und zwar gewaltig.

San Francisco
Freitag, 31. Januar 1986

Ich war gerade mit dem Rasieren fertig, als gegen neun Uhr das Telefon klingelte. Es war Jennifer, die während des Prozesses – wie auch ihre Mutter – bei Ted in Lafayette, einem Vorort auf der anderen Seite der Bucht, wohnen würde.

»Wie war Ihre Reise?« fragte Jennifer fröhlich.

»Danke, gut.«

»Hat Len mit Ihnen darüber gesprochen, daß ich nicht aussagen soll?«

»Ja«, erwiderte ich. »Sie haben ihm doch wohl gesagt, daß keine zehn Pferde Sie davon abhalten können, in den Zeugenstand zu treten?«

Am anderen Ende der Leitung herrschte ein störendes Schweigen. Dann: »Na ja ... wir sollten zumindest mal darüber sprechen.«

Ich konnte es nicht fassen. Ich hatte Jennifer mehr als einmal erklärt, warum ihre Aussage so wichtig war. »Wenn die Geschworenen in Ihren Schuhen stecken würden und eines Mordes angeklagt wären, den sie nicht begangen haben, könnte niemand sie davon abhalten, auf den höchsten Berg zu steigen und diese Tatsache hinauszuschreien.« Ich hatte ihr gesagt, daß kein Geräusch im Gerichtssaal so laut wie das Schweigen des Angeklagten ist, wenn ein Zeuge nach dem anderen Aussagen macht, die auf die Schuld des Angeklagten deuten, und der Angeklagte nicht die wenigen Schritte in den Zeugenstand macht, um seine Unschuld zu beteuern.

»Da gibt es nichts zu besprechen, Jennifer«, sagte ich wütend. »Entweder, Sie treten in den Zeugenstand, oder ich fliege nach L.A. zurück.«

Sie schwieg erneut, diesmal aber nicht so lange. »Na schön, na schön. Ich sage aus«, erwiderte sie dann mit einem Tonfall, als würde sie mir einen Gefallen tun.

Mittags trafen wir uns auf Ted Jenkins' Vorschlag in

einem Café direkt gegenüber vom Gericht, in dem wir während des Prozesses noch öfter essen würden, besonders, wenn wir am Morgen keine Zeit mehr zum Frühstück im Hotel gehabt hatten. Wir gaben noch die Sahne und den Zucker in den Kaffee, als Ted sagte: »Ich würde gern von Len und von Vince hören, ob Jennifer aussagen sollte oder nicht.« Jennifers Bruder sprach stets auf eine Art und Weise, der man anmerkte, daß er es gewohnt war, Befehle zu erteilen.

»Ich kann es nicht glauben«, fuhr ich hoch. »Ist dieses Thema *noch immer* nicht abgeschlossen?«

»Vince, ich würde gern beide Seiten hören.«

Len wiederholte die Punkte, die er auch mir gegenüber erwähnt hatte, und ich faßte zum dritten Mal meine Position zusammen. »Jennifer *muß* aussagen«, schloß ich.

Die letzten Worte hatte ich an Jennifer gerichtet. Sie hatte weder Len noch mich angesehen und verhielt sich wie eine uninteressierte Zuschauerin, die wohl oder übel ein Thema verfolgen mußte, das sie nichts anging.

»Vince hat sehr überzeugend gesprochen«, gestand Len ein.

Ted nickte.

Ich fragte mich, ob seine Schwester nicht aus schierer Faulheit mit dem Gedanken spielte, nicht in den Zeugenstand zu treten. Das würde zu ihr passen. Jennifer hatte kaum Bereitschaft gezeigt, hart an dem Fall zu arbeiten. Das Notizbuch, das ich ihr ganz am Anfang gegeben hatte, war noch immer leer. Manchmal verspürte ich den Drang, sie an den Schultern zu packen und Vernunft in sie zu schütteln. *»Verdammt noch mal, Jennifer, wachen Sie endlich auf! Sie werden des* Mordes *angeklagt!«*

Trotz der unzähligen Stunden, die ich während der drei Jahre der Prozeßvorbereitungen mit ihr verbracht hatte, war Jennifer Jenkins noch immer ein Rätsel für mich.

Wir gingen über die Straße zum Gerichtsgebäude. Nachdem wir die Sicherheitskontrollen passiert hatten, bei denen unsere Aktentaschen durchleuchtet wurden, und durch einen Metalldetektor getreten waren, nahmen wir einen Fahrstuhl zum neunzehnten Stock. Richter Samuel P. King hatte einen Gerichtssaal am Ende des langen Ganges zugewiesen bekommen.

Während ich darüber nachdachte, was ich zu Richter King sagen würde, erinnerte ich mich an meine letzte Unterhaltung mit Earle Partington nach dem Prozeß gegen Walker. »Es war das schlimmste Erlebnis, daß ich in einem Gerichtssaal je mit einem Richter gehabt habe«, hatte er gesagt. »Es war einfach schrecklich. Er hat uns vor den Geschworenen heruntergeputzt und deutlich seine Befangenheit für die Anklage gezeigt.«

Mir war natürlich ebenfalls aufgefallen, daß Richter King beim Prozeß gegen Walker die Verteidigung grundlos und ungerechtfertigt gedemütigt hatte. Ich sah mich nun vor einem verzwickten – und eventuell überaus gefährlichen – Problem. Bislang war Richter King mir gegenüber sehr freundlich, fast sogar abnorm ehrerbietig gewesen. Er war zwar – ob Sie es mir glauben oder nicht – keineswegs so überheblich oder tyrannisch wie andere Richter, mit denen ich schon zu tun gehabt hatte, doch ihm brannten die Sicherungen schnell durch, und er war jederzeit zu einem Wutausbruch fähig, wenn ihm etwas nicht paßte. Fast immer, wenn während eines Prozesses so etwas geschieht, geht der Verteidiger als der Verlierer aus der Sache hervor und büßt bei den Geschworenen beträchtlich an Glaubwürdigkeit ein.

Mein Verhalten vor Gericht ist mitunter etwas unkonventionell. Dazu noch mein Konfrontationskurs bei Kreuzverhören, und ich konnte mit Sicherheit davon ausgehen, daß ich Richter King gegen mich aufbringen würde. Wie sollte ich reagieren, wenn er mit mir zu verfahren versuchte wie mit Buck Walkers Verteidigern? Gar keine Frage. Sollte er sich vor den Geschworenen unangemessen und herablassend verhalten, würde ich ihm augenblicklich Paroli bieten. Das würde mir vielleicht eine Strafe wegen Mißachtung des Gerichts einbringen, doch zumindest würde ich vor den Geschworenen nicht das Gesicht verlieren. Ich lege großen Wert darauf, mir den Respekt der Jury zu verschaffen.

Doch ich (und meine Klientin) wären viel besser dran, wenn es mir von vornherein gelang, jede verbale Konfrontation mit Richter King zu vermeiden. Und die beste Aussicht darauf bestand, wenn ich ihm schon vor dem Prozeß mitteilte, daß ich eine Mißachtung vor den Geschworenen nicht hinnehmen würde. Ich zielte auf ein Patt ab, noch bevor das Spiel begonnen hatte.

Nachdem wir die üblichen Punkte abgehandelt hatten, die vor Beginn eines Prozesses zu erörtern sind, wirkte Richter King etwas verblüfft, als ich sagte, es gäbe noch einige Dinge, die nicht unbedingt in den Gerichtssaal gehörten. »Angelegenheiten persönlicher Natur, Euer Ehren«, erklärte ich. Da ich offen sprechen wollte, zog ich sein privates Büro vor, um nicht in Gefahr zu laufen, ihn vor Vertretern der Presse in Verlegenheit zu bringen, die auch schon über diese frühen Scharmützel beim Mordfall Palmyra ausführlich berichteten.

Sein Büro war unauffällig. Wir waren auf drei Seiten von den üblichen, verstaubten Gesetzesbüchern umgeben. Der Richter zog seine schwarze Robe aus, hing sie auf und setzte sich wieder. Er trug ein weißes Hemd mit aufgerollten Ärmeln, ohne Krawatte. Len und ich saßen rechts von ihm, die beiden Vertreter der Anklage links.

Selbst auf der Bank legte Sam King keinen so großen Wert auf Formalitäten wie die meisten seiner Kollegen, und in seinem Büro galt dies erst recht. Richter King riß hier noch mehr Witze als sonst ab, und damit fing ich an.

»Herr Richter, es ist paradox«, sagte ich. »Ihr persönliches Verhalten ist nicht so formell wie das der meisten anderen Richter, doch ihre Regeln für den Gerichtssaal sind viel strenger. Ich möchte ein paar Punkte ansprechen, bei denen Sie eine gewisse Flexibilität gezeigt haben. Zu viele Richter, besonders Bundesrichter, gelten als überhebliche Arschlöcher, mit denen man nicht sprechen kann.«

Der Richter wollte lächeln, überlegte es sich aber schnell anders. Sein trockener Gesichtsausdruck besagte: *vielen Dank für das unerwartete Kompliment*.

»Zu unserem Glück«, fuhr ich schnell fort, da ich wußte, daß ich mich auf sehr dünnem Eis bewegte, »fallen Sie ja nicht in diese Kategorie. Mein erster Punkt – müssen wir im Gerichtssaal immer aufstehen, wenn wir Sie ansprechen?«

»Nein.« Er hatte nicht gezögert.

»Gut«, sagte ich. »Zweitens würde ich es zu schätzen wissen, wenn wir nicht auf das Mikrofon auf dem Podium beschränkt blieben. Eine Reihe von Gerichten verwendet überhaupt keine Mikrofone, und die Leute kommen trotzdem sehr gut zurecht. Beim Kreuzverhör finde ich es angenehmer, wenn ich herumgehen kann.«

»Sie dürfen das Mikrofon verlassen«, sagte King schon freundlicher. »Aber kommen Sie den Zeugen nicht zu nahe.«

»Das ist mein dritter Punkt. Ich weiß, Sie wollen nicht, daß wir uns den Zeugen nähern, und daß wir dies nur dürfen, wenn wir um Erlaubnis gebeten und sie auch bekommen haben. Aber wir sind Diener des Gerichts. Ich bin nicht der Ansicht, daß die Zeugen in ihrer Bedeutung über die Anwälte gestellt werden sollten. Damit verlieren die Anwälte in den Augen der Geschworenen an Statur, denn es ist völlig unnatürlich, um Erlaubnis nachsuchen zu müssen, bevor man sich jemandem nähert.«

Richter King lehnte ab. »Gestehen Sie mir meine Eigenarten zu«, sagte er. Das war zwar nicht angenehm, aber auch kein größeres Problem.

»Mein nächster Punkt wäre, daß beide Anwälte beider

Seiten Einspruch erheben dürfen.« Bei Kings Verhandlungen durfte immer nur der Anwalt, der gerade eine Befragung vorgenommen hatte, beim darauffolgenden Kreuzverhör Einspruch erheben. Falls ich etwas nicht mitbekommen sollte, Len aber doch, hatte der Zeuge die Antwort schon gegeben, bevor Len mich anstoßen und über die Natur der unzulässigen Frage informieren konnte. Dieser Umstand behinderte die Verteidigung wie auch die Anklage gleichermaßen.

»Abgelehnt«, sagte King. »Der nächste Punkt?«

Nun stellte sich bei mir der entschiedene Eindruck ein, daß King nicht der Logik gehorchte, sondern seine Regeln beibehielt, weil es seine Regeln waren. Punktum. Er zeigte keineswegs die Flexibilität, für die ich ihn gerade gelobt hatte.

»Der nächste Punkt. Warum dürfen wir nicht zur Richterbank kommen, wenn wir etwas mit Ihnen zu besprechen haben? Das geht schneller, als wenn der Anwalt, der etwas mit Ihnen besprechen möchte, immer um eine Verhandlungspause bitten muß und die Geschworenen den Saal verlassen müssen.«

»Abgelehnt.«

Na schön. Nun würde es interessant werden. »Herr Richter, bei all diesen Punkten hatten Sie das Sagen. Ich hatte nicht darüber zu befinden und habe nur Vorschläge gemacht. Beim nächsten Punkt werde *ich* das Sagen haben. Es geht um die Glaubwürdigkeit und Statur eines Anwalts vor den Geschworenen. Ich kann nicht für die anderen Anwälte sprechen, doch sollte ich irgend etwas tun, das auch Ihr geringstes Mißfallen weckt, erwarte ich, daß Sie Ihrem Mißfallen nicht in Anwesenheit der Geschworenen Ausdruck verleihen.« Ich richtete einen Finger auf ihn. »Damit will ich sagen, daß Sie mich nicht, in welcher Hinsicht auch immer, vor den Geschworenen erniedrigen werden.« Meine Stimme klang rauh, und Richter Kings Gesicht hatte sich deutlich verfärbt, doch er sagte nichts. »Wenn Sie irgend etwas Abfälliges über mich zu sagen haben, beraumen Sie eine Verhandlungspause ein.«

»Ich werde mir nicht den Kopf darüber zerbrechen, ob Sie übermäßig empfindlich sind, Mister Bugliosi«, schoß der Richter endlich zurück. »Auch wenn Sie empfindlich sind, heißt das nicht, daß ich Angst davor haben werde, mich zu benehmen, wie ich mich immer benommen habe.«

»Ich bin keineswegs empfindlich, Herr Richter. Wenn die Geschworenen nicht anwesend sind, können Sie mich ruhig ein Riesenarschloch nennen. Aber ich werde mich vor den Geschworenen in keiner Hinsicht erniedrigen lassen.«

Elliot Enoki, Walt Schroeder und Len Weinglass saßen still da, schauten bemüht in die andere Richtung und schienen offensichtlich nichts mit diesem Gespräch zu tun haben zu wollen. Aber das war mir nur recht.

»Bei einem Prozeß mit einem Einzelrichter wäre das kein Problem«, fuhr ich fort. »Doch bei einem Geschworenengericht entsteht dem Beklagten dadurch zweifelsfrei Schaden. Das Gericht hat einen gewaltigen Status bei den Geschworenen, und jeder noch so kleine Kommentar kann einen beträchtlichen Schaden anrichten. Wir sprechen hier von meiner Glaubwürdigkeit vor den Geschworenen.«

Der Richter erwiderte nichts darauf, musterte mich nur, als betrachte er ein Lebewesen, das er nicht richtig klassifizieren konnte. Die beiläufige Freundlichkeit, die zwischen uns geherrscht hatte, war wie weggeblasen.

»Richterliches Mißverhalten oder die Andeutung, daß das Gericht sich der Auffassung der Anklage anschließt, könnte Jennifers Recht auf einen fairen Prozeß beeinträchtigen. Sollte es zu einem dieser beiden Umstände kommen, werde ich *vor den Geschworenen* in den Ring treten. Ich muß es. Ich habe keine andere Wahl.«

Ich erhob mich. »Herr Richter, ich wollte Ihnen nicht

zu nahe treten. Ich habe dies nur aus Besorgnis um das Recht meiner Klientin auf einen fairen Prozeß gesagt.«

Der Richter lächelte, lächelte *tatsächlich,* so leichthin wie Eisenhower.

Er steht unter Schock, dachte ich. Ich hatte das Gefühl, daß er erst später begreifen würde, was ich gerade gesagt hatte.

»Ich verstehe«, sagte Richter King ganz ruhig.

Er streckte die rechte Hand aus, und ich schüttelte sie.

Als wir das Büro des Richters verließen, musterte Len mich mit einem verkniffenen Lächeln. »In all meinen Berufsjahren, Vince, habe ich noch nie gehört, daß ein Anwalt so zu einem Richter gesprochen hat.«

»Was meinst du? Bin ich zu weit gegangen?«

»Schwer zu sagen. Aber du hast dich klar ausgedrückt, und ich glaube, daß wir davon nur profitieren können.«

Ich war erleichtert, dies von meinem Mitanwalt zu hören. Sollte er sich irren, würde es uns teuer zu stehen kommen.

1. – 2. Februar 1986

Es war noch viel zu tun, und das letzte Wochenende vor dem Prozeß verschwamm zu langen Stunden ununterbrochener Arbeit. Das wunderschöne San Francisco lockte zwar, doch der Prozeß hätte genausogut in Helena, Montana, stattfinden können. Ich hatte weder die Zeit noch die Absicht, mich dem Charme der Stadt an der Bucht hinzugeben.

Mein Stapel mit Notizen, die jeden Aspekt des Falles abdecken sollten (bis hin zu höchstinstanzlichen Entscheidungen über die Annahme oder Ablehnung von Einsprüchen) war mittlerweile fast dreißig Zentimeter hoch. Obwohl der Trend heutzutage hin zu immer weniger Notizen geht (was auch auf Universitäten gelehrt und bei Seminaren empfohlen wird), bin ich grundlegend anderer Auffassung. Ich glaube daran, daß der Krieg schon gewonnen oder verloren ist, bevor die erste Schlacht geschlagen wurde, und arbeite einen jeden Prozeß daher *auf dem Papier* durch, bevor ich den Gerichtssaal auch nur betrete. Argumente, Gegenargumente, Fragen, Einsprüche – das ganze Hin und Her stand schon vor Prozeßbeginn auf dem Papier. Ich versuche natürlich, bei dem Prozeß dann lediglich das Drehbuch auszuführen, das ich bereits geschrieben habe. Sicher kommt es immer wieder zu unvorhergesehenen Ereignissen, doch wenn ich meine Hausaufgaben gemacht habe, kann ich sogar darauf reagieren. Ich habe den Prozeß praktisch schon gegen mich selbst abgehalten.

Diese Methode ist natürlich sehr zeitraubend, doch ich bin der Meinung, daß es sich dabei um die einzige Möglichkeit handelt, einen *komplizierten* Fall zu handhaben – und den Fall hervorragend zu präsentieren, und nicht nur gut oder angemessen.

Zum Beispiel weiß ich bei der Vorbereitung eines Kreuzverhörs, worauf genau ich hinauswill, doch ich schwitze manchmal eine halbe Stunde über meinem Notizblock, bis ich die beste Möglichkeit gefunden habe, diesen einen Punkt zur Sprache zu bringen. Bevor ich zu meiner Schlüsselfrage komme, muß ich mitunter zehn beiläufige Fragen stellen, und zwar in einer genau bestimmten Reihenfolge. Einige dieser Fragen schreibe ich mehrmals um, wenn ich bei einer nochmaligen genauen Überprüfung die Möglichkeit sehe, der Zeuge könnte ahnen, worauf ich hinauswill.

Die Anwälte, die sich diese Arbeit nicht machen, behaupten natürlich, ein Anwalt, der sich auf diese Art und Weise vorbereitet und alles auf dem Papier stehen hat, könne nicht flexibel sein und wisse nicht mehr weiter, wenn etwas geschieht, das in seinen Notizen nicht erfaßt ist. Wenn dies kein klassisches *non sequitur* ist, weiß ich nicht, was dann. Sind nur Unvorbereitete zur Improvisation und Flexibilität fähig?

Wie bei all meinen Prozessen war ich auch auf diesen vorbereitet. Es gab nur einen Unterschied. Im Gegensatz zu jedem anderen Mordprozeß, den ich jemals hinter mich gebracht hatte, hatte ich hier nicht das Gefühl, den Fall ›im Griff‹ zu haben. Es gab einfach zu viele Dinge, die ich nicht wußte. Dies reichte nicht aus, um mein Selbstvertrauen zu erschüttern, doch ich hatte einfach nicht das Gefühl, daß dieser Fall im Gleichgewicht war.

31. KAPITEL

3. Februar 1986

Um Punkt 9 Uhr 30 räusperte sich Gerichtsdienerin Kathy Harrell und erklärte: »Aufruf des Strafprozesses 84-0546-02, *die Vereinigten Staaten von Amerika* gegen *Jennifer Jenkins*.«

»Mister Enoki, sind Sie bereit?« fragte Richter King.

»Jawohl, Euer Ehren. Elliot Enoki und Walter Schroeder für die Vereinigten Staaten.«

»Mister Bugliosi?« fragte der Richter.

»Bereit, Euer Ehren«, sagte ich. »Vincent Bugliosi und Leonard Weinglass für die Angeklagte Jennifer Jenkins.«

Über elf Jahre waren seit Mac und Muff Grahams Verschwinden vergangen ... elf lange Jahre umfangreicher behördlicher Ermittlungen, Prozesse, Verzögerungen, Gerüchte, sensationeller Presseberichte und erschöpfender Vorbereitungen der Anklage und der Verteidigung. Doch endlich war der Mordfall gegen Jennifer Jenkins eröffnet worden.

Noch ein Wort zum amerikanischen Verfahrenssystem. Nach den Eröffnungsplädoyers würde jede Seite, zuerst die Anklage und dann die Verteidigung, nacheinander ihre Zeugen aufrufen. Unter den Begriff ›Zeugen‹ fallen auch Gutachter, sonstige Experten und sogar die Angeklagte selbst.

Zuerst würde die Partei, die den jeweiligen Zeugen aufgerufen hatte, eine direkte Befragung durchführen. Danach bekam die Gegenseite Gelegenheit, den Zeugen ins Kreuzverhör zu nehmen, und abschließend konnte die erste Partei noch ein Gegen-Kreuzverhör durchführen, um letzte Punkte klarzustellen.

Nach Befragung aller Zeugen würde zuerst die Anklage und dann die Verteidigung ihre Schlußplädoyers halten. Das letzte Wort hatte die Anklage, die noch Gelegenheit zu einer Erwiderung auf das Plädoyer der Verteidigung bekam.

Vom Tisch der Verteidigung aus musterte ich nun die Gesichter der sechzig möglichen Geschworenen. Einige wirkten schläfrig, andere etwas neugierig, wieder andere ungehalten, weil man sie von zu Hause oder aus ihrem Berufsleben fortgeholt hatte, damit sie diese lästige Bürgerpflicht erfüllten. Zwölf dieser Männer und Frauen würden über Jennifers Schicksal entscheiden.

Der Richter verlas die Anklage, und dann begann die Befragung der Jury-Kandidaten.

Meines Erachtens läuft die Auswahl der Geschworenen aufgrund der Beschränkungen, denen man bei der Befragung unterworfen ist, auf bestenfalls ein Drittel Fragekunst und Erfahrung und zwei Drittel Vermutung hinaus. Außerdem möchte die eine Seite natürlich Geschworene vereidigen, die der anderen Seite überhaupt nicht passen. Da jede Seite Geschworene ablehnt, an denen die Gegenseite interessiert zu sein scheint, kommt man normalerweise nur sehr langsam voran.

Dennoch hält ein überraschend hoher Prozentsatz von Anwälten die Befragung der Geschworenen für den wichtigsten Teil eines Prozesses. Doch ich bin grundlegend anderer Meinung; kaum ein Anwalt kann wirklich in die Geschworenen hineinsehen. Wie soll man anhand einiger Fragen und Antworten einen Menschen einschätzen können? Viele Ehepaare kennen sich nach Jahren des Zusammenlebens noch immer nicht wirklich, und hier hatte man ein paar Stunden Zeit für eine mehr oder weniger zufällige Auswahl.

Natürlich gibt es ein paar Faustregeln. Vertreter der Anklage halten meistens nach konservativ gekleideten, nordischen Typen mit kurzem Haarschnitt Ausschau, während der Verteidigung eher an jungen, langhaarigen Typen in abgetragenen Kordklamotten liegt. Künstler, Schriftsteller und so weiter sollen dazu neigen, sich eher zugunsten des Angeklagten zu entscheiden – wie übrigens auch Krankenschwestern, Sozialarbeiter, Bürger italienischer oder hispaniolischer Abstammung, Juden und Farbige und jeder, der lieber ein Buch liest, als in die Flimmerkiste zu glotzen. Polizisten und Sekretärinnen gelten als typische Geschworenen der Anklage – die Sekretärin muß dem Boß gehorchen, und im Gerichtssaal ist die Regierung der symbolische Boß. Ebenfalls beliebt bei der Staatsanwaltschaft sind Techniker und Buchhalter, vielleicht, weil sie dazu ausgebildet wurden, objektiv zu sein und Schlüsse allein anhand von Fakten und nicht von Gefühlen zu ziehen.

Aber das alles ändert nichts daran, daß sich ein Geschworener in einem normalerweise von der Verteidigung bevorzugten Beruf schließlich als knochenharter Kommißkopf mit starrer, antiquierter Moral und der von der Anklage akzeptierte Geschworene als liberaler Menschenfreund entpuppen kann.

Dennoch hatten wir uns natürlich auf die Auswahl vorbereitet und unter anderem auch Informationen über die Kandidaten eingeholt, die bei der Befragung nicht zur Sprache kommen konnten, wie zum Beispiel die Mitgliedschaft in einer politischen Partei und so weiter.

Anklage und Verteidigung stellten nacheinander ihre Fragen (wobei sie bereits die Gelegenheit nutzten, die Kandidaten zu indoktrinieren und auf ihre Seite zu ziehen) und kamen auf wichtige Grundsätze der Verhandlung zu sprechen, zum Beispiel, daß die Angeklagte bis zum Schlußplädoyer als unschuldig zu gelten habe oder man bei begründeten Zweifeln keinen Schuldspruch fällen durfte.

Nach der Befragung aller Zeugen legte jede Seite dem Richter eine Liste mit den Ablehnungen vor. »Bitte bedenken Sie«, sagte der Richter freundlich zu den Kandidaten, die wieder gehen durfte, »daß die Ablehnung keinen Kommentar zu Ihrer Intelligenz, Ihrem guten Aussehen oder Ihrem Patriotismus darstellt.«

Schließlich einigten wir uns auf eine Jury aus sieben Frauen und fünf Männern zwischen sechsunddreißig und vierundsiebzig Jahren. Desweiteren wurden zwei Ersatzpersonen gewählt.

Natürlich hatte jede Seite Kompromisse eingehen müssen. Augenblicklich machte ich mir Sorgen um einen Geschworenen rechts auf der unteren Bank. Frank Everett war sehr konservativ gekleidet, schob sein felsenhartes Kinn vor und sah aus wie der gute Amerikaner aus dem Bilderbuch. Als wir unsere Liste vorbereitet hatten, hatten wir ihn ursprünglich ablehnen wollen, doch da wir nur insgesamt zehn Kandidaten ablehnen konnten, hatten wir jemanden aufführen müssen, der uns noch weniger paßte.

Als der Richter den Geschworenen auftrug, am nächsten Morgen pünktlich zu erscheinen und ihnen verbot, mit jemandem über den Fall zu sprechen, beugte ich mich zu Len hinüber, zeigte auf Everetts Namen auf der Liste der Geschworenen und flüsterte: »Das ist ein Geschworener, wie ich ihn mir als Ankläger immer gewünscht habe.«

Len verzog das Gesicht.

Ich zuckte die Achseln und schüttelte den Kopf.

Jetzt war es zu spät.

32. KAPITEL

Prozeßbeginn

Der 4. Februar dämmerte frisch und sonnig herauf. Als ich, beladen mit meiner Aktentasche und einem Stapel Papiere unter dem Arm, die paar Blocks von meinem Hotel zum Gericht gegangen war, hatte ich flüchtig festgestellt, daß es einer jener strahlenden, würzigen Wintertage war, wie man sie an der Westküste fast nur in San Francisco erlebte. Zu schade, daß ich nichts davon mitbekommen würde.

Ich erhob mich. »Noch etwas, Euer Ehren, bevor Sie die Geschworenen hereinrufen«, sagte ich. »Bei diesem Prozeß wird auf Jennifers Aussage bei ihrem Diebstahlprozeß Bezug genommen. Wie soll das geschehen?«

Mein Mitanwalt warf ein, er habe es so verstanden, die Zeugen sollten von beiden Parteien angewiesen werden, bei ihren Aussagen den Begriff »früherer Prozeß« zu benutzen, ohne anzudeuten, daß es dabei um den Diebstahl der *Sea Wind* gegangen war.

»Ja«, stimmte Richter King zu, »so haben wir es doch vereinbart.«

Das hatten wir, doch plötzlich hatten sich ernste Zweifel bei mir eingestellt. »Es ist möglich, daß die Geschworenen, vor allem, da sie erfahren werden, daß Buck Walker wegen Mordes verurteilt wurde, diesen ›früheren Prozeß‹ ebenfalls für einen Mordprozeß halten. Das wäre für Miss Jenkins sehr nachteilig.«

Da sie bei einem Freispruch nicht erneut vor Gericht gestanden hätte, würden die Geschworenen vielleicht vermuten, daß es sich hier um eine Berufung des Mordprozesses handelte. »Ich würde sie lieber wissen lassen, daß es ein Diebstahlprozeß war«, sagte ich.

Wir kamen überein, diesen Begriff zu benutzen, ohne

natürlich ihre Verurteilung zu erwähnen. Am Vortag hatte Richter King übrigens endlich meinem Antrag stattgegeben, daß die Anklage ihr beim Kreuzverhör keine Fragen über die Verurteilung wegen Diebstahls stellen durfte.

Ein bekannter Zuschauer in dem überfüllten Gerichtssaal war Wally McIntosh, der – genau wie beim Prozeß gegen Walker – in einer der ersten Reihen saß. Kit erholte sich gerade von einer weiteren Krebsoperation und hatte zu Hause bleiben müssen. Wally hatte Macs Schwester jedoch das Versprechen gegeben, sie jeden Abend anzurufen und über die Ereignisse des Tages zu informieren.

Als die Geschworenen um 9 Uhr 50 in den Gerichtssaal kamen, las Richter King ihnen mehrere kurze Belehrungen vor und informierte sie, daß Buck Walker *nicht* zu einer Aussage ›zur Verfügung stehen‹ würde und sie sich über die Gründe dafür keine Gedanken machen sollten. (Sowohl die Verteidigung als auch die Anklage waren vor kurzem von Earle Partington, Walkers Anwalt, unterrichtet worden, daß Walker nicht aussagen würde.)

»Mister Enoki, möchten Sie ein Eröffnungsplädoyer für die Anklage halten?«

»Ja, Euer Ehren.«

Beim Eröffnungsplädoyer gibt der Anwalt den Geschworenen einen Überblick über den Fall und führt – vor der Beweisaufnahme – aus, was er mit diesen Beweisen aufzeigen möchte.

Der sonst so sachliche Enoki lächelte leicht, als er die Geschworenen begrüßte, legte einen Notizblock auf das Podium und begann mit seinen Ausführungen. Nachdem er kurz Palmyra beschrieben hatte, schob er ein Fernsehgerät auf Rollen vor die Geschworenen und zeigte ihnen eine Videoaufnahme von einem Flug über die Insel. Dann kam er auf die Ereignisse des Jahres 1974 zu sprechen und wies darauf hin, daß Jennifer und Buck auf ihrem ›heruntergekommenem Schiff‹ fast zwanzig

Tage gebraucht hatten, um Palmyra zu erreichen – doppelt so lang, wie die Fahrt normalerweise dauerte.

»Die *Iola* wurde während dieser Fahrt beschädigt und erreichte Palmyra leckend und ohne funktionsfähigen Motor.« Da die *Iola* nicht mehr seetauglich gewesen sei, seien »Miss Jenkins und Mister Walker effektiv auf Palmyra gestrandet«. Er kam auch auf den Proviant zu sprechen: »Ende August 1974 waren die Vorräte an Bord der *Iola* so geschwunden, daß sie nicht einmal mehr Mehl hatten.«

Dann beschrieb Enoki die ›einzigartige und makellose‹ *Sea Wind* der Grahams und ihre gut bestückten Vorratslager.

»Das Verhältnis zwischen den beiden Paaren war bis zum August so schlecht geworden, daß sie kaum noch miteinander verkehrten. Miss Jenkins und Mister Walker wurden nicht an Bord der *Sea Wind* eingeladen, andere Besucher auf der Insel hingegen doch. Muff Graham sagte sogar, daß sie Miss Jenkins und Mister Walker nicht vertraue. Mehr noch, sie hat vor Mister Walker *und Miss Jenkins* sogar Angst gehabt. In der Tat ...«

Ich sprang auf. »Euer Ehren, bevor wir fortfahren, sollte die Anklage erläutern, wie sie diese Behauptung beweisen will. Mister Enoki scheint hier Hörensagen von sich zu geben, das er nicht beweisen kann.« Ich wußte, daß Muff Graham vor Buck Walker Angst gehabt hatte, doch niemand hatte je ausgesagt, daß Mac oder Muff auch vor Jennifer Angst gehabt hätten.

Enoki zog die Bemerkung zurück, noch bevor der Richter über meinen Einspruch entscheiden konnte. Mit nüchterner Stimme fuhr er fort, die Geschworenen würden von Curt Shoemaker von dessem letzten Funkkontakt mit seinen Freunden auf Palmyra erfahren.

Nachdem die *Sea Wind* im Oktober Hawaii erreicht hatte, fuhr Enoki fort, wurde sie sofort neu gestrichen. »Mister Walker entfernte den Namen *Sea Wind* und ließ das Schiff unter dem neuen Namen *Lokahi* registrieren.

Miss Jenkins erzählte niemandem von den Grahams oder ihrem Verschwinden. Statt dessen behauptete sie, Mister Walker habe die *Sea Wind* bei einem Spiel gewonnen.«

Der Staatsanwalt hob ihre Flucht vor den Behörden im Hafen Ala Wai und die zahlreichen Ungereimtheiten ihrer Geschichte hervor. Er schloß mit den Worten, er sei überzeugt, die Geschworenen würden »Jennifer Jenkins nach Vorlage aller Beweise für schuldig befinden«.

Danach hielt Len Weinglass ein grundsolides, fünfundvierzigminütiges Eröffnungsplädoyer für die Verteidigung. Er war freundlich und wirkte eher wie ein Lieblingsonkel, der den Familienmitgliedern beim sonntäglichen Mittagessen eine Geschichte erzählte. Er erläuterte, daß Jennifer jeden Grund zur Annahme gehabt hatte, die Grahams seien bei einem Unfall ums Leben gekommen. »Sie sah den umgekippten Zodiac auf dem Strand und mußte glauben, daß auf der Lagune ein Unglück geschehen war: daß die Grahams entweder aus dem Dingi gestürzt und den Haien zum Opfer gefallen waren oder daß das Boot irgendwo aufgelaufen und gekentert war.« Obwohl Weinglass den Geschworenen eingestand, daß Buck Walker des Mordes an Muff Graham für schuldig befunden worden war, führte er aus, daß Jennifer auf Palmyra »keinen Grund zu der Annahme gehabt hat, Buck Walker könne etwas Ungesetzliches getan haben, *falls er es überhaupt getan hat*«. Mein Anwaltskollege gab die Theorie, Muff Graham könne an den Folgen eines Unfalls gestorben sein, nicht völlig auf.

Zu den Gebeinen, die Sharon Jordan gefunden hatte, sagte Len: »Niemand kann uns genau sagen, wie der Behälter dorthin gekommen ist, wo er schließlich gefunden wurde, oder wie lange er schon dort lag. In dem Behälter finden sich Spuren eines Feuers. Doch niemand kann uns sagen, *wann* es zu diesem Feuer gekommen ist. Der Behälter befand sich vor 1981 schon siebzehn Jahre auf der Insel. Und die Experten werden sagen: ›Ich kann Ihnen sagen, daß es ein Feuer gab, aber nicht, wann.‹

Der Schädel ist weiß«, fuhr Weinglass fort, »was auf eine intensive Hitzeentwicklung deutet. Doch dazu kann es gekommen sein, als sich noch Fleisch am Schädel befand, oder Jahre später, als sich das Fleisch schon aufgelöst hatte und der Schädel im Sand lag. Vielleicht hat nur jener Teil des Schädels aus dem Sand hervorgesehen, der nun diese Hitzeentwicklung aufweist. Ist es möglich, daß der Schädel Jahre später von jemand anderem verbrannt wurde? Das ist ein Geheimnis innerhalb des Geheimnisses dieses Falles.«

Len kündigte einen Zeugen an, der die *Iola* auf Palmyra betreten und für seetauglich befunden hatte. »Andere Zeugen werden Ihnen sagen, die *Iola* sei nicht mehr seetauglich gewesen. Aber sie waren nicht an Bord. Der Mann, der an Bord war, Don Stevens, wird Ihnen bestätigen, daß das Schiff seetauglich *war.*«

Ich wartete darauf, daß die Anklage Einspruch erhob, doch Enoki und Walt Schroeder blieben still. Obwohl ein Anwalt während des Eröffnungsplädoyers keine Beweise bestreiten oder erörtern darf, hatte mein erfahrener Kollege gerade genau das getan (›Aber sie waren nicht an Bord!‹) und war damit durchgekommen.

»Wir werden beweisen, daß man auf Palmyra nicht an Hunger leiden mußte. Daß Buck und Jennifer ein Schiff hatten, mit dem sie nach Fanning gelangen konnten, und daß sie diese Fahrt planten, um neue Vorräte zu kaufen. Und daß es keine offene Feindschaft zwischen Buck und Jennifer und den Grahams gab.«

Len schloß mit den Worten, daß die Geschworenen nach Vorlage aller Beweise »zu dem Schluß kommen werden, daß Jennifer unschuldig ist«.

Nach der Mittagspause wurde Jack Wheeler, der ›Verwalter‹ Palmyras, als erster Zeuge der Anklage aufgerufen.

Wie schon beim Prozeß gegen Walker wurde bald ersichtlich, daß Schroeder hauptsächlich die Zeugen der

Anklage vernahm, während Enoki die meisten Kreuzverhöre führte und den Geschworenen den Fall erläuterte. Beide Ankläger benahmen sich den gesamten Prozeß über professionell ernst und wirkten öfters rechtschaffen entrüstet.

Schroeder kam wie erwartet auf den schlechten Zustand der *Iola* – den Wheeler bestätigte – und die geplante Fahrt nach Fanning zu sprechen. »Erinnern Sie sich daran, was Sie Miss Jenkins diesbezüglich gesagt haben?«

»Ich habe ihr gesagt, daß sie gegen die Strömung von zwei Knoten segeln müßte, die dort herrscht, und auch gegen den Wind, und die Fahrt mit ihrem Schiff unmöglich war.«

»Sie hatten doch ein Funkgerät der Marke Drake an Bord, das der auf der *Sea Wind* ganz ähnlich ist?«

»Das stimmt.«

»Ist die Angeklagte jemals an Bord Ihrer Yacht gekommen und hat das Funkgerät *benutzt*?«

»Einmal.«

»Und haben Sie Miss Jenkins gezeigt, wie man dieses Funkgerät bedienen muß?«

»Nein.«

»Haben Sie ihr erklärt, wie man vom Empfang auf Senden umschaltet?«

»Nein.«

Jennifer hatte dem FBI-Agenten Calvin Shishido gegenüber ausgesagt, sie habe die Behörden nicht vom Verschwinden der Grahams informiert, weil weder sie noch Buck gewußt hätten, wie man das Funkgerät der *Sea Wind* bedient. (Die *Iola* hatte natürlich kein Funkgerät an Bord.) Doch Wheelers Aussage ließ darauf schließen, daß Jennifer durchaus mit einem Funkgerät wie dem an Bord der *Sea Wind* umgehen konnte.

Ich beugte mich zu Jennifer hinüber und fragte sie, ob sie jemals an Bord von Wheelers Yacht gegangen sei und dort sein Funkgerät bedient habe. Ganz beiläufig bestritt sie dies.

»Haben Sie nicht gehört, was er gerade ausgesagt hat?« flüsterte ich ihr zu.

Sie zuckte die Achseln. »Er muß sich irren.«

»Und was sollen die Geschworenen davon halten?« sagte ich barsch.

»Keine weiteren Fragen«, erklärte Schroeder kurz darauf.

Die Verhandlung wurde vertagt, und ich folgte Wheeler auf den Gang, wo ich ihm vor versammeltem Publikum vorwarf, Jennifer habe sein Funkgerät niemals benutzt.

»Das habe ich auch nicht behauptet«, sagte er verdrossen.

Ich prallte verblüfft zurück. »Das haben Sie in Ihrer Aussage aber eindeutig impliziert, Mister Wheeler.«

Wheeler zuckte die Achseln. »*Ich* habe den Funkspruch für sie getätigt.«

In diesem Augenblick kamen die Ankläger aus dem Gerichtssaal. Ich rief Schroeders Namen, der die Stirn runzelte und zu uns herüberkam.

»Walt, dieser Zeuge sagt, daß Jennifer sein Funkgerät *nicht* ›benutzt‹ hat. Sie hat es nur in dem Sinne ›benutzt‹, daß er einen Funkspruch für sie getätigt hat. Sie haben die Befragung des Zeugen so geführt, daß die Geschworenen den Eindruck bekommen mußten, sie habe es selbst bedient.«

»Ich habe Ihnen doch gesagt, daß sie das Funkgerät nie bedient hat«, sagte ein verärgerter Wheeler zu Schroeder.

Schroeder nickte zustimmend.

Der Ankläger hatte, obwohl er genau wußte, daß Jennifers niemals Wheelers Funkgerät bedient hatte, seine Fragen auf eine Art gestellt, die den Eindruck erwecken sollte, daß das Gegenteil der Fall war.

»Ist Ihnen noch immer unklar, Walt, wie der wahre Tatbestand aussieht?« fragte ich Schroeder.

»Nein«, erwiderte der Ankläger.

»Wenn Mister Wheeler seine Aussage morgen richtigstellt, möchte ich, daß Sie dieses Thema vor den Geschworenen augenblicklich klarstellen«, sagte ich mit offensichtlicher Verärgerung. Die Jury war in einer nicht unbedeutenden Angelegenheit absichtlich irregeführt worden.

Der erste Abend des Prozesses verlief wie die meisten folgenden. Ich arbeitete bis spät in die Nacht und korrigierte die Fragen, die ich beim Kreuzverhör stellen würde.

Ich blieb auch immer wach, bis das Protokoll des jeweiligen Verhandlungstages geliefert wurde. Manchmal dauerte es bis zwei oder drei Uhr morgens, bis die Mitarbeiter des Stenographen die zweihundert bis dreihundert Seiten abgetippt und fotokopiert hatten und der Nachtportier bei mir anrief und mir mitteilte, ein Päckchen sei für mich abgegeben worden. Das Studium dieser Tagesprotokolle ist sehr hilfreich bei der Vorbereitung des Kreuzverhörs des Zeugen am nächsten Tag. Wichtige Worte, die einem irgendwie entgehen, wenn sie im Zeugenstand geäußert werden, nimmt man hier zum erstenmal wahr.

Bevor der Richter am nächsten Morgen den Saal betrat, kam Schroeder zu mir, um sich bei mir zu entschuldigen, einen falschen Eindruck hervorgerufen zu haben. Ich nahm seine Entschuldigung bereitwillig an, und von da an hielt sich Schroeder genau an die Vorschriften.

33. KAPITEL

Als Jack Wheeler am nächsten Morgen in den Zeugenstand zurückkehrte, begann Len Weinglass das Kreuzverhör, indem er zu belegen versuchte, daß der alte Mann Jennifer immer sehr nett gefunden hatte.

Auf die Frage, ob Jennifer den Wheelers auf Palmyra mehrere Kuchen gebacken habe, erwiderte der Zeuge, sie habe nur einen für sie gebacken. Als Len darauf hinwies, daß Wheeler bei dem Diebstahlprozeß ausgesagt hatte, sie habe seiner Familie ›mehrere sehr gute Kuchen‹ gebacken, gestand der Zeuge ein, sich 1975 wohl noch besser an solche kulinarischen Ereignisse erinnert haben zu können.

Len kam auf das alte Rettungsboot zu sprechen, das Wheeler im November 1974, als er den Suchtrupp nach Palmyra begleitet hatte, noch in einem Lagerhaus vorgefunden hatte. »Haben Sie überprüft, ob alle vier Behälter noch in den dafür vorgesehenen Öffnungen steckten?«

»Nein.« Weinglass versuchte damit anzudeuten, daß die Morde vielleicht, nur vielleicht, doch nicht stattgefunden hatten, als Buck und Jennifer ein paar Monate zuvor auf Palmyra gewesen waren.

Was den Zustand der *Iola* betraf, gestand Wheeler ein, nie einen Fuß auf das Schiff gesetzt zu haben. Und bezüglich der geplanten Fahrt nach Fanning konnte er sich nun nicht mehr an seine genauen damaligen Worte erinnern – war die Fahrt nun schwierig, sehr schwierig oder unmöglich gewesen? – und brachte er auch die Windrichtungen durcheinander. 1975 hatte er noch von ›östlichen‹ Winden gesprochen, nun sprach er von ›nordöstlichen‹ Winden, während der Meteorologe der Anklage, Dr. Ramage, bei beiden Prozessen gleichlautend erklärte, es hätten *südöstliche* Passatwinde geherrscht. (Winde werden nach der Richtung benannt, aus der sie kommen,

Meeresströmungen hingegen nach der Richtung, in der sie fließen.)

Len und ich hatten uns entschlossen, nicht darauf zu warten, bis Walt Schroeder die Aussage des Zeugen bezüglich des Funkgeräts korrigierte. »Erinnern Sie sich daran, gestern nach der Verhandlung mit Mister Bugliosi gesprochen zu haben?«

»Ja.«

»Hat er Sie gefragt, ob Jennifer Jenkins jemals das Funkgerät an Bord Ihres Schiffes benutzt hat?«

»Ich habe für Sie gefunkt. Sie hat mir nur gesagt, was ich sagen soll.«

»Ihres Wissens«, fuhr mein Kollege fort, »hat sie also nicht gewußt, wie man ein Funkgerät bedient.«

»Das stimmt.«

Als Len wieder Platz nahm, lächelte Jennifer. Doch meine Freude sollte nur kurzlebig sein.

Als Schroeder sein Verhör fortsetzte, erkundigte er sich nach dem Inhalt des Funkspruchs, den Wheeler für Jennifer getätigt hatte.

»Es ging um ein anderes Schiff, das mit Vorräten kommen sollte. Ich weiß nicht, mit wem wir gesprochen haben.«

»Erinnern Sie sich, wohin der Funkspruch ging?«

»Nach Honolulu.«

Unglaublich. Damit hatte die Anklage eine Aussage bekommen, die noch belastender war als die, die gerade zurückgezogen worden war. Falls Wheelers Behauptung zutraf, war die Nahrungsknappheit an Bord der Iola schon ein paar Tage nach ihrer Ankunft auf Palmyra Ende Juni so bedenklich gewesen, daß Jennifer über Funk Nachschub anfordern mußte.

Jennifer kritzelte etwas auf einen Zettel und schob ihn mir zu. »Habe im Juni keinen Funkspruch abgeschickt. Jack wirft etwas durcheinander.«

Unseren Informationen zufolge hatte Jennifer recht, doch nach einer kurzen Beratung entschlossen wir uns,

Wheelers Aussage beim Kreuzverhör nicht zu überprüfen. Bei Wheeler konnten die Dinge nur schlimmer statt besser werden. Statt dessen hofften wir darauf, daß sich die Geschworenen unserer Chronologie der Ereignisse anschließen würden und wir diesen Punkt durch spätere Aussagen klären konnten.

Wheeler wurde entlassen, und in Abwesenheit der Geschworenen erkundigte sich Richter King bei beiden Seiten, wie sie mittlerweile zu den Lügendetektor-Tests standen.

Wir hatten bereits darüber gesprochen, ob die Verteidigung erwähnen durfte, daß Jennifer 1974 ein Angebot der Regierung akzeptiert hatte, sich einem solchen Test zu unterziehen.

Jennifer hatte mir berichtet, sowohl sie als auch Buck hätten ursprünglich zugestimmt, sich dem Test zu unterziehen. Nachdem Buck die Fragen gesehen hatte, hatte er seine Einwilligung zurückgezogen, doch sie sei weiterhin dazu bereit gewesen.

»Und nach Mister Walkers Weigerung«, führte Enoki nun aus, »hat auch Miss Jenkins ihre Einwilligung zurückgezogen.«

Jennifer zerrte an meinem Jackenärmel. »Das stimmt nicht!« zischte sie. Es war das erste Mal, daß ich bei Jennifer einen Gefühlsausbruch bezüglich des Prozesses erlebte. Bei der offensichtlichen Falschaussage Jack Wheelers hatte sie keine Miene verzogen, doch dieser Lügendetektor-Test hatte anscheinend einen Nerv getroffen.

»Ich *wollte* mich dem Test unterziehen« – sie zerrte noch immer an meinem Ärmel – »doch nach Bucks Weigerung wollte die Regierung nicht mehr!«

Richter King teilte uns mit, er würde uns erlauben, Jennifers Bereitschaft zu dem Test zu erwähnen, aber auch der Anklage, ihre eigene Version der Geschichte zu berichten.

»Ich werde es nicht darauf ankommen lassen, Jennifer«, sagte ich bedächtig.

»Warum nicht?«

»Wir haben bei diesem Scharmützel mit der Anklage zu viel zu verlieren. Sie könnte eine Reihe Zeugen vom FBI und der Staatsanwaltschaft aufrufen, deren Wort dann gegen das Ihre stünde. Wenn die Geschworenen diesen Zeugen glauben, sind Sie als Lügnerin abgestempelt, und das würde ein gewaltiges Risiko für Ihre Aussage im Zeugenstand darstellen.«

Jennifer erweckte noch immer den Eindruck, sie wolle mich eines Besseren überzeugen, als ich dem Gericht schon mitteilte, die Anklage würde auf die Erwähnung des Lügendetektor-Tests verzichten.

Danach rief die Anklage Bernard Leonard auf. Es war mir klar, daß Leonard und seine Frau gemeinsam mit Shoemaker und Shishido die für Jennifer bei weitem nachteiligsten Aussagen machen würden. Die Leonards hatten schon zu einem privaten Kreuzzug aufgerufen, der Buck Walkers und Jennifer Jenkins' Verurteilung bewirken sollte. Ich bezweifelte nicht, daß die beiden aus tiefstem Herzen überzeugt waren, Buck und Jennifer hätten die Morde gemeinsam begangen, hielt ihre Vorurteile aber auch für so groß, daß sie vielleicht nicht zögern würden, alles zu unternehmen, um die zweite Verurteilung sicherzustellen. Ich war gespannt, ob mein Kontakt mit Leonard vor dem Prozeß irgendwelche positiven Auswirkungen zeigen würde.

Leonard sagte aus, die *Iola* sei ›in sehr schlechtem Zustand und nicht mehr seetauglich‹ gewesen. »Man hatte die Planken teilweise mit Fiberglas überzogen, und das ist immer ein letzter Rettungsversuch.«

»Haben Sie auf Palmyra mit Jennifer Jenkins über die

Fahrt von Hawaii zur Insel gesprochen?« fragte Schroeder.

»Sie hat gesagt, manchmal habe das Wasser unter Deck kniehoch gestanden.«

»Haben Sie mit Jennifer Jenkins darüber gesprochen, wie sie Palmyra verlassen wollten?«

»Sie hat gesagt, sie würden die Insel nicht auf diesem Schiff verlassen.«

Das war eine explosive Aussage, die ich noch nie gehört hatte. Leonards Worte standen in krassem Gegensatz zu dem, was Jennifer aussagen würde: daß sie nach Macs und Muffs Verschwinden Palmyra auf der Iola hatte verlassen wollen und von Buck *überredet* worden war, statt dessen die *Sea Wind* zu nehmen.

Bei seinen weiteren Aussagen, etwa über die Vorräte an Bord der *Iola* oder das Verhältnis zwischen den Grahams und Buck und Jennifer, antwortete Leonard ständig so weitschweifig – und immer zu Jennifers Nachteil –, daß ich schließlich Einspruch erhob und der Richter Leonard ermahnte, einfache, klare Fragen nur mit Ja oder Nein zu beantworten.

Schroeder: »Wer war am letzten Abend vor Ihrem Aufbruch anwesend?«

»Mac, Muff, Evelyn und ich«, erwiderte Leonard mit verkniffenen Lippen.

»Ist Ihnen aufgefallen, ob Mrs. Graham irgendwelche Gefühle gezeigt hat, als Sie mit Ihrer Frau sprach?«

»Ja.«

»Und was für Gefühle waren das?«

»Sie hat geweint.«

»Haben Sie nach Ihrem Aufbruch von Palmyra von Ihrer Frau erfahren, warum sie geweint hatte?«

Diese Frage zielte auf Hörensagen ab, und ich erhob Einspruch, woraufhin Leonard mich überbrüllte: »All diese Jas verraten nicht, wie es war!«

»Sie stehen als *Zeuge* vor diesem Gericht!« fuhr King

ihn an. »Beantworten Sie nur die Fragen, die man Ihnen stellt.«

Alles, was Leonard über die Fragen hinaus ausgesagt hatte, geriet Jennifer zum Nachteil – und ich war froh, daß die Geschworenen miterlebt hatten, daß auch der Richter davon genug hatte.

Prinzipiell versuche ich, bei einem Prozeß so wenig Einsprüche wie möglich zu erheben. Ständige Unterbrechungen verwirren die Geschworenen, und wenn sie zu dem Schluß kommen sollten, daß ein Anwalt mit Spitzfindigkeiten zu verhindern versucht, daß sie wichtige Beweise hören, verliert er in ihren Augen an Glaubwürdigkeit. Doch Leonard sollte hier Fragen beantworten und nicht den Prozeß führen.

Leonard gab daraufhin seine Version von Jennifers Verhaftung wieder und berichtete von dem Gespräch, das er mit ihr führte, als sie in ihrem Dingi zum Kutter der Küstenwache geschleppt wurden. Er sei angewidert gewesen, als sie an Bord des Kutters dann eine ganz andere Version erzählt habe.

Die letzten Fragen des Staatsanwalts zielten auf Jennifers Bitte ab, auf die Toilette gehen zu dürfen, nachdem der Kutter der Küstenwache wieder am Hawaii Yacht Club angelegt hatte. Leonard erklärte, da er Mitglied des Clubs sei, habe er einen Schlüssel für die Toilette gehabt und Jennifer aufgeschlossen.

»Erinnern Sie sich, ob Sie ihre Handtasche mitgenommen hat?«

»Ja.«

»Wie lange war sie auf der Toilette?«

»Es kam mir lange vor. *Länger als nötig*«, führte Leonard wieder überflüssigerweise aus.

»Haben Sie irgend etwas gehört oder beobachtet, als Jennifer auf der Toilette war?«

»Die Spülung. Die Toilette wurde ununterbrochen abgezogen.«

Leonard führte aus, in diesem Augenblick sei seine

Frau Evelyn gekommen, und er habe sie gebeten, nach Jennifer zu sehen.

»Und was geschah dann?« fragte der Staatsanwalt.

»Sie kam mit Jennifer heraus.«

»Keine weiteren Fragen, Euer Ehren.«

Schroeder versuchte offensichtlich anzudeuten, Jennifer habe auf der Toilette irgendwelche belastenden Beweise vernichtet.

Wie ich bereits erwähnt habe, ist mein Verhalten beim Kreuzverhör stärker auf eine Konfrontation ausgelegt als sonst üblich. Mit sogenannten ›Warum?‹-Fragen versuche ich, die Glaubwürdigkeit eines Zeugen anzugreifen. Wenn ich den Eindruck habe, daß ein Zeuge lügt, kann ich davon ausgehen, daß er unter den gegebenen Umständen nicht so gehandelt hat, wie es ein ehrlicher Zeuge getan hätte. Häufig liegen mir bereits Beweise vor, daß er nicht so gehandelt hat. Um die Unwahrheit aufzudecken, stelle ich zuerst Fragen zu nebensächlicheren Punkten, die im Zusammenhang aufzeigen, daß er sich auf eine ganz bestimmte Weise hätte verhalten müssen. Nachdem sich der Zeuge dann nicht mehr hinausreden kann, frage ich ihn, wie er sich tatsächlich verhalten hat, und frage dann nach dem Grund. Wenn der Zeuge dann nicht erklären kann, *warum* er sich so und nicht anders verhalten hat – wie man es von einem normalen Menschen erwarten würde –, kommen die Geschworenen meistens zu dem Schluß, der Aussage keinen Glauben schenken zu dürfen. Neben anderen Techniken des Kreuzverhörs griff ich bei Bernard Leonard auch auf diese zurück.

Ich begann mit dem verdächtigen Abspülen der Toilette. »Können wir davon ausgehen, Mister Leonard, daß Sie zu der Auffassung gekommen sind, Jennifer habe etwas in der Toilette abgepült?«

»Das kam mir in den Sinn.«

»Und das, was sie abgespült hat, stand in irgendeinem

Zusammenhang mit dem, was auf Palmyra geschehen ist?«

»Das wäre eine logische Folgerung.«

»Später an diesem Tag hat das FBI mit Ihnen und Ihrer Frau gesprochen, Mister Leonard. Können Sie den Geschworenen erklären, *warum* Sie den FBI-Agenten nichts über den Vorfall auf der Toilette erzählt haben?«

Leonard zögerte. »Die Agenten standen vor der Toilette«, sagte er.

»Damit meinen Sie, daß die FBI-Agenten wußten, was geschehen ist, und Sie es Ihnen demzufolge nicht sagen mußten. Stimmt das?«

»Ich glaube schon.«

»*Warum* haben Sie denselben FBI-Agenten dann gesagt, man habe Jennifer auf einem Dingi im Hafen gesehen, und sie sei daraufhin von der Küstenwache festgenommen worden? *Warum* haben Sie dem FBI *diese* Information mitgeteilt?«

Leonard zögerte erneut und verlagerte sein Gewicht auf dem Stuhl. »Ich kann mich nicht erinnern, das gesagt zu haben. Sie waren dabei. Habe ich ihnen das gesagt?«

Ich ging zum Tisch der Staatsanwaltschaft und legte Schroeder die Aussage vor, die Leonard dem FBI gegenüber gemacht hatte. Nachdem ich ihm die entsprechende Seite genannt hatte, bat ich ihn um die Bestätigung, daß Leonard die betreffende Aussage tatsächlich gemacht hatte. Da Schroeder seinen Zeugen nicht in Schwierigkeiten bringen wollte, weigerte er sich, doch ich war zuversichtlich, daß die Geschworenen begriffen hatten, was hier gespielt werden sollte.

Ich kehrte zum Podium zurück. »Mister Leonard«, fuhr ich fort, »am 15. Juni 1975 haben Sie mit dem Stellvertretenden Staatsanwalt William Eggers über diesen Fall gesprochen. Ist das richtig?«

»Ich habe oft mit Mister Eggers gesprochen.«

»Sind Sie bereit, jetzt *unter Eid* auszusagen, daß Sie Mister Eggers von dem Zwischenfall mit der Toilette berichtet haben? Sind Sie bereit, dies *unter Eid* auszusagen?« wiederholte ich, an die Geschworenen gewandt und den Zeugen nicht einmal ansehend.

Leonard überlegte. »Ich erinnere mich nicht, irgend jemandem davon erzählt zu haben.«

»Ist es nicht so«, bohrte ich weiter, »daß Sie heute, vor diesem Gericht, fast zwölf Jahre, nachdem es geschehen ist, zum ersten Mal von diesem häufigen Abspülen der Toilette berichten? Stimmt das nicht?«

»Es hat mich niemand danach gefragt«, erwiderte Leonard, ohne rot zu werden.

Ich würde später auf Leonards angebliche Schwierigkeiten, eine Aussage zu machen, zurückkommen.

»Mister Leonard, Sie haben ausgesagt, Jennifer habe Ihnen erzählt, sie hätte nicht vorgehabt, Palmyra auf der *Iola* zu verlassen. Ist das richtig?«

»Das ist richtig.«

»Mich interessiert, was Sie von dieser Behauptung, die Jennifer angeblich gemacht hat, gehalten haben. Sie waren doch sicherlich immer der Meinung, daß diese Behauptung von Bedeutung für die Frage ist, was auf Palmyra mit den Grahams geschehen ist und warum Buck und Jennifer schließlich die *Sea Wind* genommen haben. Stimmt das?«

»Das stimmt.«

»Würden Sie dem Richter und den Geschworenen dann erklären, *warum* Sie dem FBI gegenüber am 29. Oktober 1974 auch von dieser Erklärung, die Jennifer Ihnen gegenüber angeblich abgegeben haben soll, nichts erwähnt haben?«

»Ich kann nur sagen, daß wir die Fragen beantwortet haben, die man uns gestellt hat. Offensichtlich haben sie *diese* Frage nicht gestellt.«

»Mister Leonard, wie *hätten* sie Ihnen diese Frage stellen können? Wie hätten sie davon wissen sollen, wenn Sie es ihnen nicht erzählt haben?«

»Wir haben die Geschichte erzählt, und sie haben

einige Fragen darüber gestellt. Ich erinnere mich nicht, ob wir diesen Punkt erwähnt haben.«

»Obwohl Sie wußten, daß Jennifer Jenkins' angebliche Behauptung, sie würde Palmyra nicht auf der *Iola* verlassen, sehr wichtig war, *haben Sie dem FBI nichts davon erzählt, weil man Sie nicht danach gefragt hat. Ist das richtig*?«

»Ich ... weiß nicht.« Leonard klang nun wie einer seiner schlechtesten Schüler.

Ich wußte zwar, daß die Staatsanwaltschaft oder der Richter meine nächste Frage nicht hinnehmen würden, stellte sie aber trotztdem. Die Geschworenen sollten genau wissen, was ich von Bernard Leonards selektivem Gedächtnis hielt. »Sie haben sich ziemlich viel einfach aus den Fingern gesogen, nicht wahr, Mister Leonard?«

»Bitte, Mister Bugliosi«, sagte der Richter geduldig. »Sie bekommen noch Gelegenheit zu Ihrem Plädoyer.«

Bislang war ich von dem Spielraum beeindruckt, den Richter King mir bei Leonards Kreuzverhör gewährt hatte. Daher blieb ich bei diesem Punkt. Leonard stimmte mit mir überein, daß ein Zeuge *vor Gericht* nur Fragen beantworten soll.

»Aber haben Sie bei Ihrer Aussage Mister Schroeder gegenüber den Geschworenen nicht zahlreiche Informationen gegeben, nach denen man Sie nicht ausdrücklich gefragt hat?«

»Ich habe es versucht.«

Ich hielt einen Augenblick lang inne. Ich wollte, daß sich die Geschworenen diese kühne Aussage einprägten.

»Aber *außerhalb des Gerichts*, wo Sie von sich aus Informationen geben *können*«, fuhr ich fort, »muß man Ihnen erst die Zauberfrage stellen, bevor Sie über einen wichtigen Punkt sprechen. Ist das richtig?«

»Na ja, das ist ziemlich polemisch«, erteilte mir der Richter einen milden Tadel.

Ich zog die Frage zurück. Die Geschworenen wußten nun jedoch, was sie von der Sache zu halten hatten.

Nachdem ich die beiden nachteiligsten Punkte seiner

Aussage nun ausgeräumt hatte, wandte ich mich anderen Themen zu, deckte Widersprüche in seinen bisherigen Aussagen auf und entlockte Leonard Aussagen, die ich für mein Plädoyer benutzen konnte. Während wir schnell eine Vielzahl von Punkten ansprachen, gestand Leonard ein, niemals mehr als ›drei oder vier Worte‹ mit Buck Walker gesprochen, mit Jennifer aber viele ›freundliche Gespräche‹ geführt zu haben.

»Ihre Frau hat mit Jennifer Rezepte ausgetauscht?«

»Ja.«

»Und an dem Tag, an dem Sie Palmyra verlassen haben, hat Ihre Frau ein Foto von Jennifer mit ihrem Hund Puffer gemacht?«

»Ja.«

»Als Sie Palmyra verlassen haben, pflegten Sie also einen durchaus freundschaftlichen Umgang mit Jennifer? Ist das richtig?«

Leonard zögerte mit seiner Antwort so lange, daß es sogar der Gerichtsschreiber in seinem Protokoll vermerkte.

»Ich glaube schon«, kam schließlich seine überaus widerwillige Antwort.

Nun wußten die Geschworenen, daß die Leonards ihre negative Einstellung zu Jennifer erst gewonnen hatten, *nachdem* sie vo dem Verschwinden und der wahrscheinlichen Ermordung der Grahams gehört hatten. Da Jennifer aussagen würde, daß sie und Buck einigermaßen gut mit den Grahams ausgekommen waren, mußte ich im Vorfeld schon die Auffassung der Anklage aus den Angeln heben, dies sei nicht der Fall gewesen.

»Erinnern Sie sich«, fragte ich daher, »daß Sie am 29. Oktober 1974 dem FBI gesagt haben, die Grahams hätten auch einen freundlichen Umgang mit Buck und Jennifer geführt, jedoch wegen ihrer unterschiedlichen Lebensauffassung keinen allzu engen?«

»Ich kann mir vorstellen, daß ich so etwas gesagt habe.«

»Und das würden Sie auch heute aussagen?«

»Ich hatte diesen Eindruck.«

»Sie wissen doch, daß die Grahams auf Palmyra mehrmals gefischt und Jennifer und Buck einen Teil ihres Fangs überlassen haben?«

»Das stimmt.«

Danach brachte ich Leonard zu dem Eingeständnis, gesehen zu haben, daß Jennifer und Buck Landkrabben, Kokosnüsse und Palmenherzen gesammelt hatten, und daß eßbare Fische in der Lagune lebten.

Ich bat Jennifer aufzustehen.

»Als Sie Jennifer das letzte Mal auf Palmyra gesehen haben, hatte sie da etwa dasselbe Gewicht wie jetzt, Mister Leonard?«

»Ja.«

Jennifer war zwar nicht allzu üppig gebaut, sah aber auch nicht aus, als hätte sie einige Mahlzeiten verpaßt.

Dann ging ich zu Buck Walker über. »Sie haben ihn gegenüber dem FBI als Mann von etwa einem Meter und fünfundachtzig, muskulös, mittleres bis langes Haar beschrieben. Er trug eine Sonnenbrille, hatte Tätowierungen, und ihm fehlten einige Schneidezähne.«

»Das hört sich nach meiner Beschreibung an.«

»Kein Mensch, dem Sie gern in einer dunklen Gasse begegnen würden, geschweige denn auf einer einsamen Insel wie Palmyra, nicht wahr?«

»Ich hatte keine Angst vor Buck Walker. Nicht die geringste«, sagte Leonard ohne Zögern.

Das war eine gerissene Antwort. Leonard hatte gemerkt, daß ich versuchte, Jennifer von Buck abzusondern, und mir einen Riegel vorgeschoben. Doch es war mir gelungen, ihn vor den Geschworenen als groben Klotz von Mensch zu schildern, genau das Bild, das sie von ihm bekommen sollten.

Ich fragte Leonard, ob er sich als gesetzestreuen Bürger sehe, der an die Prinzipien glaubte, auf denen die Vereinigten Staaten und ihre Verfassung aufgebaut worden waren.

»Ja.«

»Zu diesen Prinzipien gehört auch, daß jemand als unschuldig zu betrachten ist, solange seine Schuld nicht bewiesen ist, nicht wahr?«

»Solange man die Fakten nicht kennt, ja«, sagte Leonard vorsichtig.

»Was diese Kenntnis der Fakten betrifft«, schoß ich zurück, »am oder um den 30. August, als Mister und Mrs. Graham auf Palmyra verschwanden, waren Sie doch etwa tausend Meilen entfernt. Stimmt das, Mister Leonard?«

»Das stimmt.«

Ich hatte keine weiteren Fragen.

Beim nachfolgenden Verhör versuchte ein besorgter Schroeder, Leonards Glaubwürdigkeit in Hinsicht der beiden wichtigsten Punkte seiner Aussage wiederherzustellen, doch es gelang ihm trotz aller Bemühungen nicht. Nach vier Stunden im Zeugenstand wurde Bernard Leonard entlassen. Damit hatte seine zwölfjährige Kampagne, Buck Walker und Jennifer Jenkins wegen Mordes hinter Gitter zu bringen, ein Ende gefunden.

Richter King hatte die Kreuzverhöre hervorragend geführt, und nach Beendigung dieses Verhandlungstags sagte ich ihm das auch. Der Richter bedachte mich mit einem Lächeln, doch es war gezwungen.

Wir waren keine Freunde mehr – soviel war klar.

34. KAPITEL

6. – 7. Februar 1984

Bevor Evelyn Leonard am folgenden Morgen in den Zeugenstand trat, kam es zu einer lebhaften Auseinandersetzung über die Absicht der Anklage, sie über ihr letztes Gespräch mit Muff Graham zu befragen, bei dem Muff ihr angeblich gesagt hatte, sie habe Angst um ihr Leben und wisse, daß sie Palmyra nicht lebendig verlassen werde. Bei dieser dramatischen Aussage handelte es sich offensichtlich um Hörensagen, doch Walt Schroeder führte aus: »Wir wollen den Geschworenen aufzeigen, daß eine Frau, die aus Angst so verzweifelt geweint hat, Walker und die Jenkins niemals zum Abendessen eingeladen hätte.«

»Wir werden nicht ausführen, daß es eine Einladung zum Abendessen *gab*«, erwiderte ich, »nur, daß Buck dies Jennifer gegenüber *behauptet* hat.« Da beide Seiten übereinstimmten, daß es solch eine Einladung nicht gegeben hatte, beantragte ich, Mrs. Leonards Aussage in diesem Punkt nicht zuzulassen. Doch der Richter entschied gegen mich und bestimmte, daß die Geschworenen ruhig von dem dramatischen Gespräch hören sollten.

Meine letzte Hoffnung war nun, Mrs. Leonard daran zu hindern, während ihrer Aussage vorurteilsbehaftete Erklärungen abzugeben, die über die Natur der zu beantwortenden Fragen hinausgingen.

Als Evelyn Leonard in den Zeugenstand trat, erkannte ich sofort, daß es sich nicht mehr um die Frau vom Prozeß gegen Walker handelte. Ihre Aussagen waren inhaltlich gleichgeblieben, doch sie sprach nicht mehr so gefühlsbetont und nachdrücklich, sondern eher flach, was darauf hindeutete, daß sie ein Beruhigungsmittel genommen hatte. Len flüsterte mir zu, daß ihr Mann ihr zweifellos erzählt hatte, was er beim Kreuzverhör durchgemacht hatte, und dies wahrscheinlich einige Auswirkungen erzielt hatte.

Doch das bedeutete nicht, daß ihre Aussage sachlich war. Als Schroeder sie fragte, ob sie jemals die *Iola* betreten habe, antwortete sie nicht mit einem einfachen Nein, sondern sagte leise: »*Niemals!*«

Obwohl Schroeder bei den Kreuzverhören präziser und besser organisiert als sein Kollege Enoki vorging, mangelte es ihm an einem gewissen Gespür. Er begnügte sich offensichtlich damit, aus Mrs. Leonard methodisch alles herauszuholen, was die Staatsanwaltschaft für eine Verurteilung Jennifers benötigte, und das Gesamtbild Stück für Stück zusammenzusetzen. Einige Aussagen überschnitten sich mit dem, was die Geschworenen bereits gehört hatten. Offensichtlich hoffte die Anklage darauf, daß diese Wiederholungen bis zum Ende des Prozesses eine kumulative Wirkung erzielten.

Erneut hörte die Jury die sehr nachteilige Aussage, Jennifer habe geschworen, Palmyra auf ihrem lecken Schiff niemals zu verlassen. Mister Leonard schilderte Buck im Gegensatz zu ihrem Mann allerdings als unheimliche, bedrohliche Gestalt. »Wenn ich auf Deck unseres Schiffes war und er mit seinem Dingi vorbeiruderte, sprach er einfach nicht mit mir. Ich begrüßte ihn, aber er antwortete nicht. Er beobachtete mich nur, und das war sehr unangenehm.« (Ich beabsichtigte, daß die Geschworenen genau diesen Eindruck von Buck bekamen, und habe nie begriffen, weshalb die Anklage ihn von sich aus ans Tageslicht brachte oder der Meinung war, er könne ihrem Fall nutzen.)

»Wie oft geschah das?«

»Oft«, sagte sie und erschauderte unwillkürlich. »Mindestens zehn Mal.«

»Hatten Sie von Anfang an vor, zwei Wochen auf Palmyra zu bleiben?«

»Nein. Ursprünglich wollten wir den gesamten Sommer dort verbringen.«

»Aber aus irgendeinem Grund sind Sie früher aufgebrochen?«

Mrs. Leonard hielt nachdenklich inne und spielte mit der Perlenkette um ihren Hals. »Ich fühlte mich unbehaglich. Ich fühlte mich bedroht. Ich schlug meinem Mann vor, die Insel zu verlassen.«

Nun kam Schroeder zu ihrem letztes Gespräch mit Muff.

»Ich war ... ich war ziemlich ... es fällt mir schwer, darüber zu sprechen.« Mrs. Leonard schluckte schwer und kämpfte anscheinend gegen eine heftige Gefühlsaufwallung an. »Ich machte mit große Sorgen. Und ich wußte, daß Muff große Angst hatte. Ich fragte sie, ob sie ... Mac nicht überreden konnte, Palmyra zu verlassen. Sie ... hat daraufhin geweint. Sie hat gesagt, sie hätte die Insel gern verlassen, aber Mac wolle bleiben.«

»Und hat sie sonst noch etwas gesagt?«

»Daß sie Angst um ihr Leben hatte. Sie hat gesagt, sie wüßte, daß sie die Insel nicht lebendig verlassen würde.«

Schroeder ließ diese Antwort nachwirken. Die Reaktionen der Geschworenen fielen unterschiedlich aus. Frank Everett, dem ich den Spitznamen ›Kansas Rock‹ gegeben hatte, behielt sein übliches steinernes Gesicht bei. Eine ältere Geschworene schüttelte traurig den Kopf, und einer jüngeren standen die Tränen in den Augen. Ein paar Geschworene musterten Jennifer nachdenklich.

Obwohl ich eigene Zeugen normalerweise der Chronologie entsprechend befrage, wechsele ich beim Kreuzverhör absichtlich von einem Thema zum anderen, um den Zeugen der anderen Seite aus dem Gleichgewicht zu bringen und ihm keine Rückschlüsse zu ermöglichen, welches Thema ich als nächstes anspreche.

Ich begann das Kreuzverhör von Mrs. Leonard mit einer Vermutung. Sollte ich mich irren, hatte ich nichts zu verlieren.

»Mrs. Leonard, als Sie Palmyra verließen, hatten Sie kaum noch Proviant, nicht wahr?«

»Wir hatten genug Vorräte für unsere Rückkehr nach Hawaii.«

»Aber mehr auch nicht?«

»Mehr nicht.« (Ich hatte richtig vermutet.)

»Und wie hätten Sie sich verpflegt, wenn Sie den gesamten Sommer über auf Palmyra geblieben wären und nur noch so geringe Vorräte gehabt haben?«

»Na schön. Wir fischen. Wir essen, was verfügbar ist, wie ich es auch Jennifer vorgeschlagen habe – Kokosnüsse, Krabben und so weiter.«

»Sie hatten ursprünglich also vorgehabt, von dem zu leben, was Palmyra Ihnen bietet?«

»Wir hätten unsere Vorräte mit Nahrungsmitteln ergänzt, die es dort gab, ja. Wie wir es auch getan haben.«

Ich hatte einigen Boden gutgemacht. Doch im Gegensatz zu Buck und Jennifer auf der *Iola* hätten die Leonards jederzeit mit Motorkraft nach Fanning oder zu einer anderen Insel fahren können, um dort Vorräte zu kaufen.

Da ich vermutete, daß sie, genau wie ihr Mann, ihre negativen Gefühle für Jennifer gehegt und gepflegt hatte, *nachdem* das Schicksal der Grahams bekannt geworden war, fragte ich sie nach dem Brief an Sunny Jenkins, den Jennifer ihr und ihrem Mann mitgegeben hatte. Sie gestand ein, den Brief bekommen zu haben.

»Und Sie haben ihn auch abgeschickt?«

»Nein.«

Mrs. Leonard erklärte, daß sie aus ›irgendeinem Grund‹ den Brief ›in einer Schublade in der Kabine unseres Schiffes‹ aufbewahrt hatte.

Ein Punkt für die Anklage. Ich war darauf hereingefallen.

(Ich lehne das Prinzip ab, einem Zeugen nur eine Frage zu stellen, bei der ich schon weiß, wie er antworten wird. Obwohl dieses Prinzip für die Befragung der eigenen Zeugen zutreffen mag, kann man es nicht immer beim

Kreuzverhör eines Zeugen der gegnerischen Seite anwenden. Da man mit diesen Zeugen nur selten vor dem Prozeß sprechen kann, muß man sich im Gerichtssaal von Erfahrungen und Instinkt führen lassen. Bei Mrs. Leonard hatte mich mein Instinkt getrogen. Dennoch würde ich diese antiquierte Regel nur in dem Sinne befolgen, daß ich niemals eine Frage zu einem *kritischen* Punkt stellen würde, ohne *einigermaßen sicher* zu sein, wie die Antwort lauten wird.)

Mehr als einmal hatte ich Jennifer gebeten, mir alle Briefe zu geben, die sie auf Palmyra an ihre Mutter geschrieben hatte. Sie hatte dies nicht getan, und später stellte sich heraus, daß der einzige Brief, den ihre Mutter nicht erhalten hatte, derjenige war, den Jennifer den Leonards mitgegeben hatte.

Mrs. Leonards überraschende Antwort deutete darauf hin, daß sie Jennifer und Buck schon 1974 ein gewisses Mißtrauen entgegengebracht hatte und sie sich nicht erst später eine negative Meinung von dem Paar von der *Iola* gebildet hatte.

Trotzdem konnte ich Mrs. Leonard entlocken, daß die Leonards Jennifer Öl und Mehl geschenkt und Bücher mit ihr getauscht hatten. Sie bestätigte auch die Aussage ihres Mannes, mehrmals freundlich mit Jennifer geplaudert zu haben. All das deutete auf ein normales, beiläufiges, vielleicht sogar freundschaftliches Verhältnis, vor allem mit Jennifer, hin.

Und es gelang mir, ihre beiden kritischen Aussagen – Jennifers angebliche Behauptung, Palmyra auf der *Iola* nicht verlassen zu wollen, und den Vorfall auf der Toilette unmittelbar nach Jennifers Verhaftung – auf dieselbe Art und Weise auseinanderzunehmen, wie ich es bereits bei Mister Leonard getan hatte. Als ich Mrs. Leonard schließlich in die Ecke gedrängt hatte und sie meine ›Warum‹-Fragen nicht beantworten konnte, lief sie – im Gegensatz zu ihrem Mann – sogar knallrot an und stammelte unzusammenhängend vor sich hin. Die Frage, warum sie erst jetzt diese beiden Punkte ansprach, obwohl sich vorher zahlreiche Gelegenheiten dazu geboten hatten, konnte sie nicht erklären.

Als Evelyn Leonard schließlich den Zeugenstand verließ, bedachte sie die Ankläger mit einem freundlichen, aber blassen Lächeln. Nun gab es nur noch zwei Zeugen der Anklage, deren Glaubwürigkeit ich auf dieselbe Art und Weise wie bei den Leonards erschüttern mußte, doch es würden noch Tage vergehen, bevor ich Curt Shoemaker und Calvin Shishido gegenübertreten mußte.

Vorher rief die Anklage andere Zeugen auf. Zum Beispiel Joseph Stuart, den Ladenbesitzer, der erneut aussagte, Buck habe ihm erzählt, er habe die neue Segelyacht bei einem Schachspiel gewonnen. Der weißhaarige Stuart sagte aus, habe bei diesem Gespräch in Hörweite gestanden.

»Hat Miss Jenkins irgend etwas über den Erwerb der Yacht gesagt, was Mister Allens Aussage widersprochen hat?« fragte Elliot Enoki.

»Nein, Sir«, erwiderte Stuart. »Sie hat nicht widersprochen.«

Da ich Stuarts Aussage als eher hilfreich für unsere Verteidigung empfand, verzichtete ich auf ein Kreuzverhör. Buck und nicht Jennifer hatte die Lüge erzählt, und man konnte von ihr kaum erwarten, ihm vor Stuart und den anderen Gästen zu widersprechen.

Der nächste Zeuge war Joel Peters, den ich so lange gesucht und bei Walkers Prozeß zufällig gefunden hatte.

Peters wiederholte seine Geschichte, Jennifer und Buck 1973 auf der Großen Insel kennengelernt und sie dann Anfang 1974 auf Maui wiedergesehen zu haben, als sie die *Iola* für die Pazifikfahrt vorbereiteten. Als er den beiden dann im Oktober 1974 im Hafen Ala Wai wieder über den Weg lief, hätten ›sie‹, so Peters, auf ihr Schiff gezeigt, eine andere Yacht, die im Hafen vor Anker lag.

Als Peters fragte, wie ihre Kreuzfahrt verlaufen sei, hatten sie sich auch über Palmyra unterhalten.

»Hat jemand einen Unfall, ein Verschwinden oder einen anderen Zwischenfall auf der Insel erwähnt?« fragte Enoki.

»Nein.«

Ich hatte mich mit Peters ausführlich unterhalten und war nun darauf vorbereitet, ihn in einen Zeugen zu verwandeln, der für die Verteidigung wesentlich wertvoller sein würde als für die Anklage. Zuerst stellte ich beim Kreuzverhör klar, daß lediglich Buck, und nicht Jennifer, auf die *Sea Wind* gezeigt und daß Buck gesagt hatte: »Das ist *mein* Schiff.«

»Mister Peters, Ihr Schiff lag am Morgen des 29. Oktober 1974 im Yachthafen Ala Wai vor Anker, nicht wahr?«

»Ja.«

»Sind am Vorabend – dem 28. Oktober – Jennifer und Buck vorbeigekommen, um ein Bündel schmutziger Wäsche von Ihnen abzuholen, das sie mit an Land nehmen und gemeinsam mit ihrer eigenen Wäsche waschen wollten?«

»Ja.«

Peters führte aus, auf seiner Yacht geschlafen zu haben, als ihn gegen zwei Uhr am Morgen des 29. Oktober Beamte der Küstenwache geweckt und über Jennifer und Buck ausgefragt hatten.

»Sie wissen, daß Jennifer am Morgen desselben Tages, des 29. Oktobers, gegen neun oder zehn Uhr verhaftet wurde?«

»Richtig.«

»*Bevor* Jennifer an diesem Morgen verhaftet wurde, haben Sie sie allein in ihrem Dingi bei ihrer Yacht gesehen und ihr gesagt, daß die Behörden nach ihr und Buck suchen, nicht wahr?«

»Ja.«

»Erinnern Sie sich, daß Jennifer *kurz nachdem* Sie ihr gesagt haben, daß die Behörden nach ihr suchen, zu Ihrer Yacht gekommen ist, um Ihnen Ihre Wäsche zurückzubringen?«

»Ich kann mich nicht mehr genau daran erinnern.« Peters machte an dieser sehr kritischen Stelle einen Rückzieher.

»Wir haben uns in Los Angeles mehrmals unterhalten, nicht wahr?«

»Ja.«

»Erinnern Sie sich, mir dabei jedesmal gesagt zu haben, Jennifer sei allein – nicht mit Buck Walker – zu Ihrer Yacht zurückgekommen, um Ihnen Ihre Wäsche zu bringen, *nachdem* sie ihr gesagt haben, daß die Behörden nach ihr und Buck suchen? Erinnern Sie sich daran, mir das gesagt zu haben?«

»Ja.«

»Und entspricht das der Wahrheit?«

»Ich glaube schon.«

»Auf jeden Fall hat sie Ihnen Ihre Wäsche zurückgebracht. Sie haben Ihre Wäsche doch an diesem Morgen von ihr bekommen?«

»Ja, ich glaube schon.«

»Und soweit Sie sich erinnern, hat sie Ihnen die Wäsche gebracht, *nachdem* Sie sie informiert hatten, daß die Behörden nach ihr und Buck suchen?«

»Nach bestem Wissen und Gewissen, ja.«

»Und kurz nachdem Jennifer Ihnen Ihre Wäsche zurückgebracht hat, haben Sie beobachtet, daß sie im Hafen festgenommen wurde?«

»Das stimmt.«

Beim zweiten Kreuzverhör wollte Enoki wissen, ob die Wäsche, die Jennifer ihm zurückgebracht hatte, gewaschen oder noch schmutzig war.

»Ich kann mich nicht mehr daran erinnern.«

Der Ankläger wollte offensichtlich andeuten, Joels Wäsche sei nicht – wie versprochen – gewaschen zu haben. Doch es kam hauptsächlich darauf an, daß sich Jennifer die Zeit genommen hatte, die Wäsche zurückzubringen, obwohl sie wußte, daß die Behörden ihr dicht auf den Fersen waren. Darüber würde ich bei meinem Plädoyer eine Menge zu sagen haben.

Als Peters aus dem Zeugenstand trat und am Tisch der Verteidigung vorbeiging, lächelte Jennifer ihm zu und flüsterte: »Sie war sauber, Joel.«

Er nickte und grinste.

Danach rief die Anklage Donald Stevens auf. Der eckige Stevens sah in seinem marineblauen Pulli aus wie ein sprichwörtlicher Seebär. Mit heiserer Stimme nannte der Schiffsarchitekt mit Abschluß von der University of Michigan seinen Beruf und erklärte, etwa zwanzigtausend Meilen auf hoher See gesegelt und im Juli 1974 mit seinem Freund Bill Larson auf der *Shearwater* nach Palmyra gekommen zu sein.

Stevens beschrieb die Iola als ›älter aussehendes Schiff, etwas heruntergekommen‹. Er habe auch Risse im Fiberglas ›zwischen den Holzplanken‹ festgestellt, ein Hinweis darauf, daß das Schiff leckte.

Er fuhr fort, er und Larson hätten die meiste Zeit auf der *Shearwater* gearbeitet und Palmyra erkundet. Sie hätten auch die anderen Schiffe auf der Insel besucht. Jennifer habe ihm erzählt, die *Iola* habe auf der Fahrt von Hawaii geleckt und müsse ständig ausgepumpt werden. Er habe auch erfahren, daß sie kaum noch Vorräte gehabt hatten. »Wir haben ihnen einen Sack Maismehl und mehrere Dosen Cornedbeef gegeben«, sagte er.

Schroeder hob hervor, daß die Grahams einmal an Bord der *Shearwater* gekommen seien und Stevens dreimal die Sea Wind besucht habe. Aber er habe nicht ein einziges Mal Jennifer Jenkins oder Roy Allen an Bord der Yacht der Grahams gesehen. Des weiteren erklärte er, mehrmals mit Mac auf dem Zodiac hinausgefahren zu sein. »Er kam mit dem Dingi hervorragend zurecht. Er war ein kompetenter und erfahrener Segler.«

Obwohl Stevens Aussage nicht unbedingt hilfreich für die Verteidigung war, war sie im Gegensatz zu der der

Leonards erfrischend nüchtern. Er hatte es eindeutig nicht darauf abgesehen, Jennifer ›fertigzumachen‹. Stevens antwortete stets bedacht und enthielt sich weitschweifiger Ausführungen, die über die direkten Fragen hinausgingen. Zu Beginn seines Kreuzverhörs kam Len auf diesen auffälligen Unterschied zu sprechen.

»Sie haben nicht den Eindruck, in dieser Sache auf irgendeine Seite zu gehören«, sagte Weinglass. »Sie sind nur hier, um die Wahrheit zu sagen.«

»Richtig.«

Len wollte wissen, ob Stevens während seiner neun Tage auf Palmyra Jennifer einigermaßen kennengelernt hatte.

»Ja.«

»Kam sie Ihnen freundlich vor?«

»Ja.«

Stevens fuhr fort, er sei an Bord der *Iola* gewesen, und wiederholte seine Aussage von Bucks Prozeß, er hätte die *Iola* zwar niemals gekauft, hielte das Schiff aber für ›seetauglich‹.

Danach widersprach Stevens Jack Wheelers Aussage, aufgrund der Winde und der Strömung sei es unmöglich gewesen, von Palmyra nach Fanning zu segeln. Nachdem die *Shearwater* Palmyra unter Segeln verlassen hatte, wären sie in östlicher Richtung bis zu einer Stelle nördlich von Fanning gesegelt und dann nach Norden in Richtung Hawaii abgebogen.

»Sie hätten also unter Segeln einfach nach Fanning fahren können?«

»Ja, das wäre möglich gewesen.«

»Dann ist es Ihres Erachtens also durchaus möglich, von Palmyra nach Fanning zu segeln?«

»Ja.«

Wenn die Anklage Stevens nicht in den Zeugenstand gerufen hätte, hätten wir es tun müssen.

Was den möglichen Tod durch Unfall betraf, sagte Stevens aus, daß Mac mit ihm im Zodiac einmal so schnell gefahren sei, daß sich die Nase des Bootes in einem Winkel von etwa fünfundzwanzig Grad aus dem Wasser hob. Und, ja, es gab jede Menge aggressive Haie in der Lagune.

Danach trat Tom Wolfe – nun mit Vollbart, aber im konservativen dunkelblauen Anzug, wie es sich für seinen Beruf als Ingenieur geziemte – in den Zeugenstand. Wolfe, der ›vierzig- oder fünfzigtausend Meilen gesegelt‹ war, erklärte, er hätte ›auf der *Iola* keine lange Reise unternommen‹, und das Schiff sei ihm ›nicht seetüchtig vorgekommen‹.

Wolfe war insofern ein wichtiger Zeuge, als daß er und sein Kollege die beiden letzten gewesen waren, die die Beziehung zwischen den Grahams und Buck und Jennifer – etwa vierzehn Tage vor den Morden – beschreiben konnten.

»Haben Sie sich jemals mit Miss Jenkins darüber unterhalten, wie sie und Roy mit den Grahams zurechtkamen?« fragte Schroeder.

»Ja, sie hat angedeutet, daß beide Paare in der Erwartung nach Palmyra gekommen waren, dort allein zu sein, und sich jedes Paar durch die Anwesenheit des anderen gestört gefühlt hat.« Er habe den Eindruck gehabt, die beiden Paare hätten nicht mehr miteinander gesprochen.

Das war bislang die nachteiligste Aussage über das Verhältnis der beiden Paare, da sie angeblich von Jennifer selbst stammte. (Muffs Briefe waren als Hörensagen nicht zugelassen worden, und bislang hatte es keine Aussage darüber gegeben, daß Buck und Jennifer den Grahams Groll entgegenbrachten.)

»Hat Jennifer jemals mit Ihnen über die Proviantlage gesprochen?« fragte Schroeder.

»Ja.«

»Und was hat sie gesagt?«

»Daß ihnen fast alles ausgegangen war. Kein Zucker, kein Mehl, kein Fleisch.«

»Hat sie gesagt, wovon sie gelebt haben?«
»Von Kokosnüssen und Fisch.«
»Und hat sie darüber etwas gesagt?«
»Daß sie es leid wären, Kokosnüsse und Fisch zu essen.«
Wie Stevens und die Leonards führte auch Wolfe aus, er sei oft auf der *Sea Wind* gewesen, habe aber kein einziges Mal beobachtet, daß sich die Grahams und Jennifer und ihr Freund gegenseitig besucht hätten. Nachdem sich Schroeder nach den Vorräten auf der *Sea Wind* erkundigt hatte – ›Mir lief das Wasser im Mund zusammen. Sie hatten Tiefkühlkost, jede Menge Dosen, Mehl und Reis und so weiter‹ –, beantragte er eine Vertagung. Die Geschworenen mußten den Saal verlassen, und die Anwälte traten vor den Richter. Nun war es an der Zeit, über einen schriftlichen Antrag zu entscheiden, den ich vor dem Prozeß gestellt hatte. Es ging darum, ob die Anklage Wolfe bezüglich des Rattengifts befragen durfte.
»Welche Fragen werden Sie dem Zeugen stellen, Mister Schroeder?« erkundigte sich Richter King.
»Euer Ehren, Mister Wolfe hat eine beträchtliche Menge an Rattengift in einem Schuppen auf der Insel bemerkt. Am Tag, bevor er die Insel verließ, hat er festgestellt, daß das Rattengift verschwunden war. Er war sehr besorgt und hat die Grahams darüber informiert.« Schroeder fuhr fort, er wolle den Geschworenen aufzeigen, daß die Grahams nach diesem Vorfall Jennifer und Buck wohl kaum zum Abendessen auf die *Sea Wind* eingeladen hätten.
Ich hingegen befürchtete, daß die Anklage diese Begründung nur vorschob und etwas ganz anderes bezweckte.
»Euer Ehren«, sagte ich, »es gibt einen zwingenden Grund, warum diese Aussage nicht zulässig ist.« Ich bezog mich auf Paragraph 403 des Bundesgesetzbuchs, der besagte, daß Aussagen nicht zugelassen werden

durften, wenn ihr Beweiswert niedriger einzuschätzen sei als der Nachteil, der dem Beklagten durch diese Aussage entstand. »Die Anklage will bei den Geschworenen den Eindruck erwecken, die Grahams wären vergiftet worden. Sie kann jedoch nicht den geringsten Beweis dafür vorlegen. Bei Buck Walkers Prozeß hat sie sogar Shoemaker *unmittelbar* nach Wolfes Aussage über das Rattengift aufgerufen, damit er über den Kuchen aussagen konnte, den Jennifer angeblich gebacken hat.

Die Anklage hat zahlreiche andere Zeugen aufgeboten, die ausgesagt haben und aussagen werden, daß die Grahams Buck und Jennifer niemals an Bord der *Sea Wind* eingeladen hätten. Daher fällt diese Aussage unter den Paragraphen 403.«

Schroeder schlug vor, die Geschworenen anzuweisen, die Aussage über das Rattengift nur als relevant für die Einstellung der Grahams zu betrachten. »Aber Mister Enoki kennt die forensischen Beweise, ob nun in Mrs. Grahams Überresten Rattengift gefunden wurde oder nicht.«

»Nun, es wurde doch keins gefunden, oder?« fragte der Richter.

»Wir haben keine Spuren von Gift in den Gebeinen gefunden«, gestand Enoki ein.

Richter King war zu einer Entscheidung bereit. »Ich gebe Mister Bugliosis Antrag statt«, sagte er. »Der Paragraph 403 trifft in diesem Punkt zu. Rufen wir die Geschworenen wieder herein.«

Das war ein wichtiger Sieg für die Verteidigung.

Aufgrund meiner zahlreichen Gespräche mit Wolfe vor dem Prozeß schätzte ich ihn als ähnlich fairen und nüchternen Zeugen ein wie Don Stevens und zahlreiche anderen. Ich begann mein Kreuzverhör mit der Frage, ob Wolfe beobachtet hatte, daß Mac Graham Buck und Jennifer gelegentlich einen Teil der Fische überließ, die er gefangen hatte. Danach stellte ich klar, daß Wolfe oft mit Grahams' Zodiac auf die Lagune gefahren war, und fragte, ob der Aluminiumbehälter, den man neben Muffs Gebeinen gefunden hatte, in den Zodiac gepaßt hätte.

Wolfe erhob sich und betrachtete das Beweisstück. »Es wäre knapp, aber man könnte ihn hineinbekommen.«

Danach stellte ich eine Reihe von Fragen, die mir beim Plädoyer den Schluß ermöglichten, daß Buck Walker nicht nur Muff Graham ermordet hatte, sondern es allein und ohne Jennifers Wissen getan hatte.

Ob der Zeuge, fragte ich, den Eindruck gehabt habe, daß Buck allein in seinem Zelt und Jennifer an Bord der *Iola* geschlafen hatten? (Jennifer würde natürlich aussagen, daß Buck allein an Land gelebt hatte, doch eine unabhängige Bestätigung war wichtig.)

Wolfe hatte diesen Punkt vor dem Prozeß mehrfach eindeutig bejaht, machte nun jedoch einen Rückzieher. »Ich hatte diesen Eindruck«, sagte er, »kann es jedoch nicht eindeutig bestätigen.«

Danach zeigte ich dem Zeugen Walkers Revolver vom Kaliber .22, den die Behörden in Ala Wai bei der Durchsuchung der *Sea Wind* gefunden hatten. »War das der Revolver, den Buck Walker aus dem Zelt holte, bevor Sie fischen gingen?«

»Ja.«

Damit hatte ich bewiesen, daß Buck den Revolver mit an Bord der *Sea Wind* genommen hatte.

Ich kam auf den Ausflug zu sprechen, bei dem Wolfe und die Grahams erst nach Einbruch der Dunkelheit zur *Sea Wind* zurückgekehrt waren. Wolfe bestätigte, daß Mac am Mast der Yacht eine Lampe eingeschaltet hatte, und stellte fest, daß sich auf Palmyra die Dunkelheit sehr schnell senkte, da die Insel dicht am Äquator liegt.

»Stimmt es, daß Sie von Ihrem Liegeplatz und dem der *Iola* aus zum Ufer hin außer dichtem Unterholz kaum etwas sehen konnten?«

»Soweit ich mich erinnern kann, ja.«

Danach bestätigte Wolfe, daß auf Palmyra buchstäblich ›Millionen von Vögeln‹ lebten, die sehr laut waren.

Ich wechselte das Thema, stellte Fragen über Macs Werkstatt und kam dann abrupt auf Wolfes Aussage vom Vortag über sein Gespräch mit Jennifer über das Verhältnis zwischen den Grahams und Buck und Jennifer zu sprechen. *»Hat Jennifer Ihnen während dieses Gesprächs gesagt, daß sie und Buck nach Fanning fahren würden?«*

»Ja.«

Auf diese eindeutige Aussage Wolfes hatte ich größten Wert gelegt. Ich hatte meine Frage praktisch mit gekreuzten Fingern gestellt, da Wolfe zwar sachlich, aber auf einige Fragen auch unerwartet und vage antwortete.

Dann kam ich darauf zu sprechen, daß sich Buck Walker nicht entschuldigt hatte, nachdem sein Hund Wolfe gebissen hatte. »Mister Wolfe, wie würden Sie den Geschworenen, die diesen Mann niemals kennengelernt haben, Mister Walker beschreiben? Was für ein Mensch war er?«

Schroeder sprang auf. »Euer Ehren«, sagte er, »ich halte diese Frage für irrelevant.« Die Anklage war vollauf damit zufrieden, daß Buck Walker bei diesem Prozeß eine Unperson blieb – die Verteidigung aber keineswegs.

»Einspruch abgelehnt«, sagte King.

»Er hat nicht viel gesprochen«, antwortete Wolfe endlich. »Es war sehr, sehr schwer, mit ihm ins Gespräch zu kommen.«

»Haben Sie ihn in einer Unterhaltung mit mir als ›unheimlichen Burschen‹ beschrieben?«

»Ja, ich erinnere mich daran. Und es stimmt.«

»Sie haben mir auch gesagt, Sie hätten Angst vor Buck Walker gehabt.«

»Nein, ich hatte keine Angst vor Buck Walker. Ich war vor ihm *auf der Hut*.«

»Was ist mit Jennifer?« fragte ich ihn. »Hatten Sie Angst vor ihr, oder waren Sie vor ihr auf der Hut?«

»Mit Jennifer hatte ich immer ein freundliches, herzliches Verhältnis.«

»Sie mochten Jennifer also?«

»Gewissermaßen.«

Schlußendlich wollte ich Wolfe dazu bringen, den Geschworenen zu erläutern, warum Buck die Leichen in die Aluminiumbehälter gesteckt und in die Lagune geworfen hatte. »Die Korallenfelsen auf Palmyra sind nur von ein paar Zentimetern Erde bedeckt, nicht wahr?«

»Ja.«

»Also hätte man auf der Insel kein tiefes Loch ausheben können?«

»Mit normalen Werkzeugen nicht.«

Danach überließ ich Schroeder wieder das Feld, und er fragte, ob man noch in den Zodiac steigen könnte, nachdem man ihn mit zwei Behältern von der Größe des Beweisstücks beladen hatte.

»Ich glaube, das wäre schwierig geworden.«

»Und hat sich Jennifer bei Ihnen entschuldigt, nachdem der Hund Sie gebissen hatte?«

»Nein.«

Jennifer hatte mir gesagt, sie habe sich entschuldigt.

Schroeder wollte wissen, was er von einer Fahrt nach Fanning auf einem Segelschiff ohne Motor hielt.

»Es wäre eine sehr harte Fahrt«, erwiderte Wolf. »Man muß gegen den Wind segeln, und die Wellen sind sehr hoch.«

»Wären Sie auf der *Iola* nach Fanning gesegelt?«

»Nein. Auf keinen Fall.«

Beim Gegen-Kreuzverhör kam ich auf die Aluminiumbehälter zurück. »Mister Wolfe, wenn man unbedingt will, kann man doch sicher auch mit zweien dieser Behälter an Bord den Zodiac besteigen, nicht wahr?«

»Wahrscheinlich bekommt man zwei dieser Behälter in das Dingi und kann sich dann auf einen setzen.«

Als Tom Wolfe den Zeugenstand verließ, wußte ich, daß er erleichtert sein mußte, das Kapitel Palmyra endlich zum Abschluß gebracht zu haben. Ein kurzer Besuch auf einem einsamen Pazifik-Atoll vor zwölf Jahren hatte dazu geführt, daß er bei vier Strafprozessen auf Hawaii und in Kalifornien hatte aussagen müssen. Wegen eines gerade einen Monat zurückliegenden Vorfalls, der sich in der Nähe seines Strandhauses am Puget Sound in Seattle ereignet hatte, war es ihm jedoch am schwierigsten gefallen, bei Jennifers Mordprozeß auszusagen.

Eines Abends war von Süden her ein heftiger Sturm aufgezogen. Am Morgen hatte es sich aufgeklärt, und Wolfe war beim ersten Licht des Tages zu einem Strandspaziergang aufgebrochen. Kaum zehn Meter von seinem Haus entfernt fand er, auf einen Felsen gespült, eine zusammengerollte Navigationskarte. Wolfe entfernte etwas Seetang und rollte seinen Fund auf. Unglaublicherweise war es eine Karte von *Palmyra*!

Als er mir diese seltsame Geschichte erzählte, fragte sich Wolfe, welche Schicksalsmächte die Karte von Palmyra kurz vor Jennifers Prozeß ausgerechnet auf seine Schwelle gespült hatten. »Das war verdammt unheimlich. Ich bin nicht abergläubisch, aber das hat mir *wirklich* einen Schock versetzt. Es war, als habe Palmyra – die Insel selbst – über dreitausend Meilen hinweg nach mir gegriffen.«

35. KAPITEL

Die nächsten beiden Zeugen der Anklage, der Anthropologe Dr. Douglas Uberlaker und Dr. Boyd Stephens, der Chef der Gerichtsmedizin von San Francisco, boten mit geringen Abweichungen dieselben wissenschaftlichen und medizinischen Beweise, die sie auch beim Prozeß gegen Walker erläutert hatten. Diesmal würden ihre Gutachten allerdings auch der Verteidigung helfen.

Wir brauchten diese Aussagen, weil ich beweisen mußte, daß Buck und nicht Jennifer den Mord begangen hatte. Ich hatte mir schon zahlreiche Notizen für die Kreuzverhöre gemacht – warum Muff zum Beispiel mit einem Hammer und nicht mit einem Revolver getötet worden war, warum die Verbrennungen auf Muffs Schädel nur örtlich begrenzt waren, und so weiter. Wenn die Anklage diese Gutachter nicht aufgerufen hätte, hätte die Verteidigung sie aufrufen müssen. Doch das wäre mit beträchtlichen Kosten verbunden und wahrscheinlich nicht durchzuführen gewesen. (Jennifers Bruder, der alle Rechnungen bezahlte, verfügte auch nicht über unbegrenzte Mittel. Dennoch hat nicht jede Schwester das Glück, einen Bruder wie Ted Jenkins zu haben.) Ohne es zu wissen, half Enoki der Verteidigung mit diesen Gutachtern also zumindest indirekt.

Als Uberlaker die Beweisstücke vorführte, reagierten die Geschworenen mit Betroffenheit. Sie hatten Fotos einer lächelnden Muff gesehen, die neben ihrem Mann auf der *Sea Wind* stand. Doch nun sahen sie Skeletteile, die zu derselben Eleanor ›Muff‹ Graham gehörten – der liebevollen Frau, hingebungsvollen Tochter und aufmerksamen Freundin, von der sie soviel gehört hatten. Nun war sie endgültig zum *Mordopfer* geworden. Die Verantwortung der Geschworenen ging plötzlich über ihre Bürgerpflicht hinaus. Sie verspürten nun eine tiefe Verbundenheit mit *ihrem* Opfer, die den gesamten Prozeß über bestehen bleiben würde. Und solch eine Verbundenheit muß dem Angeklagten zwar nicht unbedingt zum Nachteil gereichen, kann andererseits aber auch niemals hilfreich sein.

Uberlaker schloß nachdrücklich aus, daß die weiße Stelle am Schädel aufgrund natürlicher Umstände entstanden sein konnte. Es blieb nur eine Möglichkeit: Muff war von *Menschenhand* verbrannt worden.

Nachdem Enoki ein zweiseitiges Gutachten verlesen hatte, aus dem eindeutig hervorging, daß es sich tatsächlich um Mrs. Eleanor Grahams Überreste handelte, begann Weinglass mit seinem Kreuzverhör. Schon bald wurde ersichtlich, daß Len von seiner ursprünglichen Auffassung, den Mord prinzipiell in Frage zu stellen, kaum abgewichen war. »Können Sie dem Gericht und den Geschworenen aufgrund Ihrer Untersuchungen der Überreste mitteilen, was die Todesursache war?«

»Nein, das kann ich nicht.«

»Haben Sie bei Ihrer Untersuchung der Überreste keinerlei Spuren von Fremdeinwirkung gefunden?«

»Nein.«

Richter King zeigte eine befremdete Überraschung. »Sie haben *keinerlei* Anzeichen für eine Fremdeinwirkung gefunden?«

»Das Skelett weist keine Spuren auf«, erwiderte der Anthropologe gelassen, »die eindeutig auf Fremdeinwirkung schließen lassen.«

Uberlaker demonstrierte, was Prozeßanwälte schon längst wußten. ›Experten‹ sagen nicht immer wie Experten aus. Er hatte auf Schroeders direkte Fragen ausgesagt, daß auf Muffs Schädel ›etwa zur Zeit des Todes‹ eine ›extreme Hitze‹ eingewirkt hatte, die keine natürliche Ursache haben konnte. Dies stellte mit Sicherheit ein Anzeichen von Fremdeinwirkung dar.

Noch immer verbissen die Theorie verfolgend, es habe überhaupt kein Mord stattgefunden, fuhr Len fort: »Sie haben zuvor [beim Prozeß gegen Walker] unter Eid ausgesagt, Sie hätten einige schwarze Rückstände auf dem Schädel gefunden, die darauf hindeuten, der Schädel sei ein zweites Mal verbrannt worden, und zwar *Jahre, nachdem* sich längst schon kein Fleisch mehr auf ihm befand. Ist das richtig?«

»Ja.«

Diese ›zweite Verbrennung‹ konnte das Geheimnis des Falles nur noch vertiefen.

»In Ihrem Gutachten haben Sie geschrieben: ›Das Loch in der linken Schläfe scheint durch Erosion und nicht durch einen Schlag oder ein Projektil entstanden zu sein.‹«

»Das klingt korrekt.«

Enoki neigte den Kopf. In seinem Eröffnungsplädoyer hatte er angedeutet, das Loch im Schädel stamme von einem Schuß.

Weinglass kam auf Muffs Knochenbrüche zu sprechen. »Sie können nicht feststellen, ob es vor dem Tod, bei Eintritt des Todes oder Jahre nach dem Tod zu diesen Brüchen gekommen ist, nicht wahr?«

»Ich kann sagen, daß es nicht lange vor dem Tod dazu gekommen ist, denn es hat kein Heilungsprozeß eingesetzt. Aber ich kann nicht sagen, ob es beim Eintritt des Todes oder lange danach zu diesen Brüchen gekommen ist.«

»Also hätten sich diese Brüche auch Jahre später ereignen können?«

»Theoretisch ja.«

Da Len den Mord abstritt, obwohl ich Enoki gegenüber schon erklärt hatte, ich würde ihn anerkennen, kam ich nicht umhin, mir die Frage zu stellen, ob die Staatsanwälte in diesem Augenblick nicht dachten: *Was für eine gebrochene Verteidigung ist das?* Doch diese taktische Schwäche konnte unserem Fall zum Glück nicht schaden.

Obwohl Len die medizinischen und wissenschaftlichen Zeugen übernommen hatte, arbeitete ich eng mit ihm zusammen und hatte ihm einige Fragen vorgeschlagen, deren Antworten ich für mein Schlußplädoyer benötigte. Len fragte Uberlaker nun (nachdem er unmittelbar zuvor die Möglichkeit aufgezeigt hatte, daß keine Fremdeinwirkung vorlag), ob die weiße Stelle an Muffs Schädel von einem Schneidbrenner verursacht worden sein konnte – von dem die Geschworenen wußten, daß Mac ihn auf Palmyra gehabt hatte und Buck ihn demzufolge benutzt haben konnte. Ja, antwortete Uberlaker. Und wäre es auch bei einer kurzen Einwirkung von vielleicht fünf Minuten zu solch einer Verfärbung gekommen? Erneut ein Ja.

Es war Uberlakers Angelegenheit, als Experte klar widersprüchliche Aussagen von sich zu gegeben (die »extreme Hitze«, die »etwa zur Zeit des Todes« auf Muffs Schädel eingewirkt hatte, war kein Anzeichen für eine Fremdeinwirkung), doch nach Lens letzten beiden Fragen nahmen die Geschworenen wahrscheinlich an, daß die Verwirrung des Herrn Professors ansteckend war und meinen Kollegen infiziert hatte.

Uberlaker hatte den Zeugenstand kaum verlassen, als ihn auch schon Dr. Boyd Stephens betrat. Er trug einen Mantel, der aussah, als sei er eingelaufen, und der farblich gar nicht zu den Hosen paßte, in denen er etwa zehn Zentimeter Hochwasser hatte. Auch seine Krawatte saß schief. Anscheinend hatte Dr. Stephens Wichtigeres im Kopf als Kleidungsfragen. Doch auch der Pathologe mußte eingestehen, keine Aussagen über die Todesursache machen zu können.

Enoki fragte Dr. Stephens, ob er bei der Untersuchung des Skeletts Anzeichen von Stichwunden gefunden habe.

»Nein«, erwiderte Dr. Stephens.

»Spuren einer Vergiftung?«

»Nein.«

Da die Aussage über das Rattengift nicht zugelassen worden war, konnte diese Feststellung der Anklage nicht schaden. Doch was wollte Enoki mit dieser Frage bewirken?

»Haben Sie gezielt nach Giften gesucht?«

»Nein, doch wenn jemand über einen längeren Zeitraum hinweg zum Beispiel Arsen ausgesetzt gewesen wäre, und die Substanz wäre von den Knochen aufgenommen worden, wäre ich darauf gestoßen. *Eine kurzfristige Vergiftung hätte ich nicht bemerkt*.«

Enoki schien andeuten zu wollen, der Kuchen, den Jennifer und Buck den Grahams am 28. August angeblich gebracht hatten, könne vergiftet gewesen sein. Doch wie konnte ich darauf eingehen, ohne die Möglichkeit, die bislang nur angedeutet worden war, noch deutlicher hervorzuheben?

Danach kam Enoki ausgiebig auf die Möglichkeit zu sprechen, daß Muff erschossen worden war. Auf seine Fragen erklärte Dr. Stephens, das Loch über dem linken Ohr in Muff Grahams Schädel weise ›sehr rauhe Ränder‹ und einen ›Kegel‹ auf. Er führte vor, wie solch eine Verletzung entstehen konnte, indem er mit einem Gewehr durch eine Fensterscheibe schoß. Dabei entstand durch die Wucht des Einschlags eine konzentrische Erweiterung des Loches in Richtung der Bewegung; das heißt, das Loch wurde von außen nach innen größer. Doch da das Loch im Schädel auf der Schädeloberfläche größer war als auf der Innenseite, bat der Ankläger um eine Erklärung.

Bei einer ›Kontakt-Schußwunde‹, bei der die Mündung der Waffe den Körper berührt oder sich in dessen unmittelbarer Nähe befindet, verursacht der Gasdruck, der bei der Verbrennung des Pulvers im Schädel entsteht, einen *umgekehrten* Kegel, führte Dr. Stephens aus. »Mit anderen Worten, der Kegel erweitert sich in umgekehrter Schußrichtung« – das Loch ist also an der ursprünglichen Einschußstelle am größten und wird dann kleiner. »Wenn es sich bei diesem Loch um eine Schußwunde handelt«, schloß Dr. Stephens, »dann um eine Kontakt-Schußwunde.«

Falls Muff also erschossen worden war, dann aus nächster Nähe, wie bei einer Hinrichtung.

Daß keine Austrittswunde vorhanden war, schloß eine Schußwunde nicht aus, erklärte Dr. Stephens. »Wir haben viele Beispiele von Kontakt-Schußwunden gehabt, bei denen es die Kugel nicht bis zur anderen Schädelseite geschafft hat.«

Enoki bat um Erlaubnis, mit Bucks Revolver in der Hand vor den Zeugen zu treten.

»Gehen Sie ruhig«, sagte Richter King. Mir zugewandt, versetzte er trocken: »Es gibt einige Ausnahmen, Mister Bugliosi. Schädel und Waffen.«

Während einer Verhandlungspause hatte ich die Gerichtsdienerin gebeten, den Richter zu fragen, ob ich mich beim Kreuzverhör dem Zeugen nähern dürfte. Die Gerichtsdienerin hatte bei King, der sich in seinem Zimmer aufhielt, nachgefragt: *Nein.* Fünf Minuten später war sie zurückgekommen und hatte mir mitgeteilt, der Richter habe es sich anders überlegt. Ich dürfe vor den Zeugen treten, aber nur, wenn ich *vor den Geschworenen* um Erlaubnis bitten würde. »Teilen Sie dem Richter mit, daß ich sein Gegenangebot ablehne«, hatte ich zu der Gerichtsdienerin gesagt. *Glaubwürdigkeit* bei den Geschworenen.

Enoki war mit dem Schädel und nun dem Revolver vor Zeugen getreten, hatte aber jedesmal in Anwesenheit der Geschworenen wie ein Schuljunge, der auf die Toilette muß, um Erlaubnis bitten müssen.

Dr. Stephens identifizierte die Waffe. »Ich habe sie bereits untersucht«, sagte er. »Es ist eine Ruger Bearclaw vom Kaliber .22.«

»Schließt irgend etwas an der Waffe oder dem Kaliber aus, daß sie das Loch im Beweisstück 24, dem Schädel, herbeigeführt hat?«

»Nein. Sie kann solch ein Loch und sogar den umgekehrten Kegel herbeiführen.«

Nach einer kurzen Pause trat Weinglass mit seinem charakteristischen Lächeln und einer freundlichen Begrüßung auf das Podium und fragte Dr. Stephens, ob er wisse, daß Uberlaker, der Anthropologe der Anklage, der Auffassung war, das Loch sei durch Erosion entstanden.

»Ja, das habe ich gehört. Und ich bin anderer Ansicht.«

»Falls es sich um eine Schußwunde handelt, wäre das Geräusch des Schusses stark gedämpft worden, da man die Waffe beim Abfeuern ja gegen den Kopf gehalten haben muß?«

»Das ist richtig. Dadurch wäre das Geräusch gedämpft worden.«

»Und in diesem Fall würde jemand, der sich zweihundert Meter entfernt befindet, beim Rascheln der Bäume und den anderen Hintergrundgeräuschen den Schuß nicht hören können?«

»Wahrscheinlich nicht. Zweihundert Meter entsprechen etwa zwei Fußballfeldern ... nur, um das zu verdeutlichen.«

Weinglass sah in seine Unterlagen und kam dann, wie auch bei Uberlaker, darauf zu sprechen, ob die weiße Verfärbung des Schädels auch entstanden sein konnte, als diese Stelle der Sonne ausgesetzt war, während andere Stellen zum Beispiel durch Sand am Strand geschützt worden waren.

»Das kann ich nicht ausschließen.«

»Und Sie haben auch gesagt, daß es für jede Hypothese, die Sie erstellen, zahlreiche Gegenargumente gibt.«

»Ja. Es könnte sich fast um eine Newtonsche Theorie der forensischen Medizin handeln. Für jede Hypothese gibt es eine Gegenhypothese.«

Nach Enokis kurzem Gegenkreuzverhör fragte Richter King den Sachverständigen, ob er davon ausging, daß die Brandspuren von einer oder zwei Verbrennungen stammten. Von einer, sagte der Gutachter.

Als Weinglass den Zeugen zum Abschluß noch einmal befragte, betonte er die widersprüchliche Auffassung der beiden Sachverständigen der Anklage. »Wissen Sie, daß Dr. Uberlaker davon ausgeht, daß die Brandspuren von zwei Verbrennungen stammen?«

»Nein, das wußte ich nicht.«

Wenn zwei erfahrene Experten auf den Gebieten Pathologie und Anthropologie zu keiner Übereinstimmung gelangen konnten, konnte man kaum erwarten, daß die Geschworenen – oder sonst jemand – alle Geheimnisse des Mordfalls Palmyra klärten.

Während sich Dr. Boyd Stephens Aussage dem Ende näherte, betraten zwei weibliche Geschworene vom Walker-Prozeß den Gerichtssaal. Sie waren unabhängig voneinander gekommen, und es handelte sich um einen reinen Zufall, daß sie kurz nacheinander eintrafen. Sie lächelten und nickten sich zu. Sie waren aus demselben Grund gekommen.

»Wir haben soviel über Jennifer gehört«, erklärte Dorothy Nelson. »Ich war ... na ja, neugierig.«

»Ich wollte sie selbst einmal sehen«, meinte Robyn Schaffer, die Buck Walkers zorniger Blick damals so aus der Fassung gebracht hatte. »Ich weiß nicht, ob Jennifer es getan hat oder nicht, aber ich weiß mit Sicherheit, daß sie einen schrecklichen Geschmack hat, was Männer betrifft.«

Alle vier FBI-Experten, die auch schon bei Walkers Prozeß ausgesagt hatten, wiederholten ihre Aussagen. Die mikroskopische Untersuchung des Stücks Baumwolle auf dem Boden des Behälters hatte ergeben, daß es ›extremer Hitze‹ ausgesetzt gewesen war; der Chemiker hatte eine »wachsähnliche Substanz« in dem Behälter gefunden, deren Fettsäuren sie zweifelsfrei als Bestandteil einer menschlichen Leiche im Stadium des Verfalls in einer luftlosen Umgebung – wie etwa unter Wasser – auswiesen; der Serologe hatte menschliche Proteine in dem Stück Stoff gefunden; und der Metallurge führte aus, daß die Aluminiumlegierung innerhalb des Behälters einem intensiven, künstlich herbeigeführten Feuer ausgesetzt gewesen war.

Beim Kreuzverhör fragte Weinglass den Metallurgen: »Wenn wir Mister Wheelers Aussage akzeptieren, befand sich dieser Behälter seit mindestens 1957 auf Palmyra. Können Sie den Geschworenen sagen, wann der Behälter in diesen siebzehn Jahren bis 1974 gebrannt hat?«

»Nicht genau.«

»Er hätte jederzeit zwischen 1957 und 1974, bevor er zu Wasser gelassen wurde, einem Feuer ausgesetzt gewesen sein können?«

»Ja.«

»Können Sie sagen, wie lange der Behälter gebrannt hat?«

»Alle Spuren weisen darauf hin, *daß er nicht unter fünfzehn bis zwanzig Minuten gebrannt hat*, doch sie könnten auch von einem Feuer stammen, das *stundenlang* angehalten hat.«

Nachdem Len das Kreuzverhör beendet hatte und zum Tisch der Verteidigung zurückgekehrt war, fragte ich ihn, weshalb er diese letzte Frage gestellt hatte. Len hatte aufzeigen wollen, daß das Feuer nur kurz gebrannt hatte (je länger das Feuer, desto unwahrscheinlicher Jennifers Geschichte, daß sie keinen Rauch gesehen hatte), doch ein *Minimum* von fünfzehn bis zwanzig Minuten bekommen – eine gefährlich lange Zeit für uns. Die Anklage konnte uns dankbar sein.

Der letzte Sachverständige der Regierung war Dr. Oliver Harris, der Odontologe, der auch schon bei Walkers Prozeß ausgesagt hatte. Als Enoki sich nach der Natur der Schläge erkundigte, die bei Muff zu Knochenbrüchen geführt hatten, antwortete er: »Ein großer runder Stein, ein Hammer, aber keine Faust. Mit der bloßen Faust kann man solch eine Wucht nicht erzielen.«

Beim Kreuzverhör fragte Weinglass, ob die Brüche zum Zeitpunkt des Todes eingetreten seien.

»Das kann ich nicht sagen.«

Wie erwartet waren die Aussagen der Sachverständigen genauso grausam wie nüchtern gewesen. Schläge mit einem Hammer gegen den Kopf, gebrochene Beinknochen, ein Schweißgerät, das Muffs Kopf versengt und ihren Körper verbrannt hatte – kaum vorstellbar, daß dies die nette Frau getan haben sollte, die neben mir saß. Doch um sie des Mordes für schuldig zu befinden, mußten sich die Geschworenen *nicht* vorstellen, daß sie den Hammer oder das Schweißgerät geschwungen hatte. Es genügte die Schlußfolgerung, daß sie bei dem *Entschluß*, die Grahams zu töten, mitgewirkt hatte.

Ich saß am Tisch der Verteidigung, betrachtete die beiden Reihen der Geschworenen und versuchte, ihren Gesichtern etwas zu entnehmen, doch sie waren so unbewegt wie die von erfahrenen Pokerspielern. Hatten sie Jennifer im Geiste schon verurteilt und saßen sie einfach nur den Prozeß aus, wie eine andere Jury es bei Bucks Verhandlung getan hatte?

Die Antwort war noch Tage entfernt, rückte aber immer näher.

36. KAPITEL

Der Stellvertretende Staatsanwalt, der die Anklage wegen Diebstahls der *Sea Wind* durchgebracht – und nur Walkers Berufung verloren – hatte, praktizierte nun als Anwalt auf Honolulu. William Eggers trat, mit einem makellosen stahlgrauen Nadelstreifenanzug bekleidet, in den Zeugenstand, um über die Suchaktion im November 1974 auf Palmyra auszusagen.

Eggers erweckte verständlicherweise den Eindruck, vor Gericht lieber Fragen zu stellen, als sie zu beantworten. Der sonnengebräunte ehemalige Ankläger beschrieb mehrere Minuten lang – mit nur wenigen Unterbrechungen Enokis – das Atoll und die Suchaktion seiner Gruppe, bei der sie keine Spur von den Grahams, aber auch kein Anzeichen einer Fremdeinwirkung gefunden hatten.

Weinglass begann das Kreuzverhör mit der Frage: »Stößt das Land am Strand der Strawn Island teilweise direkt ans Wasser, und liegt es teilweise etwas zurück und schafft so kleine Buchten?«

»Ja.«

»Teile des Strandes liegen etwa zwei Meter über der Hochwassermarke?«

»Einige Teile sind trocken, ja.«

Dann bat Weinglass den Anwalt, seine und Jack Wheelers furchterregende Begegnung mit einem Hai in der Lagune Palmyras zu schildern. Danach fragte er: »Kam Ihnen, einmal abgesehen von den Haien, die Atmosphäre auf Palmyra bedrohlich vor?«

»Ja.«

»Inwiefern?«

»Ich habe darüber nachgedacht«, sagte Eggers. »Ich war in meinem Leben schon an vielen abgelegenen Orten und weiß bis heute nicht, ob es an der Natur des Falles lag, in dem ich ermitteln sollte, oder an der Insel selbst. Ich bin mir bis zum heutigen Tag unsicher.«

Was hatte diese ferne, unbewohnte Insel an sich, daß so viele vernünftige Menschen sie als unheimlich und düster empfanden?

Eggers trat am Freitag, dem 7. Februar, um 15 Uhr 50 aus dem Zeugenstand, und der Prozeß wurde bis zum Montag morgen vertagt.

Während des Prozesses machte ich mir zunehmend Sorgen um Jennifers Mangel an angemessenem Interesse. Normalerweise saß sie völlig passiv am Tisch der Verteidigung und zeigte wenig von der Besorgnis, die für eine Mordangeklagte eigentlich typisch ist. Es kam mir sehr seltsam vor.

Trotzdem ermahnte ich Jennifer am Ende eines jeden Verhandlungstages, ihre Hausaufgaben zu machen, genau, wie ich meine Kinder ermahnt hatte, als sie noch jünger waren. Sie sollte ihre Kopie meiner geplanten Fragen und Antworten beim Kreuzverhör durchgehen – mittlerweile hatten sich 193 Seiten angesammelt –, klagte jedoch ständig über Erschöpfung oder Kopfschmerzen, so daß ich Ted drängte, Druck auf sie auszuüben. »Sie kann mit Ihnen nach Hause gehen und sich vielleicht eine Stunde lang ausruhen«, sagte ich zu ihm, »aber dann müssen Sie sie dazu bringen, an den Fragen zu arbeiten. Sie wird bald in den Zeugenstand treten. Sie muß etwas tun.« Ich bat auch ihre Mutter, sich darum zu kümmern.

Dieses Wochenende – während die Anklage noch ihren Fall vorbrachte – stellte für Jennifer gewissermaßen einen Wendepunkt dar. Zum erstenmal bekam ich besorgte Anrufe von ihr: »Vince, was hat das zu bedeuten?« oder »Ich weiß, daß ich das beim letzten Mal gesagt habe, aber es ist nicht ganz richtig.« Nie zuvor hatte sie so aktiv an ihrer Verteidigung mitgewirkt. Ich vermutete, daß sie endlich begriffen hatte, daß sie in ihrem eigenen Mordprozeß aussagen mußte. Am Samstag nahm sie sich ein Zimmer im Hotel, und wir arbeiteten konzentriert das ganze Wochenende über. Doch es blieb nur noch so wenig Zeit ...

»Ein Geschworener gefällt mir ganz und gar nicht«, vertraute Len uns an, als wir drei im Coffeeshop neben dem Hotel einen späten Imbiß nahmen.

Ich dachte sofort an den ›Kansas Rock‹, der mir auch gewaltige Sorgen bereitete. Ich hatte beobachtet, daß er sich eifrig Notizen machte, wann immer ein Ankläger Fragen stellte, aber wie ein grimmiger Buddha reglos dasaß, wenn Len oder ich das Podium betraten. Ich hatte das Gefühl, daß er Jennifer schon schuldig gesprochen hatte und sich die wichtigsten Punkte aufschrieb, um die anderen Geschworenen bei der Beratung auf seine Seite ziehen zu können.

»Der Kansas Rock?« fragte ich.

»Nein. Einer der Burschen in der hinteren Reihe. Er sieht uns immer so verdrossen an. Als empfände er Ekel oder Entrüstung.«

Na toll, dachte ich. *Bevor sie die Verteidigung auch nur gehört haben, haben wir schon zwei Geschworene gegen uns.*

Len beklagte sich noch öfter über den ›verdrossenen Geschworenen‹. Abgesehen vom ›Kansas Rock‹ war mir kein ungewöhnlich feindseliger Geschworener aufgefallen, doch andererseits hatte ich die Jury auch nicht besonders ausgiebig beobachtet. Als die Geschworenen am Montag morgen in den Gerichtssaal geführt wurden, bat ich Len, mir den betreffenden Mann zu zeigen. Als er auf den Geschworenen Nummer vierzehn deutete, entspannte ich mich etwas. Nummer vierzehn war der zweite Ersatzmann und würde an der Beratung nur teilnehmen, falls zwei reguläre Geschworene ausfielen. Sollte es bei der Jury nicht zu einem Ausbruch der Legionärskrankheit kommen, würde Joseph Winston, ein vierunddreißigjähriger Verwaltungsangestellter in einem Krankenhaus, nicht über Jennifers Schicksal zu entscheiden haben.

»Warum machst du dir solche Sorgen über einen Ersatzmann?« fragte ich, vor Erleichterung lachend.

»Hoffen wir, daß niemand krank wird«, sagte der stets besorgte Len ernst.

Wie üblich hielt ›Kansas Rock‹ Kugelschreiber und Notizbuch bereit, als Curt Shoemaker den Zeugenstand betrat, um für die Anklage auszusagen.

Shoemaker trug einen alten, blauen Blazer mit Goldknöpfen, ein bis auf die Brust aufgeknöpftes Hawaii-Hemd, zerknitterte braune Hosen und ausgetretene weiße Schuhe. Er war nun in den Ruhestand getreten und lebte nur noch einen Teil des Jahres über mit seiner jüngeren Frau Momi auf der Großen Insel. Den Rest verbrachte er auf seiner Zwanzig-Meter-Yacht *Sivada*, auf der er Häfen wie Fidschi oder Tahiti ansegelte.

Die Anklage hatte Shoemakers Funklog vom April bis zum Dezember 1974 als Beweismittel aufnehmen lassen. Die handschriftlichen Eintragungen belegten, daß er im Juli achtmal mit den Grahams Kontakt gehabt hatte.

Danach hatte man sich auf den wöchentlichen Turnus geeinigt, und er hatte am 7., 14., 21. und schließlich am 28. August mit den Grahams gesprochen.

Ich wußte, daß Shoemaker in etwa die gleiche Aussage machen würde wie beim Prozeß gegen Walker: das Gespräch zwischen ihm und Mac am 28., einschließlich der suggestiven Geschichten mit dem Kuchen und dem Waffenstillstand. Technisch gesehen fiel seine Aussage in den Bereich des Hörensagens.

Doch ich wollte keinen Einspruch dagegen erheben, da ich wußte, was die Geschworenen von einem Anwalt halten, der wichtige Informationen unterdrücken will. Denn schließlich war das, was Mac bei ihrem letzten Funkkontakt angeblich zu Shoemaker gesagt hatte, äußerst relevant, und die Geschworenen würden es zweifellos hören wollen. Ich würde nicht versuchen, sie daran zu hindern.

Shoemaker wiederholte seine Aussage vom Walker-Prozeß in groben Zügen und schloß mit der Bemerkung, daß er nach dem letzten Kontakt am 28. August zwischen dem 4. (dem nächsten planmäßigen Termin) und dem 18. September noch viermal erfolglos versucht hatte, die Grahams zu erreichen.

Zumindest wurde bei diesem Verfahren der ›Kuchen‹ nicht in einen unfairen Zusammenhang mit dem Rattengift gebracht. Dennoch bereitete uns Shoemakers Aussage beträchtliche Probleme. Zum Beispiel erwähnte das amateurhafte Logbuch der *Iola* mit seinen viel belangloseren Eintragungen wie ›vormittags Regen‹ oder ›nachmittags wieder Zane Grey gelesen‹ keinen Besuch am 28. August auf der *Sea Wind*. Die Anklage und die FBI-Agenten, die in dem Fall ermittelt hatten, vermuteten, daß Jennifer den Besuch nicht erwähnt hatte, weil sie und Buck die Grahams zu diesem Zeitpunkt ermordet hatten. Wenn die Geschworenen Shoemakers Aussage über den Kuchen und das Friedensangebot glaubten, würde unserer Seite ein gewaltiger Schaden entstehen.

Ich begann das Kreuzverhör Shoemakers mit der Erklärung, daß ich der Einfachheit halber seine Aussage über den Kuchen und den Waffenstillstand beziehungsweise das Friedensangebot als ›Kuchenzwischenfall‹ bezeichnen würde. Dann fragte ich: »Dieser letzte Kontakt mit Mister Graham fand am Abend des 28. August zwischen 19 Uhr 10 und 19 Uhr 50 statt?«

»Ja.«

»Und dieser Kuchenzwischenfall ereignete sich am Ende Ihres Funkkontakts?«

»Richtig.«

»Abgesehen vom Kuchenzwischenfall verlief Ihr restliches Gespräch mit Mister Graham völlig routinemäßig?«

»Vorher, ja.«

»Ihnen ist kein besonderes Gesprächsthema haften geblieben?«

»Nein«, sagte er.

»Na schön. Sie erinnern sich, was dieses Gespräch mit Mister Graham am 28. August 1974 betrifft, also hauptsächlich an den Kuchenzwischenfall?«

»Ja.«

»Er ist Ihnen vor allem anderen im Gedächtnis haften geblieben?«

»Ja.«

»Wenn Sie hundert Jahre alt würden – und das will ich hoffen, Sir –, und jemand fragt Sie, was bei dem letzten Funkkontakt mit Mac Graham geschehen ist, würde Ihnen zuerst der Kuchenzwischenfall in den Sinn kommen?«

Shoemaker pflichtete mir nachdrücklich bei, daß er ihn nie vergessen würde.

»Mister Shoemaker, erinnern Sie sich, etwa zwei Monate nach Ihrem letzten Kontakt mit Mac Graham, genauer gesagt am 30. Oktober 1974, auf dem Polizeirevier von Hilo, Hawaii, mit dem FBI-Agenten Tom Kilgore gesprochen zu haben?«

»Ja.«

»Und die ausdrückliche Absicht dieses Gesprächs war, herauszufinden, was Sie über die Grahams und deren Verschwinden wußten?«

»Ja.«

»Und Sie wollten dem FBI-Agenten behilflich sein und ihm alle wichtigen Informationen mitteilen, die Ihnen bekannt waren?«

»Ja.«

»Und Sie haben dem FBI-Agenten – ich halte hier seinen Bericht über das Gespräch mit Ihnen in der Hand – von Ihren Funkkontakten mit den Grahams berichtet?«

»Ja.«

»Und ihm gesagt, daß Sie zum letztenmal am 28. August 1974 mit Mac Graham gesprochen haben?«

»Ja.«

Nachdem ich Shoemaker entlockt hatte, daß er Kilgore diverse unbedeutende, triviale Dinge berichtet hatte, die Mac ihm während dieses letzten Gesprächs mitgeteilt hatte, fragte ich: »Mister Shoemaker, gibt es irgendeinen Grund, *warum* Sie während des gesamten Gesprächs mit Mister Kilgore kein einziges Mal den Kuchenzwischenfall erwähnt haben, über den Sie hier und heute ausgesagt haben? Irgendeinen Grund?«

»Nein. Wenn ich ihn nicht erwähnt habe ... ich erinnere mich nicht mehr. Ich bin aber sicher, daß ich ihn erwähnt habe.«

»Sie sagen jetzt *unter Eid* aus, daß Sie Mister Kilgore von diesem Kuchenzwischenfall berichtet haben? Sie wissen es ganz genau?«

»Na ja, nicht ganz genau, aber ich ... ich glaube es. Denn ich habe ihm alles gesagt, was ich wußte.«

Ich nickte scheinbar zustimmend. »Sie werden ihm doch sicherlich davon erzählt haben, weil Ihnen dieser Zwischenfall vor allen anderen im Gedächtnis haften geblieben ist, nicht wahr?«

»Nun ... ja. Ja.«

(Es war mir nicht möglich, an dieser Stelle Kilgores

Bericht zu zitieren, um Shoemakers Glaubwürdigkeit zu erschüttern, obwohl er keine Erwähnung des Kuchenzwischenfalls enthielt. Man kann zwar eine frühere schriftliche Aussage eines Zeugen benutzen, um dessen Glaubwürdigkeit in Zweifel zu ziehen, doch diese frühere Aussage stammte von Kilgore und nicht von Shoemaker. Doch da die Geschworenen sahen, daß ich Kilgores Bericht in der Hand hielt, zogen sie vielleicht die richtige Schlußfolgerung, daß Shoemaker Kilgore nichts davon erzählt hatte. Auf jeden Fall würden meine nächsten Fragen den letzten Zweifel der Geschworenen ausräumen.)

»Mister Shoemaker, am 25. Juni 1975 haben Sie bei einem Diebstahlprozeß in Honolulu ausgesagt. Die Gerichtsdienerin wird Ihnen eine Fotokopie des Protokolls Ihrer Aussage geben.«

Shoemaker ahnte noch immer nicht, was ich bezweckte, und betrachtete das Protokoll mißtrauisch.

Ich wies ihn an, sich bestimmte numerierte Zeilen des Protokolls durchzulesen. Dann fragte ich: »Haben Sie bei diesem Prozeß auf diese Fragen folgende Antworten gegeben?« und las die Fragen des Staatsanwalts und Shoemakers Antworten laut vor.

Frage: »Welcher Natur war *der letzte Funkkontakt* mit Mac Graham am 28. August?« Antwort: »Wie alle anderen Kontakte. Er [Mac] berichtete mir von seinen Erlebnissen auf der Insel. Was er so tat, was er gefunden hat. Wir sprachen über alles vom Regen bis zu den Vögeln, den Haien in der Lagune und so weiter. Wie man fischt, welche Fische giftig sind. Es waren auch andere Schiffe auf der Insel gewesen, und ich gab Nachrichten von einigen dieser Schiffe an die Eltern der Besatzung weiter.«

Da Shoemaker auf Dinge zu sprechen kam, die sich auch bei vorherigen Funkkontakten ereignet haben konnten, führte der Ankläger ihn wieder zu dem letzten Gespräch zurück.

Frage: »Welcher Natur war *Ihr letztes Gespräch* mit Mac

Graham? Worüber haben Sie gesprochen?« Antwort: »Na ja, ich glaube, einer der Hunde des anderen Pärchens auf der Insel hatte fast seine Frau angefallen. Aber es ist möglich, daß wir auch schon vorher darüber gesprochen hatten. Es schien also ein Problem zu geben. Mac hat gesagt, ihr Schiff sei nicht seetüchtig und würde schlimm lecken, und die Leute an Bord hätten kaum noch etwas zu essen. Das waren die mit dem Hund. Sie hatten mehrere Hunde, aber ich glaube, nur einer hat den Ärger gemacht.«

Frage: »Dieses Gespräch fand am *28. August* statt?« Antwort: »Das war am 28., das letztemal, daß ich etwas von ihnen gehört habe.« Frage: »Hatten Sie danach noch einmal Kontakt mit ihnen?« Antwort: »Nein. Das war das *letztemal*, daß ich von ihm gehört habe, und er hat gesagt, das andere Schiff würde am nächsten Tag abfahren.«

Ich sah von dem Protokoll auf. »Habe ich die Fragen und Antworten richtig vorgelesen, Sir?«

»Es hört sich so an ... ja.«

»Mister Shoemaker, ich habe in dem gerade verlesenen Protokoll sieben, ich wiederhole, *sieben* Erwähnungen gefunden, daß es sich um Ihren letzten Funkkontakt mit den Grahams gehandelt hat. Dies nur, damit keine Verwirrung entsteht, um welchen Kontakt es sich handelt. Sie haben gerade ausgesagt, dieser Kuchenzwischenfall hätte sich vor allen anderen in Ihr Gedächtnis eingeprägt. Sie würden ihn nie vergessen, solange Sie leben. Können Sie den Geschworenen und Richter King erklären, *warum* Sie, als man Sie ausdrücklich aufforderte, alles zu berichten, was während dieses letzten Kontakts gesagt wurde und passierte, den Kuchenzwischenfall nicht für wichtig genug befanden, um ihn zu erwähnen?«

»Wem gegenüber erwähnen?«

Ich glaubte zu hören, wie es im Saal deutlich knirschte.

»Dem Anwalt gegenüber, der Sie aufgefordert hat, alles zu berichten, was während dieses Gespräch stattfand.«

»Welchem Anwalt?«

»Der Person, die Ihnen die Fragen gestellt hat, die ich Ihnen gerade vorgelesen habe.«

Shoemaker erbleichte. »Na ja«, stammelte er mit deutlich zitternden Lippen, »ich habe nur ... die Fragen beantwortet, die man mir gestellt hat.«

Ich hatte keine weiteren Fragen.

Beim Gegen-Kreuzverhör versuchte Schroeder, den offensichtlichen Schaden zu reparieren. »Erinnern Sie sich, ob Sie den Kuchenzwischenfall gegenüber FBI-Agent Hal Marshall erwähnt haben?«

»Ja, bei mir zu Hause«, sagte Shoemaker schnell, nach dem Strohhalm greifend. »Das war letztes Jahr. Ich habe mit ihm darüber gesprochen.«

»Und Sie haben diesen Zwischenfall ausdrücklich erwähnt?«

»Ja.«

Aber das war etwa elf Jahre gewesen, nachdem sich der Zwischenfall angeblich ereignet hatte. Shoemakers Verwicklung in den berühmten Mordfall Palmyra war zweifellos ein Höhepunkt in seinem Leben gewesen. Man konnte die Sache mit dem Fischer vergleichen, dem der ganz große Fisch vom Haken schlüpft, und jedesmal, wenn er davon erzählt, wird der Fisch etwas größer. Doch obwohl Shoemaker beim Kreuzverhör sehr schlecht ausgesehen hatte, wirkte er nicht wie ein Lügner, sondern eher wie die Art von Mensch, die auf die Bühne geht, wenn der Zauberkünstler um Freiwillige bittet. Was seine Glaubwürdigkeit vor den Geschworenen betraf, war das ein Pluspunkt für ihn.

Robert Mehaffy, der Lehrer aus Sacramento, sagte aus, daß die *Sea Wind* am Abend des 12. Oktober 1974 in den Hafen Nawiliwili auf Kaui eingelaufen war und neben seiner Yacht geankert hatte. »Am nächsten Tag, kurz nach dem Abendessen, hörten wir ein Klopfen an der

Hülle. Wir öffneten die Luke, und dieses Pärchen war in einem Dingi hinübergekommen. Sie hatten eine Flasche Wein dabei. Sie stellten sich als Roy Allen und Jennifer Jenkins vor. Wir luden sie ein, an Bord zu kommen, und sie blieben etwa drei Stunden.«

Hauptsächlich habe Jennifer die Unterhaltung geführt, doch auch ihr Freund habe einiges gesagt, fuhr Mehaffy fort. Sie erwähnten eine Fahrt nach Palmyra, gingen aber nicht in die Einzelheiten. Die Frau erzählte, auf der Rückfahrt nach Hawaii von einem großen Schwertfisch verfolgt worden zu sein. »Sie sagte, der Fisch habe die Yacht ständig umkreist. Sie hörten einen dumpfen Schlag, dachten sich aber nichts dabei, bis sie später nach unten gingen und feststellten, daß das Schiff Wasser aufnahm. Sie pumpten das Wasser aus und, so behauptete sie, fanden das Schwert eines Schwertfisches, das im Kielraum in der Hülle steckte. Sie behaupteten, sie hätten das Loch von außen geflickt.«

»Sie sind ein erfahrener Segler«, sagte Schroeder. »Kam Ihnen diese Geschichte plausibel oder glaubwürdig vor?«

»Na ja, ich habe Roy damals gesagt, es käme mir ziemlich unwahrscheinlich vor, daß das Schwert eines Schwertfisches stark genug sein könnte, um die Eichenhülle ihrer Yacht zu durchdringen.«

»Haben Sie Jennifer oder Roy jemals gebeten, Ihnen das Loch dieses Schwertfischangriffs zu zeigen?«

»Jetzt, wo Sie danach fragen ... ich habe einfach gesagt: ›Das würde ich gern sehen. Ich würde dieses Loch gern sehen.‹«

»Haben Jennifer oder Roy Ihnen angeboten, Ihnen dieses ... Schwertfisch-Loch zu zeigen?«

»Nein. Sie erwähnten, sie müßten am nächsten Tag weiter, da das Schiff noch immer Wasser aufnahm und sie es auf ein Trockendock bringen müßten, um es vernünftig zu reparieren.«

Vor dem Prozeß hatte ich Enoki gebeten, einen Eintrag

in der *Encyclopedia Americana* als Beweismittel aufzunehmen, in dem aufgeführt wurde, es sei schon oft beobachtet worden, daß ein Schwertfisch eine Schiffshülle durchbohrt hatte. Enoki hatte abgelehnt und mich aufgefordert, zu diesem Punkt einen Sachverständigen aufzurufen. Ich nahm an, daß die Anklage argumentieren wollte, das Loch sei wahrscheinlich durch eine Kugel entstanden. Warum sollte sie sich sonst der Schwertfisch-Theorie widersetzen?

Mehaffy sagte aus, zwei Wochen später, am 28. Oktober, habe sein Schiff im Hafen Ala Wai gelegen, als die Ketsch einlief und vielleicht dreißig Meter entfernt ankerte. »Als sie den Anker warfen«, fuhr er fort, »half mir jemand, eine andere Yacht zu vertäuen, und sah hinüber und sagte: ›Das ist das Schiff der Grahams.‹ ›Nein‹, sagte ich, ›das sind Roy und Jennifer.‹ Er sagte: ›O mein Gott!‹ und eilte davon.«

»Wissen Sie, wer dieser Mann war?« fragte Schroeder.

»Bernard Leonard«, erwiderte der Zeuge.

Aufgrund der Gespräche, die ich vor dem Prozeß mit Mehaffy geführt hatte, wollte ich einige Dinge zur Sprache bringen, die Jennifer helfen würden. Doch Schroeder übernahm meine Aufgabe, als er Mehaffy fragte, ob er Jennifer und Roy am folgenden Morgen noch einmal gesehen habe.

»Ja, als sie die *Sea Wind* in ihrem Dingi verließen, um an Land zu rudern.«

»Erinnern Sie sich, wer von ihnen gerudert hat?«

»Ich glaube, es war Jennifer.«

»Haben Sie einen der beiden später noch einmal gesehen?«

»Na ja, ein paar Minuten später ruderte Jennifer zur Yacht *zurück*. Sie blieb nur ein paar Minuten dort. Als ich das nächste Mal hinsah, ruderte sie wieder zum Ufer. Dann kam das Boot der Küstenwache in den Hafen und verfolgte sie.«

Der Ankläger hatte soeben eine Bestätigung für Jennifers Geschichte eingeholt, Joel die Wäsche zurückgebracht zu haben.

Ein Kreuzverhör ist normalerweise auf die Punkte beschränkt, die bei der direkten Befragung angesprochen wurden, doch ich bat Richter King um Erlaubnis, Mehaffy wie einen eigenen Zeugen zu befragen, und er gewährte sie mir.

Ich führte aus, daß Mehaffy ein erfahrener Segler war, der Segelunterricht gegeben und zahlreiche Artikel über diesen Sport veröffentlicht hatte. »Mister Mehaffy, kann ein Schiff, auch wenn es keinen Motor hat, mit einer Technik, die man Lavieren nennt, gegen den Wind segeln?«

»Man kann niemals *direkt* in den Wind segeln. Doch indem man zuerst gegen die eine Seite der Windquelle und dann gegen die andere angeht – das nennt man Lavieren –, kann man in die Richtung fahren, aus der der Wind kommt.«

Der Begriff *Lavieren* war bei Buck Walkers Prozeß niemals gefallen, obwohl die Anklage behauptet hatte, ein Segelschiff ohne Motor könne nicht gegen den Wind von Palmyra nach Fanning segeln. Ich wußte zwar nichts über Schiffe und das Meer, hatte mich jedoch informiert, nachdem Jennifer mir gesagt hatte, daß sie und Buck auf diese Weise zu der Insel segeln wollte.

Ich ließ Mehaffy diese Technik genau beschreiben, und er bestätigte ebenfalls, daß man auch gegen den Wind und die Strömung segeln konnte. Als Schroeder meinen Platz auf dem Podium einnahm, versuchte er, das Lavieren von Palmyra nach Fanning aufgrund der starken Winde als besonders schwierig darzustellen, doch Mehaffy widersprach: *Je stärker der Wind war, gegen den man segelte, desto schneller kam man voran.* Allerdings gelang es Schroeder, erneut die Seetauglichkeit der Iola ins Spiel zu bringen, und Mehaffy gestand ein, daß ein nicht seetaugliches Schiff beim Lavieren auseinanderbrechen konnte.

Doch wir hatten eindeutig klargestellt, daß Jennifer jeden Grund zu der Annahme hatte, mit Hilfe des Lavierens von Palmyra nach Fanning gelangen zu *können*.

Die nächsten beiden Zeugen der Anklage, James Wollen und seine Frau Lorraine, hatten auch schon beim Diebstahlprozeß ausgesagt. Sie hatten Jennifer und Roy Allen Mitte Oktober 1974 in Waianae an der Westküste Oahus kennengelernt und waren von ihnen auf eine blauweiß gestrichene Ketsch eingeladen worden, die sie anhand von Fotos als die *Sea Wind* identifizierten. Mrs. Wollen sagte erneut aus, die Fotos für Jennifer abgeholt zu haben (die die *Iola* und die *Sea Wind* zeigten, wie sie nebeneinander aufs offene Meer segelten).

Mrs. Wollen sagte ebenfalls aus, »die Allens« einmal an Bord ihrer wunderschönen Yacht besucht zu haben, und wiederholte Jennifers Version der Geschichte, wie sie und ihr Freund in den Besitz des Schiffes gelangt seien – sie hätten es von einem Mann erworben, dem es etwa vierzehn Jahre lang gehört hätte, bis ihm dann die Pflege zu mühselig geworden sei.

»Hat sie jemals die Namen Mac oder Muff oder die Grahams erwähnt?« fragte Enoki.

»Nein.«

»Hat sie jemals erwähnt, daß jemand auf Palmyra verschwunden ist oder einen Unfall gehabt hatte?«

»Nein.«

Einen Punkt wollte ich beim Kreuzverhör klären – daß ein Bild der Vorbesitzer in der Kabine gehangen hatte.

»Nein, daran erinnere ich mich nicht«, sagte Mrs. Wollen.

Ich las ihr den Teil ihrer Aussage beim Diebstahlprozeß vor, bei dem sie das Bild an der Kabinenwand beschrieben und Jennifer gefragt hatte, ob es sich dabei um die Vorbesitzer handelte.

»Erinnern Sie sich nun, diese Aussage gemacht zu haben?« fragte ich.

»Ja. Ich habe das Bild einfach vergessen, und das haut mich um.«

Ken White, der Schiffssachverständige der Anklage, sagte über seine ausführliche Untersuchung des Evinrude-Außenbordmotors des Zodiac der *Sea Wind* aus. White hatte keine Spur von Salzwasser und auch keine Korrosion in dem Motor entdeckt und damit zweifelsfrei bewiesen, daß der Zodiac *nicht* in der Lagune von Palmyra gekentert war.

Er fuhr mit einigen Erklärungen darüber fort, wie schwierig es war, einen solchen Evinrude wieder zu starten, nachdem er im Salzwasser gelegen hatte. Man mußte ihn auseinandernehmen und einige Teile säubern und trocknen. Ein solcher Versuch hinterließ normalerweise Spuren, die White bei diesem Motor nicht gefunden hatte. (Jennifer würde aussagen, daß der Motor sofort angesprungen war, nachdem Buck einige Male an der Schnur gezogen hatte.)

»Haben Sie am Gehäuse Kratzer entdeckt, die darauf schließen lassen, daß der Evinrude mit Korallen in Berührung gekommen ist?« fragte Enoki.

»Nein.«

Der Ankläger wußte, daß Jennifer aussagen würde, sie habe das Dingi am Strand der Lagune gefunden, der nach Aussage zahlreicher Zeugen hauptsächlich aus Korallen bestand. Doch ich machte mir keine großen Sorgen über die Ausführungen dieses Sachverständigen. Buck konnte den Zodiac auf dem Strand so vorsichtig umgedreht haben, daß er dabei nicht verkratzt worden war. Schließlich würde der Zodiac ja bald ihm gehören.

Ich war von Anfang an davon ausgegangen, daß der nächste Zeuge, Calvin Shishido, Special Agent des FBI im Ruhestand (der nun als Privatdetektiv für eine große Anwaltskanzlei in Honolulu arbeitete), einer der kritischsten und gefährlichsten Zeugen des gesamten Prozesses sein würde. Wenn die Geschworenen ihm nun nach Ken Whites Aussage glaubten, daß Jennifer ihm erzählt hatte, sie und Buck hätten den Zodiac gekentert *im* Wasser der Lagune gefunden – was er ja aussagen würde –, konnte dies verheerende Folgen für ihre Glaubwürdigkeit haben und als starkes Indiz für ihre Schuld angesehen werden.

Shishido knöpfte seine beige Anzugjacke auf und machte es sich im Zeugenstand bequem, während er geduldig auf die erste Frage wartete. Offensichtlich hatte er schon sehr oft bei Prozessen ausgesagt.

Enoki ließ Shishido berichten, was Jennifer ihm bei dem ersten Verhör auf dem Kutter der Küstenwache erzählt hatte.

»...sie sagte, sie habe das Zodiac-Dingi mit dem Außenbordmotor am nächsten Morgen *gekentert im Wasser* gefunden. Der Benzintank hatte sich gelöst und trieb in der Nähe... Sie setzten ihre Suche nach den Grahams bis zum 11. September fort und sind dann auf der *Sea Wind* nach Honolulu aufgebrochen.«

»Erinnern Sie sich genau, daß sie gesagt hat, sie habe den Zodiac *im* Wasser gekentert gefunden?« wiederholte Enoki, um diesen Punkt endgültig zu klären.

»Ja.«

Enoki fragte Shishido, was Jennifer ihm vor fast zwölf Jahren über das Schicksal der *Iola* erzählt hatte. »Sie hat gesagt, sie sei an Bord der *Iola* und Roy Allen an Bord der *Sea Wind* gegangen, und sie hätten die *Iola* mit einem Tau von etwa fünfzehn Metern Länge schleppen wollen. Doch die *Iola* sei auf einen Felsen gelaufen, und sie hätten sie nicht freibekommen und wären mit der *Sea Wind* weitergesegelt.«

»Hat sie gesagt, warum sie die *Sea Wind* benutzt haben?«

»Sie behauptete, da die Grahams sie zum Essen eingeladen und ›fühlt euch wie zu Hause‹ gesagt hatten, bedeute dies, falls den Grahams etwas zustoßen sollte, könnten sie und Roy die *Sea Wind* in Besitz nehmen.« Shishido lächelte leicht.

»Das hat Mrs. Jenkins gesagt?« fragte Enoki und versuchte gar nicht erst, seinen Sarkasmus zu verbergen.

»Ja.«

Enoki fragte, ob Jennifer erwähnt habe, warum sie und Roy Allen das Verschwinden der Grahams nicht den Behörden von Hawaii gemeldet hatten.

»Sie hat gesagt, sie habe das Verschwinden der Grahams nicht gemeldet, weil sie befürchtete, die Behörden würden ihr das Schiff wegnehmen.«

Dann kam Shishido unter Enokis Anleitung auf seine Besuche auf Palmyra im November 1974 und im Februar 1981 zu sprechen. Er erwähnte den Aluminiumbehälter, den Deckel und den Draht, den man neben den Knochen gefunden hatte. »Ich zog den Draht um den Behälter mitsamt Deckel, und er paßte genau«, sagte er ehemalige FBI-Agent.

Auf mehreren Fotos identifizierte er die Fundstelle der Knochen, »ein Korallenriff, das sich vom Land in die Lagune erstreckt. Im Wasser selbst fällt es steil ab. Der Strand selbst besteht aus Felsen, Korallen und kleinen Sandstreifen«.

Enoki zeigte den Geschworenen eine Luftaufnahme des betreffenden Strandstücks und setzte sich dann.

Der Richter sah mich an. »Bereit zum Kreuzverhör, Mister Bugliosi?«

Aufgrund der Menge an Dokumenten und Protokollen, die ich mit zum Podium schleppte, mußten die Geschworenen begriffen haben, wie wichtig dieser Zeuge war. »Jawohl, Euer Ehren.«

Ich bezweifelte nicht, daß der Zeuge, den ich nun ins Kreuzverhör nehmen würde, völlig ehrlich war. Doch er war auch nicht der zuverlässigste, zumindest nicht, was diesen Fall betraf. Zuerst klärte ich zur Unterrichtung der Geschworenen, daß *alle* FBI-Agenten ›Special Agents‹ genannt werden (damit die Geschworenen ihn nicht für einen ›ganz besonderen‹ Agenten hielten) und daß er, Shishido, der *einzige* Zeuge war, der vor dem Schwurgericht ausgesagt hatte, das Anklage gegen Jennifer erhoben hatte.

»Am Morgen von Miss Jenkins' Verhaftung«, fuhr ich fort, »haben Sie von der Küstenwache erfahren, daß Jennifer und Roy Allen die *Sea Wind* mit einem Dingi verließen.«

»Ja, richtig.«

»Irgendwann danach haben Sie erfahren, daß der Mann, den Sie für Roy Allen hielten, an Land gegangen und sich ausgezogen hatte, ins Wasser gesprungen und verschwunden war.«

»Ja.«

»Was Jennifers Verhör kurz darauf an Bord des Kutters der Küstenwache betrifft, Mister Shishido, so war sie doch sehr, sehr bereitwillig, Ihnen zu sagen, was auf Palmyra passiert ist, nicht wahr?«

»Ja, Sir, das war sie.«

»War sie nicht sogar so versessen darauf, daß sie Sie, während Sie sie noch auf ihre verfassungsmäßigen Rechte hinwiesen, mehrmals unterbrochen hat, um Ihnen zu sagen, was dort passiert ist?«

»Ja, das stimmt.«

»Und Sie mußten Jennifer tatsächlich bremsen, damit Sie ihr all ihre verfassungsmäßigen Rechte vorlesen konnten, nicht wahr?«

»Das stimmt.«

»Haben Sie ihr gesagt, daß Sie das Recht hat, einen Anwalt hinzuzuziehen, bevor sie mit Ihnen spricht?«

»Ja.«

»Und hat sie Ihnen gesagt, daß sie keinen Anwalt will?«

»Das ist richtig.«

»Hat sie nicht sogar ganz zu Anfang gesagt: ›Das Schiff gehört mir nicht. Es gehört den Grahams.‹ Stimmt das?«

»Ja.«

Um den Geschworenen die Möglichkeit nahezubringen, daß sich Shishido an sein Verhör Jennifers nicht mehr genau erinnern konnte, versuchte ich, seine Glaubwürdigkeit als Zeuge zu erschüttern.

»Haben Sie von dem Verhör eine Tonbandaufnahme gemacht?« fragte ich.

»Nein, Sir, das habe ich nicht.«

»Gibt es einen Grund dafür?«

»Nun ja, wir haben festgestellt, daß wir uns dann zu sehr auf das Tonband konzentrierten und zu wenig darauf, was gesagt wurde. Und wenn wir das Verhör dann abschreiben wollten, mußten wir oft feststellen, daß die Aufnahme untauglich war, weil manche Menschen sehr undeutlich sprechen oder andere Geräusche ihre Worte übertönen.«

»Dann sind Sie jetzt, fast zwölf Jahre später, der Ansicht, es sei für die Geschworenen besser, sich auf ihre Erinnerung zu verlassen, anstatt sich eine Tonbandaufnahme des Verhörs anzuhören?« fragte ich ungläubig.

Seine Antwort war recht verblüffend. »Ja, Sir«, sagte er ruhig. »Bei manchen Aufnahmen kann man Teile der Fragen nicht verstehen. Wenn man die Frage nicht verstanden hat, könnte man eine Antwort falsch deuten.«

»Doch wenn jemand überprüfen möchte, ob Ihre Erinnerung an das, was Jennifer Ihnen gesagt hat, wirklich zutrifft, kann man das nur mit solch einer Tonbandaufnahme, nicht wahr, Mister Shishido?«

»Technisch gesehen, ja, wahrscheinlich.«

»Ihre Worte sind für immer verloren, nicht wahr?«

»Nun, sie sind in dem Bericht enthalten, den ich kurz nach dem Verhör angefertigt habe.«

»Haben Sie sich für diesen Bericht schriftliche Notizen gemacht?«

»Ja.«

»Haben Sie diese Notizen dabei?«
»Nein, Sir.«
»Wissen Sie, was mit ihnen geschehen ist?«
»Sie wurden vernichtet, nachdem ich den Bericht über das Verhör geschrieben hatte. Das war damals so üblich.«
Ich ging nun im Gerichtssaal auf und ab und feuerte meine Fragen schnell hintereinander auf den Zeugen ab, wobei ich ihn manchmal gar nicht ansah.
»Das ist heute nicht mehr üblich?«
»Nein, Sir.«
»Sie sind schon oft von Anwälten der Verteidigung ins Kreuzverhör genommen worden, nicht wahr?«
»Ja.«
»Und fast immer wollten diese Anwälte die Notizen sehen, die Sie bei den Verhören ihrer Klienten angefertigt haben.«
»Nein, Sir.«
»Sie haben Sie nicht nach Ihren Notizen gefragt?«
»Nun, manchmal schon.«
»Warum vernichten Sie die Notizen, wenn Sie doch wissen, daß Sie manchmal danach gefragt werden?«
»Es ist einfach ... nun, wenn man mich nach meinen Notizen fragt, kann ich sagen, daß sie in meinem Bericht vorliegen, denn ich diktiere nach meinen Notizen.«
»Ich nehme an, das FBI führt eine Akte über Jennifer?«
»Ja.«
»Und anstatt Ihre ursprünglichen Notizen einfach dieser Akte hinzuzufügen, zerreißen Sie sie lieber und werfen sie in den Papierkorb?« Ich blieb stehen und sah Shishido vorwurfsvoll und dann die Geschworenen ungläubig an. Um ehrlich zu sein, tat mir der Zeuge ein wenig leid. Andererseits stellte seine Aussage eine Bedrohung für das Leben und die Freiheit meiner Klientin dar.
Als Shishido antwortete, war seine Stimme kaum vernehmbar. »Damals ja.«
Ich wartete einen Augenblick lang ab.
»Wie lange haben Sie Jennifer auf dem Kutter verhört?« fuhr ich dann fort.

»Insgesamt vielleicht eine Stunde, oder fünfundvierzig Minuten, irgendwo dazwischen. Im FBI-Büro, in das wir sie später brachten, noch einmal etwa anderthalb Stunden.«

»Wir sprechen also von insgesamt zweieinhalb Stunden?«

»So in etwa.«

»Wie gut erinnern Sie sich an das Verhör, Mister Shishido? Durchschnittlich, unterdurchschnittlich, überdurchschnittlich gut?«

»Ich würde sagen, durchschnittlich. An einige Teile überdurchschnittlich.«

Er gestand ein, daß die meiste Zeit über Jennifer gesprochen hatte und die Worte geradezu aus ihr ›hervorgesprudelt‹ waren, besonders am Anfang.

»Und Sie haben das, was sie Ihnen in diesen zweieinhalb Stunden gesagt hat, zu einem kurzen Bericht von zweieinhalb Seiten zusammengefaßt?«

»Nun, das stimmt.«

»Dann muß der Bericht doch hauptsächlich *Ihre* und nicht Jennifers Worte enthalten, oder? Ich meine, um alles, was sie Ihnen gesagt hat, auf zweieinhalb Seiten unterbringen zu können, mußten Sie doch mit *Ihren* Worten das zusammenfassen, woran Sie sich erinnern konnten. Ist das richtig?«

»Das stimmt.«

»Ihrem Bericht kann man also nicht entnehmen, welche Worte Ihre und welche Jennifers sind?«

»Nun, manchmal schreibe ich: ›Sie hat gesagt ...‹ Was dann folgt, ist das, was sie mir tatsächlich gesagt hat.«

»Aber sie hat Ihnen doch etwas gesagt, was Sie dann in *Ihren* Worten niedergeschrieben haben.«

»Ja, außer, ich habe Anführungszeichen benutzt.«

»Finden Sie in diesem Bericht von zweieinhalb Seiten Anführungszeichen?«

Shishido sah langsam die Kopie seines Berichts durch, die er mit in den Zeugenstand genommen hatte. »Nein.

Nein, in *diesem* Bericht sehe ich keine Anführungszeichen«, erwiderte er schließlich.

»Halten Sie es bei einer so ernsten Angelegenheit wie dieser für wichtig, in Ihrem Bericht aufzuzeigen, welche Worte die der Person sind, die Sie verhört haben, und welche die Ihren?«

»Doch«, antwortete er tonlos.

Mir bereitete es kein Vergnügen, Calvin Shishido in Verlegenheit zu bringen. Er war ein verantwortungsvoller FBI-Agent, der genau nach Vorschrift gehandelt hatte.

»Haben Sie Ihren Bericht am Tag nach Jennifers Verhör verfaßt, oder am selben Tag, oder später?«

»Am Tag darauf.«

»Haben Sie diesen Bericht nach Ihren Erinnerungen formuliert oder nach den Notizen, die Sie sich gemacht haben?«

»Sowohl als auch.«

Ich schlug in meiner tragbaren Bibliothek schnell die entsprechende Seite auf. »1975 haben Sie bei einer Anhörung zu dieser Angelegenheit ausgesagt: ›In meinem Bericht hielt ich fest, *woran* ich mich erinnern konnte.‹ Das klingt so, als hätten Sie Ihren Bericht nach der Erinnerung und nicht nach Notizen verfaßt.«

»Nun, so habe ich das nicht gemeint«, erwiderte er schwach.

Nachdem ich Shishidos Glaubwürdigkeit nun erschüttert hatte, kam ich zu der Schlüsselfrage, ob Jennifer beim Verhör Shishido gesagt hatte, sie und Buck hätten den Zodiac gekentert in der Lagune gefunden. Zuerst hob ich hervor, daß Shishido bei der direkten Befragung ausgesagt hatte, Jennifer habe ihm gesagt, sie hätten den Zodiac *etwa zwölfhundert* Meter westlich von der *Sea Wind* gefunden, obwohl sein Bericht lediglich erwähnte, sie hätten ihn im Wasser gefunden.

Dann kam ich auf die dem widersprechende Aussage bei einer Anhörung am 8. November 1974, bei der er ausgesagt hatte, Jennifer habe ihm gesagt, sie hätten den

Zodiac *etwa achthundert Meter* von der *Sea Wind* entfernt gefunden.

»Ich würde sagen, daß die ursprüngliche Angabe wahrscheinlich korrekter war als meine heutige Aussage«, gestand Shishido ein.

Ein kleiner Punktgewinn, aber immerhin.

»Mister Shishido, ich zitiere Seite dreizehn des Protokolls Ihrer Aussage vom 8. November 1974: ›Sie sagte mir, daß sie am nächsten Morgen nach den Grahams gesucht hätten. Während der Suche haben sie den Zodiac gefunden, den die Grahams am Abend zuvor benutzt haben. Das Dingi war gekentert. Es hatte einen Außenbordmotor, der auch gekentert war. Sie fanden auch einen Benzintank, der zu dem Dingi gehörte und in der Nähe in der Lagune trieb.‹«

Ich legte das Protokoll nieder und sah den Zeugen fest an. »Mister Shishido, wenn Sie sagen: ›Sie fanden das Dingi gekentert‹, und wenn Sie dann sagen: ›Sie fanden auch einen Benzintank, der in der Nähe in der Lagune trieb‹, klingt das in diesem Zusammenhang so, als erinnerten Sie sich, Jennifer habe Ihnen gesagt, sie hätten das Dingi *auf dem Strand* und den Benzintank *in der Lagune* treibend gefunden.«

»Nein, Sir. Im Zeugenstand verallgemeinert man mitunter. Und das ist in diesem Zusammenhang vielleicht auch mir passiert. Aber wie ich mich erinnere, hat sie während der Ermittlung gesagt, sie habe das Dingi gekentert *in* der Lagune gefunden. Doch wie hätten sie den Motor einfach wieder starten können, wenn er sich unter Wasser befunden hatte? Ich bezweifle, daß er dann angesprungen wäre.«

»Das wäre eine gute Frage gewesen. Haben Sie sie ihr damals gestellt?« Ich wollte den Ball wieder zurück über das Netz bringen.

»Wahrscheinlich.«

»Was hat sie geantwortet?«

»Ich erinnere mich nicht mehr daran.«

»Und es gibt keine Tonbandauf …«

»Ich glaube, sie hat gesagt: ›Na ja, ich weiß nicht, er sprang einfach an.‹«

»Aber Sie erinnern sich nicht mehr genau daran?«

»Ja.«

Ich trat so nahe an Shishido heran, wie es mir ohne Richter Kings Erlaubnis möglich war. Ich sah ihm fest in die Augen und faßte seine Aussage zusammen. »Eigentlich, Calvin«, sagte ich, senkte die Stimme und sprach fast im Plauderton, »haben Sie wirklich nicht die beste Erinnerung daran, was sie Ihnen gesagt hat, nicht wahr?«

»Ich erinnere mich nicht mehr genau daran«, sagte der ehemalige FBI-Agent, dessen Zuversicht im Zeugenstand ständig geringer geworden war. »Das ist richtig.«

Dieses Eingeständnis war geradezu dramatisch, doch Shishidos Glaubwürdigkeit hatte in der letzten halben Stunde dermaßen gelitten, daß er kaum eine Wahl hatte. Seine wichtigste Aussage – daß Jennifer ihm angeblich gesagt hatte, das Dingi gekenkert im Wasser und nicht auf dem Strand gefunden zu haben – war nun zumindest fraglich geworden.

Doch diese Aussage stand trotzdem noch immer im Raum, und ich wußte, daß ich bei anderen Zeugen noch einigen Boden gutzumachen hatte, um die Geschworenen zu überzeugen, Jennifer habe Shishido gesagt, sie habe das Dingi am Strand gefunden, und er sich bei der kritischen, im Widerspruch dazu stehenden Stelle in seinem Bericht geirrt hatte.

Nun wollte ich darauf zu sprechen kommen, daß Jennifer nach dem Verhör auf dem Kutter der Küstenwache im Yachtclub auf die Toilette gegangen war. Doch vorher wollte ich Shishido in eine Ecke zwingen, aus der er sich nicht hinauswinden konnte. Falls Shishido Jennifer schon auf dem Kutter für eine Verdächtige gehalten hatte, bestand die große Wahrscheinlichkeit, daß er ihre Handtasche durchsucht hatte, bevor er sie auf die Toilette hatte gehen lassen, so wie Jennifer es mir gegenüber behauptet hatte. Ich brauchte diese Aussage, um die Andeutungen der Leonards zu widerlegen, Jennifer habe belastendes Beweismaterial die Toilette hinabgespült. Ich nahm an, daß Shishido bereitwillig eingestehen würde, Jennifer für eine Tatverdächtige gehalten zu haben, sollte mich jedoch irren. Er wand sich wie ein Aal, und seine Antworten waren flüchtig wie Quecksilber. Es wäre mir fast leichter gefallen, den Papst zu dem Geständnis zu bringen, evangelisch zu sein.

Schließlich gelang es mir, ihn damit festzunageln, daß er ihr bereits auf dem Kutter ihre verfassungsmäßigen Rechte vorgelesen hatte, und er mußte stirnrunzelnd eingestehen, daß sie ihm direkt zu Anfang ihres Gesprächs verdächtig vorgekommen war.

Dann kam ich zur Sache. »Nun, Mister Shishido, ist es beim FBI nicht üblich, daß ein Verdächtiger die Handtasche, Tasche oder was immer er sonst bei sich hat, ausleeren muß, um den Agenten vor versteckten Waffen zu schützen?«

Shishido schaute besorgt drein. »Das stimmt.«

»Und dieses Vorgehen ist auch deswegen üblich, weil sich in diesen Taschen und so weiter belastendes Beweismaterial befinden könnte?«

»Das stimmt«, gestand er erneut ein.

»Und Sie *haben* Miss Jenkins auf dem Kutter der Küstenwache befohlen, in Ihrer Gegenwart ihre Taschen zu leeren, nicht wahr?«

»Das stimmt ... nun ja, ich erinnere mich nicht mehr genau daran. Ich glaube, es war später, im FBI-Büro.«

»Sie wollen uns also sagen, daß Sie Jennifer, obwohl sie eine Verdächtige in einem Fall war, bei dem es möglicherweise um Mord ging, einfach mit einer Handtasche, in die Sie nicht hineingesehen haben, auf die Toilette gehen ließen? Wollen Sie uns das sagen?«

»Ja. Aber *Sie* behaupten, sie sei eine Verdächtige gewesen ...«

»Wir sprechen darüber, wie Sie sich verhalten haben, und nicht über das, was *ich* sage. Sie haben bereits ausgesagt, daß Sie sie für eine Verdächtige hielten.«

»Ja. Eines Diebstahls verdächtig.«

»Wir sprechen hier auch von einem *Mord*, Mister Shishido«, sagte ich laut.

»Na ja, ich ... nun, damals konnte ich von dem Mord wirklich noch nichts wissen.«

Ich schüttelte ernst den Kopf, ließ diese Sache erst einmal auf sich beruhen und wandte mich einigen anderen Punkten zu, die ich für mein Plädoyer benötigte.

Ich ließ Shishido bestätigen, daß er gesehen und gehört hatte, wie man mit dem Zodiac der Grahams Versuche unternahm, und daß der Motor ›ein sehr lautes Geräusch machte‹; daß er zum Zeitpunkt von Jennifers Festnahme glaubte, ihr Begleiter hieße Roy Allen, und daß Jennifer ihn niemals darüber aufgeklärt hatte, daß Roy Allen Buck Walker war; daß sich Jennifer geweigert hatte, sich Puffer von der Küstenwache abnehmen zu lassen, und erst später zugestimmt hatte, daß Joel Peters sich um den Hund kümmern sollte, und so weiter.

Danach gab ich dem Zeugen das Beweisstück 16, das Inventar der Gegenstände, die das FBI an Bord der *Sea Wind* beschlagnahmt hatte. »Unter Punkt 26 ist aufgeführt: ›Navigationslogbuch in einer Plastikhülle.‹ Könnte das das Logbuch der *Sea Wind* sein?«

»Das weiß ich wirklich nicht.«

»Sie haben bei der direkten Befragung ausgesagt, kein Logbuch der *Sea Wind* an Bord gefunden zu haben. Sind Sie nun bereit, Ihre Aussage dahingehend abzuändern, daß es sich bei Punkt 26 der Inventarliste um das Log der *Sea Wind* handeln könnte?«

»Nein, ich würde meine Aussage nicht abändern, weil ich mich nicht daran erinnere, ein Logbuch der *Sea Wind* gesehen zu haben.«

»Doch dieses ›Navigationslogbuch‹ war bestimmt nicht das der *Iola*. Da pflichten Sie mir bei?«

»Ja. Denn das Log der *Iola* haben wir ja.«

»Also ist der Gegenstand 26 ein anderes Log, aber Sie wissen nicht, welches.«

»Das ist richtig«, sagte Shishido. »Ich weiß wirklich nicht, worum es sich handelt.«

»Und Sie wissen auch nicht, wo sich der Gegenstand 26 zur Zeit befindet?«

»Nein, Sir, das weiß ich nicht.«

Ich wechselte das Thema. »Jennifer hat Ihnen 1974 gesagt, sie hätten das gekenterte Dingi etwa achthundert Meter westlich von der *Sea Wind* gefunden. Stimmt das?«

»Ja.«

»Und Muff Grahams Überreste wurden 1981 in derselben Gegend gefunden, in der Jennifer das Dingi gefunden hat.«

»Das stimmt.«

Shishido hatte ausgesagt, während der Suche auf Palmyra im November 1974 hätten die Froschmänner der Küstenwache nur in der Nähe der Stellen getaucht, an denen die *Sea Wind* und die *Iola* vertäut gewesen waren.

»Sie haben nur sehr eingeschränkt gesucht, weil es in der Lagune vor Haien wimmelte, nicht wahr?«

»Ja«, antwortete er. »Und die Haie kamen den Froschmännern zu nah. Wir waren um ihre Sicherheit besorgt.«

»Also wurde niemals die gesamte Lagune nach Mister Grahams Leiche oder dem zweiten Aluminiumbehälter abgesucht?«

»So ist es.«

Ich war mit dem Zeugen fertig und kehrte zum Tisch der Verteidigung zurück. Nun wartete ich gespannt darauf, wie Enoki versuchen würde, die Löcher zu stopfen. Zu meiner Überraschung begann er mit Fragen, die sich als hilfreich für die Verteidigung erwiesen.

»Mister Bugliosi hat Sie gefragt, ob Miss Jenkins bereit war, Ihre Fragen zu beantworten«, sagte Enoki. »Aber hat sie sich auch geweigert, einige Ihrer Fragen zu beantworten?«

Shishido gewann nun einen Teil seines Selbstbewußtseins zurück. »Ja. Sie hat sich geweigert, einige Fragen zu beantworten.«

»Wissen Sie noch, um welche Fragen es sich dabei handelte?«

»Nun, ich erinnere mich ... ich glaube, es waren Fragen nach Roy Allens Identität.«

Ich hatte für das Gegen-Kreuzverhör keine Fragen.

Durch Shishidos Aussagen im Zeugenstand hatte die Verteidigung beträchtlich an Boden gewonnen.

Die Beweisführung der Anklage neigte sich langsam dem Ende entgegen. Als nächste Zeugin wurde Sharon Jordan aufgerufen. In ihrem hellen Sommerkleid schien sie eher in den Garten eines Landhauses als in einen Gerichtssaal zu gehören. Sie trug ihr rabenschwarzes Haar noch immer lang und war noch immer eine sehr hübsche Frau, nach der sich die Männer umdrehten. Sie lächelte dem Richter zu, bevor sie in den Zeugenstand trat, und King erwiderte das Lächeln strahlend.

Sie war die fast zwanzigtausend Kilometer von Südafrika hierher geflogen, um erneut über ihren makaberen Fund aus dem Jahr 1981 auszusagen. Nachdem sie beschrieben hatte, wie sie die Gebeine und den Aluminiumbehälter gefunden hatte, fragte Schroeder sie, ob die Flut bis zu jener Stelle reichte, an der die Überreste gelegen hatten. Ja, antwortete sie, die Flut erreiche sogar die Naupakabüsche, die noch ein Stück höher standen.

Nachdem sie beschrieben hatte, wie sie und ihr Mann das alte Rettungsboot der Air Force vom Grund der Lagune gehoben hatten, fuhr sie fort, es hätten sich »vier Nischen für Behälter in dem Boot befunden, aber nur zwei Behälter«. Die Geschworenen wußten, daß sich einer der beiden fehlenden Behälter vor ihnen im Gerichtssaal befand und der andere höchstwahrscheinlich Macs Sarg in der Lagune oder im Meer darstellte.

Die Verteidigung hatte keine besonderen Fragen an die junge Frau, doch Len brachte sie zu der eindeutigen Aussage, daß auf Palmyra niemand verhungern konnte. »Das Nahrungsangebot war super«, sagte mit ihrem angenehmen Akzent. »Es gab Kokosnüsse, viele Krabbenarten, Fische, Eier, Palmenherzen. Wir haben in den fünf Monaten, die wir dort waren, hervorragend gegessen.«

John Bryden, ein Schotte, der 1969 auf die Weihnachtsinsel gezogen war (die wie Fanning und Washington zu den Gilbert-Inseln gehörte), war 1979 angeheuert worden, auf Palmyra eine Kokosplantage aufzubauen, hatte nach vierzehn Monaten aufgrund der geographischen Bedingungen auf dem Atoll jedoch aufgeben müssen.

Bryden sagte aus, sie hätten das alte Rettungsboot, das nicht mehr zu reparieren gewesen sei, im Mai 1979 in der Lagune versenkt. Anhand eines Fotos identifizierte er es als das, das die Jordans geborgen hatten. Er konnte sich nicht mehr erinnern, wie viele Aluminiumbehälter sich in dem Boot befunden hatten.

Er beschrieb auf Enokis Fragen den Strand an der Stelle, an der die Gebeine gefunden worden waren, bei Flut als ›schmalen Sandstreifen von vielleicht dreißig Zentimetern‹. Enoki versuchte zweifellos, die Wahrscheinlichkeit aufzuzeigen, daß das Wasser der Lagune das angeblich gekenterte Dingi erreicht hätte und daher Salz in den Motor gelangt sein müßte.

»Danach würde das Wasser die Büsche umspülen?« fragte er.

»An einigen Stellen schon vorher. Die Büsche wachsen dort an einigen Stellen bis in das Wasser.«

Auch an diesen Zeugen ließen sich beim Kreuzverhör kaum Fragen stellen. »Sie haben vierzehn Monate lang auf Palmyra gelebt«, sagte Weinglass. »Ist Ihnen die Insel irgendwie unheimlich oder bedrohlich vorgekommen?«

»Manchmal schon«, antwortete Bryden, der keineswegs wie ein Mann wirkte, der sich leicht einen Schrekken einjagen ließ. »Manchmal war es schon etwas gespenstisch dort.«

Len kam auf das Nahrungsangebot der Insel zu sprechen. »Haben Sie Schweine mit nach Palmyra genommen?« fragte er.

»Ja. Wir hatten zwei Schweine dabei, aber wir kamen nicht dazu, sie zu schlachten, weil wir ... sie sind ... wir haben sie verloren.«

»Sie haben sie *verloren*?« fragte Richter King ungläubig.

»Ja«, erwiderte der Schotte ernst. »Sie sind in ein Loch gefallen, Sir, und sie ... sie sind ertrunken.«

Um Curt Shoemakers schwer angeschlagene Glaubwürdigkeit wiederherzustellen, hatte die Anklage den FBI-Agenten Tom Kilgore aus Honolulu eingeflogen. Kilgore hatte Shoemaker im Anfangsstadium der Ermittlungen am 30. Oktober 1974 verhört.

»Agent Kilgore«, fragte Schroeder, »hat Mister Shoemaker Ihnen von seinem letzten Funkkontakt mit den Grahams berichtet?«

»Ja.«

»Hat er Ihnen von einem Zwischenfall mit einem Kuchen erzählt?«

»Ja. Er hat erwähnt, daß das Paar von dem anderen Schiff, das ich damals für die Allens hielt, entweder an Bord der *Sea Wind* waren oder später kommen wollte.«

»Und was haben diese beiden mitgebracht?«

»Einen Kuchen«, antwortete der Zeuge.

»Haben Sie dies in Ihrem Bericht vermerkt?«

»Nein, Sir.« Der Agent erklärte, er habe sich damals nicht vorstellen können, der Kuchen könne irgend etwas mit dem Verschwinden der Grahams zu tun haben.

»War der Fall damals als Mordfall eingestuft?«

»Nein, Sir, sondern als Verbrechen auf hoher See.«

»Mister Kilgore«, begann ich mein Kreuzverhör,

»wann hat Sie *zum ersten Mal* jemand gefragt, ob Sie sich daran erinnern, daß Mister Shoemaker diesen Kuchen erwähnt hat?«

»Vor ein paar Tagen.«

»Davor hat sie niemand gefragt, ob Sie sich daran erinnern, daß Mister Shoemaker diesen Kuchen erwähnt hat?«

»Das ist richtig.«

»Ihr Gespräch mit Mister Shoemaker fand am 30. Oktober 1974 statt. Jetzt haben wir Mitte Februar 1986, fast zwölf Jahre später. Richtig?«

»Ja.«

»Und Sie haben seitdem in hunderten Fällen ermittelt, nicht wahr?«

»Ja.«

»Als Mister Shoemaker Ihnen angeblich von diesem Kuchenzwischenfall berichtet hat, sind Sie davon ausgegangen, daß zwei Personen zwei anderen einfach einen Kuchen gebracht haben, nicht wahr?«

»Ja.«

»Als Sie davon gehört haben, war diese Tatsache völlig unbedeutend für Sie, nicht wahr?«

»Ja.«

»Die offensichtliche Frage: Wie können Sie sich zwölf Jahre später an etwas erinnern, das Sie damals, als Sie es gehört haben, für völlig unwichtig hielten?«

»Ich erinnere mich an diesen Kuchen, weil ... ich damals gedacht habe, daß es nicht einfach ist, auf einer Yacht einen Kuchen zu backen.«

Ich bedachte Agent Kilgore mit einem Lächeln. »Sie meinen, Sie haben noch nie gehört, daß jemand auf einem Schiff einen Kuchen gebacken hat?«

»Mir ist auf einem Schiff noch nie ein Kuchen serviert worden.«

Kilgore war von der unhaltbaren Aussage, es sei schwierig, an Bord eines Schiffes einen Kuchen zu backen, auf die irrelevante Feststellung ausgewichen, man habe ihm an Bord eines Schiffes noch nie einen Kuchen serviert.

»Was diesen letzten Funkkontakt mit Mister Graham betrifft … hat Mister Shoemaker Ihnen gegenüber ausgesagt, Mister Graham habe ein Friedensangebot oder einen Waffenstillstand erwähnt?«

»Nein.«

Die beiden letzten Zeugen der Anklage waren enge Freunde der Grahams.

Harry Steward, ein ehemaliger Staatsanwalt aus San Diego, nun um die siebzig Jahre alt, sagte aus, er habe Mac dort im Yachthafen kennengelernt. »Mac war der erfahrenste Segler, den ich je getroffen habe.« Stewart schätzte, vielleicht hundert Mal oder öfter an Bord der *Sea Wind* gewesen zu sein.

»Und haben die Grahams«, fragte Schroeder, »Sie jemals eingeladen, an Bord zu gehen, wenn sie selbst nicht persönlich anwesend waren?«

»Nein.«

»Und hätten Mac oder Muff jemals jemanden, den sie nicht gut kannten oder nicht mochten, eingeladen, an Bord der *Sea Wind* zu gehen, wenn sie selbst nicht persönlich anwesend waren?«

»Nein, nein«, sagte der Zeuge nachdrücklich.

Karl Kneisel, ein hagerer Segler mit zerzaustem Haar und langer, von der Sonne verbrannter Nase, beschrieb Mac als den ›besten Segler, der mir je begegnet ist‹, und sagte aus, die Grahams hätten sich ihre Gäste an Bord der *Sea Wind* genau ausgesucht. »Sie waren altmodisch, was die Etikette betraf.«

»Hatte Mac einen Schneidbrenner an Bord?« fragte Schroeder.

»Ja. Er hielt ihn für einen unverzichtbaren Bestandteil seiner Bordwerkstatt.«

Nachdem die Anklage siebenundzwanzig Zeugen aufgerufen hatte, schloß sie die Beweisführung mit diesem letzten schrecklichen Bild ab, das auch die Geschworenen beim Walker-Prozeß vor Augen gehabt hatten: Muff Grahams Leiche wurde mit dem Schneidbrenner ihres geliebten Mannes Mac verbrannt. Diese Vorstellung genügte, daß sich jedem der Magen umdrehte.

37. KAPITEL

12. Februar 1986

Es war ein kalter und regnerischer Morgen in San Francisco. Ein Spätwintersturm zog vom Pazifik auf.

Bald würde im gewaltigen Bundesgericht an der Golden Gate Avenue, in einem behaglich geheizten Saal im neunzehnten Stock, der letzte Akt eines lange währenden geheimnisvollen Mordfalls stattfinden, der weit draußen auf dem turbulentesten Meer der Welt begonnen hatte.

Die Verteidigung hatte beträchtlich weniger Zeugen aufgeboten als die Anklage. Unsere Starzeugin würde zuletzt in den Stand treten. Wir hatten zwar nicht öffentlich erklärt, daß Jennifer aussagen würde, doch jeder wußte, daß sie, wenn sie unschuldig war, mit eigenen Worten erklären *mußte*, wieso alles gegen sie sprach.

Bevor der Richter die Geschworenen hereinbat, hörte er zwei Anträge der Verteidigung. Beim ersten handelte es sich um den Antrag, die Anklage wegen Raubmord nach Paragraph 29(a) des Strafgesetzbuches abzuweisen. Aus denselben Gründen, die Richter King auch im Prozeß gegen Walker anerkannt hatte, gab er meinem Antrag statt. Danach stellte Len einen sorgsam begründeten Antrag, die Anklage wegen vorsätzlichen Mordes aufgrund desselben Paragraphen ebenfalls abzuweisen. Da es sich um die einzige Anklage handelte, die noch gegen Jennifer erhoben wurde, hatte Len damit den Antrag gestellt, das gesamte Verfahren einzustellen. Solch ein Antrag mit der Begründung, daß die Beweise der Anklage nicht ausreichen, um eine Verurteilung zu erzielen, wird praktisch bei jedem Prozeß gestellt und fast immer abgelehnt. Dennoch argumentierte Len hervorragend und hatte die volle Aufmerksamkeit des Richters.

Weinglass führte aus: »Es liegt kein Beweis der Todesursache vor. Niemand kann aufzeigen, was auf Palmyra geschehen ist. Nichts bringt Jennifer Jenkins mit einem Verbrechen in Zusammenhang. Es gibt keine Blutflecke, keine Mordwaffe, keinen Fingerabdruck, keinen Fußabdruck. Kein Beweis bringt sie mit einem Mord in Zusammenhang.«

Er fuhr damit fort, daß ›die Mitwirkung am Diebstahl der *Sea Wind* nicht automatisch bedeutet‹, daß Jennifer auch an einem Mord mitgewirkt hatte, aber die Gefahr bestand, daß die Teilnahme an dem ersten Verbrechen die Geschworenen negativ beeinflußte. Wenn Jennifer später aussagen würde, erklärte Len, ›wird die Tatsache ans Licht kommen, daß sie unwahre Aussagen über die *Sea Wind* und die *Iola* gemacht hat. Die Anklage wird diese unwahren Aussagen nutzen und den Geschworenen einreden, daß man Jennifer keinen Glauben schenken darf. Und die Aufmerksamkeit der Geschworenen gilt dann nicht mehr der Tatsache, daß die Regierung ihre Anklage nicht beweisen kann, sondern ihrem Vorwurf, daß Jennifer die Unwahrheit gesagt hat.‹

Nachdem Richter King die Anklage gehört hatte, lehnte er den Antrag wie erwartet ab. Offenbar *mußte* der Fall vor die Geschworenen. Unter anderem führte Enoki aus, daß man den Diebstahl der *Sea Wind* nicht von dem Mord trennen konnte, da er ja das Motiv für den Mord gewesen sei.

Nach der Pause verlas der Richter den Geschworenen eine Erklärung, die die Verteidigung und die Anklage gemeinsam aufgesetzt hatten: »Die Anklage wegen Raubmordes ist von Ihnen nicht mehr in Betracht zu ziehen. Spekulieren Sie nicht darüber, weshalb sie fallen gelassen wurde. Diese Entscheidung hat nichts mit der verbleibenden Anklage zu tun, über die Sie einzig nach Lage der Beweise ein Urteil fällen müssen.«

Und damit begann die Beweisführung der Verteidigung.

Unser erster Zeuge war Bill Larson, der im Juli 1974 gemeinsam mit Don Stevens Palmyra auf der *Shearwater* angelaufen hatte. Der große, flachsblonde Larson arbeitete mittlerweile als Ingenieur in Vancouver im Staat Washington.

Stevens hatte bei beiden Diebstahlprozessen wie auch bei Bucks Mordprozeß als Zeuge der Anklage ausgesagt. Als ich das Protokoll von Walkers Diebstahlprozeß durchgearbeitet hatte, war mir aufgefallen, daß Stevens erwähnt hatte, daß sein (namentlich nicht genannter) Freund an einer Party bei Bucks Zelt teilgenommen hatte. Mac und Muff waren auch anwesend, doch Stevens hatte wegen einer Ohrenentzündung auf der *Shearwater* bleiben müssen. Wir *mußten* zumindest einen unabhängigen Zeugen präsentieren, der dem allgemeinen Eindruck widersprechen würde, zwischen den Grahams und Buck und Jennifer hätte böses Blut geherrscht. Ansonsten würden die Geschworenen Jennifers Aussage unglaubwürdig finden, ihr sei die angebliche Einladung der Grahams zum Abendessen nicht ungewöhnlich vorgekommen. Obwohl ich Jennifer mehr als nur einmal gefragt hatte, ob sie *irgend jemanden* wüßte, der solch eine Aussage machen könnte, war ihr niemand eingefallen. Ich griff nach einem Strohhalm, als ich Stevens in Oregon anrief und ihn bat, mir den Namen und die Telefonnummer seines ehemaligen Schiffskollegen zu geben. Als ich dann Larson anrief und er bestätigte, bei dem Abendessen dabeigewesen zu sein, und die Beziehung zwischen den Grahams und Buck und Jennifer als sehr herzlich beschrieb, kam ich mir vor wie Moses, der Aaron in einem Raum voller Ägypter ausgemacht hatte.

Als ich Jennifer von Larson erzählte, konnte sie den Namen nirgendwo unterbringen. Erst als ich ihr erklärte, das sei der Bursche, der an dem Abendessen in Bucks Camp teilgenommen habe, sagte sie: »Ach ja, der Typ. Ja, der könnte erzählen, daß Mac und Muff einen schönen Abend mit uns verbracht haben.« Wütend fragte ich sie, warum zum Teufel sie Larson nicht früher erwähnt hatte. Wie üblich kam ich nicht zu ihr durch. Sie lachte einfach ihr herzliches Lachen. »Ich hab's vergessen.«

Wie bei den meisten Zeugen gab es auch bei Larson gewisse Probleme. In einem FBI-Bericht über ein Telefongespräch mit ihm nannte er Jennifer ›die Anführerin der beiden‹. *Anführerin in der Hinsicht, daß sie einen Mord geplant hatte?* Ich hatte mit Larson über diese Bemerkung gesprochen, und er hatte gesagt, sie beziehe sich darauf, daß Jennifer den Großteil des Redens übernommen und Buck auch einmal angeschrien hatte, der daraufhin nichts gesagt hatte. Und es hatte Larson beeindruckt, daß sie die Navigation der *Iola* übernommen hatte, obwohl es ihr an Hochsee-Segelerfahrung mangelte. Unter dem Strich war ich jedoch bereit, Larson für die Verteidigung aufzurufen.

Obwohl ich selbst Larson für den Prozeß vorbereitet hatte, bat Len mich, den Zeugen übernehmen zu dürfen. Len hob zuerst hervor, daß Larson die Grahams und Jennifer noch vor dem Abendessen auf eine Erkundungsfahrt mit dem Dingi begleitet hatte. Als er mit der Aussage über das Essen begann, machten sich sieben oder acht Geschworene – aber *nicht* der ›Kansas Rock‹ – Notizen.

»Herrschte« – auf diesen Abend bezogen – »ein freundliches Verhältnis zwischen Buck und Mac?«

»Ja.«

»Sie haben beobachtet, wie Buck und Mac Schach spielten?«

»Ja.«

»Und als sich Muff und Jennifer unterhielten, schien es sich – von Ihrem Standort aus betrachtet – um ein freundschaftliches Gespräch zu handeln?«

»Ja, durchaus.«

»Wie würden Sie Jennifers Beziehung zu den Grahams bezeichnen?«

»Sie war freundschaftlich.«

»Sie bemerkten keine Animositäten oder Feindseligkeiten?«

»Nein.«

Die nächsten Fragen sollten aufzeigen, daß Jennifer aus Macs und Muffs Verhalten nicht hatte schließen können, daß die beiden sie und Buck nicht hatten leiden können – falls dem überhaupt so gewesen sein sollte.

»Haben Sie gesehen oder gehört, daß Muff Graham *in Jennifers Gegenwart* irgendwelche Kommentare abgegeben oder sich irgendwie so verhalten hat, daß man schließen könnte, es habe ein unfreundliches oder feindseliges Verhältnis zwischen ihr und Jennifer geherrscht?«

»Nein, habe ich nicht.«

»Haben Sie gesehen oder gehört, daß Muff Graham *in Jennifers Gegenwart* irgendwelche Kommentare abgegeben oder sich irgendwie so verhalten hat, daß man schließen könnte, es habe ein unfreundliches oder feindseliges Verhältnis zwischen ihr und Buck Walker geherrscht?«

»Nein.«

Schließlich erinnerte sich Larson, eines Nachmittags, als Muff allein dort gewesen war, die *Sea Wind* besucht zu haben. Sie hatte ihm eiskalte Cola serviert, ein ungeheurer Luxus auf einer einsamen Tropeninsel. »Die Flasche kam aus dem Kühlschrank. Wir hatten so etwas seit fast vierzehn Monaten nicht mehr getrunken.«

Mit den nächsten Fragen unterlief Len ein Fehler. »Haben Sie Muff gesagt, daß Sie die kalte Cola zu schätzen wußten?«

»Ja. Ich habe gesagt, wir sollten sie mit allen anderen auf der Insel teilen.«

»Hat Muff etwas darauf erwidert?«

»Ja. *Sie hat gesagt, sie wolle die beiden anderen nicht auf ihrem Schiff haben.*« Ich versuchte, mir meine Reaktion nicht anmerken zu lassen.

Bei seinem kurzen Kreuzverhör fragte Enoki, ob Jennifer oder Buck die Männer auf der *Shearwater* jemals um Proviant gebeten hätten.

»Ja«, erwiderte Larson. »Jennifer, ein paar Mal sogar.«

»Worum hat Sie sie gebeten?«

»Um Zucker oder Mehl, glaube ich. Ich weiß es nicht mehr genau.«

Enoki nahm wieder Platz. Die Anklage hatte anscheinend übersehen, was Larson über Jennifers angebliche Dominanz über Buck gesagt hatte. Wir hatten uns natürlich auf diesen Punkt vorbereitet, doch es war sicherlich besser, gar nicht erst in die Defensive gedrängt zu werden.

Nun rief ich Special Agent Tom Kilgore vom FBI in den Zeugenstand und fragte ihn mit einem Pokerface, ob er je zuvor einmal für die Verteidigung ausgesagt hatte.

»Jawohl, Sir.«

Wir beide lächelten.

»Aber sicher nicht sehr oft?«

»Nein, Sir.«

Die Geschworenen hatten natürlich schon seine Aussage über ein Gespräch mit Curt Shoemaker am 30. Oktober 1974 gehört. Ich wollte ein Gespräch abdecken, das er *am Vortag* mit den Leonards geführt hatte.

»Ist Ihnen zu Ohren gekommen, daß die Leonards das FBI um ein Gespräch gebeten hatten?«

»Ja.«

Beide Leonards hatten bei meinen Kreuzverhören abgestritten, jemals das FBI angerufen zu haben, um um ein Gespräch zu bitten.

»Sie haben das FBI-Büro sogar mehrmals angerufen. Stimmt das?«

»Meines Wissens ja«, sagte der Agent.

»Und Sie haben das Gespräch mit den Leonards geführt, um von ihnen Informationen zu erhalten, die Ihnen helfen könnten, das Verschwinden der Grahams aufzuklären?«

»Ja.«

»Hat während Ihres Gesprächs mit Ihnen einer der beiden erwähnt, daß Jennifer Jenkins ihnen gesagt habe, sie würde Palmyra auf der Iola nicht verlassen?«

»Nicht, daß ich mich erinnern könnte.«

»Hätten Sie solch eine Bemerkung normalerweise in Ihren Bericht aufgenommen?«

»Ja.«

Beim Kreuzverhör fragte Schroeder, ob es an dem Tag, an dem Kilgore mit den Leonards gesprochen hatte, ›ziemlich hektisch‹ gewesen war.

»Ja.«

»Wie lange haben Sie mit den Leonards gesprochen?«

»Ich würde sagen, etwa eine halbe Stunde, vielleicht etwas länger.«

»Würden Sie mir zustimmen, daß man ein Gespräch von einer halben Stunde kaum erschöpfend nennen kann?«

»Oh, keineswegs.«

Beim Gegen-Kreuzverhör stellte ich klar, daß sich Kilgore Notizen von fast fünf Schreibmaschinenseiten gemacht hatte, die sich auf solche Trivialitäten wie Leonards' Aussagen erstreckten, daß das Dingi der Grahams einen Außenbordmotor hatte und Buck mit einer Kreissäge Palmen fällte.

»Also haben Sie doch ziemlich viele Einzelheiten in Ihren Bericht aufgenommen, nicht wahr?«

»Ja.«

»Danke«, sagte ich. »Keine weiteren Fragen.«

An diesem Nachmittag trat ein zerzaust aussehender Doppelgänger Willie Nelsons in den Zeugenstand. Larry Seibert trug sein sonnengebleichtes Haar lang wie ein gealteter Hippie und schien sich in den verblichenen Jeans und der Militärjacke recht wohl zu fühlen. Es hatte mich einige Zeit und Mühe gekostet, Seibert aufzutreiben, dessen Beruf man am besten wohl mit ›Strandläufer‹ angeben konnte.

Unter Lens Führung sagte Seibert aus, Jennifer und Buck im Herbst 1973 kennengelernt zu haben, als sie in der Maalaea-Bucht die *Iola* reparierten. Das nächste Mal begegnete er ihnen im Oktober 1974, als Buck ihn einlud, sich seine neue Ketsch anzusehen.

»Haben Sie das Loch in der Hülle gesehen?« fragte Weinglass.

»Ja, ja. Aber ich auch gesehen, daß noch ein Teil eines Fisches in dem Loch steckte.«

»Und könnten Sie uns beschreiben, worum es sich dabei handelte?«

»Es sah aus wie das abgebrochene Schwert eines Schwertfisches.«

»Wie lang war es?«

»Etwa zwanzig Zentimeter. Was davon noch übrig war.«

Dann ging Len zum zweiten wichtigen Thema über. »Hatten Sie an diesem Tag auf der *Sea Wind* Gelegenheit, Buck zu fragen, wie er in den Besitz des Schiffes gekommen ist?«

»Ja. Er hat mir gesagt, er habe das Schiff bei einigen Schachspielen vom Vorbesitzer gewonnen.«

»War Jennifer dabei, als er Ihnen das sagte?«

»Na ja, sie saß nicht bei uns am Tisch, aber sie war in der Nähe.«

»Haben Sie Jennifer danach gefragt, ob die Geschichte, die Buck Ihnen erzählt hatte, auch wahr war?«

»Ja. Sie hat gesagt, sie sei nicht wahr. Er habe nicht mit dem Burschen gespielt.«

Beim Kreuzverhör versuchte Schroeder aufzuzeigen, daß Seibert ein Freund Jennifers war und für sie lügen würde.

»Sie waren gut miteinander befreundet, nicht wahr?«

»Na ja, wir waren ganz gute Freunde.«

Schroeder zeigte Seibert ein Foto, das ihn an Bord der *Iola* zeigte, als das Schiff vom Stapel lief.

»Sie haben eine Flasche Sekt oder Wein in der Hand?«

»Ja.«

Nach einer winzigen Pause wechselte Schroeder das Thema.

»Sie sind nicht einfach zufällig über den Schwertfisch gestolpert, nicht wahr? Die beiden sind zu Ihnen gekommen und haben gesagt: ›Larry, wir wollen dir was zeigen.‹«

»So in der Art, ja.«

»Und sie haben Ihnen diesen Teil des Schwerts gezeigt?«

»Genau.«

Nun kam der Ankläger auf die zweite wichtige Aussage Seiberts zu sprechen.

»Trifft es nicht zu, Mister Seibert, daß sowohl Buck als auch Jennifer Ihnen gesagt haben, sie hätten die Yacht gewonnen?«

»Das hat nur Buck gesagt.«

»Erinnern Sie sich, am 31. Oktober 1974 mit den FBI-Agenten Richard Bramley und Roy George Hamilton gesprochen zu haben?«

»Ja.«

»Und nach diesem Gespräch haben Sie eine Aussage unterschrieben, nicht wahr?«

»Ja.«

»Und steht in dieser Aussage nicht: ›*Sie* haben gesagt, daß sie die Insel auf der Yacht verlassen haben, die sie gewonnen hatten, und daß die Vorbesitzer dieser Yacht auf der *Iola* nach Fanning gefahren sind.‹ Haben Sie das den FBI-Agenten gesagt?«

»Ich habe damals vielleicht das Wort ›sie‹ benutzt, aber ...«

»Möchten Sie Ihre Aussage sehen?« fragte Schroeder scharf.

»Ich habe die Aussage gesehen. Ich weiß, was darin steht. Aber ich bin nicht sehr gut darin, immer das richtige Pronomen zu nehmen, oder wie das heißt. Und anstatt ›sie‹ sollte da ›Buck‹ stehen.«

»Im Oktober 1974 haben Sie also ›sie‹ gesagt.«

»Ja, ich habe ›sie‹ gesagt.«

»Und heute sagen Sie ›Buck‹.«

»Ich habe immer ›Buck‹ gesagt, bis auf das eine Mal, wo ich das falsche Pronomen gewählt habe.«

(Schroeder hätte wissen müssen, daß die Geschworenen der Ansicht sein würden, er habe sie absichtlich in die Irre geführt, wenn – wie ich es beim Gegen-Kreuzverhör tat – klargestellt wurde, daß Seibert beim selben Gespräch später eindeutig gesagt hatte: »*Roy Allen* hat mir die folgende Geschichte erzählt – daß *er* die Yacht bei einem Schachspiel mit dem Vorbesitzer gewonnen hat, den *er* als wohlhabenden Millionär beschrieb, dem es nichts ausmachte, das Schiff zu verlieren oder auch tausend Dollar in bar, die *Roy ebenfalls* beim Spiel gewonnen hat.«)

Schroeder entlockte Seibert die Aussage, daß Jennifer ihm erst nach ihrer Verhaftung, im Gefängnis auf Hawaii, erzählt hatte, daß Buck über den Erwerb der *Sea Wind* gelogen hatte. Und es gelang ihm, Seiberts Glaubwürdigkeit weiterhin zu erschüttern. »Sie sind mit Buck Walker zum Paßamt gegangen, nicht wahr«, fragte er, »und haben dort eine eidesstattliche Erklärung unterschrieben, daß er Roy Allen ist?«

»Ja, das habe ich.«

»Keine weiteren Fragen, Euer Ehren.«

Am darauffolgenden Freitag, dem 14. Februar, hatte der Sturm San Francisco endlich mit voller Wucht erreicht, und es fielen heftige Niederschläge. »Mutter Natur hat etwas gegen uns«, erklärte Richter King, als wir uns um 9 Uhr 30 im Gerichtssaal einfanden. »Dem Geschworenen Nelson geht es zwar gut, doch er kann nicht kommen. Der Highway 101 wurde bei Petaluma unterspült, und Nelson mußte aus seinem Haus evakuiert werden. Mrs. Rico kann auch nicht kommen. Sie kam bis Petaluma und mußte dann umkehren. Und von zwei weiteren Geschworenen haben wir noch nicht einmal etwas gehört.«

Bevor er uns in das dreitägige Wochenende entließ – am Montag war President's Day, ein Feiertag –, erteilte er noch eine Anordnung. »In der Zeitung wurde noch für einige Tage Regen angekündigt, und daher setze ich hiermit fest, daß es bis Dienstag morgen zu regnen aufzuhören hat. Mal sehen, wie das funktioniert.« Er lächelte schelmisch und verließ den Saal.

Len und ich arbeiteten den gesamten Samstag im Hotel. Am Sonntag wagten wir uns über die Bay Bridge nach Lafayette, dem etwa fünfzig Kilometer entfernten Vorort, in dem Ted mit seiner Familie wohnte. Dort besprachen wir mit Jennifer ihre Aussage. Doch wie sich herausstellte, hatte Jennifer nicht nur über die vorgesehenen Fragen und Antworten nachgedacht, sondern auch über mein Schlußplädoyer.

»Vince, wollen Sie auf unschuldig plädieren?« fragte sie aus blauem Himmel. Ihre Stimme klang angespannt.

»Soll das ein Witz sein, Jenny? Natürlich.«

»Ich weiß nicht. Len ist der Ansicht, Sie sollten nur auf begründete Zweifel plädieren.« Sie sah Len an, der sie offensichtlich in dieser Hinsicht bearbeitet hatte, obwohl ich ihm erklärt hatte, warum ich auf beides plädieren mußte.

Ich lächelte geringschätzig. »Jennifer, soll ich nicht plädieren, daß Sie unschuldig sind?« sagte ich sarkastisch.

»Na ja, ich würde gern wissen, was Sie sagen werden«, konterte sie.

»Das ist doch nicht Ihr Ernst«, sagte ich scharf. »Normalerweise würde ich Ihnen mein Plädoyer zeigen. Aber jetzt nicht. Sie werden es nur hören und nicht sehen. Ich hätte nie gedacht«, fügte ich hinzu und hob die Stimme, »daß ich einmal den Tag erleben würde, an dem ich mir die gottverdammte Zustimmung meiner Klientin besorgen muß, zu plädieren, daß sie unschuldig ist.«

Jennifer riß die Augen auf, sagte aber nichts.

Ich erhob mich und ging zur Tür. »Komm, Len«, sagte ich. Ich wollte keine Minute mehr in der Gegenwart unserer Klientin zubringen.

Auf der Rückfahrt sprachen Len und ich ruhiger über die Sache. Als wir das Hotel erreichten, hatten wir das Thema unschuldig/begründete Zweifel ein für alle Mal begraben. Wir arbeiteten bis spät in die Nacht, doch jedesmal, wenn ich an Jennifers Verhalten dachte, stieg der Zorn in mir empor. Wahrscheinlich hätte ich verständnisvoller sein sollen. Sie war einfach ein Laie, der von einem ihrer Anwälte beeinflußt worden war, und noch dazu einem sehr guten.

Am nächsten Morgen klingelte in aller Herrgottsfrühe das Telefon neben meinem Bett. Es war Jennifer. »Ich habe völliges Vertrauen in Ihr Plädoyer, Vince«, entschuldigte sie sich. »Ich weiß nicht, was mit mir los war. Es tut mir leid.«

Die Natur hatte sich an die Anweisung des Richters gehalten. Früh am Dienstag morgen hatte sich der Sturm aufgelöst, und der Tag war hell und klar.

Wir würden nun die Leumundszeugen aufrufen. In einem billigen Hotel in der Nähe des Gerichts, in dem wir all diese Zeugen untergebracht hatten, bereitete ich kurz nach sieben Uhr morgens Deborah Noland, eine alte Freundin Jennifers, die 1972 nach Hawaii gezogen war, zum letzten Mal auf deren Aussage vor.

Sie war eine zierliche Frau Mitte Dreißig, hatte zwei Kinder und arbeitete bei einer Beratungseinrichtung für mißhandelte Frauen.

1973 – damals ›ein Kind von neunzehn Jahren und schwanger‹ – hatten Debbie und ihr Freund, Hippies auf der Suche nach einem alternativen Lebenswandel, mit Buck und Jennifer in der Nähe der Hütte gewohnt, die Buck gemeinsam mit seinem Vater baute.

»Ich habe Jennifer sofort *gemocht*«, hatte sie bei den Vorgesprächen gesagt. »Sie hat sich um mich gekümmert wie eine große Schwester, hat darauf geachtet, daß ich wegen meines Babies das Richtige aß.« Buck hatte sie in nicht so guter Erinnerung behalten: »Wenn er wütend war, ging er hinaus, ballerte mit einer seiner Waffen in der Gegend herum oder trat gegen Jennifers Lieferwagen. Er hat Jennifer zwar nicht geschlagen, doch später, nachdem ich mit mißhandelten Frauen gearbeitet hatte, begriff ich, daß Buck Jennifer psychologisch mißbraucht und ihre Freundlichkeit ausgenutzt hatte.«

Bei meinem letzten Gespräch mit Debbie an diesem Morgen stellte ich eine Frage, gegen die Richter King wahrscheinlich einen Einspruch zulassen würde, doch für den Fall, daß ich sie doch stellen durfte, mußte ich die Antwort kennen.

»Debbie, Sie haben das Verhältnis zwischen Jennifer und Buck beobachtet. Sind Sie der Ansicht, daß Buck Jennifer so weit im Griff hatte, daß er sie überreden konnte, bei einem Mord mitzumachen?«

Die Noland antwortete nicht sofort. Ihr Schweigen wurde allmählich sogar überaus beunruhigend.

Ich unterbrach diese schier endlose Pause mit einem nervösen Lachen. »Mein Gott, dieses Zögern könnte uns den Hals brechen. Keine Angst, Debbie, ich werde diese Frage nicht stellen.«

Doch die Noland hatte ihre Überlegungen abgeschlossen. »Jennifer hätte das nie getan«, sagte sie fest. »Sie könnte niemanden töten.«

Bevor die Geschworenen an diesem Morgen ihre Plätze einnahmen, erklärte ich Richter King, daß ich Buck Walkers Aussage über den 30. August 1974 von seinem Diebstahlprozeß verlesen wollte. Da Walker bei diesem Prozeß nicht zur Verfügung stand, fiel sie meines Erachtens nicht unter die Hörensagen-Regel, sondern in die Kategorie ›frühere Aussagen‹. »Wie ich es sehe, könnte man diesen Antrag nur ablehnen, falls das Gericht zu dem Schluß kommen sollte, daß sie nicht relevant ist.«

Und sie *war* relevant, fuhr ich fort, da sie Jennifers Aussage unterstützte, »daß sie von Buck Walker von der Einladung zum Abendessen erfahren hat. Sie behauptet also nicht, die Grahams hätten sie zum Essen eingeladen, sondern nur, *Buck* habe dies *behauptet*. Diese vorherige Aussage Walkers widerspricht der Behauptung der Anklage, die Einladung zum Abendessen hätten sich sowohl Miss Jenkins als auch Mister Walker gemeinsam aus den Fingern gesogen.«

Enoki, der Walkers Aussage unbedingt heraushalten wollte, konterte, der Ankläger habe Buck Walker zu diesem Thema nicht ins Kreuzverhör genommen, und daher sei die Aussage vor diesem Gericht nicht zulässig.

Ich stellte schnell klar, daß dieser Einwand nicht relevant war, da die Gegenseite die *Gelegenheit* zu einem Kreuzverhör gehabt hatte. Daß sie diese Gelegenheit nicht ergriffen hatte, spielte keine Rolle.

Enoki wollte nicht locker lassen. Die Ausnahme der ›Ehemalige Aussage-Regel‹ erfordere auch ein vergleichbares Motiv für ein Kreuzverhör. Da Walker wegen *Diebstahl* vor Gericht gestanden hatte, wäre dieses Kreuzverhör mit einer ganz anderen Absicht geführt worden als eins bei diesem Mordprozeß.

Der Ankläger und ich standen nur knapp einen Meter auseinander. Wir mußten wie Boxer im Ring gewirkt haben, als wir unsere jeweilige Position vor dem Richter verteidigten. Keiner von uns wollte in dieser Sache nachgeben.

»Der Paragraph 804 (b1), auf den Sie sich beziehen, spricht nur von einer ›substantiellen‹ Ähnlichkeit des Motivs für das Kreuzverhör«, sagte ich. »Es muß sich nicht um *identische* Themen handeln. Doch darüber hinaus sind sie in diesem Fall sogar identisch.«

»Ja«, sagte der Richter nachdenklich und rieb sein Kinn. »Jeder hat von dem Diebstahl *gesprochen*, aber an den Mord *gedacht*. Ich glaube, Mister Bugliosi hat recht.«

Die Geschworenen würden also in absentia von Buck Walker hören.

Nach einer kurzen Pause wurde die Jury hineingerufen, und Debbie Noland trat in den Zeugenstand.

Da fast alles, was Jennifer nach dem Verschwinden der Grahams gesagt oder getan hatte, auf ihre Schuld hindeutete, hatte ich nach *irgendwelchen* entlastenden Indizien suchen müssen. Ich hatte schließlich auf Leumundszeugnisse zurückgreifen müssen, die *indirektesten* Indizien überhaupt, da sich die Aussagen nicht auf den eigentlichen Tatbestand bezogen. Mit ihrer Hilfe wollte ich aufzeigen, daß Jennifer aufgrund ihrer obhutsvollen und passiven Natur zu einem Gewaltverbrechen wie einem Mord gar nicht imstande war. Jennifer hatte mir Namen, Adressen und Telefonnummern von Freunden gegeben, die aussagen konnten, daß sie nicht gewalttätig war.

Len stimmte mir zu, daß die Präsentation von Leumundszeugen *im Prinzip* eine gute Idee war, befürchtete aber, daß die Anklage im Gegenzug alle *schlechten* Charaktereigenschaften Jennifers aufführen könnte. Ich wußte jedoch aus meiner Zeit als Staatsanwalt, daß die Anklage sich bei ihrem Kreuzverhör auf Charakterzüge beschränken mußte, über die der Zeuge der Verteidigung ausgesagt hatte. Ich hatte Jennifer mehrfach vor den Risiken solcher Leumundszeugnisse gewarnt, doch sie hatte mir versichert, daß es in ihrer Vergangenheit keine

Gewalttätigkeiten gab, die die Anklage ans Licht zerren konnte.

Des weiteren hatte ich all unseren Leumundszeugen eingeschärft, ihre Aussagen darauf zu beschränken, daß Jennifer *nicht gewalttätig* war. Sollte einer von ihnen auf allgemeine Begriffe wie ›nett‹, ›gut‹ oder ›ehrlich‹ zurückgreifen, konnte die Anklage sich im Kreuzverhör darauf beziehen, und dann stand ihr Tür und Tor für einen Gegenbeweis auf, der einfach alles einschloß, von den Ladendiebstählen über den Diebstahl der *Sea Wind* bis hin zum Marihuana-Konsum.

Bei Debbie Noland begann ich mit einigen sehr wichtigen Punkten, über die Jennifer bald aussagen würde. Die Noland sprach gewisse »Probleme« an, die sie in der Beziehung zwischen Jennifer und Buck festgestellt hatte, und ich bat sie um Beispiele.

»Zum einen«, sagte sie, »hatte Buck etwas für Waffen übrig. Hauptsächlich für Gewehre und Revolver. Jennifer wollte diese Waffen nicht im Haus haben. Sie wollte nichts damit zu tun haben.«

»Haben sie darüber gestritten?«

»Ja. Sehr oft sogar.«

»Hat sie ihn dazu gebracht, die Waffen aus dem Haus zu entfernen?«

»Ja.«

Ich bedeutete ihr, fortzufahren.

»Sie waren ... völlig verschiedene Menschen.«

»In welcher Hinsicht?«

»Jennifer war friedlich und gelassen. Sie liebte die Natur. Sie ging oft zum Strand. Sie liebte Tiere. Buck blieb meistens zu Hause. Und er war völlig unberechenbar. Im einen Augenblick war er noch nett, und dann explodierte er geradezu.«

Als ich um Beispiele bat, erklärte sie, wenn Jennifer und Buck Streit hatten, wäre Buck manchmal so wütend geworden, ›daß er hinauslief und Steine gegen ihren Lieferwagen warf‹.

»War Buck der dominierende Part der Beziehung?«

Debbie hielt, genau wie an diesem Morgen im Hotel, inne, antwortete jedoch zu meiner Erleichterung schon bald laut und deutlich: »Ja.«

»Würden Sie sagen, daß Sie während dieser Zeit eine enge Beziehung mit Jennifer hatten?« fragte ich.

»Ja. Ich stand ihr ... sehr nah«, sagte sie ernst.

»Da Sie Jennifer gut gekannt haben, müßten Sie wissen, ob sie eine gewalttätige Person war.«

»Auf gar keinen Fall. Sie liebt Tiere, die Menschen, bemuttert jeden. Sie ist so hingebungsvoll.«

Die meisten Gerichte lassen Leumundsaussagen zu spezifischen Einzelheiten nur beim Kreuzverhör und nicht bei der direkten Befragung zu. Doch dies war eine Grauzone, und ich versuchte, der Noland bei meiner direkten Befragung eine solche Aussage zu entlocken.

»Wieso sind Sie der Ansicht, daß Jennifer nicht gewalttätig ist?«

»Gehen wir jetzt nicht in die Einzelheiten?« fragte Richter King. »Ich dachte, das sei nicht zulässig.«

Ich antwortete nicht, sondern versuchte es schnell auf eine andere Art. »Hat sie über Gewalttätigkeit *gesprochen*?«

»Ja, sie ...«

Enoki unterbrach sie. »Ich weiß nicht, wie die Antwort lauten wird, doch sie zielt auf Einzelheiten ab.«

Richter King: »Ja. Diese Frage ist nicht zulässig.«

»Nun«, sagte ich, »ich halte die eindeutige Erklärung, daß Jennifer nicht gewalttätig war, für hilfreich, doch es ist ebenfalls wichtig, wieso die Zeugin zu dieser Meinung gekommen ist.«

Als ich starrköpfig versuchte, ein drittes Mal in die Einzelheiten zu gehen, sagte Richter King mit erzwungener Ruhe: »Mister Bugliosi, wir haben hier anscheinend ein kleines Problem. Wir beide kennen die Vorschriften. Es ist fast eine Formel. ›Kennen Sie die Angeklagte?‹ ›Ja.‹ ›Haben Sie eine Meinung?‹ ›Ja.‹ ›Was für eine Meinung?‹

Ich erkenne den Einspruch an.«

Ein bemerkenswert zurückhaltender Richter King hielt vor den Geschworenen auch weiterhin die Zunge im Zaum. Ich wußte, daß er Buck Walkers Anwälte angeschrien hätte – und mich vielleicht auch, hätte ich ihn zu Anfang nicht in seinem Büro darauf angesprochen.

Nicht einmal während des gesamten Prozesses hatte Richter King vor den Geschworenen einen Wutanfall bekommen oder mich oder Len heruntergemacht. In Abwesenheit der Geschworenen hatte er einige Male seine Verärgerung über mich gezeigt, aber niemals über Len. Mein Kollege kam inner- und außerhalb des Gerichtssaals mit den meisten Menschen gut zurecht. Manchmal konnte ich mir nur schwer vorstellen, daß Weinglass, dieser nette Bursche, beim historischen Verschwörungsprozeß gegen die ›Chicago Seven‹ erbitterte Schlachten gegen den alten, barschen Richter Julius Hoffman geschlagen hatte, während die gesamte Nation den Prozeß fasziniert oder mit patriotischem Zorn verfolgte.

Doch auf jeden Fall war die Aussage der Noland eindeutig hilfreich, ob nun mit oder ohne Einzelheiten. Der Richter wollte nur nicht zulassen, daß ich den Guß auf den Kuchen gab.

Beim Kreuzverhör fragte Enoki ziemlich rhetorisch und eher an die zwölf Geschworenen als an die Zeugin gewandt: »Ihrer Meinung nach war es Jennifer also möglich, weiterhin eine nicht gewalttätige Frau zu sein, obwohl sie mit Mister Walker zusammenlebte und wußte, was er für ein Mensch war?«

»Eindeutig.« Debbie Nolands Stimme war erfreulich fest.

»Ich nehme an«, fuhr Enoki fort, »sie hat auch ihre Toleranz gegenüber der Gewalttätigkeit anderer Menschen bewiesen?«

Der Richter nahm meinen Einspruch an und nannte Enokis Frage ›ein wenig philosophisch‹.

Unser nächster Zeuge, Rick Schulze, war ein Anwalt

vom Festland, der 1963 nach Hawaii gezogen und Jennifer 1970 kennengelernt hatte. Ich hob zuerst hervor, daß Schulze gemeinsam mit dem beliebten ehemaligen Gouverneur Bill Quinn eine Kanzlei besessen und dann vier Jahre als Bezirksrichter in Honolulu gedient hatte.

»Ich habe Jennifer 1970 praktisch einmal die Woche gesehen. Im Dezember dieses Jahres heiratete ich meine zweite Frau, und Jennifer zählte zu den wenigen Freunden, die uns bei den Vorbereitungen geholfen haben. Danach besuchte sie uns vielleicht einmal im Monat, und meine Frau und ich haben sie auch öfter in der Hütte in Mountain View besucht.«

Nachdem er Jennifer als hilfsbereiten, vernünftigen Menschen beschrieben hatte, versuchte ich Richter Kings ›Formel‹ zu umgehen. »Hatten Sie jemals Streit mit Jennifer?« fragte ich.

»Na ja, ich weiß nicht, ob ... es ein Streit war. Aber Jennifer und ich hatten einmal eine Meinungsverschiedenheit.«

»Würden Sie den Geschworenen bitte berichten, worum es dabei ging?«

»Jennifer wohnte auf der anderen Seite der Insel, vielleicht hundert Kilometer von uns entfernt. Ich hatte gerade ein Haus gebaut – es muß 1973 gewesen sein –, und sie hat uns besucht. Sie hatte ihren kleinen Hund dabei, Puffer. Jennifer steht ihrem Hund sehr, sehr nahe. Puffer begleitete Jennifer überallhin. Wir sprachen lange darüber, ob Puffer in Jennifers Zimmer schlafen durfte. Jetzt kam es mir lächerlich vor, aber ich hatte meinem Hund niemals erlaubt, ins Haus zu kommen, und wollte es Puffer auch nicht erlauben. Jennifer war der Ansicht, daß sie Puffer nicht draußen schlafen lassen konnte.«

»Was ist dann passiert?«

»Jennifer hat schließlich geweint, ist hinausgegangen und hat mit ihrem Hund im Wagen geschlafen.«

»Die ganze Nacht über?«

»Die ganze Nacht über.«

Danach fragte ich Schulze, ob er einige Männer aus Jennifers Leben kennengelernt hatte, und er sagte, ja, zwei ihrer Freunde.

»Waren diese Freunde sich ähnlich?«

»Ja, das kann man sagen.«

»In welcher Hinsicht?«

»Im Gegensatz zu Jennifer waren sie grob und ungeschliffen. Roh.«

»Widersprach das nicht Jennifers Wesen?«

»Oberflächlich gesehen könnte man das meinen. Aber Jennifer möchte den Menschen helfen. Sie glaubte, diese Männer retten zu können.«

»Und Buck Walker?« fragte ich.

»Buck Walker war ein grober Klotz, ein Rohling. Ich hielt ihn auch für sehr paranoid. Er war der Ansicht, alle Menschen hätten es auf ihn abgesehen. Er glaubte, sich immer verteidigen zu müssen. Und er war von Waffen fasziniert. Er besaß zahlreiche Waffen.«

»Hat Jennifer Ihnen einmal gesagt, was sie von Buck hielt?«

»Ja.«

»Und was hat sie gesagt?«

»Ich bestand darauf, daß sie diesen Kerl loswerden mußte. Doch sie hat einen guten Kern in ihm gesehen und glaubte, Buck sehne sich nach Liebe und Anerkennung.«

»Mister Schulze, können Sie beurteilen, ob Jennifer ein gewalttätiger Mensch ist?«

»Meines Erachtens ist Jennifer auf keinen Fall gewalttätig. Ich habe sie niemals gewalttätig erlebt. Ich habe eingehende Gespräche mit ihr geführt und dabei festgestellt, daß sie einen tiefen Respekt, geradezu eine Liebe für die Menschheit im allgemeinen und für einzelne Menschen im besonderen empfindet. Ich kann mir nicht vorstellen, daß Jennifer irgendeine Gewalttat begehen würde.«

Ich hielt inne. Das war das Kernstück unserer Leumundsverteidigung. *Ich kann mir nicht vorstellen, daß Jennifer irgendeine Gewalttat begehen würde.*

»Danke, Mister Schulze. Keine weiteren Fragen.«

Schroeder begann sein Kreuzverhör ganz nach dem Lehrbuch. »Mister Schulze, Ihre Auffassung, daß Jennifer nicht gewalttätig ist, beruht auf der Tatsache, daß Sie sie niemals bei einer Gewalttätigkeit beobachtet haben, nicht wahr?«

»Teilweise, ja.«

»Offensichtlich haben Sie Jennifer aber niemals in einer verzweifelten Notlage beobachtet?«

»Euer Ehren«, unterbrach ich, »die Frage setzt einen nicht ersichtlichen Tatbestand voraus.«

»Ja«, sagte der Richter, und dann, an Schroeder gewandt: »Sie haben Worte benutzt, bei denen es sich um Ihre Schlußfolgerung handelt. Ich nehme den Einspruch an. Die Geschworenen werden diese Frage nicht beachten.«

Schroeder sah einen Augenblick lang auf sein Notizbuch und lud neue Munition nach. »Mister Schulze, Sie haben gerade ausgesagt, Jennifer vor Buck gewarnt zu haben. Dann hatten Sie also Einwände gegen seine Persönlichkeit oder sein Verhalten?«

»Ja, sicher.«

»Er hat in einem solchen Ausmaß von Gewalt gesprochen, daß Sie mißtrauisch wurden?«

»Ja.«

Ich spürte, daß Schroeder, glatt und nüchtern wie immer, Schulze in eine Falle locken wollte, hatte aber nicht die geringste Ahnung, in welche.

»Hatten einige der Menschen, die Buck kannten, Angst vor ihm?« fragte der Ankläger geradeheraus.

»Ja. Jennifer wurde von ihren Freunden gemieden – nein, eigentlich nicht sie selbst, sie wollten nur nicht, daß sie Buck mitbrachte. Ich und meine Frau dachten ganz ähnlich.«

Schroeder kam zum Tisch der Verteidigung, gab mir

schwungvoll ein Dokument und stellte den Antrag, es als Beweisstück aufzunehmen. Es handelte sich um einen Brief, den Schulze am 7. Januar 1975 – ausgerechnet! – an Richter King geschrieben hatte. Ich hatte ihn nie zuvor gesehen und wußte nichts von seiner Existenz. Ich las ihn schnell durch. Schulze verteidigte Buck darin energisch und behauptete sogar, daß er Walker nicht für einen gewalttätigen Menschen hielt. Mein Zeuge hatte diesen Brief am Vorabend von Richter Kings Urteilsverkündung beim Prozeß wegen des Diebstahls der *Sea Wind* verfaßt. Ich bat um eine Pause.

Nachdem die Geschworenen den Saal verlassen hatten, stellte ich klar, daß die Anklage der Verteidigung vor Prozeßbeginn eine Kopie des Briefes hätte zur Verfügung stellen müssen. (In diesem Fall hätte ich ihn bei der direkten Befragung selbst angesprochen, um die Auswirkungen abzumildern.) Der Brief verwirrte den Richter völlig.

»Ich habe den Brief gelesen, Mister Schroeder«, sagte Richter King, »und kann mir nicht vorstellen, wieso Sie ihn benutzen wollen. Ich kann mir noch nicht einmal vorstellen, wieso die Verteidigung dagegen Einspruch erhebt, daß Sie ihn benutzen.«

»Aus dem Grund, aus dem Mister Bugliosi Einspruch erhoben hat«, sagte Schroeder, »wollen wir ihn als Beweismittel aufnehmen.«

»Das ist unglaublich«, sagte der Richter. »Wollen Sie wirklich beweisen, daß alles, was über Walker gesagt wurde, unwahr ist?«

Schroeder: »Nun, Euer Ehren, der Zeuge hat sich genau entgegengesetzt widersprochen.«

Gericht: »Das habe ich mitbekommen. Aber wollen Sie jetzt beweisen, daß Walker kein gewalttätiger Mensch ist? Wollen Sie das beweisen?«

Schroeder: »Wir wollen die Befähigung dieses Zeugen in Frage stellen, über Gewalttätigkeit zu urteilen. In diesem Brief wird Mister Walker nachdrücklich verteidigt und als nicht gewalttätiger Mensch dargestellt.«

Gericht: »Das verstehe ich. Und deshalb begreife ich einfach nicht, weshalb Sie ihn als Beweisstück aufnehmen wollen. Und weshalb die Verteidigung dem widerspricht. Aber vielleicht lebe ich in einem Phantasieland, in dem die Vernunft aufgehoben worden ist.«

Richter King schloß die Augen und rieb sich die Nase wie ein Mensch, der gerade doppelt gesehen hatte. Mit einemmal hatte sich alles umgekehrt. Offensichtlich würde die Anklage von dem Beweis profitieren, daß Walker nicht gewalttätig war (wenngleich sie, wie bald offensichtlich werden würde, den Brief nicht aus diesem Grund als Beweismittel aufnehmen wollte), da damit die Wahrscheinlichkeit erhöht wurde, daß er den Mord nicht allein begangen hatte – was wiederum die Wahrscheinlichkeit von Jennifers Verstrickung erhöhte. Im Gegensatz dazu wollte ich beweisen, daß Buck gewalttätig und durchaus imstande gewesen war, Mac und Muff allein zu töten. Doch der Richter und die Anklage würden bis zu meinem Plädoyer warten müssen, um diese Argumentation zu hören. Daher erhob ich im Augenblick nur einen oberflächlichen Einspruch, den der Richter ablehnte.

Nachdem die Geschworenen wieder in den Saal geführt worden waren, kam Schroeder zur Sache. »Mister Schulze, haben Sie diesem Gericht am 7. Januar 1975 einen Brief geschrieben?« fragte er, sich auf eine Auseinandersetzung mit dem Zeugen freuend, die er nicht verlieren konnte.

»Ja«, sagte Schulze.

Nachdem Schroeder den Brief genüßlich vorgelesen hatte, bestätigte Schulze, ihn in seiner Gesamtheit geschrieben zu haben, einschließlich der Zeilen: »Ich habe niemals einen Anlaß gehabt, mich über Bucks Verhalten oder Persönlichkeit zu beklagen... Wann immer ich ihn in Gesellschaft anderer Menschen gesehen habe, hat er sich höflich und respektvoll benommen.«

»Haben Sie in diesem Brief geschrieben, Buck niemals gewalttätig oder besonders aggressiv erlebt zu haben?«

»Ja, das habe ich.«

»Haben Sie auch geschrieben: ›Mir ist nicht geläufig, daß Buck unter seinen Bekannten als gewalttätig gilt?‹«

»Herr Anwalt, ich habe in dem Brief geschrieben und wiederhole es hier auch, daß mir gewalttätige Handlungen Bucks nicht bekannt sind«, sagte Schulze, der eindeutig einiges an Boden verloren hatte. »Er war zu mir immer höflich und respektvoll. Ich habe ihn tatsächlich niemals gewalttätig oder besonders aggressiv gesehen.«

»Aber Sie hatten Angst vor ihm?«

»Nein, Herr Anwalt, ich war vor ihm auf der Hut. Ich wußte von seiner Paranoia, von seiner Auffassung, daß es die anderen Menschen nur gab, damit sie ihm in irgendeiner Hinsicht schaden konnten. Aber ich habe mich niemals persönlich bedroht gefühlt.«

Als Schulze hinzufügte, daß, nachdem er den Brief geschrieben hatte, soviel geschehen war, daß er nun ›etwas peinlich berührt‹ auf diese Aussage zurücksehe, warf Schroeder ein: »Meinen Sie damit etwa seine Verurteilung wegen Mordes?«

Die Natur dieser Frage ermutigte mich; ich war überzeugt, daß Schulze einen Vorteil daraus ziehen konnte.

»Ja, und ich glaube, er ist irgendwann auch einmal ausgebrochen«, erwiderte der Zeuge. »Und ich habe vieles über seinen Charakter gehört, was ich damals noch nicht wußte oder was damals noch nicht offenkundig war.«

Unbeabsichtigt unterstützte die Anklage meinen Versuch, die Geschworenen mit Buck Walkers abscheulichem Hintergrund zu schockieren. Nun wußten sie, daß er aus dem Gefängsnis ausgebrochen war. Hätte ich versucht, Jennifer bei der direkten Befragung darauf anzusprechen, hätte die Anklage unter Garantie Einspruch erhoben.

Schroeder versuchte nun, meinem Zeugen die Daumenschrauben anzulegen. »Und genauso, wie Sie einmal Buck bescheinigt haben, nicht gewalttätig zu sein, bescheinigen Sie es hier und heute nun Jennifer.«

Schulze verschränkte die Arme vor der Brust. »Nun, da besteht doch ein gewisser Unterschied. In diesem Gerichtssaal sage ich unter Eid für Jennifer Jenkins aus. Diesen Brief habe ich auf eine Bitte hin geschrieben, auf die Jennifers oder Bucks Anwalt, ich erinnere mich nicht mehr.«

»Dann würden Sie also sagen, daß Jennifer gewaltloser ist als Buck?« Sarkasmus kann in kleinen Dosen sehr effektiv sein.

»Bei Jennifer deutet *nichts* auf Gewalttätigkeit hin.«

»Aber Sie waren doch auch überzeugt, daß Buck nicht gewalttätig war?«

»So ziemlich.«

Richter King zeigte Gereiztheit. »Haben wir dieses Thema nicht erschöpfend abgehandelt, Mister Schroeder? *Bitte.*«

Schroeder begriff sofort, daß er aufhören mußte.

Während dieses Zwischenspiels hatte ich Schulzes Brief gelesen und festgestellt, daß er keine bloße, geschweige denn glühende Verteidigungsschrift darstellte. Der Anwalt hatte einige Beobachtungen festgehalten, die durchaus zu seiner heutigen Aussage paßten.

Daher konnte ich beim Gegen-Kreuzverhör fragen: »Haben Sie auf Seite zwei Ihres Briefes an den Richter geschrieben: ›Buck ist groß und wirkt manchmal gefährlich, und darüber sprechen die Leute.‹?«

»Ja, das habe ich.«

Unsere nächste Zeugin erinnerte stark an Debbie Noland. Leilah Burns trug wie ihr Mann Donald noch immer Sandalen, Friedenssymbole und Ponchos. Die Burns waren ein nettes, zurückhaltendes, vernünftigtes und friedliches Paar und fest davon überzeugt, daß ihre Freundin Jennifer nichts mit dem Verschwinden der Grahams zu tun hatte. Ich hatte ursprünglich beide als Zeugen aufrufen wollen, doch Len befürchtete, wenn wir zu viele Leumundszeugen aufriefen, könnten die Geschworenen den Eindruck gewinnen, wir wollten uns zu sehr auf diese Verteidigungslinie verlassen. Sein Einwand ergab Sinn, und so hatten wir nur Leilah aufgerufen.

Die Burns hatten vierzehn Jahre lang auf einem in der Keehi-Lagune fest vertäuten Segelschiff gewohnt und Jennifer Anfang 1974 kennengelernt. Nachdem Jennifer auf Kaution aus der Haft entlassen worden war, hatte sie acht Monate bei den Burns (deren Kinder damals vier und sieben Jahre alt waren) gewohnt, eine ausreichend lange Zeit, daß sich Leilah ein Urteil über Jennifers Charakter bilden konnte. »Jennifer ist ein sehr sanfter, liebevoller, behutsamer und rücksichtsvoller Mensch«, sagte Leilah aus. »Sie ist zu keiner Gewalttat fähig.«

Schon Ende 1974, nach Jennifers erster Verhaftung, hatte sich Leilah Burns beim FBI für sie stark gemacht. Auf Lens Frage, wieso sie schon nach fünf Tagen der Ansicht war, Jennifer so gut zu kennen, antwortete sie: »Ich stand ihr sehr nahe. *Ich fühlte, daß sie ein guter Mensch war.*«

Ich zuckte innerlich zusammen. Der sehr weit gefaßte Begriff ›guter Mensch‹ konnte der Anklage Tür und Tor öffnen, alle bisherigen Missetaten Jennifers ans Licht zu bringen.

Dann begann Enoki mit dem Kreuzverhör. »Mrs. Burns, ich nehme an, Sie werden mir zustimmen, daß Jennifer ein intelligenter Mensch ist?«

»Ja.«

»Haben Sie dem FBI nicht sogar gesagt, daß Buck in ihrer Beziehung die Muskeln und Jennifer das Gehirn war?«

»Nein.«

»Haben Sie nicht etwas gesagt, das darauf hinauslief?«

»Ich habe nichts gesagt, was auch nur dahingehend interpretiert werden könnte. Ich kannte Buck nicht einmal.«

»Sie haben Buck niemals kennengelernt?«

»Er kam einmal für ein paar Stunden auf unser Schiff, doch ich habe mich die ganze Zeit über mit Jennifer unterhalten.«

»Aber Sie streiten nicht ab, daß Jennifer die intelligentere der beiden war?«

»Nein, das streite ich nicht ab«, erwiderte Leilah. »Aber ich kann es auch nicht behaupten, weil ich Buck nicht kenne.«

»Sie haben Jennifer niemals ohne Vorräte auf einer einsamen Insel erlebt, nicht wahr?«

»Nein.«

»Aber Sie werden zugestehen, daß einige Menschen, die in der einen Situation nicht gewalttätig sind, in einer anderen gewalttätig reagieren können?«

»Ich könnte es mir vorstellen.«

»Haben Sie auf eine von Mister Weinglass' Fragen Jennifer als guten Menschen beschrieben?«

Enoki hatte die Öffnung entdeckt.

»Ja«»

»Meinen Sie damit, daß Sie auch ein *ehrlicher* Mensch war?«

Richter King hatte seine alberne Regel, daß nur der Anwalt, der die direkte Befragung vorgenommen hatte, Einspruch erheben konnte, zwar nicht aufgehoben, doch ich konnte mich nicht daran halten. Bis ich Len geraten hatte, Einspruch zu erheben, und dauerte dies auch nur einen Sekundenbruchteil, würde die Zeugin bereits geantwortet haben. Enoki konnte davon ausgehen, daß Mrs. Burns ihre Freundin für ehrlich hielt. Er wollte offensichtlich mit der Begründung, daß ehrliche Menschen nicht stehlen, Jennifers drei vorherige Verurteilungen ins Spiel bringen.

»Einspruch«, platzte ich augenblicklich heraus. »Außerhalb der Themen der direkten Befragung.«

Der Richter bedachte mich mit einem Stirnrunzeln. »Mister Weinglass rechts neben Ihnen kann den Einspruch erheben.«

»Ich schließe mich dem Einspruch an«, sagte Len schnell.

»Mister Enoki«, sagte Richter King, »ich nehme den

Einspruch an. Die Zeugin wurde für eine sehr beschränkte Aussage geladen.«

»Wenn ich die Zeugin nicht ins Kreuzverhör nehmen darf«, erwiderte Enoki, »was sie unter dem Begriff versteht, stelle ich den Antrag, ihre Aussage, Jennifer Jenkins sei ein ›guter Mensch‹, aus dem Protokoll zu streichen.«

Richter King erinnerte den Ankläger etwas barsch daran, daß er meinem Einspruch bereits stattgegeben hatte.

Doch Enoki ließ sich nicht entmutigen. Als erfahrener Prozeßanwalt wußte er, daß man einer Katze auf verschiedene Weise das Fell abziehen kann. »Sind Ihnen irgendwelche Informationen zu Ohren gekommen, die der Aussage widersprechen, daß Jennifer ein guter Mensch ist?«

Ich wußte genau, worauf Enoki hinauswollte. Diesen Trick beherrschte jeder Ankläger. Wenn die Zeugin verneint hätte, hätte seine nächste Frage automatisch gelautet: »Dann wissen Sie nicht, daß Jennifer dreimal wegen Diebstahls verurteilt wurde?«

Ich ließ es darauf ankommen und erhob direkt wieder Einspruch. »Die Frage ist zu weit gefaßt, Euer Ehren, und liegt außerhalb des Spektrums der direkten Befragung.« Diesmal war ich mir allerdings keineswegs so sicher.

Das Gericht erkannte meinen Einspruch erneut an. »Sie wurde nicht als Zeugin aufgerufen, um auszusagen, daß Jennifer ein guter Mensch ist«, belehrte der Richter Enoki.

»Das hat sie gesagt, nicht ich«, erwiderte Enoki. »Ich habe diese Frage nicht gestellt, Euer Ehren. Sie hat mit diesen Worten eine von Mister Weinglass' Fragen beantwortet.«

»Dann darf *ich* Ihnen vielleicht helfen«, explodierte der Richter ungeduldig und verblüffte damit zweifellos die Geschworenen, die so etwas noch nicht bei ihm erlebt hatten. Er wandte sich an Leilah Burns und fragte etwas freundlicher: »Was verstehen Sie unter einem guten Menschen?«

»Ich habe sie gern.«

»Sie haben sie gern? Schön.«

»Ich halte sie für einen guten Menschen«, fügte die Burns hinzu, die sich weder von dem Ankläger noch von dem Richter einschüchtern lassen wollte.

»Weitere Fragen?« sagte der Richter zu Enoki.

Beim Staatsanwalt hatte sich der entschiedene Eindruck eingestellt, lieber darauf zu verzichten. »Nein, Euer Ehren«, sagte ein nun unterwürfiger Enoki.

Ich atmete tief durch. Das war sehr knapp gewesen. Wir hatten gespürt, wie die Kugel an uns vorbeizischte, doch sie hatte uns nicht getroffen.

Unser letzter Leumundszeuge war Lawrence Seltzer, der Jennifer seit fünfundzwanzig Jahren kannte. Sie hatte fast vier Jahre lang in seiner Firma gearbeitet, und er sagte – diesmal ohne jeden Zwischenfall – aus, daß Jennifer ›nicht nur unfähig zu Gewalttaten [sei], sondern auch unfähig, jemandem bei einer Gewalttat zu helfen‹.

»Aber Sie haben Jennifer nie bei einer Situation beobachtet, in der ihr Leben bedroht war?« fragte Schroeder beim Kreuzverhör.

»Nein, das nicht ... Aber damals arbeiteten siebzehn Angestellte mit sehr verschiedenen Persönlichkeiten für mich, und Jennifer kam mit jedem zurecht. Ich habe sogar festgestellt, daß sie in angespannten Situationen oftmals zu schlichten versuchte.«

Als Seltzer aus dem Zeugenstand trat, wartete bereits – von Jennifer einmal abgesehen – unser letzter Zeuge auf dem Gang. Dr. John McCosker war Direktor des Steinhart-Aquariums in San Francisco und galt als führender Ichthyologe (oder Fischkundler) Nordkaliforniens. Als sich Elliot Enoki geweigert hatte, den Artikel in der *Encyclopedia Americana* als Beweismittel aufzunehmen, in dem nachzulesen war, daß ein Schwertfisch durchaus eine Schiffshülle durchbohren konnte, hatte ich nach einem

Experten Ausschau gehalten, der dies bestätigen konnte (wie McCosker es in den Vorgesprächen auch getan hatte).

Für mich war er ein sehr wichtiger Zeuge, doch die anderen waren nicht so überzeugt. »McCosker wird zwar aussagen, daß ein Schwertfisch eine Schiffshülle durchbohren kann«, wandte Len ein, »doch beim Kreuzverhör wird herauskommen, das so etwas nur äußerst selten geschehen ist. Das ist eine sehr schwache Position.«

Ich wollte nicht warten, bis die Anklage darauf zu sprechen kam, sondern diesen Tatbestand bei der direkten Befragung klarstellen. »Die Geschworenen könnten glauben, es sei unmöglich, und *unmöglich* ist unendlich schlechter als *sehr selten*«, argumentierte ich. Für mich ging es bei diesem Punkt auch um Jennifers Glaubwürdigkeit. Wenn die Geschworenen für unmöglich hielten, daß ein Schwertfisch eine Schiffshülle durchdringen konnte, würden sie sich der Auffassung der Anklage anschließen: daß das Loch von einer Kugel stammte und Jennifer log, um ihre Mittäterschaft bei dem Mord zu verschleiern.

Ich hatte die direkte Befragung schon sorgsam vorbereitet, und Dr. McCosker hatte Fallbeispiele von Schiffen herausgesucht, deren Hülle von einem Schwertfisch durchbohrt worden war, doch aus irgendeinem Grund war Len bei diesem Punkt beharrlicher als bei allen anderen Meinungsverschiedenheiten, die wir bislang gehabt hatten. Auch Jennifer sprach sich dagegen aus, und sogar Jennifers fünfzehnjähriger Neffe hatte mich inständig gebeten, auf die Befragung des Ichtyologen zu verzichten. Wir baten um eine Verhandlungspause, und Len überredete mich endgültig gegen mein besseres Wissen, meine ichtyologischen Waffen zu strecken. Immerhin, dachte ich, hatten wir noch Larry Seiberts Aussage über den Schwertfisch, wie schwach sie auch sein mochte.

Nun waren wir bei unserer letzten Zeugin angelangt, der verwirrenden jungen Frau am Tisch der Verteidigung. Doch bevor sie in den Zeugenstand treten konnte, mußte ich mich noch mit einem explosiven Interview befassen, daß Jennifer zwei Tage nach ihrer Verhaftung im Gefängnis dem Reporter Bruce Benson vom *Honolulu Advertiser* gegeben hatte. Ich hatte erst drei Wochen vor dem Prozeß davon erfahren, als Enoki mir eine Kopie geschickt hatte.

In diesem Interview vom 31. Oktober 1974 hatte Jennifer einige nachteilige, wenn nicht sogar unerhörte Erklärungen abgegeben, zum Beispiel: »Wir konnten nicht beweisen, daß die *Sea Wind* uns gehörte. Er hatte uns das Schiff ja nicht wirklich geschenkt. Er hatte gesagt: fühlt euch wie zu Hause. Das nahm ich als Aufforderung, *etwas zu behalten, das ich liebe*.«

Diese Aussage stand dem konträr gegenüber, was sie nun aussagen würde: daß sie immer vorgehabt hatte, Kit Muncey das Schiff zurückzugeben. Und aus der Bemerkung »Fühlt euch wie zu Hause!« einen Besitzanspruch abzuleiten, schadete natürlich ihrer Glaubwürdigkeit und rückte die Aussagen der Leumundszeugen in ein schlechtes Licht. Außerdem wurde damit praktisch Shishidos Aussage bestätigt, die ich bereits erschüttert hatte.

Jennifer hatte Benson – wie auch Shishido – ebenfalls die Lüge erzählt, die *Iola* sei auf ein Riff gelaufen. Der Artikel schloß mit einem besonders störenden Zitat Jennifers: ›Die *Sea Wind* wollte wieder die Welt umsegeln, und ich wollte sie begleiten.‹

Es war typisch für Jennifer, daß sie mir gegenüber dieses Interview mit keiner Silbe erwähnt hatte, doch sie bestätigte auf meine Frage ganz ruhig, daß Benson sie richtig zitiert hatte.

»Jennifer, wie, zum Teufel, konnten Sie Benson so etwas Unerhörtes sagen?« fauchte ich sie an.

»Ich weiß es nicht. Wirklich nicht. Es war verrückt von mir.« Diesmal versuchte sie ausnahmsweise nicht, sich vom Haken zu lächeln.

»Danke, Jen. Verrückte Sachen haben uns bei diesem Prozeß gerade noch gefehlt«, erwiderte ich.

Der Ankläger hatte bis zum letztmöglichen Augenblick gewartet, um mir mitzuteilen, daß er Benson als Zeuge aufrufen wollte. Ich durchstöberte eine Mappe mit Zeitungsberichten, die so unvollständig war, daß sie noch nicht einmal eine Kopie dieses Interviews vom 31. Oktober enthielt, und fand einen weiteren Artikel, den der Reporter einen Tag zuvor veröffentlicht hatte. Darin schrieb Benson über Curt Shoemakers letzten Funkkontakt und zitierte ausführlich Bernard Leonard. Ich strich einen Absatz rot an: *Leonard sagte, Shoemaker habe während des letzten Funkkontakts mit den Grahams erfahren, daß sie Allen und die Jenkins zum Essen eingeladen hätten, wahrscheinlich als Abschiedsfeier, da die beiden jungen Leute Palmyra am nächsten Tag mit der* Iola *verlassen wollten.*

Diese Behauptung war sicherlich falsch; irgend etwas mußte bei der Kommunikation zwischen Shoemaker, Leonard und Benson schiefgelaufen sein. Ich glaubte keine Sekunde lang, daß es solch eine Einladung zum Abendessen gegeben hatte, wußte jedoch, daß Enoki unter allen Umständen würde verhindern wollen, daß die Geschworenen zu hören bekamen, daß es sie trotz all seiner gegensätzlichen Argumentation vielleicht doch gegeben hatte. Er würde also die Glaubwürdigkeit dieses Artikels in Zweifel ziehen müssen, während er die des Interviews – vom selben Verfasser – verteidigen mußte.

Ich rief meinen Widersacher im Gerichtssaal an und verhandelte den Fall mit ihm. Schließlich kamen wir überein, daß keine Seite Benson als Zeuge aufrufen und wir gemeinsam eine Erklärung über seine Aussage ausarbeiten würden, die ich dann vorlas.

Während einer kurzen Verhandlungspause informierte ich Richter King darüber, daß Jennifer ausführlich über ihren Geisteszustand aussagen würde. Obwohl solche Aussagen normalerweise zulässig sind, rufen sie oft Einsprüche hervor, und ich schlug vor, auf zahlreiche kleine Scharmützel vor den Geschworenen zu verzichten und lieber vorab zu klären, ob das Gericht diese Aussagen zulassen würde.

Der Richter lehnte ab. »Normalerweise entscheide ich über einen Einspruch zu dem Zeitpunkt, da er erhoben wird. Dafür werde ich sogar bezahlt.«

»Ich habe Ihnen ja schon gesagt, daß ich Ihnen für Ihre Handhabung von Einsprüchen gute Noten gebe«, sagte ich schafsgesichtig.

»Danke. Eine Eins plus reicht da wohl kaum aus«, erwiderte er.

Die Geschworenen wurden wieder hereingebeten.

»Rufen Sie Ihren nächsten Zeugen auf, Mister Bugliosi«, sagte Richter King.

»Die Verteidigung ruft Miss Jennifer Jenkins auf.«

38. KAPITEL

Nachdem ich Jennifer aufgerufen hatte, sah ich sie an und nickte ermutigend. *Sie werden es schon schaffen,* sollte mein Lächeln besagen.

Sie erhob sich und ging zielstrebig zum Zeugenstand. Die Absätze ihrer Pumps klapperten leise auf dem eingewachsten Boden; ansonsten war es in dem voll besetzten Gerichtssaal völlig still. Alle Blicke ruhten auf ihr, doch sie ließ sich nichts anmerken. Als sie der Gerichtsdienerin gegenüberstand, hob sie entschlossen und zuversichtlich die rechte Hand und leistete den Eid, die Wahrheit, die ganze Wahrheit und nichts als die Wahrheit zu sagen.

Ich musterte die Gesichter der gespannten Geschworenen. Glaubten sie, daß sie der einzige Mensch im Saal war, der das Geheimnis aufklären konnte, das die Ereignisse auf Palmyra umgab? Fragten sie sich, ob sie wirklich alles sagen würde? Oder vermuteten sie, daß sie lügen und das, was sie *wirklich* wußte, immer für sich behalten würde? Eins war jedoch gewiß. Offensichtlich konnten die Geschworenen es kaum abwarten, Jennifers Aussage zu hören.

Für ihren großen Tag vor Gericht trug Jennifer ein babyblaues Kostüm mit einer weißen Seidenbluse und etwas Make-up. Auf Lens Vorschlag hatte sie keinen Lippenstift aufgelegt. »Ihre Oberlippe ist sehr dünn«, hatte er gesagt, »und Lippenstift betont das noch. Dünne Lippen wirken kalt.«

Als die Gerichtsdienerin die Zeugin bat, für das Protokoll ihren Namen zu nennen, kam die Antwort mit deutlicher, ruhiger Stimme: »Ich heiße Jennifer Jenkins.«

Doch sobald sie erst einmal Platz genommen hatte, wirkte sie plötzlich verletzbar und kleiner. Das Mikrofon vor ihr hob sich fast bis zu ihrer Stirn. Natürlich *war* sie auch verletzbar.

Meine direkte Befragung Jennifers würde sich von den meisten anderen unterscheiden. Normalerweise gehören Gefühle nicht zu einem Prozeß. Die Aussagen beschränken sich zumeist darauf, ob der Angeklagte etwas getan hat oder nicht. Doch hier mußten wir bei fast allem, was sie gesagt und getan hatte, auf Jennifers Gefühle eingehen. Nur so konnte ich die Geschworenen überzeugen, daß hinter Jennifers Benehmen, das anscheinend auf ihre Schuld hinwies, eine unschuldige Geisteshaltung steckte.

Nach einigen allgemeinen Hintergrundfragen – sie war neununddreißig Jahre alt, ledig und so weiter – stellte ich ihr eine Frage, von der ich schon seit langem wußte, daß ich mit ihr beginnen würde. »Jennifer, Sie werden wahrscheinlich zwei oder drei Tage lang aussagen«, begann ich, »doch ganz zu Anfang möchte ich Sie fragen: Haben Sie Mac oder Muff Graham getötet oder in irgendeiner Hinsicht an ihrem Tod mitgewirkt?«

»Nein.« Sie wandte den Blick von mir ab und den Geschworenen zu. »Ich schwöre« – ihre Stimme blieb fest – »bei allem, was mir heilig ist, daß ich niemals irgendeinem Menschen Schaden zugefügt habe.« Ihre Augen füllten sich mit Tränen.

»Wissen Sie, wer die Grahams getötet hat?«

»Nein. Ich weiß es nicht.«

Nun konnten wir mit der direkten Befragung beginnen. Dabei stand ich mit dem Notizblock mit den mehreren hundert Fragen, die ich notiert hatte, auf dem Podium und zwang buchstäblich sämtliche Fakten und Beweise ins Protokoll, auf denen mein Fall beruhte, um später beim Schlußplädoyer darauf zurückgreifen zu können.

»Haben Sie sich freiwillig gestellt, als Sie 1981 wegen Mordes an Muff Graham angeklagt wurden?«

»Ja.«

»Wurden Sie kurz darauf auf Kaution freigelassen?«

»Ja, am selben Tag.«

Ich hob hervor, daß sie seit diesem Tag auf Kaution in Freiheit weilte und einer geregelten Arbeit nachging. Dann ließ ich sie beschreiben, wie sie Buck kennengelernt hatte. »Ich war damals fünfundzwanzig und er fünfunddreißig«, schloß sie. »Er war eine sehr starke, dominante Persönlichkeit. Er wollte immer seinen Willen durchsetzen. Und ich bin wohl keine Person, die unnötig Wellen schlägt.«

»Wollen Sie den Geschworenen und dem Richter damit andeuten, daß Sie immer getan haben, was er Ihnen gesagt hat?«

»Nein, absolut nicht.«

Anhand der Waffen, die Jennifer nicht im Haus geduldet hatte, und der Spaghetti, die Buck gegen die Wand geworfen und später selbst wieder aufgewischt hatte, machte Jennifer klar, wo für sie die Grenzen waren.

Nun kam es darauf an, den Geschworenen Walkers Vorstrafenregister zu präsentieren, um ihn für mein

Schlußplädoyer zu belasten. Ich rechnete mit einem vehementen Einspruch Enokis, dem daran gelegen sein mußte, Walkers Verbrecherlaufbahn aus dem Protokoll zu halten, doch er blieb seltsamerweise aus, als ich Jennifer fragte, wann sie von Bucks ›Hintergrund‹ erfahren habe. Sie erwiderte, er habe ihr kurz, nachdem sie zusammengezogen waren, gebeichtet, er sei wegen bewaffneten Raubüberfalls verurteilt worden, doch erklärt, er sei damals erst neunzehn gewesen, und die Pistole sei nicht geladen gewesen.

Die Katze war aus dem Sack. Nun wußten die Geschworenen, daß Buck nicht nur wegen Mordes an Muff Graham verurteilt worden und – von Rick Schulzes Andeutung – einmal ausgebrochen war, sondern schon früher im Gefängnis gesessen hatte.

»Haben Sie, als Sie in Mountain View mit ihm zusammenlebten, von ihm erfahren, daß er wegen eines *zweiten* bewaffneten Raubüberfalls hier in Kalifornien und desweiteren wegen eines Einbruchs verurteilt worden war?« fragte ich.

Erneut kein Einspruch von Enoki.

»Nein. Das habe ich erst später herausgefunden.«

»Wußten Sie damals, daß er zwischen 1966 und 1967 in Kalifornien in eine Anstalt für geistesgestörte Verbrecher eingewiesen worden war?«

Erneut kein Einspruch.

»Davon hat er mir erzählt«, erwiderte Jennifer. »Er hat gesagt, er habe seine Krankheit nur vorgetäuscht, damit er nicht wieder nach San Quentin mußte.«

»Obwohl Sie am Anfang nur von der einen Verurteilung wegen Raubes wußten … störte es Sie nicht, mit einem Menschen mit solch einem Hintergrund zusammenzuleben?«

»Doch, aber das fand ich erst heraus, als wir schon zusammenlebten … und damals war ich bereits in ihn verliebt.« Das Zauberwort war gefallen. Ich hoffte, die Geschworenen würden einsehen, daß Jennifer das Wort

›Liebe‹ viel mehr bedeutete als eher praktisch veranlagten Menschen.

»Würden Sie den Geschworenen erklären, was an Buck Walker Sie damals angezogen hat?«

»Nun ja, er war intelligent, konnte sich artikulieren ... ich wußte, daß er vorbestraft war, aber ich fühlte, daß viel in ihm steckte und ...« Sie hielt abrupt inne. »Ich ... ich dachte, ich könnte ihm helfen.«

In der steifen Atmosphäre des Gerichtssaals konnte Jennifer nur schwer über Bucks erotische Anziehungskraft sprechen, doch privat gestand sie ein, daß sie in seinen Armen den befriedigendsten Sex ihres Lebens erlebt hatte. Ich beabsichtigte, diese körperliche Anziehung wann immer möglich ins Gespräch einzubringen.

»Hat Sie sonst noch etwas an Buck angezogen?« fragte ich, in der Hoffnung, daß zumindest die Frauen unter den Geschworenen Verständnis für Jennifers starke Gefühle für einen Mann haben würden, den andere so angsteinflößend und abstoßend fanden.

»Ich fand Buck attraktiv. Er war ein großer, starker Mann. Bei ihm fühlte ich mich ... sicher und geborgen.«

Danach kam ich auf Bucks Verhaftung wegen Drogenverkaufs zu sprechen. Nachdem sie geschildert hatte, wie es überhaupt dazu gekommen war, sagte sie kühn: »Man hat ihn hereingelegt. Er hat keine Drogen verkauft, bevor der Undercover-Polizist ihn dazu verlockte.« Sie beschrieb, daß Buck auf keinen Fall nach San Quentin zurückwollte und ihre Familie sie vergeblich zu überreden versuchte, nicht mit ihm das Land zu verlassen. »Es war sehr schwer, gegen ihre Wünsche zu handeln, doch ich hatte das Gefühl, daß Buck mich brauchte.«

Während dieser Aussage saßen Sunny und Ted, die sich nach all diesen Jahren noch immer Vorwürfe machten, daß es ihnen nicht gelungen war, Jennifer davon abzuhalten, in ihr Verderben zu segeln, mit versteinerten Gesichtern auf ihren Stühlen in der ersten Reihe.

Danach stellte ich klar, daß Buck einen falschen Paß auf

den Namen Roy Allen erworben hatte, Jennifer aber ihren wirklichen Namen benutzt hatte.

Dann kam ich auf Palmyra zu sprechen. Jennifer erklärte, sie habe schnell gemerkt, daß das Mehl, der Zucker, das Öl und die anderen Vorräte schneller schwanden, als sie vermutet hatte. Schon auf der Fahrt hatten sie ein Drittel ihrer Vorräte verbraucht.

Dieses Eingeständnis über ihre Proviantprobleme zählte zu dem Vorgehen, daß ich bei der gesamten direkten Befragung beibehielt. Ich beabsichtigte, jeden negativen Punkt (mit zwei kalkulierten Ausnahmen) selbst anzusprechen, jede Ungereimtheit und Diskrepanz, und alles Belastende, das sie gesagt und getan hatte. Ich wollte Jennifer praktisch schon ins Kreuzverhör nehmen, aber nach meinen Bedingungen, und der Anklage nur ein paar Bröckchen übrig lassen. Mit anderen Worten: Ich wollte Enokis Kreuzverhör für ihn durchführen. Wenn er später auf die Punkte zu sprechen kam, die ich bereits angeschnitten hatte, bewegten sich die Geschworenen auf vertrautem Terrain. Das war mir lieber, als daß sie zum erstenmal bei Enokis Kreuzverhör davon hörten: »Stimmt es nicht, Miss Jenkins, daß ...«

»Wie Sie wissen, Jennifer, haben bei diesem Prozeß einige Zeugen ausgesagt, daß Ihre Proviantsituation auf Palmyra relativ schlecht war. Hielten Sie sie für verzweifelt?«

»Nein. Sie war zwar nicht hervorragend, aber *keineswegs* verzweifelt.«

»Sie wollten von dem leben, was die Insel bot?«

»Nein. Wir wollten damit unsere Vorräte ergänzen.«

Sie erklärte, schnell herausgefunden zu haben, welche Fische in der Lagune man essen und wie man die zahlreichen Kokosnüsse auf der Insel verarbeiten konnte. »Wir machten Milchshakes, Eiscreme, Gebäck, Sahne, Butter. Kokosnüsse sind sehr nahrhaft.«

Nachdem ich erklärt hatte, daß Jennifer ihr ›Tagebuch‹ als Gedächtnisstütze benutzen würde, gab ich ihr eine Kopie des Logbuchs der *Iola*.

»Was für Nahrung gab es noch auf Palmyra?«

»Da gab jede Menge Krabben.«

»Würden Sie bitte Ihren Eintrag vom 17. Juli vorlesen?«

»›Ich habe noch nie so viele Landkrabben gesehen‹«, zitierte sie, »›und sie schmeckten köstlich‹.«

»Haben Sie versucht, einen Gemüsegarten anzulegen?«

»Ja.«

»Ist es Ihnen gelungen, tatsächlich Gemüse zu ziehen?« (Eine viel bessere Frage als Enokis: »Stimmt es nicht, Miss Jenkins, daß Ihre Versuche, auf Palmyra Gemüse zu ziehen, völlig erfolglos waren?«)

»Nein«, erwiderte Jennifer. »Die Einsiedlerkrebse haben alles gefressen.«

»Hätten Sie während der Zeit, die Sie auf Palmyra weilten, eine abwechslungsreichere Ernährung vorgezogen – mehr Fleisch, Obst und Gemüse?«

Sie lächelte über diese Untertreibung. »Ja.«

Ich wies darauf hin, daß sie Ende August noch für sieben Tage Proviant gehabt hatte. »Proviant für eine Woche war für mich das Minimum, weil wir nach Fanning fahren wollten, um Vorräte zu kaufen. Ich wußte nicht genau, wie lange die Fahrt dauern würde, doch eine Woche war das Äußerste.«

Dieser Punkt war zu wichtig, als daß ich es dabei bewenden lassen könnte. Ich stellte durch meine Befragung klar, daß Jennifer auch normalerweise nur eine Mahlzeit pro Tag zu sich nahm, auf Palmyra nicht an Unterernährung gelitten und auch kein Gewicht verloren hatte.

Danach bat ich sie, ihr Verhältnis zu den verschiedenen Besuchern auf Palmyra in diesem Sommer zu beschreiben. Sie erzählte, daß Jack Wheeler und sein Sohn geholfen hatten, die Iola von dem Riff zu befreien, und Jack ihnen später auch Tips über die Ernährungsmöglichkeiten auf der Insel gegeben hatte.

Bernard und Evelyn Leonard beschrieb Jennifer als

›ziemlich herzlich‹. Evelyn habe mit ihr Vorräte tauschen wollen, an dem betreffenden Tag dann aber Zahnschmerzen gehabt, so daß es nicht dazu gekommen war. Diesen Zwischenfall hatte sie auch im Logbuch festgehalten.

Wie sie sich erinnerte, hatten die Leonards an dem Tag, an dem sie Palmyra verließen – an ihrem Geburtstag – Bücher und Reispudding auf die *Iola* hinübergebracht, und Evelyn hatte das Foto von ihr und Puffer gemacht. Bernard hatte beim Auslaufen vom Bug seines Schiffes hinübergerufen: »Leben Sie wohl, Jennifer. Einen schönen Geburtstag und ein gutes Jahr!«

Jennifer erklärte, daß sie für Don Stevens und Bill Larson einen Kuchen gebacken und Bücher und Zeitschriften mit ihnen getauscht hatte. Und obwohl Tom Wolfe und Norman Sanders ›nicht lange auf der Insel waren‹, sei sie mit beiden gut zurechtgekommen.

Ich kam auf den Zwischenfall mit dem Hundebiß zu sprechen, und Jennifer erklärte, daß der Pitbull-Terrier keineswegs an Unterernährung gelitten hatte, sondern – wie so viele seiner Art – schon vor ihrer Reise gestört gewesen war. Und ich ließ Jennifer ihr Verhältnis zu Puffer beschreiben. Als sie eifrig berichtete, wie schwer (fünfundzwanzig Pfund), intelligent und empfindsam Puffer war, lächelte meine Zeugin zum erstenmal auf dem Zeugenstand.

Ich ließ die Geschworenen ihre eigenen Schlüsse daraus ziehen und hütete mich vor der Bemerkung, daß jemand, der Tiere liebte, wohl kaum einen Mord begehen würde. Enoki hätte erwidern können, daß in Hitlers Gaskammern Millionen Menschen starben, während er seine reinrassige deutsche Schäferhündin geradezu vergötterte. Und Charles Manson hatte einmal gesagt, Tiere mehr als Menschen zu lieben und eher einen Menschen als einen Vogel oder auch eine Klapperschlange zu töten.

Die Grahams hatte ich mir bis zum Schluß aufgespart. »Wie oft haben Sie während Ihres Aufenthalts auf Palmyra mit Mac und Muff gesprochen?«

»Wir sahen fast jeden Tag einen von ihnen oder beide.«

»Hatten Sie den Eindruck, Sie ziemlich gut zu kennen?«

»Ja.«

»Wie würden Sie Mac Graham beschreiben?«

»Mac war ein wunderbarer Mann«, antwortete sie fast schwärmerisch. »Er war voller Leben und sehr unternehmungslustig. Er kam oft vorbei und brachte uns Fisch, den er gefangen hatte. Ich glaube, er fuhr öfter fischen, weil er wußte, daß wir sie gebrauchen konnten.«

Und Muff?

»Sie war immer sehr nett zu mir. Muff war viel reservierter, zurückhaltender als Mac. Und sie war nicht glücklich. Sie war nicht glücklich, auf Palmyra zu sein.«

»Hatten Sie jemals Streit mit ihnen?«

»Nein, absolut nicht.«

»Wurden Sie sich jemals bewußt, daß einer von ihnen oder beide Ihnen übel gesonnen waren?«

»Nein.«

»Wenn sie Ihnen also unfreundliche Gefühle entgegengebracht haben sollten, wußten Sie nichts davon?«

»Genau. Beide waren immer freundlich.«

Ich fragte sie, ob Buck jemals Streit mit Mac oder Muff gehabt hatte. Abgesehen von den Problemen mit den beiden großen Hunden nicht, erwiderte sie.

»Jennifer, Sie haben Tom Wolfes Aussage gehört, Sie hätten ihm gesagt, daß *weder* Sie und Buck *noch* die Grahams die anderen auf der Insel haben wollten. Erinnern Sie sich, ihm das gesagt zu haben?«

»Ich habe Tom gesagt, daß sowohl Mac und Muff als auch Buck und ich Palmyra ausgesucht hatten, weil es ein unbewohntes Korallenatoll war. Wir alle waren dorthin gefahren, um allein zu sein. Doch wie sich herausstellte, war es gut für uns, daß Mac und Muff dort waren. Mac hat uns in vieler Hinsicht geholfen. Er brachte uns Fische, versuchte unseren Außenbordmotor zu reparieren und hat einmal unseren Generator repariert.«

»Haben Sie jemals mit den Grahams Vorräte getauscht?«

»Nein.«

»Warum nicht mit den Grahams, da Sie mit den Leuten auf den anderen Schiffen doch häufig getauscht haben?«

»Mac und Muff wollten noch lange auf der Insel bleiben, und daher wußte ich, daß sie all ihre Vorräte brauchen würden. Ich habe nur … nun ja … mit Leuten getauscht, die bald wieder zu Orten weiterfuhren, wo sie ihre Vorräte ergänzen konnten.«

Es wurde spät. Jennifer war seit über zwei Stunden im Zeugenstand und wirkte erschöpft. Ich wandte mich an den Richter und schlug vor, den Prozeß zu vertagen.

»Einverstanden«, ging Richter King auf meinen Vorschlag ein. »Wir vertagen uns bis morgen früh, neun Uhr dreißig, und morgen wird es nicht mehr so stark regnen.«

Den ganzen Tag über war draußen ein kühler Nieselregen gefallen.

Mittwoch, 19. Februar 1986,
morgens

Wir trafen mit nassen Regenmänteln und tropfenden Schirmen im Gerichtssaal ein. Es hatte die ganze Nacht über geregnet, und Besserung war nicht in Sicht. Mutter Natur hatte sich eindeutig einer Mißachtung des Gerichts schuldig gemacht.

An ihrem zweiten Tag im Zeugenstand trug Jennifer eine hochgeschlossene Bluse und beige Hosen. Sie hatte die Nacht über kaum geschlafen, wie Sunny mich im Tonfall einer besorgten Mutter informierte.

Ich trat aufs Podium, begrüßte Jennifer und setzte dann meine direkte Befragung fort, bei der ich weiterhin chronologisch vorging. Ich kam auf die Tagebucheintragungen zu sprechen und fragte, ob Jennifer darin alle

Begegnungen mit den Grahams festgehalten hatte. Nein, nur ein paar, erwiderte sie. Sie habe in ihrem Tagebuch noch nicht einmal alle Besuche bei den Grahams auf der *Sea Wind* festgehalten.

Ich ließ Jennifer solch einen Eintrag über einen Besuch auf der Yacht vorlesen. »Jennifer«, sagte ich dann, »Sie haben die Aussagen mehrerer Zeugen der Anklage gehört, die Sie und Buck nie an Bord der *Sea Wind* gesehen haben?«

»Ja.«

»Konnte man von der Stelle aus, wo die *Iola* und die anderen Yachten an den Anlegepfosten vertäut waren, sehen?«

»Nein.«

»Und warum nicht?«

»Mac hatte in einer kleinen Bucht geankert. Ein dicht bewachsener Landvorsprung verhinderte, daß man sie sehen konnte.«

Ich ließ Jennifer die Stelle auf einer Karte der Insel zeigen. Sie schätzte die Entfernung zwischen der *Iola* und der *Sea Wind* auf zweihundert Meter.

Danach bat ich sie, alle Tagebucheinträge – insgesamt dreiundzwanzig – vorzulesen, die Jennifers und Bucks Kontakte mit den Grahams betrafen.

»Sie hatten also recht häufig mit den Grahams Kontakt?« fragte ich.

»Ja.«

Die Geschworenen beim Prozeß gegen Walker hatten nichts davon erfahren.

Dann kam ich ausführlich auf die geplante Fahrt nach Fanning zu sprechen. Jennifer beschrieb den Grund der Reise und die Vorbereitungen. Ich stellte ihr ausführliche Fragen zum Lavieren, also zum Segeln gegen den Wind, hob hervor, daß sie zwischen den Hawaiianischen Insel und bei der Einfahrt zum Kanal von Palmyra bereits laviert hatte und diese Technik also beherrschte. Schließlich sprach ich die Seetauglichkeit der *Iola* an.

»Nun ja, ›seetauglich‹ ist ein relativer Begriff. Einige Schiffe sind neuer und nehmen weniger Wasser auf, andere sind älter. Aber ›seeuntauglich‹ ist ein absoluter Begriff. ›Seeuntauglich‹ bedeutet, daß das Schiff sinken wird. Und in dieser Hinsicht war die *Iola* eindeutig seetauglich.«

»Jennifer, Sie haben die Aussagen von Mister und Mrs. Leonard gehört, Sie hätten gesagt, Sie würden Palmyra auf der *Iola* niemals verlassen. Haben Sie das gesagt?«

»Nein. Auf keinen Fall. Ich ... ich weiß nicht, wie sie darauf kommen. Ich bin immer davon ausgegangen, Palmyra auf der *Iola* zu verlassen. Das war unser Schiff.«

»Haben Sie, während Sie auf Palmyra waren, irgend jemanden dort gefragt – also die Wheelers, die Leonards, Tom Wolfe oder die anderen – ob sie Buck und Sie von der Insel mitnehmen würden?«

»Nein. Niemals.«

»Ist Ihnen dieser Gedanke in den Sinn gekommen?«

»Nein.«

»Wurde die *Iola* auf der Fahrt nach Palmyra oder beim Auflaufen auf die Korallen im Kanal beschädigt?«

»Nein.«

»Leckte die *Iola* auf der Fahrt nach Palmyra?« fragte ich. »Nahm sie Wasser auf?«

»Ja, alle Holzschiffe lecken. Die *Iola* auch.«

»Mister Wheeler hat ausgesagt, Sie hätten die *Iola* auch auf Palmyra jeden Tag ausgepumpt. Stimmt das?«

»Anfangs wahrscheinlich. Wir hatten gerade eine lange Fahrt hinter uns. Und Buck wollte den Kielraum völlig leerpumpen, um so sehen, ob das Schiff beim Auflaufen auf die Korallen beschädigt worden war. Später haben wir weiterhin ausgepumpt, weil das Wasser, das im Kielraum stand, modrig roch.«

Jennifer bestätigte, das sie die *Iola* mit »vielen, vielen Schichten Fiberglas« überzogen hatten. Ich erkundigte mich nach dem Grund dafür.

»Nun, mit je mehr Schichten Fiberglas man ein Schiff

von innen überzieht, um so mehr Risse kann die Hülle bekommen, ohne daß unbedingt Wasser eindringen muß. Tom Wolfe hat ausgesagt, er habe einen Riß in der Hülle gesehen. Das kann durchaus sein, heißt aber nicht, daß das Schiff deshalb geleckt hat.«

Aus den Augenwinkeln beobachtete ich, daß sich Enoki weniger Notizen machte als sonst. Was das ein gutes oder ein schlechtes Omen? Hatte er festgestellt, daß ich alle Fragen klärte und ihm für sein Kreuzverhör so gut wie nichts mehr übrig ließ? Oder hatte er sich so gut darauf vorbereitet, Jennifer den Gnadenstoß zu versetzen, daß er keine Notizen mehr brauchte?

Jennifer schlug sich übrigens hervorragend. Sie hatte mich mit keiner einzigen unerwarteten Antwort überrascht, was für die gründliche Vorbereitung der direkten Befragung sprach.

»Ist Buck von der *Iola* und auf Palmyra in ein Zelt gezogen?«

»Ja.«

»Warum?«

»Auf der *Iola* hatte er nicht genug Bewegungsfreiheit. Buck war ... über einsachtzig groß. Und die Raumhöhe betrug etwa einssiebzig, was für mich ausreichte, doch er mußte ständig gebückt gehen.«

»Wollte Buck, daß Sie die *Iola* ebenfalls verlassen und mit ihm in das Zelt ziehen?«

»Ja.«

»Warum sind Sie auf der *Iola* geblieben?«

»Ich habe mich darauf gefreut, nach der Beengtheit während der Fahrt mal wieder etwas allein sein zu können.«

»Haben Sie Buck damals noch geliebt?«

»O ja, sehr.«

Ich wandte mich dem Kuchenzwischenfall zu. »Kommen wir zum 28. August in Ihrem Tagebuch, Jennifer. Sie haben Mister Shoemakers Aussage gehört, daß Mac ihm während eines Funkgesprächs an diesem Abend gesagt hat, Sie und Buck hätten Mac und Muff einen Kuchen gebracht, und Mac sei der Ansicht gewesen, es handele sich um einen Waffenstillstand oder ein Friedensangebot.«

»Ja.«

»In Ihrem Tagebuch steht nichts darüber, daß Sie den Grahams einen Kuchen gebracht haben. Heißt das, daß Sie Mister Shoemakers Aussage in diesem Punkt widersprechen?«

»Nach elf oder zwölf Jahren kann ich mich nicht mehr genau daran erinnern, was am 28. August passiert ist. Das ist eine lange Zeit. Aber ich erinnere mich, daß uns Mac einen oder zwei Tage vorher eine Karte von Fanning gebracht hat. Und es ist durchaus möglich, daß ich ihm als Dankeschön einen Kuchen gebacken habe.«

Ich fragte Jennifer, wann sie normalerweise ihre Tagebucheinträge geschrieben hatte. Normalerweise am Spätnachmittag, aber vor Eintritt der Dunkelheit, erwiderte sie. »Es war bei dem Licht, das wir auf der *Iola* hatten, sehr schwierig, nach Einbruch der Dunkelheit zu schreiben.«

Falls die Geschworenen annahmen, daß der Besuch stattgefunden hatte, würde die Tatsache, daß er sich am Abend vollzogen hatte, vielleicht erklären, warum er im Tagebuch nicht erwähnt wurde. Doch ich brauchte eine zusätzliche Absicherung. »Haben Sie in Ihren Tagebüchern *alles* festgehalten, was Sie am entsprechenden Tag unternommen haben?«

»Nein, keineswegs. Ich habe nur einige Eintragungen vorgenommen, um später den einen Tag vom anderen unterscheiden zu können.«

»Dann *könnte* sich dieser Besuch also ereignet haben?«

»Ja.«

»Aber Sie wissen es nicht mehr genau?«

»Richtig. Ich kann mich nicht mehr erinnern.«

»Was ist mit Mister Shoemakers Aussage, Mac habe diesen Kuchen für ein Friedensangebot oder einen Waffenstillstand gehalten?«

»Nun ... es konnte keinen Waffenstillstand geben, da wir keinen Streit gehabt hatten«, antwortete sie. »Mac hat uns geholfen. Wir hatten keine Probleme.«

»Dann ist dieser Teil seiner Aussage ...«

»Dieser Teil ist völlig falsch.«

»Kommen wir jetzt zu dem wichtigen Datum, dem 30. August 1974. Buck hat an diesem Tag noch allein in seinem Zelt gelebt?«

»Ja.«

»Und Sie haben allein auf der *Iola* gelebt?«

»Ja, mit Puffer.«

Einige Geschworene lächelten.

»Na schön. Sie haben sich den Tagebucheintrag vom 30. August heute morgen noch einmal durchgelesen?«

»Ja.«

»Schließt er alles ein, was sich am 30. August ereignet hat?«

»Nein. Wie die meisten anderen Einträge ist er ... nur ein Überblick über die Ereignisse des Tages.«

»Würden Sie den Geschworenen bitte *jenen Teil* des Eintrags vom 30. August vorlesen, den Sie auch am 30. August geschrieben haben?«

Jennifer räusperte sich. »›Ereignisreicher Tag. R war schon früh auf und reinigte in Macs Werkstatt Regenfässer. Spielten dort ein paar Partien Schach. R bekam Kaffee und Tabak mit, und eine Einladung zum Abendessen. Nicht schlecht für vor neun Uhr. Danach Kaffee. Geputzt, gescheuert, eingeräumt – Vordach abgebaut, Brot gebacken, auf dem Schiff und auf Land alles sauber gemacht. Wollte Brot draußen backen, um Treibstoff zu sparen, hatte aber keine Zeit und Kraft dazu. Doch nach unserer Rückkehr wird mir nichts anderes übrigbleiben – hoffentlich reicht Brennstoff bis dahin.‹«

Ich fragte sie, wann genau sie den Eintrag geschrieben habe. »Irgendwann am Nachmittag«, antwortete sie. »Wahrscheinlich, während ich Brot gebacken habe. Bevor wir zu Mac und Muff hinübergingen. Wie ich schon sagte, normalerweise schrieb ich die Einträge, solange noch Tageslicht war. Und ich wußte, daß wir von Mac und Muff spät zurückkommen würden.«

»Sie haben geschrieben: ›R war schon früh auf und reinigte in Macs Werkstatt Regenfässer.‹ Heißt das, daß Buck die Nacht zuvor auf der *Iola* geschlafen hat?«

Ich wollte alle Fragen vorwegnehmen und beantworten, die die Geschworenen bezüglich dieses entscheidenden Datums vielleicht stellen würden.

»Nein«, antwortete Jennifer. »Er schlief in seinem Zelt. Und er kam gegen neun Uhr zur *Iola* und erzählte mir, er sei schon bei Mac gewesen.«

»Sie haben ausgesagt, Ihre Tagebucheinträge enthielten nicht alles, was an dem betreffenden Tag geschehen ist. Erinnern Sie sich an weitere Ereignisse?«

Es war wichtig, daß Jennifer alles berichtete, was an diesem Tag geschehen war – besonders, was Buck betraf, wie oft und wo und wann sie ihn gesehen hatte. Doch wie konnte sie sich nach so vielen Jahren noch an diese Einzelheiten erinnern? Als ich sie zuerst darauf angesprochen hatte, meinte sie, sie würde sich an so vieles erinnern, weil Mac und Muff an diesem Tag verschwunden waren. Doch ich befürchtete, die Anklage würde einwerfen, bevor sie von dem Verschwinden der beiden erfahren hatte (also vor 18 Uhr 30), hätte kein Grund bestanden, sich an außergewöhnlich viele Einzelheiten zu erinnern – wenn sie nicht in die Morde verwikkelt war. Die einzige Ausnahme wäre, sie hätte Buck sofort im Verdacht gehabt, die Grahams verschwinden gelassen zu haben. Dann hätte sie einen Grund dafür gehabt, die Ereignisse des Tages und des Abends zu überdenken und sich später genau daran zu erinnern. Doch sie behauptete, sie habe Buck damals nicht in Verdacht gehabt. Wie konnte sie sich nun, fast zwölf Jahre später, so genau an alles erinnern, was am 30. August 1974 vor 18 Uhr 30 geschehen war? Jennifer war schließlich zu dem Schluß gekommen, es müsse daran gelegen haben, daß sie die Vorbereitungen für die Fahrt nach Fanning getroffen hatte. Diese Antwort stellte mich einigermaßen zufrieden, und sie würde sie auch bei ihrer Aussage geben.

Es war nur vernünftig, daß Jennifer eingestand, sich nicht an alles zu erinnern, was an diesem Tag geschehen war. »Doch er ist mir wohl deutlicher in Erinnerung geblieben als andere Tage, weil wir am nächsten Tag nach Fanning aufbrechen wollten.«

»Doch nach zwölf Jahren erinnern Sie sich bei weitem nicht mehr an alles, nicht wahr?«

»Das ist richtig.«

»Haben Sie Buck an diesem Tag gegen neun Uhr zum ersten Mal gesehen?«

»Ja.«

»Sie haben Ihr Tagebuch bereits auszugsweise vorgelesen. Erinnern Sie sich an weitere Einzelheiten des Gesprächs mit Buck, als er um neun Uhr zur *Iola* kam?«

»Nun ja, er hat gesagt, Mac und Muff wollten Fischen gehen und soviel fangen wie möglich. Alles, was wir an diesem Abend nicht essen konnten, wollten sie uns als Proviant für die Reise mitgeben.«

»Sollte dies eine Art Abschiedsessen für Sie und Buck sein?«

»Ja.«

»Kam Ihnen die Einladung zum Abendessen ungewöhnlich vor?«

Jennifer schüttelte den Kopf. »Nein. Überhaupt nicht. Mac und Muff haben auch für andere Abschiedsessen gegeben.«

»Haben Mac und Muff häufig für diese Essen gefischt?«

»Ja. Frischer Fisch schmeckt viel besser als Dosenfleisch.«

»Um auf die Chronologie der Ereignisse zurückzukommen ... was geschah, nachdem Buck Ihnen gegen neun Uhr morgens von der Einladung zum Abendessen erzählt hatte?«

»Na ja, ich ging mit hinüber zu Bucks Camp, und ... er machte Kaffee. Und wir schafften Sachen aus seinem Lager zur *Iola.* Wir mußten ein paar Mal hin und her gehen. Dann blieb ich auf der *Iola* und habe diese Sache eingeräumt.«

»Wir lange dauerte es ungefähr, bis Sie diese Sachen zur *Iola* geschafft hatten?«

»Na ja, das Lager lag ziemlich in der Nähe. Ich würde sagen, ungefähr eine Stunde, vielleicht anderthalb insgesamt.«

»Dann war es etwa zehn Uhr dreißig oder elf Uhr.«

»So ungefähr, ja.«

»Was hatten Sie für den Rest des Tages vor?«

»Ich wollte auf der *Iola* bleiben und sie seefertig machen, alle Sachen einräumen, sie saubermachen. Und ich wollte einiges für die Fahrt backen. Und Buck wollte sein Lager in Ordnung bringen. Er hatte jede Menge Sachen, die uns nicht gehörten, die wir aus den verschiedenen Gebäuden auf der Insel zusammengetragen hatten. Ein Bett, Tische, Stühle und so weiter. Er wollte die Möbel ins Kühlhaus bringen und das Zelt, das uns gehörte, zurück zur *Iola*.«

»Hat Buck die Möbel an diesem Tag tatsächlich zum Kühlhaus gebracht?«

»Das weiß ich nicht.«

»Sind Sie zwischen dem 30. August und dem 11. September, als sie Palmyra verließen, jemals zu Bucks Lager oder zum Kühlhaus gegangen?«

»Nein. Zumindest erinnere ich mich nicht daran.«

»Hat Buck das Zelt an diesem Tag zur *Iola* gebracht?«

»Nein.«

»Haben Sie ihn nach dem Grund gefragt?«

»Ja. Er hat gesagt, es sei schon ganz klapprig und fiele auseinander und sei die Mühe nicht wert.«

»Entsprach das Ihres Wissens der Wahrheit?«

»Er kannte es besser als ich. Er wohnte darin. Es schien keine Löcher zu haben, hatte vielleicht aber Schimmel angesetzt.«

Jennifer fuhr fort, sie habe Buck erst »zwei oder drei Stunden später« wiedergesehen. »Irgendwann am frühen Nachmittag. Er kam zur *Iola* und hat irgend etwas gesagt.«

»Ich nehme an, Sie können sich nicht genau an die genauen Zeiten erinnern, wann Sie Buck gesehen haben?«

»Nein.«

»Ist Buck jedesmal an Bord der *Iola* gekommen, wenn Sie mit ihm gesprochen haben?«

»Nein. Nicht immer. Manchmal hat er mir vom Ufer aus etwas zugerufen.«

»Wann haben Sie Buck das nächste Mal gesehen?«

»Mehrere Stunden später, gegen vier Uhr.«

»Was ist da passiert?«

»Er kam vorbei, sagte, er sei auf dem Weg zur Badewanne gewesen, als er Mac begegnete, und Mac habe gesagt, er und Muff hätten noch jede Menge im Lager zu tun und noch keine Gelegenheit zum Fischen gehabt. Aber sie wollten auf jeden Fall noch zum Fischen ausfahren. Und wir sollten gegen halb sieben rüberkommen. Wenn sie noch nicht zurück wären, sollten wir einfach an Bord gehen und uns wie zu Hause fühlen. Sie würden dann bald kommen.«

»Wollten sie Ihnen etwas hinstellen?«

»Ja, etwas zum Knabbern oder so.«

Jennifer fuhr damit fort, etwa eine halbe Stunde nach Bucks Aufbruch Macs Dingi auf der Lagune gehört zu haben. Ich bat sie, auf der Karte zu zeigen, in welche Richtung sich der Zodiac entfernt hatte. Sie zeigte eine Strecke, die bei der *Sea Wind* begann und sich in westlicher Richtung sowohl von der *Sea Wind* als auch von der *Iola* entfernte.

»Sie haben gehört, wie sich der Zodiac entfernte. Haben Sie an diesem Tag auch gehört, wie er zurückkam?«

»Nein.«

»Konnten Sie aus der Kabine der *Iola* hinaussehen?«

»Ja. Sie hatte Fenster. Und ich konnte aus der geöffneten Luke hinaussehen.«

»Sie mußten also nicht auf Deck gehen, um zu sehen, was auf der Lagune passierte?«

»Genau.«

»Aber konnten Sie den Zodiac sehen, wenn er in die Richtung fuhr, die Sie uns gezeigt haben?«

»Nein«, erwiderte sie.

»Warum nicht?«

»Wegen derselben dicht bewachsenen Landzunge, die auch die *Sea Wind* von der *Iola* trennte.«

»Wenn tagsüber ein Dingi mitten auf der Lagune war ... konnten Sie erkennen, wer darinsaß?«

»Ja.«

Die Frage, ob sie Buck vielleicht mit Mac hätte verwechseln können, verneinte sie. »Die beiden sahen sich nicht ähnlich.«

»Konnten Sie von der *Iola* aus jedes Schiff sehen, das in den Kanal fuhr oder ihn verließ?«

»Ja.«

Im Gerichtssaal war es völlig still. Alle Anwesenden verfolgten Jennifers Aussage also mit höchster Aufmerksamkeit.

»Wann haben Sie Buck das nächste Mal gesehen, nachdem Sie das Dingi gehört hatten?«

»Buck kam vielleicht ... anderthalb Stunden später vorbei. Er sagte, er wolle baden, und ob ich nicht mitkommen wolle.«

»Und, wollten Sie?«

»Nein. Ich war mit dem Backen noch nicht fertig.«

»Sie haben gerade ausgesagt, Buck sei gegen etwa sechzehn Uhr vorbeigekommen und habe gesagt, er habe gerade baden wollen, als er angeblich Mac über den Weg lief. Überraschte es Sie nicht, daß er anderthalb Stunden später immer noch nicht gebadet hatte?«

»Nein. Ich habe mir nichts dabei gedacht.«

»Sie haben darüber nie nachgedacht?«

»Nein.«

»Haben Sie zugestimmt, sich später mit ihm zu treffen?«

»Ja. Ich habe ihm gesagt, wenn ich mit dem Backen fertig sei, würde ich ein Bad nehmen. Und er hat gesagt, dann sollten wir uns doch bei Mac und Muff treffen.«

»Wann haben Sie Buck das nächste Mal gesehen?«

»Als ich zum Baden ging. Mac kam gerade von Baden zurück.«

»Haben Sie mit ihm gesprochen?«

»Ich habe gesagt, ich würde ihn bei Mac sehen.«

Um zehn Uhr dreißig fragte der Richter, ob wir nicht eine Pause von fünfzehn Minuten einlegen wollten, und ich stimmte zu. Ich lief schnell zur Bibliothek im sechzehnten Stock des Gerichtsgebäudes, um etwas nachzuschlagen.

Als Richter King kurz nach zehn Uhr fünfundvierzig in den Gerichtssaal zurückkehrte, war ich leider nirgendwo zu sehen und fehlte unentschuldigt. Ich war einfach eine Minute zu lange in der Bibliothek geblieben.

»Er wird jeden Augenblick kommen«, sagte Len lahm.

»Das hoffe ich«, entgegnete Richter King. Er hatte die Geschworenen noch nicht hereingebeten und würde dies erst nach meinem Eintreffen tun.

Von Anwälten erwartet man natürlich, daß sie auf alle Launen der Richter Rücksicht nehmen. Doch wenn ein Richter einmal auf einen Anwalt warten muß, dehnen sich Sekunden sehr schnell zu Ewigkeiten. »Wissen Sie was«, bellte der Richter, die Wangen zornesrot. »Geben Sie mir Bescheid, wenn Mister Bugliosi soweit ist. Ich warte nicht auf Anwälte. Sie warten auf mich.«

Richter King verließ den Saal mit mächtigen Schritten.

In dem Augenblick, in dem ich in den Gerichtssaal stürzte, schlug er mit donnernder Endgültigkeit die Tür seines Büros zu.

39. KAPITEL

Nachdem wir mehrere Minuten gewartet hatten – vielleicht wollte er es mir heimzahlen –, tauchte der Richter auf, nahm Platz und ließ die Geschworenen hereinführen.

Ich entschuldigte mich für meine Unpünktlichkeit.

Richter King nickte knapp.

»Sie dürfen fortfahren.«

»Jennifer, haben Sie *irgendwann* am 30. August 1974 Mac oder Muff gesehen?«

»Nein.«

»Haben Sie Schreie oder Schüsse gehört?«

»Nein.«

»Oder irgendein anderes Geräusch, das Ihre Aufmerksamkeit erregte?«

»Nein.«

»Wissen Sie, ob irgendwann während Ihrer Zeit auf Palmyra – einmal abgesehen von den Gelegenheiten, bei denen Buck auf Fische geschossen hat – Schüsse gefallen sind?«

»Nun ja, einmal. Ich weiß nicht mehr, ob es jemand von der *Shearwater* oder der *Toloa* war. Sie haben mit Mac und Muff Schießübungen gemacht.«

»Haben Sie diese Schüsse gehört?« fragte ich.

»Nein.«

»War es schwierig oder einfach, auf der Insel etwas zu hören?«

»Es war schwierig.«

»Warum?«

»Die Vögel machten einen schrecklichen Lärm. Und da war das Rauschen der Brandung am Außenufer, und das Wasser in der Lagune schlug gegen das Schiff. Und der Wind raschelte ziemlich laut in den Bäumen. Das dichte Blattwerk dämpfte die Geräusche auch.«

»Haben Sie am 30. August 1974 Feuer oder Rauch auf der Insel gesehen?«

»Nein. Von der *Iola* aus konnte man auf dem Ufer gar nichts sehen.«

»Sie konnten also weder die *Sea Wind* noch Bucks Zelt oder das Kühlhaus oder sonst etwas auf der Insel sehen?«

»Genau.«

»Von der *Iola* aus sahen Sie nur grünes Blattwerk?«

»Ja.«

Jennifer fuhr fort, als sie gegen achtzehn Uhr dreißig zum Ankerplatz der *Sea Wind* gegangen sei, habe Buck dort bereits auf sie gewartet.

»Wann wurde es zu dieser Jahreszeit dunkel?«

»Der Sonnenuntergang stand kurz bevor.«

»Brannte am Mast der *Sea Wind* eine Lampe?«

»Nein.«

»Waren die Grahams auf dem Schiff?«

»Nein. Ich rief und bekam keine Antwort. Und ihr Zodiac war nicht an der Yacht vertäut, was normalerweise bedeutete, daß niemand an Bord war.«

»Was geschah dann?«

»Nun ja, Buck und ich haben uns gesetzt und etwa zehn oder fünfzehn Minuten lang unterhalten. Dann schlug Buck vor, wir sollten an Bord gehen, weil sie ja gesagt hatten, wenn sie um halb sieben nicht zurück wären, sollten wir uns wie zu Hause fühlen.«

»Ist Ihnen etwas aufgefallen, als Sie die *Sea Wind* betraten?«

»Auf dem Küchentisch stand Alkohol und etwas zum Knabbern.«

»Hatten Sie den Eindruck, daß Muff Ihnen die Sachen dorthin gestellt hatte?«

»Ja.«

Ich brachte den Apricot-Brandy absichtlich nicht zur Sprache. Er würde Buck zwar belasten, doch ich befürchtete, die Geschworenen könnten denken, Jennifer wolle ihrem ehemaligen Geliebten die Schuld in die Schuhe schieben. Es würde jedoch ganz anders aussehen, wenn die Sache beim Kreuzverhör zur Sprache kam, und darauf hoffte ich.

»Was taten Sie und Buck dann?«

»Wir schenkten uns einen Drink ein, und Buck öffnete wohl eine Schachtel Kekse. Dann gingen wir auf Deck, setzten uns und warteten auf Mac und Muff.«

»Wurde es schon dunkel?«

»Ja.« Gegen sieben Uhr sei es dann völlig dunkel gewesen.

»Sie sitzen also mit Buck auf Deck, und es ist sieben Uhr, und die Grahams sind nicht da. Was haben Sie in diesem Augenblick gedacht?«

»Ich machte mir große Sorgen. Sie wußten, daß wir herüberkommen würden, und ich wußte, daß es auf der Lagune nach Einbruch der Dunkelheit gefährlich war.«

»Warum?«

»Na ja, man konnte nicht sehen, wohin man fuhr. Man wußte nicht, ob man noch mitten auf der Lagune oder schon am Ufer war. Und aus dem Wasser ragten Metallpfosten heraus. Ich ... machte mir Sorgen ... um Mac und Muff.«

Seit der Pause hatte Jennifer meine Fragen ziemlich nüchtern beantwortet. Sie war ausführlich in alle Einzelheiten gegangen, aber gefühlsmäßig nicht beteiligt gewesen. Doch nun schien sie um Fassung zu ringen.

»Machte Buck sich auch Sorgen?«

»Ich ... weiß es nicht.«

Ich ließ ihr einen Augenblick Zeit zum Erholen. Sie trank einen Schluck Wasser, atmete tief durch und putzte sich die Nase.

»Würden Sie den Geschworenen und dem Richter erzählen, was dann geschah?«

»Ich suchte nach dem Knopf für das Licht am Mast«, fuhr Jennifer zögernd fort. »Ich schaltete das Licht ein, damit Mac und Muff in der Dunkelheit die Yacht sehen konnten. Und dann ... dann war ich hauptsächlich auf Deck und habe gelauscht und gewartet.«

»Was geschah dann?«

»Buck sagte, er habe Hunger und wolle etwas zu essen aufmachen. Ich sagte, er solle es lieber nicht tun, denn wenn sie zurückkamen, würden sie ja sehen, daß wir etwas von ihren Vorräten gegessen hatten, und das wäre nicht recht. Es war mir peinlich.«

Jennifer fuhr fort, sie sei den Großteil der Nacht über auf Deck geblieben und habe gelauscht und auf die Lagune hinausgesehen, nach einem Licht oder irgend etwas Ausschau gehalten, womit Mac und Muff vielleicht ein Signal geben wollten. Schließlich sei sie eingeschlafen und bei Einbruch der Dämmerung wieder erwacht. Sie habe sofort Buck geweckt, er habe das andere (hölzerne) Dingi der Grahams geholt, und sie hätten die Suche nach Mac und Muff aufgenommen.

»Von dem Ankerplatz in der Bucht konnten Sie wahrscheinlich in drei Richtungen sehen. Über die Lagune und nach rechts und links. Ist das richtig?«

»Ja.«

»Wer hat das hölzerne Dingi gefahren?«

»Buck.«

»In welche Richtung fuhr er?« fragte ich.

»Nach rechts, am Ufer entlang.«

»Was geschah dann?«

»Ich entdeckte das Dingi ein Stück von der *Sea Wind* entfernt am Strand.«

»Etwa wie weit von der *Sea Wind* entfernt?«

»Vielleicht vierhundert oder achthundert Meter. Ich weiß es nicht mehr genau.«

»Lag es auf dem Strand?«

»Ja, auf dem Strand.«

»Das Dingi lag nicht im Wasser?«

»Nein. Das Dingi lag auf dem Strand.«

»Befand sich irgendein Teil des Dingis im Wasser?«

»Nein. Es lag etwa fünfzig, sechzig Zentimeter oberhalb der Wasserlinie.«

Ich ließ Jennifer erneut auf der Karte zeigen, wo sie den gestrandeten Zodiac gefunden hatte. »Was haben Sie und Buck danach getan?« fragte ich dann.

»Das Dingi lag verkehrt herum auf dem Strand. Ich dachte, vielleicht haben sie es umgedreht, um darunter Schutz für die Nacht zu finden. Ich schlug gegen das Dingi und rief ihre Namen. Und dann sah ich darunter, aber sie waren nicht da.«

»Sind Sie nicht auf den Gedanken gekommen, Mac und Muff wären einfach zu Fuß zur *Sea Wind* zurückgegangen, anstatt die Nacht unter dem Dingi zu verbringen?«

»Es wäre bei der Dunkelheit und all den Pflanzen nicht einfach gewesen, den Rückweg zu finden.«

»Was geschah dann?«

»Ich rief ihre Namen. Dann gingen Buck und ich das Ufer hinauf, riefen weiterhin nach ihnen uns sahen uns um.«

Bei den letzten Antworten hatte sie sich fast zu gut in der Gewalt gehabt, doch nun kehrten die Emotionen zurück.

»Was haben Sie in diesem Augenblick empfunden?«

»Ich war fast *wahnsinnig*.«

»Wie nahm Buck die Sache auf?«

»Ich war so aufgeregt, daß ich nicht darauf geachtet habe.«

»Was geschah dann?«

»Wir gingen wieder zum Ufer hinab, und ein Stück den Strand entlang sah ich den Benzintank des Dingis. Buck holte ihn, und wir beide richteten das Dingi auf und schoben es ins Wasser.«

»Dann lag der Benzintank auch auf dem Strand?«

»Ja.«

Dieser Punkt war sehr wichtig. »Er lag nicht im Wasser?«

»Nein.«

»Jennifer, vermute ich richtig, daß Sie von der *Iola* aus

die Stelle, an der Sie und Buck das Dingi gefunden haben, nicht einsehen konnten, da ein Teil der Cooper Island in die Lagune ragte?«

»Ja.«

»Jennifer, haben Sie dem FBI-Agenten Calvin Shishido gesagt, Sie hätten das Dingi *in* der Lagune gefunden?«

»Ich weiß nicht mehr genau, was ich Mister Shishido gesagt habe, aber ich habe das Dingi auf dem Strand gefunden. Falls ich ›in der Lagune‹ gesagt haben sollte, wollte ich damit vielleicht klarstellen, daß ich das Dingi *am Strand der Lagune* und *nicht am Meeresstrand* gefunden habe.«

»Haben Sie Agent Shishido gesagt, daß Sie den Benzintank des Dingis in der Nähe in der Lagune treibend gefunden haben?«

»Nein, das hat er falsch verstanden. Ich habe ihm gesagt, ich sei der Annahme, der Tank sei an Land gespült worden.«

»Nachdem Sie den Benzintank fanden, hat Buck ihn wieder am Dingi befestigt?«

»Ja.«

»Was geschah dann?«

Jennifer dachte einen Moment lang nach. »Buck versuchte, den Zodiac zu starten, und er zog ein paar Mal an der Schnur, und schließlich sprang der Motor an. Und wir brachten das hölzerne Dingi zur *Sea Wind* zurück und suchten mit dem Zodiac nach Mac und Muff.«

»Wo haben Sie und Buck nach Mac und Muff gesucht?«

»Wir haben die gesamte Lagune abgesucht und fuhren so nah ans Ufer, wie es uns möglich war, um auch auf dem Land nach ihnen Ausschau zu halten.«

Ich deutete auf die Karte. »Es gibt drei Lagunen auf Palmyra: die westliche, die mittlere und die östliche. Haben Sie alle drei abgesucht?«

»Am ersten Tag haben wir die mittlere und die westliche abgesucht. Der Zugang zur östlichen war [wegen des Dammes] schwierig. Deshalb haben wir dort nicht gesucht.«

»Und Sie haben nichts gefunden?«

»Richtig.«

»Wie lange haben Sie an diesem ersten Tag gesucht?«

»Den ganzen Tag über«, antwortete sie. »Nachdem wir irgendwann die Lagune ein zweites Mal abgefahren hatten, sagte Buck, sie wären nirgendwo. Er wollte aufgeben. Und ich sagte, *nein*, wir könnten nicht aufgeben.«

Jennifer hielt abrupt inne und atmete tief ein. »Aber Buck hat gesagt, er habe Hunger«, fuhr sie fort, »und wir fuhren zur *Sea Wind* zurück und haben uns etwas zu essen gemacht.«

»Und dann?«

»Wir setzten die Suche fort. Wir fuhren zur Paradise- und zur Home-Insel hinüber, weil wir glaubten, das Dingi könne von dort aus hinübergetrieben worden sein. Wir suchten beide Inseln zu Fuß ab.«

»Und Sie haben keine Spur von Mac oder Muff gefunden?«

»Genau.«

»Was haben Sie und Buck in dieser Nacht getan?«

»Wir blieben auf der *Sea Wind*. Ich weiß wirklich nicht mehr, was wir getan haben. Ich war körperlich und geistig erschöpft. Ich habe bestimmt geschlafen.«

»Was haben Sie und Buck am nächsten Tag getan – am 1. September?«

»Wir haben gesucht.«

»Wo?«

»Auf denselben Inseln. Wir konnten ja nur da suchen.«

»Wo haben Sie und Buck diese zweite Nacht verbracht?«

»Auf der *Sea Wind*.«

Am folgenden Morgen hätten sie ›als letzten Versuch‹ die östliche Lagune abgesucht.

»Damit griffen Sie schon nach Strohhalmen?«

»Ja.«

»Was ist mit dem folgenden Tag? Haben Sie die Suche fortgesetzt?«

»Buck meinte, es sei lächerlich, sie wären fort. Aber ich habe die Suche allein fortgesetzt. Er hatte recht.«

»Also haben Sie die Suche schließlich abgebrochen?«

»Ja.« Sie senkte den Blick. Sie wirkte jetzt sehr überzeugend wie die verwirrte junge Frau, die im Paradies in einen Alptraum geraten war.

»Und Sie haben nicht die geringste Spur von ihnen gefunden? Fußabdrücke im Sand, ein Signalfeuer oder so etwas?«

»Nichts.«

»Waren Sie am Ende Ihrer Suche der Überzeugung, daß Mac und Muff tot waren?«

»Ja«, erwiderte Jennifer mit einem kaum hörbaren Flüstern.

Ich fragte sie, welche Vermutung sie in diesem Augenblick über das Schicksal der Grahams gehabt hatte, und sie erwiderte, sie hätte angenommen, daß sie einen Unfall mit dem Zodiac gehabt hatten und entweder ertrunken oder von Haien angefallen worden waren.

»Jennifer, wir wissen mittlerweile natürlich von Muffs Überresten, die neben dem Aluminiumbehälter gefunden wurden – ein starkes Indiz dafür, daß sie ermordet wurde. Doch ich möchte Sie fragen, was Sie zur Zeit des Verschwindens der Grahams gedacht haben. Sie hielten es nicht für unmöglich, daß der Zodiac auf der Lagune gekentert war?«

»Nein, ich fand ihn ja umgekippt. Es war offensichtlich, daß er gekentert war.«

»Was ist mit der Tatsache, daß der Zodiac – mehreren Zeugen zufolge, die wir gehört haben – ein sehr stabiles Dingi war?«

»Davon wußte ich damals nichts, aber ich weiß nicht, ob das einen Unterschied gemacht hätte.«

»Wieso nicht?«

»Ich hatte Mac in dem Zodiac auf der Lagune gesehen, und die Nase hob sich manchmal hoch aus dem Wasser. Und ich wußte, daß es Hindernisse in der Lagune gab, und ich war dabeigewesen, als Don Stevens und Bill Larson mit ihrem Dingi auf der Lagune waren und die Schraube gegen einen Korallenkopf oder so etwas schlug. Es hatte furchtbar geknallt, und die Schraube mußte repariert werden.«

»Und Sie hielten es für möglich, daß sie von einem Hai angefallen worden waren?«

»Ja. Die Haie waren einfach überall in der Lagune, und sie waren sehr aggressiv.«

»Sind Sie je in der Lagune geschwommen?«

»*Niemals*. Ich bin nicht einmal darin gewatet.«

»Haben Sie einmal gesehen, daß jemand in der Lagune geschwommen ist?«

»Nein.«

»Jennifer, kommen wir zum Ende Ihrer Suche nach Mac und Muff zurück. Glaubten Sie, als Sie davon ausgingen, daß die beiden tot waren, alles, was Buck Ihnen bis dahin gesagt hatte?«

»Ja. Buck hat nichts gesagt oder getan, das mich bezweifeln ließ, daß Mac und Muff gefischt hatten und nicht zurückgekommen waren.«

»Halten Sie sich für einen argwöhnischen Menschen?«

»Nein. Meine Mutter hat mir immer gesagt, daß ich zu vertrauensselig bin.«

Sunny lächelte schwach, doch Teds Blick ruhte auf den Geschworenen. Neben ihm kaute sein Sohn nervös an einem Fingernagel.

Ich wußte, daß die Geschworenen die Tagebucheinträge des 30. und 31. August und 1. bis 4. September genau lesen und analysieren würden. Daher bat ich Jennifer, den Rest des Eintrags vom 30. August vorzulesen. Sie kam meiner Aufforderung nach: »›Und dann die Tragödie. Und über Nacht tun sich uns ganz neue Möglichkeiten auf.‹«

»Wann haben Sie diesen Teil des Eintrags geschrieben?«

»Mehrere Tage später. Wenn ich mir das Tagebuch jetzt ansehe, wahrscheinlich am 4. September.«

»Würden Sie jetzt bitte die Einträge vom 31. August und 1., 2. und 3. September vorlesen?«

»31. August: ›Die ganze Nacht nicht geschlafen. Den ganzen Tag gesucht. Fanden gekentertes Dingi. Keine anderen Spuren.‹ 1. September: ›R sagt, habe Hoffnung verloren, noch etwas zu finden, doch wir suchen weiter.‹ 2. September: ›Und suchen.‹ 3. September: ›Und dann? Was nun?‹«

»Wann wurden diese Einträge verfaßt?«

»Ich glaube, wahrscheinlich alle nacheinander am 4. September.«

»Warum wurden diese Einträge erst am 4. September gemacht?«

»Ich hatte mein Tagebuch nicht greifbar. Und ich war zu sehr mit der Suche nach Mac und Muff beschäftigt, um etwas in ein Buch zu schreiben.«

»Wo war Ihr Tagebuch denn? Auf der *Iola*?«

»Ja.«

»Und Sie und Buck sind während dieser Zeit auf der *Sea Wind* geblieben?«

»Ja.«

»Warum?«

»Ich wollte dort sein, falls Mac und Muff zur *Sea Wind* zurückfinden würden.«

»Jennifer, Ihr Eintrag vom 1. September besagt, ›R‹ – also Buck – ›sagt, habe die Hoffnung verloren, noch etwas zu finden‹. Sie haben den Tagebucheintrag vier Tage später geschrieben und bei dem Wort ›sagt‹ trotzdem die Gegenwart benutzt. Gibt es einen Grund dafür?«

»Ich weiß nicht. Ich nehme an, Buck hat es am 1. September gesagt, und ich schrieb es als Eintrag für den 1. September, und so habe ich die Gegenwartsform genommen.«

»Dann wurde jeder Tagebucheintrag aus der Perspektive des jeweiligen Tages verfaßt?«

»Ich glaube schon. Ja, das wird der Grund dafür sein.«

»Warum sind die Einträge für den 31. August bis zum 3. September so kurz, Jennifer?«

Jeder würde sich fragen, warum sie über Alltäglichkeiten halbe Seiten und über so eine Katastrophe nur ein paar Worte verfaßt hatte.

»Macs und Muffs Tod hat mich zu sehr mitgenommen«, sagte sie. »Ich konnte nicht darüber schreiben.«

»Jennifer, Ihr Eintrag vom 4. September lautet: ›Und die Entscheidung zum Aufbruch, gefolgt von zahlreichen Vorbereitungen, während wir von Schinken und Käse und Pfannkuchen und Truthahn und Chili und allem, was wir so lange nicht mehr gehabt haben, fett werden. Und die Hunde essen Cornedbeef.‹ Können Sie den Geschworenen diesen Eintrag erklären?«

»Ich weiß wirklich nicht mehr, was ich damals gedacht habe. Diese Worte klingen sehr herzlos. Wir hatten eine Menge Kokosnüsse und Fische gegessen. Ich glaube, nachdem Mac und Muff verschwunden waren, kam es mir nicht mehr so schrecklich vor, ihre Vorräte zu essen.«

Ich fragte Jennifer, wann sie und Buck endgültig zu dem Schluß gekommen seien, daß Mac und Muff tot sind.

»Na ja, Buck hat zu mir gesagt: ›Was sollen wir jetzt tun?‹ Ich meinte, wir sollten die Behörden benachrichtigen, aber er sagte, das könnten wir nicht, weil er auf der Flucht sei und nichts mit den Behörden zu tun haben wollte.«

»Wie haben Sie darauf reagiert?«

»Ich habe mit ihm gestritten. Ich war der Meinung, wir sollten melden, was mit Mac und Muff passiert war. Und er wurde richtig wütend und hat geschrien, ob ich denn nicht einsehe, daß man ihm dann Fragen stellen und ihn verhaften werde.«

»Wie ging es weiter?«

»Buck sagte, er wolle mit der *Sea Wind* aufbrechen.«

»Was haben Sie gesagt?«

»Das könnten wir nicht. Es sei nicht unser Schiff.«

»Hat Buck seinen Vorschlag irgendwie gerechtfertigt?«

»Er hat gesagt, Mac würde nicht wollen, daß wir die *Sea*

Wind schutzlos auf einer unbewohnten Insel zurücklassen, damit Vandalen darüber herfallen konnten.«

Einige Zuhörer kicherten, doch wie jeder gute Vorwand war auch Bucks Bemerkung nicht ganz unbegründet, wie ich klarstellte.

»Gab es auf Palmyra ein Vandalismus-Problem?«

»Ja, offensichtlich. Die Lastwagen waren mit Einschußlöchern übersät, und man hatte ihre Reifen zerstochen. Die Gebäude waren mutwillig beschädigt worden. Ich war auch der Ansicht, daß wir die *Sea Wind* nicht unbeaufsichtigt zurücklassen durften.«

»Was haben Sie Buck vorgeschlagen?«

»Die *Sea Wind* und die *Iola* nach Fanning zu bringen. Dann könnten wir Vorräte kaufen und mit der *Iola* nach Palmyra zurückkehren.«

»Und die *Sea Wind* auf Fanning lassen?«

»Ja.«

»Was hat Buck darauf erwidert?«

»Er wurde richtig wütend und sagte, ich könne ja tun, was ich wollte. Aber er würde mit der *Sea Wind* aufbrechen, und ich könne mit ihm kommen, auf Palmyra bleiben oder allein mit der *Iola* segeln.«

»Waren Sie der Ansicht, die *Iola* allein segeln zu können?«

»Nein.«

»Sie wollten es gar nicht erst versuchen?«

»Genau.«

»Also hat Ihnen Buck drei Möglichkeiten gelassen?«

»Ja, aber ich glaube, eigentlich hatte ich gar keine Wahl.«

»Sie entschlossen sich, lieber mit Buck zu fahren?«

»Ja.«

»Sind Sie nur mit ihm gefahren, weil Sie keine andere Wahl hatten?«

»Nein. Ich habe Buck geliebt. Ich wollte bei ihm sein.«

»Hat Buck gesagt, was er vorhatte, nachdem er Palmyra verlassen hatte?«

»Er wollte auf der *Sea Wind* fliehen.«

»Hat er gesagt, wie er mit einem Schiff fahren wollte, das nicht auf ihn eingetragen war?«

»Er hat gesagt, er wolle die *Sea Wind* nach Hawaii bringen und neu registrieren lassen.«

»Hat Buck etwas über das Risiko gesagt, zu dem Ort zurückzukehren, wo er vom Gesetz gesucht wurde?«

»Er hat gesagt, Hawaii sei der einzige Ort, wo man die *Sea Wind* nur auf sein Wort ins Register eintragen würde.«

»Hat Buck gesagt, was passieren würde, wenn er und Sie die Vereinigten Staaten verließen, ohne die *Sea Wind* umzumelden?«

»Er hat gesagt, da die Papiere der *Sea Wind* auf die Grahams ausgestellt seien und unsere Pässe auf Roy Allen und Jennifer Jenkins lauteten, würde man Fragen stellen und uns festnehmen.«

Ich trank einen Schluck Wasser. Dabei beobachtete ich meinen unbeliebtesten Geschworenen.

Der ›Kansas Rock‹ saß so ungerührt wie eh und je da, die Arme vor der Brust verschränkt und das Gesicht leicht verzogen, als wolle er ein spöttisches Grinsen verbergen. Anscheinend hatten wir ihn mit unserer Argumentation keinen Zentimeter bewegt.

Als ich wieder auf den Notizblock sah, hatte ich den Eindruck, einem alten, vertrauten Freund ins Gesicht zu sehen. Hier standen die Fragen und Antworten, die ich brauchte, um einen Freispruch zu erzielen. Doch das war nur möglich, wenn die Geschworenen vorurteilsfrei zuhörten. Dieser *verdammte* Felsklotz!

»Ist danach irgend etwas geschehen, das Ihnen einige Sorgen bezüglich dieses Problems genommen hat?«

»Ja. Ich hatte Macs Testament gefunden.«

»War dieses Testament unterzeichnet oder nicht?«

»Es war von Mac unterschrieben.«

»Erinnern Sie sich an das Datum auf dem Testament?«

»1960 oder 1961, glaube ich.«

»Und was stand, soweit Sie sich noch daran erinnern, in dem Testament?«

»Ein Teil besagte, falls Mac etwas zustoße, wolle er, daß eine Person, die in einem anderen Dokument genannt war, mit der *Sea Wind* innerhalb von zwei Jahren eine Weltumseglung abschloß und das Schiff dann zum Festland der Vereinigten Staaten zurückbrachte.«

Die Gerichtsdienerin händigte Jennifer auf meine Bitte eine Kopie des Testaments aus. Nachdem Enoki die Echtheit des Dokuments bestätigt hatte, ließ ich Jennifer den entsprechenden Absatz vorlesen. »Jennifer«, fragte ich dann, »glaubten Sie, daß die Fahrt nach Palmyra Teil der Weltumseglung war, die Mac in diesem Testament erwähnt hat?«

»Nein. Ich wußte, daß dies eine andere Fahrt war.«

»Und Sie wußten auch, daß es sich bei der Person, die Mac in dem anderen Dokument genannt hatte, weder um Sie noch um Buck handelte?«

»Ja, natürlich.«

»Wieso konnte diese Klausel dann Ihr Gewissen beruhigen?«

»Sie half mir, Mac etwas besser zu verstehen«, antwortete Jennifer. »Ich dachte, daß das, was Buck vorhatte, vielleicht nicht so schlimm war, wenn wir die *Sea Wind* nach zwei Jahren wieder zurückgaben. Mac hatte zumindest irgendwann einmal vorausgesehen, daß ein anderer als er die *Sea Wind* fahren könnte.«

»Aber Sie haben gewußt, daß Mac Sie oder Buck dafür nicht vorgesehen hatte?«

»Aber wir waren die *einzigen* Menschen dort. Sonst war niemand auf der Insel.«

»Glaubten Sie, daß Buck die Absicht hatte, Kit Muncey, Macs Schwester, die Yacht zurückzugeben?«

»Na ja, als Buck ursprünglich sagte, er wolle die Yacht nehmen, hatte ich das Testament noch nicht gefunden. Nachdem ich es gefunden hatte, zeigte ich es Buck, und er las es. Ich habe ihm gesagt, ich könnte nur vertreten, was er vorhatte, wenn er versprach, daß wir das Schiff innerhalb von zwei Jahren zurückgeben würden.«

»Sie haben ihm dieses Versprechen abgenommen?«

»Ja.«

Die Geschworenen betrachteten Jennifer, ohne sich ihre eigenen Gedanken anmerken zu lassen.

»Doch bevor Sie ihm dieses Versprechen abgenommen haben, gingen Sie davon aus, daß er die *Sea Wind* vielleicht für immer behalten wollte?«

»Ja.«

»Sie behaupten also, Buck zugestimmt zu haben, die *Sea Wind* zwei Jahre lang zu behalten?«

»*Höchstens* zwei Jahre lang. Ich wollte das Schiff früher zurückgeben, wir brauchten es nur, um zum Festland zurückzukehren, doch er wollte nichts davon hören.«

»Waren Sie der Ansicht, daß diese Klausel im Testament Ihnen irgendein legales Anrecht auf die *Sea Wind* gab?«

»Nein«, sagte sie leise.

»Sie haben auch gewußt, daß das, was Sie vorhatten, nicht rechtens war?«

»Ja. Ich wußte, ich hätte die Behörden über Macs und Muffs Schicksal informieren müssen, und ich wußte, falls wir überhaupt mit der *Sea Wind* losfahren würden, hätten wir uns auf dem Festland sofort mit Mary Muncey in Verbindung setzen müssen.«

»Als Sie Palmyra auf der *Sea Wind* verließen, einem Schiff, das Ihnen nicht gehörte, hatten Sie da den Eindruck, einen Diebstahl zu begehen?«

»Nein. Ich wollte die *Sea Wind* nicht stehlen und habe nie vorgehabt, sie zu behalten.«

Nun kamen wir auf das andere Segelschiff zu sprechen, auf die *Iola*, über deren Schicksal Jennifer so lange Jahre gelogen hatte: »Buck hat mir gesagt, es sei unmöglich, die *Iola* zu schleppen, und so wollte ich sie einfach an den Anlegepfosten vertäut zurücklassen. Aber er hat gesagt, das könnten wir nicht, weil sie immer mehr Wasser aufnehmen und schließlich sinken und dann eine Gefahr für den Schiffsverkehr auf der Lagune werden würde.«

»Was haben Sie schließlich also unternommen?«

»Buck hat die *Iola* mit der *Sea Wind* aus der Lagune geschleppt. Puffer und ich waren auf ihr. Dann kam Buck hinüber und brachte Puffer und mich auf die *Sea Wind*. Danach fuhr er zur *Iola* zurück und öffnete all ihre Pumprohre und ließ sie auf das Meer treiben.«

»In welche Richtung trieb die *Iola*?«

»Südsüdost.«

»Und Sie vermuten, daß die *Iola* gesunken ist?«

»Ja.«

»Haben Sie gesehen, wie Sie sank?«

»Nein.«

»Jennifer, bei einem Prozeß wegen des Diebstahls der *Sea Wind* haben Sie 1975 ausgesagt, Sie hätten die *Iola* aus dem Kanal geschleppt, doch sie sei aufgelaufen, und Sie hätten Sie nicht von den Korallen bekommen. Danach hätten Sie und Buck sie im Kanal zurückgelassen. Diese Aussage entsprach also nicht der Wahrheit?«

»Nein.«

»Warum haben Sie sich diese Geschichte ausgedacht?«

»Buck hat mir gesagt, falls sich jemals jemand nach der *Iola* erkundigen sollte, sollte ich nicht sagen, daß wir sie versenkt hatten, weil das sehr schlecht klang. Es klang so, als hätten wir die *Sea Wind* gestohlen.«

»Als Sie am 29. Oktober 1974 vom FBI-Agenten Shishido verhört wurden, haben Sie ihm dieselbe unwahre Geschichte erzählt?«

»Ja.«

»Bei dem Prozeß im Jahr 1975 haben Sie einen Eid geleistet, die Wahrheit zu sagen, nicht wahr?«

»Ja.«

»Und mit Ihrer Falschaussage haben Sie gegen diesen Eid verstoßen.«

»Ja.«

»Warum haben Sie das getan?«

»Man hat mir den Rat gegeben, es sei schlecht für mich, eine nicht übereinstimmende Aussage abzugeben.«

»Nicht übereinstimmend mit dem, was Sie dem FBI-Agenten Shishido gesagt haben?«

»Ja.«

(Dieser Rat stammte von Jennifers Anwalt. Ich hatte überlegt, ihn als Zeugen zu laden, dann jedoch davon abgesehen. Wir hätten die Sache nur unnötig aufgebauscht, und ein Meineid blieb auch trotz eines anwaltlichen Rats ein Meineid.)

»Zurück zur *Iola.* Haben Sie oder Buck Fotos gemacht, nachdem Sie das Schiff durch den Kanal geschleppt hatten?«

»Ja, ich habe einige Fotos von Buck auf der *Iola* geschossen.«

Das waren natürlich die Fotos, über die Jennifer bei ihrem Diebstahlprozeß gelogen hatte.

»Sie haben gerade ausgesagt, die Suche nach Mac und Muff am 3. September abgebrochen zu haben. Doch Sie verließen Palmyra erst am 11. September. Was haben Sie und Buck bis dahin getan?«

»Wir haben alle Sachen von der *Iola* auf die *Sea Wind* geschafft, alle Sachen aus Macs Werkstatt auf dem Land zur *Sea Wind* zurückgebracht und verstaut und die Yacht seefertig gemacht.«

Jennifers Tagebuch endete am 10. September abrupt. Ich fragte sie nach dem Grund dafür.

»Am nächsten Tag sank die *Iola*. Und das Tagebuch war ihr Logbuch.«

»Wir haben es hier beim Prozeß als Tagebuch bezeichnet, aber es ist, wie Sie zuvor ausgesagt haben, ursprünglich das Logbuch der *Iola* gewesen?«

»Ja.«

Ich fragte Jennifer, ob es auf der Rückfahrt nach Hawaii zu Zwischenfällen gekommen sei. Sie setzte zu ihrer längsten Antwort an, seitdem sie den Zeugenstand betreten hatte, und berichtete ausführlich von ihrer Begegnung mit dem Schwertfisch. Ich kannte ihre Schilderung mittlerweile fast auswendig.

»Jennifer, haben Sie oder Buck auf Palmyra den Namen *Sea Wind* von der Yacht entfernt?«

»Ja, Buck.«

Ich kam auf Larry Seiberts Besuch zusprechen. »Er hat Sie und Buck gefragt, wie Sie in den Besitz des Schiffes gekommen sind, nicht wahr?«

»Ja.«

»Hat Buck in Ihrer Gegenwart auf die Frage geantwortet?«

»Ja.«

»Und hat er gesagt, er, Buck, habe das Schiff bei einem Schachspiel mit einem Multimillionär gewonnen?«

»Ja.«

»Was haben Sie da gesagt oder getan?«

»Ich habe mich nur geduckt.«

»Und Seibert hat Sie irgendwann später gefragt, ob Buck die Wahrheit gesagt hat?«

»Ja.«

»Was haben Sie Seibert gesagt?«

»Ich habe gesagt, nein, das sei nicht die Wahrheit gewesen.«

»Wie wäre es, Mister Bugliosi?« unterbrach der Richter.

Ich sah auf die Wanduhr über den Geschworenen und stellte überrascht fest, daß wir schon Mittag hatten. Der Morgen war so an mir vorbeigeflogen, und ich hätte problemlos weitermachen können. Doch Jennifer sah aus, als könnte sie eine Pause gebrauchen.

»Jederzeit, Euer Ehren.«

»Dann legen wir jetzt die Mittagspause ein.«

Während sich die Zuschauer erhoben und den Gesichtssaal verließen, ging Jennifer zu ihrem Bruder. Ich bemerkte, daß Sunny Jenkins allein und mit besorgtem Gesicht dastand, und ging hinüber.

»Sie schlägt sich gut«, sagte ich.

»Wirklich, Vince?« Ihre Stimme zitterte.

»Ja. Len hat gesagt, er habe noch nie einen so gut vorbereiteten Zeugen gesehen. Entspannen Sie sich etwas, Mrs. Jenkins.«

Ich selbst konnte diesen Rat natürlich nicht befolgen. Ich blieb im leeren Gerichtssaal am Tisch der Verteidung sitzen und sah noch einmal die Fragen durch, die ich Jennifer im Verlauf des Nachmittags stellen würde. Jennifer hielt sich gut und deckte alle Punkte ab, die ich erwähnt haben wollte – soviel stand fest. Doch niemand konnte wissen, ob ihr die Geschworenen auch nur ein Wort glaubten.

An diesem Nachmittag, 13 Uhr 45

Ich setzte die direkte Befragung fort, indem ich Jennifer ausführlich schildern ließ, wie der durch den Schwertfisch entstandene Schaden ausgebessert und die *Sea Wind* neu gestrichen worden war. »Hatten Sie den Eindruck«, fragte ich schließlich, »daß jemand, der die *Sea Wind* kannte, die Yacht trotz des neuen Anstrichs sofort erkennen würde?«

»Ja.«

Jennifer bestätigte auch, daß Buck die *Sea Wind* auf Hawaii neu ins Register eintragen ließ, doch ich hob hervor, daß sie sich geweigert hatte, ihren Namen in die Papiere eintragen zu lassen. »Jennifer«, wechselte ich dann das Thema, »Sie haben zuvor ausgesagt, auf Palmyra hätten Sie eingesehen, eigentlich die Behörden vom Verschwinden der Grahams unterrichten zu müssen, doch Buck habe dies nicht erlaubt, da nach ihm gefahndet wurde. Doch warum haben Sie nun, da Sie auf Hawaii waren, die Behörden nicht allein und von sich aus unterrichtet?«

»Das konnte ich nicht, ohne daß Buck in Gefahr lief, gefaßt zu werden.«

»Mit anderen Worten, wenn Sie die Behörden ohne Bucks Wissen informiert hätten, hätten Sie davon ausgehen müssen, daß jemand auf die *Sea Wind* kommen und Fragen stellen würde. Und Sie befürchteten, daß dann Bucks wahre Identität herauskommen würde?«

»Ja.«

»Bei dem schon erwähnten Prozeß wegen des Diebstahls der *Sea Wind* haben Sie ausgesagt, daß Sie vorhatten, Hawaii zu verlassen, um Mary Muncey die *Sea Wind* zu bringen.«

»Ja.«

»Ich nehme an, das war nicht die ganze Wahrheit?«

»Nein. Ich hatte vor, ihr *irgendwann* die *Sea Wind* zurückzugeben, aber nicht sofort.«

Auf die Frage, warum sie den Hafen Ala Wai angelaufen hatten, obwohl die Wahrscheinlichkeit bestand, daß dort jemand die *Sea Wind* erkennen würde, sagte Jennifer, sie hätten dringend Dieseltreibstoff gebraucht. Sie fuhr damit fort, am Morgen des 29. Oktober 1974 ins hölzerne Dingi gestiegen und zum Ufer gerudert zu sein, »weil man nicht die Schiffstoilette benutzen soll, wenn man in einem Hafen liegt«. Dabei sei sie an Joel Peters' Schiff vorbeigekommen. »Ich hatte ihm am Vortag angeboten, seine Wäsche gemeinsam mit der unseren zu waschen, und er hatte sie mir gegeben. Jedenfalls sagte er mir, die Behörden hätten sich nach uns erkundigt und suchten uns.«

»Was haben Sie dann getan?«

»Ich ruderte zurück, weckte Buck und erzählte ihm, was Joel gesagt hatte.«

»Wußten Sie zu diesem Zeitpunkt, ob die Drogenfahndung nach Buck Walker suchte oder die Küstenwache nach Roy Allen und Ihnen, weil Sie sich auf einem Schiff befanden, daß Ihnen nicht gehörte?«

»Nein.«

»Was haben Sie angenommen?«

»Daß die Drogenfahndung hinter Buck her war.«

»Was geschah dann?«

»Buck hat gesagt, wir müßten sofort vom Schiff herunter. Also sind wir ins Dingi gestiegen und losgerudert. Doch Bucks Hunde waren noch auf Deck und haben gebellt. Ich sagte Buck, ich wolle zur *Sea Wind* zurück und sie unter Deck bringen. Und dann fiel mir Joels Wäsche ein. Ich sagte Buck, ich wolle Joel seine Wäsche zurückbringen.«

»Was hat Buck dazu gesagt?«

»Ich sei verrückt und solle ihn zuerst auf dem Dock absetzen.«

Nachdem Jennifer ihn abgesetzt hatte, sei sie zur *Sea Wind* zurückgekehrt, habe die beiden Hunde in die Kabine gebracht, sich Joel Peters' Wäsche geschnappt und sie ihm gebracht. Als sie dann zu den Toiletten ruderte, wo sie Buck treffen wollte, habe sie ›den großen Kutter der Küstenwache‹ bemerkt, der sich ihr ›sehr schnell‹ näherte.

»Was empfanden Sie, als der Kutter mit hoher Geschwindigkeit auf Sie zufuhr?«

»Ich hatte Angst. Ich ruderte schneller.«

»Wollten Sie auch vor der Küstenwache fliehen, weil Sie das Gefühl hatten, ein Unrecht begangen zu haben?«

»Ja.«

»Und was für ein Unrecht war das?«

»Na ja .. ich war mit Buck zusammen, und Buck war auf der Flucht. Und soweit ich wußte, hatte ich eine Straftat begangen, weil ich mit Buck zusammen war.«

Dann fügte sie zwei sehr wichtige Sätze hinzu: »Sie müssen verstehen, daß Bucks Geisteshaltung auch meine Geisteshaltung geworden war. Buck war auf der Flucht, und ich floh mit ihm.«

»Also war seine Realität zu Ihrer Realität geworden?«

»Ja.«

(Bei unserer sechsten oder siebenten Vorbereitung ihrer Aussage hatte Jennifer diese Worte spontan benutzt und damit ihre Situation perfekt zusammengefaßt. Ich war der Ansicht, aufgrund dieser Bemerkung würden die Geschworenen besser verstehen, wie ein unschuldiger Mensch, der mit einem schuldigen zusammen – und gefühlsmäßig mit ihm verbunden – ist, schließlich so sprechen und handeln konnte wie der Schuldige. Ich hatte diese beiden Sätze aufgeschrieben und Jennifer eingeschärft, sie auswendig zu lernen und bei der passenden Gelegenheit im Zeugenstand zu wiederholen.)

»Waren Sie der Ansicht, noch ein weiteres Unrecht begangen zu haben, als Sie vor dem Kutter der Küstenwache flohen?« fragte ich.

»Ja. Ich ... ich wußte, daß wir Macs und Muffs Verschwinden hätten melden sollen. Und daß wir auf einer Yacht waren, die uns nicht gehörte.«

Ich ließ Jennifer schildern, wie Sie von dem Beamten der Küstenwache und Bernard Leonard in der Hotellobby ergriffen worden war. »Mister Leonard hat ausgesagt, Sie hätten ihm erzählt, als er Sie zum Kutter der Küstenwache brachte, Sie hätten das Dingi der Grahams am Strand von Palmard gefunden. Haben Sie ihm das gesagt?«

»Nein. Er muß mich falsch verstanden haben. Ich habe gesagt, ich hätte angenommen, es sei dort gekentert.«

»Jennifer, haben Sie Mister Shishido bezüglich des Verschwindens von Mac und Muff dasselbe erzählt, das Sie hier im Gericht ausgesagt haben?«

»Ja. Ich habe ihm das erzählt, was Mac und Muff meines Erachtens zugestoßen war.«

»Haben Sie Mister Shishido gesagt, Sie hätten die Behörden nicht vom Verschwinden der Grahams unterrichtet, weil Sie befürchteten, man würde Ihnen die Yacht wegnehmen?«

»Wahrscheinlich habe ich so etwas gesagt. Ich erinnere mich wirklich nicht mehr daran.«

»War das die Wahrheit?«

»Nein.«

»Warum haben Sie es dann gesagt?«

»Na ja, er hat mich gefragt, warum ich auf dem Schiff

war und es nicht den Behörden überstellt hatte. Ich konnte ihm nicht die Wahrheit sagen. Ich konnte ihm nicht sagen, daß ich die Behörden nicht informiert hatte, weil Buck von der Polizei gesucht wurde. Also habe ich … einfach irgend etwas erzählt.«

Ich versuchte, diese Aussage zu bekräftigen.

»Sie konnten ihm nicht den wirklichen Grund nennen?«

»Genau.«

»Daß Sie versucht haben, Buck zu schützen?«

»Ja.«

Jennifer fuhr fort, erst bei dem Verhör durch das FBI herausgefunden zu haben, weshalb man Sie festgenommen hatte, weil die Beamten ständig von Roy Allen sprachen.

»Und Sie haben nicht gesagt, daß Roy Allen in Wirklichkeit Buck Walker war?«

»Nein.«

Da Jennifers Versuch, Buck zu schützen, in meinem Plädoyer eine zentrale Rolle einnehmen würde, gab ich mich noch immer nicht damit zufrieden. »Jennifer, Mister Shishido hat ausgesagt, Sie hätten gesagt, Sie hätten Roy Allen im April 1974 auf Oahu kennengelernt. Vorher haben Sie ausgesagt, im Oktober 1973 mit Buck nach Oahu gezogen zu sein. Buck hat die *Iola* im selben Monat gekauft, und sie lag im Hafen Maalaea auf Maui vertäut. Erinnern Sie sich daran?«

»Ja.«

»Warum haben Sie Mister Shishido ein falsches Datum und einen falschen Ort genannt?«

»Ich befürchtete, sonst würde er vielleicht herausfinden, daß Roy Allen in Wirklichkeit Buck Walker war.«

»Sie befürchteten, die Behörden würden das Datum und den Ort überprüfen und feststellen, daß Sie in Wirklichkeit mit Buck Walker zusammen waren?«

»Ja.«

»Haben Sie Mister Shishido gesagt, Sie hätten Macs

Aufforderung – Macs *angebliche* Aufforderung – an Buck, sich auf der *Sea Wind* ›wie zu Hause zu fühlen‹, als Anlaß genommen, das Boot an sich zu nehmen, nachdem Mac etwas zugestoßen war?«

»Ich bin sicher, so etwas ähnliches gesagt zu haben.«

»Entsprach diese Aussage der Wahrheit?«

»Nein.«

»Warum haben Sie das gesagt?«

»Er fragte erneut, warum wir die Yacht nicht den Behörden übergeben hatten. Und ich konnte ihm nicht die Wahrheit sagen, und so ... ich weiß nicht, warum ich es gesagt habe. Vielleicht, weil es die letzten Worte waren, die Mac zu Buck gesagt hat.«

»Die Mac *angeblich* zu Buck gesagt hat. Zumindest hat Buck dies Ihnen gegenüber behauptet?«

»Ja.«

Ich kam auf die Toilette des Yachtklubs zu sprechen. Jennifer behauptete, nichts hinabgespült zu haben. »Ich war länger als gewöhnlich auf der Toilette. Ich hatte Magenkrämpfe.«

»Wieviel Zeit war vergangen, seitdem Sie ursprünglich gebeten hatten, auf die Toilette gehen zu dürfen?«

»Es kam mir wie eine Ewigkeit vor. Mindestens ein paar Stunden.«

In Wirklichkeit hatte es einen anderen Zwischenfall mit einer Toilette gegeben, und ich hatte mich entschlossen, den Geschworenen die Einzelheiten freiwillig mitzuteilen. »Haben Sie etwas die Toilette hinabgespült, als Sie sich im FBI-Büro in Honolulu befanden?«

»Ja.«

»Was war das?«

»Ein Zettel, auf dem der Name Buck Walker stand.«

»Haben Sie an diesem Tag Ihre Tasche ausgeleert?«

»Ich glaube, als ich an Bord des Kutters der Küstenwache ging, hat jemand meine Tasche an sich genommen, aber ich erinnere mich nicht mehr genau daran.«

Jennifer sagte aus, daß Buck ihr einen Brief an Macs

Schwester Kit Muncey gegeben hatte, nachdem sie auf Kaution frei war und Buck im Gefängnis besucht hatte.

»Hat er Sie gebeten, einen Brief zu schreiben, der besagte, er habe seinen Brief geschrieben, als die *Sea Wind* im Trockendock lag?«

»Ja.«

»Aber Sie wissen, daß er diesen Brief erst im Gefängnis geschrieben hat?«

»Ja.«

»Und Sie haben den Brief geschrieben, um den Buck Sie gebeten hat?«

»Ich tat es für Buck. Sein Brief hatte mir sehr gefallen, und ich hielt alles, was er über Macs und Muffs Schicksal geschrieben hatte, für wahr. Einige andere Behauptungen waren falsch. Aber ich dachte, er habe die Hauptsache richtig geschildert, unsere Beziehung zu Mac und Muff und den Unfall.«

»Sie hielten den Kern des Briefes also für wahr?«

»Ja.«

»Und nur darauf kam es Ihnen an?«

»Ja.«

Abschließend stellte ich klar, daß Jennifers Beziehung zu Buck die bei weitem intimste Beziehung war, die sie je gehabt hatte. Ja, sie hatten über eine Heirat gesprochen und Bluttests durchführen lassen. Sie sah sich als Bucks Ehefrau an.

»In Ihrer Vorstellung ließ sich die Beziehung mit Buck also mit einer Ehe vergleichen?«

»Ja.«

»Sind Sie Buck noch gefühlsmäßig verbunden?«

»Nein.«

Ich hielt einen Augenblick lang inne.

»Jennifer«, sagte ich dann, »vor diesen Geschworenen und diesem Richter, und Gott ist Ihr Zeuge ... haben Sie irgend etwas mit dem Tod von Mac und Muff Graham zu tun?«

»Nein, das habe ich nicht.« Sie sah einen Augenblick lang zur Decke und riß sich zusammen. »Ich habe niemals bezweifelt, daß Mac und Muff bei einem Bootsunfall gestorben sind.«

»Ihre Zeugin«, sagte ich zu Enoki.

40. KAPITEL

Im Zeugenstand wartete Jennifer, ohne zu lächeln, aber anscheinend auch nicht beunruhigt. Die Arbeit, die wir geleistet hatten, gab ihr – und mir – die Zuversicht, daß sie die Härten des Kreuzverhörs überstehen würde.

Elliot Enoki ging ohne jeden Enthusiasmus zum Podium. Nachdem er seine Unterlagen auf den Tisch gelegt hatte, vergewisserte er sich, daß seine Jacke zugeknöpft war, senkte dann den Kopf und zögerte. Er wirkte leblos wie eine Strohpuppe.

Beruflich gesehen konnte mein Widersacher mir fast leid tun. Mit zwei kalkulierten Ausnahmen hatte ich die wichtigen Punkte seines Kreuzverhörs bereits vorweggenommen. Ich hatte jeden negativen, belastenden Punkt angesprochen und Jennifer die Gelegenheit ergeben, ihr Vorgehen genau und plausibel zu erklären.

Die beiden Ausnahmen betrafen Punkte, die die Verteidigung vielleicht übersehen würden. Jennifer hatte am 22. Mai 1975, knapp zwei Monate vor ihrem Prozeß wegen Diebstahls, einen Bergungsanspruch auf die *Sea Wind* gestellt. Sie hatte mir gesagt, ihr Anwalt sei auf diese Idee gekommen. Ohne diesen Antrag würde jeder annehmen, daß sie und Buck das Schiff gestohlen hatten. Jennifer behauptete, sich gegen diesen Antrag ausgesprochen zu haben, doch der Anwalt habe darauf bestanden, und sie habe schließlich nachgegeben. Der Anspruch sei nie verhandelt worden, und sie wisse nicht, was daraus geworden war.

Ich hielt diesen Bergungsanspruch für besonders nachteilig für Jennifer, da er in völligem Widerspruch zu ihrer Aussage stand, sie habe die *Sea Wind* nach zwei Jahren Kit Muncey zurückgeben wollen. Selbst *falls* die Geschworenen glauben würden, daß ihr Anwalt sie dazu gedrängt hatte, war dieser Vorgang nur ein weiteres Beispiel dafür, daß man Jennifer zu etwas überreden konnte, das sie eigentlich nicht wollte. Doch da Enoki und Schroeder bei dem Diebstahlprozeß noch nicht die Anklage vertreten hatten und ich in dem Meer der Zeitungsausschnitte nur eine einzige Erwähnung dieses Antrags gefunden hatte, hoffte ich, daß die Staatsanwälte den Bergungsanspruch übersehen hatten.

Der zweite Punkt war Jennifers Aussage vom 24. Januar 1975 bei einer Anhörung, das Verfahren einzustellen, sie und Buck wären mit der *Sea Wind* gesegelt, da sie auf Palmyra ›gestrandet‹ gewesen seien. Als ich Jennifer auf diese verheerende Aussage ansprach, erwiderte sie, sie habe damit nicht gemeint, die *Iola* sei seeuntauglich gewesen. Vielmehr habe es sich um eine Lüge gehandelt, die die Lüge abdecken sollte, die Iola sei im Kanal auf ein Riff gelaufen. Da sich das Protokoll dieser Anhörung nicht unter den Papieren befand, die Enoki vor Prozeßbeginn der Verteidigung vorlegen mußte, hoffte ich, daß ihm diese Aussage Jennifers nicht bekannt war.

»Miss Jenkins«, begann Enoki schließlich, richtete sich auf und steckte eine Hand in seine Jackentasche. »Wie ich es verstehe, streiten Sie ab, die *Sea Wind* nach dem Verschwinden der Grahams gestohlen zu haben?«

»Ich hatte niemals vor, das Schiff zu stehlen«, antwortete sie gelassen, »und ich hatte auch nicht die Absicht, es zu behalten.«

»Na schön. Bei dem Diebstahlsprozeß, zu dem Mister

Bugliosi Sie befragt hat, haben Sie beharrlich abgestritten, die *Sea Wind* gestohlen zu haben. Ist das richtig?«

»Ja.«

Enoki kämpfte bereits mit einem Thema, daß ich bei meiner direkten Befragung ganz nüchtern abgedeckt hatte.

»Doch gestern haben Sie eingestanden, daß Sie keinen rechtmäßigen Anspruch auf die Yacht hatten?«

»Ja.«

»Sie haben gestern eingestanden, gewußt zu haben, ein Unrecht zu begehen.«

»Ja.«

»Haben Sie den Brief, den Mister Walker an Mary Muncey geschrieben hat, gelesen, bevor Sie ihn abschickten?«

»Ja, ich habe ihn gelesen.«

»Sie haben ausgesagt, daß nicht alles in diesem Brief der Wahrheit entsprach?«

»Ja.«

»Dieser Brief enthielt die Behauptung, die *Iola* sei beim Verlassen Palmyras aufgelaufen?«

»Ja.«

»Sie wußten also, daß Mister Walker Mrs. Muncey in dieser Hinsicht belogen hat?«

»Ja.«

Enoki hielt kurz inne. »Sie haben ausgesagt, Sie hätten nicht versucht, die *Sea Wind* zu tarnen, indem Sie sie neu anstrichen?«

»Ich war nicht der Ansicht, daß jemand, der die *Sea Wind* kannte, das Schiff nach einem neuen Anstrich nicht mehr erkennen würde.«

»Haben Sie Mister Walker das gesagt?«

»Ja.«

»Was hat er darauf erwidert?«

»Er hat nur gesagt, ihm gefiele die Farbe nicht. Er würde sie entweder gelb streichen, oder ich könne mir eine Farbe aussuchen, die mir besser gefiel.«

»Hat Mister Walkers Kommentar in Ihnen nicht den Argwohn erregt, er wolle das Schiff neu streichen, um es zu tarnen, da er nicht vorhatte, es jemals zurückzugeben?«

»Als ich ihm Macs Testament zeigte, hat er mir versprochen, das Schiff innerhalb der besagten zwei Jahre zurückzugeben.«

Auch bei dem Zwischenfall mit dem Schwertfisch kam Enoki nicht weiter. Obwohl er Jennifer ausführlich darüber befragte, beschränkte er sich auf die Abfolge der Ereignisse und konnte Jennifers Darstellung nicht grundlegend in Zweifel ziehen. Ähnlich verhielt es sich mit dem Streichen der *Sea Wind* und dem Entfernen des Namenszugs vom Schiff. Jennifer blieb bei der Aussage, daß Buck diese Veränderungen allein durchgeführt hatte.

Doch in einer Sache erzielte er Fortschritte: Jennifer behauptete immer wieder, sich an einzelne Punkte nicht erinnern zu können. Ihr Gedächtnis, so würde die Anklage später argumentieren, war bei der direkten Befragung wesentlich besser gewesen als beim Kreuzverhör. Ich konnte nur hoffen, die Geschworenen würden einsehen, daß es die meisten Dinge, an die sie sich nicht mehr erinnern konnte, viel trivialer waren als die, die wir bei der direkten Befragung abgehandelt hatten.

Enoki kam darauf zu sprechen, ob die Grahams ein Logbuch geführt hatten. Jennifer sagte, sie »erinnere sich nicht genau daran«, eins an Bord der *Sea Wind* gefunden zu haben.

»Was war mit Mrs. Grahams Sachen? Haben Sie sie durchgesehen?«

»Ich sah, daß sie Kleidung an Bord hatte. Ich habe sie nicht direkt durchgesehen.« Ihre Stimme klang gereizt.

»Haben Sie einige ihrer Sachen getragen?«

»Ich bin mir nicht mehr sicher.«

»Erinnern Sie sich an die Kleidung, in der Sie verhaftet wurden?«

»Nein.«

Enoki bat die Gerichtsdienerin, der Zeugin zwei Schnappschüsse vom Tag ihrer Verhaftung zu geben.

»Frischt das Ihre Erinnerung auf?«

»Ja. Aber ich weiß nicht, was ... Muffs Bluse. Ich habe Muffs Bluse getragen. Ich meine, ich ... ich hatte eine Bluse, die genauso aussah.«

»Sie haben an Bord des Schiffes vierhundert Dollar in bar gefunden?« fragte Enoki.

»Ja.«

»Sie haben Agent Shishido gesagt, die Grahams hätten gewollt, daß Sie die *Sea Wind* bekommen?«

»Das Problem dabei war, daß er mir Fragen stellte, die ich nicht wahrheitsgemäß beantworten konnte, wenn ich Buck nicht in Gefahr bringen wollte. Daher habe ich gewisse falsche Aussagen gemacht. Nein, ich wußte, daß Mac das Schiff seiner Schwester hinterlassen wollte.«

»Das verstehe ich. Aber irgendwann haben Sie diese Aussage Agent Shishido gegenüber gemacht. Ob sie nun wahr oder falsch war, Sie haben sie gemacht.«

Jennifer verzog leicht das Gesicht. »Ja.«

»Und Sie haben Mister Shishido gegenüber nicht das Testament erwähnt, daß Sie an Bord gefunden haben.«

»Wahrscheinlich nicht. Ich erinnere mich nicht daran.«

»Eine Erwähnung des Testaments hätte Mister Walker aber nicht in Gefahr gebracht, oder?« fragte der Ankläger und beugte sich vor.

Es war eine gute Frage, doch Jennifer war darauf vorbereitet. »Nein«, antwortete sie. »Aber ich wußte, daß das Testament mir keinen Rechtsanspruch auf das Schiff gab. Warum hätte ich es erwähnen sollen?«

»Bei der direkten Befragung haben Sie ausgesagt, daß Sie das Testament gefunden haben, hätte Ihr Gewissen etwas erleichtert.«

»Aber ich war nicht der Ansicht, daß uns das Testament einen moralischen oder legalen Anspruch auf die *Sea Wind* gab.«

»Sie haben bei der direkten Befragung ausgesagt, Sie hätten keine genauen Pläne gehabt, wohin Sie fahren wollten, nachdem Sie den Hafen Ala Wai verlassen hatten.«

»Ja.«

»Erinnern Sie sich an Mrs. Wollens Aussage, daß sie Sie ebenfalls danach gefragt und Sie geantwortet haben, Sie wollten in die Südsee?«

»Es ist durchaus möglich, daß ich ihr das gesagt habe«, erwiderte Jennifer. »Ich erinnere mich nicht mehr.«

»Haben Sie bei Ihrem Prozeß wegen Diebstahl ausgesagt, Sie wollten von Ala Wai zum Festland fahren, um Mrs. Muncey das Schiff zurückzugeben?«

»Ja.«

»Und das war eine Lüge, nicht wahr?«

»Letztendlich wollte ich Mary Muncey das Schiff zurückgeben«, antwortete sie fest.

»Haben Sie das gesagt, weil es eine Verteidigung gegen den Vorwurf des Diebstahls war?«

Enoki nahm Jennifer nun in die Zange. Die Tatsache, daß ich die Sache bei der direkten Befragung angesprochen hatte, nahm seinen Fragen nicht den Stachel.

»Nein. Ich habe es gesagt, weil ich wußte, daß ich Mrs. Muncey das Schiff zurückgeben mußte. Und das hätte ich auch getan, hätte ich die Wahl gehabt.«

»Na schön.« Der Ankläger fragte Jennifer, ob sie auf Palmyra jemals die Möglichkeit in Betracht gezogen hatte, die Grahams hätten sich vielleicht verirrt und lägen nun verletzt irgendwo auf dem Atoll.

»Wenn ich der Meinung gewesen wäre, daß Mac und Muff noch lebten, hätte ich Palmyra niemals verlassen.«

»Sie waren also überzeugt, als Sie Palmyra verließen, daß die beiden tot waren.«

»Ja.«

Damit vertagte sich das Gericht. Jennifer hatte nur fünfundvierzig Minuten des Kreuzverhörs erlebt, das am nächsten Morgen fortgesetzt werden würde.

Diese Vertagung stellte einen Vorteil für die Anklage dar. Enoki konnte sich nun den Rest des Nachmittages und die ganze Nacht auf seinen letzten Angriff auf Jennifers Glaubwürdigkeit vorbereiten.

9 Uhr 37, Donnerstag,
20. Februar 1986

Bevor die Geschworenen in den Saal gebeten wurden, erklärte Enoki, die Anklage wolle einen weiteren Zeugen aufrufen, und er wolle Jennifer nun bezüglich dieses Zeugen ins Kreuzverhör nehmen.

Len und ich erhoben sofort Einspruch. Enoki hatte uns am Vortag – als ich noch Jennifer befragte – einen FBI-Bericht ausgehändigt, und wir hatten augenblicklich gewußt, worauf die Anklage hinauswollte. Sowohl Enoki als auch wir wußten, daß die Einvernahme dieses Zeugen gesetzlich nicht zulässig war. Dennoch hatte Len noch an diesem Abend in der Bibliothek Grundsatzurteile herausgesucht, die verhindern sollten, daß die Anklage fünf Minuten vor zwölf noch einen Zeugen aus dem Zylinder zauberte.

Enoki erklärte Richter King, er wolle einen gewissen George Gordon in den Zeugenstand rufen, einen Bürger Hawaiis, der behauptete, Jennifer 1975 in einer Bar auf der Großen Insel kennengelernt zu haben, also kurz nach Ihrer Verurteilung wegen Diebstahls. Dem FBI-Agenten Hal Marshall gegenüber hatte Gordon behauptet, mit Jennifer einen Zug durch die Kneipen gemacht zu haben, und im Verlauf dieses Abends habe sie mehrere Bemerkungen über den Fall Palmyra gemacht.

Der Zeuge, so Enoki, würde Jennifers Aussage in mehreren Punkten widerlegen.

»Euer Ehren«, warf Weinglass ein, »die Anklage hat diesen Zeugen bereits im Dezember 1985 gefunden.«

»Oh«, sagte Richter King stirnrunzelnd, »und sie hat Ihnen nichts von ihm gesagt?«

»Sie hat die Existenz dieses Zeugen absichtlich vor der Verteidigung geheimgehalten«, fuhr Len fort, »obwohl sie seine Aussage schon am 6. Januar 1986 aufgenommen hat, einen Monat, bevor dieser Prozeß begann.« Len erklärte, das Grundsatzurteil des Obersten Californischen Gerichtshofs im Fall *Das Volk gegen Carter* würde ausdrücklich untersagen, einen Zeugen wie Gordon zuzulassen, um »jede unfaire Überraschung zu verhindern, die entstehen könnte, wenn eine Partei glaubt, der Beweisführung der Gegenseite entsprochen zu haben, am Ende des Prozesses jedoch plötzlich mit neuen Beweisen konfrontiert wird«.

Richter King sah Enoki an. Nun war er an der Reihe.

Enoki erklärte einfach, das Gesetz verlange nicht von ihm, uns über die Existenz des Zeugen zu informieren, und führte aus, zu welchen Punkten Gordon aussagen würde. »Erstens darüber, daß Jennifer auf Palmyra verängstigt und unsicher war und sich dort nicht wohlgefühlt hat. Zweitens, daß sie die Insel verlassen wollte. Drittens, daß sie befürchtete, die Iola würde die Fahrt nicht schaffen und sinken. Viertens, daß sie die Grahams gebeten hatte, sie auf der *Sea Wind* mitzunehmen, die Grahams jedoch abgelehnt haben. Fünftens, daß die beiden Paare nicht gut miteinander auskamen.«

Enokis nächsten und letzten Punkt fürchtete ich am meisten. Er sagte, Jennifer habe Gordon erzählt, daß sie »Ärger bekommt, wenn Buck Walker seine Geschichte erzählt«. (Der FBI-Bericht zitierte Walker mit der Bemerkung: »Jennifer hat mir gesagt, wenn Buck Walker auspackt, würde sie eine Menge Ärger kriegen.«)

Als ich Jennifer nun nach George Gordon fragte, sagte sie, er sei ein »Taugenichts«, der Autos repariere. Sie habe nie eine engere Beziehung mit Gordon gehabt, aber ein- oder zweimal ein Glas mit ihm getrunken, und könne sich nicht erinnern, jemals solch ein Gespräch mit ihm geführt zu haben. Gordons Aussage, besonders der Teil mit dem »Auspacken«, kam mir tatsächlich unrealistisch vor. Selbst wenn Jennifer schuldig war, hätte sie wohl kaum so eindeutig belastende Aussagen gemacht, besonders nicht einem beiläufigen Bekannten gegenüber. Aber andererseits – warum sollte Gordon lügen?

Offensichtlich war das angebliche ›Auspacken‹ wesentlich ernster zu nehmen als alle anderen Vorwürfe. Falls Gordons Behauptung den Tatsachen entsprach – und die Geschworenen sie glaubten –, kam Jennifers Bemerkung einem glatten Geständnis gleich. Wie Enoki hervorhob, konnte sich der ›Ärger‹ nicht auf den Diebstahl beziehen, denn sie hatte diese angebliche Aussage ja *nach* der Verurteilung wegen Diebstahls der *Sea Wind* getätigt. Mir hingegen hatte Jennifer gesagt, sie glaubte, *vor* dem Diebstahlprozeß mit Gordon getrunken und gesprochen zu haben.

Len warf ein, von Enoki gehört zu haben, daß »der Zeuge zu der Zeit, als er angeblich diese Aussage hörte, getrunken hat«.

Wie es zu erwarten war, lehnte das Gericht den Antrag der Ankläger ab; die Geschworenen würden Gordons Aussage nicht zu hören bekommen. Doch dafür stand sie am nächsten Tag im *San Francisco Chronicle*, wo sämtliche Geschworenen sie lesen konnten.

Das FBI war auf Gordon gestoßen, als es nach Zeugen suchte, die etwas über ein Verhältnis wußten, das Jennifer nach ihrer Rückkehr von Palmyra mit einem anderen Mann angefangen hatte. Dieser Liebhaber hatte, genau wie Buck Walker, einige Zeit hinter Gittern verbracht und ein Vorstrafenregister. Davon *würden* die Geschworenen hören, und die Implikationen waren fast so schwerwiegend wie die von Gordons Aussage.

Nachdem die Geschworenen in den Saal gebeten worden waren, setzte Enoki das Kreuzverhör fort und fragte Jennifer, ob sie gewußt habe, daß sie das Gesetz brach, indem sie Walker zur Flucht verhalf.

»Ich war mir nicht sicher, ob mein Zusammenleben mit Buck einen Strafbestand erfüllte.«

»Aber Sie wußten, daß ihn eine lange Gefängnisstrafe erwartete?« fragte Enoki.

»Ja.«

Ich kritzelte eine Bemerkung auf meinen Notizblock: »Wie kann das der Anklage helfen?«

Enoki wechselte das Thema und kam auf den Zustand der *Iola* zu sprechen. Er erkundigte sich eingehend danach, wie oft der Kielraum ausgepumpt werden mußte, als das Schiff auf Palmyra vor Anker lag.

»Zweimal die Woche wahrscheinlich.«

»Wie hoch stand das Wasser im Kielraum, bevor Sie es auspumpten?«

»Ein paar Zentimeter.«

»Haben Sie jemals zu Mister oder Mrs. Leonard gesagt, Sie wollten Palmyra auf der *Iola* nicht verlassen?«

»Nein, auf keinen Fall.«

»Haben Sie jemals daran gedacht, daß es Ihnen vielleicht nicht möglich sein würde, Palmyra sicher auf der *Iola* zu verlassen?«

»Das größte Problem sah ich darin, ohne Motor durch den engen Kanal zu kommen, denn wir waren ja bei der Einfahrt aufgelaufen. Ich sprach Mac daraufhin an, und er sagte mir, ich solle mir keine Sorgen machen, wenn der Wind schlecht stünde, könnte er uns mit dem Zodiac schleppen.«

»Abgesehen davon hatten Sie keinen Zweifel, auf der *Iola* ungefährdet an einen anderen Ort zu kommen, an welchen auch immer?«

»Nein.«

Das Kreuzverhör des Anklägers war ziemlich typisch – es ging eigentlich kaum kreuz und quer. Es wird heutzutage in den Gerichtssälen keineswegs so scharf geführt, wie es in der Literatur oder im Fernsehen oft dargestellt wird. Enoki versuchte zwar, die Zeugin in Bedrängnis zu bringen, stellte während des gesamten Kreuzverhörs aber keine einzige ›Warum-Frage‹. Natürlich war es seine Absicht, die Glaubwürdigkeit der Angeklagten in Zweifel zu ziehen und seine eigene Beweisführung zu untermauern, doch das Kreuzverhör ist eine zwar wertvolle, aber auch gefährliche Kunst, die nur von wenigen beherrscht wird, und deshalb werden beim Kreuzverhör auch mehr Fälle verloren als gewonnen.

Ein wichtiger Punkt der Beweisführung der Anklage war Jennifers beharrliche Aussage, sie und Buck hätten vorgehabt, nach Fanning zu fahren, um dort neue Vorräte zu kaufen.

Sie bestritt, Jack Wheeler habe gesagt, diese Fahrt sei »unmöglich«. »Er hat angedeutet, sie sei sehr schwierig.«

»Wußten Sie, daß Sie gegen den Wind segeln mußten?«

»Ja.«

»Mister Wheeler hat Ihnen auch gesagt, Sie müßten gegen eine Strömung von etwa zwei Knoten anfahren, nicht wahr?«

Jennifer dachte einen Augenblick lang nach. »Ich erinnere mich nicht, daß er gesagt hat, wie stark die Strömung war, aber ich wußte, daß es eine schwierige Fahrt werden würde.«

»Kann eine Gegenströmung so stark sein, daß man selbst dann nicht vorankommt, wenn man laviert?«

»Das habe ich nie erlebt«, erwiderte Jennifer.

»Haben Sie die Strömung berücksichtigt, als Sie berechneten, wie lange die Fahrt nach Fanning dauern würde?«

»Ja. Normalerweise hätte die Fahrt zwei Tage gedauert, aber ich habe damit gerechnet, daß sie fünf, sechs, sieben Tage dauert, und auch für so viele Tage Vorräte zurückbehalten.«

Auf die Frage, wie sie nach ihrer Rückkehr wieder in die Lagune kommen wollten, sagte Jennifer, es habe zwei Möglichkeiten gegeben. »Wir hätten auf einen günstigen Wind warten können, oder Mac wäre herausgekommen und hätte uns geholfen.«

»Haben Sie damit gerechnet, daß die Grahams nach Ihrer Rückkehr noch auf Palmyra sein würden?« fragte Enoki.

»Ja. Sie wollten lange dort bleiben.«

Enoki kam auf ein weiteres Thema zu sprechen, das ich bei der direkten Befragung abgedeckt hatte. Hätten sie und Buck die *Sea Wind* nicht auf Palmyra zurücklassen, irgendwo anders hinsegeln und die Behörden *anonym* informieren können? Obwohl ich Jennifer bei den Prozeßvorbereitungen genau diese Frage gestellt hatte, hatte ich bei der direkten Befragung das Wort ›anonym‹ leider nicht benutzt.

»Das wollte ich ja.«

»Und Buck war dagegen?«

»Ja. Er war absolut unnachgiebig.«

»Wenn Sie die *Sea Wind* auf Palmyra zurückgelassen und mit der *Iola* einen anderen Hafen angelaufen hätten ... hätte Mister Walker Sie mit physischer Gewalt daran gehindert, einen Anruf zu tätigen oder die Behörden auf andere Weise zu unterrichten?«

Jennifer hielt inne. »Das kann ich wirklich nicht sagen.«

»Sie wußten, daß Mac Graham einen regelmäßigen Funkkontakt mit Curt Shoemaker vereinbart hatte?«

»Ja.«

»Dennoch haben weder Sie noch Mister Walker das Funkgerät der *Sea Wind* bedient?«

»Nein.«

»Haben Sie *versucht*, das Funkgerät zu bedienen?«

»Nein.« (Jennifer hatte bei der direkten Befragung ausgesagt, sie habe mit dem Funkgerät nicht umgehen können. An Bord der *Iola* hatten sie nur ein einfaches Radio gehabt.)

Enoki legte nun etwas Tempo zu. »Sie haben in Ihr Tagebuch viele Einzelheiten über Ihre Unternehmungen auf Palmyra eingetragen?«

»Ja.«

»Sie haben aufgeschrieben, daß Sie Fischen gingen?«

»Ja.«

»Sie haben aufgeschrieben, welche Inseln Sie erkundet haben?«

»Ja.«

»Sie haben aufgeschrieben, was Sie gesehen und getan haben?«

»Ja.«

»Sie haben sogar jeden Streit aufgeschrieben, den Sie mit Mister Walker hatten?«

»Ja.«

»Aber in diesem Tagebuch findet sich keine Eintragung über einen Streit zwischen Ihnen und Mister Walker darüber, ob Sie Palmyra auf der *Sea Wind* verlassen wollten?«

»Ja, das stimmt.« Es war klar, was Enoki damit andeuten wollte: *Solch ein Streit hatte gar nicht stattgefunden.*

»Es gibt Einträge, die Sie erst am nachfolgenden Tag oder einem der nachfolgenden Tage geschrieben haben?«

»Ja, einige.«

»Aber Sie haben beim 30. August keine nachträglichen Eintragungen gemacht?«

»Das ist richtig.«

Nun kam der unausweichliche Angriff, den ich zu umgehen versucht hatte: Jennifers vorheriger Meineid.

»Gestehen Sie ein, daß Sie bei Ihrer ... bei dem Diebstahlsprozeß ausgesagt haben, die *Iola* sei im Kanal aufgelaufen?«

»Ja.«

»Und das haben Sie gesagt, als Sie wie heute im Zeugenstand saßen?«

»Ja.«

»Und das heißt, daß Sie vor Ihrer Aussage den Eid abgelegt haben?«

»Ja.«

»Als Sie den Geschworenen damals gesagt haben, die *Iola* sei auf die Korallen aufgelaufen, als Sie sie durch den Kanal schleppten, wußten Sie also, daß Sie gelogen und einen Meineid geleistet haben?«

»Ja.«

»Wie ich Ihre Aussage vor diesem Gericht verstanden habe, haben Sie das getan, weil Mister Walker Ihnen auf Palmyra befohlen hat, nicht die Wahrheit zu sagen. Ist das richtig?«

»Ja, er hat gesagt, ich solle sagen, die *Iola* sei auf Grund gelaufen, und deshalb hätten wir umkehren und die *Sea Wind* nehmen müssen.«

»Doch auf Hawaii hat Mister Walker behauptet, die *Sea Wind* bei einem Schachspiel gewonnen zu haben?«

»Ja.«

»Widerspricht das nicht konträr der anderen Version?«

»Nein«, erwiderte Jennifer, »das galt nur für den Fall, daß die Behörden uns fragten.«

In Hinsicht auf Jennifers Aussage bei der direkten Befragung, man habe sie gewarnt, ihre Aussage bei dem Prozeß zu ändern, fuhr Enoki fort: »Sie wollen doch nicht andeuten, daß einer Ihrer Anwälte bei diesem Prozeß Ihnen dies geraten hat?«

»Ich würde nicht sagen, daß sie mir geraten haben zu lügen, doch einer meiner Anwälte hat mich gewarnt, falls ich meine Aussage dem gegenüber abänderte, was ich dem FBI erzählt hatte, würde ich den Prozeß wahrscheinlich verlieren.«

»Nur, um jeden Zweifel auszuräumen ... damals wurden Sie weder von Mister Bugliosi noch von Mister Weinglass vertreten?«

Jennifer hob die Stimme. »Das ist völlig richtig.«

»Haben Ihre Anwälte damals gewußt, daß die *Iola* gar nicht aufgelaufen war?«

»Ja.«

Enoki entlockte Jennifer das Geständnis, bei ihrem Diebstahlsprozeß abgestritten zu haben, die Fotos von der *Iola* und der *Sea Wind* auf offener See vor Palmyra gemacht zu haben. »Das war also auch eine Lüge?« fragte er.

»Ja.«

»Bernard Leonard hat ausgesagt, Sie hätten ihm ebenfalls erzählt, daß Sie versucht haben, die Lagune auf der *Iola* zu verlassen, und Sie wären auf das Riff gelaufen und hätten danach die *Sea Wind* genommen? Erinnern Sie sich daran?«

»Ja.«

»Ich nehme an, Sie streiten ab, das zu Mister Leonard gesagt zu haben?«

»Nein. Bei allem, was an diesem Tag geschah, ist es durchaus möglich, daß ich Mister Leonard diese Geschichte erzählt habe, doch als ich mit Mister Shishido sprach, kam ich der Wahrheit näher.«

»Haben Sie die Geschichte in Wirklichkeit nicht deshalb abgeändert, weil Mister Leonard zu Ihnen gesagt hat, Sie wären niemals mit der *Iola* gefahren, solange die *Sea Wind* dort lag?«

»Nein, deshalb habe ich sie nicht abgeändert.«

Mittagspause.

Bevor Richter King den Prozeß fortsetzte, bat er beide Parteien zu sich und fragte, da wir uns ja dem Ende der Verhandlung näherten, ob wir besondere Wünsche hätten, was seine Anweisungen an die Geschworenen betraf. Es gab eine Anweisung, die er *nicht* erteilen sollte, und da meine Bitte so ungewöhnlich war, hatte ich Richter King bereits vor Prozeßbeginn darauf hingewiesen, damit er darüber ausführlich nachdenken konnte. Ich hatte ihm damals einen Artikel mit dem Titel »Nicht schuldig und unschuldig – das Problemkind ›Begründeter Zweifel‹« gegeben, den ich 1981 in zwei Fachzeitschriften für Juristen veröffentlicht hatte.

Der Artikel beschäftigte sich mit dem wichtigen Unterschied zwischen den Begriffen ›nicht schuldig‹ und ›unschuldig‹. (Man kann sich kaum vorstellen, daß über dieses wichtige Thema der amerikanischen Rechtsprechung zuvor noch kein einziger Beitrag veröffentlicht worden war.) Der Ursprung dieses Unterschiedes rührt von der Forderung her, daß eine Schuld ›über jeden begründeten Zweifel hinaus‹ bewiesen werden muß. Doch was bedeutet diese hohle Phrase in Wirklichkeit?

So rätselhaft die Doktrin des begründeten Zweifels auch ist, eins ihrer Prinzipien besteht darin, daß die Geschworenen nicht an die Unschuld eines Angeklagten glauben müssen, um ihn freizusprechen. Sollte auch nur ein gewisser Zweifel an seiner Schuld bestehen, muß eine Jury auf ›nicht schuldig‹ befinden. Für eine Verurteilung muß die Schuld eben »über jeden begründeten Zweifel hinaus« bewiesen werden.

Daher weist der Richter die Geschworenen auch an, daß bei einem Schuldspruch kein Zweifel mehr bestehen darf. Doch bei derselben Belehrung pflegt der Richter zu sagen: »Sie sind hier, *um über die Schuld oder Unschuld des Angeklagten zu entscheiden*.« Diese Erklärung fällt zwar einfach nicht unter das geltende Gesetz, doch selbst der Oberste Gerichtshof geht sehr locker mit ihr um und verwendet sie gelegentlich. Wen wundert es da, daß niedrigere Instanzen diesen Fehler ebenfalls begehen?

Für einen Geschworenen – der ja ein Laie ist – bedeutet der Begriff ›Schuld‹, daß der Angeklagte *getan hat*, was ihm vorgeworfen wird, und ›Unschuld‹, daß er es *nicht getan hat*. Ich wollte jedoch die völlig vernünftige Annahme aus dem Verstand der Geschworenen löschen, daß sie *letztendlich* darüber entscheiden mußten, ob Jennifer an den Morden auf Palmyra mitgewirkt hatte oder nicht.

Während die Schuld oder Unschuld des Angeklagten zweifellos den wichtigsten *moralischen* Aspekt eines jeden Strafprozesses darstellt, besteht der einzige *rechtliche* Aspekt darin, daß die Geschworenen befinden müssen, ob die Anklage ihrer vom Gesetzgeber vorgeschriebenen Pflicht nachgekommen ist, die Schuld des Angeklagten ›über jeden begründeten Zweifel hinaus‹ zu beweisen. Wenn die Geschworenen diesen kritischen Unterschied nicht begreifen, können sie auch nicht ihre Funktion erfüllen, über die vorgelegten Fakten zu befinden.

Bei der amerikanischen Jurisprudenz kann es aus zwei Gründen zu einem Freispruch kommen: Erstens, wenn die Geschworenen glauben, daß der Angeklagte unschuldig ist und das ihm zur Last gelegte Verbrechen nicht begangen hat; und zweitens, wenn sie zwar nicht glauben, daß er unschuldig ist, und ihn für schuldig *halten*, aber die Beweisführung der Anklage nicht stark genug war, um seine Schuld über jeden begründeten Zweifel hinaus zu beweisen.

Statt des richtigen Begriffes ›schuldig oder nicht schuldig‹ hat sich also der nicht korrekte Begriff ›schuldig oder unschuldig‹ in die amerikanische Sprache und das amerikanische Bewußtsein geschlichen. Wenn ein Angeklagter von den Geschworenen für ›nicht schuldig‹ befunden wird, gilt er bei den Medien als ›unschuldig‹. Selbst Richter treffen diesen Unterschied nur selten und benutzen häufig die Formulierung ›schuldig oder unschuldig‹. (Zum Beispiel hatte Enoki bei Walkers Prozeß zu den Geschworenen gesagt: »Wir entscheiden hier über Buck Walkers und nicht Jennifer Jenkins' Schuld oder Unschuld.«) Und so besteht in den meisten Gerichtssälen ein bestimmtes Problem. Falls sich die Geschworenen bei ihrer Beratung die Frage stellen: »War er es, oder war er es nicht?«, kommen sie wahrscheinlich eher zu einem Schuldspruch als bei der eigentlich richtigen Frage: »Ist die Anklage ihrer Beweispflicht nachgekommen oder nicht?«

Daher hatte ich Richter King gebeten, bei seinen Anweisungen für die Geschworenen auf die zahlreichen Hinweise über ›schuldig oder unschuldig‹ zu verzichten, insbesonders bei seiner Ermahnung, es sei *ihre Pflicht*, über die Schuld oder Unschuld der Angeklagten zu befinden. Der Richter erklärte nun, meinen Artikel gelesen zu haben, und obwohl er nie zuvor über die Thematik nachgedacht habe, müsse er meinen Schlußfolgerungen zustimmen. Er stimmte zu, bei seinen Anweisungen an die Geschworenen die Redewendung ›Schuld oder Unschuld‹ nicht zu verwenden.

Diese Zusage stellte zwar keinen entscheidenden Sieg dar, konnte mir vielleicht aber im Zusammenspiel mit anderen Faktoren helfen, die Geschworenen zu überzeugen, auf nicht schuldig zu befinden. Natürlich beabsichtigte ich auch weiterhin, auf nicht schuldig zu plädieren, *aber nicht im Zusammenhang, daß die Geschworenen über Jennifers ›Schuld oder Unschuld‹ befinden mußten.*

Nach dieser Unterbrechung setzte Enoki sein Kreuzverhör fort. »Erinnern Sie sich, ob Ebbe oder Flut herrschte, *als Sie den Zodiac fanden*, Miss Jenkins?«

Enoki stellte nicht zum ersten Mal eine Frage auf eine Weise, die zumindest grammatikalisch andeutete, daß er Jennifers Version der Ereignisse akzeptierte. Natürlich glaubte Enoki ihr *nicht* und versuchte nach besten Kräften, ihre Glaubwürdigkeit zu zerstören. Es war schiere Achtlosigkeit, daß er seinen Fragen nicht ein ›angeblich‹ oder ›Ihrer Behauptung zufolge‹ hinzufügte, um den Geschworenen seinen Zweifel zu signalisieren.

»Ich erinnere mich nicht genau, aber ich weiß, daß keine Flut herrschte. Ich meine, ich weiß nicht, wie hoch das Wasser zwischen Ebbe und Flut stand.«

»Na schön. Kann man davon ausgehen, daß der Zodiac bei Flut an der Stelle, wo Sie ihn fanden, teilweise im Wasser gelegen hätte?«

»Das ... weiß ich nicht.«

»Na schön. Er war etwa einen halben Meter vom Wasser entfernt, als Sie ihn fanden, richtig?«

»Ja.«

»Und befand sich der Benzintank etwa ebensoweit vom Wasser entfernt?«

»Ja.«

»Erinnern Sie sich an Agent Shishidos Aussage, Sie hätten ihm gesagt, Sie hätten den Zodiac gekentert *in* der Lagune gefunden, und der Benzintank habe in der Nähe getrieben?«

»Ja.«

»Streiten Sie ab, das zu ihm gesagt zu haben?«

»Ich habe ihm gesagt, ich wäre der Meinung, das Dingi wäre in der Lagune gekentert, und sowohl der Zodiac als auch der Benzintank seien an Land getrieben worden.«

Enoki befragte Jennifer über die zahlreichen Hindernisse in der Lagune. Treffe es nicht zu, fragte er, daß die Lagune dort, wo die Stahlstangen aus dem Wasser ragten, so flach war, daß die Grahams problemlos ans Ufer gehen konnten? Jennifer bestätigte, daß die Lagune dort flach war, fuhr aber mit der Beschreibung des Zwischenfalls fort, bei dem Buck an einer flachen Stelle ihr eigenes Dingi verlassen hatte. »Er stieg aus, und die Haie waren sofort da. Selbst, wenn Mac und Muff den Unfall an einer flachen Stelle gehabt hätten und aus dem Dingi gefallen wären ... na ja, ich dachte, daß es so passiert ist.«

»Sie haben nicht daran gedacht, daß sie einfach ertrunken sind?«

»Ich ... ich wußte nur, daß ich das Dingi gekentert gefunden hatte. Und Mac und Muff waren nirgendwo zu finden. Mir war klar, daß *irgend etwas* Schreckliches passiert sein mußte.«

Als Enoki die Frage stellte, ob Jennifer an diesem Tag – dem 30. August 1974 – des Lebens auf Palmyra überdrüssig gewesen sei, folgte eine lange Pause. »Ich weiß nicht, wie ich diese Frage beantworten soll«, sagte sie schließlich. »Hätte ich mir einen Ort aussuchen können, an dem ich leben wollte, hätte ich mich nicht für Palmyra entschieden. Palmyra war damals nicht mein Lieblingsort.«

»Gestehen Sie ein, daß Sie in der letzten Augustwoche praktisch nur Kokosnüsse gegessen haben?«

»Und Fisch. Und wir hatten Vorräte. Aber ich griff so selten wie möglich auf die Vorräte zurück.«

Enoki las den Eintrag vom 25. August aus Jennifers Tagebuch vor: »›Zum ersten Mal seit drei Tagen haben wir etwas anderes als Kokosnüsse gegessen – Bohnen.‹ Das bedeutete, daß Sie zumindest am 22., 23. und 24. August lediglich Kokosnüsse gegessen haben.«

»Jawohl.«

»Erinnern Sie sich, Tom Wolfe gesagt zu haben, Sie wären es leid, Kokosnüsse und Fische zu essen?«

»Es ist durchaus möglich, daß ich das gesagt habe.«

»Vom 30. August an haben Sie von den Vorräten der *Sea Wind* gelebt?«

»Ja.«

Das nächste Thema auf Enokis Liste war der Kuchenzwischenfall, über den die Geschworenen schon so viel gehört hatten. »Sie erinnern sich nicht, ob Sie den Grahams am 28. August einen Kuchen gebracht haben?« fragte der Staatsanwalt.

»Nein.«

»Zu dieser Zeit wurden Ihre Vorräte allmählich knapp?«

»Ja.«

»Wäre ein Geschenk in Form von Nahrungsmitteln zu diesem Zeitpunkt nicht ein wichtiges Ereignis für Sie gewesen?«

Mir wurde klar, auf welches Szenario Enoki hinauswollte: Die Morde waren am 28. August begangen worden, nachdem Jennifer und Buck mit dem Kuchen zur *Sea Wind* hinübergegangen waren, und sie hatte ihren Besuch nicht im Tagebuch festgehalten, weil die Grahams an diesem Abend ermordet worden waren.

»Ich habe Mac und Muff öfter etwas gebracht«, sagte Jennifer. »Ohne einen Eintrag in meinem Tagebuch kann ich mich wirklich nicht daran erinnern.«

»Aber Sie haben am 28. August in Ihr Tagebuch eingetragen, daß Sie Kokosnüsse geschält, Batterien aufgeladen und einige andere Dinge erledigt haben?«

»Ja.«

»Aber Sie haben nicht eingetragen, daß Sie an diesem Tag einen Kuchen zur *Sea Wind* gebracht haben?«

»Das stimmt.«

»Und Sie haben auch ausgesagt, daß Mister Shoemakers Aussage, Mac Graham habe etwas von einem Waffenstillstand gesagt, falsch sein muß?«

»Ja.«

»Denn es hätte gar keinen Grund für einen Waffenstillstand gegeben?«

»Ja.«

»Sie kamen also mit den Grahams zurecht?«

»Ja.«

»Aber Sie haben Mister Wolfe gesagt, Sie kämen mit den Grahams nicht zurecht?«

»Ich glaube nicht, daß ich jemals zu Wolfe gesagt habe, wir kämen nicht zurecht.«

Enoki stellte nun Fragen zum 30. August. »Sie behaupten, Mister Walker habe die Einladung zum Abendessen erstmals gegen neun Uhr morgens erwähnt?«

»Ja.«

»Zwischen elf Uhr und dem Spätnachmittag hatten Sie das Dingi der *Iola* zur Verfügung, nicht wahr?«

»Ich glaube schon.«

»Sonst hätten Sie ja nicht an Land gekonnt, richtig?«

»Ja.«

Als Jennifer einwarf, es sei ›möglich‹, daß Buck das Dingi gehabt hatte, da sie es ja ›nicht gebraucht‹ hatte, trieb er sie sehr schnell wieder zu der ursprünglichen Aussage zurück. »Ein paar Tage zuvor hatten Sie einen Streit mit Mister Walker gehabt, weil er das Dingi genommen hatte und Sie die *Iola* nicht verlassen konnten, nicht wahr?«

»Steht das in meinem Tagebuch?«

»Wenn Sie es sich ansehen möchten ... es war am 19. August.«

»Ja, ich sehe es.«

»Hier steht: ›R kam, um Kuchen und Kekse zu backen, was mich wieder wütend machte ... dann Sonnenschein. Aber ich war gestrandet, als er mit dem Dingi ans Ufer übersetzte. Kleiner Streit.‹ Richtig?«

»Ja.«

»Erinnern Sie sich, bei Ihrem Diebstahlprozeß ausgesagt zu haben, Sie hätten das Dingi am 30. August gehabt?«

»Ich erinnere mich nicht mehr genau, aber im allgemeinen blieb das Dingi beim Schiff. Also ist es möglich, daß ich diese Aussage gemacht habe.«

»Also hatten Sie das Dingi *den ganzen Tag über*, soweit Sie sich erinnern?«

»Soweit ich mich erinnere, ja.«

Das war natürlich ein kritischer Punkt, den ich schon lange vor dem Prozeß mit Jennifer besprochen hatte. Als sie mir ursprünglich gesagt hatte, Buck habe das Dingi an diesem Tag gehabt, konfrontierte ich sie mit ihrer Aussage vom ersten Prozeß, genau wie jetzt Enoki. Sie erklärte mir, sie wäre damals verwirrt gewesen, doch nun glaube sie, Buck habe das Dingi gehabt. Die andere Version – die des ersten Prozesses – konnte man als Indiz dafür verstehen, Buck habe sich keine Sorgen gemacht, sie könne überraschend an Land kommen. *Enoki konnte nun ausführen, daß Bucks Mangel an Besorgnis bewies, daß sie in die Morde verstrickt gewesen war.*

Enokis nächste Frage galt dem Geräusch des Zodiacs am Nachmittag. »Sie haben auf der Karte gezeigt, das Boot habe sich von Ihnen entfernt, und zwar am Ufer der Inseln Cooper und Strawn entlang, nicht wahr?«

»Ja, das Geräusch hat sich entfernt.«

»Mit ›entfernen‹ meinen Sie, es hat sich von der *Iola* entfernt?«

»Ja.«

»Das Dingi hätte aber auch genausogut mitten auf die Lagune hinausfahren können, oder?«

»Ja.«

»Haben Sie daraufhin gehört, wie der Motor der Zodiac ausgeschaltet wurde, oder ist das Geräusch einfach leiser geworden und dann verstummt?«

Erneut deutete Enokis Wortwahl darauf hin, daß er Jennifers Version der Geschichte akzeptierte.

»Ich ... ich weiß nur noch, daß ich das Geräusch irgendwann nicht mehr gehört habe.«

»Sie haben Mister Walker an diesem Tag öfter gesehen. Sind Ihnen irgendwann einmal Blutflecke an ihm aufgefallen?«

»Nein.«

»Haben Sie Kratzer oder andere Anzeichen einer Verletzung gesehen?«

»Nein.«

»Was hat er an diesem Tag angehabt?«

»Shorts.«

»War das seine übliche Kleidung?«

»Ja.«

»War er irgendwann an diesem Tag einmal naß?«

»Er hat stark geschwitzt, also war er immer irgendwie ...«

»Ich meine, so naß, daß Sie sehen konnten, daß er im Wasser gewesen war. Waren seine Shorts naß, oder sein Haar?«

»Ich ... ich erinnere mich an so etwas nicht.«

»Hat er seltsam gerochen, nach Rauch oder Benzin oder Kerosin?«

»Nein.«

»Haben Sie Blutspuren oder Spuren eines Kampfes gefunden, als Sie an diesem Abend die *Sea Wind* betraten?«

»Nein, nichts dergleichen.«

»War die Tür zur Kabine der *Sea Wind* bereits offen?«

»Wenn ich mich recht entsinne, ja.«

»Haben Sie Spuren eines Einbruchs bemerkt?«

»Nein, nichts dergleichen.«

»Nach einer Weile sind Sie dann unter Deck gegangen, nicht wahr?«

»Ja.«

»Und dort sahen Sie dann etwas, von dem Sie glaubten, die Grahams hätten es für Sie dorthin gestellt?«

»Ja.«

»Erinnern Sie sich, was das war?«

»Eine Flasche Apricot-Brandy, eine Flasche Wodka, ein paar Kekse und Knabbereien und so weiter.«

Was den Apricot-Brandy betraf, hatte ich die richtige Entscheidung getroffen. Nun konnte ich beim Gegen-Kreuzverhör darauf eingehen.

Enoki stellte einige Fragen über Walkers ›explosive Persönlichkeit‹ und kriminelle Vergangenheit. Bei der vierten oder fünften Frage standen Jennifer Tränen in den Augen, und sie hielt den Kopf gesenkt.

»Wußten Sie, daß er wegen bewaffneten Raubüberfalls verurteilt worden war?«

»Ja«, flüsterte sie.

Enoki war nun bereit, seine große Überraschung aus dem Sack zu lassen.

Hätte jemand behauptet, es gäbe noch einen wichtigen Punkt in Jennifers Leben, der bei diesem Prozeß gegen sie verwendet werden könnte und von dem ich nichts wußte, hätte ich es nicht geglaubt. Doch ich lag völlig falsch.

Der Staatsanwalt stützte sich mit beiden Händen auf dem Geländer des Podiums ab und lud für seine letzte Breitseite durch. »Sie haben die Aussagen der Leumundszeugen gehört, Sie wären kein gewalttätiger Mensch?« sagte er mit einer Betonung, die von Gefahr kündete.

»Ja.«

»Und Sie haben ausgesagt, Sie würden sich nicht mit gewalttätigen Menschen einlassen?«

»Ja.«

»Halten Sie es für eine Gewalttat, jemanden zu erschießen?«

»Ja.«

Es war offensichtlich, daß Enoki irgend etwas in der Hand hatte. Mein Magen zog sich zusammen, und ich befürchtete das Schlimmste.

»Haben Sie 1975 oder 1976 auf der Großen Insel in Puako gewohnt?«

»Ja.«

»Haben Sie während dieser Zeit einen Freund namens Joe Buffalo gehabt?«

»Ja.«

Joe Buffalo? Ich dachte einen Augenblick lang nach. Ja,

das war der ›Freund‹ Jennifers gewesen, der ihr gesagt hätte, das FBI habe sich bei ihm nach ihr erkundigt. Buffalo hatte dem FBI mitgeteilt, er habe nichts über Jennifer zu sagen. Da er nicht auf der Zeugenliste der Anklage stand, hatte ich keine weiteren Erkundigungen über Joe Buffalo eingezogen, und so war mir Jennifers kurzes Verhältnis mit ihm entgangen.

»Und während Sie mit Mister Buffalo zusammenlebten«, fragte Enoki nun, *»wurden Sie gewahr, daß er in Kalifornien einen Menschen erschossen hatte. Ist das richtig?«*

»Ja.«

Ich kam mir vor wie ein Hirsch, der in zwei grelle Scheinwerfer starrte, blieb jedoch ausdruckslos, damit die Geschworenen mein Entsetzen nicht mitbekamen.

»Sie wußten auch, daß er im Zusammenhang mit diesen Schüssen gesucht wurde?«

»Nein, das wußte ich damals nicht. Ich erfuhr erst, daß er … noch gesucht wurde, als er verhaftet wurde.«

»Wußten Sie, daß er versucht hat, in dieser Gegend kein Aufsehen zu erregen?«

»Ja. Ich … ich … er war aus dem Gefängnis entlassen worden. Ich wußte, daß es … es kam mir ganz normal vor, daß er kein Aufsehen erregen wollte. Aber ich wußte nicht, daß er noch gesucht wurde oder auf der Fahndungsliste stand oder so.«

»Sie glaubten, er wolle kein Aufsehen erregen, weil er verbergen wollte, daß er im Gefängnis gewesen war?«

»Nein. Er wollte ganz allgemein kein Aufsehen erregen. Ich weiß es nicht.«

»Sie haben ausgesagt, gewußt zu haben, daß Mister Buffalo aus dem Gefängnis entlassen worden war, bevor er nach Puako kam, richtig?«

»Ja.«

»Wußten Sie, daß er nur aufgrund eines Irrtums entlassen worden war?«

»Damals nicht, nein. Das erfuhr ich erst bei seiner Verhaftung.«

Mir war klar, daß die Staatsanwaltschaft nun ausführen würde, die Affäre mit Buffalo bewiese, daß Jennifers Verhältnis mit dem Mörder Buck Walker nicht nur eine Station ihres Lebens, sondern eine Lebensweise gewesen war. Wenn man innerhalb von nur zwei Jahren nicht nur mit einem, sondern mit zwei Mördern zusammenlebte, konnte man nicht mehr von einem Zufall sprechen. *Dann lag ein Muster vor.*

Enoki ordnete seine Notizen, wie ein Nachrichtensprecher am Ende einer Sendung. Doch er hatte die Schlagzeile des Tages nicht am Anfang, sondern am Ende gebracht.

»Danke«, sagte er. »Keine weiteren Fragen.« Enoki beantragte eine Pause von fünfzehn Minuten, und der Richter gewährte sie.

Zwar hatte sich mein gewagtes Spiel mit Jennifers Bergungsanspruch auf die *Sea Wind* und ihrer Bemerkung, sie sei auf Palmyra »gestrandet«, ausgezahlt, doch ihre Beziehung mit Joe Buffalo hatte uns sehr geschadet. Nachdem ich Jennifer in der Pause über Buffalo ausgefragt hatte, begann ich mein Gegen-Kreuzverhör dort, wo Enoki aufgehört hatte.

»Wann haben Sie mit diesem Joe Buffalo zusammengelebt?«

»Ende 1975.«

»Hat er Ihnen gesagt, daß er jemanden in *Notwehr* getötet hat?«

»Ja.«

»Und Sie haben ihm geglaubt?«

»Ja.«

»War er jemals gewalttätig, während Sie mit ihm zusammenlebten?«

»Nein, nie.«

»Hat er während der Zeit, da Sie mit ihm zusammengelebt haben, jemals gegen das Gesetz verstoßen?«

»Nein.«

»Was hielten Sie von Joe Buffalos Vergangenheit?«

»Ich wußte, daß er ein hartes Leben gehabt hatte, und dachte, ich könnte ihm helfen. Er ... er schien seine Vergangenheit hinter sich lassen und die gesellschaftlichen Regeln befolgen zu wollen.«

»Ahnten Sie, als Sie mit Joe Buffalo zusammenlebten, daß die Grahams ermordet worden waren?«

»Nein.«

Da dieser Punkt sehr wichtig war, stellte ich die Frage erneut in einer etwas anderen Formulierung. Die Geschworenen sollten sich die Antwort genau einprägen. »Als Sie mit Mister Buffalo zusammenlebten, gingen Sie davon aus, daß Mister und Missis Graham an den Folgen eines Unfalls gestorben waren?«

»Ja.«

»Sie gingen die Beziehung mit Mister Buffalo also ein, lange bevor Sie argwöhnten, die Graham könnten vielleicht ermordet worden sein?«

»Ja.«

Ich hoffte, die Geschworenen überzeugt zu haben, daß Jennifer nicht *wissentlich* mit zwei Mördern zusammengelebt hatte. Sie hatte wissentlich nur mit einem Mann zusammengelebt, der in Notwehr einen anderen getötet hatte, und das war Joe Buffalo und nicht Buck Walker gewesen.

Da Enoki versucht hatte, Jennifers Aussage in Frage zu stellen, sie und Buck hätten den Zodiac und den Benzintank auf dem Strand gefunden (die angeblich im *Widerspruch* zu einer Aussage stand, die sie gegenüber FBI-Agent Shishido gemacht hatte), konnte ich nun den Vorschriften entsprechend eine Aussage erwähnen, die mit der heutigen im *Einklang* stand. »Haben Sie bei Ihrem Diebstahlsprozeß ausgesagt«, fragte ich Jennifer nun, »daß Sie den Zodiac etwa achthundert Meter westlich von der *Sea Wind* gekentert *auf dem Strand* gefunden haben?«

»Ja.«

»Haben Sie dabei ebenfalls ausgesagt, daß Sie den Benzintank des Dingis *auf dem Strand* gefunden haben?«

»Ja.«

»Jennifer, wissen Sie, daß innerhalb von vierundzwanzig Stunden zwei Fluten und zwei Ebben auftreten?«

»Ja.«

Die entscheidende Bedeutung der nächsten Frage würde erst bei meinem Plädoyer deutlich werden. »Wissen Sie ebenfalls, daß diese Fluten unterschiedlich hoch sind? Daß es eine hohe Flut gibt, bei der das Wasser am höchsten steigt, und eine tiefe Flut, bei der es nicht so hoch den Strand hinaufsteigt?«

»Ja.«

Nun konnte ich Jennifer endlich nach dem Apricot-Brandy fragen. »Sie haben Mister Enoki gegenüber ausgesagt, als Sie und Buck die *Sea Wind* am Abend des 30. August 1974 betraten, hätten Sie unter anderem Apricot-Brandy und Wodka auf einem Tisch gefunden. Ist das richtig?«

»Ja.«

»War Wodka eins von Bucks Lieblingsgetränken?«

»Ja.«

»War Apricot-Brandy eins von Ihren Lieblingsgetränken?«

»Ja.«

»Hatten Sie vor dem 30. August schon mit Mac und Muff an Bord der *Sea Wind* getrunken?«

»Ja.«

»Haben die beiden Ihnen jemals Apricot-Brandy angeboten?«

»Nein.«

»Haben Sie ihnen jemals gesagt, daß Apricot-Brandy eins Ihrer Lieblingsgetränke war?«

»Nein«, sagte sie. »Ich erinnere mich nicht, das jemals erwähnt zu haben.«

»Als Sie den Apricot-Brandy und den Wodka in der Kabine fanden ... ist Ihnen da in den Sinn gekommen, daß nicht die Grahams, sondern Buck diese Getränke dorthin gestellt haben könnte?«

»Nein.«

»Ist es Ihnen seitdem in den Sinn gekommen?«

Enoki sprang auf. »Ich erhebe Einspruch, Euer Ehren. Die Frage ist irrelevant.«

Richter King: »Abgelehnt.«

»Ja«, antwortete Jennifer traurig.

»Wann ist Ihnen das in den Sinn gekommen?« fragte ich.

Enoki erhob erneut Einspruch, der jedoch erneut abgelehnt wurde.

»Als Sie mit mir darüber gesprochen und mich darauf hingewiesen haben«, antwortete Jennifer.

Richter King: »Wann war das?«

»Oh, Gott.« Jennifer zuckte die Achseln. »Ich weiß es nicht mehr.«

Richter King: »Vor einem Jahr?«

»Vor ein paar Jahren.«

Richter King: »Vor zwei Jahren?«

»Vor zwei oder drei Jahren«, sagte Jennifer.

Richter King: »Als Mister Bugliosi zum ersten Mal mit Ihnen gesprochen hat?«

»Ja.«

»Als ich damals mit Ihnen sprach, haben Sie mir nicht von sich aus gesagt, daß Apricot-Brandy eins Ihrer Lieblingsgetränke ist, nicht wahr?«

»Nein, das habe ich nicht.«

»Ich habe Sie danach gefragt. Stimmt das?«

»Ja.«

»Jennifer, Sie haben erwähnt, daß Ihre Anwälte Ihnen bei dem Diebstahlprozeß gewisse Ratschläge gegeben haben. Haben Mister Weinglass oder ich Ihnen in irgendeiner Hinsicht geraten oder auch nur angedeutet, Sie sollten bei diesem Prozeß nicht die Wahrheit sagen?«

»Nein, keineswegs. Sowohl Sie als auch Mister Weinglass haben mir stets geraten, die volle Wahrheit zu sagen.«

»Keine weiteren Fragen«, sagte ich.

Richter King räusperte sich lautstark. »Aber ich habe einige«, sagte er.

Das behagte mir gar nicht. Wenn ein Richter einem Angeklagten Fragen stellt, könnten die Geschworenen davon ausgehen, daß er dem Angeklagten nicht glaubt.

»Sie haben auf der *Sea Wind* kein Logbuch gefunden?« fragte Richter King.

»Ich erinnere mich nicht mehr, ob ich eins gefunden habe oder nicht«, sagte Jennifer.

»Jemand hat behauptet, Sie hätten am 28. August einen Kuchen zur *Sea Wind* hinübergebracht. Haben Sie das, oder haben Sie das nicht?«

»Es ist durchaus möglich, daß ich es nicht in mein Tagebuch eingetragen habe. Mac hatte mir die Karte von Fanning geliehen, und es ist möglich, daß ich ihm als Dankeschön einen Kuchen gebacken habe. Aber es steht nicht in meinem Tagebuch, und ich erinnere mich nicht daran.«

»Ihr Tagebuch erwähnt die Karte von Fanning?«

»Ja.«

»An welchem Tag?«

»Ich glaube, es war der 26. August. Ja, hier steht« – sie las den Eintrag vor – »›Mac brachte Karte von Fanning‹.«

Richter King kam auf den 28. August zurück. »Aber Sie erinnern sich nicht mehr daran, am 28. auf die *Sea Wind* gegangen zu sein?«

Mir gefiel der offensichtliche Zweifel in der Stimme des Richters nicht.

Jennifer schüttelte den Kopf. »Ich habe wirklich versucht, mich zu erinnern.«

Richter King hatte keine weiteren Fragen. Jennifers schwere Prüfung war vorbei. Insgesamt hatte sie knapp drei Tage lang ausgesagt.

Richter King hatte praktisch bis zum Ende der Beweisführung gewartet, bis er meinem Antrag stattgab, das Protokoll von Buck Walkers Aussage bei seinem Diebstahlprozeß zu den Beweismitteln aufzunehmen. Diese Entscheidung ermöglichte es mir, bei meinem Schlußplädoyer eine aufschlußreiche Folgerung zu ziehen. Nachdem ich den Geschworenen diesen Teil von Bucks Aussage vorgelesen hatte, rief die Anklage zu diesem Punkt einen uns schon bekannten Zeugen auf. Als FBI-Agent Shishido in den Stand trat, bat Walt Schroeder ihn, das Verhalten der Angeklagten während des Verhörs zu beschreiben, das er am 29. Oktober 1974 geführt hatte.

»Ich würde sagen, sie war sehr zuversichtlich und hat die Ereignisse auf Palmyra recht nüchtern beschrieben.«

»Hat Sie während dieses Verhörs einmal geweint, als Sie sie nach dem Schicksal der Grahams fragten?«

»Nein, Sir.«

»Hat sie bei einer anderen Frage einmal geweint?«

»Nein, Sir.«

»Hat sie irgendwann einmal Schmerz, Trauer oder eine ähnliche Regung gezeigt, als sie von den Grahams sprach?«

»Nein, Sir.«

»Hat sie während des Verhörs irgendein Gefühl gezeigt?«

»Nein, Sir.«

»Keine weiteren Fragen«, sagte Schroeder.

»Mister Shishido«, fragte ich beim Kreuzverhör, »halten Sie die Aussagen, die Sie gerade im Zeugenstand gemacht haben, in irgendeiner Hinsicht für relevant?«

»Ob ich sie für relevant halte? Ja.«

»Haben Sie daher diese Beobachtungen, die Sie angeblich gemacht haben, auch in Ihren Bericht über das Verhör aufgenommen?«

Cal Shishido preßte die Lippen zusammen. »Nein, Sir.«

Nachdem Shishido den Zeugenstand verlassen hatte, bat Enoki um eine kurze Pause. Er beriet sich flüsternd mit Schroeder.

»Die Anklage hat ihre Beweisführung abgeschlossen«, sagte Enoki dann.

»Die Verteidigung hat ihre Beweisführung abgeschlossen«, echote ich.

41. KAPITEL

Die Geschworenen wurden bis zum nächsten Montag entlassen, und die Anwälte versammelten sich in Richter Kings Büro, um die letzte Runde eines Kampfes einzuläuten, den ich schon frühzeitig mit Richter King begonnen hatte.

Normalerweise gewähren Richter den Anwälten nur eine begrenzte Zeit für ihre Plädoyers, manchmal nur eine oder zwei Stunden. Sie geben keinen gültigen Grund für diese Einschränkung an. Es gibt auch keinen. Wenn man sie darauf anspricht, erwidern sie im allgemeinen, man könne in diesem Zeitraum alle wichtigen Punkte vorbringen, und längere Plädoyers würden die Geschworenen langweilen und der eigenen Sache schaden. Doch da ich dem Schlußplädoyer eine entscheidende Bedeutung zumesse und viel Zeit und Mühe für die Vorbereitungen aufbringe, brauche ich normalerweise wesentlich mehr Zeit, als die meisten Richter mir anbieten.

Kurz vor Beginn des Prozesses hatte mir Richter King soviel Zeit für das Schlußplädoyer zugestanden, wie ich benötigte, obwohl er zuvor angedeutet hatte, er hielte zwei Stunden für ausreichend. Doch ein paar Tage vor Beginn der Plädoyers teilte er mir mit, er würde mir fünf Stunden gewähren. Als ich ihn an seine erste Entscheidung erinnerte, sagte er scharf: »Fünf Stunden.« Ich erwiderte, ich würde mindestens sechs, vielleicht sogar sieben Stunden brauchen, und fügte hinzu, daß der Prozeß meines Erachtens mit den Schlußplädoyers gewonnen oder verloren werden würde. Doch Richter King wollte nicht nachgeben.

»Euer Ehren«, beharrte ich, »wenn ich als Jennifers Anwalt entscheide, daß ich mehr Zeit benötige, um wichtige Schlüsse zu ziehen, und Sie mir diese Zeit nicht gewähren, verweigern Sie damit Jennifer das Recht auf einen fairen Prozeß.«

»Führen Sie das als Begründung für die Berufung an«, erwiderte er.

Ich war empört. Wir sprachen hier über eine einzige Stunde bei einem sehr wichtigen Mordfall, der bereits seit elf Jahren in der Schwebe lag. Und mit welchem Recht bezweifelte der Richter meine Auffassung, daß ich mehr Zeit benötigte. Ich fragte ihn, ob er meine Qualifikation als Anwalt in Frage stelle.

»Mister Bugliosi«, fuhr Richter King hoch, beendete den Satz aber nicht.

Ich hatte natürlich noch mehr zu sagen und verwies auf Fälle, bei denen ausführliche Schlußplädoyers gehalten worden waren.

»Mir ist es verdammt egal, was andere Richter entschieden haben«, schrie Richter King aufgebracht. »Sie haben fünf Stunden und keine Minute länger!«

Ich informierte Richter King, daß ich wegen dieses Punktes schon mit anderen Richtern Meinungsverschiedenheiten gehabt hatte, aber noch keiner die mir für das Schlußplädoyer zur Verfügung stehende Zeit beschränkt hatte.

»Quatsch!« fauchte er.

»Nennen Sie mich einen Lügner, Euer Ehren?«

»Mister Bugliosi«, sagte er, sich mühsam beherrschend, »ich habe bereits entschieden.«

Mir war klar, daß Richter King mir damit heimzahlen wollte, daß ich ihn vor der Verhandlung – respektlos, wie er es wahrscheinlich sah – auf seine Prozeßführung angesprochen hatte. Nun stand zu befürchten, daß ich einen hohen Preis dafür bezahlen mußte, daß ich es gewagt hatte, seine Autorität herauszufordern.

Montag morgen, 23. Februar 1986

Die Anklage würde an diesem Morgen ihr Plädoyer halten, und ich sollte am Nachmittag folgen. Sollte ich vor der Vertagung noch nicht die Hälfte geschafft haben, würde Jennifer persönlich beim Richter intervenieren und in die Prozeßakten aufnehmen lassen, darum gebeten zu haben, mich in meinem Plädoyer jedes Argument anführen zu lassen, das zu ihren Gunsten sprach. Die meisten Richter würden einer solchen Bitte des Angeklagten wohl nachkommen, doch bei King war ich mir da nicht ganz sicher. Während des Wochenendes hatte ich mein Plädoyer zögernd um eine Stunde verkürzt. Dabei hatte ich mehr als einmal geflucht (obwohl ich eingestehen mußte, daß Richter King den Prozeß abgesehen von diesem Punkt gut geführt hatte).

Doch was, wenn ich trotz der Kürzungen länger als fünf Stunden sprach und Richter King auf die zeitliche Begrenzung bestand? Sollte ich einfach weitersprechen und den Richter zwingen, sich vor den Geschworenen lächerlich zu machen, wenn er mich aufforderte, das Plädoyer abzubrechen, obwohl ich meine Zusammenfassung noch nicht zu einem logischen Ende geführt hatte?

Als die Geschworenen kurz nach halb zehn in den Saal geführt wurden, stand Elliot Enoki schon auf dem Podium, die linke Hand in der Jackentasche und in der rechten einen Bleistift. »Darf ich beginnen?« fragte er.

»Sie dürfen«, sagte der Richter.

Enoki sprach leise und nur mit geringer Betonung. Er erklärte, daß bei einem Mord ersten Grades Vorbedacht und Vorsatz erforderlich war. »Sie müssen entscheiden, ob in diesem Fall der Mord vorsätzlich begangen wurde.«

Enoki blieb bei seiner Theorie, daß Buck Walker Muff Graham ermordet und Jennifer ihm dabei geholfen, wenn nicht sogar ihn dazu angestiftet hatte.

»Das Gesetz zieht bei einem Mordfall nicht nur die Person zur Verantwortung, die den Mord tatsächlich durchgeführt hat. Man entgeht dem Zugriff des Gesetzes nicht, indem man einfach jemand anderen das Verbrechen ausführen läßt, das man begehen will. *Ein Komplize muß nicht einmal am Tatort anwesend sein oder alle Einzelheiten des Verbrechens kennen*. In diesem Fall können Sie Jennifer Jenkins für schuldig befinden, falls sie Mister Walker in irgendeiner Hinsicht bei der Ermordung Mrs. Grahams unterstützt oder auch nur beraten hat.

Der Richter wird Sie darüber belehren, daß Indizienbeweise vor dem Gesetz nicht weniger Gewicht oder Wert haben als direkte Beweise.«

Enoki näherte sich dem Kernstück der Anklage. »Da wir bei diesem Fall keine Augenzeugen haben, kommt den Indizienbeweisen eine große Bedeutung zu. Wir sind der Überzeugung, daß alle Indizien zu der Schlußfolgerung führen, daß Jennifer Jenkins für den Mord an Eleanor Graham auf der Insel Palmyra strafrechtlich verantwortlich ist.«

Wegen der ›einzigartigen Umstände des Falles‹ stellte Enoki die Frage, wer außer Buck Walker und Jennifer Jenkins die Tat begangen haben konnte. *»Sonst war niemand dort«*, sagte er scharf.

Enoki zitierte mich, indem er Walker als einen Mann beschrieb, ›dem man nicht in einer dunklen Gasse begegnen wollte‹, erinnerte die Geschworenen jedoch daran, daß Jennifer ihren Geliebten niemals in diesem Licht gesehen hatte. »Vor der Reise nach Palmyra lebte sie schon über ein Jahr mit ihm zusammen. Sie wußte, daß er auf Bewährung in Freiheit war. Sie wußte, daß er wegen eines Drogenvergehens verhaftet worden war. Sie wußte, daß er Waffen besaß. Sie half ihm, sich der Drogenanklage zu entziehen, obwohl sie damit selbst das Gesetz brach. Wir sprechen hier also von einer Frau, die sich nicht nur ohne das geringste Zögern mit einem ehemaligen Sträfling eingelassen hat, einem Menschen, der sich einer Haftstrafe entzog, sie hat ihn dabei sogar noch *unterstützt*.

Sie hat ihr Geld, ihre Zeit und auch ihre Arbeitskraft dafür hergegeben, ihr Schiff, die *Iola*, für die Flucht vorzubereiten. Sie war bereit, mit ihm tausend Meilen aufs Meer hinauszusegeln, obwohl sie nicht einmal navigieren konnte. Wir sprechen also von einer abenteuerlustigen Frau, die bereit war, mit Mister Walker eine Menge Risiken einzugehen. Und sie schien von genau den Eigenschaften angezogen zu werden, die die meisten Menschen an ihm beunruhigend fanden.

Umgekehrt hielt Mister Walker auch viel von Miss Jenkins. Er wußte, daß sie ihn jederzeit ans Gesetz ausliefern konnte, war jedoch bereit, diese Reise ins Unbekannte mit ihr als einzige Begleiterin anzutreten.«

Nachdem Enoki die Geschworenen daran erinnert hatte, was für Menschen Mac und Muff Graham gewesen waren, fuhr er fort: »Man hätte sich keine verschiedeneren Menschen als diese beiden Paare auf Palmyra vorstellen können. Beide wollten auf Palmyra allein sein, und deshalb kamen sie noch weniger miteinander zurecht. Sie verabscheuten die Anwesenheit des jeweils anderen Paars.« Enoki gestand ein, daß sie einen gewissen Umgang miteinander gepflegt hatten, fügte jedoch hinzu: »Niemand hat Miss Jenkins oder Mister Walker je an Bord der *Sea Wind* gesehen. Trotz aller gegenteiligen Behauptungen findet sich nach dem Juli kein Hinweis in Miss Jenkins' Tagebuch mehr darauf, daß sie oder Mister Walker an Bord der *Sea Wind* waren.«

Danach kam Enoki auf die Proviantlage zu sprechen. Sie hatten »von Anfang an« wenig Vorräte, behauptete er; »die Beweise deuten auf eine ernsthafte Nahrungsknappheit hin. Es besteht kein Zweifel, daß sie zu Tom Wolfe – und er verließ die Insel bereits am 17. August – gesagt hat, sie sei es leid, von Kokosnüssen und Fischen zu leben.« Enoki führte aus, daß Buck und Jennifer größere Schwierigkeiten als die Grahams gehabt hatten, Fische zu fangen, da sie über kein Dingi mit Außenbordmotor verfügt hatten.

Dann wandte sich der Ankläger der Seeuntüchtigkeit der *Iola* zu. Er faßte die Aussagen mehrerer Zeugen zusammen, daß die Hülle der *Iola* Risse aufwies und der Kielraum ständig ausgepumpt werden mußte. »Es ist ein großer Unterschied, ob man *glaubt*, es mit seinem Schiff bis zu einer anderen Insel zu schaffen, oder ob man es *weiß*. Dieser Unterschied entscheidet über Leben und Tod. Wir sprechen hier von hundertfünfundsiebzig Seemeilen zwischen Palmyra und Fanning und von zwei Menschen, die schon alle möglichen Schwierigkeiten hatten, *mit* dem Wind und mit der Strömung von Hawaii nach Palmyra zu segeln. Sie haben bereits während dieser Fahrt so viel Wasser aufgenommen, daß sie ihr Schiff danach täglich auspumpen mußten.

Versetzen Sie sich einmal in die Lage von Miss Jenkins und Mister Walker. Sie schauen auf die unendliche Weite des Wassers hinaus, haben die Warnungen anderer Leute gehört – Mister Wheeler hat sogar gesagt, die Fahrt sei unmöglich – und wissen, daß Sie *gegen* den Wind und *gegen* die Strömung segeln müssen. Miss Jenkins weiß, wie schwer die Fahrt nach Fanning ist. Sie hat den Leonards sogar gesagt, sie würde Palmyra auf der *Iola* niemals verlassen. Solch ein Vertrauen hatte sie in ihr Schiff.

Und sie *hat* Palmyra auch nicht auf der *Iola* verlassen. Jennifer Jenkins und Buck Walker wollten Palmyra nicht auf der *Iola* verlassen und haben es auch nicht.«

Enoki erinnerte die Geschworenen an den ›seltsamen Tagebucheintrag‹ Jennifers vom 5. August 1974, nur ein paar Wochen vor dem Verschwinden der Grahams: ›Haben die Nacht über von unserem nächsten Schiff geträumt.‹ Dann kam er auf den Kuchenzwischenfall zu sprechen und faßte Curt Shoemakers Aussage zusammen. »Der Besuch der beiden kam nicht nur unerwartet, sondern auch zu später Stunde. Mac hat einen ›Waffenstillstand‹ erwähnt. All das widerspricht Miss Jenkins' Aussage, es habe ein normales Verhältnis zwischen den beiden Paaren geherrscht. Der Begriff ›Waffenstillstand‹ entspricht nicht dem rosigen Bild, das Jennifer Jenkins gemalt hat.

Sie erinnern sich an Tom Wolfes Aussage, Miss Jenkins habe ihm eingestanden, die beiden Paare waren nicht miteinander zurechtgekommen – oder an seinen Eindruck, sie wären nicht miteinander zurechtgekommen und hätten nicht miteinander gesprochen. Die Leonards haben ausgesagt, die Insel wegen der neu entstandenen Situation verlassen zu haben. Muff Graham hat Evelyn Leonard beim Abschied gesagt, sie habe Angst, sie werde Palmyra nicht mehr lebendig verlassen. Muff hat dabei geweint. Das entspricht nicht der herzlichen Beziehung, die Miss Jenkins Ihnen geschildert hat.« *Enoki wies darauf hin, daß man nach diesem unerwarteten, nächtlichen Besuch auf der* Sea Wind *nie wieder etwas von den Grahams gehört hatte.*

Er hatte den Geschworenen damit praktisch gesagt, er sei der Meinung, Mac und Muff Graham wären *am 28. August 1974* ermordet worden. Wenn das zutraf, mußte meine Klientin eine Mörderin sein.

Dann wandte er sich Jennifers Tagebucheintrag dieses Datums zu. »Es findet sich nicht der geringste Hinweis auf einen Besuch der *Sea Wind*«, sagte er. »Nicht einmal ein Bezug auf die Grahams oder ihr Backen. Nichts. Ich halte es auch für ziemlich bezeichnend, daß sie diesen Kuchen den Grahams nicht allein gebracht hat, sondern Buck mitgekommen ist. Es handelt sich also nicht um eine kleine Geste; sie ist nicht einfach mal herübergegangen.

Sie backt also einen Kuchen für die Grahams, obwohl

sie den Großteil des Sommers über um Mehl gebettelt hat. Und seit drei Tagen hat sie praktisch nur Kokosnüsse gegessen. Und sie schenkt diesen Kuchen zwei Menschen, die genug Vorräte haben, obwohl sie schon vor vierzehn Tagen nur noch Proviant für zehn Mahlzeiten gehabt hat. Und sie hat eine Fahrt nach Fanning vor, bei der sie alle Vorräte brauchen wird, die sie noch hat. Das hat nichts damit zu tun, daß sie sich bei den Grahams für das bloße Ausleihen der Karte von Fanning bedanken wollte. Wie Sie sich erinnern, fiel ihr nur dies als möglicher Grund für den Kuchen ein.

Aber mit diesem Kuchen würde sie auf jeden Fall an Bord der *Sea Wind* kommen, obwohl sie mit den Besitzern des Schiffes Schwierigkeiten hatte. Die Grahams haben den Kuchen als eine Art Friedensangebot angesehen, doch in Wirklichkeit war er ein Trojanisches Pferd.

Wenn sie den Grahams einen Kuchen gebacken hätte, nachdem sie Probleme mit ihnen hatte – oder einfach nur so –, wäre dies ein wichtigeres Ereignis gewesen als das Schälen von Kokosnüssen oder als die anderen völlig belanglosen Ereignisse, über die sie Tagebucheinträge gemacht *hat*.«

Enoki sagte geradeheraus, daß er von dem Eintrag des 30. August, »dem Tag, von dem Miss Jenkins *behauptet*, die Grahams seien verschwunden«, kein einziges Wort glaubte. »Lediglich ihre Aussage und ihr Tagebuch stehen dafür, daß die Grahams wirklich an diesem Tag verschwunden sind. Und ich behaupte, daß beides nicht stimmt. Sie kann diesen Eintrag auch *nach* dem 28. August geschrieben haben – *nachdem* sie die Grahams getötet hat.

Des weiteren fehlen Einträge über nachfolgende wichtige Punkte. Kein Eintrag über den Streit, ob sie Palmyra nun mit der *Sea Wind* oder der *Iola* verlassen sollten. Sie behauptet, mit Mister Walker darüber gestritten zu haben, doch im Tagebuch steht nichts darüber.

Es steht auch nichts über das Schicksal der Iola darin,

nichts darüber, daß sie eigentlich die Behörden informieren wollte. Und am absurdesten ist die Behauptung, sie habe das Tagebuch nicht mehr weitergeführt, weil es eigentlich das Logbuch der *Iola* gewesen sei und die *Iola* am 11. September sank. Der letzte Eintrag wurde am 10. September vorgenommen, und danach kein einziges Wort mehr darüber, was mit der *Iola* geschah.«

Enoki faßte nun seine bisherigen Ausführungen zusammen. »Dieses Tagebuch wurde geschrieben, um ein Verbrechen zu vertuschen. Doch nicht nur das Verbrechen des Diebstahls, auch das des Mordes sollte vertuscht werden.«

Danach faßte er die wissenschaftlichen und medizinischen Gutachten zusammen und kam zu dem Schluß, daß Muff nicht ertrunken oder durch den Angriff eines Hais gestorben war, wie Jennifer angeblich angenommen hatte, sondern ermordet worden war. Dabei folgte er zum größten Teil seinem Plädoyer beim Prozeß gegen Buck Walker.

»Um diese wissenschaftlichen Beweise und die anderen Beweise dieses Falls nun mit Miss Jenkins' Tagebuch und ihrer Aussage in Einklang zu bringen«, fuhr er dann fort, »müssen wir uns ansehen, was Mister Walker alles allein getan haben muß, ohne jede Hilfe, ohne beobachtet zu werden, und ohne jedes Geräusch, das Miss Jenkins hören konnte, abgesehen von dem sich entfernenden Motorgeräusch des Zodiac.

Zuerst einmal mußte er beide Grahams finden. Dann mußte er beide töten. Dann mußte er Eleanor Grahams Kopf mit einem Schneidbrenner verbrennen, den er aus Macs Werkstatt holen mußte. Er mußte mindestens einen, wahrscheinlich aber zwei Aluminium-Behälter aus dem alten Rettungsboot holen, das damals noch in dem Lagerhaus lag.

Dann mußte er mindestens einen dieser Behälter von dem Lagerhaus zu der Stelle bringen, an der er Muff Graham getötet hatte. Und er mußte Draht suchen, mit dem er die Deckel der Behälter befestigen konnte, damit sie sich nicht lösten, wenn er sie ins Wasser warf. Danach mußte er beide Behälter beschweren, damit sie auch sanken.

Und er mußte Muff Grahams Leiche in dem Behälter verbrennen, was, wie ein Sachverständiger erklärt hat, mindestens fünfzehn bis zwanzig Minuten gedauert hat.

Dann mußte er diese Behälter mit den Leichen darin in den Zodiac laden. Wir sprechen von einem Behälter mit einer siebzig Kilo schweren Frau und einem Behälter mit einem neunzig Kilo schweren Mann darin. Man nennt so etwas nicht umsonst ›totes Gewicht‹. Und er mußte die Behälter nicht etwa in einen Lieferwagen oder einen Kleinbus laden, sondern in ein schwankendes, weiches Gummiboot.«

Enoki legte noch immer keine dramatische Pause ein. Er fuhr fort, daß Walker dann mit dem Dingi auf die Lagune hinausgefahren sein und die Leichen über Bord geworfen haben mußte. »Er muß ans Ufer zurückgekehrt sein, ohne daß Miss Jenkins den Motor des Zodiac gehört hat, das Dingi dann umgedreht und den Benzintank gelöst haben und fast einen Kilometer zum Badehaus zurückgegangen sein, wo Miss Jenkins ihn dann an diesem Nachmittag gesehen haben will.

Außerdem muß er natürlich, falls einer der Morde auf der *Sea Wind* geschah, sämtliche Spuren verwischt haben, denn Miss Jenkins hat ja ausgesagt, daß ihr nichts Ungewöhnliches an der Yacht aufgefallen ist, als sie sie am Abend betrat.«

Enoki führte aus, daß Walker die *Sea Wind* hätte aufbrechen müssen, falls er den Grahams an Land aufgelauert und sie dort getötet hatte, um die Getränke auf den Tisch zu stellen, die Jennifer bei ihrer Ankunft dort gefunden hatte.

»Und«, fügte der Ankläger hinzu, »er muß laut Miss Jenkins' Aussage an diesem Tag auch mehrmals bei der *Iola* vorbeigeschaut haben. Und er muß all das getan haben, ohne daß Miss Jenkins etwas davon bemerkte, denn sie hat ja weder Rauch gesehen noch Blut oder irgendwelche Verletzungen an ihm. Sie hat nichts bemerkt.

Und er hat angeblich zwei Menschen getötet und es vor seiner Freundin verborgen, obwohl sie das Dingi hatte und ihn jederzeit überraschen konnte. Diese Person, die angeblich so berechnend war, die Getränke an Bord der Sea Wind auf den Tisch zu stellen, hat nicht daran gedacht, ihr das Dingi abzunehmen.« Ihre Geschichte paßte vorn und hinten nicht, erklärte der Ankläger.

»Doch am schlimmsten an ihrer Version des Geschehens ist die Behauptung, von alledem nichts geahnt zu haben. Sie wußte, daß Mister Walker wegen bewaffneten Raubüberfalls verurteilt worden war. Sie wußte, daß er Waffen liebte. Sie wußte, daß Mister Walker sehr jähzornig war. Sie wußte, daß er eine geladene Waffe in der Tasche gehabt hatte, als man ihn wegen Drogenhandels verhaftet hatte. Doch sie behauptet, kein Verbrechen vermutet zu haben.«

Der Ankläger sah Jennifer an, ohne dabei auch nur zu blinzeln. »Niemand hat sie als naiv beschrieben. Sie war damals achtundzwanzig Jahre alt, keine sechzehn oder achtzehn oder zwanzig. Man hat sie als intelligent beschrieben, und sie hat auf dem Zeugenstand einen intelligenten Eindruck gemacht. Wie konnte ein intelligenter Mensch bei einem Mann mit Buck Walkers Hintergrund *kein* übles Spiel vermuten? Doch sie hat *nichts* geahnt.

Ich unterstelle, daß ihre Geschichte über das Verschwinden der Grahams und die Ereignisse auf Palmyra nur der Anfang eines ständigen Stroms von Lügen ist, die sie erzählt hat, seitdem sie diese Insel verlassen hat.«

Enokis Tonfall und Verhalten schien auszudrücken: »Wir alle wissen, daß sie des Mordes schuldig ist und danach eine Lüge nach der anderen erzählt hat, in der Hoffnung, daß Sie das Offensichtliche nicht sehen werden.« Er verdichtete den Strom der Lügen: »Miss Jenkins erzählt Lorraine Wollen, daß sie die Yacht von einem Mann hatte, der ihr nach vierzehn Jahren überdrüssig geworden war und sie nicht mehr pflegen wollte. Mister Leonard hat sie erzählt, daß sie und Buck Walker Palmyra mit der *Iola* verlassen wollten, im Kanal aufgelaufen sind und deshalb die *Sea Wind* nehmen mußten. Leonard erwidert, es sei nicht glaubwürdig, daß sie Palmyra mit der *Iola* verlassen wollten, während die *Sea Wind* dort lag, und sie geht hin und ändert ihre Geschichte ab, um sie glaubwürdiger zu machen. Ein paar Minuten später erzählt sie Agent Shishido, sie hätten die *Iola* schleppen wollen, und dabei sei sie auf ein Riff gelaufen. Dabei hat sie nur die Fotos vergessen, die die *Iola* auf offener See zeigen. Bei ihrem Diebstahlprozeß behauptet sie immer noch, die *Iola* sei im Kanal aufgelaufen und streitet ab, die Fotos gemacht zu haben. Noch eine Lüge.«

Diese Fotos, so der Ankläger, hätten bei ihrem Diebstahlprozeß bewiesen, daß sie gelogen hat. »Also wußte sie, daß diese Geschichte hier nicht zieht, und so gesteht sie ein, daß die *Iola* gar nicht aufgelaufen ist. Und daß Walker und ihr Anwalt ihr befohlen oder geraten haben sollen, die Geschworenen bei ihrem Prozeß zu belügen.«

Allein der nächste Punkt konnte, *falls man ihn akzeptierte*, die Geschworenen überzeugen, daß Jennifer in die Morde verwickelt war. »Hier ist noch ein Beispiel dafür, wie die Angeklagte ihre Geschichte immer wieder verändert hat«, sagte Enoki. »Sie hat Shishido gesagt, den Zodiac gekentert *im* Wasser gefunden zu haben, und der Benzintank habe ganz in der Nähe getrieben. Nun streitet sie ab, daß sie den Zodiac im Wasser gefunden hat. Doch Agent Shishido erinnert sich deutlich an dieses Verhör, und schon allein das Wort ›treiben‹ schließt ein Mißverständnis aus. Auf dem Strand kann nichts treiben. Agent Shishido kann auch nicht mißverstanden haben, was sie gesagt hat, denn er ließ den Motor eigens daraufhin untersuchen, ob er sich unter Wasser befunden hat.

Das hätte er nicht getan, wenn die Angeklagte nicht gesagt hätte, er habe sich im Wasser befunden. Als sie bei ihrem Diebstahlprozeß Mister Whites Aussage hörte, daß sich der Motor nicht unter Wasser befunden haben konnte, veränderte sie ihre Aussage danach dahingehend, sie habe ihn nicht im Wasser, sondern auf dem Strand gefunden.

Sie hat ausgesagt, der Zodiac habe sich einen halben Meter vom Wasser entfernt befunden. Und es habe keine Flut geherrscht, als sie ihn fanden.

Sie erinnern sich an Mister Brydens Aussage, daß es auf Palmyra jeden Tag zweimal Ebbe und Flut gibt. Und Miss Jenkins' Geschichte zufolge muß Buck Walker den Zodiac zwischen sechzehn und siebzehn Uhr am Ufer liegen gelassen haben, denn da hat sie das sich entfernende Motorgeräusch gehört.

Und bis zum nächsten Morgen, als sie den Zodiac angeblich gefunden haben, *muß es mindestens einmal Flut gegeben haben*. Und wenn der Zodiac – als *keine* Flut herrschte – nur einen halben Meter vom Wasser entfernt lag, bedeutet das, daß der Motor irgendwann, als die Flut kam, *im* Wasser gelegen haben muß. Aber dies schließt der Sachverständige aus.

Ich möchte auch darauf hinweisen«, fuhr Enoki fort, »daß sie einen Brief an Mac Grahams Schwester geschrieben hat, doch erst nach ihrer Verhaftung. Vor ihrer Verhaftung informierte sie weder die Schwester noch sonst jemandem vom Verschwinden der Grahams.

Selbst in ihrem Brief an Misses Muncey lügt sie und behauptet, Mister Walker habe den beiliegenden Brief schon viel früher geschrieben, obwohl er ihn in Wirklichkeit erst im Gefängnis geschrieben hat.

Sie sehen, welches Muster Miss Jenkins an den Tag legt. Sie gesteht nur etwas ein, wenn man sie zuvor der Lüge überführt hat oder sie weiß, daß ihr die Falschaussage nicht weiterhelfen wird.

Aber sie kann einem offensichtlichen Tatbestand nicht

ausweichen. Wenn jemand ermordet wird und das einzige Motiv für diesen Mord darin besteht, sich den Besitz des Opfers anzueignen, und wenn man dann mit diesem Besitz ertappt wird ... dann ist man der Täter.

Das Motiv des Mordes ist der Diebstahl der *Sea Wind* und ihrer Vorräte. Ein anderes Motiv gibt es nicht. *Und Miss Jenkins hat dasselbe Motiv wie Mister Walker.* Sie hat sich nicht einmal etwas dabei gedacht, Muff Grahams Kleidung zu tragen und die vierhundert Dollar zu nehmen, die an Bord waren.«

Enoki erinnerte die Geschworenen daran, daß Jennifer bei ihrem ersten Prozeß ausgesagt hatte, sie habe die *Sea Wind* an Macs Schwester zurückgeben wollen, und daher sei es eigentlich gar kein Diebstahl gewesen. »Aber bei diesem Prozeß hat sie abgestritten, diese Aussage zu ihrem Schutz gemacht zu haben. Weshalb denn sonst? Ich meine, sie war wegen Diebstahls angeklagt, und man hat sie auf dem Schiff gefunden, und so hat sie den Geschworenen gesagt: ›Ich wollte das Schiff zurückgeben.‹ Natürlich wollte sie sich damit gegen diese Anklage verteidigen.

Doch nun wirft man ihr keinen Diebstahl vor, und so kann sie zugeben, gelogen zu haben, als sie behauptet hat, von Ala Wai aus direkt zu Misses Muncey fahren zu wollen. Also gesteht sie es ein. Doch dadurch wird ihre Aussage in diesem Verfahren noch längst nicht wahr. Sie nimmt eine Maske ab und enthüllt darunter eine andere.

Bedenken Sie, daß Jennifer Jenkins vor elf Jahren schon einmal im Zeugenstuhl saß und einen Eid auf all die Lügen geleistet hat, die sie jetzt eingestanden hat. Und damals hat sie den Geschworenen bestimmt nicht eingestanden, daß es Lügen waren. Und bei diesem Prozeß, meine Damen und Herren, vertuscht sie keinen Diebstahl, sondern einen Mord. Sie kann nun die damaligen Lügen eingestehen, weil sie nicht wegen Diebstahls vor Gericht steht. Ich möchte Sie bitten, nicht auf die Lügen hereinzufallen, die sie seit 1974 erzählt hat.«

Enoki wiederholte noch einmal, daß man Jennifers Tagebucheintragungen keinen Glauben schenken konnte, und schloß: »Bestehen bleibt lediglich die Tatsache, daß Miss Jenkins und Mister Walker am 28. August in der Dunkelheit zur Yacht der Grahams fuhren, angeblich, um ihnen einen Kuchen zu bringen. Dieser Vorfall wird im Tagebuch nicht erwähnt. Es bleiben die Tatsachen bestehen, daß Muff Graham ermordet wurde und daß Miss Jenkins und Mister Walker die einzigen anderen Menschen auf der Insel waren. Beide hatten die Möglichkeit, das Motiv und die Gelegenheit, um einen Mord zu begehen. Und Miss Jenkins, die einzige, die hier vor Gericht steht, hat keine glaubwürdige Erklärung über die Ereignisse abgegeben, die sich dort zugetragen haben.

Man kann nur zu dem Schluß kommen, daß sie aufgrund ihrer Nahrungsknappheit den Entschluß faßte, an Bord der *Sea Wind* zu gehen und Eleanor Graham schließlich zu ermorden.

Wir sprechen nicht von der gewaltlosen Frau, die zu sein sie behauptet, sondern von einer Frau, die nicht gezögert hat, Mister Walker bei all seinen Unternehmungen zu helfen. Und danach ging sie augenblicklich zu einem anderen Mann, der in Kalifornien einen Menschen erschossen hat.

Die Beweise zeigen auf, daß Mister Walker und Miss Jenkins in einer Position waren, in der sie töten mußten, um die Insel ungefährdet verlassen zu können. *Es deutet nichts darauf hin, daß Miss Jenkins gezögert hätte, Mister Walker dabei zu helfen.*«

Während Enokis Plädoyer hatte Jennifer abwechselnd ihn angesehen oder grimmig auf den Tisch gestarrt, wie sie es auch in diesem Augenblick tat. Kein einziges Mal hatte sie den Männern und Frauen in die Gesichter gesehen, die nun über ihr Schicksal entscheiden würden.

»Nach elfeinhalb Jahren«, sagte Enoki nachdrücklich, »ist es nun an der Zeit, daß Sie Jennifer Jenkins des Mordes für schuldig befinden.

Ich danke Ihnen.«

Enoki hatte ein besseres Plädoyer gehalten als beim Prozeß gegen Walker. Wenn es – abgesehen von seiner monotonen Redeweise – eine Schwäche aufwies, dann die, daß er aus den Indizien keine neuen oder anderweitig belastenden Schlüsse gezogen hatte. Doch vielleicht waren diese ›neuen Schlüsse‹ auch gar nicht notwendig. Die Geschworenen bei Walkers Prozeß hatten die vorgelegten Indizienbeweise als durchaus ausreichend empfunden.

42. KAPITEL

Nun war es an der Zeit für das Plädoyer der Verteidigung. Für mich stellt diese Zusammenfassung den wichtigsten Teil des Prozesses dar.

Normalerweise überlege ich mir schon vom ersten Augenblick an, wenn ich einen Fall übernehme, *was* ich im Schlußplädoyer sagen werde und *wie* ich am besten ein günstiges Urteil erzielen kann. Mit anderen Worten, ich arbeite, vom Plädoyer ausgehend, verkehrt herum. Praktisch all meine Fragen während der Verhandlung und meine gesamte Taktik zielen darauf ab, schließlich die Schlüsse ziehen zu können, die ich von Anfang an ziehen will.

Noch bevor der erste Zeuge aufgerufen wird, habe ich mein Plädoyer zum größten Teil vorbereitet. Sobald ich die Stärken und Schwächen meines Falles kenne, beginne ich damit, die Stärken hervorzuheben und mir zu überlegen, wie ich gegen die Angriffe, die die Gegenseite auf die Schwachstellen meines Falls vornehmen wird, reagieren kann.

Indem ich so früh mit der Arbeit an meinem Plädoyer beginne, kann ich es während der Verhandlung neuen

Gegebenheiten anpassen und meine Argumente in aller Ruhe entwickeln und artikulieren.

Zahlreiche Anwälte messen dem Schlußplädoyer keine so hohe Bedeutung zu, doch mir ist deren Auffassung völlig unverständlich. Kommt es nicht – wie auch im Leben – ausschließlich darauf an, *was* man sagt und *wie* man es sagt? Warum sollte es bei einer Gerichtsverhandlung anders sein?

Andere Anwälte legen großen Wert auf ein *spontanes* Plädoyer aus dem Stegreif, doch auch in dieser Hinsicht bin ich anderer Meinung. Es ist einfach nicht möglich, *spontan* eine Vielzahl von Punkten aufeinanderfolgend logisch aufzubauen. Und wenn man nur mit Stichworten arbeitet, läuft man in Gefahr, wichtige Argumente auszulassen, falsch zu betonen oder an der falschen Stelle anzubringen. Es führt kein Weg daran vorbei: Bei einem komplizierten Prozeß, bei dem zahlreiche Zeugen ausgesagt haben und die Protokolle Tausende von Seiten umfassen, sind gewaltige schriftliche Vorbereitungen erforderlich, um die wichtigen Punkte und Nuancen des Falles zu erörtern, sie in der schlüssigen Reihenfolge zu präsentieren und dabei gleichzeitig so einfach und klar wie möglich vorzugehen.

Der einzige Vorteil eines spontanen Plädoyers liegt darin, daß der Anwalt den Geschworenen bei seinen Ausführungen in die Augen sehen kann. Doch wenn man bereit ist, die nötige Zeit zu investieren, kann man das genau vorbereitete Plädoyer auch auf eine Weise halten, die den Geschworenen den Eindruck von Spontaneität vermittelt.

Normalerweise heißt es, man solle ein Plädoyer so knapp wie möglich halten und sich dabei auf die wesentlichen Punkte beschränken. Nicht nur, daß sich die Geschworenen nur etwa eine Stunde auf die Ausführungen des Anwalts konzentrieren könnten, nein, die Behandlung kleinerer Punkte würde nur von den hauptsächlichen Argumenten ablenken. Doch meines Erachtens kann man kaum einen schwerwiegenderen Fehler begehen. Unerklärlicherweise lassen sich die Geschworenen bei ihrer Urteilsfindung oft von den anscheinend nebensächlichsten und unbedeutendsten Punkten beeinflussen.

Außerdem stimme ich nicht mit der Auffassung überein, man könne die Aufmerksamkeit der Geschworenen nur für verhältnismäßig kurze Zeit gewinnen. Es ist ganz und gar nicht schwierig, sie einen oder zwei Tage lang in den Bann zu schlagen, wenn man eine starke, aufregende Zusammenfassung liefert, die man mit Beispielen, Metaphern und Humor durchsetzt hat, und wenn man ihnen vermitteln kann, daß man ihnen wichtige Einzelheiten mitzuteilen hat und sie den Eid, den sie geleistet haben – zum richtigen Urteil zu gelangen –, nur erfüllen können, wenn sie ihm genau zuhören.

Ich hatte an dem Plädoyer, das ich nun halten würde, etwa zweihundertfünfzig Stunden gearbeitet und gefeilt. Seltsamerweise war mir das strukturelle Konzept eingefallen, als ich eines sonnigen Sonntagnachmittags, kurz, nachdem ich den Fall übernommen hatte, in einem Park spazierengegangen war.

Ich war bereit und, wie üblich, sehr zuversichtlich. Die Geschworenen würden diese Zuversicht an den Worten erkennen, die ich benutzte, und an der Art, wie ich sie aussprach. Ganz gleich, wie schwach mein Fall ist, *falls ich daran glaube* – wie hier –, wird schon meine Wortwahl und Betonung andeuten, ich hätte den stärksten Fall, den man sich nur vorstellen kann. Und ich meine jedes Wort so, wie ich es sage. Bei einem Plädoyer muß man zuversichtlich vor die Geschworenen treten oder zumindest so wirken. Die Geschworenen erkennen sofort, ob man zuversichtlich ist oder nicht – an der Betonung, den Bewegungen, dem Gesichtsausdruck, doch vor allem an der Wortwahl. Und ein Anwalt kann nicht erwarten, daß die Geschworenen ihm seine Version der Dinge abkaufen, wenn er nicht selbst daran glaubt.

Ich erwecke bei einem Schlußplädoyer einen äußerst mitteilsamen Eindruck. Ich lasse meine Unterlagen auf dem Podium liegen (blättere aber erst um, wenn ich jeden Punkt der betreffenden Seite abgehandelt habe), schreite im Gerichtssaal auf und ab und hebe, wenn nötig, die Stimme wie ein Fernsehpriester. Und obwohl ich mich bemühe, meine Grammatik auf einem Niveau zu halten, mit dem ich mich noch in Cambridge sehen lassen kann, gestikuliere ich mit der Energie eines Bocciaspielers auf einer Piazza in Neapel.

Dieses und das nachfolgende Kapitel geben etwa 60 Prozent meines Schlußplädoyers im Mordfall Jennifer Jenkins wieder.

»Richter King, Mister Enoki, Mister Schroeder, Mister Weinglass, meine Damen und Herren Geschworenen.

Dieser Fall hat sich natürlich mit vielen Themen beschäftigt – darunter auch der See und Schiffen. Ich weiß nicht, wie es bei Ihnen ist, doch ich kenne mich weder mit dem einen noch mit dem anderen besonders gut aus. Aber ich weiß ein wenig über das Strafgesetz. Ich war mehrere Jahre lang Staatsanwalt im Bezirk Los Angeles und bin seit einiger Zeit Strafverteidiger.

Und aufgrund der Aussagen, die auf diesem Stuhl gemacht wurden« – ich deutete auf den Zeugenstand – »habe ich mir eine Meinung über diesen Fall gebildet, die ich Ihnen gern mitteilen möchte.

Doch zuvor möchte ich ein paar kurze Kommentare zum Rechtssystem der USA machen. In Amerika kann nur ein Geschworenengericht einen Menschen zu einem Leben hinter Gittern verurteilen. Ansonsten kann das nicht einmal der Präsident. Die Behörden – die Polizei, das FBI – können einen in den Knast bringen, doch nur, wenn man von einem Gericht verurteilt wird, muß man auch dort bleiben.

Also stehen lediglich die Geschworenen zwischen einem Angeklagten und seinem Verlust der Freiheit.«

Ich wußte, daß der zehn Zentimeter hohe Papierstapel rechts neben mir wahrscheinlich entmutigend, wenn nicht sogar abstoßend auf die Geschworenen wirken würde. Sie dachten vielleicht: *Kann er wirklich soviel zu sagen haben? Und wie lange wird es dauern*?

»Ich weiß, daß Sie alle wieder Ihr normales Leben aufnehmen möchten, und will Ihre Zeit nicht ungebührlich in Anspruch nehmen. Doch im Interesse meiner Klientin und im Interesse der Gerechtigkeit muß ich einige Punkte mit Ihnen besprechen, damit Sie ein faires und gerechtes Urteil sprechen können.

Diese Notizen hier enthalten mein Schlußplädoyer. Das sieht ziemlich umfangreich aus«, gestand ich ein und deutete auf den Stapel, »aber bedenken Sie, es handelt sich um einen *Mordprozeß* und nicht um einen wegen Alkohol am Steuer. Das kostbare Leben zweier Menschen wurde brutal ausgelöscht; das erste Verfahren in diesem Fall fand vor über elf Jahren statt; und aufgrund der Beweise, die von diesem Zeugenstand kamen, ist meine Klientin Jennifer Jenkins zwar unschuldig, doch trotzdem hängt der Rest ihres Lebens in der Schwebe. Wenn man es von dieser Warte aus betrachtet, könnte man fast sagen: ›Und das ist alles, was Sie zu sagen haben, Mister Bugliosi? Mehr haben Sie nicht zu sagen?‹

Zwar wird dieser Prozeß von den Vereinigten Staaten von Amerika gegen Jennifer Jenkins geführt, doch davon dürfen Sie sich als gute Staatsbürger nicht unter Druck setzen lassen. Obwohl die Anklage in diesem Fall einen Schuldspruch herbeiführen möchte, kommt es der Regierung der Vereinigten Staaten nur auf Gerechtigkeit an, ganz gleich, ob es sich nun um einen Schuldspruch oder einen Freispruch handelt. Im Justizministerium in Washington ist eigens eine Tafel angebracht: ›Die Vereinigten Staaten gewinnen einen Prozeß, wann immer einer ihrer Bürger vor Gericht Gerechtigkeit bekommt.‹ Die Inschrift lautet nicht: ›Die Vereinigten Staaten gewinnen nur, wenn ein Angeklagter für schuldig befunden wird.‹

In unserem Land gilt der Angeklagte als unschuldig, *falls* das Gegenteil nicht über jeden Zweifel hinaus bewiesen wird. Lassen Sie sich nicht von dem oft, aber fälschlich zitierten ›bis‹ verwirren, das andeutet, es handele sich nur um eine Frage der Zeit. Und das sind keine leeren, theoretischen Worte. Das ist eine gesetzliche Bestimmung, für die es keine Ausnahme gibt. Und wenn irgendein Richter oder irgendein Geschworener bei irgendeinem Prozeß in diesem Land diese strikte Vorschrift ignoriert, macht er sich damit einer sehr ernsten Verletzung des Eids schuldig, den er abgelegt hat.«

Ich erklärte den Geschworenen, daß Richter King sie vor ihrer Beratung noch belehren würde, daß die Beweistlast einzig und allein bei der Anklage lag und die Angeklagte ihre Unschuld nicht beweisen mußte. »Das sind Schlüsselworte«, sagte ich. *»Die Beweislast geht niemals auf den Angeklagten über.*

Doch bei diesem Prozeß haben sich sehr seltsame, wenn nicht sogar bedrohliche Dinge ereignet. Hat die Anklage nicht, ohne es direkt beim Namen zu nennen – denn das verstieße gegen das Gesetz –, auf sehr subtile Weise versucht, die Beweislast auf Jennifer Jenkins zu schieben? Hat sie nicht, wenn man genau darüber nachdenkt, praktisch erklärt: ›Wir müssen nicht beweisen, Miss Jenkins, daß Sie Muff Graham ermordet haben. Sie waren zur Zeit des Mordes auf Palmyra, und Sie waren nach dem Mord auf der *Sea Wind. Nun beweisen Sie mal, daß Sie den Mord nicht begangen haben.*‹

Ich behaupte, daß die Anklage gezwungen gewesen war, die Beweislast auf Miss Jenkins zu schieben, weil ihr Fall auf so schwachen Füßen steht, daß sie Sie nur auf diese Weise überzeugen kann, diese Frau zu verurteilen.

Und ich erinnere die Anklage daran«, sagte ich laut und hob den rechten Zeigefinger hoch, »daß wir in Amerika leben und die Annahme der Unschuld in unserer Gesellschaft ein heiliges Recht ist und *Sie*, meine Damen und Herren, der Anklage diesen Verstoß nicht durchgehen lassen werden.

Die Anklage ist in diesem Fall ihrer Beweispflicht nicht nachgekommen. Sie hat nicht einmal die rechtliche Voraussetzung der Unschuld angekratzt. Sie hat in keiner Hinsicht über jeden begründeten Zweifel hinaus eine Schuld nachgewiesen. Wo sind die Beweise, meine Damen und Herren Geschworenen, die direkten oder die Indizienbeweise, daß Jennifer Jenkins in irgendeiner Hinsicht an der Ermordung Misses Grahams mitgewirkt hat? Wo, meine Damen und Herren Geschworenen? Wo?«

Ich erklärte den Geschworenen, daß ich auf einige einleitende Punkte zu sprechen kommen und mich dann dem Kernstück meines Plädoyers widmen würde, und drängte sie, sich Notizen zu machen, indem ich altes chinesisches Sprichtwort zitierte, das ich bei jedem Plädoyer erwähne: »Die verblichenste Tinte ist besser als das beste Gedächtnis.«

Zuerst kam ich auf die Anklage zu sprechen, die das Schwurgericht erhoben hatte. Der Begriff ›Schwurgericht‹ – im Amerikanischen ›grand jury‹ – ließ darauf schließen, daß die Anklage von einer wichtigen Körperschaft erhoben worden war, die nach sorgfältiger Untersuchung aller Beweise bereits zu dem Schluß gekommen war, daß Jennifer schuldig war. »Das ist nicht der Fall«, sagte ich. »Sie haben hier wesentlich mehr Beweise zu hören bekommen als dieses Schwurgericht. Vor diesem Schwurgericht hat weder Miss Jenkins noch irgendein Zeuge der Verteidigung ausgesagt. Der *einzige* Zeuge, der dort ausgesagt hat, war Calvin Shishido.

Ich will dieses Schwurgericht nicht hinabsetzen«, fuhr ich fort, »sondern Ihnen lediglich verdeutlichen, daß es einzig und allein über eine Anklage zu entscheiden hatte.

Nun möchte ich auf einen äußerst wichtigen Punkt zu sprechen kommen, bei dem ich mich in intellektuelle Spitzfindigkeiten flüchten könnte, was ich natürlich nicht vorhabe. Und dieser Punkt ist die Frage, ob Muff

Graham ermordet wurde oder an den Folgen eines Unfalls starb.

Mister Enoki hat nachdrücklich behauptet, daß Muff Graham ermordet wurde. Woraufhin ich erwidere: ›Natürlich wurde sie das.‹ Genau wie Sherlock Holmes zu seinem Helferlein gesagt hat: ›Elementar, mein lieber Watson.‹

Doch die Fakten dieses Prozesses sind so eigentümlich, daß die Verteidigung zumindest behaupten könnte, daß die Anklage nicht *über jeden begründeten Zweifel hinaus* bewiesen hat, daß überhaupt ein Mord stattgefunden hat. Bei praktisch jedem Mordprozeß weiß man, daß ein Mord stattgefunden hat, weil die Autopsie die Todesursache genau bestimmen kann. Doch hier ist das nicht der Fall. Hier gesteht die Anklage ein, daß sie Muff Grahams Todesursache gar nicht kennt.

Ich könnte Ihnen verschiedene Szenarios unterbreiten, die auf einen Tod durch Unfall hinweisen. Doch ich glaube, daß Muff Graham tatsächlich ermordet wurde, und mache mir nicht erst die Mühe, dies zu bestreiten.

Und damit komme ich zum nächsten Punkt. Bei meinem Plädoyer werde ich oft von ›Morden‹ und nicht nur von einem Mord sprechen. Die Anklage wirft Miss Jenkins nur den Mord an Muff Graham vor, wahrscheinlich, weil Mister Grahams Leiche nicht gefunden wurde, obwohl das Gesetz nicht verlangt, daß eine Leiche gefunden wurde, um Anklage wegen Mordes zu erheben.

Doch es macht keinen Sinn, daß Buck Walker, den ich als den alleinigen Täter anklage, Misses Graham ermordet, Mister Graham jedoch verschont hat. Es ist einfach nicht vorstellbar, daß Malcolm Graham ein anderes Schicksal erlitten hat als seine Frau.

Wie Sie sehen, ist Jennifer eine ziemlich kleine Frau, weder groß noch schwer. Aufgrund der medizinischen Gutachten wissen wir, daß Muff Graham mehrere Schläge gegen den Kopf bekam, wahrscheinlich mit einem Hammer oder einem ähnlichen Gegenstand.

Einmal ganz davon abgesehen, daß Jennifer sich auch mit dem größeren und schwereren Mac Graham hätte befassen müssen, ist es allein von den körperlichen Gegebenheiten her unwahrscheinlich, daß Jennifer Muff Graham mit einem Hammer totgeschlagen, dann irgendwie Muffs Leiche in den Behälter gezwängt und in der Lagune ins Wasser geworfen hat, während Buck Walker, der bullige Ex-Sträfling, in seinem Zelt Däumchen drehte. Die Natur dieser Morde macht die Körperkraft eines Buck Walker erforderlich.

Die einzige Frage, die uns interessiert, lautet, ob Jennifer Buck Walker bei diesen Morden geholfen hat. Doch selbst falls Jennifer wußte, was Buck Walker tat, selbst falls sie zum Zeitpunkt dieser Morde dort anwesend war – und wir sind selbstverständlich der Auffassung, daß nichts davon zutrifft –, reicht das allein dem Gesetz zufolge nicht aus, um sie schuldig zu sprechen.

Richter King wird Ihnen zu Ihrer Beratung die folgende Belehrung mit auf den Weg geben: ›Die bloße Anwesenheit am Tatort und das Wissen, daß ein Verbrechen begangen wird, reichen nicht zu der Schlußfolgerung aus, daß der Angeklagte an dem Verbrechen mitgewirkt hat.‹« (Beim Schlußplädoyer zitiere ich die Unterweisungen des Richters normalerweise wörtlich. Wenn die Geschworenen später hören, daß der Richter meinen Satz wörtlich wiederholt, bekommen meine Ausführungen eine zusätzliche Glaubwürdigkeit, fast, als wäre der Richter meiner Argumentation gefolgt.)

Danach kam ich auf das Logbuch der *Sea Wind* zu sprechen. Es stand mehr oder weniger unausgesprochen im Raum, daß Jennifer dieses Logbuch verschwinden gelassen hatte, was für ihre Schuld sprach. Doch diesen Punkt konnte ich ganz einfach klären.

»In der Inventarliste, die nach der Durchsuchung der *Sea Wind* erstellt wurde, findet sich unter Punkt 26: ›Navigations-Logbuch in einer Plastikhülle‹. Da wir wissen, daß es sich dabei nicht um das Log der *Iola* handeln kann, das als Punkt 1 erfaßt wurde, muß es sich also um das Logbuch der *Sea Wind* gehandelt haben.« Was ich damit sagen wollte, war klar: Das Logbuch war verschwunden, als es sich bereits in der Hand der Behörden befand.

»Der letzte Punkt, den ich mit Ihnen besprechen möchte, bevor ich zum Kern meiner Ausführungen komme, betrifft einige Zeugen dieses Falles«, fuhr ich fort. »Man erwartet von Zeugen, daß sie völlig objektiv aussagen. Doch in Wirklichkeit begünstigen sie bei einem Prozeß oft die eine oder die andere Seite. Das ist normal, und damit muß man rechnen. Doch für welche Seite sie auch aussagen, man erwartet von ihnen, daß sie sich strikt an die Fakten halten. Sie dürfen sich mit der Wahrheit keine Freiheiten herausnehmen. Und ich befürchte, daß genau das hier bei mindestens zwei Zeugen der Anklage geschehen ist. Ich beziehe mich auf die Leonards.

Als die Leonards erfuhren, daß ihre Freunde, die Grahams, ermordet worden waren, waren sie natürlich davon überzeugt, daß Buck Walker diese Morde begangen hatte. Und da Jennifer mit ihm auf der Insel gewesen war, gingen sie davon aus, daß sie irgendwie in die Tat verwickelt war. Und daher behaupte ich, daß sie entweder absichtlich oder unabsichtlich gewisse Teile ihrer Aussage abgeändert, wenn in manchen Punkten nicht sogar einfach erfunden haben.

Doch bevor wir auf die Aussage der Leonards zu sprechen kommen, möchte ich noch Curt Shoemaker erwähnen. Obwohl ich bei ihm nichts von dem Betrug und den Vorurteilen festgestellt habe, die den Leonards buchstäblich aus den Poren strömten, bin ich nicht bereit zu glauben, daß er bei dem Kuchenzwischenfall die Wahrheit gesagt hat.

Eins ist klar, und ich denke, Sie alle werden mir zustimmen. Wenn dieser Zwischenfall wirklich passiert wäre, hätte Mister Shoemaker ihn nie vergessen. Er wäre ihm sofort eingefallen, wann immer er sich an seinen letzten

Kontakt mit den Grahams erinnerte. Und da er viele Jahre lang niemandem davon erzählt hat, können wir fast automatisch davon ausgehen, daß er sich niemals zugetragen hat.«

Lediglich FBI-Agent Tom Kilmore behauptete, daß Shoemaker einmal etwas von einem ›Kuchen‹ erwähnt hatte. Doch bei dem betreffenden Gespräch mit ihm am 30. Oktober 1974 hatte Shoemaker nichts von einem ›Friedensangebot oder Waffenstillstand‹ gesagt.

»Muß man nicht davon ausgehen, daß Kilgore diese wichtige Einzelheit in seinen Bericht aufgenommen hätte, hätte Shoemaker sie wirklich erwähnt? Doch das hat er nicht getan, weil er sie für unwichtig hält.

Auf meine Frage, wieso er sich nach fast zwölf Jahren lang noch so gut daran erinnerte, obwohl er die Tatsache ja für völlig unwichtig gehalten hatte, erklärte er, er habe nicht gewußt, daß man auf einem Schiff einen Kuchen backen kann. Tom muß also angenommen haben, daß Herde oder Öfen auf einem Segelschiff nicht zugelassen sind.

Doch da wir Tom Kilgores Aussage in Zweifel ziehen müssen, wissen wir nicht genau, ob Mister Shoemaker dem Agenten etwas von einem Kuchen gesagt hat. Doch wir *wissen* – denn wir haben ein Protokoll –, daß Mister Shoemaker bei Jennifers Diebstahlprozeß auf die genaue Frage, was während seines letzten Funkkontakts mit den Grahams geschah, *kein einziges* Wort über einen Kuchen, einen Waffenstillstand oder ein Friedensangebot gesagt hat.«

Ich griff nach dem Protokoll von Jennifers Diebstahlprozeß, las den Geschworenen Wort für Wort Shoemakers Aussage vor und erinnerte sie erneut daran, daß Shoemaker, obwohl man ihn mehrmals gefragt hatte, was während seines letzten Funkkontakts mit den Grahams passiert war, weder einen Kuchen noch einen Waffenstillstand erwähnt hatte. »Wie erklären Sie sich das?« fragte ich dann rhetorisch.

Ich fuhr damit fort, daß es drei Möglichkeiten zu geben schien. Die erste Möglichkeit war, daß Shoemaker die Wahrheit gesagt hatte. Die zweite: »Er hat so oft über den Fall nachgedacht, so oft mit Leuten wie den Leonards darüber gesprochen, daß er jetzt wirklich glaubt, dieser Zwischenfall habe sich zugetragen, obwohl er sich gar nicht zugetragen hat. Und die dritte Möglichkeit ist, daß Mister Shoemaker zu einem Mister *Storymaker* geworden ist. Jahrelang war dieser Fall das große Geheimnis des Pazifiks. Und vielleicht hat sich der Amateurfunker Curt Shoemaker entschlossen, er müsse derjenige sein, der dieses Geheimnis endgültig lüftet.

Doch dazu muß er ein fast unglaubliches Glück gehabt haben. Mister Shoemaker hat einmal die Woche Funkkontakt mit den Grahams gehabt. Am 28. August sprach er vierzig Minuten lang mit den Grahams. Ich habe nachgerechnet. Eine Woche hat zehntausendundachtzig Minuten. Zehntausendachtzig geteilt durch vierzig ergibt zweihundertzweiundfünfzig.

Das heißt, die mathematische Wahrscheinlichkeit, daß Buck und Jennifer mit dem Kuchen zu den Grahams kamen, als Curt Shoemaker gerade mit Mac Graham sprach, beträgt eins zu zweihundertzweiundfünfzig. Nicht gerade die besten Aussichten. *Eins zu zweihundertzweiundfünfzig*.

Andy Warhol hat einmal gesagt, jeder Mensch wäre im Verlauf seines Lebens einmal fünf Minuten lang berühmt. Und vielleicht erlebte Curt Shoemaker diese fünf Minuten bei diesem Prozeß. Ich behaupte nicht, daß er lügt. Ich behaupte, daß es drei Möglichkeiten gibt. Ich versuche, fair zu sein, obwohl es mir schwerfällt, das Protokoll seiner Aussage beim Diebstahlprozeß zu ignorieren.

Mister Enoki hat mit sehr vielen Worten – Elliot sagt normalerweise nichts direkt, er ist ein Meister der Ellipse – angedeutet, die Morde hätten sich am 28. August ereignet, unmittelbar, nachdem Shoemaker mit Mac sprach.

Doch um das zu glauben, muß man zuerst einmal glauben, daß der Kuchenzwischenfall wirklich stattfand. Wie wir gesehen haben, ist dies sehr fraglich. Und selbst wenn wir akzeptieren, daß er sich ereignet hat, bedeutet das noch lange nicht, daß der Mord auch zu dieser Zeit stattfand.

Mister Enoki hat gesagt, man habe danach nie wieder etwas von den Grahams gehört. Das wäre ein sehr wichtiger Punkt, falls Shoemaker eine halbe Stunde später zurückgerufen und Mac sich nicht mehr gemeldet hätte. Doch er hat erst eine Woche später wieder Kontakt mit Mac aufnehmen wollen. Am 4. September, sieben Tage später. Die Tatsache, daß Shoemaker am 28. August zum letzten Mal mit Mac gesprochen hat, ist also kein Beweis dafür, daß sich die Morde zu dieser Zeit zugetragen haben.

Mister Enoki führt des weiteren aus, Jennifer habe keinen Tagebucheintrag über diesen Besuch bei den Grahams vorgenommen. Das setzt erneut voraus, daß Buck und Jennifer den Grahams wirklich einen Kuchen gebracht haben, und wir wissen nicht, ob es wirklich so war. Jennifer kann sich weder in der einen noch in der anderen Hinsicht daran erinnern.«

Ich fuhr damit fort, daß Jennifer auf jeden Fall erst nach Einbruch der Dunkelheit zur *Iola* zurückgekehrt wäre. »Sie hätte den Eintrag offensichtlich erst am nächsten Tag vornehmen können, doch da war sie schon voll damit beschäftigt, alles für die Fahrt nach Fanning vorzubereiten.

Ich möchte damit hervorheben, daß dieser Kuchenzwischenfall *allenfalls* aufzeigt, daß die Grahams und Buck und Jennifer am Abend des 28. August zusammen waren. Da wir bereits wissen, daß es zahlreiche Kontakte zwischen ihnen gab, liegt damit wohl kaum der Beweis für einen Mord vor.

Ganz im Gegenteil. *Falls* es den Kuchenzwischenfall gab, und *falls* die Anklage davon ausgeht, daß die Morde zu dieser Zeit *auf* der *Sea Wind* geschahen, hätte sie sich bemühen müssen, Beweise für die Morde sicherzustellen, zum Beispiel Blut oder Spuren eines Kampfes.

Bei diesem Prozeß hat die Anklage zahlreiche Experten aufgerufen. Wir haben Pathologen, Serologen, Chemiker, Biologen, Odontologen, Anthropologen, Toxikologen, Metallurgen und Spezialisten für Mikroskope gehört. Die Tests, die sie durchgeführt haben, waren überaus kompliziert und empfindlich. Wir wissen also, daß die Anklage etwas mit Gutachtern beweisen kann, wenn sie es wirklich will. Doch die Anklage hat keinen einzigen Zeugen aufgerufen, der die *Sea Wind* untersucht hat.

Aus dieser Tatsache können wir nur zwei Schlüsse ziehen. Nicht drei oder vier, nur zwei. Entweder, die Behörden haben die *Sea Wind* nicht untersucht, weil sie davon ausgingen, daß an Bord des Schiffes gar kein Verbrechen stattfand, oder sie haben sie mit den modernsten und empfindlichsten Instrumenten untersucht und nichts gefunden. Beide Möglichkeiten geraten der Anklage natürlich zum Nachteil.«

Ich kam ebenfalls auf den Zwischenfall mit dem Schwertfisch zu sprechen. »Die Anklage hat Jennifer diesbezüglich ausführlich ins Kreuzverhör genommen, doch Mister Enoki hat sich in seinem Plädoyer nicht dazu geäußert. Ich kann mir nur vorstellen, daß er damit den Eindruck erwecken wollte, das Loch stamme nicht von einem Schwertfisch, sondern von einer Kugel.

Die Verteidigung hat zwar Zeugen zu diesem Vorfall aufgerufen, aber nicht die Anklage. Warum hat sie dieses Loch nicht mikroskopisch untersuchen lassen, um festzustellen, ob es von einer Kugel stammte? Oder hat sie es, und sie hat nichts gefunden? Meines Erachtens ist dieser Punkt, meine Damen und Herren, so tot wie das Schwert des Fisches in diesem Loch.«

Ich wandte mich den Star-Zeugen der Anklage zu, den Leonards. »Ich kann ja verstehen, daß sie vom Tod ihrer

Freunde, der Grahams, sehr erschüttert waren. Jeder anständige Mensch wird bei dem, was den Grahams zugestoßen ist, tiefe Trauer empfinden. Doch die Leonards gingen in ihrem ungezügelten Eifer zu weit.

Zum Beispiel die Sache mit der Toilette. Beide Leonards wollten unbedingt den Eindruck erwecken, Jennifer habe hektisch ihre Handtasche geleert und belastende Beweise hinabgespült. Und beide hatten daran zu schlucken, daß sie trotz zahlreicher Gespräche mit verschiedenen Behörden bis vor einem Jahr niemandem von diesem Zwischenfall erzählt haben. Damals sprachen sie mit dem Staatsanwalt Walt Schroeder und dem FBI-Agenten Hal Marshall. Walt und Hal müssen etwas Unwiderstehliches an sich haben, das sogar die Leonards dazu bewegt hat, ihr zehnjähriges Schweigen zu brechen.

Als ich Mister Leonard fragte, warum er zuvor nie etwas von diesem Zwischenfall erwähnt hat, auch nicht bei dem Gespräch mit den FBI-Agenten am 29. Oktober 1974, sagte er, er sei davon ausgegangen, sie seien darüber informiert gewesen. Natürlich – schließlich standen bei dem Vorfall ja FBI-Agenten vor der Tür der Toilette und haben alles gehört. Doch nicht etwa diese Agenten, nein, nur die Leonards haben bei diesem Prozeß über diesen verdächtigen Zwischenfall ausgesagt.

Und was Jennifers angebliche Behauptung betrifft, sie würde Palmyra auf der *Iola* nicht verlassen, so haben die Leonards auch darüber zehn Jahre lang strengstes Stillschweigen bewahrt. Eine lange, lange Zeit. Bis sie dann einfach Walts und Hals Charme nicht widerstehen konnten und mit der Geschichte rausrückten.

Doch bei *dieser* Aussage konnten sie natürlich nicht behaupten, sie hätten gedacht, das FBI habe davon bereits gewußt. Das FBI war nicht auf Palmyra. Also behaupteten sie, *sie hätten nie jemandem davon erzählt, weil niemand sie gefragt habe*. Aber wie hätte man sie danach fragen können, wenn sie nie darüber gesprochen haben?

Wie lächerlich wollen sich die Leonards noch machen?

Hier im Gerichtssaal, wo man lediglich Fragen beantworten soll, sprudelt besonders Mister Leonard freiwillig von allen möglichen Informationen über, die Miss Jenkins schaden sollen. Doch außerhalb des Gerichts, wo man alles sagen kann, was man will, verhalten sich die Leonards still wie Kirchenmäuse. Die Leonards hätten genausogut versuchen können, Ihnen weiszumachen, wenn sie das Ungeheuer von Loch Ness in der Lagune von Palmyra gesehen hätten, dann hätten sie nur etwas darüber gesagt, wenn man sie danach gefragt hätte.«

Ich hob hervor, daß es zahlreiche Indizien dafür gab, daß lange, nachdem die Leonards Palmyra verlassen hatten, Jennifer und Buck die Iola für die Fahrt nach Fanning vorbereitet hatten. Und schließlich stellte ich noch einmal klar, daß FBI-Agent Kilgore ausgesagt hatte, die Leonards hätten ihm nie etwas von dieser angeblichen Aussage Jennifers erzählt.

»Nachdem wir diese Punkte nun geklärt haben«, fuhr ich fort, »kommen wir zum Kern des Falles.« Ich hoffte, die Geschworenen mit meinen einleitenden Bemerkungen auf die wichtige kritische Argumentation, die nun folgen würde, etwas vorbereitet zu haben.

»Wir haben es hier, meine Damen und Herren Geschworenen, mit einem wirklich *geheimnisvollen* Mord zu tun, wie ihn sich Agatha Christie nur zu ihrer Glanzzeit hätte ausdenken können. Das Problem daran ist nur, daß diese alptraumhafte Geschichte, die für Mac und Muff Graham so tragisch endete, im Gegensatz zu einem Krimi von Agatha Christie wahr ist.

In diesem Schlußplädoyer werde ich versuchen, mit logischen Schlüssen, die jedermann nachvollziehen kann, etwas Licht in die dunklen, häßlichen Schatten dieses Geheimnisses zu bringen. Indem ich ein Indiz an das nächste reihe – und Buck Walker war so erfahren in der Kunst des Mordes, daß er äußerst wenig belastende

Beweise zurückließ –, werde ich zwei verschiedene Mosaike herausarbeiten. Eins wird beweisen, daß Buck Walker schuldig ist, und das zweite, daß Jennifer Jenkins unschuldig ist.«

Ich begann mit dem Motiv für den Mord. »Mister Enoki hat Ihnen gleich zwei Motive hingeworfen, in den Hoffnung, daß Sie zumindest eins davon schlucken werden. Das erste besagt, daß Jennifer Jenkins und Buck Walker gestrandet waren, und das zweite, daß sie unter einer ernsten Nahrungsknappheit litten.« Ich wußte, daß es von entscheidender Bedeutung war, *beide* Motive auszuräumen. Ich begann mit dem ersten Motiv und widmete mich der Seetüchtigkeit der *Iola* und dem Zeugen der Anklage Jack Wheeler.

»Wheeler ist zwar ein netter und aufrichtiger Kerl, doch seine Aussage, eine Fahrt nach Fanning sei fast ›unmöglich‹, darf man nicht zu ernst nehmen.« Ich stellte fest, daß Wheeler niemals versucht hatte, nach Fanning zu segeln. »Don Stevens hat es versucht«, erinnerte ich die Geschworenen, »und er hat ausgesagt, daß es möglich *ist*, von Palmyra nach Fanning zu segeln.« Ich erläuterte noch einmal die Technik das Lavierens und hob hervor, daß Jennifer diese Technik beherrschte und sogar in ihrem Tagebuch beschrieb, wie sie sie angewandt hatte.

»Ich darf hinzufügen, daß Mac Graham selbst es durchaus für möglich hielt, daß Buck und Jennifer es nach Fanning schafften. Sonst hätte er ihnen kaum eine Karte dieser Insel gebracht.«

Dann kam ich wieder auf Wheeler zurück. Sogar dieser Zeuge der Anklage, so stellte ich klar, hatte der Auffassung der Anklage widersprochen, Buck und Jennifer wären auf Palmyra gestrandet. »Obwohl Wheeler ausgesagt hatte, daß die Fahrt nach Fanning sehr schwierig werden würde, hat er ausgesagt, die beiden hätten es leicht nach Samoa schaffen können.«

Was die Seetüchtigkeit der *Iola* betraf, so führte ich aus,

»kommt es weniger darauf an, ob das Schiff nun wirklich seetüchtig war oder nicht, sondern ob Buck und Jennifer es für seetüchtig *hielten*.« Ich mußte eingestehen, daß es bei dem ersten Punkt zwar unterschiedliche Meinungen gab, die Mehrzahl der Zeugen jedoch der Auffassung waren, die Iola sei nicht seetauglich gewesen. »Allerdings haben Zeugen wie Leonard oder Wolfe, die die *Iola* für nicht seetauglich hielten, das Schiff niemals betreten, während Don Stevens, der sie für seetauglich hielt, auch an Bord war. Daher kommt seiner Aussage vielleicht ein größeres Gewicht zu.« Außerdem wußte Stevens als Schiffsbauer wohl mehr über solche Dinge als Mister Leonard oder Mister Wolfe.

»Aber viel wichtiger ist«, fuhr ich fort, »als Jennifer und Buck von Hawaii nach Palmyra fuhren, war die *Iola* sicherlich kein Modellschiff, aber offensichtlich seetauglich. Kann die *Iola* auf den tausend Meilen von Hawaii nach Palmyra so schwer beschädigt worden sein, daß sie nicht mehr seetauglich war? Ist das kein eindeutiger Beweis für ihre Seetauglichkeit? Und kein einziger Zeuge hat ausgesagt, daß die *Iola* auf dieser Strecke einen *größeren* Schaden erlitten hätte, der nun die kurze Fahrt von Palmyra nach Fanning unmöglich machte.

Doch ob die *Iola* seetauglich war oder nicht, ist in diesem Zusammenhang fast irrelevant. Wichtig ist nur, ob Buck und Jennifer sie für seetauglich hielten. Die *Iola* hätte das seeuntauglichste Schiff sein können, das jemals die sieben Meere befahren hat, so seeuntauglich wie ein Betonklotz, doch wenn Buck und Jennifer es für seetauglich hielten, hätten sie sich niemals gestrandet und verzweifelt gefühlt, nicht wahr? *Nicht wahr*?

Hielten Buck und Jennifer die *Iola* für seeuntauglich? Offensichtlich nicht.« Ich führte Jennifers Aussagen und sämtliche Tagebucheintragungen an und ließ nicht den geringsten Zweifel daran, daß sie und Buck die *Iola* für seetauglich gehalten, die Fahrt nach Fanning geplant hatten und sich daher nicht gestrandet fühlen *konnten*.

»Vielleicht liegt der beste Beweis, daß Jennifer und Buck nicht den Eindruck hatten, gestrandet zu sein, darin zu suchen, daß sie keinen der Schiffer, die Palmyra verlassen haben, gebeten haben, sie mitzunehmen. Kein einziger Zeuge hat so etwas auch nur ansatzweise behauptet. Wie konnten sie sich gestrandet vorkommen, wenn sie niemals jemanden gebeten haben, sie von der Insel mitzunehmen?

Elliot Enoki kann nicht beides haben. Wenn sie sich so gestrandet vorkamen, daß sie deshalb einen Mord begangen haben, mußten sie sich auch so gestrandet vorkommen, jemanden zu bitten, sie von Palmyra mitzunehmen.«

Ich wies darauf hin, daß selbst Ende August, als alle Yachten außer der *Sea Wind* abgefahren waren, in dieser Hinsicht kein Problem bestand. »Innerhalb von gut zwei Monaten sind sieben Schiffe in die Lagune eingefahren. Buck und Jennifer hatten jeden Grund zu der Annahme, daß in naher Zukunft weitere Schiffe kommen und auch wieder abfahren und sie mitnehmen würden. Und sie wußten überdies, daß ihr Freund Richard Taylor mit seinem Bruder im Oktober auf Palmyra eintreffen würde, also in knapp zwei Monaten. Meine Damen und Herren Geschworenen, das Motiv, die beiden wären auf Palmyra gestrandet, zieht nicht.«

Noch ›lahmer und fadenscheiniger war‹, behauptete ich, das Motiv der Nahrungsknappheit. »Hat irgendein Zeuge ausgesagt, Buck und Jennifer hätten an Unterernährung gelitten? Sie hätten Gewicht verloren? Schwach oder krank ausgesehen? Ich habe solch eine Aussage nicht gehört.«

Ich bestätigte, daß Jennifers und Bucks Vorräte zwar zusammengeschrumpft waren, hob aber hervor, daß man auf Palmyra nicht verhungern konnte. Sharon Jordan, eine Zeugin der *Anklage*, hatte dies wörtlich bestätigt.

»Natürlich hat Jennifer versucht, Nahrungsmittel zu tauschen, aber dabei ging es ihr darum, etwas Abwechslung in ihren Speiseplan zu bringen. Das ist etwas ganz anderes, als wenn man unmittelbar vor dem Verhungern stünde. Haben Sie schon mal gehört, daß deshalb jemand einen Mord begangen hat?

Zusammenfassend gestehe ich ein, daß die *Iola* offensichtlich kein Bilderbuchschiff war und Buck und Jennifer nicht mehr die meisten Vorräte hatten ... aber sie waren nicht gestrandet, und sie nagten nicht am Hungertuch. Behauptet das nur Vince Bugliosi? Nein, meine Damen und Herren Geschworenen, das behaupten sämtliche Beweise und Aussagen dieses Prozesses.

Wo lag also das Motiv? Wir wissen, daß es für jeden Mord ein Motiv gibt. Welches Motiv lag hier vor?

Es ist offensichtlich, daß Buck Walker, und zwar lediglich Buck Walker, ein Motiv hatte. Und es war das einfachste Motiv, das es gibt. Buck Walker, ein zweimal verurteilter Räuber, wollte die *Sea Wind* haben. Zuvor wollte er andere Dinge haben, hat Raubüberfälle begangen, um sie zu bekommen, und wurde dafür verurteilt. Und weil er ein abgeklärter Verbrecher war, war er bereit zu morden, um die *Sea Wind* zu bekommen. Das einfache Motiv, etwas haben zu wollen, das einem anderen gehört, führte dazu, daß diese Morde begangen wurden.

Sind wir alle imstande, einen Mord zu begehen? Ich glaube nicht. Vielleicht sind wir imstande, in Notwehr zu töten, und ein gewisser Prozentsatz ist auch imstande, spontan aus einer gewissen Erregung heraus zu töten – was wir Totschlag nennen –, doch zum Glück ist der überwältigende Großteil der Menschheit nicht imstande, einen kaltblütigen, bedachten, beabsichtigten Mord zu begehen. Woher wir das wissen? Weil statistisch gesehen der Prozentsatz solcher Mörder unter uns fast unendlich gering ist.

Liegen bei diesem Fall Beweise vor, daß Jennifer zu den Menschen gehört, die einen brutalen Mord begehen könnten?« fragte ich und hob die Stimme. »Als friedlicher, gefühlvoller Mensch *begeht man keinen Mord*! Man *tut* das nicht!« rief ich. »*Und man hilft auch niemandem dabei.*«

Ich führte die Leumundszeugen auf, gegen deren Aussagen die Anklage nicht vorgegangen war, und nannte Beispiele, die für meine Auffassung sprachen. »Erinnern Sie sich daran, daß Jennifer in Mountain View Buck Walker zwang, seine Waffen aus dem Haus zu schaffen? Die Zeugenaussagen bei diesem Prozeß beweisen, daß Jennifer eine der unwahrscheinlichsten Kandidatinnen für einen Mord ist, die man sich nur vorstellen kann.

Doch was ist mit Buck Walker?« fragte ich. »Die Zeugen haben ein sehr lebhaftes körperliches und psychologisches Porträt von ihm gezeichnet. Und dieses Porträt besagt, daß Buck Walker wie dazu geschaffen war, die Morde auf Palmyra allein zu begehen!«

Ich faßte die Aussage des Zeugen Rick Schulze zusammen, des Anwalts von Hawaii, der Walker als ›grob [...] und paranoid‹ bezeichnet hatte, und als ›versessen auf Waffen‹. Und ich erinnerte die Geschworenen daran, daß Debbie Noland Buck als Menschen mit ›kurzem Geduldsfaden‹ beschrieben hatte, als Mann mit explosivem und gewalttätigem Temperament.

»Misses Leonard hat ausgesagt, große Angst vor Buck gehabt zu haben. Tom Wolfe hat ausgesagt, Buck sei ein unheimlicher Bursche gewesen.

Denken Sie einmal darüber nach. Wie viele Menschen kennen Sie persönlich, die Ihnen tatsächlich Angst einjagen?

Buck erweckte den Anschein, jederzeit zu einem Gewaltverbrechen fähig zu sein. Und wir wissen, daß dieser Anschein richtig war, denn lange, bevor Buck Walker auch nur einen Fuß auf die Korallenriffe Palmyras gesetzt hatte, war er schon wegen zwei bewaffneter Raubüberfälle verurteilt worden.

Wegen dieser Verurteilungen«, fuhr ich fort, »haben wir einen eindeutigen Beweis, daß Buck Walker imstande war, auf Gewalt zurückzugreifen, um sich etwas zu beschaffen, was er haben wollte. Und die Grahams hatten etwas, was Buck Walker haben wollten, nämlich die *Sea Wind*.

Es handelt sich ganz einfach, meine Damen und Herren Geschworenen, um einen sehr brutalen Mord, den ein kaltblütiger Mensch namens Buck Walker *allein* ausgeführt hat, um eine der wunderschönsten Yachten zu bekommen, die je ein Mensch gesehen hat.«

Danach kam ich zum ›wahren Kern‹ des Falles. »Die Anklage hat lediglich eine einfache Rechenaufgabe. Vier Menschen auf einer Insel, zwei davon sind am Ende tot, und die beiden anderen haben deren Schiff und benehmen sich verdächtig. Diese zwei müssen schuldig sein, denn vier minus zwei ist zwei. Die allereinfachste Rechenaufgabe. Einer dieser beiden, Buck Walker, wurde bereits schuldig gesprochen. Bleibt also noch Jennifer übrig.«

Mir war von Anfang an klar gewesen, daß ich diesen Fall nicht gewinnen konnte, wenn ich nicht auf die menschliche Natur zu sprechen kam. »Einige von Ihnen, meine Damen und Herren, sagen sich jetzt vielleicht: ›Mister Bugliosi, Sie behaupten, Jennifer Jenkins sei ein warmherziger, mitfühlender Mensch, und Sie behaupten, Buck Walker sei ein gemeiner, kaltblütiger Räuber und Mörder. Wie paßt das zusammen? Denn wenn stimmt, was Sie behaupten, verstehe ich nicht, wieso Jennifer mit Buck zusammen war. Heißt es nicht: ›gleich und gleich gesellt sich gern?‹«

Enoki hatte diesen Punkt vorweggenommen: *Wieso hat sich Jennifer mit Buck eingelassen, wenn sie nicht genauso war wie er?*

»Solch eine Frage setzt notwendigerweise voraus, daß das Leben in ein vorhersagbares Muster zerfällt. Aber, meine Damen und Herren Geschworenen, Sie wissen genausogut wie ich, daß das Leben so nicht ist. Das Leben ist eine endlose Reihe von Widersprüchlichkeiten, eine verwirrende Mischung von Gegensätzen.

Aus welchem Grund auch immer, Jennifer hat Buck Walker geliebt. Rick Schulze hat ausgesagt, sie habe einen guten Kern in Buck vermutet. Jennifer selbst hat ausgesagt, daß sie von Bucks kriminellem Hintergrund wußte, aber der Meinung war, daß sie ihm helfen konnte.

Und vergessen Sie bitte nicht, daß sich Jennifer schon in Buck Walker verliebt hatte und mit ihm zusammenlebte, als sie erfuhr, daß er wegen Raubes verurteilt worden war. In diesem Augenblick war es ihr wohl schon unmöglich, Buck Walker so zu sehen, wie er wirklich war.

Zweifellos würden es die meisten Menschen nicht billigen, daß sich ein nettes Mädchen mit einem Burschen wie Buck Walker einläßt. Doch gegen die Liebe ist man machtlos, nicht wahr? Wir können Jennifer nicht vorwerfen, daß sie Buck Walker geliebt hat. Und wir können auf keinen Fall behaupten, daß sie, nur weil sie ihn liebte und weil sie bei ihm war, genauso war wie er. Das heißt, das sie deshalb auch eine Mörderin ist.

Ich möchte Ihnen mit Hilfe eines äußerst extremen Beispiels erläutern, was ich meine. Manchmal kann man mit einem Extrem etwas sehr gut klarstellen. Mein Beispiel mag weit hergeholt klingen, doch es ist relevant, daß Mister Enoki behauptet, da Buck Walker gemein und gewalttätig war, müsse Jennifer genauso gewesen sein, nur weil sie mit ihm zusammenlebte.

Ich möchte Sie kurz zum Zweiten Weltkrieg zurückführen. Während in Treblinka, Auschwitz und so weiter die Öfen qualmten und der widerliche Gestank verbrannter Menschen das Land durchdrang, verbrachte Adolf Hitler in der sauberen Luft von Berchtesgaden hoch in den Bayerischen Alpen vergnügliche Augenblicke mit seiner Geliebten Eva Braun.

Obwohl Hitler einer der teuflischsten Menschen war,

der je über das Antlitz dieser Erde geschritten ist, obwohl seine monströsen Verbrechen einfach unvorstellbar sind, hat Eva Braun Adolf Hitler anscheinend geliebt und sich entschlossen, lieber mit ihm zu sterben als zu fliehen. War Eva Braun deshalb ein Mensch wie Adolf Hitler? Kein Historiker hat so etwas auch nur jemals angedeutet. Sie war ein unkompliziertes, anständiges Mädchen.

Wenn Sie sich nun vorstellen können, daß Eva Braun, die Frau in Adolf Hitlers Leben, nicht so war wie er, dürften Sie auch keine Schwierigkeiten haben, sich vorzustellen, daß Jennifer Jenkins, die Frau in Buck Walkers Leben, nicht so war wie er.

Doch wenn man in einen Menschen verliebt ist ... tut man dann nicht alles für ihn? Vielleicht, wenn man nicht die geringste Moral hat. Doch wir wissen, daß das bei Jennifer zum Glück nicht der Fall war. Doch ich will Ihnen sagen, was die meisten Menschen für jemanden tun würden, den sie lieben: ihn zu schützen, wenn er einen Fehler begangen hat.«

Ich bat die Geschworenen, sich in Jennifers Situation im Sommer 1974 zu versetzen. Warum hatte sie Buck überhaupt nach Palmyra begleitet? Nicht in erster Linie, damit er nicht wegen Drogenhandels verurteilt werden konnte, sondern hauptsächlich, damit er nicht nach San Quentin zurückgeschickt wurde, weil er gegen seine Bewährungsauflagen verstoßen hatte.

»Er hat Jennifer erzählt, daß es schrecklich in San Quentin war und er niemals dorthin zurückkehren würde. Und genau dieser Umstand hat Jennifer im Sommer 1974 hauptsächlich beschäftigt. Sie liebte Buck, und sein Entsetzen vor San Quentin hatte gewisse Auswirkungen auf sie.

Praktisch alles, was Jennifer in diesem Fall getan hat, läßt sich auf zwei Wahrheiten zurückführen. Die erste Wahrheit war, daß sie Buck Walker liebte, und die zweite, daß sie seine Festnahme verhindern wollte. Wenn Sie sich auf diese beiden Wahrheiten besinnen, meine

Damen und Herren, werden Sie Jennifers Verhalten noch besser verstehen können.

Jennifer sah sich als Buck Walkers Frau an. Sie hat niemals geheiratet, und die Beziehung mit Buck war die, die einer Ehe bei ihr am nächsten kam. Und dem Gesetz nach ist die Beziehung zwischen Ehemann und Ehefrau besonders geschützt. Es handelt sich hier um eine Frage der Moral. Ich will damit sagen, daß es noch andere Gesetze gibt als die, die in den Gesetzbüchern stehen. Gesetze und Gefühle, die so unzerstörbar sind wie die menschliche Natur selbst, und keine Rechtsprechung hat diese Gesetze jemals ignorieren können.

Kann Mister Enoki in seiner Erwiderung auf mein Schlußplädoyer nun hergehen und behaupten, ich hätte gesagt, um einen geliebten Menschen zu verteidigen, könne man jedes Verbrechen begehen? Nun, er kann das zwar *behaupten*, aber ich habe es nicht gesagt.

Es gibt Grenzen. Eine Frau wird ihrem Mann, der eine Bank ausgeraubt hat, zwar Schutz gewähren, aber keineswegs eine Bank für ihn ausrauben oder einen Mord für ihn begehen. Man tut zwar einiges für einen geliebten Menschen, aber es gibt auch Grenzen.

Und Jennifer Jenkins *hat* diese Grenzen bei Buck Walker gezogen.« Ich erinnerte die Geschworenen an die Waffen, die Buck auf Jennifers Verlangen aus der Hütte schaffen mußte, und an die Spaghetti, die er gegen die Wand geworfen hatte. »›Du hast diese Schweinerei gemacht‹, hat Jennifer zu ihm gesagt, ›du machst auch sauber.‹ Und er hat saubergemacht.

Auf Palmyra wollte Buck, daß Jennifer bei ihm im Zelt wohnt. Sie ist nicht ins Zelt gezogen. Nach der Rückkehr nach Hawaii wollte er, daß sie die Sea Wind auf sich eintragen läßt. Sie hat sich geweigert. Nur sein Name taucht in den Unterlagen auf.

Wenn Buck Walker Jennifer nicht dazu bringen konnte, ihm zu erlauben, seine Waffen in der Hütte aufzubewahren, wenn er sie nicht überreden konnte, auf Palmyra in sein Zelt zu ziehen oder auf Hawaii die *Sea Wind* auf ihren Namen eintragen zu lassen, wenn er sie noch nicht einmal dazu bringen konnte, die Spaghetti vom Boden aufzusammeln ... *wie, zum Teufel, konnte er sie dann dazu überreden*, zwei schreckliche, brutale, grausame Morde zu begehen?«

Damit die Geschworenen diesen Gedanken verarbeiten konnten, trank ich einen Schluck des Gebräus aus Honig und Zitrone, das mir bei langen Plädoyers hilft, nicht heiser zu werden.

»Jennifer war lediglich bereit, Buck zu schützen, ihn vor einer Festnahme zu bewahren, und das ist einer der natürlichsten Instinkte, die man einem Menschen entgegenbringt, den man liebt.«

Ich erinnerte an das Verhör durch Shishido. »Sie hat praktisch alles erzählt, was auf Palmyra passiert ist, aber sie hat ihm nicht gesagt, daß Roy Allen in Wirklichkeit der flüchtige Verbrecher Buck Walker war. Shishido hat ausgesagt, die einzigen Fragen, die sie nicht beantworten wollte, seien die gewesen, die sich mit Roy Allen beschäftigten. Sie hat sogar falsche Daten genannt, damit Shishido nicht herausbekam, daß Roy Allen in Wirklichkeit Buck Walker war. Sie hat ihn bis zum Ende geschützt, aber nicht, weil er ihres Erachtens ein Mörder war, sondern weil sie verhindern wollte, daß er wegen der Drogenanklage festgenommen wird.«

Ich ging zum Tisch der Verteidigung hinüber, stellte mich hinter Jennifer und legte ihr die rechte Hand auf die Schulter. »Ich behaupte, daß sich Jennifer Jenkins lediglich in diesem Gerichtssaal befindet, weil sie Buck Walker geliebt hat und ihn schützen wollte, und aus keinem anderen Grund.

Jennifer Jenkins hat gewisse Dinge gesagt und getan, weil sie Buck Walker schützen wollte, und die Anklage versucht, diese Dinge in Beweise für ihre Schuld an der Ermordung Muff Grahams umzufunktionieren. Ich vertraue darauf, daß Sie, meine Damen und Herren Geschworenen, der Anklage dies nicht durchgehen lassen werden.«

All diese Punkte handelte ich ab, bevor ich zum Schlüsseltag kam, dem 30. August 1974. Damit wollte ich die Bereitschaft der Geschworenen erhöhen, Jennifers Version der Ereignisse an diesem Tag Glauben zu schenken.

»Nun wollen wir versuchen, so gut wie möglich zu rekonstruieren, was an diesem tragischen 30. August geschah. So, wie ich die Beweislage sehe, stellt sich zuerst einmal die Frage, ob es eine Einladung zum Abendessen gab.«

Ich führte aus, daß es diese Einladung offensichtlich nicht gegeben hatte. Allein die Aufforderung, sich an Bord der *Sea Wind* ›wie zu Hause‹ zu fühlen, wirkte ungläubig. Die Grahams hatten nicht einmal ihre engsten Freunde an Bord der *Sea Wind* kommen lassen, wenn sie nicht dort waren.

»Doch woher sollte Jennifer das wissen?« fuhr ich fort. »Die Staatsanwaltschaft hat keinen Beweis dafür erbracht, daß Jennifer davon wußte.«

Enoki hatte ausgeführt, daß zwischen den Grahams und Buck und Jennifer ein sehr schlechtes Verhältnis geherrscht hatte. Daher mußte diese Einladung zum Abendessen für Jennifer sehr unwahrscheinlich gewirkt haben. »Doch war das Verhältnis wirklich so schlecht?« fragte ich. »Wir müssen diese Frage sehr genau untersuchen, denn sie stellt ein Schlüsselthema der Verhandlung dar. Die Aussagen der Zeugen belegen einfach nicht, daß das Verhältnis so schlecht war.«

Ich erklärte den Geschworenen, daß selbst die stärksten Zeugen der Anklage bei diesem Punkt zweideutige und teilweise sogar widersprüchliche Aussagen gemacht hatten. Auch auf Tom Wolfes Aussage ging ich ein. »Jennifer *hat* Wolfe erzählt, sowohl die Grahams als auch sie und Buck wären in der Hoffnung nach Palmyra gekommen, dort allein zu sein. Doch sie war froh, daß die Grahams dort waren, denn sie haben ihnen in vielerlei Hinsicht geholfen.« Dafür hatte Wolfe selbst ein Beispiel genannt, das ich nun aufführte: »Wolfe hat ausgesagt, daß Mac gelegentlich Fische hinüberbrachte, die er und Muff gefangen hatten. Wie war das möglich, wenn sie nicht miteinander gesprochen haben, wie die Anklage zu unterstellen versucht? Ist Mac mit dem Zodiac hinübergefahren und hat die Fische auf Deck der *Iola* geworfen? Und warum sollte Mac Buck und Jennifer überhaupt Fische bringen, wenn er mit ihnen nicht zurechtkam?

Wie sah das Verhältnis zwischen den Grahams und Buck und Jennifer also wirklich aus? Obwohl die Grahams in der Erwartung nach Palmyra gefahren waren, die Insel unbewohnt vorzufinden, hatten sie nicht das geringste dagegen, daß jemand die Insel für einen kurzen Zeitraum besuchte. Doch wahrscheinlich freuten sie sich nicht gerade darüber, daß jemand – genau wie sie – lange bleiben wollte.«

Es gab noch zwei weitere Punkte, fügte ich hinzu. Die Grahams waren anständige Menschen, und sie fühlten sich nicht wohl dabei, daß es Buck und Jennifer nicht so gut ging, während sie in relativem Luxus lebten.

»Wir wissen auch, daß Mac und Muff konservative Durchschnittsmenschen waren, während Buck und Jennifer ein etwas unkonventionelles Leben führten. Und wir neigen natürlich dazu, auf Menschen, deren Lebensweise der unseren nicht entspricht, nicht so schnell zuzugehen. Aber abgesehen von Curt Shoemakers sehr fraglichen Aussage über einen Waffenstillstand gibt es keine Aussage, daß zwischen den beiden Pärchen eine Fehde oder gar böses Blut geherrscht hätte. Zahlreiche Aussagen belegen sogar das Gegenteil.

Zum Beispiel Jennifers Geburtstagsfeier am 16. Juli. Zum Beispiel, daß Mac ihnen Fische gebracht hat; zum Beispiel, daß Mac Funksprüche für die beiden nach Hawaii vermittelt hat; und so weiter.

Sie haben all diese Beispiele gehört, und ich möchte sie

jetzt nicht im einzelnen mit Ihnen durchgehen. Wenn Sie sich beraten, sehen Sie sich bitte das Tagebuch an.«

Ich kam allerdings auf Bill Larsons wichtige Aussage zu sprechen, der das freundschaftliche Verhältnis der beiden Paare bei dem Abendessen am 25. Juli beschrieben hatte. Nachdem ich Auszüge seiner Aussage vorgelesen hatte, vermerkte ich: »Sie werden feststellen, daß die Anklage Larson nicht in den Zeugenstand gerufen hat. Sie hat ihn gemieden wie der Teufel das Weihwasser.« Dann hob ich hervor, daß selbst Bernard Leonard, der Star-Zeuge der Anklage, dem FBI gegenüber ausgesagt hatte, die Grahams hätten ein freundschaftliches Verhältnis zu Buck und Jennifer gehabt, wenn auch, aufgrund ihrer unterschiedlichen Lebensweise, »kein besonders enges«.

»Selbst wenn wir die Behauptung der Anklage akzeptieren, daß der Kuchenzwischenfall tatsächlich stattgefunden hat – und ich bin der Ansicht, daß die Anklage ihn keineswegs bewiesen hat –, bleibt Shoemakers Aussage bestehen, er habe zwei Frauen im Hintergrund gehört, *und Gelächter.*«

Ich fügte hinzu, es sei ebenfalls nicht bewiesen, daß die Grahams Mac und Muff hätten spüren lassen, daß sie sie nicht leiden konnten, sondern im Gegenteil zumindest äußerlich freundlich zu ihnen waren. »Daher bestand für Jennifer kein Grund zu der Annahme, Buck könne die Einladung zum Abendessen einfach erfunden haben. Außerdem wußte Jennifer, daß die Grahams auch für andere Abschiedsessen gegeben hatte, und sie war allein oder gemeinsam mit Buck schon mehrmals auf der *Sea Wind* gewesen.«

Natürlich hatte sich alles, was ich bislang zu diesem Thema gesagt hatte, darauf bezogen, daß Buck ihr tatsächlich gesagt hatte, wie Jennifer es behauptete, die Grahams hätten sie zum Abendessen eingeladen. Aber was, wenn sie sich die Einladung zum Abendessen *gemeinsam mit Buck* aus den Fingern gesogen hatte? Bucks eigene

Aussage bei seinem Diebstahlprozeß, so erklärte ich, bestätigte Jennifers Geschichte. (»Die Aussage von seinem Mordprozeß haben wir nicht«, fügte ich hinzu, damit die Geschworenen keine falschen Schlüsse daraus zogen, »weil er nicht ausgesagt hat.«)

Ich las Bucks Aussage zum 30. August vor. »›*Ich* sah Mac früh am Morgen‹ – bitte achten Sie darauf, daß er *ich* gesagt hat und nicht *wir* – ›so gegen acht oder neun Uhr, und wir rauchten eine Zigarette oder so. *Ich* ging an Bord seiner Yacht, und wir spielten eine Partie Schach, oder ein paar, und er sagte, er würde uns mit seinem Dingi aus der Lagune schleppen. Dann lud er uns zum Abendessen ein. Es war eine Art Abschiedsessen. Dann ging *ich* zu unserem Schiff zurück, und Jennifer und ich machten unser Schiff für die Fahrt fertig.‹«

Daraufhin hatte Walkers Anwalt ihn gefragt, ob er Mac später an diesem Tag noch einmal gesehen habe.

»›*Ich* sah ihn gegen zwei Uhr nachmittags. Er sagte, sie würden Fischen gehen, und falls sie um halb sieben noch nicht zurück seien, sollten wir an Bord gehen und schon mal ein Glas trinken ... und das war das letzte Mal, daß *ich* mit ihm gesprochen habe.‹

Bitte achten Sie darauf, daß nichts in Buck Walkers Aussage darauf hindeutet, daß Jennifer dabei war, als er an diesem Tag mit Mac Graham sprach. Jennifer hat ebenfalls ausgesagt, die Grahams an diesem Tag nicht gesehen zu haben. Und nun frage ich Sie: Wenn Jennifer Buck bei dem Mord an den Grahams unterstützt hätte und wenn die beiden sich diese Geschichte gemeinsam ausgedacht hätten ... hätten sie dann nicht behauptet, sie beide hätten an diesem Tag die Grahams gesehen und diese Gespräche geführt?

Buck Walker wußte, sollte diese Geschichte jemals untersucht werden, würde der Verdacht natürlich auf jenen fallen, der an diesem Tag die Gespräche mit Mac Graham geführt haben wollte. Warum hat er also nicht behauptet, Jennifer wäre dabei gewesen? Erwies er sich als einer der letzten Kavaliere der USA?

Das ist völliger Blödsinn«, dröhnte ich. »Da Jennifer nichts mit dieser schrecklichen Tat zu schaffen hatte, mußte er sagen, daß sie nicht dabei gewesen war. *Denn hätte er dies behauptet, wohingegen sie wußte, daß dem nicht so war, hätte er ihr seine Schuld eingestanden*, und das wollte er offensichtlich vermeiden. Es ist also völlig klar, daß sich Buck die gesamte Geschichte mit dem Abendessen allein ausgedacht hat.

Wir werden noch auf weitere Lügen Bucks im Zusammenhang mit dem Abendessen stoßen. Zum Beispiel die Sache mit dem Fischen. Mac und Muff hatten genügend Vorräte an gefrorenem Fleisch an Bord der *Sea Wind*, und wenn sie andere Leute zum Abendessen einluden, tischten sie oft von diesem Fleisch auf. Warum sollen sie ausgerechnet Jennifer und Buck, denen der Fisch zum Halse heraushing, Fisch reichen? Warum ergibt das keinen Sinn? Weil die ganze Geschichte offensichtlich gelogen ist! Um Jennifer zu überzeugen, daß die Grahams tatsächlich bei einem Unfall *in der Lagune* umgekommen waren, mußte sich Buck Walker die Geschichte einfallen lassen, sie wären auf die Lagune gefahren, um für ihr angebliches Abschiedsessen zu fischen.«

Ich faßte Jennifers Aussage über diesen Tag zusammen. Buck hatte behauptet, die Möbel aus seinem Zelt zum Kühlhaus und das Zelt selbst zur *Iola* zurückbringen zu wollen, aber nichts davon getan (wie unter anderem durch Jack Wheelers Aussage bewiesen war; der Suchtrupp, der 1974 auf Palmyra gewesen war, hatte die Möbel noch in Bucks Zelt gefunden).

»Und wir kennen den wahren Grund, weshalb Buck Walker weder die Möbel zum Kühlhaus noch das Zelt zur *Iola* gebracht hat, nicht wahr, meine Damen und Herren? Er hatte zuviel am Strand und auf der Lagune zu tun. An diesem Tag fand auf Palmyra eine gräßliche, makabre Geschichte statt, wie man sie auch in einem billigen Horrorfilm sehen könnte. Und Buck spielte eine Hauptrolle. Er spielte das menschliche Ungeheuer.«

Ich führte aus, daß Buck seit dem 15. Juli allein in dem Zelt gelebt hatte. »So konnte er viel ungestörter tun, was er am 30. August tat, als wenn Jennifer mit ihm im Zelt gewohnt hätte.« Ich hob hervor, daß Buck Jennifers Gewohnheiten kannte und genau wußte, daß sie an diesem Tag an Bord der *Iola* bleiben würde, um das Schiff für die Fahrt nach Fanning fertig zu machen. Und ich fügte hinzu, daß man nur ein paar Sekunden oder Minuten brauchte, um einen Menschen zu töten, und es äußerst unwahrscheinlich war, daß Jennifer ihn auf frischer Tat ertappen würde, falls sie wider Erwarten an Land kommen sollte. (Dabei ließ ich natürlich aus, daß es genauso unangenehm für Buck gewesen wäre, wenn Jennifer ihn bei der Beseitigung der Leichen überrascht hätte.)

Dann ging ich den restlichen Tag Stunde um Stunde durch, bis Jennifer gegen achtzehn Uhr dreißig zur *Sea Wind* gegangen war. »Zwei weitere Einzelheiten verraten Bucks Lügengewebe«, führte ich aus. Zum einen meinte ich damit die Lampe am Mast der *Sea Wind*, die nicht eingeschaltet war. Als erfahrener Skipper hätte Mac sie auf jeden Fall eingeschaltet, wenn er erwartet hätte, erst nach Einbruch der Dunkelheit zur *Sea Wind* zurückzukehren, wie auch eine Aussage Tom Wolfes belegte.

Der zweite Punkt betraf den Apricot-Brandy. Ich machte den Geschworenen klar, daß Buck Walker den Brandy auf den Tisch gestellt haben mußte. Die Grahams hätten nicht wissen können, daß diese nicht besonders gängige Sorte zu Jennifers Lieblingsgetränken gehörte.

»Meine Damen und Herren Geschworenen«, schloß ich diesen Teil meines Plädoyers ab, »Buck Walkers Geschichte von der Einladung zum Abendessen weist so viele Löcher und Unwahrscheinlichkeiten auf, weil es solch eine Einladung niemals gegeben hat.

Ich möchte Ihnen damit aufzeigen, daß all diese Ereignisse auf Palmyra am 30. August 1974 auf eine Tatsache hinauslaufen, und daß diese Tatsache mit allen anderen Beweisen in diesem Fall übereinstimmt. Nämlich mit der Tatsache, *daß Buck Walker die Grahams ganz allein ermordet hat und Jennifer Jenkins mit den Morden nicht das geringste zu tun hatte*.

Ich glaube, daß es nur einen Menschen gibt, der genau weiß, was mit den Grahams geschehen ist. Sein Name ist Buck Walker, und er schweigt wie eine Statue. Ich glaube, wäre ich er, wären meine Lippen auch auf ewig versiegelt.

Ich sprach bereits von den entsetzlichen Ereignissen, die sich am 30. August 1974 auf Palmyra zugetragen haben. Doch bevor ich mit der Chronologie des Geschehens fortfahre, möchte ich eine Frage beantworten, die sich zweifellos stellt: Warum hat Jennifer nichts von alledem gehört, wenn sie die Wahrheit sagt? Zum Beispiel, falls eine Pistole benutzt wurde, das Schußgeräusch?

Nun, zuerst einmal müssen wir feststellen, daß Buck die Leichen zwar nach 16 Uhr 30 in die Lagune geworfen zu haben scheint, wir aber nicht genau wissen, zu welcher Tageszeit die Morde tatsächlich stattfanden. Wir wissen noch nicht einmal, wo auf Palmyra sie stattfanden.

Ich habe mehrere Szenarien erarbeitet, doch ich werde sie Ihnen gar nicht erst mitteilen, da es sich dabei um reine Spekulationen meinerseits handelt. Ich darf hinzufügen, daß die Anklage genausowenig weiß wie wir, wann und wo die Morde stattfanden.

Doch wir können davon ausgehen, daß Walker Mac und Muff Graham nicht gleichzeitig getötet hat. Es ist eindeutig viel riskanter, zwei Menschen zu überfallen, als nur einen. Und wir wissen, daß es kein Problem war, sie getrennt voneinander zu überfallen, da Mac oft allein in seiner Werkstatt arbeitete oder die Insel erkundete. Mit anderen Worten, Buck brauchte Jennifer nicht, um Muff abzulenken, während er Mac ermordete.

Noch wichtiger ist, daß wir nicht genau wissen, *wie* Walker die Grahams ermordet hat. Doch alles deutet darauf hin, daß Buck Walker seine Schußwaffen nicht benutzt hat. Und das ist sehr, sehr wichtig.«

Ich faßte die Beweise zusammen. »Dr. Uberlaker hat ausgesagt, daß das Loch in Muffs Schädel durch Erosion entstanden zu sein scheint, und nicht durch einen Schlag oder einer Kugel. Dr. Stephens schloß eine Schußwunde zwar nicht aus, konnte sich aber auch nicht festlegen. Er fand jedoch keine Bleispuren in der Nähe dieses Loches. Also gibt es keinen Beweis dafür, daß es von einer Kugel verursacht wurde.«

Ich erklärte den Geschworenen, daß wir allerdings eindeutige Beweise für zahlreiche Brüche hatten, die von mehreren Schlägen herrührten – der Bruch des Unterkiefers und mehrere gebrochene Zähne. »Dr. Harris hat ausgesagt, daß diese Brüche von so kräftigen Schlägen hervorgerufen worden sind, daß sie nicht von bloßer Hand stammen können. Er war der Ansicht, daß sie von einem Hammer oder einem hammerähnlichen Gegenstand herrühren. Muff hat des weiteren Brüche des linken Unterarms und des rechten und des linken Schienbeins erlitten. Daher drängt sich die Vorstellung auf, daß Walker immer und immer wieder mit einem Hammer auf Muff Graham eingeschlagen hat.«

Es war auch nicht anzunehmen, so erklärte ich den Geschworenen, daß Walker Muff zuerst erschossen und dann mit dem Hammer verstümmelt hatte. »Solch eine Reaktion ist typisch für einen Täter, der einen unbändigen Haß für sein Opfer empfindet. Es gibt keine Anzeichen dafür, daß dies bei Buck Walker und Muff Graham der Fall war.

Ein noch wichtigeres Indiz ist die Tatsache, daß man Bucks Revolver auf der *Sea Wind* gefunden hat. Er ist die Nummer 5 der Inventarliste. Wenn es sich bei diesem Revolver um die Mordwaffe handelte, hätte der erfahrene Ex-Sträfling Buck ihn beseitigt und einfach ins Meer geworfen. Er wußte genau, sollte man die Leichen der Grahams jemals finden, würde man den Revolver mit

Hilfe eines einfachen Vergleichs als Mordwaffe identifizieren können, und das wäre das Ende für ihn gewesen. *Die Tatsache, daß er den Revolver behalten hat, weist eindeutig darauf hin, daß er nichts zu befürchten hatte, da er ihn gar nicht benutzt hat.*

Alle Beweise deuten also darauf hin, daß Missis Graham durch Hammerschläge starb und keine Schußwaffe benutzt wurde.«

Während meiner Ausführungen hatten sich die Geschworenen Notizen gemacht, ein ausgezeichnetes Zeichen. Lediglich der ›Kansas Rock‹ bildete eine Ausnahme. Er hatte die Arme vor der Brust verschränkt und sah mich mit einem Blick an, der besagen sollte: »Fahren Sie ruhig fort, Mister Bugliosi, es interessiert mich sowieso nicht, was Sie da erzählen.«

»Die Tatsache, daß Buck Walker seinen Revolver nicht benutzt hat«, fuhr ich fort, »ist ein weiteres Indiz dafür, daß er diese Morde allein begangen hat. Ein Revolver ist nicht nur einfacher zu handhaben als ein Hammer, sondern auch effektiver. Warum hat er also einen Hammer benutzt?

Weil ein Hammer einem Revolver gegenüber einen großen Vorteil hat. Er macht keinen Lärm. Er macht keinen Lärm wie ein Revolverschuß, den Jennifer vielleicht hätte hören können.«

Ich kam auf Dr. Stephens Aussage zu sprechen, daß ein ›Kontakt-Schuß‹ aus geringster Nähe ebenfalls keine zweihundert Meter weit zu hören wäre. »Falls es sich bei dem Loch im Schädel *doch* um eine Schußwunde handeln sollte, muß es sich, wie Dr. Stephens ausgesagt hat, um einen solchen ›Kontakt-Schuß‹ aus nächster Nähe handeln, den Jennifer an Bord der zweihundert Meter weit entfernten *Iola* nicht hätte hören können.«

Ich senkte die Stimme, legte die Hände auf das Geländer vor den Geschworenen und wandte mich direkt an sie. »Bitte bedenken Sie«, sagte ich, »daß meine Ausführungen keinesfalls unbegründete Theorien darstellen, sondern einzig und allein auf den Aussagen von Zeugen beruhen, die unter Eid genommen wurden. Diese Beweise sind das Fundament all meiner Erläuterungen.

Wie gesagt, selbst wenn es sich bei dem Loch um eine Schußverletzung handelt, hätte Jennifer den Schuß nicht unbedingt hören müssen. Wie wir von zahlreichen Zeugen wissen, lebten Millionen von Vögel auf der Insel, die einen – ich zitiere – ›Höllenlärm‹ veranstalteten. Und da war das ewige Rauschen der Brandung.« Ich erinnerte die Geschworenen auch noch an die dichte Vegetation, die alle Geräusche zusätzlich dämpfte.

»Was ist nun mit Schreien?« fragte ich dann. »Erneut wissen wir nicht, ob es überhaupt Schreie gegeben hat. Buck Walker hatte jeden Grund, die Grahams überraschend zu überfallen, zum Beispiel von hinten. Vielleicht hat der erste Schlag auf den Kopf das Opfer schon bewußtlos gemacht, und es gab gar keine Schreie.«

Und es gab noch einen Punkt, den ich klarstellen mußte. An diesem Tag war der Wind mit etwa sechzehn Knoten aus Südsüdost gekommen. Da von der *Iola* aus gesehen die Morde wahrscheinlich im Nordwesten stattgefunden hatten – in der Nähe der *Sea Wind* und von Macs Werkstatt –, hatte er jedwede Geräusche davongetragen.

»In diesem Zusammenhang stellt sich eine weitere Frage. Wieso hat Jennifer den Lärm des Zodiac gehört, wenn sie Schreie oder Schüsse nicht hören konnte?« Ich versuchte damit, eine Frage vorwegzunehmen und zu beantworten, die sich die Geschworenen während ihrer Beratung wahrscheinlich von sich aus gestellt hätten.

»Zum einen wissen wir aufgrund mehrerer Zeugenaussagen – einschließlich der des FBI-Agenten Shishido –, daß der Motor des Zodiac sehr laut war. Zweitens kam dieses Geräusch direkt von der Lagune und wurde nicht von der Vegetation gedämpft. Drittens verbreiten sich Geräusche über Wasser schneller als auf dem Land. Daher ist es keineswegs unwahrscheinlich, daß Jennifer den Motor des Zodiac gehört hat, als sich das Dingi von der *Sea Wind* entfernte.«

Dann erinnerte ich die Geschworenen daran, daß Jennifer – wie zum Beispiel Tom Wolfe ausgesagt hatte – von der Iola aus so gut wie nichts auf der Insel sehen konnte. Anschließend kam ich auf den nächsten Morgen zu sprechen. »Wir können davon ausgehen«, sagte ich, »daß Buck das Dingi umgekippt hat, um Jennifer davon zu überzeugen, die Grahams seien bei einem Bootsunfall gestorben.

Mister Enoki hat behauptet, wir hätten, was diesen kritischen Tag betrifft, nur Jennifer Jenkins' Wort. Worauf ich erwidere: ›Nicht ganz.‹

Wir haben auch die belastende Aussage Mister Walkers von seinem Diebstahlprozeß, daß nur er und nicht Jennifer an diesem Tag Kontakt mit den Grahams hatte. Wir können aus allgemeinen Aussagen darauf schließen, was sich an diesem Tag ereignet haben muß. Und wir sind nicht einmal beweispflichtig. Richter King wird Ihnen sagen, daß die Beweislast einzig und allein bei der Anklage liegt und *niemals* auf die Verteidigung übergeht«, wiederholte ich noch einmal.

Dann stellte ich klar, daß sich die Anklage bei den Ereignissen des 30. August lediglich auf ihre alte ›Vier-minus-zwei-ist-zwei‹-Theorie beschränkt hatte. »Mister Enoki ist wohl nicht auf den Gedanken gekommen, daß von den beiden Personen, die auf der Insel übrigblieben, einer ein gemeiner, kaltblütiger Mörder sein könnte, während die andere rein gar nichts mit den Morden zu tun hatte.«

Ich räumte ein, daß diese ›Vier-minus-zwei-ist-zwei‹-Theorie natürlich sehr bequem war. »Die Schlußfolgerung ist ganz einfach. Doch wenn man sie genau untersucht, hält sie einfach nicht stand. Nur ein Mensch ist nötig, um einen Mord zu begehen, und nicht zwei. Und die Tatsache, daß sich diese beiden Menschen auf einer einsamen Pazifikinsel befinden, ändert rein gar nichts daran.

Alle Indizienbeweise dieses Falles zeigen eindeutig auf, daß Buck Walker die Grahams auf Palmyra ermordet hat. Daran ändert auch die Tatsache nichts, daß sich Jennifer Jenkins zur Zeit dieser Morde auf Palmyra befand. Das eine hat mit dem anderen nichts zu tun.

Man könnte nun fragen: ›Hätte Jennifer nicht zumindest Verdacht schöpfen müssen, daß Buck die Grahams ermordet hat?‹ Nun ja, warum? Hat sich Buck in irgendeiner Hinsicht verdächtig gemacht? Jennifer wußte lediglich, daß sie und Buck das Dingi der Grahams gemeinsam entdeckt hatten, und mußte daher auf einen Unfalltod schließen.

Fragen Sie sich einmal selbst ... wenn Sie mit Ihrem Geliebten auf der Insel gewesen wären – und vergessen Sie nicht, Jennifer hat Buck geliebt –, und Sie und Ihr Geliebter hätten das gekenterte Dingi gefunden, hätten Sie Ihren Geliebten des Mordes verdächtigt?«

Ich sah auf die Uhr an der Wand – es war 16 Uhr 30 – und sagte zum Richter, dies sei ein guter Zeitpunkt, die Verhandlung zu vertagen.

Nachdem Richter King die Geschworenen bis zum nächsten Morgen entlassen hatte, sah er mich an und sagte freundlich: »Das machen Sie sehr gut, Mister Bugliosi.«

43. KAPITEL

Dienstag, 25. Februar 1986,
9 Uhr 30

Ich begann den letzten Tag meines Plädoyers mit der Erklärung, nun auf jedes einzelne Indiz und auf jeden einzelnen Beweis eingehen zu wollen, der nach Ansicht der Anklage für Jennifers Schuld sprach.

Jennifer habe gelogen, als sie behauptete, den Zodiac gekentert auf dem Strand gefunden zu haben, hatte Enoki ausgeführt. Das war einer der kritischsten Punkte des gesamten Prozesses, und meine Position war nicht annähernd so stark, wie ich es gern gehabt hätte.

»Wie Sie wissen«, begann ich, »gibt es jeden Tag zweimal Ebbe und zweimal Flut. Eine hohe Flut und eine tiefe Flut, und eine hohe Ebbe und eine tiefe Ebbe. Es gibt nur einmal am Tag eine hohe Flut.

Welche Beweis hat Mister Enoki erbracht, daß zwischen 4 Uhr 30 am 30. August, als Jennifer den Zodiac hörte, und der Dämmerung des nächsten Tages, als sie den Zodiac gekentert fand, eine hohe Flut herrschte? Wenn Ebbe und Flut bei diesem Prozeß eine Rolle spielen, wie er es ja behauptet, hätte er sich gesicherte Daten über die Gezeiten in dieser Pazifikregion beschaffen und Ihnen präsentieren müssen. Liegt die Beweispflicht nicht bei der Anklage?

John Bryden hat ausgesagt, daß die hohe Flut nicht jeden Strand des Gebiets erreicht, in dem Jennifer das Dingi gefunden hat. Aber die Anklage hat keinen Versuch unternommen, *zwischen einer hohen und einer niedrigen Flut zu unterscheiden, bei der das Wasser keineswegs so hoch auf den Strand vordringt.*«

Ich hob hervor, daß eine andere Zeugin der Anklage, Sharon Jordan, ausgesagt hatte, die Küste verlaufe in dieser Gegend »unregelmäßig«, und einige Teile lägen »nah am Wasser, und andere weiter zurück«. Ich legte das Beweisstück 25 der Verteidigung vor, ein Farbfoto des fraglichen Gebiets, und stellte fest, daß es ›eindeutig die Unregelmäßigkeiten des Strandverlaufs‹ zeigte.

Danach zitierte ich die Aussage des stärksten Zeugen der Verteidigung zu diesem Thema, des ehemaligen Staatsanwalts William Eggers. »Mister Eggers war einige Monate nach dem Verschwinden der Grahams auf Palmyra und konnte die Auswirkungen der Gezeiten daher viel besser beobachten als Mister Bryden, der erst fünf Jahre später dort war.« Ich erinnerte daran, daß sich der Sandstrand verändert hatte und Eggers Bryden eindeutig widersprochen hatte: Er hatte ausgesagt, daß einige trockene Teile des Strandes zwei bis zweieinhalb Meter über der Hochwassergrenze lagen, so daß es durchaus möglich war, daß der Zodiac zwischen 16 Uhr 30 am 31. August und der Morgendämmerung des 31. Augusts nicht mit Wasser in Berührung gekommen war. Abschließend stellte ich fest, daß wir, was diesen Punkt betraf, »auf endlose Spekulationen und Mutmaßungen« angewiesen waren.

Ich warf einen Blick auf meine Notizen und fuhr mit dem nächsten Punkt fort. Die Umstände, unter denen Jennifer Palmyra mit Buck auf der *Sea Wind* verlassen hatte, ihre Lügen, ihr Versäumnis, die Behörden zu informieren und so weiter, waren von der Anklage als Schuldbeweis aufgeführt worden. Ich mußte jedem dieser Punkte einzeln begegnen.

Nachdem ich die Geschworenen daran erinnert hatte, daß Buck Jennifer verboten hatte, die Behörden zu benachrichtigen, und sie vor die Wahl gestellt hatte, ihn auf der *Sea Wind* zu begleiten, allein mit der *Iola* zu segeln oder auf Palmyra zu bleiben, führte ich aus: »Wir sprechen hier nicht über starre, theoretische Moralbegriffe, meine Damen und Herren Geschworenen. Die Situation erforderte einfach, daß Jennifer Buck auf der *Sea Wind* zurück nach Hawaii begleitete. Hätten Sie in ihrer Lage nicht genauso gehandelt?«

Dann kam ich auf Macs Testament zu sprechen. »Natürlich wußte Jennifer«, gestand ich nach meinen Ausführungen ein, »daß nicht sie die Person war, die die *Sea Wind* nach spätestens zwei Jahren zurückbringen sollte, *doch trotzdem waren das Mac Grahams Worte*!

Wir haben es hier mit einer jungen Frau zu tun, meine Damen und Herren Geschworenen, die sich in einer höchst ungewöhnlichen Lage befand, die sie nicht herbeigeführt hatte und in der es keine einfachen Antworten und klaren Möglichkeiten gab, wollte sie gleichzeitig den Mann schützen, den sie liebte.«

Ich forderte die Geschworenen auf, sich einmal in Jennifers Lage zu versetzen, und versuchte dann, Lorraine Wollens Aussage auf die gleiche Weise zu entkraften. »Jennifer hat Lorraine Wollen darüber angelogen, wie sie und Buck in den Besitz der *Sea Wind* gekommen waren, doch das ist keineswegs als Schuldeingeständnis zu werten. Wie konnte sie Mrs. Wollen die Wahrheit sagen und gleichzeitig Buck Walkers Identität schützen?«

Und was war mit Jennifers Flucht im Hafen Ala Wai? Wies sie nicht eindeutig auf Jennifers Schuld hin? »Man kann eine Flucht zwar als Schuldeingeständnis sehen«, sagte ich, »doch die Frage, die Sie sich stellen müssen, lautet: schuldig wessen Tatbestands? Wenn jemand gerade einen Schnapsladen ausgeraubt hat und davonläuft, als die Polizei kommt, steht seine Flucht offensichtlich mit diesem Raub im Zusammenhang.

Doch in diesem Fall hatte Jennifer Gründe zur Flucht, die nichts mit einer Verwicklung in die Morde an den Grahams zu tun hatten. Erstens hatte sie einem gesuchten Verbrecher zur Flucht geholfen. Zweitens hatte sie die Behörden nicht über das Verschwinden der Grahams informiert, und sie wußte, daß dies eine schlimme Sache war. Und drittens waren sie und Buck auf einer Yacht, die ihnen nicht gehörte.

Wenn wir diese drei Umstände zusammenbringen, wird durchaus verständlich, daß Jennifer zuerst einmal floh, als sie den Kutter der Küstenwache sah. Und das Gesetz hat berücksichtigt, daß es Gründe für eine Flucht geben kann, die in keinem Zusammenhang mit der Anklage bei diesem Verfahren stehen. Richter King wird Sie noch belehren: ›Bei Jennifers Flucht sollten Sie in Betracht ziehen, daß es Gründe dafür geben kann, die nicht gegen ihre Unschuld sprechen.‹

Wenn wir diese Gründe nun berücksichtigen, können wir Jennifers Verhalten verstehen.«

Jeder Ankläger hat bei einem Indizienprozeß einige Lieblingsargumente, die er immer wieder aufführt, um die Geschworenen von seiner Auffassung zu überzeugen. Ich wollte Enoki vorwegkommen und verhindern, daß er in seiner Erwiderung auf mein Plädoyer diese Argumente erneut zur Sprache brachte. Daher unterbrach ich meine Ausführungen zu Jennifers vermeintlichem Schuldeingeständnis kurz.

»Mister Enoki wird in seiner Erwiderung wahrscheinlich vorbringen«, sagte ich, »daß ich ein Beweisstück nach dem anderen nehme und es allein für sich untersuche. Er wird wahrscheinlich behaupten, daß man bei einem Indizienprozeß alle Beweise im Zusammenhang sehen muß.

Dieses Argument wäre vernünftig, wenn jedes einzelne Beweisstück unmißverständlich in ein und dieselbe Richtung weist. Doch jedes einzelne seiner Indizien leidet an unheilbarer Schizophrenie. Genau, wie irgendeine Zahl, mit Null multipliziert, noch immer Null ergibt, fügen sich die sowieso schon verschwommenen und nicht eindeutigen Indizienbeweise in diesem Fall keineswegs zu einem deutlichen Schuldbeweis zusammen, indem man sie einfach nur miteinander verbindet.

Oder Mister Enoki greift auf ein uraltes Argument der Anklage zurück« – das war Enokis Lieblingsargument, wie ich wußte – »daß wir es hier mit einem komplizierten Puzzle zu tun haben. Er wird behaupten, obwohl einzelne Teile des Puzzles noch fehlten, hätte er es so weit zusammengesetzt, daß Sie das vollständige Bild erkennen können. Und er wird behaupten, daß dieses Bild die Schuld meiner Klientin aufzeigt. Doch auch diese Metapher wäre nur gültig, wenn trotz der fehlenden Teile des Puzzles genug übrigbleiben, die eindeutig und unzweifelhaft auf eine Schuld hinweisen. Doch wie wir gesehen haben, lassen sich zahlreiche Teile des Puzzles, die die Anklage zusammengesetzt hat, auf eine Weise interpretieren, die keineswegs auf eine Schuld hindeutet.

Und hier fehlen nicht nur ein oder zwei Teile, meine Damen und Herren Geschworenen. Der gesamte Fall der Anklage ist voller fehlender Stücke, offener Enden, Spekulationen und Annahmen. Ihr gesamter Fall brodelt geradezu vor berechtigten Zweifeln.«

Dann kam ich auf Jennifers angebliche Aussagen gegenüber Cal Shishido, Bernard Leonard und dem Reporter Bruce Benson zu sprechen. Shishidos wichtigste Aussage war natürlich, Jennifer habe ihm erzählt, sie und Buck hätten das Dingi gekentert im Wasser der Lagune gefunden.

»Sämtliche Indizien zeigen auf, daß sich Cal Shishido in dieser Hinsicht *geirrt* haben muß«, sagte ich. »Und ich glaube, das kann ich auch beweisen.

Als ich Jennifer im Zeugenstand fragte, was sie zu Shishido gesagt hat, antwortete sie, sie könne sich an ihre genauen Worte nicht mehr erinnern, habe das Dingi aber eindeutig auf dem Strand gefunden, und falls sie das Wort ›Lagune‹ benutzt habe, dann nur, um zu verdeutlichen, daß es sich nicht um den äußeren, den Meeresstrand gehandelt hat.

Jennifer hat nicht nur schon 1975 bei ihrem Diebstahlprozeß ausgesagt, das Dingi *auf dem Strand* gefunden zu haben, sondern auch, wie wir in einer gemeinsamen Erklärung bekanntgegeben haben, am 31. Oktober 1974 – nur zwei Tage, nachdem Shishido Jennifer verhört hatte – gegenüber Bruce Benson, einem Reporter des *Honolulu Advertiser*.

Und nur ein paar Minuten, bevor Jennifer mit Shishido gesprochen hat, hat sie Mister Leonard gegenüber ausgesagt, als er sie zum Kutter der Küstenwache ruderte, das Dingi gekentert *auf dem Strand* gefunden zu haben.

Wir haben also Jennifers Aussage, wir haben Bruce Bensons Erklärung, und wir haben Bernard Leonards Aussage, die übereinstimmend bestätigen, daß Jennifer vom *Strand* gesprochen hat. Anscheinend hat Shishido nicht verstanden, was Jennifer ihm gesagt hat, oder er hat ihre genauen Worte nicht in Einnerung behalten.

Wir wissen, daß er das Verhör nicht mit dem Tonband aufgenommen und daß er später seine Notizen vernichtet hat. Er hat eingestanden, ein zweieinhalbstündiges Verhör auf kurzen zweieinhalb Seiten eines Protokolls zusammengefaßt zu haben. Und Shishido hat eingestanden, daß Jennifer bei ihrer Aussage sehr schnell gesprochen hat. Wie soll sich Shishido unter diesen Umständen noch daran erinnern können, ob Jennifer vom *Wasser der Lagune* oder vom *Strand der Lagune* gesprochen hat?

Ich möchte Sie nun fragen: Würden Sie sich auf Calvin Shishidos sehr kurze Zusammenfassung eines sehr komplizierten Geschehens verlassen, wenn Ihr Leben davon abhinge?

Ich werfe Calvin Shishido nicht vor, Jennifers Worte absichtlich falsch dargestellt zu haben. Ich halte Shishido für einen ehrlichen Zeugen. Doch solche Dinge passieren nun einmal. Und sie passieren oft.

Jennifer erzählt Shishido, Benson und Leonard dieselbe Geschichte, und da keiner der drei ein menschliches Tonbandgerät ist, erinnern sie sich alle etwas unterschiedlich. Das ist ganz normal. Erzählen Sie fünf Menschen dieselbe Geschichte, und sie erhalten fünf leicht verschiedene Versionen.

Wissen Sie«, fuhr ich lächelnd fort, »mir hat Cal Shishidos Bemerkung wirklich gut gefallen, Sie, meine Damen und Herren Geschworenen, könnten sich auf seine Erinnerung besser verlassen als auf eine Tonbandaufzeichnung. Man muß jemanden, der solch eine Bemerkung von sich gibt, einfach mögen. Ein berechnender, heimtückischer Mensch wäre zu solch einer Bemerkung nicht fähig.

Ein letzter Nachtrag zu Mister Shishidos Aussage. Mister Enoki hat ausgeführt, Mister Shishido hätte den Motor des Zodiac niemals auf Spuren von Salzwasser untersuchen lassen, wenn Jennifer ihm nicht gesagt hätte, den Zodiac im Wasser gefunden zu haben.

Doch warum sollte er ihn nicht untersuchen lassen, wenn Jennifer ihm gesagt hat, den Zodiac gekentert auf dem Strand gefunden zu haben? Der Begriff ‹gekentert› deutet an, daß der Zodiac im Wasser umgekippt ist und an Land getrieben wurde. Dabei wäre natürlich Wasser in den Motor eingedrungen. Shishido wollte also ganz einfach überprüfen, ob Jennifer ihm die Wahrheit gesagt hat.«

Auf den Vorwurf, Jennifer habe nach Ken Whites Aussage bei ihrem Diebstahlprozeß ihre Geschichte den neuen Gegebenheiten angepaßt, erwiderte ich: »Wir wissen, daß dem nicht so ist, weil sie lange vor diesem Prozeß Mister Leonard und Bruce Benson gesagt hat, das Dingi *auf dem Strand* gefunden zu haben.«

Nun kam ich zu Jennifers Lüge, die Iola sei im Kanal auf ein Riff gelaufen, während sie sie mit der *Sea Wind* hinausgeschleppt hätten. »Das entsprach natürlich nicht der Wahrheit«, sagte ich. »Doch bedenken Sie bitte, welche Umstände zu dieser Falschaussage geführt haben.«

Ich erinnerte die Geschworenen daran, daß Buck Jennifer eingeschärft hatte, nicht zu verraten, daß sie die Iola versenkt hatten, weil man sonst natürlich glauben würde, sie hätten die *Sea Wind* gestohlen. Dieses Argument überzeugte Jennifer. »Damit will ich die Lüge nicht entschuldigen. Ich will nur erklären, wieso sie entstand.

Ich kann mir genau vorstellen, was Mister Enoki bei

seiner Erwiderung vorbringen wird. ›Mister Bugliosi hat eine Erklärung für alles, was Jennifer Jenkins getan hat, und das ist einfach nicht realistisch.‹ Wahrscheinlich wird er so etwas sagen.« (Ich wußte natürlich, daß die Geschworenen diesen Gedanken ebenfalls hegten.)

Ich drehte mich zum Tisch der Anklage um. »Werden Sie das sagen, Elliot?« fragte ich scherzhaft. Der Ankläger erwiderte mein Lächeln nicht und sagte natürlich auch nichts. »Wollen Sie es mir nicht verraten?

Meine Erwiderung auf diesen Vorwurf lautet, daß ich alles erklären kann, weil sie unschuldig ist. Und wenn man unschuldig ist, gibt es *natürlich* für alles, was sie getan hat, eine gültige Erklärung. Wäre sie schuldig, wäre das nicht der Fall.«

Anschließend räumte ich ein, daß Jennifers Entschuldigung, sie hätte die *Sea Wind* an sich genommen, weil Mac Graham angeblich zu Buck gesagt hatte, sie sollten sich ›wie zu Hause‹ auf dem Schiff fühlen, natürlich auch gelogen war. »Sie konnte Shishido bei dem Verhör nicht die Wahrheit sagen – nämlich, daß sich Buck entschieden hatte, seine Flucht vor dem Gesetz auf der *Sea Wind* statt auf der *Iola* fortzusetzen.«

Dann stürzte ich mich Hals über Kopf auf Jennifers Meineid bei ihrem ersten Prozeß. »Mister Enoki hat ausgeführt, daß Jennifer bei diesem Prozeß nicht die Wahrheit gesagt hat und man ihr deshalb auch heute keinen Glauben schenken könne.

Mit anderen Worten, wer einmal lügt, dem glaubt man nicht. Das einzige Problem bei dieser Argumentation ist, daß ich glaube, kein Mensch sagt *immer* die Wahrheit. Auf diese Behauptung würde ich mein letztes Hemd setzen. *Kein Mensch sagt immer die Wahrheit*«, wiederholte ich sehr laut in dem voll besetzten, aber stillen Gerichtssaal. Meine Betonung machte deutlich, daß ich mich auf jeden im Saal bezog, einschließlich des Richters und der Geschworenen. »Einige Menschen mögen *behaupten*, immer die Wahrheit zu sagen, tun es aber nicht. Und wenn wir das Sprichwort ›Wer einmal lügt, dem glaubt man nicht!‹ akzeptieren, dann könnten wir keinem Menschen mehr glauben. Doch die Anklage ist der Auffassung, daß man Jennifer nie mehr glauben darf, weil sie einmal unter Eid gelogen hat.«

Ich erinnerte die Geschworenen daran, daß Jennifer den Meineid auf Anraten ihres damaligen Anwalts geleistet hatte. »Und die Anklage hat diesen Anwalt daraufhin nicht in den Zeugenstand gerufen, um ihrer Aussage zu widersprechen.

Auf jeden Fall sah sich Jennifer dem Dilemma ausgesetzt, lügen zu müssen, um nicht fälschlicherweise verurteilt zu werden. Soll man ihr dieshalb nie wieder glauben können, meine Damen und Herren?«

Ich nippte an meiner Zitrone mit Honig und hielt einen Augenblick lang inne. Indem ich zuerst alle negativen Punkte gegen Jennifer ausgeräumt hatte, hoffte ich, daß die Geschworenen dem nächsten Teil meiner Ausführungen gegenüber empfänglicher sein würden.

»Meine Damen und Herren Geschworenen, nun möchte ich einen anderen Gang einlegen und mit Ihnen über die zahlreichen Punkte sprechen, die eindeutig auf Jennifers Unschuld hinweisen, wobei Sie bitte im Gedächtnis behalten, daß die Beweislast keineswegs bei uns liegt und wir Jennifers Unschuld nicht nachweisen müssen.

Zuerst haben wir natürlich Jennifers Aussage. Sie war nicht gezwungen, hier eine Aussage zu machen. Viele Angeklagte sagen nicht aus. Sie wollen nicht, daß ihre Version des Geschehens vom Ankläger ins Kreuzverhör genommen werden kann.

Jennifer hat ohne das geringste Zögern ausgesagt. Sie hat den Ankläger geradezu aufgefordert: Fragen Sie mich alles, was Sie wollen. Und Sie können Ihre Fragen auch so geschickt wie möglich stellen, damit ich möglichst schlecht aussehe. Das ist mir egal, denn ich habe nichts zu verbergen. Also nehmen Sie mich ruhig ins Kreuzverhör.

Das Kreuzverhör ist bei einem Prozeß die schärfste Waffe, um die Wahrheit von der Lüge zu trennen. Wenn ein Angeklagter oder auch ein Zeuge im Zeugenstand lügt, bietet das Kreuzverhör die Möglichkeit, diese Lüge aufzudecken. Ich meine damit nicht, daß ein Angeklagter im Zeugenstand das Verbrechen gesteht. So etwas gibt es nur in schlechten Filmen.

Ich meine damit, daß die Geschworenen beim Kreuzverhör erkennen können, daß der Angeklagte nicht die Wahrheit sagt, aufgrund von widersprüchlichen Aussagen oder seines Verhaltens, oder weil er auf viele Fragen keine glaubhaften Antworten mehr hat.

Vergleichen Sie doch einmal Mrs. Leonards Aussage mit der Jennifers. Ein dramatischer Unterschied. Sie haben Mrs. Leonard beobachtet, und es war wohl offensichtlich, daß sie nicht immer die Wahrheit gesagt hat.

Nun sehen Sie sich Jennifer an. Elliot Enoki ist ein erfahrener Ankläger, der schon zahlreiche Kreuzverhöre durchgeführt hat. Mister Enoki hat Jennifer fast einen Tag lang ins Kreuzverhör genommen. Seine Absicht war natürlich, ihre Glaubwürdigkeit zu zerstören. Aber nicht einmal hat er aufgezeigt, daß Jennifer in diesem Zeugenstand nicht die volle Wahrheit gesagt hat.

Jennifers Aussage war stark wie ein Panzer. Und warum? Weil sie die Wahrheit gesagt hat. Jennifer Jenkins' Aussage wurde nicht angekratzt – ein deutliches Zeichen dafür, daß sie mit den Morden an den Grahams nichts zu tun hat. Aber es gibt noch weitere Beweise für Jennifers Unschuld.«

Anhand der Aussagen der Leumundszeugen arbeitete ich ausführlich die Unterschiede zwischen Jennifers und Buck Walkers Charaktereigenschaften heraus und stellte klar, daß Jennifer Gewalt geradezu verabscheute. Schließlich hob ich noch einmal hervor, daß sie sich auf Palmyra in keiner lebensbedrohenden Situation befunden hatte.

Ich zitierte eine Frage »Mister Enokis an seinen *eigenen* Zeugen Mister Bryden: ›Trifft es zu, daß man auf Palmyra nicht verhungern konnte, wenn man bereit war, von dem zu leben, was das Land einem bot?‹ *Diese Frage stellte Mister Enoki, der Ankläger.* Und sein Zeuge bejahte.

Jennifer befand sich also keineswegs in einer lebensbedrohlichen Situation, in der sich ihr Charakter plötzlich verändert hätte.«

Und ich hob hervor, daß die Anklage die Möglichkeit gehabt hatte, ihrerseits Leumundszeugen aufzurufen, die den Aussagen der Zeugen für die Verteidigung widersprechen konnten. »Obwohl sie vorab wußte, daß wir Leumundszeugen aufrufen würden, hat die Anklage *keinen einzigen* solchen Zeugen aufgerufen!

Ich wage die Behauptung, daß sie lediglich darauf verzichtet hat, weil sie – obwohl ihr zahlreiche FBI-Ermittler zur Verfügung standen – keine gefunden hat. Es gab keine Zeugen, die unseren Zeugen widersprechen konnten. Selbst Houdini könnte kein Kaninchen aus dem Zylinder ziehen, wenn gar kein Kaninchen im Zylinder ist.«

Nachdem ich erneut eine Belehrung über die Aussagen von Leumundszeugen vorweggenommen hatte, die Richter King später geben würde, kam ich auf den Mord selbst zu sprechen und stellte unmißverständlich klar, daß es sich um einen *besonders grausamen* und scheußlichen Mord handelte, wohingegen Jennifer Jenkins nach Aussage der Leumundszeugen ein *besonders friedlicher* Mensch war. »Dadurch wird die Wahrscheinlichkeit, daß Jennifer solch ein Verbrechen begehen könnte, noch geringer.

Der Mord an der armen Muff Graham war kein typischer Mord. Mrs. Graham hat ein so schreckliches Schicksal erlitten, daß ein normaler Mensch es kaum begreifen kann.

Und dann war der Behälter noch ein wenig zu klein für eine menschliche Leiche. Ich weiß, das ist schrecklich, aber wir sprechen jetzt von einem Mord, und es steht viel auf dem Spiel. Der Täter muß eine Kettensäge oder einen ähnlichen Gegenstand benutzt haben, um Mrs. Graham in den Behälter zu bekommen. Und dann hat er noch versucht, die Leiche zu verbrennen.

Dieser Mord zeigt uns das absolut Böse in einem Menschen auf. Wer auch immer diesen unglaublich schrecklichen Mord begangen hat – und ich behaupte, daß es Buck Walker und Buck Walker allein war –, muß bis in die tiefste Seele verderbt sein. Verderbt und gemein und böse.

Sie kennen den Spruch, daß eine Frucht nicht weit vom Stamm entfernt liegt. Und ich behaupte, daß jemand, der wie Jennifer ein friedliches und gewaltloses Leben geführt hat, nicht plötzlich zu solch einer unvorstellbar grausamen Tat fähig ist. Ich bitte Sie, in diesem Zusammenhang die Leumundsaussagen der Verteidigung zu berücksichtigen.

Nun könnte man meinem Plädoyer vielleicht vorwerfen: ›Übertreiben Sie nicht ein wenig, Mister Bugliosi, wenn der Fall der Anklage tatsächlich so schwach ist, wie Sie behaupten? Warum gehen Sie so ausführlich auf alle Punkte ein?‹

Diese Schlußfolgerung könnte man ziehen, wenn hier nicht der Rest von Jennifers Leben auf dem Spiel stünde und wenn in dieser Gleichung nicht zwei weitere Personen wären. Sie sitzen stoisch am Tisch der Anklage und machen sich Notizen. Und wenn ich fertig bin, wird einen von ihnen, Mister Enoki, aufstehen und Ihnen sagen, warum Sie Miss Jenkins trotzdem schuldig sprechen sollen. Sie werden ihre Akten nicht schließen und sagen: ›Gehen wir nach Hause. Mister Bugliosi hat recht.‹ Sie wollen weitermachen. Und deshalb muß auch ich weitermachen.

Neben dem ersten Punkt – Jennifers unwiderlegte Aussage – und dem zweiten – der einmütigen Aussage der Leumundszeugen – gibt es noch zahlreiche weitere

Indizien, die auf Jennifers Unschuld hinweisen. Und diese Indizien möchte ich Ihnen aufzählen.

Genau wie Schuld psychologische Spuren zurückläßt, die wir Schuldbewußtsein nennen, hinterläßt Unschuld ein Unschuldsbewußtsein.«

Ich versuchte nun einen gewagten Schachzug, den weder die Anklage noch Len Weinglass für möglich hielten – die Beweisführung, daß bei genauer Untersuchung alles, was Jennifer getan und gesagt hatte, auf ihre Unschuld hinwies.

»Wenn sich jemand eines Verbrechens schuldig gemacht hat«, begann ich, »benimmt er sich so, wie wir es von einem Schuldigen erwarten – schuldig. Doch gelegentlich benimmt sich solch eine schuldige Person unerklärlicherweise wie eine unschuldige. Ich beziehe mich hierbei nicht auf einen Schuldigen, der Unschuld vortäuscht. Das gibt es immer wieder. Ich beziehe mich auf eine echte Handlung, wie sie anscheinend nur ein Unschuldiger begehen würde. Dieses Phänomen tritt nicht häufig auf, doch man stößt gelegentlich darauf.

Doch muß man nicht davon ausgehen, daß jemand wirklich unschuldig ist, wenn er sich immer und immer wieder unschuldig verhält?

In unserem Fall hier hat Jennifer zwar zahlreiche bedauerliche Dinge getan, die durch die Umstände herbeigeführt wurden, denen sie ausgesetzt war, sich jedoch auch immer und immer wieder benommen, wie sich nur eine Unschuldige benehmen würde. Schuldige Menschen tun so etwas einfach nicht.

Einige der Punkte, die ich erwähnen werde, sind nicht so offensichtlich, daß Ihnen sofort ein Licht aufgehen wird. Dennoch zeigen sie uns bei genauerer Überlegung, daß Jennifer unschuldig sein muß.

Zuerst einmal Jennifers Tagebuch. Wenn jemand ein Verbrechen begeht und darüber in einem Tagebuch schreibt, können nur zwei Gründe dahinterstecken. Der erste ist, daß man für sich selbst schreibt, kein anderer dieses Tagebuch also je zu sehen bekommen wird. In diesem Fall kann man davon ausgehen, daß in diesem Tagebuch die Wahrheit steht. Man kann sich nicht selbst betrügen.

Offensichtlich findet sich in Jennifers Tagebuch nichts, was auch nur im entferntesten darauf hindeutet, daß sie etwas mit den Morden an den Grahams zu tun hat.

Der zweite Grund wäre, daß man dieses Tagebuch nicht für sich selbst schreibt, sondern für andere Menschen; daß man seine Tat damit vertuschen möchte, wie Mister Enoki es ausgedrückt hat. Doch wenn Jennifer etwas mit den Morden an den Grahams zu tun gehabt und ihr Tagebuch praktisch für andere Leute geschrieben hätte, hätte sie es offensichtlich so verfaßt, daß sie damit jeden Verdacht von sich ablenkt und sich ins bestmögliche Licht stellt. Und wenn man in einem solchen Fall ausführlich über alltägliche Ereignisse geschrieben hat – über das Backen eines Kuchens, über die Qualität eines Buches –, wie Jennifer es getan hat, würde man bestimmt nicht weniger über den Verlust eines Menschenlebens schreiben!

Jennifer hat den anscheinenden Tod der Grahams nur mit einem Wort erwähnt – ›Tragödie‹. Das stellt bestimmt keinen Versuch dar, etwas zu vertuschen. Warum? Weil sie nichts zu vertuschen hatte.

Noch eine Bemerkung zu diesem Thema. Hätte Jennifer nicht versucht, ihre Gefühle über den Tod der Grahams sehr dramatisch zu schildern, wenn dieses Tagebuch für andere Leute bestimmt gewesen wäre? Doch auch das versucht sie nicht.«

Ich versuchte nun, sogar den Tagebucheintrag vom 4. September (› ...während wir von Schinken und Käse und Pfannkuchen und Truthahn und Chili und allem, was wir so lange nicht mehr gehabt haben, fett werden ...‹) zu unserem Vorteil zu interpretieren. Len hielt diesen Eintrag, der nur ein paar Tage nach Macs und Muffs Tod entstanden war, für ›schrecklich‹. Er widerspricht allem, was Jennifer je gesagt hat. Sie steht damit schrecklich herzlos dar.

Hätte Jennifer diese Tagebucheinträge geschrieben, um andere Menschen zu täuschen und etwas zu vertuschen, hätte sie sich um ein gewisses Mitgefühl bemüht. *Sie hätte sich nie im Leben als gefühllos dargestellt, wie ihr Eintrag über den Verzehr der Vorräte der Grahams es andeutet. Nie im Leben.*«

Ich bat die Geschworenen, kurz über diese oberflächliche Gefühllosigkeit von Jennifers Tagebucheintrag vom 4. September nachzudenken. »Was hätte Jennifer denn tun sollen? Die Vorräte der Grahams nicht essen? Sie verfaulen lassen und weiterhin versuchen, in der Lagune Fische zu fangen?«

Ich hätte es zwar lieber vermieden, doch es gab nur eine Möglichkeit, die Geschworenen dazu zu bringen, sich zu verinnerlichen, was Jennifer getan hatte. Fast jeder Geschworene hatte so etwas wohl schon einmal erlebt.

»Ist es nicht genauso gefühllos«, fuhr ich fort, »eine Stunde nach einer Beerdigung in einem guten Restaurant zusammenzukommen und die besten Speisen zu goutieren? Denken Sie einmal darüber nach. Ich will damit nicht andeuten, daß es keine tiefe Trauer gibt. Aber eine gute Mahlzeit so kurz nach einer Beerdigung kommt mir auch sehr unangemessen vor.

Mister Enoki hat behauptet, dieser Tagebucheintrag beweise, daß Jennifer über den Tod der Grahams nicht die geringste Trauer empfunden habe. Doch was ist dann mit dem Eintrag vom 30. August, in dem Jennifer von einer ›Tragödie‹ schreibt?

Wenn Mister Enoki behauptet, der Eintrag vom 4. September spiegele die wahre Jennifer wider, ihre Gefühle, kann er den Eintrag vom 30. August nicht einfach übersehen. Wenn sie ihren Tod als ›Tragödie‹ sieht, wird sie sie doch wohl kaum ermordet haben, oder? Mister Enoki kann sich nicht nur das heraussuchen, was ihm in den Kram paßt.

Wenn wir diese Tagebucheinträge mit gesundem Menschenverstand und einfacher Logik betrachten, weisen sie eindeutig auf ihre Unschuld hin. Wäre Jennifer Jenkins schuldig, hätte sie diese Einträge nicht so verfaßt, wie sie sie verfaßt hat.«

Ein weiterer Punkt, der auf ihre Unschuld hinwies, war die Tatsache, daß Jennifer behauptet hatte, den Zodiac auf dem Strand gefunden zu haben. »Jedes Kind hätte gewußt, daß ihre Geschichte viel glaubwürdiger gewesen wäre, hätte sie behauptet, den Zodiac *im Wasser* gefunden zu haben. Doch Jennifer hat von Anfang an behauptet, kein einziger Teil des Dingis habe sich im Wasser befunden.

Diese Aussage stimmt mit dem Gutachten Ken Whites überein, eines Experten der Anklage. Er hat kein Salz im Motor des Zodiac gefunden. Er war völlig sauber. Der Grund dafür ist natürlich, daß das Dingi niemals im Wasser der Lagune gekentert ist.

Und die vernünftigste Erklärung dafür wiederum ist, daß Buck Walker selbst das Dingi auf dem Strand umgedreht hat, nachdem er die Leichen in die Lagune geworfen hatte.«

Ich stellte die Frage, warum Walker das Dingi nicht im Wasser umgekippt hatte, um Jennifer noch nachdrücklicher zu überzeugen. »Und wie sollte er dann zurück an Land kommen? Indem er sich von einem zufällig vorbeischwimmenden Hai als Anhalter mitnehmen ließ? Vergessen Sie nicht, daß es in der Lagune vor aggressiven Haien nur so wimmelte.«

Ein weiteres Beispiel für Jennifers Unschuld, so fuhr ich fort, war die Tatsache, daß Jennifer – wie Lorraine Wollen bestätigt hatte – nicht das Bild der Grahams aus der Kabine der *Sea Wind* entfernt hatte. »Jennifer wollte Bilder der Grahams aufbewahren und auch das Innere der *Sea Wind* nicht verändern. Sie hielt sie also in Ehren.

Hätte sie sie ermordet, hätte sie niemals so gehandelt. All das spricht für ihre Unschuld.

Einige von Ihnen werden jetzt sagen: ›Na ja, Buck war auch noch an Bord, als Lorraine Wollen herüberkam. Wir wissen, daß Buck schuldig ist, und doch hat er anscheinend geduldet, daß dieses Bild an der Wand hängen blieb. Widerspricht das nicht Ihren Ausführungen?‹

Nun, zum ersten hat Jennifer und nicht Buck Lorraine Wollen eingeladen. Zum zweiten hatte Buck ein echtes Problem. Er mußte verhindern, daß Jennifer ihn verdächtigte, und daher den Mythos aufrechterhalten, daß die Grahams einen Unfalltod erlitten hatten. Ich glaube, wir können davon ausgehen, wenn Jennifer an den Morden beteiligt gewesen wären, hätten sie diese Bilder abgenommen.«

Dann kam ich auf die Neuregistrierung der *Sea Wind* zu sprechen. »Jennifers Name taucht nirgendwo in den Papieren auf. Sie war an den Morden nicht beteiligt und sah keinen Grund, die Yacht unter ihrem Namen neu eintragen zu lassen. Anders sah es bei Buck Walker aus, der die Morde begangen hatte. Und hier steht ...« Ich hob die Kopie der amtlichen Papiere hoch. »›Besitzer: Roy Allen. Mitbesitzer: ...‹ Kein Eintrag.«

Schließlich wandte ich mich dem Morgen von Jennifers Verhaftung zu. Ich führte aus, daß sie von Joel Peters erfahren hatte, daß ihr und Buck die Behörden auf den Fersen waren; daß die beiden zum Ufer gerudert waren; daß Jennifer gehört hatte, wie Bucks Hunde bellten; daß Jennifer vorschlug, umzukehren, die Hunde unter Deck und Joel dann seine Wäsche zu bringen; und daß Buck gerufen hatte: »Bist du verrückt? Setz' mich zuerst am Dock ab.«

»Also setzt Jennifer Buck ab, kehrt zur *Sea Wind* zurück, bringt die Hunde unter Deck und Joel Peters die Wäsche zurück. Das geht eindeutig aus Joel Peters' Aussage hervor.

Gibt es einen stärkeren Beweis dafür, daß Jennifer sich

für unschuldig hielt als diesen? Wenn Jennifer die Grahams gemeinsam mit Buck ermordet hätte, wäre sie niemals zur Sea Wind zurückgekehrt, um die Hunde unter Deck zu bringen. Das wäre einfach lächerlich.

Und jemandem *die Wäsche* zu bringen? Jemand, der einem flüchtigen Verbrecher geholfen hat, tut so etwas vielleicht. Aber jemand, der zwei Morde begangen hat? Wie heißt es gleich so schön? Erzählen Sie das Ihrer Großmutter.

Es gibt keinen klareren, dramatischeren, deutlicheren Beweis für den Unterschied zwischen Buck und Jennifer als diesen Vorfall. Buck wußte, daß er einen Mord begangen hatte, und tat genau das, was jeder Mörder getan hätte. Er haute ab. Haben Sie den geringsten Zweifel daran, daß Jennifer mit ihm geflohen wäre, hätte sie etwas mit den Morden zu tun gehabt oder auch nur von ihnen gewußt?

Ein Bild sagt mehr als tausend Worte. Muß ich wirklich noch mehr sagen? Die Behörden sind Buck und Jennifer auf den Fersen, und sie weiß das und rudert trotzdem zur *Sea Wind* zurück, um jemandem seine Wäsche zu bringen? Das sagt doch alles.

Und wenn Ihnen auch das nicht einsichtig erscheint, so frage ich Sie: Würde sich jemand, der kaltblütig die brutale Ermordung von zwei Menschen geplant hat, sich den Kopf darüber zu brechen, einem beiläufigen Bekannten die Wäsche zurückbringen zu müssen?«

Ich hielt einen Augenblick lang inne, damit die Frage ihre Wirkung erzielen konnte. »Die Antwort ist schon fast zu offensichtlich. Sie besteht aus einem lauten, hallenden, unfraglichen *Nein*, meine Damen und Herren Geschworenen. *Die Antwort lautet nein*«, rief ich.

»Jennifer ist eines vorsätzlichen Mordes angeklagt«, fuhr ich leise fort. »Vorsatz bedeutet, daß Jennifer kaltblütig *geplant* hat, Mac und Muff Graham zu eliminieren. Daß sie den Ort mitbestimmt hat, die Zeit, die Mordwaffen.

Vorsätzlich bedeutet, daß sie im voraus wußte, welch grausamer, schrecklicher Tod die Grahams erwartete, und daß sie gesagt und gedacht hat: ›*Mir egal. Erledigen wir sie.*‹ Das bedeutet ›vorsätzlich‹.

Diese junge Frau, die einem praktisch Fremden die Wäsche zurückbrachte, obwohl sie von den Behörden verfolgt wurde, soll kaltblütig geplant haben, die Grahams auszumerzen wie Ameisen, die einen bei einem Picknick stören? Diese Vorstellung ist eine Perversion jeglicher Prinzipien der Logik und des gesunden Menschenverstandes, die wir kennen.

Aber fahren wir fort«, sagte ich und kam auf den nächsten Punkt zu sprechen. »Als Jennifer am Tag ihrer Verhaftung vom FBI verhört wurde, zeigte sie das Verhalten einer Unschuldigen. Sie verzichtete nicht nur auf einen Anwalt, sie verweigerte auch nicht die Aussage, sie ließ sich auch nicht die Antworten wie Würmer aus der Nase ziehen, sie konnte gar nicht *erwarten*, alles über Palmyra zu erzählen. Sie wollte Shishido berichten, was dort geschehen war. Sie war sogar so eifrig, daß sie ihn unterbrach, als er sie über ihre Rechte aufklärte.

Jennifer sprach nicht nur freimütig mit Shishido, sie gewährte auch einem Reporter vom *Honolulu Advertiser* ein Interview. Als ich sie auf dem Zeugenstand fragte, warum sie mit ihm gesprochen hatte, antwortete sie: ›Weil er mit mir sprechen wollte.‹ Ich bin überzeugt, hätte der Tierschutzverein angerufen, hätte sie auch mit ihm gesprochen.

Schnappschüsse, meine Damen und Herren, eines unschuldigen Geistes.

Noch ein Indiz für Jennifers Unschuld? Bitte sehr. Aller Wahrscheinlichkeit nach wurden die Leichen der Grahams in der Nähe der Stelle in die Lagune geworfen, wo später die Knochen gefunden wurden. Ein so schwerer Behälter wird nicht weit abgetrieben. Wir wissen, daß die Lagune verhältnismäßig ruhig war, auch wenn draußen auf dem Meer ein Sturm herrschte.

Mister Shishido hat ausgesagt, daß Jennifer ihm am 29. Oktober 1974 den Ort genannt hat, wo sie den gekenterten Zodiac fand. Und siehe da, sieben Jahre später findet Sharon Jordan ganz in der Nähe Muff Grahams Überreste.

Hätte Jennifer gewußt, wo die Leichen in die Lagune geworfen worden waren, hätte sie das FBI doch wohl kaum dorthin geschickt. Sie hätte aussagen können, das Dingi an einer ganz anderen Stelle gefunden zu haben.«

Ich ließ auch dieses Argument einsinken. »Ich habe hier zahlreiche Beispiele erwähnt«, fuhr ich dann fort, »die der Tatsache zufolge, daß sich Schuldige nicht unschuldig verhalten, für Jennifers Unschuld sprechen. Was ist nun mit dem umgekehrten Argument, das Mister Enoki vorbringen könnte? Daß sich Unschuldige nicht schuldig verhalten?

Nun, meine Damen und Herren Geschworenen, dieses Argument ist nichtig, da sich Jennifer in der Tat schuldig fühlte, *aber nicht schuldig eines Mordes*. Sie hatte sich schuldig gemacht, einem flüchtigen Verbrecher zur Flucht verholfen zu haben, das Verschwinden der Grahams nicht gemeldet zu haben, auf einer Yacht zu hausen, die ihr nicht gehörte. Vielleicht würde Sartre, der französische Existentialist, mir nicht zustimmen, doch ich behaupte, daß sich Jennifer in einer Reihe von Umständen verfangen hatte, die außerhalb ihrer Kontrolle lagen. Und diese Umstände haben sie dazu gebracht, sich in einigen wenigen Fällen nicht so zu verhalten, wie es ihrer eigentlichen Natur entsprach. Im nachhinein ist sie nicht besonders stolz darauf. Doch wir alle wissen, daß so etwas im Leben vorkommt. Wenn Sie sich zu Ihren Beratungen zurückziehen, müssen Sie die Erfahrungen, die Sie gemacht haben, Ihre Menschenkenntnis, nicht an der Tür zurücklassen. Sie können sie mit in den Beratungsraum nehmen, und ich weiß, daß Sie das auch tun werden.

Jennifer Jenkins hat sich in den falschen Mann verliebt,

in einen Mann auf der Flucht. Ich hasse es, auf Klischees zurückzugreifen, doch dieser Fall ist ein klassisches Beispiel dafür, was geschehen kann, wenn ein guter, anständiger Mensch zum Opfer der Umstände wird.«

»Ich möchte nun mit Ihnen drei Fehler besprechen, die Buck Walker unterlaufen sind und die eindeutig auf Jennifers Unschuld hinweisen. Nur vier Personen waren auf Palmyra, von denen nun zwei tot sind. Und da diese Fehler eindeutig auf Jennifers Unschuld hinweisen, beweisen sie gleichzeitig Buck Walkers alleinige Schuld, da er der einzige ist, der noch übrig bleibt.

Mit anderen Worten, es gibt auch noch eine andere Möglichkeit als das Spiel der Anklage ›Vier minus zwei ist zwei‹: Vier minus drei ist eins.

Einer dieser Fehler war wahrscheinlich instinktiver Natur; die beide anderen *mußte* er buchstäblich begehen, da er die Morde allein durchführen mußte.«

Ich erklärte, daß Walkers instinktiver Fehler darin lag, daß er sich immer wieder als alleiniger Besitzer der *Sea Wind* bezeichnete. »Zu Larry Seibert und Seiberts Boß Joseph Stuart hat er gesagt: ›*Ich* habe das Schiff bei einem Schachspiel gewonnen.‹ Zu Joel Peters hat er nicht ein-, sondern zweimal gesagt: ›Das ist mein Schiff.‹ Nicht ›Das ist unser Schiff‹, sondern ›Das ist mein Schiff‹. Warum hat Walker immer ›ich‹ und ›mein‹ und nie ›wir‹ und ›unser‹ gesagt? Weil er, und er allein, diese Morde begangen hat.«

Was den zweiten Fehler betraf, fuhr ich fort, wolle Enoki den Geschworenen einreden, das Verbrennen des Schädels und das Feuer in dem Behälter seien Beweise für den Mord an Muff Graham. »Sehen Sie sich die Beweisstücke an«, sagte ich. »Am Schädel von Muff Graham gibt es eine weiße Stelle über dem linken Auge. Sie ist etwa so groß wie meine Hand. Dr. Uberlaker erklärte, diese weiße Stelle stamme daher, daß ›der Knochen extremer Hitze ausgesetzt gewesen war‹. Dr. Stephens, der Gerichtsmediziner, nannte sie ›eine örtliche Verbrennung von hoher Intensität‹. Beide Mediziner sagten aus, ein Schneidbrenner habe diese Verbrennung herbeiführen können.«

Ich erinnerte die Geschworenen daran, daß sich in Macs Werkstatt ein Schneidbrenner befand.

»Dann hat der FBI-Metallurge William Tobin, der den Behälter mehrfach untersucht hat, ausgesagt, es habe ein Feuer *in* dem Behälter gebrannt, das durch Benzin oder Kerosin verstärkt worden war.

Ich glaube, wir können mit Sicherheit davon ausgehen, daß Buck Walker keinen Grund hatte, im Inneren des Behälters ein Feuer zu entfachen, wenn sich nicht schon Muff Grahams Leiche darin befand.

Was hat das alles nun zu bedeuten? Es ist eigentlich ganz einfach. Welchen Grund hatte Buck Walker, mit einem Schneidbrenner eine schon tote Frau zu verbrennen? Er wollte damit verhindern, daß man die Leiche identifizieren kann, falls man sie doch noch vor ihrem völligen Zerfall finden sollte. Ohne eine Identifizierung der Leiche waren die Aussichten auf eine Anklage praktisch gleich Null. Daher sollte das Feuer verhindern, daß man Muff Graham die Fingerabdrücke abnehmen konnte, und auch ihre Zähne sollten zerstört werden. Wir wissen jedoch, daß es nicht dazu gekommen ist.«

Ich las jenen Teil von Dr. Uberlakers Aussage vor, in dem er bestätigte, daß nur der Schädel über der linken Augenhöhle und ›vielleicht die rechte Seite des Unterkiefers leiche Spuren einer Verbrennung‹ aufwiesen.

»Wenn Buck Walker nun dieses Feuer lange genug beibehalten hätte, hätten zweifellos auch andere Skelettüberreste Muff Grahams Verbrennungsspuren aufgewiesen.

Wir wissen nicht, wie lange Muff Grahams Leiche gebrannt hat. Aber wir wissen eins. *Buck Walker hat die Verbrennung abgebrochen.* Wir haben die Aussage eines

Experten gehört, daß man bei 520 Grad Celsius etwa vier Stunden braucht, um eine menschliche Leiche einzuäschern. Das wußte Buck Walker wahrscheinlich nicht. Er hat das Feuer angezündet, sah, daß es zu lange dauerte, und brach seine Bemühungen ab.

Und jetzt frage ich Sie, *warum* er damit aufhörte. Es kann nur einen logischen Grund dafür geben. *Er muß unter Zeitdruck gestanden haben*. Und das führt zu der Frage: Warum war Buck Walker auf einer einsamen Pazifikinsel, auf der außer ihm nur noch ein anderer Mensch weilte, unter Zeitdruck geraten? Ich wiederhole: Warum war er unter Zeitdruck? Weil diese eine andere Person auf der Insel, Jennifer Jenkins, nicht an dem beteiligt war, was er tat.«

Ich wies auf die wachsende Wahrscheinlichkeit hin, daß Jennifer den Rauch riechen oder sehen würde, je länger das Feuer brannte. »Buck mußte die Morde begehen, ohne daß sie etwas davon mitbekam, und dieser Zeitdruck, unter dem Buck Walker stand, ist schon für sich gesehen ein überzeugender Beweis dafür, daß Buck Walker die Morde allein begangen hat.

Auch der dritte Fehler, den Buck Walker begang, weist eindeutig auf Jennifer Jenkins' Unschuld hin, und zwar so eindeutig, daß auch er für sich gesehen ausreicht, um ihre Unschuld zu beweisen. Aber gehen wir Schritt für Schritt vor.«

Ich konnte sehen, daß meine Ausführungen das Interesse der Geschworenen gewonnen hatten. Ich hatte ihnen explosive Schlußfolgerungen angekündigt und auch geliefert.

»Buck Walker hat Mrs. Grahams Leiche in diesen Behälter gepackt«, sagte ich und deutete auf das Beweisstück, das sich noch im Gerichtssaal befand, »und aus zwei Gründen in der Lagune versenkt, einem sehr und einem weniger offensichtlichen Grund.

Der offensichtliche Grund ist natürlich, daß er die Leiche vor den Behörden verbergen wollte. Ohne Leiche würde der Fall gegen ihn viel schwächer sein; vielleicht würde man ihn sogar überhaupt nicht anklagen.

Doch war der Grund der Lagune der beste Ort, um Muffs Leiche zu verbergen? Die Antwort lautet zweifellos nein. Warum? Weil Buck Walker wußte, daß, sobald das Verschwinden der Grahams bekannt werden würde, die Behörden nach ihnen suchen würden, was sie dann ja auch getan haben. Und zuerst würden sie natürlich auf der Insel und in der Lagune suchen, was sie ebenfalls getan haben. Er mußte sogar wissen, daß sie *nur* auf der Insel und in der Lagune suchen konnten, denn das Meer kann man ja nicht absuchen.

Buck Walker wußte also, daß die Behörden den Behälter vielleicht finden würden oder daß er mit seiner gräßlichen Fracht vielleicht eines Tages von sich aus an die Oberfläche treiben würde, was dann ja auch geschehen ist. Also war die Lagune nicht der beste Ort, um die Leiche zu verstecken.

Was war also der beste Ort? Ganz klar, weit draußen auf See, wo die Leiche – wie so viele andere – für immer verschwinden würde. Eine ungeschützte Leiche im Ozean wird normalerweise von Meerestieren verzehrt. Die See ist der ultimate Friedhof, der ein Geheimnis auf ewig verbergen wird. Es kann doch wohl kaum offensichtlicher sein. Selbst jemand, der nicht alle Tassen im Oberstübchen hat, würde das wissen.

Ich will damit sagen, meine Damen und Herren Geschworenen, daß selbst der beschränkteste Mörder das wissen würde. Und auf jeden Fall Buck Walker, ein erfahrener Gewaltverbrecher, der bereits zwei fast perfekte Morde begangen hatte und so wenig Beweise wie möglich zurücklassen wollte.

Wenn Buck Walker diese Morde gemeinsam mit Jennifer Jenkins begangen hätte, wenn sie gemeinsam diese abscheuliche Tat geplant und durchgeführt hätten, hätten sie dann die Leichen der Grahams nicht auf hoher See beseitigt? Das sagt einem doch schon der gesunde Menschenverstand. Es wäre kein Problem für sie gewesen, die Leichen auf der *Sea Wind* mitzunehmen, bis sie Hunderte von Meilen auf See waren, und sie dann über Bord zu werfen. So wären sie praktisch hundertprozentig sicher gewesen, daß man die Leichen niemals gefunden hätte.

Aber dazu kam es nicht, weil nicht ›sie‹ das Verbrechen begangen haben, sondern ›er‹. Buck Walker hat diese Morde allein begangen.«

Was ich nun sagte, war so offensichtlich, daß es mir fast schon peinlich war, doch es gehörte zu meinem logischen Gedankengebäude und mußte deshalb gesagt werden. Ich erklärte, daß Walker die Leichen nicht mit auf See nehmen konnte, als er und Jennifer Palmyra auf der *Sea Wind* verließen, weil Jennifer sonst gewußt hätte, daß Buck die Grahams getötet hatte. »Buck Walker hatte also keine andere Wahl, als Mac und Muff auf Palmyra zu beseitigen, ohne daß Jennifer etwas davon mitbekam.«

Ich ging langsam zu dem Aluminiumbehälter hinüber. »Ich behaupte, daß dieser Behälter, der auf Palmyra gefunden wurde, ein lautes Zeugnis ablegt, obwohl er stumm ist. Er verkündet, daß Buck Walker und sonst niemand Eleanor Grahams Blut vergossen hat.

Es ist nicht so, daß Buck nicht versucht hätte, seine Tat zu verschleiern. Das beweist schon allein das Feuer, das die Identifizierung der Leiche verhindern sollte. Doch zu dem letzten Schritt, der die Tat endgültig verschleiert hätte, war Buck Walker nicht imstande. Da Jennifer nichts von seiner Tat wissen durfte, konnte er die Leichen nicht auf hoher See beseitigen.

Statt dessen war Buck gezwungen, einen Behälter zu suchen, die Leiche in den Behälter zu packen, zu versuchen, sie einzuäschern, den Behälter zu sichern und dann in der Lagune zu versenken. Als er dies tat, meine Damen und Herren Geschworene, hat er nicht nur versucht, die Leichen vor den Behörden zu verbergen. Viel wichtiger für ihn war es, *die Leichen vor Jennifer zu verber-*

gen. Und damit hätte er nicht deutlicher betonen können, daß er, und er allein, diese beiden alptraumhaften Morde begangen hat.

Mister Enoki wird vielleicht widersprechen und behaupten, Buck hätte *allein* auf See hinausfahren und die Leichen dort beseitigen können. Dieses Argument der Anklage zieht jedoch nicht. Zum einen mußte er Jennifer gegenüber den Anschein erwecken, sich immer auf der Insel aufgehalten zu haben. Wie hätte er da einige Meilen aufs Meer hinausfahren können? Zum anderen hat Bernard Leonard ausgesagt, daß der Zodiac nicht gerade seetüchtig war, da er schnell vollief.

Doch es gibt noch einen besseren Grund, warum Buck die Leichen nicht auf hoher See beseitigen konnte.«

Ich trat zu der Karte von Palmyra.

»Wie Sie anhand dieser Karte sehen können, hatte Jennifer von der *Iola* aus einen ungehinderten Blick auf den Kanal und hätte daher jedes Schiff oder Boot sehen können, das die Lagune verließ oder einfuhr. Wenn Jennifer Buck an Bord des Zodiac gesehen hätte, hätte sie sofort gewußt, daß etwas nicht stimmt, den er hatte ihr ja gesagt, Mac *und* Muff wollten Fischen fahren. Selbst, wenn sie ihn mit Mac verwechselt hätte, hätte sie ihn wohl kaum für zwei Personen gehalten, Mac und Muff. Und selbst wenn Jennifer nur gesehen hätte, daß der Zodiac die Lagune durch den Kanal verließ, wäre sie mißtrauisch geworden, denn die Grahams wollten ja auf der Lagune fischen.

Aus demselben Grund war es Buck versagt, die Leichen der Grahams an einer anderen Stelle der Lagune zu versenken.«

Ich richtete die Aufmerksamkeit der Geschworenen wieder auf die Karte und erklärte, daß nur ein kleiner Teil der Lagune – etwa zehn Prozent – von der *Iola* aus nicht einzusehen war, da die in die Lagune ragende Landzunge ihn verdeckte.

»Ich behaupte, es ist kein Zufall, daß Sharon Jordan

Muff Grahams Überreste innerhalb dieses Streifens von etwa zehn Prozent gefunden hat und daß Jennifer den gekenterten Zodiac in derselben Gegend fand – in diesem schmalen Streifen, der von den Anlegepfosten aus nicht einzusehen ist. Und Jennifer hat ausgesagt, gegen 16 Uhr 30 am 30. August den Zodiac in dieser Gegend gehört zu haben.

Es war Buck unmöglich, diesen Streifen von etwa zehn Prozent zu verlassen«, sagte ich und fuhr mit der Hand über die restlichen neunzig Prozent der Lagune auf der Karte, »weil Jennifer ihn dann von der *Iola* aus gesehen hätte.

Buck Walker war also nicht nur gezwungen, die Leichen in der Lagune zu versenken, sondern auch, sich auf jenen kleinen Teil der Lagune zu beschränken, wo man später den gekenterten Zodiac und Muffs Überreste fand.«

Ich ließ die Geschworenen wissen, daß ich mich dem Ende meines Plädoyers näherte. »Doch ich muß noch ein paar Punkte mit Ihnen besprechen: Indizienbeweise, Verdachtsmomente, begründeter Zweifel, dann ein paar Schlußbemerkungen.«

Ich wußte, daß ich gegen Mittag fertig sein würde. Ich hatte am vergangenen Nachmittag drei Stunden lang gesprochen und würde heute, wenn man die Frühstückspause abzog, etwas länger als zwei Stunden sprechen. Ich reizte die Beschränkung des Richters auf fünf Stunden fast bis zum Letzten aus.

»Zuerst die Indizienbeweise. Ich möchte Ihnen den Unterschied zwischen direkten und Indizienbeweisen verdeutlichen. Nehmen wir die Frage, ob es draußen geregnet hat. Wenn Sie tatsächlich gesehen haben, daß es geregnet hat, liegt ein direkter Beweis vor. Wenn Sie nur darauf schließen können – zum Beispiel, weil jemand mit nasser Kleidung nach Hause gekommen ist –, handelt es sich um einen Indizienbeweis. Natürlich könnte dieser Jemand auch eine unliebsame Begegnung mit dem Rasensprenger Ihres Nachbarn gehabt haben. Oder es könnte vor ein paar Stunden geregnet haben, jetzt aber nicht mehr, und die Kleidung ist deshalb noch naß. Und so weiter. Das ist das Problem mit Indizienbeweisen.

Dieser Fall beruht auf Indizienbeweisen. Indizienbeweise sind zwar rechtsgültig, doch Richter King wird Ihnen die folgende Belehrung geben: ›Wenn die Geschworenen der Ansicht sind, daß sich die Beweise in diesem Fall auf zweierlei Art auslegen lassen, von denen die eine auf die Unschuld und die andere auf die Schuld der Angeklagten deutet, sollten die Geschworenen natürlich von der Unschuld der Angeklagten ausgehen.‹

Bitte beachten Sie, daß die Schlußfolgerung der Unschuld nicht einsichtiger oder auch nur genauso einsichtig sein muß wie die der Schuld. Wenn die Beweislage die Unschuld der Angeklagten zuläßt, sollten Sie einen Schuldspruch ausschließen. So verlangt es das Gesetz.«

Ich verdeutlichte den Geschworenen, daß sie auf ›nicht schuldig‹ entscheiden mußten, wenn die Beweislage zumindest eine begründete Schlußfolgerung erlaubte, daß Jennifer unschuldig war.

»Über den nächsten Punkt möchte ich mich etwas ausführlicher mit Ihnen unterhalten«, fuhr ich fort. »Dabei handelt es sich um die Verdachtsmomente.

Die Anklage hat bei diesem Fall nicht einen einzigen *Beweis* erbracht, daß Jennifer Jenkins die Grahams ermordet oder Buck Walker bei den Morden in irgendeiner Hinsicht unterstützt hat. Ihr gesamter Fall beruht auf Verdachtsmomenten. Und Richter King wird Ihnen eindeutig mitteilen: ›Die Geschworenen werden in Erinnerung behalten, daß ein Angeklagter niemals auf bloße Verdachtsmomente oder Mutmaßungen hin verurteilt werden darf.‹

Manchmal hegen wir einen um so größeren Argwohn, je weniger wir wissen. Und hier waren vier Menschen auf einer Insel, zwei wurden ermordet, und die beiden anderen hatten plötzlich deren Yacht. Sie haben falsche Aussagen darüber gemacht, wie sie in den Besitz dieser Yacht kamen, und das erweckt natürlich unseren Argwohn, weil wir praktisch nichts über die Fakten wissen.

Dieser Prozeß hat einen Großteil der Fakten im Zusammenhang mit diesen beiden Morden ans Licht gebracht, und damit ist der Schatten des Verdachts gegen Jennifer Jenkins wie Tau in der Morgensonne verschwunden. Je mehr wir über die Fakten erfuhren, desto geringer wurde unser Argwohn.

Die Anklage wird vielleicht behaupten, Jennifers Schuld stünde über jeden begründeten Zweifel hinaus fest. Doch das ändert überhaupt nichts daran, daß dieser Fall lediglich auf reinen, unbewiesenen Verdachtsmomenten beruht.

Mister Enoki wird zweifellos ausführen, daß es bei diesem Fall mehr als bloße Verdachtsmomente gibt, nämlich Beweismaterialien. Natürlich gibt es Beweise. Alle Aussagen, die auf dem Zeugenstand gemacht wurden, ob sie nun gut oder schlecht, wahr oder falsch sind, sind Beweismaterialien. Doch sie stellen noch lange keinen eindeutigen *Beweis* dar.

Die Anklage hat die *Beweispflicht*, nicht die Pflicht, *Argwohn* zu wecken. Doch alle Beweise, die die Anklage in diesem Fall erbracht hat, wecken lediglich Argwohn und beweisen die Schuld der Angeklagten keinesfalls über jeden begründeten Zweifel hinaus.

Wenn Mister Enoki in seiner Erwiderung auf mein Plädoyer erneut behauptet, Jennifer sei schuldig, stellen Sie sich bitte die Frage: ›Wo sind die Beweise, Mister Enoki? Wo sind Ihre Beweise?‹«

Ich ging zum leeren Zeugenstand, auf dem so viele Zeugen den Eid abgelegt und, einer nach dem anderen, kleine Teile des Rätsels mitgeteilt hatten. Einige dieser Stücke paßten gut zusammen, dachte ich, andere wiederum nicht.

»Wenn wir bestenfalls einen Fall haben, der auf Verdachtsmomenten beruht«, fuhr ich fort, »ist die Behauptung, Jennifer Jenkins' Schuld wäre über jeden berechtigten Zweifel hinaus erwiesen worden, geradezu lächerlich. *Über jeden berechtigten Zweifel hinaus*, meine Damen und Herren Geschworenen. Das ist der bei weitem wichtigste Grundsatz der amerikanischen Rechtsprechung.«

Ich hielt inne und kehrte zum Podium zurück. »Ich werde Ihnen jetzt etwas sagen, was Ihnen vielleicht schockierend vorkommt, meine Damen und Herren Geschworenen, doch ich versichere Ihnen, so lautet das Gesetz. Sie sind nicht hier, um zu entscheiden, ob Jennifer Jenkins an der Ermordung Mrs. Grahams beteiligt war oder nicht. Das heißt, um zu entscheiden, ob sie schuldig ist oder nicht.« Die meisten Geschworenen schauten verwirrt drein, als wollten sie sagen: »Weshalb sitzen wir denn hier?« Einige sahen sogar zum Richter hinüber. »Selbst, wenn Sie *diese* Entscheidung treffen müßten, haben wir sehr, sehr substantielle Beweise für ihre Unschuld vorgelegt. Aber darauf kommt es letztendlich nicht an. Dem Gesetz zufolge muß ein Geschworenen *nicht* überzeugt sein, daß der Angeklagter unschuldig ist, um ihn nicht schuldig zu sprechen.

Die entscheidende Frage lautet: Ist die Anklage ihrer Beweispflicht nachgekommen? Hat sie die Schuld der Angeklagten über jeden berechtigten Zweifel hinaus bewiesen?« Ich spürte, wie sich die Geschworenen entspannten. Ja, das hatten sie schon einmal gehört. »Darauf kommt es an«, sagte ich. »Und selbst wenn die Geschworenen einen Angeklagten für schuldig halten, dürfen sie ihn vom Gesetz her nicht schuldig sprechen, wenn sie begründete Zweifel an seiner Schuld haben.

Gibt es irgendeinen Menschen in diesem Gerichtssaal«, sagte ich laut und geringschätzig, »der die unglaublich schwache Beweisführung der Anklage verfolgt hat und nun guten Gewissens sagen kann, er habe *absolut keinen begründeten Zweifel*?«

Dann kam ich Enoki zuvor, indem ich ein Argument vorwegnahm, das praktisch alle Ankläger benutzen: »Mister Enoki wird zweifellos ausführen, daß die Anklage nur die Pflicht hat, die Schuld der Angeklagten über jeden begründeten Zweifel hinaus zu beweisen, aber nicht über jeden Zweifel hinaus. Damit hat er recht. Wenn die Anklage eine Schuld über *jeden* Zweifel hinaus, selbst über den lächerlichsten, beweisen müßte, würde sie keine einzige Verurteilung bewirken können. Aber lassen Sie sich nicht von Mister Enoki hinters Licht führen. Ein Beweis über jeden berechtigten Zweifel hinaus bedeutet nicht, über *jeden* Zweifel hinaus, sondern kommt einem absoluten Beweis so nahe, wie man ihm nur kommen kann.

Das Schlüsselwort lautet ›begründet‹ oder ›berechtigt‹. Und auf diesem Schlüsselwort basiert die englische und amerikanische Rechtsprechung seit Jahrhunderten. Was auch immer im Verlauf der Jahre verändert wurde, diese Vorschrift blieb uneingeschränkt bestehen.«

Nachdem ich den Geschworenen die Belehrung vorgelesen hatte, die Richter King ihnen über einen begründeten Zweifel geben würde, versuchte ich, diese Belehrung gefühlsmäßig zu vertiefen, damit sie ihnen in Fleisch und Blut überging. »Vielleicht kann man die Doktrin des begründeten Zweifels folgendermaßen erläutern. Wenn ein Geschworener bei einem Strafprozeß denkt: ›Ich *glaube schon*, daß der Angeklagte schuldig ist‹, oder wenn er denkt: ›Wenn ich *wetten müßte*, würde ich ihn für schuldig halten‹, reicht das nicht aus. Selbst wenn ein Geschworener denkt: ›Ich glaube, daß er *wahrscheinlich* schuldig ist‹, oder: ›Ich glaube, daß er *höchstwahrscheinlich* schuldig ist‹, reicht das nicht aus. Um einen Angeklagten zu verurteilen, muß ein Geschworener eine größere Überzeugung von seiner Schuld haben – *über jeden begründeten Zweifel hinaus*«, sagte ich fest.

»Man kann nicht aufgrund bloßer Verdachtsmomente auf eine Schuld schließen. Die Anklage muß die Schuld eindeutig beweisen, und das hat sie hier nicht getan. Wir hingegen haben, obwohl wir nicht unter Beweispflicht stehen, starke Beweise für Jennifers Unschuld erbracht: ihre offene Aussage auf dem Zeugenstand; die unwidersprochenen Aussagen mehrerer Leumundszeugen, die Jennifer als friedlichen, mitfühlenden Menschen beschrieben haben, der jede Gewalt verabscheut; die zahlreichen Beispiele, bei denen Jennifers Verhalten eindeutig von Unschuld und nicht von Schuld geleitet wurde; und schließlich die nachvollziehbaren Fehler Buck Walkers, die den eindeutigen Schluß aufzwingen, daß er allein Mrs. Graham ermordet hat.

Wenn all das nicht ausreicht, um einen begründeten Zweifel zu wecken, sollten wir diese Doktrin der amerikanischen Rechtsprechung abschaffen, weil sie zu einer leeren Phrase geworden ist.

Ich frage Sie, meine Damen und Herren Geschworenen, wenn diese Punkte keinen begründeten Zweifel hervorrufen, welche könnten es dann?«

Ich bemerkte zum ersten Mal, daß meine Stimme allmählich heiser klang. Die Zitrone mit Honig hatte geholfen, doch ich war gerade rechtzeitig am Schluß meines Plädoyers angelangt.

»Wenn Sie sich also beraten, berücksichtigen Sie bitte, daß es drei verschiedene, voneinander unabhängige Gründe gibt, die jeder für sich einen Freispruch rechtfertigen.

Erstens die eindeutigen Indizien, die auf Jennifers Unschuld hinweisen – darauf, daß sie nichts mit der Ermordung der Grahams zu tun hatte.

Zweitens die Anweisung des Richters, daß Sie sich im Zweifelsfall zugunsten der Angeklagten entscheiden sollen. Dafür reicht aus, daß zumindest ein Indizienbeweis auf Jennifers Unschuld schließen läßt.

Und drittens, wie wir betonen und immer wieder betonen müssen, die Doktrin des begründeten Zweifels. Die Anklage ist ihrer Beweispflicht zweifellos nicht nachgekommen. Sie hat in keiner Hinsicht eine Schuld über jeden begründeten Zweifel hinaus nachgewiesen. Man könnte fast behaupten, daß ihre Prozeßführung ein Sakrileg an der Doktrin des begründeten Zweifels darstellt, eine Blasphemie an diesem Grundsatz, auf dem unsere gesamte Rechtsprechung beruht.«

Ich zog ein Taschentuch hervor und wischte mir die Stirn ab. Ich war am Ende meines Plädoyers angelangt und fuhr etwas leiser fort.

»Sie dürfen nicht vergessen, daß Jennifer Jenkins selbst bei einem Freispruch für den Rest ihres Lebens einen tiefen, wenn nicht sogar irreparablen Schaden davongetragen hat. Die Tatsache, daß man ihr einen Mord vorgeworfen hat, das schrecklichste aller Verbrechern, wird, solange sie lebt, einen Schatten auf ihr Leben werfen. Ihr ist bereits ein großes Unrecht angetan worden.

Es kann nur ein Urteil geben, meine Damen und Herren, nur ein Urteil, das nicht nur unserem Rechtsempfinden entspricht, sondern auch den vorgelegten Beweisen, und dieses Urteil kann nur nicht schuldig lauten. *Nicht schuldig*. Die vorgelegten Fakten und die gesetzlichen Vorschriften schreien geradezu nach diesem Urteil. Die Verteidigung vertraut darauf, daß Sie weder uns noch die Gerechtigkeit enttäuschen werden, die zu bewahren Sie geschworen haben.

Mein Kollege Mister Weinglass und ich und unsere Klientin Jennifer Jenkins möchten Ihnen, jedem einzelnen von Ihnen, für die Geduld und die Aufmerksamkeit danken, die Sie uns während des gesamten Prozesses entgegengebracht haben.

Ich danke Ihnen, meine Damen und Herren.«

Als ich zum Tisch der Verteidigung zurückkehrte und wieder auf meinem Stuhl Platz nahm, lächelte Len. »Das war meisterhaft«, sagte er, »wirklich meisterhaft.«

Als der Richter eine Pause verkündete, kam auch Ted Jenkins zu unserem Tisch. »Vince, Sie waren mehr als nur hervorragend«, sagte er aufgeregt. »Es gibt keinen

Begriff, der Ihr Plädoyer angemessen beschreiben könnte.«

Seine Mutter stand dicht hinter ihm. Ihre Augen schimmerten feucht, als sie mich umarmte. »Danke, Vince. Ich glaube, jetzt haben wir eine Chance.«

Erst vielleicht eine Stunde später begriff ich, daß nur eine Person, die der Verteidigung nahestand, nichts gesagt hatte.

Jennifer.

13 Uhr 30 an diesem Nachmittag

Bei der Erwiderung darf die Anklage theoretisch nur auf Argumente der Verteidigung eingehen. Doch da ich auf nicht schuldig plädiert hatte, stand die Tür für den Staatsanwalt weit auf, nach der Erwiderung auf meine jeweiligen Argumente noch einmal auszuholen und alle Beweise aufzuführen, die seines Erachtens für Jennifers Schuld sprachen. Hätte Enoki diesen Weg eingeschlagen, anstatt sich tatsächlich nur darauf zu beschränken, auf meine Argumente zu antworten, hätte er wesentlich mehr Punkte für die Anklage machen können.

»Mister Bugliosi ist sehr ausführlich auf die verschiedensten Themen eingegangen«, begann Enoki seine Erwiderung. »Ich glaube, er hat etwa fünf Stunden lang gesprochen. Ich bin sicher, Sie alle sind erleichtert, daß ich nicht vorhabe, auf jeden einzelnen seiner Punkte zu antworten. Dann säßen wir noch einmal fünf Stunden hier.«

Doch die größte Erleichterung zeigte sich eindeutig auf Enokis Gesicht.

»Doch indem ich nicht auf jedes einzelne Argument eingehe, daß die Verteidigung gebracht hat, schließen Sie bitte nicht darauf, daß ich mit dem, was er gesagt hat, einverstanden bin.

Ich möchte mich im voraus entschuldigen. Ich konnte

nicht ahnen, worauf Mister Bugliosi alles eingehen würde. Daher konnte ich meine Erwiderung nicht so vorbereiten, wie ich es mir gewünscht hätte.«

Ich glaubte, meinen Ohren nicht zu trauen. Enoki war anscheinend von meinem Plädoyer völlig überrascht worden und gestand den Geschworenen ein, daß er nicht dementsprechend darauf reagieren konnte! Er wirkte beim letzten Satz des entscheidenden Spiels völlig verwirrt.

Ich hatte erlebt, daß auch andere Ankläger diesen Fehler gemacht hatten – die Erwiderung hastig dahinzukritzeln, während die Verteidigung ihr Plädoyer hält, anstatt es vorher sorgfältig vorzubereiten. Da der Ankläger alle Schwächen seines Falls kennt, müßte er jedes Argument der Verteidigung, das diese Schwächen angreift, schon im voraus erahnen und seine Erwiderung vorbereitet haben, bevor der Anwalt der Verteidigung sein Plädoyer auch nur begonnen hat. Bei der Erwiderung auf das Plädoyer sollte der Ankläger sogar seine stärksten Argumente vorbringen und alle Register seines Könnens ziehen.

»Vielleicht wende ich mich einfach einem Thema nach dem anderen zu, das Mister Bugliosi zur Sprache gebracht hat«, fuhr Enoki fort und setzte tatsächlich zu einer völlig unvorbereiteten und zusammenhanglosen Erwiderung an.

»Mister Bugliosi hat über Bill Larson gesagt, die Anklage habe ihn nicht aufgerufen. Er sagte das so, als wolle er uns dabei eine Schurkerei unterstellen. Aber die Anklage hat Mister Larson niemals verschwiegen. Sie werden sich erinnern, daß das FBI mit Mister Larson gesprochen hat. Die Verteidigung konnte Mister Larson aufrufen. Jede Seite kann ihre Zeugen aufrufen. Das ist unser System.«

Enoki nächster Punkt betraf Jennifers Behauptung, der Anwalt bei ihrem Diebstahlprozeß habe ihr geraten, einen Meineid zu begehen, doch mir entging die Logik seiner Ausführungen völlig.

»Mister Bugliosi hat eine Bemerkung darüber gemacht, daß die Anklage nicht Miss Jenkins' ehemaligen Anwalt vorgeladen hat. Zuerst einmal konnte die Anklage nicht im voraus von diesem Vorstoß wissen. Und zweitens geben Prozeßprotokolle keinen Aufschluß darüber, wo sich der Anwalt aufhält oder was er gerade tut.«

Wollte Enoki den Geschworenen sagen, daß das FBI Jennifers ehemaligen Anwalt nicht finden konnte, der noch immer praktizierte?

»Und drittens, glauben Sie wirklich, der Anwalt würde die Wahrheit sagen und sich in Schwierigkeiten bringen? Ich glaube wirklich nicht, daß dieser Vorschlag der Verteidigung sehr fair war.«

Behauptete Enoki damit, der Anwalt würde sich nicht in Schwierigkeiten bringen, indem er die Wahrheit sagte – *daß* er Jennifer aufgetragen hatte, einen Meineid zu leisten? Gerade daraus hätten die Ankläger doch einen Vorteil ziehen können.

»Mister Bugliosi hat sein Plädoyer mit einer ziemlich komischen Bemerkung begonnen. Er hat gesagt, man könne aufführen, daß vielleicht gar kein Mord stattgefunden hat, doch dann hat er gesagt, er wolle das gar nicht versuchen.«

Daraufhin erklärte Enoki mehrere Minuten lang, wieso ein Mord stattgefunden hatte, ein Punkt, den ich bereits eingestanden hatte.

»Dann hat er etwas über das Logbuch gesagt ... Entschuldigung ... über unschuldiges Verhalten. Er hat gesagt, er hätte ... oder sie hätte ... sie hätte sich nicht die Geschichte mit dem Zodiac ausgedacht ... den Zodiac auf dem Strand gefunden zu haben, weil ... wenn sie versucht hätte, sich eine Geschichte auszudenken, die Grahams wären ertrunken, hätte sie offensichtlich den Zodiac statt dessen auf der Lagune treiben lassen. Na ja, ich meine, man muß ihr wirklich ein Kompliment machen, sich so eine Geschichte ausgedacht zu haben.

Mister Bugliosi sprach in seinem Plädoyer von einer hohen Flut, von einer niedrigen Flut, von einer hohen Ebbe und einer niedrigen Ebbe. Ich glaube, hier steht nicht zur Debatte, daß es zwischen 16 Uhr 30 am 30. August und der Morgendämmerung des 31. Augusts eine Flut gegeben hat. Aber nun sagt er, tja, war das eine hohe Flut, und warum haben wir keinen Experten hinzugezogen? Der Grund dafür ist zuerst einmal darin zu suchen, daß sich die gesamte Sache mit der hohen und der niedrigen Flut nicht aus den Beweisen ergibt, sondern eigentlich von Mister Bugliosi stammt.

Bei einer Reihe von Behauptungen während seines Schlußplädoyers bezieht sich Mister Bugliosi einzig und allein auf Miss Jenkins' Aussage, um die angeblichen Fakten, die er aufführt, zu untermauern.

Und was ist mit Joel Peters und seiner Wäsche? Ich muß gestehen, daß ich noch nie von einem Freispruch gehört habe, der darauf basiert, daß der Angeklagte jemandem die Wäsche zurückgebracht hat.

Nun ja, in diesem Fall hat Miss Jenkins ... oder zumindest hat Mister Bugliosi behauptet, Mister Walker habe die Morde allein begangen. Wenn nun Miss Jenkins ... oder Mister Bugliosi behauptet, Mister Walker sei der alleinige Täter ...«

Zweimal hatte sich Enoki korrigieren müssen, daß *ich* und nicht Jennifer Buck Walker die Schuld in die Schuhe geschoben hatte. Jennifer hatte nicht ein einziges Mal während unserer Prozeßvorbereitungen versucht, Walker die Schuld in die Schuhe zu schieben, und ich wußte natürlich, daß es eine viel bessere Strategie war, wenn ich und nicht sie den Finger auf Buck richtete.

Dann führte Enoki aus, Jennifer hätte ein stärkeres Motiv als Buck gehabt, die *Sea Wind* mit ihrem Proviant zu stehlen, weil Buck an ein hartes Leben gewöhnt gewesen sei. »Sie wollte nicht auf Palmyra sein«, behauptete Enoki, »Mister Walker hingegen doch. Erinnern Sie sich daran, daß sie Tom Wolfe gesagt hat, sie sei es leid, von Fischen und Kokosnüssen zu leben? Und wer hat in dem Tagebuch geschrieben, von ihrem nächsten Schiff zu träumen? Miss Jenkins.

Mister Bugliosi hat behauptet, das Nahrungsproblem sei kein Mordmotiv gewesen. Daß Menschen nicht wegen besserer Nahrung töten. Aber Menschen werden wegen zwei Dollar getötet und weil sie einen anderen auf der Autobahn geschnitten haben.

Am 4. September hat Miss Jenkins in ihr Tagebuch geschrieben: › ...während wir von Schinken und Käse und Pfannkuchen und Truthahn und Chili und allem, was wir so lange nicht mehr gehabt haben, fett werden ...‹ Ich behaupte, daß das ein ausreichendes Motiv ist.

Mister Bugliosi führte aus, Miss Jenkins hätte Mister Walker bei diesen Morden nicht geholfen, weil sie ein friedlicher und mitfühlender Mensch sei. Das stimmt aber einfach nicht. Friedliche und mitfühlende Menschen lassen sich nicht mit Menschen ein, die bewaffnete Raubüberfälle begangen haben, mit Drogen handeln und ganz versessen auf Waffen sind. Und das hat sie alles gewußt.

Mitfühlende Menschen unterlassen es nicht, die Verwandten von Toten zu benachrichtigen. Sie ziehen nicht einfach die Kleider von Toten an oder geben deren Geld aus.«

Enoki schien etwas von seinem Schwung zurückgewonnen zu haben.

»Und sie posieren nicht für die Kamera, wenn sie angeblich um andere Menschen trauern.« Enoki hob einige Bilder hoch, die auf der Fahrt von Palmyra nach Hawaii gemacht worden waren. Jennifer lächelte breit in die Kamera, Buck nicht.

Auf mein Argument, Jennifer habe lediglich versucht,

Buck zu schützen, erwiderte Enoki: »Wie viele Menschen werden von anderen in ein Verbrecherleben hineingezogen? Sie wäre bestimmt nicht die erste. Vielleicht hat es ganz klein angefangen und wurde dann immer größer.«

Enoki erklärte, die Anklage habe keine Leumundszeugen aufgerufen, die unseren Zeugen widersprechen könnten, weil unsere Aussagen nicht stark genug seien, daß solch ein Aufwand gerechtfertigt wäre.

»Nun zu dem Grund, weshalb Mister Walker den Revolver behalten hat. Mister Bugliosi hat behauptet, wegen dieses Vergleichs der Kugeln habe Mister Walker den Revolver behalten, weil er ihn bei dem Mord gar nicht benutzt hat. Nun, ich unterstelle, daß Mister Walker – wie viele andere Verbrecher auch – gar nicht auf den Gedanken kam, gefaßt werden zu können. Also bedeutet es gar nichts, daß er den Revolver behalten hat. Außerdem ging Mister Walker das Risiko ein, mit der *Sea Wind* gefaßt zu werden, ein sehr viel größeres Risiko, als mit dem Revolver gefaßt zu werden.«

Ich hoffte, daß die Geschworenen die Löcher in der Argumentation entdecken würden. Natürlich hatte Walker die *Sea Wind* behalten. Wegen ihr hatte er die Morde ja begangen. Außerdem widersprach der Besitz der *Sea Wind* nicht seiner Behauptung, die Grahams seien bei einem Unfall umgekommen.

Danach versuchte Enoki mein gewichtiges Argument zu widerlegen, Buck habe Muffs Leiche in die Lagune werfen müssen, um zu verhindern, daß Jennifer seine Tat bemerkte. Er redete jedoch nur um den heißen Brei herum und fand keine Argumente gegen meine Theorie, die Leiche wäre niemals in die Lagune geworfen worden, wenn Jennifer an den Morden beteiligt gewesen wäre. Wenn nicht einmal der Ankläger dieses Argument aus den Angeln heben konnte, durfte ich darauf hoffen, daß es auch den Geschworenen nicht möglich sein würde.

Abschließend ging Enoki eine Liste seiner Zeugen durch und verteidigte deren Aussagen.

»Mister Bugliosis Andeutung, Curt Shoemaker habe sich seine Aussage ausgedacht, ist eine reine Spekulation. Warum hätte er dann hinzugefügt, im Hintergrund das Gelächter der Frauen gehört zu haben? Das hätte er sich doch bestimmt nicht einfallen lassen, wenn er mit seiner Aussage der Anklage irgendwie helfen wollte. Und seine Aussage, Mac habe etwas von einem Waffenstillstand erwähnt, wird von Mister Wolfe unterstützt, der ausgesagt hat, daß die beiden wirklich nicht miteinander ausgekommen sind. Und er hat ein paar Zahlenspiele darüber angestellt, wie viele Minuten eine Woche hat, und kam auf eine Chance von eins zu zweihundertfünfzig.

Nun, mit Statistiken kann man alles mögliche anstellen. Wie hoch ist wohl die Chance, daß zwei Geschworene schottischer Abstammung nebeneinander bei einem Prozeß in San Francisco auf der Bank sitzen, bei dem ein Zeuge aus Schottland, Mister Bryden, aussagt? Wahrscheinlich ist sie astronomisch gering. Und doch ist es hier bei diesem Prozeß der Fall.

Mister Bugliosi behauptet, die Leonards hätten gelogen, als sie aussagten, Miss Jenkins habe gesagt, sie würde Palmyra niemals auf der *Iola* verlassen. Als Begründung gibt er an, sie hätten FBI-Agent Kilgore gegenüber nichts davon erwähnt und auch bei dem vorherigen Prozeß nichts darüber gesagt. Aber ist es nicht eher so, daß einem um so mehr einfällt, je länger man über etwas nachdenkt? Und vielleicht hätte Mister Eggers ihnen bei dem Diebstahlprozeß mehr Fragen stellen sollen. Aber er hat es nicht getan.

Bitte vergleichen Sie doch einmal die Glaubwürdigkeit der Zeugen der Regierung mit der von Miss Jenkins. Zuerst einmal müssen Sie sich fragen: Wer hat bei diesem Prozeß wirklich ein Motiv zu lügen? Ganz gleich, wie dieser Prozeß ausgeht, für die Zeugen steht nichts auf dem Spiel. Nur für Miss Jenkins. Sie hat das größte Motiv, falsche Aussagen zu machen, denn ihr droht eine Verurteilung wegen Mordes, und nicht etwa Mister Leonard, nicht Mrs. Leonard, nicht Mister Shoemaker.

Sie hat bereits eingestanden, vor einem anderen Schwurgericht unter Eid gelogen zu haben«, fuhr der Ankläger mit gemäßigterem Tonfall fort. »Und diese Aussage einer erwiesenen Meineidigen stellt Mister Bugliosi den Aussagen der Zeugen der Anklage gegenüber. *Wenn sie Meineide leistete, um einen Diebstahl zu vertuschen, hat sie um so mehr Gründe, Meineide zu leisten, um einen Mord zu vertuschen.*«

Jennifer Jenkins habe, so Enoki, bei diesem Prozeß vierzehn Lügen eingestanden. »Ich habe sie gezählt. Wir haben auch in den ersten fünfundvierzig Minuten des Kreuzverhörs mitgezählt. Auf neunzehn meiner Fragen hat sie geantwortet, sie würde sich nicht mehr erinnern.

Miss Jenkins hat im Zeugenstand natürlich ein paar Tränen vergossen. Aber so etwas gehört einfach dazu. Sie kann einfach geschauspielert haben.

Oder sie wurde nach all diesen Jahren endlich mit der Realität dieser Morde konfrontiert. Es gibt nämlich auch Tränen der Schuld.«

Nachdem Enoki erklärt hatte, die Anklage habe keinen Augenzeugen präsentieren können, da Buck und Jennifer die einzigen Zeugen – Mac und Muff – ermordet hätten, fuhr er fort: »Wir haben zahlreiche Schuldbeweise, von denen Mister Bugliosi behauptet, wir hätten sie nicht. Wir haben Miss Jenkins' zahlreiche Lügen, das Versenken der *Iola*, die Morde selbst. Miss Jenkins' Flucht von Palmyra gemeinsam mit Mister Walker. Miss Jenkins' Flucht vor den Behörden im Hafen Ala Wai. Der Neuanstrich und die Ummeldung der *Sea Wind*.

Und wir haben Mister Shoemaker, der aussagt, wie die beiden am 28. August unerwartet an Bord der *Sea Wind* kommen, in der Dunkelheit, mit einem Kuchen – während ihnen das Mehl und alle anderen Zutaten ausgingen, die man für einen Kuchen braucht. Und Miss

Jenkins hat diesen Besuch in ihrem Tagebuch nicht erwähnt und kann sich auch nicht mehr an ihn erinnern.

Die Frage ist, was die Indizienbeweise *zeigen*, und nicht, was sie *nicht* zeigen. Und mit Ihrem Schuldspruch können Sie, meine Damen und Herren, verhindern, daß Jennifer Jenkins für dieses Verbrechen nicht bestraft wird.

Ich habe erklärt, wie sie eine Maske nach der anderen abnimmt, ein Lügengewebe nach dem anderen aufgibt. Sie sagt etwas und behauptet dann: ›Nein, das ist nicht wahr. Es war so.‹

Ich bitte sie, ihr auch die letzte Maske abzunehmen, das letzte Lügengewebe, und sie als das zu erkennen, was sie wirklich ist. Es ist an der Zeit, daß sie nach elfeinhalb Jahren die Verantwortung für den Mord an Muff Graham übernimmt. Ihr Schuldspruch würde genau das und nichts anderes bedeuten.

Ich danke Ihnen.«

44. KAPITEL

26. Februar 1986

Nachdem Richter King den Marshal angewiesen hatte, die Türen des Gerichtssaals abzuschließen, damit es keine Unterbrechungen mehr gab, tat er etwas, was ich noch nie gesehen hatte. Anstatt auf der Bank sitzen zu bleiben, trat er hinab, ging zum Podium und baute sich wie ein Anwalt vor der Jury auf. Dann belehrte er die Geschworenen darüber, was sie bei ihrer Beratung beachten mußten.

Vieles von dem, was er den Geschworenen sagte, hatten sie bereits von mir gehört, doch nun vernahmen sie es noch einmal mit dem vollen Nachdruck des Gesetzes. Er hielt einmal inne und trank einen Schluck Wasser. Dann blätterte er die Seite um und fuhr fort. Insgesamt benötigte er zwanzig Minuten für seine Belehrung. Als die Geschworenen den Gerichtssaal durch die Hintertür verließen, um sich zu beraten, war es genau 10 Uhr 55.

Ich sah mehreren Geschworenen in die Gesichter, als sie an uns vorbeigeführt wurden. Da war Linda DeCasper, eine vierundvierzigjährige Hausfrau, die mit ihrer Familie gern mit ihrem Wohnmobil auf Reisen ging. Da waren die beiden Geschworenen mit dem schottischen Akzent, James McGowan und Irene Angeles, die beide oft lächelten. Mrs. Angeles hatte Jennifer während der Verhandlung mit ein paar mitfühlenden Blicken bedacht; daher vermutete man, daß sie zugunsten der Verteidigung entscheiden würde. Das älteste Mitglied der Jury, Ernest Nelson, ein Hühnerfarmer aus Petaluma im Ruhestand, hatte bei den Ausführungen der Anklage gelegentlich ungeduldig gewirkt. Der einzige, den ich noch fürchtete, war der im Ruhestand lebende Ingenieur Frank Everett – alias ›Kansas Rock‹. Ich hoffte, seine Einstellung mit meinen Ausführungen über den begründeten Zweifel erschüttert zu haben, bezweifelte es jedoch, als ich beobachtete, daß er den Gerichtssaal steifen Schrittes verließ. Bei der ersten geheimen Abstimmung würde er zweifellos mit ›schuldig‹ stimmen.

Aber Len und ich konnten jetzt nichts mehr für Jennifer tun. Unsere Mitwirkung war beendet. Ihr Schicksal lag nun in den Händen der Geschworenen.

Man teilte uns mit, die Geschworenen hätten augenblicklich mit der Beratung begonnen und würden sie nach der Mittagspause fortsetzen. Sie würden auf keinen Fall vor Donnerstag nachmittag zu einem Spruch kommen.

Len und ich verbrachten den nächsten Tag größtenteils in unserem Hotel; die Gerichtsdienerin würde uns benachrichtigen, wenn wir gebraucht wurden. Jennifer und ihre Mutter warteten in Tom Jenkins' Haus. Die Gerichtsdienerin würde auch sie informieren, sobald die Geschworenen zu einer Entscheidung gekommen waren.

Während des zweiten Tags der Beratungen herrschte bei den Vertretern der Anklage ein ständiges Kommen und Gehen, und irgendwann am Nachmittag befanden sich Enoki, Schroeder und Hal Marshall, alle in Hemdsärmeln, gleichzeitig im ansonsten leeren Gerichtssaal und gingen noch einmal stirnrunzelnd Jennifers Aussage durch.

Für einen Reporter, der kurz hineinschaute, besetzte Marshall die Rollen des Films, der, wie er überzeugt war, eines Tages über diesen Fall gedreht werden würde. »Redford wird mich spielen«, sagte er mit todernstem Gesicht. »Dieser alte Knacker aus *Karate Kid* wird Sie spielen, Elliot. Dustin Hoffman als Walt Schroeder. Und Bugliosi spielt sich selbst.«

Gerichtsdienerin Kathy Harrell belohnte die wartenden Anwälte mit kleinen Informationshappen. Wir fanden heraus, daß Ernest Nelson zum Sprecher der Geschworenen gewählt worden war. Wir wußten auch, wann sie Mittagspause machten und wann sie zurückkamen. »Wissen Sie«, flüsterte die Harrell einmal den Anklägern zu, »ich habe heute im Beratungszimmer lautes Geschrei gehört.«

Am nächsten Morgen befahl der Richter, uns alle für elf Uhr in den Gerichtssaal zu bestellen. Die Geschworenen schienen eine ›Frage‹ zu haben.

Wir alle waren da – Len und ich mit Jennifer, die Ankläger, Ted und Sunny, die Reporter, die über den Prozeß berichtet hatten.

Die Geschworenen kamen nicht. Um was für eine Frage konnte es sich handeln? grübelten wir alle. Wie es sich herausstellte, ging es um weit mehr als nur eine Frage.

»Ich habe eine Mitteilung von den Geschworenen bekommen«, sagte Richter King und hielt einen Zettel hoch. »Ihr Sprecher fragt: ›Wir haben siebenmal abgestimmt, und es steht sechs gegen sechs. Was sollen wir jetzt tun?‹«

Ich war wie vor den Kopf geschlagen. Die Erkenntnis, daß *sechs* Geschworene für ›schuldig‹ gestimmt hatten, versetzte mir einen Schock. Bei dem ›Kansas Rock‹ konnte ich es ja noch verstehen, aber anscheinend waren noch fünf weitere der Ansicht, daß Jennifer einen Mord ersten Grades begangen hatte! Offensichtlich hatten die Geschworenen schwer zu kämpfen. *Sie wollten Jennifer nicht ungeschoren davonkommen lassen.*

Der Richter fragte uns, was wir davon hielten, daß er den Geschworenen die Allen-Belehrung vorlas. Diese Belehrung fordert die Geschworenen auf, ihre jeweilige Meinung noch einmal zu überdenken. Len war entschieden dagegen und führte auf, die Anwaltschaft habe sich bundesweit gegen diese Belehrung ausgesprochen. Ich sah jedoch nicht, daß sie uns schaden konnte, da sie die Geschworenen nachdrücklich auf die begründeten Zweifel hinwies.

»Vielleicht hilft uns das«, flüsterte ich Len zu.

»Wir haben sechs auf unserer Seite«, sagte er, »aber die sechs schwächeren.«

Woher wollte er *das* wissen?

»Die Geschworenen, die für eine Verurteilung sind, sind immer stärker als die, die für einen Freispruch sind.«

»Aber vielleicht sind hier unsere sechs Geschworenen stärker«, erwiderte ich.

Richter King entschied schließlich, den Geschworenen die Allen-Belehrung vorzulesen.

Es lag nicht nur daran, daß Len ein halbleeres und ich ein halbvolles Glas sah. Len war mit der gespaltenen Jury hochzufrieden, während ich zutiefst bedrückt war. Als Vollblutverteidiger bedeutete in seinem Wörterbuch eine geteilte Jury den halben Sieg, für mich – als ehemaliger Ankläger – hingegen die halbe Niederlage. Ein Gedanke lies mich frösteln: *Sechs Geschworene glaubten über jeden begründeten Zweifel hinaus, daß Jennifer Buck Walker bei dem Mord an Muff geholfen hatte.*

Ich ging mit Ted und Sunny Jenkins essen, während Jennifer und Len in ein anderes Restaurant gingen. Als wir im Erdgeschoß des Gerichtsgebäudes aus dem Fahrstuhl traten, sahen wir, wie zwei Geschworene – Francia Rico, Angestellte bei einer Telefongesellschaft, und die grauhaarige Frances McClung, Sekretärin im Ruhestand – anscheinend ebenfalls auf dem Weg zum Mittagessen das Gebäude verließen.

Kurz darauf gingen zwei weitere Geschworene hinaus, Irene Angeles und Kathleen Archer. Die Archer war mit einem ehemaligen Bezirksstaatsanwalt verheiratet. Normalerweise lehnte ein Anwalt der Verteidigung *jeden* ab, der etwas mit einem Ankläger zu tun hatte, doch mir hatten Mrs. Archers wohlüberlegte, faire Antworten bei der Befragung der möglichen Geschworenen gefallen, und ich hatte ›*Einverstanden*‹ unter ihren Namen gekritzelt.

Da die Jury geteilter Meinung war – und anscheinend lautstarke Auseinandersetzungen führte –, nahm ich an, daß Geschworene gemeinsam zum Mittagessen gingen, die auch der gleichen Meinung waren. Doch Jennifer hatte erwähnt, daß die McClung sie ›mißbilligend angeschaut‹ hatte, während die Archer ihr gelegentlich freundliche Blicke zugeworfen hatte. Ted, dem dies auch aufgefallen war, spekulierte nun, die Angeles und die Archer müßten *unsere* Geschworenen sein, während die Rico und die McClung der ›Schuldig-Fraktion‹ angehörten.

Während wir lustlos an unserem Essen nippten, sagte ich, ich könne einfach nicht glauben, daß so viele Geschworene gegen uns waren. »Habe ich irgendein Argument nicht angeführt?« fragte ich Ted und Sunny.

Sie konnten nur erwidern, daß ich ihres Erachtens alles abgedeckt hatte.

Ich schüttelte den Kopf. »Ich habe ein paar hundert Stunden an diesem Plädoyer gearbeitet«, murmelte ich. »Ich kann einfach nicht glauben, daß es mir nicht gelungen sein soll, sechs Geschworene nicht von Jennifers Unschuld überzeugt oder zumindest begründete Zweifel in ihnen geweckt zu haben ...

Hätten wir Jennifer nicht in den Zeugenstand rufen sollen?« fragte ich. Doch bevor einer von antworten konnte, sagte ich nachdrücklich: »Nein, sie mußte aussagen. Wenn Jennifer nicht auch bei der Berufung aussagt, werde ich den Fall niederlegen.«

»Ganz genau ... sie mußte aussagen«, pflichtete Ted mir bei.

»Das ist keine Frage«, stimmte Sunny zu.

Nach dem Mittagessen ging ich allein zum Gerichtsgebäude zurück. Ich dachte über die schreckliche Möglichkeit nach, daß Jennifer, die ich für unschuldig hielt, des Mordes schuldig gesprochen werden konnte. Was konnte es Schlimmeres geben?

Ich hatte noch keinen Mordprozeß verloren. Obwohl ich als Verteidiger bislang nur zwei Mordprozesse gewonnen hatte, hatte ich als Ankläger einundzwanzig hintereinander gewonnen. Doch nun schien eine Chance von fünfzig zu fünfzig zu bestehen, daß ich meinen ersten Mordprozeß verlor. Ich würde zwar mit der Zeit darüber hinwegkommen, sagte ich mir, aber was war mit meiner unschuldigen Klientin?

Was war bei diesem Fall schiefgelaufen? Welches Argument hatte ich in meinem Plädoyer übersehen? Oder lag es ganz einfach daran, daß ich das Offensichtliche nicht gesehen (oder mein Unterbewußtsein mich davon abgelenkt) hatte – daß Jennifer eine kaltblütige Mörderin war? War das wirklich die Antwort? Und waren die restlichen sechs Geschworenen auch der Ansicht, daß Jennifer mit dem Mord an Muff zu tun hatte, und lehnten eine

Verurteilung lediglich aufgrund begründeter Zweifel ab? Aber wenn man sich nicht mehr auf sein eigenes Urteil verlassen kann, sagte ich mir, ist es an der Zeit, die Brokken hinzuschmeißen, und ich war noch immer von Jennifers Unschuld überzeugt.

Als ich mich der Treppe des Gerichtsgebäudes näherte, verspürte ich plötzlich wieder die Zuversicht und den Optimismus, den ich bei einem Prozeß eigentlich immer empfand, und es war ein gutes Gefühl. Ich erinnerte mich daran, daß ich während meines Plädoyers beträchtliche Indizien für die Unschuld meiner Klientin aufgeführt hatte und zumindest begründete Zweifel geweckt haben mußte, und daß sich die Geschworenen während meines Plädoyers viel, viel mehr Notizen gemacht hatten als während Enokis. Das bedeutete fast automatisch, daß ich Punkte bei ihnen gemacht hatte. Ich redete mir ein, daß die Geschworenen bei ihrer Beratung auf ihre Notizen zurückgreifen würden und dann einfach zu einem Freispruch kommen mußten. Es war einfach unmöglich, daß die Geschworenen meine Klientin schuldig sprachen. *Unmöglich*, sagte ich mir, als ich auf den Fahrstuhlknopf drückte.

Um fünfzehn Uhr erhielt der Richter eine weitere Nachricht von den Geschworenen. Sie hatten noch einmal abgestimmt, und King las das Ergebnis vor: »Zehn zu zwei. Diese beiden beharren.«

Len flüsterte mir zu, daß wir verloren hatten. »Die beiden sind unsere Geschworenen, die Angeles und die Archer, die noch auf nicht schuldig plädieren.«

Ich erwiderte, es könnte auch umgekehrt sein, doch Len wollte nichts davon wissen. »Die Anklage sieht zu zufrieden aus«, knurrte er. »Vielleicht hat die Gerichtsdienerin etwas durchsickern lassen.«

Ohne sich mit mir zu beraten, erhob sich Len und forderte den Richter auf, die Beratung abzubrechen und den

Prozeß für ergebnislos zu erklären. »Euer Ehren«, sagte er, »das ist zu einem Zermürbungskrieg geworden.«

Ich war nicht in der Lage, mit ihm zu streiten, da ich einfach nicht wissen konnte, was, zum Teufel, die Geschworenen dachten. Enoki stellte den Antrag, die Beratung der Geschworenen nicht abzubrechen, ein sicheres Zeichen dafür, daß sich die Anklage auf der Gewinnerstraße wähnte. Richter King stimmte zu, die Geschworenen hereinzurufen und sie zu fragen, ob sie eine weitere Beratung für sinnvoll hielten. Sollten sie nicht der Meinung sein, würde er den Prozeß für ergebnislos erklären.

Als die Geschworenen hereinkamen und Platz nahmen, machte mich Len darauf aufmerksam, daß sowohl Kathleen Archer als auch Irene Angeles, die Geschworenen, die auf unserer Seite standen, gerötete Augen hatten und geweint zu haben schienen. *Also hatte Len richtig gelegen*! Diese beiden Geschworenen beharren gegen die Meinung aller anderen! *Einfach unglaublich, verdammt noch mal!* sagte ich mir. Die Geschworenen neigten in ihrer Mehrzahl dazu, Jennifer des Mordes ersten Grades für schuldig zu sprechen!!

Der Richter erklärte den Geschworenen geduldig, sie sollten sich besprechen, ob sie eine weitere Beratung noch für sinnvoll hielten.

Nun war ich vollends am Boden zerstört. Die beiden Geschworenen, die geweint hatten, mußten die sein, die auf unserer Seite standen. Niemand würde weinen, wenn zehn von zwölf Geschworenen schon auf seiner Seite standen.

Wir alle hielten gebannt die Uhr im Auge. Dreißig Minuten ... dann vierzig. Anscheinend hatten sich die Geschworenen dazu entschlossen, die Beratung fortzusetzen und die beiden Standhaften zu überzeugen, sich der Mehrheit anzuschließen. Len war bleich und ernst geworden. Wenn unsere beiden verheulten Frauen nicht durchhielten, sagte er voraus, würde die Jury zu einem Schuldspruch kommen.

Jennifer war offensichtlich fassungslos. Wie ein kleines Mädchen saß sie neben ihrem Bruder, den Kopf auf seine Schulter gelegt.

Um 16 Uhr kehrte der Richter auf seinen Platz zurück. Wir konnten bestenfalls auf eine ergebnislose Beratung hoffen. Doch zu meinem Entsetzen sagte er ganz ruhig: »Die Geschworenen haben mich informiert, daß sie zu einem Urteil gelangt sind.«

Eine gedrückte Stimmung legte sich über den Tisch der Verteidigung. Len blieb einfach sitzen und versuchte nicht einmal, seine Enttäuschung zu verbergen.

Ich stand auf, ging zu den Zuschauerrängen, bückte mich und flüsterte Sunny ins Ohr: »Es ... tut mir leid.« In meinem Hals saß ein Kloß. »Ich habe Sie alle im Stich gelassen. Ich weiß nicht, was ich falsch gemacht habe, aber irgendwo muß mir ein Fehler unterlaufen sein.«

Sunny, die seit dem Mittagessen um zehn Jahre gealtert zu sein schien, konnte nichts sagen. Sie nahm nur meine Hand.

Ich kehrte zum Tisch der Verteidigung zurück und gab einer benommenen Jennifer die Hand. Sie erhob sich. Ich legte einen Arm um sie, und wir blieben stehen, als die erschöpften Geschworenen den Gerichtssaal betraten.

Die Hoffnung auf eine ergebnislose Beratung hatte sich verflüchtigt. Wir hatten ein Urteil, und wir alle wußten, wie es lauten würde.

Die Gerichtsdienerin ging zu den Geschworenen und ließ sich vom Sprecher den Urteilsspruch aushändigen. Sie brachte ihn zum Richter hinüber, der ihn stumm las und ihn ihr dann zurückgab. Das war jetzt ihre Show, denn das ausdrucklose Gesicht des Richters verriet rein gar nichts. Es war nun so still im Gerichtssaal, daß man eine Nadel hätte fallen hören.

Ich konnte nur Bruchstücke verstehen.

»Wir die Geschworenen ... befinden ... die Angeklagte ... im Sinne der Anklage ... Mordes ... Eleanor Graham ...«

Den Arm fest um Jennifers Schulter gelegt, zog ich sie an mich, als könne ich sie vor dem nun Kommenden schützen. »Es tut mir leid, Jen«, flüsterte ich. »Ich war mir sicher, die Geschworenen überzeugen zu können, daß ...«

» ... nicht schuldig.«

Der Gerichtssaal schien zu explodieren. Die Spannung brach, und Menschen redeten einfach drauflos, riefen etwas, umarmten sich, schüttelten sich die Hände. Jennifer umarmte mich und drehte sich dann zu ihrer Familie um.

Len stand strahlend neben mir. Er war überraschend schnell aus dem Land der Toten zurückgekehrt. Auf seinem Gesicht lag wieder Farbe. Wie wechselten einen Händedruck. »Tja, Vince, wir sind ungeschlagen«, krächzte er. »Vielleicht sollten wir das mal wiederholen.«

Ted Jenkins, der in der letzten halben Stunde äußerlich völlig ruhig gewirkt hatte, gestand mir ein, niemals größere Angst gehabt zu haben.

Sunny konnte einfach nicht aufhören zu weinen und umarmte mich.

Inmitten des gesamten Tumultes packten Elliot Enoki und Walt Schroeder leise ihre Sachen zusammen und gingen, dicht gefolgt von Hal Marshall.

Auf dem Gang fragte ein Reporter den FBI-Agenten, weshalb er so schnell ging. »Ich will nicht zusehen, wie Bugliosi den ganzen Ruhm einheimst«, sagte er.

Die Geschworenen kehrten in den Beratungsraum zurück, um ihre Handtaschen, Mäntel und so weiter zu holen. Sie wurden einzeln von Richter King verabschiedet, der jedem die Hand drückte und dankte.

Ein paar Minuten später mischten wir uns in der Lobby des Gerichtsgebäudes unter die Geschworenen, versessen darauf herauszufinden, was sich im Beratungszimmer zugetragen hatte.

In einem Punkt hatten wir Recht behalten. Die beiden Geschworenen, die wir gesehen hatten, als sie zum Mittagessen gingen, waren auf unserer Seite gewesen. Kathleen Archer und Irene Angeles hatten sich ausdrücklich *für* einen Freispruch ausgesprochen.

»Mrs. Angeles, ich muß Sie etwas fragen«, sagte ich. »Als es unter den Geschworenen zehn gegen zwei stand, habe ich Tränen in Ihren Augen gesehen. Warum?«

»Mister Bugliosi, das war das aufregendste Erlebnis in meinem ganzen Leben«, erwiderte sie. Die Anstrengung war ihrer Stimme noch anzumerken. »Und ich war so aufgeregt, weil wir die beiden letzten Geschworenen einfach nicht überzeugen konnten, für ›nicht schuldig‹ zu stimmen.« Ich lächelte, äußerlich und innerlich. Wie trügerisch dieses Leben doch sein konnte.

Der Vorsitzende Ernest Nelson und Francia Rico waren die beiden letzten Geschworenen gewesen, die auf einem Schuldspruch beharrt hatten. Es stellte sich heraus, daß die Ungeduld mit der Anklage, die wir bei Nelson beobachtet hatten, von dem frustrierten Gefühl herrührte, bereits genug gehört zu haben. Er war schon frühzeitig von Jennifers Schuld überzeugt gewesen und hatte bei jeder Abstimmung, von der letzten einmal abgesehen, für schuldig gestimmt.

Der Geschworene Michael Nevins, ebenfalls ein Ingenieur, kam zu mir. »Es war sehr gekonnt«, sagte er, »wie Sie Jennifer von Buck getrennt und Buck die Alleinschuld gegeben haben.«

»Danke, Mister Nevins.«

Nevins fügte hinzu, daß mehrere Geschworene eins oder mehrere meiner Bücher gelesen und meinen Hintergrund gekannt hatten, doch »das hatte selbstverständlich keinen Einfluß auf das Urteil«. Er sagte auch: »Ich glaube, die Geschworenen kannten Sie eher als Ankläger und waren überrascht, Sie auf der anderen Seite zu sehen.«

In einer Hinsicht hatte ich mich völlig geirrt. Einer der

Geschworenen, der sich am nachhaltigsten für einen Freispruch eingesetzt hatte, war kein anderer als der ›Kansas Rock‹ gewesen. Frank Everett hatte sogar dazu beigetragen, andere Geschworenen davon zu überzeugen, daß ›nicht schuldig‹ das einzig mögliche Urteil war. Sein Verhalten während des Prozesses ergab für mich nicht den geringsten Sinn.

Irene Angeles hatte einen Rat für Jennifer.

»Schatz«, sagte sie leise, aber mit Überzeugung, »treffen Sie bei Ihrem nächsten Freund eine bessere Wahl.«

Ted Jenkins warf die Siegesfeier an diesem Abend in einem Restaurant in der Innenstadt San Franciscos mit dem Namen Vincent's – ›zu Ihren Ehren‹, wie er glücklich erklärte.

Zwei Dutzend Familienmitglieder und Freunde hatten sich an einem langen Tisch versammelt. Jennifer saß zwischen Len und mir. Wie es sich gehörte, knallten die Sektkorken, und Ted erhob sich für einen Toast. »Auf meine unschuldige Schwester«, sagte er lächelnd.

Alle nippten an den Gläsern und gaben sich einer sehr festlichen Stimmung hin.

Ted war noch nicht fertig. »Mit Unschuld gewinnt man vor Gericht keine Fälle, nur mit guten Anwälten.« Er hob erneut das Glas. »Auf Vince Bugliosi und Len Weinglass. Zwei der besten Anwälte dieses Landes.«

Bald wurde offensichtlich, daß Jennifer nicht so gut gelaunt war. Das Essen war noch nicht serviert, als sie mich schon kritisierte. Ich konnte buchstäblich nicht glauben, was ich da hörte. »Sie hätten Elliot Enoki in Ihrem Plädoyer niemals mit dem Vornamen ansprechen dürfen«, tadelte sie mich. »Das klang respektlos und überheblich.« In unserer gesamten gemeinsamen Zeit, immerhin vier Jahre, hatte sie noch nie so mit mir gesprochen. Ich hätte während des Prozesses auch mehr Schlaf haben müssen, sagte sie, weil ich beim Schlußplädoyer müde wirkte. Und ihr hatten manche scherzhaften Bemerkungen nicht gefallen.

Nun ja, diese scherzhaften Bemerkungen, bei denen ich mich selbst auf die Schippe nahm, entsprechen einfach meinem Stil. Und sie können auch dazu beitragen, daß sich die Geschworenen entspannen.

Zuerst kam mir Jennifers Kritik nicht ernstgemeint vor. Ein bizarres Verhalten sehe ich oftmals als Ausdruck von Humor an. Doch schon bald begriff ich, daß mir ein Teil von Jennifers psychologischem Unterbau noch immer völlig fremd war. Nicht einer von hunderttausend Angeklagten hätte nach einem Freispruch so reagiert. Alle Anwesenden feierten und beglückwünschten mich, und sie hätte die glücklichste, die erleichtertste und, ja, die dankbarste von allen sein müssen. Was für eine Klientin war das nur?

In der Tat hat sich Jennifer nach ihrem Freispruch kein einziges Mal bei mir bedankt.

Am nächsten Tag sprach ein Reporter, der über beide Mordprozesse berichtet hatte, mit einem niedergeschlagenen Elliot Enoki, der in seinem Büro im Gerichtsgebäude die Koffer für den Heimflug packte.

Nachdem sie ein paar belanglose Bemerkungen ausgetauscht hatten, fragte der Reporter wie aus blauem Himmel: »Was würde passieren, wenn man eines Tages Macs Leiche fände? Würden Sie dann Buck Walker und Jennifer Jenkins wegen des Mordes an ihm anklagen?«

Enoki hielt abrupt mit dem Packen inne und sah auf. Er gab seine Antwort mit fester, resoluter Stimme. »Das wäre möglich«, sagte der Ankläger.

Wir können davon ausgehen, daß Mac Graham in dem letzten fehlenden Behälter liegt. Doch befinden sich seine Überreste noch in ihrem Grab in der Lagune

Palmyras, aus der sie, wie die Muffs, eines Tages an Land gespült werden könnten? Oder wurde sein behelfsmäßiger Sarg durch den Kanal in die unergründlichen Tiefen der See hinausgespült, die Mac so sehr geliebt hat?

Vielleicht wird es die See eines Tages verraten.

EPILOG

Buck Walker legte Berufung gegen seine Verurteilung wegen Mordes ein. Am 20. Februar 1987 wies das zuständige Appellationsgericht seinen Antrag einstimmig zurück.

Häftling 17950-148 verbüßt seine lebenslängliche Haftstrafe in der Bundesstrafanstalt Lompoc in Kalifornien. Buck Duane Walker wird achtundsechzig Jahre alt sein, wenn er im Jahr 2006 den Antrag stellen kann, vorzeitig auf Bewährung freigelassen zu werden. Aus seiner Zelle schreibt Walker lange, gefühlstriefende Briefe, in denen er seine Unschuld beteuert, an seine Mutter, Tochter, einen überlebenden Bruder und gewisse Freunde.

Jennifer, noch immer ledig, wohnt noch in Simi Valley und hat in ihrer Telekommunikationsfirma Karriere gemacht (sie hat 1990 an die 100.000 Dollar verdient, hat ihre eigene Sekretärin und fährt einen erstklassig ausgestatteten Toyota mit Funktelefon). Wie ihre Mutter, die zwanzig Minuten entfernt wohnt, hat sie einen Rosengarten angelegt. Sie geht gern mit Puffer, die nun beachtliche neunzehn Jahre alt ist, im Park spazieren und unterzeichnet ihre Weihnachtskarten noch immer mit ›Jennifer und Puffer‹. Als ich sie fragte, ob sie noch immer Zweifel habe, daß Buck Mac und Muff ermordet hat, antwortete sie: »Ich glaube, ich werde wohl immer Zweifel daran haben.«

Am 24. März, gut einen Monat nach Jennifers Prozeß, erhielt ich eine Postkarte von Sunny Jenkins: ›Vince, Sie haben tolle Arbeit geleistet! Wir sind Ihnen auf ewig dankbar.‹

Aber kein Wort von Jennifer.

Drei Wochen später erhielt ich einen Brief von Ted Jenkins. ›Im Verlauf der letzten Jahre hat Ihr Vertrauen in Jennifers Unschuld ihr Kraft und Mut gegeben. Ohne ihre Aussage, für die Sie gekämpft und die Sie hervorragend vorbereitet haben, wäre das Urteil der Geschworenen sicher anders ausgefallen. Doch wenn Jennifers Aussage der Wendepunkt des Prozesses war, hat Ihr Schlußplädoyer der Gegenseite den K.O.-Schlag versetzt.‹

Noch immer kein Wort von Jennifer.

Am 17. August schrieb sie mir dann eine Karte. ›Worte reichen manchmal nicht aus, die tieferen Gefühle eines Menschen zu beschreiben‹, erklärte sie. Sie habe in den letzten Monaten ›stundenlang vor dem Briefpapier gesessen und vergeblich versucht‹, mir angemessen für das zu danken, was ich für sie getan hatte. ›Vielleicht gibt es tiefgründigere Worte, doch ich kenne sie nicht. Also möchte ich Ihnen dafür danken, daß Sie an meine Unschuld geglaubt, die schwere Aufgabe meiner Verteidigung aufgenommen und mir das Leben zurückgegeben haben. Ich wünschte nur, es gäbe ein gewichtigeres Wort als ›Danke‹.‹

Ich praktiziere zwar noch, übernehme aber nur noch ausgesuchte Fälle, habe ein Buch über das Drogenproblem in den USA abgeschlossen und arbeite an einem, das ein neues Licht auf die Ermordung von Präsident John F. Kennedy werfen wird.

Im englischen Fernsehen gab es eine Sendung, in der aufgrund der vorhandenen Unterlagen und Aussagen vor den verschiedenen Untersuchungsausschüssen der Mord an Präsident Kennedy erstmals verhandelt wurde. Der Prozeß dauerte viereinhalb Tage, und es gab kein Drehbuch. Auf Schauspieler wurde verzichtet; lediglich die tatsächlichen Zeugen haben ›ausgesagt. Ich übernahm die Rolle des Anklägers.

Eine Zusammenfassung von fünf Stunden (von insgesamt einundzwanzig) wurde auch in den Vereinigten

Staaten und zahlreichen anderen Ländern gezeigt. Nach Ende der Beweisaufnahme, der Schlußplädoyers und einer sechsstündigen Beratung sprachen die Geschworenen Oswald des Mordes an Präsident John F. Kennedy schuldig.

Leonard Weinglass übernimmt weiterhin Fälle der Art, die ihn bei der politischen Linken so beliebt gemacht haben. Er verteidigte mit Erfolg Amy Carter, Tochter des ehemaligen Präsidenten, und seinen alten Freund Abbie Hoffman (mittlerweile verstorben) gegen den Vorwurf des Hausfriedensbruchs und ungebührlichen Verhaltens während eines Protestmarsches gegen CIA-Rekrutierungen auf dem Campus der Universität von Massachusetts.

Elliot Enoki ist Erster Stellvertretender Staatsanwalt in Honolulu. Walter Schroeder hat sich im Mai 1990 wegen gesundheitlicher Probleme in den Ruhestand versetzen lasen.

Richter Samuel P. King ist noch immer in Honolulu tätig. Mittlerweile befindet er sich in einer Art Halbruhestand und führt mit vierundsiebzig Jahren nur noch relativ wenig Prozesse.

Im Mai 1988 legte eine schlanke neue Yacht im Hafen Keehi auf Honolulu an. Den beiden sonnengebräunten jungen Skippern fiel eine Yacht auf der benachbarten Anlegestelle auf. Das Schiff roch muffig nach vorfaultem Holz und wies zahlreiche Risse in der Hülle auf. An der Kabine hing ein Schild: ›Zu verkaufen.‹

Dieses müde alte Schiff war einmal Mac Grahams ganzer Stolz gewesen. Im Januar 1978 hatte Kit Muncey die *Sea Wind* für 20.000 Dollar an einen gewissen Ray Millard aus Oahu verkauft. Millard hatte vor, die *Sea Wind* zu überholen und dann auf große Fahrt zu gehen, kam jedoch nicht mehr dazu. Jahrelang lag die Yacht in der Kaneohe-Bucht vor Anker und verfiel zusehends.

Um sie verkaufen zu können, hatte man sie neu gestrichen – erbsengrün mit braunen Rändern –, doch diese Kosmetik täuschte niemanden. Der faulige Geruch verriet alles. Die Risse in der Hülle ließen darauf schließen, daß sie nie wieder auf Fahrt gehen würde.

»Sieh dir mal dieses Wrack an«, sagte einer der beiden Skipper.

»Ich weiß nicht«, erwiderte der andere, der das Schiff, das beträchtlich älter war als er selbst, genauer gemustert hatte. »Ja, sie sieht aus wie ein uralter Seelenverkäufer, aber zu ihrer Zeit ... ich glaube, sie war mal ein tolles Schiff.«

Was die Insel Palmyra betrifft, so hat der Fluch, der angeblich über der Insel liegt, neue Nahrung erhalten.

Im Juni 1989 geriet eine Schaluppe von zwölf Metern, die auf dem Weg von San Diego nach Hawaii war, in schlechtes Wetter, und die unerfahrene Crew wurde seekrank. Sie verpaßte Hawaii, trieb viel zu weit nach Süden ab ... und landete auf Palmyra.

Nach einem kurzen Aufenthalt auf dem Atoll brach die Schaluppe am 27. Juli 1989 wieder nach Hawaii auf. Man hat nie wieder etwas von ihr oder den vier Besatzungsmitgliedern gesehen. Einige Zufälle könnten einem Schundheft entsprungen sein. Der Name der Yacht: *Sea Dreamer*. Heimathafen: *San Diego*. Besitzer: *Graham Hughes*.

Doch wir wissen vom Schicksal eines anderen Skippers.

Am 26. Juli 1987 meldete ein Suchflugzeug der Küstenwache aufgrund des Hinweises eines Fischerboots ein Segelschiff, das ›südöstlich vor Palmyra‹ trieb.

Das Flugzeug umkreiste die Yacht und machte einen

gebrochenen Mast und zerrissene Segel aus. Am Heck prangte der Name des Schiffes: *Marara*.

Der Besitzer, der dreiundvierzigjährige Anwalt Manning Eldridge aus Garden Grove, Kalifornien, und seine Zwölf-Meter-Schaluppe galten seit Mitte Februar 1978 als vermißt.

Am 2. August, eine Woche nach der Sichtung, erreichte ein Kutter der Küstenwache das Schiff, und die Besatzungsmitglieder fanden skelettierte menschliche Überreste, die der Gerichtsmediziner von Honolulu schließlich als die des vermißten Anwalts identifizierte. Er konnte keine Angaben über die Todesursache machen.

Nachdem sich Eldridge nicht, wie geplant, von Hawaii aus gemeldet hatte, hatten besorgte Freunde die Behörden alarmiert. »Bevor Manning seinen Traum verwirklichen und durch den Südpazifik segeln wollte«, erklärte seine ehemalige Sekretärin Wendi Rothman, »hatte er eine kleine Insel namens Palmyra anlaufen wollen.«

Band 13 404

Joyce Lukezic/Ted Schwarz

Ich will dich sterben sehen

Deutsche Erstveröffentlichung

Vier Menschen und ein Drama, das das Leben schrieb:

Joyce Lukezic: Die naive Hausfrau aus Arizona kam vom Supermarkt zurück, als die Polizei sie festnahm und des Mordes verdächtigte. Der Geschäftspartner ihres Mannes war hinterrücks erschossen worden.
Ron Lukezic: Joyce' Ehemann war lange Zeit mit dem Ermordeten befreundet – bis es in einer Geschäftssache zum Zerwürfnis kam. Natürlich versicherte Ron seiner Ehefrau, daß er sie trotz ihrer Verhaftung weiterhin liebe und zu ihr halte – doch plötzlich war er unauffindbar.
Eden Dow: Joyce' Tochter versuchte lange Zeit, die Unschuld ihrer Mutter zu beweisen, streckte aber schließlich doch die Waffen.
Dan Ryan: Schon zu Beginn der Ermittlungen schwor der polizeiliche Untersuchungsbeamte Joyce Lukezic: »Ich will dich in der Gaskammer sterben sehen!«

BASTEI LÜBBE

Sie erhalten diesen Band im Buchhandel, bei Ihrem Zeitschriftenhändler sowie im Bahnhofsbuchhandel.